BIBLIOTHEK DER WELTLITERATUR
PHAIDON

EMILE ZOLA

Zum Paradies der Damen

PHAIDON

© Copyright by Phaidon Verlag, Kettwig
Satz: Typobauer Filmsatz GmbH, Ostfildern 3
Gesamtherstellung: Salzer-Ueberreuter, Wien
ISBN 3-88851-062-7

Erstes Kapitel

DENISE KAM ZU FUSS VOM BAHNHOF Saint-Lazare; ein Zug von Cherbourg hatte sie mit ihren beiden Brüdern nach einer auf der harten Bank eines Wagens dritter Klasse verbrachten Nacht abgesetzt. Sie hielt Pépé an der Hand und Jean ging hinter ihr her, alle drei fühlten sie sich von der Reise zerschlagen und standen verblüfft und verloren mitten in dem riesigen Paris; die Nase in der Luft, sahen sie sich die Häuser an und fragten an jeder Straßenecke nach der Rue de la Michodière, in der ihr Onkel Baudu wohnte. Als sie aber schließlich auf den Place Gaillon hinaustraten, blieb das junge Mädchen vor Überraschung mit einem Ruck stehen.

»Oh, sieh mal, Jean!« sagte sie.

Wie angewurzelt blieben sie dicht aneinandergedrängt stehen, alle drei ganz schwarz, denn sie trugen die alten Kleider von der Trauer um ihren Vater auf. Sie trug ein leichtes Paket und machte bei ihrer Armseligkeit einen schmächtigen Eindruck für ihre zwanzig Jahre; an der andern Seite hängte sich ihr kleiner fünf Jahre alter Bruder an ihren Arm, und hinter ihr stand aufrecht in der frischen Blüte seiner sechzehn Jahre der große Bruder und ließ die Hände herabhängen.

»Ach ja!« sagte sie nach einer kleinen Pause, »das ist nochmal ein Geschäft!«

An der Ecke zwischen der Rue de la Michodière und der Rue Neuve Saint-Augustin lag ein Modengeschäft, dessen Schaufenster an diesem milden, bleichen Oktobertage in lebhaften Farben strahlten. Auf Saint-Roch schlug es gerade acht, auf den Bürgersteigen herrschte das Paris des frühen Morgens, Angestellte liefen in ihre Bureaus und Dienstmädchen in die Läden. Vor der Türe standen zwei Ladengehilfen auf einer doppelten Leiter, sie hatten Wollwaren nahezu fertig aufgehängt; in einem Schaufenster der Rue Neuve Saint-Augustin dagegen kniete ein anderer Gehilfe und legte vorsichtig mit krummem Rücken ein Stück blaue Seide in Falten. Das Geschäft – noch leer von Kunden, die Angestellten trafen erst allmählich ein – summte im Innern wie ein erwachender Bienenstock.

»Teufel nochmal!« meinte Jean. »Das geht über Valognes... So schön war deins nicht.«

Denise nickte mit dem Kopfe. Zwei Jahre hatte sie da unten bei Cornaille, dem ersten Modengeschäfte der Stadt, zugebracht; und dies Geschäft, auf das sie hier so unvermutet stieß, dies ihr so riesig vorkommende Haus beklemmte ihr Herz und hielt sie im Banne ihrer Erregung fest, so daß sie alles übrige vergaß. In der auf den Place Gaillon mündenden abgestumpften Ecke befand sich eine hohe, unter einem Gewirr vergoldeter Zierate bis in den Zwischenstock hinaufreichende Glastür. Ein paar sinnbildliche Gestalten, zwei lachende Frauen, rollten mit zurückgebogenem nackten Halse ein Fahnenband auf: »Zum Paradies der Damen« stand darauf geschrieben. An der Rue de la Michodière und der Rue Neuve Saint-Augustin entlang lagen dann tiefe Schaufenster und nahmen außer dem Eckhause noch vier weitere Häuser ein, zwei rechts und zwei links, die kürzlich angekauft und eingerichtet worden waren. Das war eine Entwicklung, die ihr in der Flucht des Schaubildes mit den Schaufenstern im Erdgeschoß und den Spiegelscheiben im Zwischenstock, durch die man das ganze innere Leben der Verkaufsstellen sah, ganz endlos vorkam. Dort oben spitzte ein in Seide gekleidetes Fräulein einen Bleistift, während neben ihr zwei andere Samtmäntel auseinanderbreiteten.

»Zum Paradies der Damen«, las Jean, ein hübscher Junge, mit weicher Stimme; in Valognes hatte er schon eine Weibergeschichte hinter sich. »Nicht? das ist nett, so was bringt die ganze Welt auf die Beine!«

Aber Denise war angesichts der Auslage neben der Mitteltüre ganz in Gedanken versunken stehengeblieben. Hier lag im vollen Lichte der Straße, unmittelbar neben dem Bürgersteig, ein wahrer Bergsturz von billigen Waren, die Versuchung zum Eintritt, Gelegenheitskäufe, die die Kundschaft im Vorbeigehen festhalten sollten. Oben aus dem Zwischenstock herab stürzten Wollwaren und Tuche, Merinos, Cheviots und Moltons und wallten wie Fahnen in ihren unaufdringlichen Farben schiefergrau, marineblau, olivgrün hernieder, nur durch die weißen Papierstücke der Auszeichnungen unterbrochen. Daneben hingen als Einfassung des Einganges Streifen von Pelzwerk herab, schmale Streifen für Kleiderbesatz, das feine Aschgrau vom Rücken kleiner Seeschwalben, der reine Schnee von Schwanenbälgen, Kaninchenfelle als falscher Hermelin und falscher Marder. Ganz unten standen dann auf Tischen in flachen Kasten unter einem Haufen von Stoffresten Riesenmengen von Sachen für Hüte, die rein umsonst verkauft wurden, Handschuhe und gestrickte wollene Halstücher, Kopftücher und Westen, eine ganze Schaustellung von Wintersachen in buntscheckigstem Farbenmischmasch, gestreift und mit blutroten Flecken. Denise sah ein schottisches Tuch für fünfundvierzig Centimes, Streifen von amerikanischem Nerz für einen Franc und Fausthandschuhe für fünf Sous. Es sah aus wie das Lager eines Riesenjahrmarktes, das Geschäft schien zu bersten und seinen Überfluß auf die Straße zu werfen.

Onkel Baudu war vergessen. Selbst Pépé, der die Hand

seiner Schwester nicht losließ, machte Riesenaugen. Ein
Wagen zwang sie jetzt, die Mitte des Platzes aufzugeben;
und nun gingen sie wie getrieben in die Rue Neuve Saint-
Augustin hinein und an den Schaufenstern entlang, wobei
sie vor jeder neuen Auslage wieder stehenblieben. Die erste
Versuchung bildete eine ganz verzwickte Ausstellung: oben
schienen schräg gestellte Regenschirme das Dach einer
Bauernhütte zu bilden; unten zeigten an dünnen Stäben
aufgehängte seidene Strümpfe die Umrisse rundlicher
Waden, einige mit rosa Blumensträußen übersät, andere
wieder in allen möglichen Farbentönen spielend, schwarze
durchbrochene, rote mit gestickten Zwickeln, fleischfarbene
mit glänzendem Gewebe, weich wie die Haut blonder
Frauen; schließlich waren auf dem Tuchbezug eines Sei-
tenständers Handschuhe ganz gleichmäßig mit ausgestreckten Fingern ausgelegt, der Daumen schmal wie der einer
byzantinischen Jungfrau, mit all dem etwas starren, noch
nicht ausgereiften Liebreiz, den ungetragene Frauenklei-
dungsstücke an sich haben. Aber das letzte Schaufenster
hielt sie ganz besonders fest. Hier machte sich eine Ausstellung von Seiden, Atlasstoffen und Samten breit in einer
zarten, in den feinsten Blumentönen spielenden Abstu-
fung: ganz oben die Samte, tiefschwarz oder von einem
Weiß wie dicke Milch; tiefer unten die Atlasstoffe, rosa,
blaue, in deren Falten sich die Farben in unendlicher Zartheit allmählich verloren; ganz unten schließlich die Seiden
in einer Schicht aus allen Farben des Regenbogens, manche Stücke in Bauschen aufgepufft oder um eine sich beugende Hüfte gefaltet, als ob sie unter den klugen Fingern
der Ladengehilfen Leben gewännen; und zwischen den
einzelnen Gegenständen, neben jedem Farbensatze dieser
Ausstellung lief als ruhigere Begleitung ein leichtes, bau-
schiges Band rahmfarbenen Foulards her. An beiden Enden
lagen Riesenhaufen zweier Seidenstoffe, die als ausschließ-

liches Eigentum des Hauses und Ausnahmestoffe bestimmt waren, das Modegeschäft umzuwälzen, und die »Pariser Paradies« und »Goldleder« hießen.

»Oh, diese Seide für fünf Francs sechzig!« flüsterte Denise ganz baff vor dem »Pariser Paradies« vor sich hin.

Jean fing an sich zu langweilen. Er hielt einen Vorübergehenden an.

»Die Rue de la Michodière, mein Herr?«

Nachdem die ihm als erste rechts angegeben worden war, gingen sie alle drei weiter und um das Geschäft herum. Aber beim Einbiegen in die Straße wurde Denise abermals durch eine Auslage gefesselt, in der Damenkleider ausgestellt waren. Bei Cornaille in Valognes hatte sie ganz besonders mit Damenkleidern zu tun gehabt. Aber so etwas hatte sie noch nie gesehen, wie angenagelt hielt sie die Bewunderung auf dem Bürgersteige fest. Im Hintergrunde breitete eine sehr teure Schärpe aus Brüsseler Spitzen als Altardecke, die beiden Enden weit entfaltet, ihre rauhe Weiße aus; Überwürfe aus Alençonspitzen schienen wie in Gehängen hingeworfen; dann rieselten, mit vollen Händen ausgeschüttet, Spitzen aller Art herab, Mechelner, Valencienner, Brüsseler, Venezianer, wie ein reiner Schneefall. Rechts und links umkleideten Tuchstreifen hohe Säulen, die die Tiefe dieses Allerheiligsten noch zu vergrößern schienen. Hier, in dieser dem Liebreiz der Frau erbauten Kapelle standen nun die Damenkleider: die Mitte nahm als Ausnahmeplatz ein mit Silberfuchs besetzter Samtmantel ein, auf einer Seite ein seidener Radmantel mit Seeschwalbenbesatz, auf der andern ein Tuchmantel mit Hahnenfedern; schließlich Ballmäntel aus weißem Kaschmir, mit weißem Futter und mit Schwan oder Chenille eingefaßt. Für jede Geschmacksrichtung gab es hier was, von Ballmänteln für neunundzwanzig Francs bis zu Samtmänteln, die zu achtzehnhundert Francs ausgezeichnet waren.

Die runden Hälse der Puppen blähten die Stoffe auf, ihre übertriebenen Hüften ließen die Zierlichkeit des Schnittes noch mehr hervortreten, der fehlende Kopf war durch ein großes, mit einer Nadel an dem roten Molton des Kragens befestigtes Schild ersetzt; zu beiden Seiten der Auslage künstlich angebrachte Spiegel aber warfen das Bild zurück und vervielfältigten es ohne Ende, sie bevölkerten die Straße mit diesen hübschen, verkäuflichen Frauen, die an Stelle des Kopfes ihren Verkaufspreis in großen Ziffern trugen.

»Großartig sind die!« sagte Jean leise; in seiner Erregung fand er keinen andern Ausdruck.

Auch er war wieder vor Überraschung mit offenem Munde stehengeblieben. All dieser für die Damenwelt bestimmte Aufwand brachte ihn zum Erröten. Er war hübsch wie ein Mädchen und schien seiner Schwester ihre Schönheit gestohlen zu haben, die glänzende Haut, das lose, gelockte Haar, die zärtlichen, etwas feuchten Lippen und Augen. Denise erschien, wie sie in ihrem Erstaunen so neben ihn stand, noch winziger bei ihrem schmalen Gesicht, mit dem zu großen Mund und ihrer bereits verblühten Gesichtsfarbe unter dem hellen Haar. Und Pépé, gleichfalls blond, von einem richtigen Kinderblond, schmiegte sich wie in einem unruhigen Drange nach Zärtlichkeit noch dichter an sie an, so sehr entzückten und beunruhigten ihn die schönen Damen dort im Fenster. Die drei in ihr ärmliches Schwarz gekleideten Blondköpfe da auf dem Pflaster boten einen so eigenartig reizvollen Anblick dar, das ernste Mädchen zwischen dem hübschen Kinde und dem prachtvollen Jungen, daß die Vorübergehenden sich lächelnd nach ihnen umwandten.

Von der Schwelle eines Ladens auf der andern Straßenseite beobachtete sie seit einiger Zeit ein dicker, weißhaariger Mann mit großem gelben Gesicht. Mit roten Augen und zusammengekniffenem Munde stand er da, außer sich über die Schaufenster des Paradieses der Damen, als der Anblick des jungen Mädchens mit ihren beiden Brüdern ihn vollends in Verzweiflung brachte. Was hatten die drei Einfaltspinsel da so mit offenem Munde vor dieser Schwindelschaustellung zu tun?

»Und Onkel?« ließ Denise plötzlich, wie aus dem Schlaf auffahrend, fallen.

»In der Rue de la Michodière sind wir schon«, sagte Jean. »Irgendwo hier herum muß er wohnen.«

Sie hoben die Köpfe und wandten sich um. Da sahen sie mit einemmal gerade vor sich über dem dicken Manne ein grünes Schild mit vom Regen ausgewaschenen gelben Buchstaben: »Zum Alten Elbeuf, Tuche und Flanelle. Baudu, Hauchecornes Nachfolger.« Das alte Haus mit seinem rostfarbenen Putz, zusammengeduckt zwischen den benachbarten hohen Gebäuden im Stile Ludwig XIV., besaß nur drei Fenster nach vorn heraus, und diese Fenster, quadratförmig und ohne Läden, waren lediglich mit einem eisernen Gitter versehen, zwei überkreuzten Stäben. Aber was bei dieser Nacktheit die besondere Aufmerksamkeit Denises erregte, deren Augen noch von der lebhaften Schaustellung im Paradies der Damen erfüllt waren, das war der Laden zu ebener Erde, von geringer Geschoßhöhe, mit einem sehr niedrigen Zwischenstock darüber, der nur halbmondförmige Fenster wie ein Gefängnis hatte. Eine Holzschnitzerei von der gleichen Farbe wie das Schild, einem Flaschengrün, dem die Zeit einen Stich nach Ocker oder Asphalt hinüber gegeben hatte, umgab rechts und links zwei tiefe, schwarze, staubige Schaufenster, in denen man unbestimmbare Haufen übereinandergetürmter Stoffe sah. Die offenstehende Tür schien in die feuchte Finsternis eines Kellers hineinzuführen.

»Da ist es«, fing Jean wieder an.

»Na ja, dann müssen wir hineingehen«, erklärte Denise.
»Vorwärts, komm, Pépé.«

Aber sie waren alle drei voller Unruhe und Furcht. Nach
dem Tode ihres Vaters, der von demselben Fieber dahinge-
rafft worden war wie ihre Mutter einen Monat zuvor, da
hatte Onkel Baudu unter dem Eindruck dieses doppelten
Trauerfalles seiner Nichte wohl geschrieben, es gäbe für sie
immer eine Stelle bei ihm, wenn sie eines Tages ihr Heil in
Paris versuchen wollte; aber dieser Brief lag nun bereits ein
Jahr zurück und das junge Mädchen bereute jetzt schon,
Valognes in einer plötzlichen Aufwallung verlassen zu
haben, ohne ihren Onkel vorher zu benachrichten. Der
kannte sie gar nicht, da er nie wieder den Fuß dort unten
hin gesetzt hatte, nachdem er als ganz junger Mensch fort-
gegangen war, um als kleiner Handlungsgehilfe bei dem
Tuchhändler Hauchecorne einzutreten, dessen Tochter er
schließlich geheiratet hatte.

»Herr Baudu?« fragte Denise schließlich, als sie sich endlich überwunden hatte, den dicken Mann anzureden, der
sie immer noch voller Staunen über ihren Aufzug ansah.

»Das bin ich«, antwortete der.

Nun wurde Denise dunkelrot und stotterte:

»Ach, um so besser!... Ich bin Denise, und das ist Jean,
und das da Pépé... Seht Ihr, nun sind wir da, Onkel.«

Baudu schien wie vom Schlage gerührt vor Erstaunen.
Seine dicken roten Augen liefen unruhig in dem gelben
Gesicht hin und her, seine langsamen Worte bezeugten
seine Verlegenheit. Offenbar fühlte er sich tausend Meilen
von dieser Sippe entfernt, die ihm da so plötzlich auf den
Nacken fiel.

»Wie? Was? Da seid ihr?« sagte er ein paarmal nacheinander. »Aber ihr wart doch in Valognes... Warum seid ihr
denn nicht mehr in Valognes?«

Nun mußte sie ihm mit ihrer sanften, etwas zitterigen

Stimme Aufklärung geben. Nach dem Tode ihres Vaters, der seine Färberei bis auf den letzten Sou aufgezehrt hatte, war sie als Pflegemutter der beiden Kinder zurückgeblieben. Was sie bei Cornaille verdiente, genügte durchaus nicht für den Lebensunterhalt für sie drei. Jean arbeitete bei einem Ebenholzschnitzer, der alte Möbel wieder ausbesserte; aber er bekam keinen Sou dafür. Er fand indessen Geschmack an solchen Altertümern und schnitzte Figuren aus Holz; eines Tages hatte er sogar, als er ein Stück Elfenbein entdeckt hatte, zum Spaß einen Kopf geschnitzt, den ein Herr im Vorübergehen gesehen hatte; und gerade dieser Herr hatte sie dann dazu bewogen, Valognes zu verlassen, indem er für Jean in Paris eine Stelle bei einem Elfenbeinschnitzer ausfindig machte.

»Ihr müßt verstehen, Onkel, Jean soll morgen seine Lehre bei seinem neuen Herrn antreten. Ich brauche nichts für ihn zu bezahlen, er bekommt freie Wohnung und Beköstigung... Da habe ich nun gedacht, Pépé und ich würden uns immer schon durchschlagen. Unglücklicher als in Valognes können wir hier auch nicht sein.«

Was sie dabei verschwieg, war Jeans Liebesgeschichte; er hatte einem Mädchen aus angesehener Familie in der Stadt Briefe geschrieben und Küsse mit ihr über eine Mauer gewechselt; gerade dies Ärgernis hatte sie zum Fortgehen bestimmt, und sie begleitete ihren Bruder vor allem deshalb nach Paris, um über ihn wachen zu können, denn alle Ängste einer Mutter überkamen sie beim Anblick des schönen, heiteren, großen Jungen, den alle Frauen anbeteten.

Onkel Baudu konnte sich gar nicht zurechtfinden. Er fing wieder an zu fragen. Als er sie jedoch so von ihren Brüdern erzählen hörte, duzte er sie.

»Dein Vater hat euch also nichts hinterlassen? Ich glaubte immer, ihr hättet wohl noch ein paar Sous. Ach! ich habe ihm in meinen Briefen so oft geraten, die Färberei nicht zu übernehmen! Ein braves Herz, aber keine zwei Ellen Verstand!... Und da bliebst du mit diesen beiden Schlingeln auf den Halse sitzen und mußtest die ganze kleine Gesellschaft füttern!«

Sein galliges Gesicht hatte sich aufgehellt und seine Augen sahen nicht mehr so rot aus wie früher, da er das Paradies der Damen betrachtete. Plötzlich kam es ihm zum Bewußtsein, daß er ihnen die Tür versperrte.

»Vorwärts, herein mit euch, da ihr nun doch mal da seid... Kommt herein, das ist vernünftiger als vor den Dummheiten da herumzustehen.«

Und nachdem er den Schaufenstern drüben noch ein wütendes Gesicht gemacht hatte, gab er den Kindern den Weg frei und trat ihnen voran in den Laden, wo er nach seiner Frau und Tochter rief.

»Elisabeth, Geneviève, kommt doch mal, hier ist jemand für euch!«

Aber Denise und die Kleinen zauderten vor der Dunkelheit des Ladens. Sie waren noch vom hellen Tageslicht der Straße geblendet und zwinkerten auf der Schwelle dieses ihnen unbekannten Loches mit den Augen; sie prüften den Boden mit dem Fuße, da sie gefühlsmäßig Furcht vor einer verräterischen Stufe hatten. Durch diese unbestimmte Furcht einander noch nähergebracht, schmiegten sie sich enger aneinander; der Kleine immer am Rocke des jungen Mädchens sich festhaltend und der Große hinter ihr, so traten sie mit etwas unruhig lächelnder Anmut herein. Scharf stand der Umriß ihrer schwarzen Trauerkleider gegen die Helle des Morgens, und das schräg einfallende Tageslicht vergoldete ihr Blondhaar.

»Herein, herein«, wiederholte Baudu nochmals.

Mit ein paar kurzen Worten setzte er Frau Baudu und seine Tochter in Kenntnis. Frau Baudu war eine kleine, von Bleichsucht verzehrte Frau, ganz weiß, mit weißem

Haar, weißen Augen, weißen Lippen. Geneviève, bei der die Entartung der Mutter noch stärker hervortrat, wies die Gebrechlichkeit und Farblosigkeit einer im Schatten aufgewachsenen Pflanze auf. Indessen verlieh ihr ihr prächtiges, dichtes, schweres schwarzes Haar, anscheinend durch ein Wunder auf diesem armseligen Fleische gewachsen, einen trübseligen Reiz.

»Kommt doch herein«, sagten nun auch die beiden Frauen ihrerseits. »Ihr seid uns willkommen.«

Sie ließen Denise sich an einen Ladentisch niedersetzen. Sofort kletterte Pépé ihr auf die Knie, während Jean sich neben ihr an die Täfelung lehnte. Nun gewannen sie ihre Sicherheit wieder und sahen sich in dem Laden um, an dessen Dunkelheit sich ihre Augen inzwischen gewöhnt hatten. Jetzt konnten sie ihn mit seiner niedrigen, verräucherten Decke, seinen eichenen, durch den Gebrauch geglätteten Ladentischen und den hundertjahrealten Seitenborden mit starken eisernen Beschlägen genau erkennen. Düstere Warenballen stiegen bis zu den Deckenbalken hinauf. Der Geruch der Tuche und ihrer Farbstoffe, ein scharfer Duft nach Chemikalien schien durch die Feuchtigkeit des Fußbodens noch viel stärker zu werden. Im Hintergrunde stellten zwei Ladengehilfen und ein Fräulein Stücke weißen Flanells in Reihen auf.

»Der kleine Herr da möchte wohl gern irgend was haben?« sagte Frau Baudu lächelnd zu Pépé.

»Nein, danke«, erwiderte Denise. »Wir haben in einem Café vor dem Bahnhof eine Tasse Milch getrunken.«

Und als Geneviève nach dem leichten Paket sah, das sie neben sich auf die Erde gestellt hatte, fügte sie hinzu:

»Unsern Koffer habe ich da draußen gelassen.«

Sie wurde rot, denn es wurde ihr klar, daß man den Leuten doch nicht so mit der Tür ins Haus fällt. Schon im Wagen, sobald der Zug aus Valognes heraus war, hatte sie

Gewissensbisse gefühlt; und darum hatte sie bei der Ankunft ihren Koffer auch dort gelassen und die Kinder frühstücken lassen.

»Na, laß mal sehen«, sagte Baudu ganz plötzlich; »viel wollen wir nicht reden, aber was Verständiges ... Geschrieben hatte ich dir, das stimmt, aber schon vor einem Jahr; und siehst du, mein armes Kind, seitdem ist das Geschäft nicht besonders gegangen ...«

Er hielt inne, denn eine innere Erregung würgte ihn und das wollte er sich nicht merken lassen. Frau Baudu und Geneviève hielten mit ergebener Miene die Augen gesenkt.

»Oh!« fuhr er fort, »das ist so 'ne Wendung, die auch wieder vorübergehen wird, darüber bin ich ganz ruhig ... Aber ich habe die Zahl meiner Leute einschränken müssen, jetzt sind nur noch drei da und es ist noch nicht so weit wieder, eine vierte einzustellen. Kurzum, ich kann dich nicht aufnehmen, wie ich dir das geschrieben hatte, mein armes Kind.«

Denise hörte ihn ganz blaß voller Ergriffenheit an. Er fuhr noch nachdrücklicher fort:

»Es würde auch nichts dabei herauskommen, weder für dich noch für uns.«

»Schön, Onkel«, konnte sie endlich mit Mühe herausbringen. »Dann muß ich versuchen, mich auch so durchzubringen.«

Die Baudus waren keine schlechten Leute. Aber sie jammerten, daß sie nie rechtes Glück gehabt hätten. Solange ihr Geschäft gut ging, mußten sie sechs Kinder aufziehen, von denen drei mit zwanzig Jahren starben; der vierte war ein Taugenichts geworden, der fünfte war als Hauptmann nach Mexiko gegangen. So blieb ihnen nur Geneviève. Die Kinder hatten recht viel gekostet und Baudu verausgabte sich endgültig, indem er in Rambouillet, woher der Vater seiner Frau stammte, einen alten Kasten von Haus kaufte.

Außerdem stieg jetzt bei der leidenschaftlichen Zuneigung zu seinem Beruf als alter Kaufmann so etwas wie Bitterkeit in ihm empor.

»Man meldet sich doch an«, fing er daher wieder an, wobei er sich jedoch allmählich über seine eigene Härte ärgerte. »Du hättest mir doch schreiben können, dann hätte ich dir geantwortet, du solltest da unten bleiben ... Als ich den Tod deines Vaters erfuhr, ja natürlich, da sagte ich dir, was man für gewöhnlich so sagt. Aber da fällst du hier nun so herein, ohne uns vorher zu benachrichtigen ... So was ist recht unbequem.«

Er hatte die Stimme gehoben, um sich selbst zu helfen. Seine Frau und Tochter waren wie alle unterwürfigen Menschen, die sich nie eine eigene Meinung erlauben, mit niedergeschlagenen Augen stehengeblieben. Während nun Jean ganz blaß wurde, drückte Denise den erschreckten Pépé an ihre Brust. Ein paar dicke Tränen entfielen ihr.

»Gut, Onkel«, sagte sie abermals. »Dann wollen wir gehen.«

Plötzlich wurde er wieder mäßiger. Es herrschte ein verlegenes Schweigen. Dann fing er in griesgrämigem Tone wieder an:

»Ich setze euch doch nicht vor die Tür ... Da ihr nun schon mal bei uns seid, könnt ihr auch heute abend da oben schlafen. Später wollen wir dann sehen.«

Nun begriffen Frau Baudu und Geneviève auf einen Blick hin, daß jetzt die Reihe an sie gekommen sei. Alles wurde nun geordnet. Um Jean brauchten sie sich nicht zu kümmern. Und Pépé, der wäre wundervoll bei Frau Gras aufgehoben, einer alten Dame, die ein mächtiges Erdgeschoß in der Rue des Orties bewohnte, wo sie für vierzig Francs im Monat kleine Kinder völlig versorgte. Denise erklärte, sie besäße genug, um den ersten Monat zu bezahlen. So blieb weiter nichts übrig, als sie selbst unterzubringen. Sie würden für sie schon eine Stelle in ihrem Viertel finden.

»Wollte Vinçard nicht eine Verkäuferin haben?« meinte Geneviève.

»Richtig! das ist wahr«, rief Baudu. »Nach dem Frühstück wollen wir gleich hin und ihn aufsuchen. Man muß das Eisen schmieden, solange es heiß ist.«

Kein Kunde kam und störte diesen Familienrat. Der Laden blieb schwarz und leer. Im Hintergrunde setzten die beiden Gehilfen und das Fräulein ihre Obliegenheiten unter Flüstern und Tuscheln fort. Drei Damen traten jedoch ein, und Denise blieb einen Augenblick für sich. Bei dem Gedanken an die nahe Trennung küßte sie Pépé schweren Herzens. Das Kind, sich anschmiegend wie ein junges Kätzchen, versteckte seinen Kopf, ohne ein Wort zu sagen. Als Frau Baudu und Genviève wiederkamen, fanden sie ihn sehr verständig, und Denise versicherte ihnen, er würde niemals lauter; ganze Tage bliebe er völlig stumm und lebe nur von Zärtlichkeit. Bis zum Frühstück unterhielten sich die drei nun über Kinder, Haushaltung, das Leben in Paris und in der Provinz in kurzen, unbestimmten Sätzen, wie das so unter Verwandten geht, die verlegen sind, weil sie sich noch nicht recht kennen. Jean war auf die Schwelle des Ladens getreten und rührte sich dort nicht, ihn fesselte das Leben auf den Bürgersteigen, und er lächelte allen hübschen Mädchen zu, die vorbeigingen.

Um zehn Uhr erschien ein Dienstmädchen. Für gewöhnlich wurde dann der Tisch für Baudu, Geneviève und den ersten Gehilfen gedeckt. Eine zweite Mahlzeit fand um elf Uhr statt für Frau Baudu, den andern Gehilfen und das Fräulein.

»Die Suppe!« rief der Tuchhändler und drehte sich nach seiner Nichte um.

Und als sie alle schon in dem engen Eßzimmer hinter

dem Laden saßen, rief er nach dem ersten Gehilfen, der noch zögerte.

»Colomban!«

Der junge Mann entschuldigte sich, er habe erst noch die Flanelle fertig aufstellen wollen. Er war ein dicker Bursche von fünfundzwanzig Jahren, schwerfällig, aber gerissen. Sein ehrliches Gesicht mit dem großen, sanften Mund wies ein paar schlaue Augen auf.

»Was Teufel! Alles zu seiner Zeit«, sagte Baudu, vierschrötig hinter dem Tische sitzend; mit der ganzen Vorsicht und Geschicklichkeit eines guten Hausherrn zerlegte er ein Stück kaltes Kalbfleisch und wog in der Schnelligkeit jedes Stückchen auf ein Gramm genau ab.

Er legte allen vor und schnitt selbst Brot. Denise hatte Pépé neben sich genommen, damit er ordentlich äße. Aber das dunkle Zimmer beunruhigte sie; sie sah sich darin um und es war ihr, als schnüre sich ihr, die an die großen, kahlen, hellen Zimmer ihrer Heimat gewöhnt, das Herz zusammen. Ein einziges Fenster ging auf einen kleinen innern Hof hinaus, der durch den dunklen Hausflur mit der Straße in Verbindung stand; dieser feuchte, stinkende Hof kam ihr wie der Grund eines Brunnens vor, auf den ein runder Fleck trüber Helligkeit herniederfiel. Den Winter über mußten sie hier vom Morgen bis zum Abend Gas brennen. Ließ das Wetter es einmal zu, daß es nicht angesteckt zu werden brauchte, dann war es noch trauriger. Denise brauchte eine gewisse Zeit, um ihre Augen zu gewöhnen und die Stücke auf ihrem Teller genügend unterscheiden zu können.

»Dem Schlingel da schmeckt's ja wohl gut«, meinte Baudu, als er feststellte, daß Jean sein Kalbfleisch schon aufgegessen hatte. »Wenn er ebensogut arbeitet wie er ißt, dann gibt das ja einen Mordskerl ... Aber du, mein Kind, du ißt ja gar nicht? ... Und nun erzähl' mal, da wir Zeit zum Plaudern haben, warum hast du dich denn in Valognes nicht verheiratet?«

Denise setzte ihr Glas, das sie gerade zum Munde führte, wieder hin.

»Oh, Onkel, ich mich verheiraten? Das glaubt Ihr doch wohl selbst nicht! Und die Kleinen?«

Sie lachte schließlich, so wunderlich kam ihr der Gedanke vor. Wollte denn übrigens auch wohl irgend jemand was von ihr wissen, ohne jeden Sou, dünn wie eine Bohnenstange und dabei nicht mal hübsch? Nein, nein, sie wollte nie heiraten, sie hatte schon genug an ihren zwei Kindern.

»Das ist ganz verkehrt von dir, eine Frau hat immer einen Mann nötig«, erwiderte der Onkel. »Hättest du einen ordentlichen Jungen gefunden, dann wäret ihr hier nicht so wie Zigeuner aufs Pariser Pflaster gepurzelt, du und deine Brüder.«

Er unterbrach sich, um nun immer mit gerechtester Sparsamkeit eine Schüssel Kartoffeln mit Speck auszuteilen, die das Dienstmädchen hereinbrachte. Dann zeigte er mit dem Löffel auf Colomban und Geneviève.

»Sieh!« fuhr er fort, »die beiden sollen im Frühling heiraten, wenn das Geschäft im Winterhalbjahr gut geht.«

Das war so die überkommene Gewohnheit des Hauses. Der Gründer, Aristide Finet, hatte seine Tochter Désirée seinem ersten Gehilfen Hauchecorne gegeben; er, Baudu, der in der Rue de la Michodière mit sieben Francs in der Tasche gelandet war, hatte die Tochter Elisabeth Vater Hauchecornes geheiratet; er seinerseits beabsichtigte nun, seine Tochter Geneviève mit dem ganzen Hause an Colomban abzutreten, sobald das Geschäft wieder etwas besser gehen würde. Wenn er mit der beschlossenen Heirat seit drei Jahren zögerte, so geschah das aus Gewissenhaftigkeit, aus starrköpfiger Rechtschaffenheit: er hatte das Haus in gutem Bestand übernommen und wollte es nun den Händen seines Schwiegersohnes nicht mit verringerter Kundschaft und zweifelhaften Verbindungen übergeben.

Baudu fuhr fort, er stellte Colomban vor, der aus Nambouillet sei wie der Vater Frau Baudus, es bestehe sogar so etwas wie eine entfernte Vetternschaft zwischen ihnen. Ein tüchtiger Arbeiter, habe sich seit zehn Jahren für das Geschäft abgeschunden und sich seine Stellung ehrlich verdient. Übrigens sei er auch gar nicht so der erste Beste, sondern er habe den berühmten Kneipbruder Colomban zum Vater, einen im ganzen Seine- und Oisedepartement bekannten Tierarzt; der sei ein wahrer Künstler in seinem Fach, aber derart auf seinen Magen bedacht, daß er alles verfuttere.

»Gott sei Dank!« sagte der Tuchhändler zum Schluß, »wenn der Vater trinkt und mit dem Bettelsack herumläuft, dann hat der Sohn hier wenigstens den Wert des Geldes kennengelernt.«

Während er so sprach, sah sich Denise Geneviève und Colomban an. Sie saßen bei Tisch nebeneinander; aber sie blieben ganz ruhig, ohne zu erröten oder zu lächeln. Vom Tage seines Eintritts an hatte der junge Mann mit dieser Heirat gerechnet. Er war über die verschiedenen Rangstufen emporgestiegen, war kleiner Gehilfe, dann wohlbestallter Einkäufer geworden und endlich ins Vertrauen und zu den festlichen Veranstaltungen der Familie herangezogen worden und hatte bei alledem geduldig das Dasein einer Uhr geführt; so betrachtete er Geneviève als ein ausgezeichnetes und ehrliches Geschäft. Die Gewißheit ihres Besitzes ließ sie ihm allerdings noch nicht als wünschenswert erscheinen. Und auch das junge Mädchen hatte sich allmählich daran gewöhnt, ihn zu lieben, aber mit dem ganzen Ernst ihrer zurückhaltenden Gemütsveranlagung und einer tiefen, ihr selbst in der niedergedrückten Regelmäßigkeit ihres Alltags noch nicht zum Bewußtsein gekommenen Leidenschaft.

»Wenn man sich gegenseitig gefällt und man es sich leisten kann«, glaubte Denise mit einem Lächeln sagen zu sollen, um sich liebenswürdig zu zeigen.

»Ja, darauf läuft's immer hinaus«, erklärte Colomban, der noch kein Wort gesagt hatte und langsam kaute.

Geneviève ihrerseits meinte, indem sie ihm einen langen Blick zuwarf:

»Man muß sich verstehen, dann kommt das ganz von selbst.«

Ihre Zärtlichkeit war ein Gewächs dieses Erdgeschosses des alten Paris. Sie war wie eine Kellerblume. Seit zehn Jahren kannte sie nur ihn, verlebte ihre ganzen Tage an seiner Seite hinter den gleichen Tuchhaufen in der tiefen Finsternis des Ladens; und morgens und abends fanden sie sich beide, Ellbogen an Ellbogen, in dem engen Eßzimmer wieder, das kühl wie ein Brunnen war. Sie hätten auf dem offenen Lande im Walde nicht verborgener, verlorener leben können. Nur ein Zweifel, eine eifersüchtige Furcht sollte das junge Mädchen schließlich zu der Entdeckung führen, daß sie sich in diesem Dunkel, das mit schuld daran war, aus Leere des Herzens und Langerweile der Sinne auf ewig gebunden habe.

Denise glaubte währenddessen in dem Blick, den Geneviève Colomban zuwarf, eine steigende Unruhe erblicken zu müssen. Sie antwortete ihm jedoch mit zustimmender Miene:

»Ach was! Wenn man sich liebt, versteht man sich immer.«

Baudu überwachte indessen den Tisch mit wichtiger Miene. Er hatte Schnittchen Brie verteilt, und um seine Verwandten zu feiern, verlangte er noch eine zweite Nachspeise, einen Topf eingemachter Johannisbeeren, eine Freigebigkeit, die Colomban anscheinend überraschte. Pépé war bis dahin recht verständig gewesen, angesichts des Eingemachten aber benahm er sich schlimm. Jean, der während des Gesprächs über die Heirat von Teilnahme ergriffen schien, prüfte das Gesicht seiner Base Geneviève und fand es zu weich, zu blaß, so daß er sie in seinem Innern einem kleinen, weißen Kaninchen mit schwarzen Ohren und roten Augen verglich.

»Genug geschwatzt, nun Platz gemacht für die andern!« schloß der Tuchhändler, indem er das Zeichen zum Aufstehen gab. »Wenn man sich auch mal was Besonderes leistet, ist das noch lange kein Grund dafür, nun alles zu übertreiben.«

Nun kamen Frau Baudu, der andere Gehilfe und das Fräulein, um sich zu Tisch zu setzen. Denise blieb abermals allein und setzte sich dicht an die Tür, darauf wartend, daß ihr Onkel sie zu Vinçard bringen sollte. Pépé spielte ihr zu Füßen, Jean hatte wieder seinen Beobachtungsposten auf der Schwelle eingenommen. Fast eine Stunde lang beobachtete sie nun voller Teilnahme alles, was um sie her vorging. In Zwischenräumen traten Kunden herein: eine Dame erschien, dann zwei weitere. Dem Laden haftete sein Geruch nach Altertum an, eine Dämmerung, in der augenscheinlich die Klage des ganzen alten, so biederen und schlichten Handels um seinen Niedergang sich ausdrückte. Was jedoch ihre höchste Aufmerksamkeit erregte, das war auf der andern Seite der Straße das »Paradies der Damen«, dessen Schaufenster sie durch die offenstehende Tür beobachten konnte. Der Himmel blieb trübe, das weiche Regenwetter machte die Luft schlaff trotz der Jahreszeit; und in diesem blassen, anscheinend von einer Art zerstreuten Sonnenscheins durchdrungenen Tageslicht kam es in dem großen Geschäft zu lebhaftem Verkauf.

Denise überschlich nun die Empfindung, als sei es eine

mit Hochdruck arbeitende Maschine, deren Erschütterungen sich sogar den Auslagen mitteilten. Das waren nicht länger die kalten Schaufenster vom Morgen; jetz erschienen sie heiß und bebend von einem innern Zittern. Die Leute sahen sie sich an, stehengebliebene Frauen drängten sich vor den Spiegelscheiben, in der ganzen Menge drückte sich rohe Begehrlichkeit aus. Und die Stoffe schienen bei dieser auf dem Bürgersteige herrschenden Leidenschaft lebendig zu werden: die Spitzen schienen zusammenzuschauern, sie sanken zusammen und verbargen die Tiefen des Ladens in einer trüb-geheimnisvollen Art; selbst die dicken, viereckigen Tuchstücke schienen zu atmen und Versuchung auszuhauchen; die Mäntel aber preßten sich noch dichter um die scheinbar beseelt gewordenen Puppen, und der große Samtmantel, weich und warm, bauschte sich wie auf lebenden Schultern, wie über einer klopfenden Kehle und zitternden Hüften. Aber die Walzwerkhitze, von der das ganze Haus flammte, hatte ihre Ursache vor allem in dem Verkauf, in dem Gedränge vor den Ladentischen, das man sogar durch die Mauern hindurch empfand. Es war das dauernde Gebrause einer laufenden Maschine, ein dauerndes Beschicken mit Kunden, die in den einzelnen Abteilungen angehäuft, vor den Waren schwindlig gemacht und dann an die Kassen geworfen wurden. Und all das wurde mit einer wahrhaft mechanischen Strenge geregelt und durchgeführt, ein ganzes Volk von Frauen wurde so durch die Kraft und den Sinn dieses Triebwerkes durchgearbeitet.

Denise fühle schon seit dem Morgen eine innere Versuchung. Dies Geschäft, das ihr so ungeheuer vorkam, in das sie in einer Stunde mehr Menschen hineingehen sah, als zu Cornaille in sechs Monaten kamen, machte sie schwindlig und zog sie an; und in dem Wunsch, es ganz zu durchdringen, lag eine Art unbestimmter Furcht, die die Versuchung erst vollkommen machte. Gleichzeitig verursachte ihr der

Laden ihres Onkels ein unbehagliches Gefühl. Es war eine Mißachtung, für die sie keinen Grund angeben konnte, ein gefühlsmäßiger Widerwille gegen dies Eisloch von altem Laden. Alle ihre Empfindungen, ihre unruhige Ankunft, die gereizte Aufnahme durch ihre Verwandten, das Frühstück, trübselig wie in einem Gefängnis, ihr Warten hier in der schläfrigen Verlassenheit dieses alten, im Todeskampf liegenden Hauses faßten sich zu einem dumpfen Widerspruch zusammen, zu einem Drange nach Leben und Licht. Und trotz ihres guten Herzens wanderten ihre Augen wieder zum »Paradies der Damen« zurück, als müßte die Verkäuferin in ihr sich unbedingt an dem Feuer dieses mächtigen Umsatzes erwärmen.

»Da drüben sind wenigstens noch Leute!« ließ sie es sich entschlüpfen.

Aber sie bedauerte dies Wort, sowie sie merkte, daß die Baudus neben ihr standen. Frau Baudu hatte eben ihr Frühstück beendet und stand ganz weiß da, ihre blassen Augen auf das Ungetüm geheftet; aber trotz ihrer Ergebenheit konnte sie es nicht da drüben auf der andern Seite der Straße liegen sehen, ohne daß stumme Verzweiflung ihr die Augen von Tränen überquellen ließ. Geneviève dagegen beobachtete mit wachsender Unruhe Colomban, der sich unbeobachtet glaubte und erregt seine Blicke zu den Modenverkäuferinnen emporrichtete, deren Ladentische man hinter den Fenstern des Zwischenstockes sehen konnte. Baudu war die Galle wieder ins Gesicht gestiegen und er beschränkte sich auf die Worte:

»Es ist nicht alles Gold, was glänzt. Nur Geduld!«

Die Familie verschluckte augenscheinlich den Strom von Haß, der ihr in der Kehle emporstieg. Eine Art Selbstachtung machte es ihnen unmöglich, sich so bald vor diesen heute morgen erst angekommenen Kindern eine Blöße zu geben. Der Tuchhändler wandte sich schließlich mit einer gewissen Anstrengung ab, um von dem Schauspiel des Verkaufs da drüben loszukommen.

»Schön!« nahm er wieder das Wort, »dann wollen wir nun mal zu Vinçard gehen. Die Stellen da sind sehr begehrt, morgen wäre es vielleicht schon zu spät.«

Vorm Weggehen aber gab er dem zweiten Gehilfen noch den Auftrag, Denises Koffer vom Bahnhof zu holen. Frau Baudu, der das junge Mädchen Pépé anvertraut hatte, beschloß den Augenblick auszunutzen und den Kleinen nach der Rue des Orties zu Frau Gras zu bringen, um mit ihr zu reden und zu einem Einverständnis zu kommen. Jean versprach seiner Schwester, sich nicht aus dem Laden zu rühren.

»Wir haben kaum zwei Minuten weit«, erklärte Baudu seiner Nichte, während er mit ihr die Rue Gaillon hinunterging. »Vinçard hat eine ganz besondere Art Seide geschaffen, mit der er noch Geschäfte macht. Oh, er hat natürlich seine Sorgen wie alle Welt, aber er ist ein Pfiffikus und kommt bei seinem Hundegeiz immer aus ... Ich glaube aber doch, er will sich wegen seines Reißens zur Ruhe setzen.«

Der Laden befand sich in der Rue Neuve des Petits-Champs, dicht bei der Passage Choiseul. Er war reinlich und hell, wenn auch klein und mit wenig Ware. Baudu und Denise fanden Vinçard in eifriger Besprechung mit zwei Herren.

»Lassen Sie sich nicht stören«, rief der Tuchhändler. »Wir haben keine Eile, wir können warten.«

Und indem er rücksichtsvoll wieder nach der Türe zurückging, beugte er sich zu seiner Nichte nieder und sagte ihr ins Ohr:

»Der Magere ist im ›Paradies der Damen‹ Zweiter in der Seide, und der Dicke ist ein Weber aus Lyon.«

Denise merkte, daß Vinçard Robineau, den Gehilfen aus

dem »Paradies der Damen«, zur Übernahme seines Geschäfts zu verleiten suchte. Er trug ein ungezwungenes Benehmen zur Schau und gab ihm offenen Gesichts sein Ehrenwort mit der Leichtigkeit jemandes, dem ein Eid nicht viel ausmacht. Nach seinen Worten war das Geschäft eine wahre Goldgrube; und obwohl er vor Gesundheit strotzte, unterbrach er sich doch hin und wieder mit einem Seufzer, um über seine verdammten Schmerzen zu jammern, die ihn zwängen, sein Glück im Stiche zu lassen. Aber Robineau, sorgenvoll und reizbar, unterbrach ihn ungeduldig: er kannte die Schwierigkeiten, die das Modengeschäft durchzumachen hatte, und führte eine andere besondere Seidenart an, die durch die Nähe des »Paradieses der Damen« zugrunde gerichtet worden war. Vinçard geriet in Feuer und sprach lauter.

»Herrgott nochmal, der Zusammenbruch dieses Dummkopfes von Vabre war ein reines Verhängnis ... Seine Frau fraß alles. Und dann sind wir hier einen halben Kilometer weit weg, während Vabre mit ihnen Tür an Tür lag.«

Nun legte sich Gaujean, der Seidenweber, ins Mittel. Die Stimmen wurden wieder leiser. Er beschuldigte die großen Warenhäuser, die ganze französische Warenherstellung zugrunde zu richten; zu dreien oder vieren schrieben sie dieser ihre Gesetze vor und ständen als Herrscher auf dem Markte da; und er ließ durchblicken, die einzige Art, sie zu bekämpfen, wäre die Begünstigung des Kleinhandels, vor allem in besonderen Gegenständen, denen die Zukunft gehöre. Er bot Robineau auch sehr weitgehende Vorschüsse an.

»Sehen Sie doch nur mal, wie sich das ›Paradies der Damen‹ Ihnen gegenüber benimmt«, fing er wieder an. »Keinerlei Rücksicht auf geleistete Dienste, Maschinen zur Ausbeutung der Menschheit! ... Schon längst ist Ihnen die Stellung als Erster versprochen, und Bouthemont, der von draußen hereinkam und gar keinerlei Anspruch hatte, hat sie ohne weiteres bekommen.«

Die Wunde, die diese Ungerechtigkeit Robineau geschlagen hatte, war noch frisch. Er zögerte indessen damit, sich niederzulassen und zwar, wie er erklärte, weil sein Geld nicht von ihm herstamme; seine Frau hätte sechzigtausend Francs geerbt und er hatte hinsichtlich dieser Summe große Bedenken; er würde sich, wie er sagte, lieber beide Hände abhacken, als dies Geld an ein schlechtes Unternehmen wagen.

»Nein, ich kann mich noch nicht entschließen«, kam er endlich zum Schluß. »Lassen Sie mir Zeit zur Überlegung, wir reden ein andermal darüber.«

»Wie Sie wollen«, sagte Vinçard, seine Enttäuschung hinter seiner Biedermannsmiene verbergend. »Mein Vorteil ist's nicht, wenn ich verkaufe. Was glauben Sie, ohne diese Schmerzen...«

Und indem er wieder in die Mitte des Ladens trat.

»Was steht Ihnen zu Diensten, Herr Baudu?«

Der Tuchhändler hatte mit einem Ohre zugehört und stellte nun Denise vor; er erzählte soviel von ihrer Geschichte als ihm gutdünkte und sagte, sie habe zwei Jahre in der Provinz gearbeitet.

»Und da Sie, wie man mir sagte, eine gute Verkäuferin suchen...«

Vinçard spielte den tief Verzweifelten.

»Ach, ist das ein Pech! Tatsächlich, ich habe acht Tage lang nach einer Verkäuferin gesucht. Aber vor kaum zwei Stunden habe ich eine angenommen.«

Nun trat Stillschweigen ein. Denise schien ganz verwirrt. Da erlaubte sich Robineau, der sie zweifellos voll teilnehmenden Mitleids über ihr armseliges Aussehen beobachtet hatte, einen Vorschlag.

»Ich weiß, bei uns in der Kleiderabteilung sucht man jemand.«

Baudu konnte einen aus tiefstem Herzen emporsteigenden Schrei nicht zurückhalten:

»Bei Ihnen! O nein, wissen Sie!«

Dann hielt er voller Verlegenheit inne. Denise war ganz rot geworden: in dies große Geschäft eintreten, das würde sie nie wagen! Und doch erfüllte sie der Gedanke, dort sein zu können, mit Stolz.

»Warum nicht?« erwiderte Robineau überrascht. »Im Gegenteil, das wäre eine sehr gute Gelegenheit für das Fräulein... Ich rate ihr, sich morgen früh bei Frau Aurelie, der Ersten, vorzustellen. Das Schlimmste was ihr zustoßen kann, ist, daß sie nicht genommen wird.«

Nun stürzte sich der Tuchhändler, um seinen innern Widerwillen zu verbergen, in ausweichende Redensarten: er kenne Frau Aurelie wohl, oder doch wenigstens ihren Mann, L'homme, den Kassierer, dem der rechte Arm durch einen Omnibus abgefahren sei. Dann wandte er sich unvermittelt zu Denise um:

»Übrigens ist das ja deine Sache und nicht meine... Sie hat volle Freiheit.«

Und er ging, nachdem er Gaujean und Robineau gegrüßt hatte. Vinçard begleitete ihn bis zur Tür und drückte ihm nochmals sein Bedauern aus. Das junge Mädchen war eingeschüchtert mitten im Laden stehengeblieben und wollte den Gehilfen um vollständigere Auskunft bitten. Aber sie wagte es nicht, sie grüßte nur auch ihrerseits und sagte schlicht:

»Vielen Dank, mein Herr.«

Baudu sprach auf dem Bürgersteig kein Wort mit seiner Nichte. Er ging rasch und zwang sie zu laufen, wie ganz von seinen Überlegungen hingerissen. In der Rue de la Michodière wollte er schon in sein Haus eintreten, als ein benachbarter Ladeninhaber, der vor seiner Türe stand, ihn durch ein Zeichen heranrief. Denise blieb stehen, um auf ihn zu warten.

»Was ist denn, Vater Bourras?« fragte der Tuchhändler.

Bourras war ein großer alter Mann mit einem Prophetenkopfe, mächtigem Haar und Bart und durchdringenden Augen unter buschigen Brauen. Er hatte ein Geschäft für Stöcke und Schirme, führte Ausbesserungen aus, schnitzte auch Griffe, was ihm den Ruf eines Künstlers im Viertel erworben hatte. Denise warf einen raschen Blick auf das Schaufenster des Ladens, in dem Schirme und Rohrstöcke in regelmäßigen Reihen dastanden. Aber sie erhob die Augen wieder, und nun setzte sie besonders das Haus selbst in Verwunderung: ein zwischen das »Paradies der Damen« und ein mächtiges Gebäude in der Bauart Ludwigs XIV. eingeklemmter Kasten, anscheinend auf unerklärliche Weise in diesem engen Spalt emporgeschossen, auf dessen Boden sich seine beiden niedrigen Geschosse hinduckten. Ohne die Unterstützung von rechts und links mußte er auseinanderfallen, seine Dachschiefer waren wellig und faul, seine Vorderseite mit den beiden Fenstern voller Risse, und Rostflecken liefen in langen Streifen über das halb zerfressene Holz des Ladenschildes.

»Sie wissen ja, er hat meinem Hauseigentümer wegen Ankaufs des Hauses geschrieben«, sagte Bourras, indem er den Tuchhändler fest mit seinen Flammenaugen ansah.

Baudu wurde noch blasser und ließ die Schultern hängen. Es entstand eine Pause, beide Männer blieben einander gegenüber mit tiefsinniger Miene stehen.

»Man muß auf alles gefaßt sein«, sagte er endlich leise.

Nun wurde der Alte wütend, er schüttelte sein Haar und seinen Flußgötterbart.

»Laß ihn das Haus nur kaufen, er muß seinen vierfachen Wert bezahlen!... Aber ich schwöre, solange ich lebe, soll er keinen Stein davon bekommen. Mein Mietvertrag läuft noch zwölf Jahre... Wir werden schon sehen, wir werden schon sehen!«

Das war eine offene Kriegserklärung. Bourras wandte sich wieder dem »Paradies der Damen« zu, das weder der eine noch der andere genannt hatte. Baudu nickte einen Augenblick schweigend mit dem Kopfe; dann ging er über die Straße, um wieder in seine Wohnung zu treten, die Beine waren ihm wie zerbrochen und er wiederholte nur immerfort:

»Ach, mein Gott!... ach, mein Gott!...«

Denise, die zugehört hatte, ging hinter ihrem Onkel her. Frau Baudu kam auch mit Pépé zurück, und sie erzählte sofort, Frau Gras würde das Kind nehmen, sobald sie wollten. Jean aber war verschwunden, und das war eine große Beunruhigung für seine Schwester. Als er mit erregtem Gesicht zurückkam und voller Leidenschaft vom Boulevard erzählte, drückte der Blick, mit dem sie ihn ansah, solche Trauer aus, daß er darüber errötete. Ihr Koffer war geholt, und sie konnten oben im Dachgeschoß schlafen.

»Ja, wie war's denn bei Vinçard?« fragte Frau Baudu.

Der Tuchhändler erzählte von seinem erfolglosen Schritte und fügte hinzu, jemand hätte seiner Nichte eine Stelle angegeben; und indem er den Arm mit einer Mißachtung ausdrückenden Gebärde nach dem »Paradies der Damen« hin ausstreckte, stieß er die Worte hervor:

»Sieh! Da drin!«

Die ganze Familie fühlte sich hierdurch verletzt. Abends fand die erste Mahlzeit um fünf Uhr statt. Denise und die beiden Kinder nahmen ihre Plätze wieder neben Baudu, Geneviève und Colomban ein. Eine Gasflamme erhellte das kleine Eßzimmer, in dem sich der Eßgeruch fing. Die Mahlzeit verlief schweigend. Aber beim Nachtisch kam Frau Baudu, die es auf ihrem Posten nicht mehr aushielt, aus dem Laden, um sich hinter ihre Nichte zu setzen. Und nun brach der seit dem Morgen zurückgehaltene Strom los, alle fanden sie ihren Trost im Losschlagen auf das Ungeheuer.

»Es ist ja natürlich deine Sache, du bist vollkommen frei«, wiederholte zunächst Baudu. »Wir wollen dich durchaus nicht beeinflussen... Aber wenn du bloß wüßtest, was das für ein Haus ist!«

In abgehackten Sätzen erzählte er nun die Geschichte Octave Mourets. Der hatte stets Glück gehabt! Der Bengel war aus dem Süden mit der liebenswürdigen Frechheit aller Abenteurer nach Paris hereingeschneit; und am nächsten Tage hätte er schon Weibergeschichten gehabt, hätte fortgesetzt die Weiber ausgenutzt, dann wäre er zu seiner Schande auf frischer Tat ertappt worden, wovon das ganze Viertel sich noch erzählte; schließlich aber hätte er ganz plötzlich und auf unerklärliche Weise Frau Hédouin erobert, die ihm das »Paradies der Damen« in die Ehe brachte.

»Die arme Karoline!« unterbrach ihn Frau Baudu. »Sie war eine entfernte Verwandte von mir. Ach! wenn die noch lebte, dann wären die Geschichten anders ausgelaufen. Sie hätte uns nicht so hinmorden lassen... Und er hat sie umgebracht. Jawohl, mit seiner Bauerei! Als sie sich eines Morgens die Arbeiten ansah, fiel sie in ein Loch. Drei Tage später starb sie. Sie, die nie krank war, die immer so gesund war, so schön!... Unter den Steinen des Hauses da fließt Blut.«

Durch die Wand hindurch wies sie mit ihrer blassen, zitternden Hand nach dem großen Geschäft hinüber. Für Denise hörte sich ihre Erzählung wie ein Feenmärchen an und sie empfand einen leichten Schauder. Vielleicht rührte die Furcht, die auf dem Untergrunde der sie seit heute morgen beherrschenden Versuchung lag, vom Blute dieser Frau her, die sie jetzt auf dem geröteten Mörtel des Kellergeschosses daliegen sah.

»Man möchte fast sagen, das hat ihm Glück gebracht«, setzte Frau Baudu hinzu, ohne Mourets Namen zu nennen.

Aber der Tuchhändler zuckte die Achseln voller Verachtung für solche Ammenmärchen. Er nahm seine Geschichte wieder auf und erklärte ihnen die Sachlage vom kaufmännischen Gesichtspunkte. Das »Paradies der Damen« war im Jahre 1822 von den Brüdern Deleuze gegründet. Beim Tode des Ältesten hatte sich seine Tochter Karoline mit einem großen Leinenweber verheiratet, Charles Hédouin; und als dessen Witwe hatte sie später Mouret zum Manne genommen. Sie brachte ihm also die eine Hälfte des Geschäftes als Aussteuer zu. Drei Monate nach der Hochzeit starb der Onkel Deleuze kinderlos; und so kam es, daß, als Karoline ihre Knochen auf den Grundmauern liegen ließ, Mouret alleiniger Erbe, alleiniger Besitzer des »Paradieses der Damen« blieb. Immer nur Glück!

»Ein Mensch voller Gedanken, ein gefährlicher Wirrkopf, der noch das ganze Viertel auf den Kopf stellen wird, wenn man ihn ruhig gewähren läßt!« fuhr Baudu fort. »Ich glaube, Karoline, die ja auch immer so'n bißchen hochfliegend war, hat sich durch die überspannten Pläne des Herrn einfangen lassen ... Kurz, er brachte sie dazu, erst das Haus links anzukaufen, dann das Haus rechts; und er selbst kaufte noch zwei andere dazu, nachdem er allein war; und so wuchs das Geschäft und ist immer weiter gewachsen, bis es jetzt uns alle Überzuschlucken droht.«

Er hatte sich zwar an Denise gewandt, aber er redete doch für sich selbst und kaute die ihn völlig behexende Geschichte in dem fieberhaften Drange, sich selbst Genugtuung zu verschaffen, wieder einmal durch. Er war unter seinen Hausgenossen der Gallige, der Heftige, der immer mit geballten Fäusten herumlief. Frau Baudu trat ihm nicht engegen, sie saß ruhig auf ihrem Stuhle; Geneviève und Colomban pickten mit niedergeschlagenen Augen Brotkrumen auf und aßen sie. Es war so heiß, so stickig in dem kleinen Raume, daß Pépé mit dem Kopf auf dem Tisch einschlief und selbst Jeans Augen sich schlossen.

»Nur Geduld«, fing Baudu wieder an. »Die Schwindler werden sich schon den Hals brechen. Mouret hat eine Klemme durchzumachen, das weiß ich. Er hat seinen ganzen Gewinn in all diese verrückten Vergrößerungen und Reklamegeschichten hineinstecken müssen. Außerdem ist er, um flüssiges Geld zu bekommen, auf den Gedanken verfallen, die meisten seiner Angestellten dazu zu bringen, ihr Geld bei ihm anzulegen. Jetzt sitzt er aber ohne einen Sou da, und wenn kein Wunder geschieht, wenn er es nicht dazu bringt, seinen Umsatz zu verdreifachen, wie er es hofft, dann sollt ihr mal sehen, den Krach!... Ach, ich bin wahrhaftig nicht boshaft, aber an dem Tag erlaube ich mir eine Festbeleuchtung, mein Wort darauf!«

So ging es in einem Atem voll Rachedurst weiter, man hätte fast sagen mögen, der Zusammenbruch des »Paradieses der Damen« sei dazu bestimmt, das Ansehen des alten, in Verlegenheiten geratenen Handels wiederherzustellen. Hatte man je so was gesehen? Ein Modewarengeschäft, in dem man alles kaufen konnte! Ein Basar also! Und die Angestellten waren auch'ne nette Sorte: ein Haufen Stutzer, die sich anstellten wie auf einem Bahnhofe, die Waren und Kunden wie Pakete behandelten, die ihrem Herrn wegliefen oder von ihm weggejagt wurden ohne ein Wort, ohne eine Spur von Anhänglichkeit, ohne jede Sitte, jedes Kunstverständnis! Und plötzlich rief er Colomban als Zeugen auf: er, Colomban, der doch durch eine gute Schule gegangen wäre, er wüßte doch sicher, auf wie langsame, vorsichtige Weise man nur hinter die Feinheiten, die Kniffe seines Geschäftes käme. Die Kunst bestände doch nicht darin, viel zu verkaufen, sondern teuer zu verkaufen. Ferner könnte er auch berichten, wie sie ihn behandelt hätten, wie er ein Mitglied des Hauses geworden wäre, wie sie sich um ihn gekümmert hätten, wenn er krank gewesen sei, wie für ihn gewaschen und ausgebessert worden sei, wie er väterlich überwacht, schließlich geliebt worden sei!

»Ganz gewiß«, wiederholte Colomban nach jedem Worte seines Herrn.

»Du bist der letzte, mein Lieber«, schloß Baudu endlich seine Erklärung ganz gerührt. »Nach dir kommt keiner mehr ... Du bist mein einziger Trost; denn wenn es zu einem derartigen Wirrwarr kommt wie das, was sie jetzt Handel nennen, darauf verstehe ich mich nicht, dann gehe ich lieber.«

Geneviève, den Kopf auf die Schulter geneigt, als würde ihr dichtes schwarzes Haar ihr zu schwer, sah den lächelnden Gehilfen prüfend an; und in ihrem Blick lag ein Verdacht, der Wunsch zu sehen, ob Colomban nicht bei diesen Lobreden unter dem Drucke etwaiger Gewissensbisse erröten müsse. Der junge Mann aber, auf alle Kniffe des alten Handels gut zugeritten, bewahrte seine ruhige Haltung, seine reichlich gutmütige Miene mit einem pfiffigen Zucken um die Lippen.

Baudu schrie indessen immer lauter und beschuldigte den Schleudermarkt da drüben, diese Wilden, die sich gegenseitig in ihrem Kampf ums Dasein umbrächten, sie würden schließlich noch das Familienleben zugrunde richten. Und als Beweis führte er ihre Nachbarn vom Lande draußen an, die Lhommes, Mutter, Vater und Sohn, alle drei Angestellte in dem Kasten da, Leute ohne jedes Innenleben, die immer außerhalb und nur Sonntags zu Hause äßen, ein reines Gasthaus- und Wirtschaftstischessen! Gewiß, sein Eßzimmer sei nicht groß, und sie hätten es gern etwas heller und luftiger gehabt; aber sein Leben finde da doch einen gewissen Halt und er lebe hier stets von der Zärtlichkeit der Seinen umgeben. Während er sprach, schweiften seine Augen um den kleinen Raum; und ein Zittern erfaßte ihn bei dem Gedanken, den er sich selbst noch nicht eingestehen mochte, diese Wilden könnten, wenn sie es endlich fertig brächten, sein Geschäft zugrunde richten, ihn aus diesem Loch hinausjagen, in dem er so warm inmitten seiner Frau und Tochter dasaß. Trotz der Sicherheit, die er mit der Weissagung des schließlichen Untergangs des »Paradieses der Damen« vortäuschte, war er im Grunde doch voller Furcht, er fühlte das ganze Viertel allmählich überflutet und aufgezehrt.

»Nicht als wollte ich dir den Geschmack daran verderben«, fing er wieder an, indem er sich Mühe gab ruhig zu bleiben. »Wenn es für dich vorteilhaft ist, bin ich der erste, der dir sagt: geh' hin.«

»Das glaube ich wohl, Onkel«, sagte Denise leise, betäubt, denn inmitten all dieser Leidenschaft wuchs nur ihr Wunsch, im »Paradies der Damen« zu leben.

Er hatte die Ellbogen auf den Tisch gestützt und ermüdete sie mit seinen Blicken.

»Aber du bist doch auch von der Zunft; sag' du mir doch mal, ob das noch Vernunft ist, wenn ein einfaches Modengeschäft anfängt alles mögliche zu verkaufen. Früher, als der Handel noch ehrlich war, umfaßten Moden Stoffe, nichts weiter. Heute haben sie nur noch den einen Gedanken, ihren Nachbarn auf den Buckel zu klettern und alles zu verschlingen... Darüber klagt ja gerade das ganze Viertel, denn die kleinen Läden fangen schon an, entsetzlich darunter zu leiden. Der Mouret da bringt sie alle um... Sieh mal! Die Schwestern Bedoré, die Putzmacherinnen in der Rue Gaillon, haben schon die Hälfte ihrer Kundschaft verloren. Bei Fräulein Tatin, der Leinenhandlung in der Passage Choiseul, sind sie dabei, die Preise herunterzusetzen und mit billigen Preisen zu kämpfen. Und die Wirkung dieser Geißel, dieser Pest läßt sich bereits bis in die Rue Neuve des Petits-Champs hinein verspüren, wo wie ich mir habe erzählen lassen, die Herren Gebrüder Vanpouille, die Pelzhändler, den Stoß auch schon nicht mehr aushalten können... Was? Plüntjenkrämer, die Pelz verkaufen wollen, so was ist doch zu närrisch! Auch wieder so einer von Mourets Einfällen!«

»Und Handschuhe«, sagte Frau Baudu. »Ist so was nicht ungeheuerlich? Er wagt es, eine Abteilung für Handschuhe einzurichten!... Als ich gestern durch die Rue Neuve Saint-Augustin ging, stand Quinette gerade vor seiner Tür und sah so traurig aus, daß ich ihn wirklich nicht mal fragen mochte, ob das Geschäft gut ging.«

»Und Schirme«, fing Baudu wieder an. »Da, das ist doch wirklich die Höhe! Bourras ist fest überzeugt, Mouret hat ihn einfach totmachen wollen; wie reimt sich das denn schließlich auch zusammen, Schirme und Stoffe?... Aber Bourras ist kräftig, der läßt sich nicht so leicht umbringen. Eines schönen Tages wird das Lachen noch auf unserer Seite sein.«

Er sprach noch von andern Händlern und ging das ganze Viertel durch. Zuweilen entschlüpfte ihm dabei ein Geständnis: sollte Vinçard wirklich versuchen zu verkaufen, dann könnten sie nur alle ihr Bündel schnüren, denn Vinçard wäre wie die Ratten, die das Haus vor dem Zusammenbruch verließen. Dann widersprach er sich sofort und träumte von einem Bunde, einem Zusammenschluß der verschiedenen Kleinhändler, um dem Riesen die Stirn zu bieten. Einen Augenblick zögerte er noch, von sich selbst zu sprechen, seine Hände zitterten und um den Mund spielte ein aufgeregtes Zucken. Endlich kam er zu einem Entschluß.

»Ich habe bis jetzt noch nicht mal so sehr zu klagen gehabt. Oh! er schadet mir schon, der Lump! Aber bis jetzt beschränkt er sich noch auf Damenstoffe, leichte Tuche für Kleider und schwerere für Mäntel. Für Herrenstoffe kommen sie immer noch zu mir, Samte für die Jagd und für Dieneranzüge; von den Flanellen und Moltons will ich gar nicht mal reden, von denen soll er mir erst noch mal ein so vollständiges Lager vorzeigen. Aber er reizt mich, er glaubt mir das Blut in Wallung bringen zu können, weil er mir seine Tuchabteilung da vor die Nase gesetzt hat. Du hast doch seine Auslage gesehen, nicht wahr? Immer pflanzt er da seine schönsten Kleider mitten unter Tuchstücken hin, ein wahres Seiltänzerkunststück, um die Mädchen anzulocken... Glaube mir als einem ehrlichen Menschen, ich würde rot werden, wenn ich zu solchen Mitteln greifen müßte! Der Alte Elbeuf ist seit hundert Jahren bekannt und braucht vor seiner Türe keine solche Vogelfallen aufstellen. Solange ich lebe, soll der Laden bleiben, wie ich ihn übernommen habe, mit seinen vier Auslagen rechts und links, und nicht mehr!«

Seine Erregung ging auf die ganze Familie über. Nach einigem Stillschweigen erlaubte sich Geneviève das Wort:

»Unsere Kundschaft hat uns gern, Vater. Wir müssen hoffen... Erst heute wieder waren Frau Desforges und Frau de Boves da. Auf Frau Marty warte ich auch noch wegen Flanell.«

»Ich«, erklärte Colomban, »habe gestern eine Bestellung für Frau Bourdelais angenommen. Es ist ja wahr, sie sprach mit mir über einen englischen Cheviot, der drüben für zehn Sous billiger angekündigt ist, genau derselbe wie unserer, scheint's.«

»Und dann sich sagen zu müssen«, sagte Frau Baudu mit ihrer müden Stimme, »daß wir das Haus da nicht größer als ein Taschentuch gekannt haben. Wahrhaftig, liebe Denise, als die Deleuze es gründeten, hatte es nur ein einziges Schaufenster an der Rue Neuve Saint-Augustin, einen reinen Anschlagzettel, in dem sich zwei Stücke Zitzkattun mit drei Stücken Kaliko quetschten. Nicht umdrehen konnte man sich in dem Kasten, so eng war er... Der Alte Elbeuf bestand damals schon über sechzig Jahre und war genau so, wie du ihn jetzt siehst... Ach, es ist alles so anders geworden, so ganz anders!«

Sie schüttelte den Kopf, in ihren langsam fließenden Worten drückte sich das ganze Trauerspiel ihres Lebens aus. Im Alten Elbeuf geboren, liebte sie alles an ihm bis auf sein feuchtes Mauerwerk, sie lebte nur für ihn und durch ihn; und während sie sich ehemals dieses Hauses als des kräftigsten, des best ausgestatteten im ganzen Viertel rühmen konnte, hatte sie nun das dauernde Leid zu tragen, den Nebenbuhler größer und größer werden zu sehen, dann dem ihren gleich an Bedeutung und nun es bedrohlich überflügelnd. Das bedeutete für sie eine dauernd offene Wunde, sie starb an der Erniedrigung des Alten Elbeuf und lebte gleich ihm nur noch durch die Kraft des innern Antriebes, aber sie fühlte, der Todeskampf ihrer alten Bude würde auch der ihrige werden und sie müsse an dem gleichen Tage verlöschen, an dem diese geschlossen werden würde.

Alles war still. Baudu trommelte mit den Fingerspitzen den Zapfenstreich auf dem Wachstuch. Er empfand eine gewisse Müdigkeit, ja fast etwas Ärger, daß er sich wieder mal derartig erleichtert hatte. Übrigens fuhr doch die ganze Familie mit leerem Gesichtsausdruck und voller Niedergeschlagenheit fort, in den Bitternissen dieser Geschichte herumzustochern. Niemals hatte ihnen das Glück gelächelt. Die Kinder waren erzogen, das Glück nahte sich, da brachte der Wettbewerb ihnen plötzlich den Untergang. Und dann hatten sie noch das Haus in Nambouillet, das Landhaus, von dem der Tuchhändler seit zehn Jahren träumte, er wollte sich dorthin zurückziehen, ein Gelegenheitskauf, wie er sagte, ein alter Kasten, den er fortwährend ausbessern mußte und den er sich endlich entschlossen hatte zu vermieten, aber die Mieter bezahlten ihn nie. Sein letzter Verdienst ging da hinein, er besaß bei seiner ängstlichen, sich hart an alle möglichen alten Gebräuche klammernden Gewissenhaftigkeit nichts als diese eine Leidenschaft.

»Übrigens«, erklärte er plötzlich, »wir müssen den andern den Tisch räumen... Das ist ja auch doch nur unnützes Geschwätz!«

Das war wie ein Erwachen. Die Gasflamme pfiff in der toten, brennend heißen Luft des kleinen Raumes. Alle standen rasch auf und brachen so die traurige Stille. Pépé schlief indessen so fest, daß sie ihn auf ein paar Stücken Molton hinlegten. Jean gähnte, ging aber gleich wieder zur Straßentür.

»Um übrigens zum Schluß zu kommen, du mußt tun, was du willst«, sagte Baudu aufs neue zu seiner Nichte. »Wir haben dir die Sache erzählt, das ist alles... Aber deine Angelegenheiten sind eben deine Angelegenheiten.«

In seinem Blick lag etwas Drängendes, er wartete auf eine entschiedene Antwort. Denise, deren Leidenschaft für das »Paradies der Damen« diese Geschichten nur noch erhöht hatten anstatt sie davon abzubringen, bewahrte ihr ruhiges, sanftes Aussehen, aber sie besaß im Grunde die starrköpfige Willensfestigkeit des Normannen. Sie begnügte sich ihm zu antworten:

»Wir werden schon sehen, Onkel.«

Und dann sprach sie davon, nach oben zu gehen und sich früh mit den Kindern schlafen zu legen, denn sie waren alle drei sehr müde. Aber es schlug erst sechs Uhr, und sie wollte gern noch einen Augenblick im Laden bleiben. Es war dunkel geworden, und sie fand die Straße ganz schwarz und feucht von einem feinen, dichten, seit Sonnenuntergang fallenden Regen. Das bereitete ihr eine Überraschung: ein paar Augenblicke genügten, um den Erdboden mit Pfützen zu bedecken, die Rinnsteine führten Schmutzwasser daher, ein dicker, von den Füßen durchgekneteter Dreck verschmierte die Bürgersteige; und in dem klatschenden Regen sah man nichts als ein wirres Vorüberhuschen sich in der Finsternis wie große Flügel drängender und blähender Regenschirme. Zuerst stieß es sie ab, da sie sich frieren fühlte und ihr Herz sich durch den Anblick des schlecht erhellten Ladens, der jetzt wahrhaft traurig aussah, noch mehr zusammengeschnürt hatte. Ein feuchter Hauch, der Atem des alten Viertels, zog von der Straße herein; es kam ihr vor, als liefe das Plätschern auf den Regenschirmen bis zu den Ladentischen, als dringe das Pflaster mit seinem Schmutz und seinen Pfützen bis zu ihnen hinein und durchfeuchte das alte, von Salpeter geweißte Erdgeschoß vollends. Es überfiel sie wie eine gespenstische Erscheinung des alten, feuchten Paris, die sie zum Zittern brachte, und zu ihrem bittern Erstaunen fand sie die große Stadt so eiskalt und häßlich.

Auf der andern Seite des Fahrdamms aber entzündete nun das »Paradies der Damen«, die tiefen Reihen seiner Gasflammen. Und sie ging darauf zu, von neuem angezogen und als erwärme sie der Brand all dieses Lichtes. Die Maschine brauste immer noch, war immer noch im Gang und stieß ihren letzten Dampf dröhnend von sich; die Verkäufer legten die Stoffe zusammen und die Kassierer stellten die Einnahme fest. Durch den blassen, eisigen Dunst war es ein undeutliches Emporschießen von Helligkeit, ein Wirrwarr wie im Innern einer Werkstatt. Durch den Vorhang des fallenden Regens nahm diese zurückfliehende wirre Erscheinung das Aussehen eines riesenhaften Heizraumes an, in dem man die Schatten der Heizer schwarz an dem roten Feuer unter den Kesseln vorübergleiten sah. Die Scheiben beschlugen, es war drüben nichts mehr zu unterscheiden als der Schnee der Spitzen, deren Weiß die matten Gläser einer Reihe von Gasflammen noch erhöhten; und von dem Hintergrunde der Kapelle hoben sich die Kleider kräftig ab, der große mit Silberfuchs besetzte Samtmantel warf das sich beugende Schattenbild einer kopflosen Frau, die durch die Regenfluten zu irgendeinem Fest eilte, in das finstere Unbekannte von Paris hinaus.

Der Versuchung nachgebend, war Denise bis an die Tür gekommen, ohne sich um das Aufspritzen der Tropfen zu bekümmern, das sie durchfeuchtete. In dieser Abendstunde nahm das »Paradies der Damen« sie mit seinem brennenden Glanze endgültig gefangen. Es strahlte in der großen, unter dem Regen so schwarz und stumm daliegenden Stadt, in diesem ihr noch so unbekannten Paris wie ein Leuchtfeuer, es erschien ihr als das einzige Licht und Leben in der ganzen Stadt. Sie träumte von ihrer Zukunft dort, der vielen Arbeit, um die Kinder aufzubringen, aber auch noch von andern Sachen, was, wußte sie nicht genau, ihr ganz fern liegenden Vorgängen, und sie erzitterte in dem Wunsche nach ihnen und der Furcht vor ihnen. Wieder liefen ihre Gedanken zu der toten Frau auf den Grundmauern zurück; sie hatte Angst und glaubte, das Licht färbe sich blutrot; dann beruhigte das Weiß der Spitzen sie wieder, in ihrem Herzen stieg Hoffnung empor, Zuversicht auf Freude; indessen kühlte ihr der rieselnde Wasserstaub die Hände und beschwichtigte in ihr das noch von der Reise herrührende Fieber.

»Das ist Bourras«, sagte eine Stimme hinter ihrem Rükken.

Sie beugte sich vor und sah Bourras am Ende der Straße unbeweglich vor dem Schaufenster stehen, in dem sie am Morgen ein richtiges sinnreich aus Regenschirmen und Spazierstöcken hergestelltes Bauwerk bemerkt hatte. Der große alte Mann war in den Schatten geglitten, um diese siegverkündende Schaustellung mit eigenen Augen aufnehmen zu können; und mit einem schmerzverzogenen Gesicht fühlte er den Regen gar nicht, der ihm auf den bloßen Kopf herniederfiel, so daß seine weißen Haare davon troffen.

»Er ist dumm«, sagte die Stimme wieder, »er wird sich noch was Böses wegholen.«

Als sie sich nun umwandte, sah Denise, daß sie abermals die Baudus hinter sich hatte. Gegen ihren Willen kamen sie ebenso wie Bourras, den sie für dumm erklärten, immer wieder hierher zu diesem Schauspiel, das ihnen doch das Herz zerbrach. Die Wut brachte sie zum Ersticken. Geneviève war sehr blaß, sie hatte festgestellt, daß Colomban die an den Scheiben des Zwischenstockes vorbeigleitenden Schatten der Verkäuferinnen beobachtete; und während Baudu sein versetzter Haß würgte, hatten sich Frau Baudus Augen still mit Tränen gefüllt.

»Nicht wahr, du stellst dich morgen hier vor?« fragte schließlich der Tuchhändler, gequält von Ungewißheit und zudem in dem Gefühl, seine Nichte sei ebenso überwunden wie sie alle.

Sie zögerte, dann sagte sie sanft:

»Ja, Onkel, wenigstens wenn es dir nicht zu großen Kummer macht.«

Zweites Kapitel

AM NÄCHSTEN MORGEN STAND DENISE UM halb acht vor dem »Paradies der Damen«. Sie wollte sich dort vorstellen, ehe sie Jean zu seinem Lehrherrn brachte, der weit weg ganz oben im Faubourg du Temple wohnte. Da sie an das frühe Aufstehen gewöhnt war, hatte sie sich aber mit dem Herunterkommen zu sehr beeilt: die Ladengehilfen kamen gerade erst an; und da sie fürchtete, sich lächerlich zu machen, und ein gewisses Angstgefühl sie überkam, so ging sie noch einen Augenblick auf dem Place Gaillon hin und her.

Der kalte Wind hatte das Pflaster bereits getrocknet. Aus allen Straßen, die unter dem aschfarbenen Himmel nur von schwachem Tageslicht erhellt waren, strömten jetzt die Handlungsgehilfen lebhaft hervor, den Mantelkragen hochgeklappt, die Hände in den Taschen, ganz überrascht von diesem ersten Winterschauer. Die meisten liefen für sich allein und stürzten sich in das Warenhaus, ohne ihren neben ihnen herlaufenden Genossen auch nur ein Wort oder einen Blick zu schenken; andere gingen zu zweien oder dreien, rasch redend und die ganze Breite des Bürgersteiges einnehmend; und alle warfen sie vorm Eintreten mit der gleichen Bewegung ihre Zigarre oder Zigarette in den Rinnstein.

Denise bemerkte, wie mehrere der Herren sie im Vorbeigehen prüfend ansahen. Da wuchs ihre Angst, sie fühlte nicht mehr die Kraft, ihnen zu folgen, und beschloß, nicht eher hineinzugehen, bis der Aufmarsch vorbei wäre; sie errötete bei dem Gedanken, sich beim Eintreten unter der Tür zwischen all diesen Männern eingeklemmt finden zu können. Aber der Zug dauerte an, und um den Blicken zu entgehen, wanderte sie langsam um den Platz herum. Als sie zurückkam, fand sie einen großen, blassen, schlottrigen Burschen vor dem »Paradies der Damen« aufgepflanzt, der anscheinend ebenso wie sie schon seit einer Viertelstunde wartete.

»Fräulein«, sagte er endlich mit stottender Stimme, »sind Sie vielleicht Verkäuferin hier im Hause?«

Als sie den unbekannten jungen Menschen sie anreden hörte, blieb sie zunächst vor Erregung stehen, ohne ihm antworten zu können.

»Nämlich, sehen Sie«, fuhr er fort und verhedderte sich noch mehr, »ich bin auf den Gedanken gekommen, ob man mich hier nicht vielleicht nehmen würde, und daß Sie mir vielleicht Auskunft geben könnten.«

Er war ebenso ängstlich wie sie, wagte aber doch, sich an sie heranzumachen, weil er fühlte, sie zittere gleichfalls.

»Mit Vergnügen würde ich das, mein Herr«, sagte sie endlich. »Aber ich bin auch noch nicht weiter als Sie, ich bin auch hier, um mich vorzustellen.«

»Ach, sehr schön!« sagte er in ganz fassungslosem Tone.

Sie wurden beide dunkelrot, wie die verkörperte Angst blieben sie einen Augenblick sich gegenüber stehen, gerührt durch das Gemeinschaftliche ihrer Lage, und wagten doch beide nicht, sich laut guten Erfolg zu wünschen. Wie sie nun so nichts weiter herausbrachten und sich mehr und mehr darüber schämten, gingen sie linkisch auseinander und setzten beide für sich ihr Warten fort, aber in ein paar Schritten Entfernung.

Es kamen immer noch Handlungsgehilfen. Jetzt hörte Denise sie scherzen, wenn sie, ihr einen Seitenblick zuwerfend, an ihr vorbeigingen. Ihre Verwirrung, so zur Schau zu dienen, wuchs und sie beschloß gerade, einen Spaziergang von einer Viertelstunde im Viertel zu machen, als der Anblick eines jungen Mannes, der mit raschen Schritten aus der Rue Port Mahon herauskam, sie noch eine Minute festhielt. Es mußte augenscheinlich wohl ein Abteilungsvorstand sein, denn alle Gehilfen grüßten ihn. Er war groß, mit weißer Haut und wohlgepflegtem Bart; und er hatte Augen wie altes Gold, samtweich, die er im Augenblick, als er über den Platz kam, auf ihr ruhen ließ. Jetzt trat er schon in das Haus ein, gleichgültig dafür, daß sie unbeweglich, ganz überwältigt von diesem Blick stehen blieb, voll einer eigentümlichen Empfindung, in der mehr Unbehagen als Entzücken lag. Die Angst kam entschieden wieder über sie, sie ging langsam die Rue Gaillon hinab, dann die Rue Saint-Roch in der Erwartung, ihr Mut werde wohl wiederkommen.

Es war aber was Besseres als ein Abteilungsvorstand, es war Octave Mouret selbst. Er hatte die Nacht nicht geschlafen, denn nach dem Weggehen von einer Abendgesellschaft bei einem Wechselmakler war er mit einem Freunde und zwei Frauen zum Nachtessen gegangen, die er hinter den Kulissen eines kleinen Theaters aufgegriffen hatte. Sein zugeknöpfter Überzieher verbarg seinen Gesellschaftsanzug mit der weißen Binde. Voller Lebhaftigkeit kam er nun nach Hause, wusch sich, zog sich um, und als er sich in seinem Arbeitszimmer im Zwischenstock an den Schreibtisch setzte, fühlte er sich kräftig, das Auge lebhaft, die Haut frisch, ganz bei der Arbeit, als habe er zehn Stunden im Bett gelegen. Das Arbeitszimmer, weit, in altem Eichenholz mit grünem Rips, wies als einzigen Zierat ein Bild auf, das Bild eben jener Frau Hédouin, von der das Viertel immer noch sprach. Seit sie nicht mehr war, bewahrte Octave ihr ein zärtliches Gedenken, er zeigte sich ihr im Gedächtnis dankbar für das Vermögen, mit dem sie ihn durch die Heirat beschenkt hatte. Auch jetzt warf er, ehe er daranging, die auf seiner Schreibunterlage liegenden Wechsel zu unterschreiben, das Lächeln eines glücklichen Mannes zu dem Bilde empor. Kam er denn nach seinen Streifzügen als junger Witwer, sobald er aus den Himmelbetten wieder heraus war, in die ihn sein Drang nach Zerstreuung trieb, nicht stets zu ihr zurück, um bei ihr zu arbeiten?

Es klopfte, und ohne zu warten trat ein großer junger Mann herein, mit dünnen Lippen, spitzer Nase, übrigens sehr sorgfältig angezogen, mit glattem Haar, in dem sich bereits einige graue Strähnen zeigten. Mouret hatte aufgesehen; dann fuhr er mit seinen Unterschriften fort.

»Gut geschlafen, Bourdoncle?«

»Sehr gut, danke«, antwortete der junge Mann, der mit kleinen Schritten umherging, als fühlte er sich zu Hause.

Bourdoncle, Sohn eines armen Bauern aus der Umgegend von Limoges, war früher gleichzeitig mit Mouret ins »Paradies der Damen« eingetreten, als das Geschäft noch lediglich die Ecke am Place Gaillon einnahm. Sehr klug, sehr tätig, schien er leicht seinen weniger ernsten Genossen ersetzen zu sollen, der noch dazu immer auf alle mögliche Weise durchging, in augenscheinlichen Dummejungenstreichen, bedenklichen Weibergeschichten; aber er besaß nicht den Einschlag von Geist wie der leidenschaftliche Provençale, weder seine Kühnheit noch seine siegreiche Anmut. Als kluger Mensch beugte er sich übrigens mit ganz richtigem Gefühl gehorsam vor ihm, und zwar kampflos von Anfang an. Als damals Mouret seinen Handlungsgehilfen den Rat gegeben hatte, ihr Geld im Hause anzulegen, hatte es Bourdoncle als einer der ersten getan und ihm sogar die unerwartete Erbschaft einer Tante anvertraut; und nachdem er allmählich über alle Stufen emporgestiegen war, als Verkäufer, dann Zweiter, dann Vorstand der Seidenabteilung, war er einer der Stellvertreter des

Inhabers geworden, der liebste und am häufigsten gehörte,
einer der sechs Teilhaber, die diesem bei der Leitung des
»Paradieses der Damen« halfen und so etwas wie einen
Ministerrat unter einem unumschränkten König bildeten.
Jeder von ihnen wachte über sein Gebiet. Bourdoncle war
mit der allgemeinen Oberaufsicht betraut.

»Und Sie«, nahm er ganz vertraulich das Wort wieder
auf, »haben auch gut geschlafen?«

Auf Mourets Antwort, er habe überhaupt nicht geschlafen, nickte er mit dem Kopfe und murmelte:

»Bös für die Gesundheit.«

»Wieso denn?« meinte der andere fröhlich. »Ich bin
nicht so schlapp wie Sie, mein Lieber. Ihre Augen sind ja
noch ganz von Schlaf verkleistert, Sie werden ganz schwerfällig durch Ihre übergroße Verständigkeit... Machen Sie
sich doch mal ein Vergnügen, das peitscht die Gedanken
auf!«

Das war ihr steter freundschaftlicher Streit. Bourdoncle
prügelte beim ersten Versuch bereits seine Verhältnisse,
weil sie, wie er sagte, ihn am Schlafen hinderten. Jetzt gab
er sich den Anschein eines Weiberfeindes, obwohl er ohne
Zweifel außer dem Hause Zusammenkünfte hatte, von
denen er nicht sprach, so wenig Raum nahmen sie in seinem Leben ein, und im Geschäft begnügte er sich damit,
die Kundinnen voll höchster Mißachtung für den Leichtsinn auszubeuten, mit dem sie sich für so dummen Plünnenkram zugrunde richteten. Mouret im Gegenteil tat so,
als gerate er ganz außer sich, aber er blieb trotz seiner
Hingerissenheit auch in Gegenwart von Frauen immer der
Schlaue, da es ihn fortwährend zu neuen Liebesabenteuern
zog; seine Herzensgeschichten waren gleichsam eine Anpreisung für seine Verkäufe, man hätte sagen mögen, er
wickle das ganze Geschlecht mit der gleichen Zärtlichkeit
ein, nur um es besser betäuben und unter seiner Botmäßigkeit halten zu können.

»Gestern abend auf dem Balle habe ich Frau Desforges gesehen«, begann er wieder. »Sie war entzückend.«

»Sie haben doch nicht mit ihr nachher zu Nacht gegessen?« fragte sein Teilhaber.

Mouret erhob lauten Einspruch.

»Ho, nanu! Die ist höchst anständig, mein Lieber... Nein, zu Nacht gegessen habe ich mit Heloise, der Kleinen aus den Folies. Dumm wie 'ne Gans, aber so putzig.«

Er ergriff ein neues Bündel von Wechseln und fuhr mit dem Unterschreiben fort. Bourdoncle lief fortwährend mit kleinen Schritten auf und ab. Er ging und warf mal einen Blick durch die hohen Spiegelscheiben der Fenster in die Rue Neuve Saint-Augustin, dann kam er zurück und meinte:

»Wissen Sie, die werden sich noch an Ihnen rächen.«

»Wer denn?« fragte Mouret, dem die Unterhaltung entfallen war.

»Die Weiber natürlich.«

Da wurde er erst recht vergnügt und ließ durch seine anscheinend sinnliche Anbetung einen Untergrund von Roheit hindurchblicken. Sein Achselzucken sollte anscheinend ausdrücken, er werde sie alle wie leere Säcke wegwerfen, sowie sie ihm dazu verholfen hätten, sich ein Vermögen zu gründen. Bourdoncle wiederholte halsstarrig mit kalter Miene:

»Sie werden sich doch noch rächen... Eine wird kommen, die wird alle andern rächen; das ist das Verhängnis.«

»Hab' keine Bange«, rief Mouret laut, seine provençalische Redeweise auf die Spitze treibend. »Die ist noch nicht geboren, mein Guter! Und wenn sie kommt, wissen Sie...«

Er hob seinen Federhalter, schwenkte ihn und stach mit ihm ins Leere, als wolle er ein unsichtbares Herz mit dem Messer durchbohren. Sein Teilhaber hatte seinen Marsch wieder aufgenommen, er bangte sich vor der Überlegenheit seines Brotgebers, dessen ausfluchtreicher Geist ihn fast immer aus der Fassung brachte. Er, der Ordentliche, folgerichtig Denkende, Leidenschaftslose, für den es die Möglichkeit eines Falles gar nicht gab, war wiederum so weit, daß er die Seite: »Weiblichkeit« des Erfolges wohl verstand; Paris gab sich eben dem Kühnsten mit einem Kusse.

Es herrschte Schweigen. Nur Mourets Feder war zu hören. Auf einige kurze, von ihm gestellte Fragen gab Bourdoncle dann Auskunft über den großen Ausverkauf von Wintersachen, der am nächsten Montag stattfinden sollte. Das war eine gewaltige Sache, das Haus setzte dabei sein Vermögen aufs Spiel; die Gerüchte im Viertel besaßen schon einen Untergrund von Wahrheit. Wie ein Dichter stürzte sich Mouret in jedes neue Unternehmen mit einer solchen Hast, mit einem solchen Drange nach etwas Gewaltigem, daß alles rings um ihn zu krachen schien. Es war das ein ganz neuartiger Handelsgeist, offenbar schon mehr ein Liebhaber-Handelsbetrieb, der früher auch Frau Hédouin schon beunruhigt hatte und auch jetzt noch die stillen Teilhaber manchmal trotz der ersten Erfolge verblüffte. Heimlich warfen sie dem Herrn vor, er gehe zu rasch vor; sie beschuldigten ihn, das Lager dadurch zu gefährden, daß er es zu sehr erweiterte, ehe er auf eine genügende Vergrößerung seiner Kundschaft rechnen könne; sie zitterten vor allem, wenn sie sahen, wie er das ganze Geld der Kasse auf eine Karte setzte, wie er die Lager mit Haufen von Waren anfüllte, ohne einen Sou für den Notfall zurückzubehalten. So befand sich auch für diesen Ausverkauf nach den beträchtlichen Summen, die den Bauleuten ausbezahlt worden waren, das ganze Geld in Umlauf: es handelte sich wieder einmal um Siegen oder Sterben. Er aber bewahrte – als Mann, der von den Frauen verehrt wird und nicht verraten werden kann – inmitten all dieser

Verwirrung eine siegreiche Fröhlichkeit, die Zuversicht auf Millionen. Als Bourdoncle sich erlaubte, einige Befürchtungen hinsichtlich der übertriebenen Ausdehnung zu äußern, die einigen Abteilungen verliehen war, deren Umsatzziffer noch zweifelhaft erschien, ließ er ein wohlklingendes, vertrauenvolles Lachen hören und rief:

»Lassen Sie doch, mein Lieber, das Haus ist noch zu klein!«

Der andere schien ganz verblüfft und so von Furcht ergriffen, daß er sie gar nicht mehr zu verheimlichen suchte. Das Haus zu klein! Ein Modenhaus mit bereits neunzehn Abteilungen und vierhundert Angestellten!

»Aber zweifellos«, fuhr Mouret fort, »ehe anderthalb Jahre um sind, sind wir gezwungen uns zu vergrößern... Ich denke ganz ernstlich daran. Frau Desforges hat mir gestern abend versprochen, ich solle morgen jemand bei ihr treffen... Na, wir reden noch darüber, wenn der Gedanke reif ist.«

Und nachdem er seine Unterschriften beendigt hatte, stand er auf, um seinen Teilhaber, der sich nur schwer fassen konnte, freundschaftlich auf die Schulter zu klopfen. Die Angst all der klugen Leute um ihn herum machte ihm Spaß. In einem jener plötzlichen Einfälle von Freimut, durch die er zuweilen seine Vertrauten in Verlegenheit versetzte, erklärte er, er sei im Grunde seiner Seele ein schlimmerer Jude als sämtliche Juden der Welt: er schlüge nach seinem Vater, dem er auch körperlich wie seelisch ähnlich sei, einem Witzbold, der den Wert des Geldes wohl gekannt habe; und wenn er von seiner Mutter diesen Funken nervöser Einbildungskraft habe, so läge da vielleicht die allerhellste seiner guten Aussichten, denn er fühle die unwiderstehliche Kraft seines gewinnenden Wesens so sehr, daß er alles wage.

»Sie wissen ja auch, wir gehen alle bis ans Ende mit Ihnen«, meinte Bourdoncle schließlich.

Ehe sie nun aber ins Geschäft hinuntergingen, um es wie gewöhnlich in Augenschein zu nehmen, brachten sie zunächst noch ein paar Einzelheiten in Ordnung. Sie sahen sich die Probe zu einem kleinen Heft mit Abreißzetteln an, die sich Mouret für die Umsatznachweisungen ausgedacht hatte. Da er gemerkt hatte, die außer Nachfrage geratenen Waren, die Ladenhüter, nähmen um so rascher an Umfang ab, als die den Ladengehilfen gewährte Vergütung stieg, gründete er auf diese Beobachtung eine neue Verkaufsweise. Er gab von nun an den Verkäufern einen Anteil am Absatz aller Waren, er bewilligte ihnen soundso viel vom Hundert für jedes Endchen Stoff, die geringste von ihnen verkaufte Kleinigkeit: eine Maßnahme, die den ganzen Modenhandel umwälzte, die unter den Gehilfen einen Daseinskampf hervorrief, von dem die Geschäftsinhaber den Nutzen hatten. Die Leitung dieses Kampfes wurde übrigens für ihn zu einer Lieblingsformel, einem Grundsatz seines Handelns, den er ständig anwandte. Er entfesselte sämtliche Leidenschaften, rief alle Kräfte auf, ließ die Großen die Kleinen fressen und wurde selbst durch diesen Widerstreit des Vorteils der andern fett. Das Probeheft wurde gut geheißen: oben befand sich auf dem Zettel und auf dem Abriß die Angabe der Abteilung und die Nummer des Verkäufers; dann waren auf beiden Teilen gleiche Linien für die Meterzahl, die Bezeichnung des Gegenstandes, die Preise angegeben, und der Verkäufer setzte nur noch sein Zeichen auf den Zettel, ehe er ihn dem Kassierer übergab. Auf diese Weise war die Prüfung außerordentlich einfach, es genügte, die von der Kasse der Abrechnungsstelle übergebenen Abschnitte mit den in den Händen der Gehilfen verbliebenen Zetteln zu vergleichen. Jede Woche konnten nun die Verkäufer so ihre Vergütung und ihre Gewinnanteile einziehen, ohne daß ein Irrtum möglich war.

»Wir werden weniger bestohlen werden«, bemerkte Bourdoncle mit Genugtuung. »Da haben Sie einen großartigen Gedanken gehabt.«

»Und an noch etwas habe ich heute nacht gedacht«, erklärte Mouret. »Jawohl, mein Lieber, beim Nachtessen ... Ich möchte den Leuten in der Abrechnungsstelle einen kleinen Preis aussetzen für jeden Irrtum, den sie beim Vergleich der Umsatzzettel aufdecken ... Sie sehen wohl, dann sind wir sicher, daß sie nicht einen einzigen mehr übersehen; sie werden eher welche erfinden.«

Er fing an zu lachen, während der andere ihn mit einem Ausdruck der Bewunderung ansah. Diese neue Anwendung des Kampfes ums Dasein erheiterte ihn, er besaß Sinn für Verwaltungsmaßregeln, er träumte davon, das Haus in der Weise neu auszugestalten, daß er die Gier der andern ausnutzte, um den eigenen Hunger in Ruhe voll zu befriedigen. Will man aus den Leuten alle Kraft herausholen, pflegte er oft zu sagen, und sogar noch ein bißchen Ehrlichkeit, dann muß man sie erst in Widerstreit mit ihren eigenen Bedürfnissen bringen.

»Na, schön, dann wollen wir nach unten gehen«, fing Mouret wieder an. »Wir müssen uns mal um den Ausverkauf kümmern ... Die Seide ist gestern gekommen, nicht wahr? und Bouthemont muß in der Annahmestelle sein.«

Bourdoncle ging hinter ihm her. Der Annahmedienst befand sich im Kellergeschoß nach der Rue Neuve Saint-Augustin hinüber. Dort öffnete sich in der Höhe des Bürgersteigs ein verglaster Käfig, in dem die Rollwagen ihre Waren absetzten. Diese wurden gewogen, dann glitten sie auf einer Rutschbahn hinab, deren Eichenholz und Eisenbeschläge leuchteten, so waren sie durch die Reibung der Ballen und Kästen geglättet. Alles, was ankam, ging durch diese gähnende Falltür; es war ein fortgesetztes Verschlingen, ein Gießbach von Gegenständen, der geradezu das

Rauschen eines Flusses verursachte. Zu Zeiten großer Ausverkäufe besonders lud die Rutschbahn eine gar nicht abrei-
ßende Flut im Kellergeschoß ab, Lyoner Seiden, englische
Wollstoffe, flandrische Tuche, Elsässer Kalikos, Kattun aus
Rouen; und zuweilen mußten die Rollwagen in langer
Reihe warten; jeder herabgleitende Packen rief unten in
dem Loche einen dumpfen Ton hervor, als würfe man
einen Stein in tiefes Wasser.

Mouret blieb im Vorbeigehen einen Augenblick vor der
Rutschbahn stehen. Sie war in voller Tätigkeit, eine Reihe
Kisten kamen ganz allein heruntergeglitten, ohne daß man
die Leute sah, deren Hände sie oben hinunterstießen; sie
stürzten sich scheinbar aus eigenem Antriebe herab und
rauschten wie der Schwall einer hoch herabstürzenden
Quelle. Dann folgten Ballen, die sich wie abgeschliffene
Kieselsteine um sich selbst drehten. Mouret sah ohne ein
Wort zu. Aber dieser auf ihn herniederbrechende Sturz
von Waren, diese Flut, die Millionen von Francs in einer
Minute ausströmte, ließ in seinen hellen Augen eine rasche
Flamme aufleuchten. Noch nie hatte er sich von dem unternommenen Kampfe so klar Rechenschaft gegeben. Es han-
delte sich nun darum, diesen Sturz von Waren in alle vier
Ecken von Paris zu schleudern. Ohne den Mund aufzutun,
setzte er seine Besichtigung fort.

In dem grauen, durch die großen Kellerfenster hereinfallenden Tageslicht nahm eine Schar von Leuten die Sen-
dungen in Empfang, während eine andere in Gegenwart
der Abteilungsvorstände die Nägel aus den Kisten zog oder
die Ballen öffnete. Eine Hast wie in einer Werkstatt erfüllte
die Tiefe dieser Höhle, dies Kellergeschoß, dessen Gewölbe
gußeiserne Säulen trugen und wo die nackten Wände mit
Zementputz beworfen waren.

»Sie haben alles, Bouthemont?« fragte Mouret, indem er
auf einen breitschultrigen, jungen Mann zutrat, der gerade
dabei war, den Inhalt einer Kiste festzustellen.

»Ja, es muß alles darin sein«, antwortete dieser. »Aber ich habe sicher den ganzen Morgen daran zu zählen.«

Mit raschem Blick sah der Abteilungsvorstand in dem Begleitschein nach, vor einem großen Tisch stehend, auf den einer seiner Verkäufer eins nach dem andern die der Kiste entnommenen Seidenstücke legte. Hinter ihnen standen andere Tische in einer Reihe, gleichfalls mit Waren bepackt, die ein kleines Volk von Gehilfen prüfte. Es war ein allgemeines Auspacken, ein Wirrwarr von Stoffen, die unter lebhaftem Stimmengewirr geprüft, umgedreht und bezeichnet wurden.

Bouthemont, der hier eine Berühmtheit war, besaß das runde Gesicht eines vergnügten Gesellen mit tintenschwarzem Bart und einem Paar schöner kastanienbrauner Augen. Zu Montpellier geboren, war er ein Zechbruder, ein Schwätzer und für den Verkauf nur mittelmäßig geeignet; für den Einkauf aber kannte man nicht seinesgleichen. Von seinem Vater, der dort unten ein Modegeschäft besaß, nach Paris geschickt, hatte er sich rundweg geweigert, auf das Land zurückzukehren, als der gute Mann sich sagte, der Junge müsse nun genug davon verstehen, um seine Nachfolge im Geschäft anzutreten; und seit der Zeit herrschte zwischen Vater und Sohn eine gewisse Nebenbuhlerschaft, da der erste ganz in seinem kleinen Provinzgeschäft aufging und wütend darüber war, zusehen zu müssen, wie ein einfacher Ladengehilfe das Dreifache seines eigenen Verdienstes einnahm und der Junge sich über den Betrieb des Alten lustig machte; bei jedem seiner Besuche ließ er seinen Verdienst klingen und stellte das ganze Haus auf den Kopf. Wie alle übrigen Abteilungsvorstände bezog auch er außer seinen dreitausend Francs festem Gehalt eine bestimmte Vergütung für seinen Umsatz. Montpellier wiederholte überrascht und hochachtungsvoll, wie der Sohn Bouthemont voriges Jahr fast fünfzehntausend Francs in die Tasche gesteckt habe; und das war erst ein Anfang, es gab Leute, die dem wütenden Vater voraussagten, diese Summe würde noch wachsen.

Bouthemont hatte währenddessen eins der Stücke Seide genommen, dessen Gewebe er mit der aufmerksamen Miene des Sachverständigen untersuchte. Es war eine flandrische Seide mit blau und silberner Kante, die berühmte »Paris-Paradies«, mit der Mouret einen entscheidenden Schlag zu führen beabsichtigte.

»Sie ist wirklich sehr gut«, sagte der Teilhaber leise.

»Und sie ist noch wirkungsvoller als gut«, meinte Bouthemont. »Nur Dumonteil kann uns so was herstellen... Als ich mich auf meiner letzten Reise über Gaujean geärgert hatte, bot der mir sofort hundert Stühle für dieses Muster an, aber er verlangte auch fünfundzwanzig Centimes mehr für das Meter.«

Fast alle Monat ging Bouthemont so in die Webereien, er lebte ganze Tage in Lyon, stieg in den ersten Gasthöfen ab und hatte die Vollmacht, die Weber mit offener Börse zu bewirten. Übrigens erfreute er sich vollkommener Freiheit, er kaufte ganz nach eigenem Gutdünken ein, unter der Voraussetzung, daß er jedes Jahr die Zahl der Abschlüsse seiner Abteilung nach einem bestimmten Verhältnissatz erhöhte; und selbst für diese Zunahme bezog er noch wieder eine Vergütung. Kurzum, seine Stellung im »Paradies der Damen« war wie die aller Vorsteher, seiner Genossen, die eines besonderen Fachmannes in dem Zusammenwirken der verschiedensten Handelszweige in dieser Art Riesenhandelsstadt.

»Also dann ist es abgemacht, wir zeichnen sie mit fünf Francs sechzig aus«, nahm er wieder das Wort. »Sie wissen, das ist kaum der Einkaufspreis.«

»Ja, ja«, sagte Mouret lebhaft, »und wenn ich allein stünde, würde ich sie mit Verlust weggeben.«

Der Abteilungsvorsteher lachte gutmütig.

»Oh, ich wünsche mir gar nichts Besseres!... Das muß ja den Umsatz verdreifachen, und da es mein einziger Vorteil ist, auf große Umsatzziffern zu kommen...«

Bourdoncle jedoch kniff weiter ernst die Lippen zusammen. Er bezog seine Vergütung von der Gesamteinnahme, daher lag es nicht in seinem Vorteil, die Preise herabzusetzen. Die von ihm ausgeübte Beaufsichtigung bestand gerade in der Überwachung der Preisangaben, damit Bouthemont nicht einzig in dem Wunsche, seine Umsatzziffer wachsen zu sehen, mit zu geringem Gewinne verkaufte. Übrigens wurde er angesichts gewisser Maßnahmen für die Ankündigung, die ihm entfuhren, wieder von seinen früheren Sorgen gepackt. Er wagte seinem Widerstreben Ausdruck zu geben und sagte:

»Wenn wir sie zu fünf Francs sechzig weggeben, so ist das so gut, als verkauften wir sie mit Verlust, denn wir müssen doch unsere Unkosten vorwegnehmen, und die sind ganz erheblich... Sie würden sie überall für sieben Francs verkaufen.«

Nun wurde Mouret plötzlich ärgerlich. Er schlug mit der flachen Hand auf die Seide und rief aufgeregt:

»Das weiß ich ja, und gerade deshalb will ich unsern Kunden ein Geschenk damit machen... Wahrhaftig, mein Lieber, Sie kommen nie hinter die Weiber. Sehen Sie doch bloß ein, die Frauen werden sie sich gegenseitig wegreißen, die Seide hier!«

»Zweifellos«, unterbrach ihn sein Teilhaber, der nun hartnäckig wurde. »Und je mehr sie sie sich gegenseitig wegreißen, desto mehr verlieren wir.«

»Wir verlieren ein paar Centimes an der Geschichte, das mag sein. Aber dann? Ein schönes Unglück, wenn wir die gesamte Frauenwelt erst anlocken und sie dann verführt, verrückt vor den Haufen unserer Waren in unserer Botmä-

ßigkeit halten, wenn sie ihre Börsen ausleert ohne nachzu-
zählen! Die ganze Geschichte dreht sich nur darum, mein
Lieber, sie in Feuer zu bringen, und dazu gebrauchen wir
etwas, was ihnen schmeichelt, was Aufsehen macht. Darum
verkaufen Sie die andern Sachen ruhig ebenso teuer wie
anderswo, sie glauben doch, sie bezahlten sie hier billiger.
Unser ›Goldleder‹ zum Beispiel, den Taft zu sieben Francs
fünfzig, der überall so verkauft wird, der wird hier ebenso
als außergewöhnlicher Gelegenheitskauf gelten und es wird
noch genug dabei herauskommen, um den Verlust an der
›Paris-Paradies‹ zu decken... Sie sollen sehen, Sie sollen
sehen!«

Er wurde gesprächig.

»Verstehen Sie! Die ›Paris-Paradies‹ soll in acht Tagen
den ganzen Platz auf den Kopf stellen. Das ist unsere
Glückskarte, das wird uns retten und uns in den Mund der
Leute bringen. Es darf nur noch von ihm gesprochen wer-
den, die blau-silberne Kante muß von einem Ende Frank-
reichs zum andern bekannt werden... Und dann sollen
Sie mal die wütenden Klagen unserer Mitbewerber hören.
Der Kleinhandel wird wohl wieder eine Feder dabei liegen
lassen. In ihren Höhlen begraben sollte man sie, alle die
Trödler, die vor Gliederreißen platzen!«

Die Gehilfen, die um den Herrn herum die Waren auf
ihre Richtigkeit prüften, hörten lächelnd zu. Er mochte
gern reden und recht behalten. Bourdoncle gab abermals
nach. Währenddessen war die Kiste leer geworden und
zwei Männer zogen die Nägel aus einer andern.

»Die Seidenweberei hat nichts dabei zu lachen!« sagte
nun Bouthemont. »In Lyon sind sie wütend auf uns, sie
geben vor, Ihre billigen Verkäufe richteten sie zu Grunde...
Sie wissen ja, Gaujean hat mir rund heraus den Krieg
erklärt. Ja, er hat geschworen, eher den kleinen Häusern
langfristige Vorschüsse zu geben, als meine Preise anzunehmen.«

Mouret zuckte die Achseln.

»Wenn Gaujean nicht vernünftig ist«, erwiderte er, »bleibt er auf dem Pflaster... Worüber beklagen die sich denn? Wir bezahlen sie sofort, wir nehmen alles, was sie herstellen, das ist doch das wenigste, daß sie billiger arbeiten... Übrigens ist es auch schon genug, wenn die Allgemeinheit dabei auf ihren Vorteil kommt.«

Der Gehilfe entleerte die zweite Kiste, während Bouthemont sich wieder ans Bezeichnen der einzelnen Stücke begab, wobei er sie mit dem Begleitbrief verglich. Ein anderer Gehilfe am Ende des Tisches versah sie mit bestimmten Zahlen, und nach Feststellung der Richtigkeit mußte dann der Begleitbrief vom Abteilungsvorstand unterzeichnet zur Hauptkasse hinaufgebracht werden. Einen Augenblick sah Mouret dieser Arbeit noch zu, all dieser Geschäftigkeit beim Auspacken der sich häufenden Ballen, die das Kellergeschoß zu überfluten drohten; dann ging er, ohne noch ein Wort zu sagen, mit der Miene eines mit seinen Truppen zufriedenen Führers weiter und Bourdoncle folgte ihm.

Langsam durchschritten die beiden das Kellergeschoß; die Kellerfenster ließen hier und da ein bleiches Licht hereinfallen; in der Tiefe der dunkelsten Ecken, an den langen Gängen entlang, brannten fortdauernd Gasflammen. Hier in diesen Gängen befanden sich die Vorräte, Kellerräume mit Lattenverschlägen, in denen die verschiedenen Abteilungen ihren Ersatz für verkaufte Waren aufstapelten. Im Vorübergehen warf der Geschäftsinhaber einen Blick in die Heizung, die für den Montag zum erstenmal angezündet werden sollte, und auf den kleinen Trupp Feuerwehrmänner, die eine riesige, in einen eisernen Käfig eingeschlossene Zählvorrichtung betrachteten. Die Küche und die Eßräume, in kleine Zimmer umgewandelte frühere Kellerräume, lagen links nach der Ecke am Place Gaillon.

Schließlich gelangte er am andern Ende des Kellers an die Ausgabestelle. Hierher wurden die Pakete, die die Kunden nicht mit sich nahmen, heruntergebracht, auf Tischen ausgesucht und in Verschlägen gesondert, die jeder einem Stadtviertel von Paris entsprachen; über eine lange Treppe, die gerade dem Alten Elbeuf gegenüber mündete, wurden sie dann in neben dem Bürgersteig wartende Wagen gebracht. In dem regelmäßigen Betriebe des »Paradieses der Damen« entlud diese Treppe in der Rue de la Michodière ohne Unterbrechung die von der Rutschbahn in der Rue Neuve Saint-Augustin verschlungenen Waren, nachdem sie oben durch die verschiedenen Triebwerke der Verkaufsstellen gegangen waren.

»Campion«, sagte Mouret zu dem Vorstand der Ausgabe, einem dürren ehemaligen Sergeanten, »warum sind sechs paar Laken, die gestern abend gegen sechs von einer Dame gekauft worden sind, nicht noch abends abgeliefert worden?«

»Wo wohnt die Dame?« fragte der Angestellte.

»Rue de Rivoli, an der Ecke der Rue d'Alger ... Frau Desforges.«

Um diese Morgenstunde waren die Bestelltische noch leer, die Verschläge enthielten nur ein paar vom Abend vorher übriggebliebene Pakete. Während Campion zwischen diesen herumsuchte, nachdem er vorher in einem Verzeichnis nachgesehen hatte, blickte Bourdoncle Mouret an und dachte dabei: dieser Teufelskerl weiß doch auch alles, er kümmert sich um alles, selbst nachts am Wirtshaustische und in den Alkoven seiner Verhältnisse. Schließlich hatte der Vorsteher der Ausgabeabteilung den Irrtum aufgeklärt: die Kasse hatte eine falsche Hausnummer angegeben und das Paket war zurückgekommen.

»Welche Kasse hat es ausgegeben?« fragte Mouret. »Wie? Kasse zehn, sagen Sie ...«

Und indem er sich zu seinem Teilhaber umwandte:

»Kasse zehn, das ist doch Albert, nicht wahr? ... Wollen doch mal ein paar Worte mit ihm reden.«

Vor dem Rundgange durch das eigentliche Geschäft wollte er nochmal zur Versandstelle hinauf, die mehrere Räume im zweiten Stock einnahm. Hier liefen alle Bestellungen aus der Provinz und aus dem Auslande zusammen; jeden Morgen sah er sich dort den Briefwechsel an. Seit zwei Jahren wuchs dieser von Tag zu Tag. Die Stelle, die zuerst kaum zehn Leute beschäftigte, brauchte jetzt schon dreißig. Die einen öffneten die Briefe und andere lasen sie an den beiden Seiten ein und desselben Tisches; wieder andere ordneten sie und gaben jedem seine Nummer, die auch wieder auf den Fächern eines Ordnungsschrankes stand; sobald dann die Briefe auf die verschiedenen Abteilungen verteilt waren und diese die Gegenstände heraufgeschickt hatten, wurden die Sachen nach der Reihe je nach ihrer Ordnungsnummer in die Kästen des Schrankes verteilt. Dann blieb nur noch das Bestätigen und Verpacken übrig, hinten in einem andern Zimmern, wo eine ganze Schar von Arbeitern vom Morgen bis zum Abend zuklebte und verschnürte.

Mouret stellte seine gewöhnliche Frage:

»Wieviel Briefe heute morgen, Levasseur?«

»Fünfhundertvierunddreißig, Herr Mouret«, antwortete der Abteilungsvorstand. »Ich fürchte, nach dem Ausverkauf nächsten Montag werde ich nicht genügend Leute haben. Gestern haben wir schon große Mühe gehabt durchzukommen.«

Bourdoncle nickte vor Befriedigung mit dem Kopfe. Er hatte an einem Dienstag nicht auf fünfhundertvierunddreißig Briefe gerechnet. Um den Tisch herum schnitten die Angestellten auf und lasen unter beständigem Papiergeknitter, während vor den Ordnungsschränken bereits das

Hin und Her der bestellten Gegenstände begann. Dies war eine der verwickeltsten und wichtigsten Dienststellen im Hause: hier lebte man in einem fortdauernden Fieber, denn die am Morgen bestellten Sachen mußten vorschriftsgemäß am Abend noch versandt werden.

»Sie sollen soviel Leute kriegen wie Sie nötig haben, Levasseur«, gab ihm Mouret schließlich zur Antwort, der mit raschem Blick die gute Verfassung der Dienststelle festgestellt hatte. »Sie wissen ja, wenn es was zu tun gibt, verweigern wir Ihnen die Leute nicht.«

Oben unter dem Dache befanden sich die Schlafkammern für die Verkäuferinnen. Aber er ging wieder nach unten und trat in die dicht neben seinem Arbeitszimmer untergebrachte Hauptkasse ein. Das war ein durch eine Glaswand mit messingenen Schieberöffnungen abgeschlossener Verschlag, in dem man einen riesigen, in die Mauer eingelassenen Stahlschrank bemerkte. Zwei Kassierer summten hier jeden Abend die Einnahmen auf, die Lhomme, der erste Kassierer der Verkaufsabteilung, heraufbrachte, und stellten sie den Unkosten gegenüber, bezahlten die Fabrikanten, die Angestellten, die ganze kleine Welt, die von dem Hause lebte. Die Kasse stand mit einem zweiten, mit grünen Kasten ausgestatteten Raum in Verbindung, wo zehn Angestellte die Rechnungen prüften. Dann kam noch ein weiteres Dienstzimmer, das für die Abrechnung: hier stellten, sechs junge Leute, über ihre schwarzen Pulte gebeugt, mit ganzen Reihen von Verzeichnissen hinter sich, die Vergütungen der Verkäufer fest, indem sie ihre Umsatznachweise verglichen. Diese ganz neue Dienststelle arbeitete schlecht.

Mouret und Bourdoncle gingen durch die Kasse und das Prüfungszimmer. Bei ihrem Eintritt in das andere Zimmer fuhren die jungen Leute, die die Nase hoch in die Luft lachten, vor Überraschung jäh zusammen. Nun setzte

Mouret ihnen ohne sie zu tadeln den kleinen Preis auseinander, den er ihnen zur Belohnung für jeden von ihnen in
den Umsatzzetteln entdeckten Fehler aussetzen wollte;
und sowie er hinaus war, hörten die Angestellten auf zu
lachen und machten sich, als wäre jemand mit der Peitsche
hinter ihnen her, voller Leidenschaft wieder an die Arbeit
und suchten Fehler.

Im Erdgeschoß ging Mouret im Laden sofort zur Kasse
zehn, wo Albert Lhomme sich gerade die Nägel glättete,
während er auf Kundschaft wartete. Es hieß beiläufig: »das
Haus Lhomme«, seitdem es Frau Aurelie, der Ersten in der
Kleiderabteilung, geglückt war, erst ihren Mann in die Stellung des ersten Kassierers zu bringen und dann eine besondere Kasse für ihren Sohn zu erhalten, einen großen, blassen, liederlichen Bengel, der nirgends bleiben konnte und
ihr lebhafte Sorgen bereitete. Aber angesichts des jungen
Mannes verschwand Mouret: es widerstand ihm, seine Liebenswürdigkeit durch Polizeidienste bloßzustellen; aus
Geschmacksgründen und kluger Berechnung behielt er sich
die Rolle des gütigen Gottes vor. Er berührte Bourdoncle
leicht mit dem Ellbogen, den Zahlenmenschen, dem er für
gewöhnlich etwaige Hinrichtungen zu übertragen pflegte.

»Albert«, sagte dieser nur streng, »Sie haben wieder eine
Adresse schlecht aufgeschrieben, das Paket ist zurückgekommen. Das geht so nicht länger.«

Der Kassierer glaubte sich verteidigen zu sollen und rief
als Zeugen den Laufburschen herbei, der das Paket gemacht
hatte. Dieser Bursche, der Joseph hieß, gehörte auch zum
Hause Lhomme, denn er war der Milchbruder Alberts und
verdankte seine Stelle dem Einflusse Frau Aurelies. Als der
junge Mann ihn zu der Erklärung bringen wollte, der Irrtum rühre von der Kundin selbst her, geriet er ins Stottern
und drehte seinen Ziegenbart, der sein durchfurchtes
Gesicht in die Länge zog; seine Gewissenhaftigkeit als alter

Soldat und die Dankbarkeit gegen seine Beschützer gerieten in Kampf.

»Lassen Sie doch Joseph aus dem Spiel«, rief Bourdoncle endlich, »und unterlassen Sie vor allem jede weitere Antwort... Oh, Sie können von Glück sagen, daß wir soviel Rücksicht auf die guten Dienste Ihrer Mutter nehmen!«

Aber gerade jetzt lief Lhomme herbei. Von seiner dicht an der Türe gelegenen Kasse konnte er die seines Sohnes übersehen, die in der Handschuhabteilung lag. Schon ganz weiß, durch seine sitzende Lebensweise schwerfällig geworden, hatte er ein weichliches, verwaschenes Aussehen, wie abgeschliffen durch den Widerschein des Silbers, das er ohne Unterbrechung zählte. Sein verstümmelter Arm störte ihn bei dieser Beschäftigung keineswegs, und Neugierige gingen wohl hin, um ihn die Einnahme feststellen zu sehen, so rasch glitten ihm die Scheine und Münzen durch die ihm verbliebene linke Hand. Sohn eines Steuereinnehmers in Chablis, war er als Schreiber zu einem Händler am Port-aux-Vins nach Paris hineingeschneit. Er wohnte in der Rue Cuvier und hatte dann die Tochter seines Pförtners, eines kleinen elsässischen Schneiders, geheiratet und hatte sich vom selben Tage an ganz von seiner Frau lenken lassen, so erfüllten deren geschäftliche Fähigkeiten ihn mit Hochachtung. Sie verdiente in der Kleiderabteilung über zwölftausend Francs, während er nur fünftausend Francs festes Gehalt hatte. Und die Nachgiebigkeit gegen seine Frau, die solche Summen in den Haushalt brachte, erstreckte sich bis auf den von ihr abstammenden Sohn.

»Was ist denn?« flüsterte er. »Hat Albert einen Bummel gemacht?«

Nun trat nach seiner Angewohnheit Mouret wieder auf, um die Rolle des gütigen Fürsten zu spielen. Wenn Bourdoncle sich furchtbar machte, arbeitete er auf seine Beliebtheit hin.

»'ne Dummheit«, murmelte er. »Mein lieber Lhomme, Ihr Albert ist ein leichtsinniger Bengel, er sollte sich ein Beispiel an Ihnen nehmen.«

Dann wechselte er den Gegenstand der Unterhaltung und zeigte sich noch liebenswürdiger:

»Und das Konzert neulich?... Hatten Sie einen guten Platz?«

Eine Röte stieg in den weißen Backen des alten Kassierers auf. Das war sein einziges Laster, die Musik, ein heimliches, dem er sich nur ganz allein hingab; trotzdem ihm der eine Arm abgenommen war, spielte er dank einer sinnreichen Anordnung von Klammern Waldhorn; und weil Frau Aurelie Geräusche haßte, hüllte er sein Horn abends in ein Tuch ein und geriet trotz alledem über die seltsamen, dumpfen Töne, die er ihm entlockte, in Entzücken. Inmitten der notgedrungenen Unordnung seines häuslichen Herdes saß er bei seiner Musik wie in einer Einöde. Sie und das Geld in seiner Kasse, etwas anderes kannte er nicht außer der Bewunderung für seine Frau.

»Einen ausgezeichneten Platz«, antwortete er leuchtenden Auges. »Sie sind zu gütig, Herr Mouret.«

Mouret, dem es eine persönliche Freude machte, Leidenschaften zu befriedigen, gab Lhomme zuweilen ihm von allerlei Vorstandsdamen auf den Hals geschickte Karten. Und er setzte ihn vollends in Entzücken, als er sagte:

»Ach Beethoven! Mozart!... Was für Musik!«

Ohne auf eine Antwort zu warten ging er weiter und hinter Bourdoncle her, der schon auf seinem Gange durch die Abteilungen war. In der Mittelhalle, einem inneren, von ihm mit Glas überdeckten Hofe befand sich die Seide. Sie folgten zunächst beide einem Gange an der Rue Neuve Saint-Augustin, den von einem Ende zum andern Weißwaren in Beschlag nahmen. Nichts Ungewöhnliches fiel ihnen auf, sie gingen langsam mitten durch die achtungsvoll herumstehenden Gehilfen. Dann wandten sie sich zu einer Abteilung für Rouenner Kattune und Hüte, wo die gleiche Ordnung herrschte. Bei den Leinenwaren aber, in einem Gange, der rechtwinklig auf die Rue de la Michodière zulief, nahm Bourdoncle seine Rolle als Scharfrichter wieder auf, als er einen jungen Mann mit von einer durchschwierten Nacht zerstörtem Aussehen auf einem Ladentische sitzen sah; und der junge Mann, der Lienard hieß, Sohn eines reichen Modegeschäftsbesitzers in Angers, senkte die Stirn unter dem Tadel, denn bei seinem faulen, gedankenlosen, vergnügten Leben war es seine einzige Angst, von seinem Vater in die Provinz zurückgerufen zu werden. Von nun an fielen die Vorwürfe dicht wie Hagelschloßen, ein Gewitter ging über den Gang an der Rue de la Michodière nieder: in der Tuchabteilung war ein auf Gegenseitigkeit angestellter Verkäufer, einer von denen, die erst anfangen und noch in ihren Abteilungen schlafen, nach elf Uhr nach Hause gekommen; in der Schnittwarenabteilung hatte sich der Zweite dabei abfassen lassen, wie er im Kellergeschoß eine Zigarette rauchte. Vor allem aber brach das Unwetter in der Handschuhabteilung über den Kopf eines der wenigen Pariser des Hauses herein, den hübschen Mignot, wie er genannt wurde, den heruntergekommenen Bankert einer Harfenspielerin: sein Verbrechen bestand darin, daß er im Eßzimmer Lärm geschlagen und sich über das Essen beschwert hatte. Da es drei Tischzeiten gab, eine um halb zehn, die nächste um halb elf und die dritte um halb zwölf, wollte er sich darüber erklären, daß, weil er zur letzten Tischzeit gehörte, er immer nur das letzte von allen Tunken bekäme und zu knappe Schüsseln.

»Was? Das Essen ist nicht gut?« fragte Mouret mit ganz unbefangener Miene, indem er endlich auch den Mund auftat.

Er gab dem Küchenvorsteher nur anderthalb Francs für

den Tag und Kopf; das war ein fürchterlicher Auvergnate und verstand es, sich auch dabei noch die Taschen zu füllen; und das Essen war wirklich scheußlich. Aber Bourdoncle zuckte die Achseln: ein Koch, der vierhundert Frühstücke und vierhundert Mittagessen anzurichten hatte, wenn auch in drei Abteilungen, der konnte sich nicht viel mit den Feinheiten seiner Kunst abgeben.

»Einerlei«, ergriff der Biedermann von Geschäftsinhaber wieder das Wort, »unsere Angestellten sollen gesundes und reichliches Essen bekommen... Ich werde mal mit dem Koch reden.«Und damit war Mignots Beschwerde begraben. Als sie nun, an ihren Ausgangspunkt zurückgekommen, dicht bei der Türe mitten unter den Schirmen und Halsbinden standen, empfingen Mouret und Bourdoncle den Bericht eines der vier mit der Überwachung des Geschäftes betrauten Aufseher. Vater Jouve, ein ehemaliger Hauptmann, der bei Constantine einen Orden bekommen hatte, immer noch ein schöner Mann mit sinnlicher Nase und ehrfurchtgebietender Glatze, bezeichnete ihnen einen Verkäufer, der ihn auf eine einfache Vorstellung von seiner Seite mit »alter Trottel« angeredet hatte; und der Verkäufer wurde sofort entlassen.

Das Geschäft blieb indessen immer noch leer von Kunden. Nur die Dienstmädchen des Viertels gingen durch die öden Gänge. An der Türe hatte der Aufseher, der die Ankunft der Angestellten anmerkte, sein Verzeichnis gerade geschlossen und schrieb die Nachzügler einzeln auf. Dies war die Zeit, wo die Vorstände sich in ihren Abteilungen einrichteten, die die Jungens seit fünf Uhr ausgefegt und abgestäubt hatten. Jeder hängte seinen Hut und Überzieher auf, wobei er mit verschlafener Miene ein Gähnen unterdrückte. Die einen wechselten ein Wort miteinander, sahen in die Luft und schienen sich für ihr neues Tagewerk zurechtzumachen; andere zogen ohne Übereilung die grüne Serge ab, mit der sie am Abend vorher die Waren zugedeckt hatten, nachdem sie sie zusammengelegt hatten; und nun kamen gleichmäßig zusammengelegte Haufen Stoffe zum Vorschein, das ganze Geschäft lag sauber und ordentlich im ruhigen Glanze morgendlicher Fröhlichkeit da und wartete darauf, daß die Drängelei des Verkaufs es aufs neue versperrte und mit einem wahren Sturz von Leinwand, Tuch, Seide und Spitzen einengte.

In dem lebhaften Lichte der Mittelhalle plauderten am Seidentische zwei junge Leute mit leiser Stimme. Der eine, klein und nett, mit kräftigen Hüften und rosiger Hautfarbe, suchte die Farben von Seidenstücken für eine innere Auslage zusammenzustimmen. Er hieß Hutin, war der Sohn eines Cafébesitzers in Yvetot und hatte es verstanden, es in anderthalb Jahren zu einem der ersten Verkäufer zu bringen vermöge der Biegsamkeit seiner Veranlagung, seiner fortwährenden liebkosenden Schmeichelei, die eine riesige Gier verbarg; er fraß alles, er hätte die ganze Welt zum Vergnügen verzehrt, selbst wenn er keinen Hunger gehabt hätte.

»Wissen Sie, Favier, ich hätte ihn an Ihrer Stelle geohrfeigt, auf mein Ehrenwort!« sagte er zu dem andern, einem langen, galligen Bengel, trocken und gelb, der aus Besançon von einer Weberfamilie herstammte und ohne jedes feine Benehmen unter seiner kalten Miene einen beunruhigenden Willen verbarg.

»Damit kommt man nicht weiter, die Leute zu ohrfeigen«, murmelte er gleichgültig vor sich hin. »Besser, man wartet.«

Die beiden sprachen von Robineau, der die Gehilfen beaufsichtigte, solange der Vorsteher im Keller war. Hutin unterwühlte heimlich die Stellung des Zweiten, die er selbst gern haben wollte. Um ihn zu verletzen und zum Austritt zu bewegen, hatte er sich schon ausgedacht, am selben

Tage, wo die ihm versprochene Stellung des Ersten frei würde, Bouthemont von draußen hereinzubringen. Robineau hielt sich indessen tüchtig, und nun handelte es sich um einen Kampf von Stunden. Hutin träumte davon, die ganze Abteilung gegen ihn aufzuhetzen, ihn durch Widerwilligkeit und Scherereien herauszuekeln. Übrigens ging er dabei stets äußerlich durchaus liebenswürdig vor; in erster Linie hetzte er Favier auf, der als Verkäufer gleich nach ihm kam und sich anscheinend von ihm leiten ließ, jedoch mit plötzlichen Wendungen, aus denen man einen stillschweigend geführten, ganz persönlichen Feldzug herausfühlen konnte.

»Pst! Siebzehn!« rief er lebhaft seinem Gefährten zu, um ihn durch dies Geheimzeichen vom Herankommen Mourets und Bourdoncles zu benachrichtigen.

Diese setzten tatsächlich ihre Besichtigung fort, indem sie quer durch die Halle schritten. Sie blieben stehen und ersuchten Robineau um Auskunft über einen Haufen Samt, der mit seinen übereinandergetürmten Pappkasten einen ganzen Tisch in Anspruch nahm. Und als der sagte, es fehle an Platz, rief Mouret lächelnd:

»Hab' ich es Ihnen nicht schon gesagt, Bourdoncle, der Laden wird zu klein! Wir müssen eines Tages noch die Mauern bis zur Rue de Choiseul niederlegen... Sie sollen mal sehen, das Gedränge nächsten Montag!«

Und mit Bezug auf diesen schon in allen Abteilungen vorbereiteten Ausverkauf fragte er nun Robineau abermals aus und gab ihm Aufträge. Aber bereits seit ein paar Minuten folgte er, ohne im Sprechen aufzuhören, mit seinen Blicken den Bemühungen Hutins, der nicht damit fertig wurde, blaue Seidenstoffe neben graue und gelbe zu stellen, und gerade zurücktrat, um die Zusammenstimmung der Töne zu beurteilen. Plötzlich trat er dazwischen.

»Aber warum wollen Sie denn das Auge schonen?« sagte

er. »Seien Sie doch nicht so ängstlich, blenden Sie es...
Hier! Rot! und Grün! Gelb!«

Er nahm ein paar Stücke, schwenkte und knitterte sie
und stellte sie zu einer staunenerregenden Farbenabstu-
fung zusammen. Alle stimmten darin überein, ihr Brotge-
ber wäre doch der erste Aussteller in Paris, umstürzlerisch
zwar, das ist richtig, und Begründer der Schule des Rohen
und Gewaltigen in der Ausstellungskunst. Er verlangte
Trümmerhaufen, wie auf gut Glück aus den aufgerissenen
Kasten herausgefallen, und wollte sie flammend in den
glühendsten Farben, eine durch die andere sich belebend.
Beim Verlassen der Abteilung sagte er, den Kunden müßten die Augen wehtun. Hutin, der im Gegenteil der klassi-
schen Schule des Gleichmaßes und Wohlklanges ange-
hörte, sah ihn diese Feuersbrunst von Stoffen mitten auf
einem Tisch entzünden, ohne sich das geringste Urteil
über sie zu erlauben, aber doch mit den zusammengeknif-
fenen Lippen eines in seinen Überzeugungen durch derartige Ausschweifungen verletzten Künstlers.

»Sehen Sie!« rief Mouret, als er fertig war. »Und lassen
Sie es so... Und Montag sollen Sie mir sagen, ob es die
Frauen anzieht.«

Gerade jetzt, als er wieder zu Bourdoncle und Robineau
trat, kam ein weibliches Wesen herein und blieb ein paar
Sekunden lang mit angehaltenem Atem vor die Ausstellung hingepflanzt stehen. Es war Denise. Nachdem sie fast
eine Stunde lang auf der Straße gezögert hatte, die Beute
eines schrecklichen Angstanfalls, war sie endlich zu einem
Entschluß gekommen. Allein sie verlor den Kopf derart,
daß sie nicht imstande war, die einfachste Auskunft zu
verstehen; und die Gehilfen mochten ihr auf ihre stot-
ternde Frage nach Frau Aurelie die Treppe zum Zwischenstock zeigen, sie dankte und wandte sich dann links, wenn
ihr rechts gesagt war; so lief sie seit zehn Minuten im

Erdgeschoß inmitten boshafter Neugier und unfreundlicher Gleichgültigkeit der Verkäufer von Abteilung zu Abteilung. Sie empfand gleichzeitig die Neigung wegzulaufen und doch wieder den Drang, alles anzustaunen, der sie zurückhielt. Sie fühlte sich verloren, ganz klein in diesem Ungeheuer, in der noch stillstehenden Maschine, und zitterte davor, von ihrem Getriebe erfaßt zu werden, von dem die Mauern bereits erbebten. Und der Gedanke an die Bude des Alten Elbeuf, schwarz und eng, ließ ihr den weiten Laden noch größer erscheinen, zeigte ihn ihr in einem goldenen Lichte wie eine Stadt mit Denkmälern, Plätzen und Straßen, in der es ihr vorkam, als würde sie unmöglich jemals ihren Weg finden.

Indessen hatte sie sich bis dahin noch nicht in die Seidenhalle gewagt, deren hohe Glasdecke mit den leuchtenden Tischen und einem gewissen kirchlichen Aussehen sie erschreckte. Als sie dann schließlich eingetreten war, um den über sie lachenden Weißwarengehilfen zu entgehen, fand sie sich ganz plötzlich gegen Mourets Ausstellung geschleudert; und da trotz ihrer Bestürzung das Weib in ihr erwachte und ihre Backen plötzlich rot wurden, so vergaß sie sich ganz im Anstarren dieser flammenden seidenen Feuersbrunst.

»Sieh da!« sagte Hutin Favier roh ins Ohr, »das Mädel vom Place Gaillon.«

Mouret tat so, als höre er Bourdoncle und Robineau zu, war aber im Grunde doch durch die Ergriffenheit des armen Mädchens geschmeichelt, wie etwa eine Marquise sich durch das rohe Verlangen eines vorübergehenden Fuhrmannes geschmeichelt fühlt. Aber nun sah Denise auf und wurde noch verwirrter, als sie den jungen Mann wieder erkannte, den sie für einen Abteilungsvorstand gehalten hatte. Sie bildete sich ein, er sehe sie streng an. Da sie nun nicht wußte, wie sie hier wegkommen sollte, wandte sie sich noch einmal an den ersten besten Gehilfen, und zwar an Favier, der ihr zunächst stand.

»Frau Aurelie, bitte?«

Favier begnügte sich bei seiner Unliebenswürdigkeit mit trockener Stimme zu antworten:

»Im Zwischenstock.«

Und Denise, die es eilig hatte, nicht länger unter den Blicken all dieser Männer zu verweilen, sagte danke und wandte sich von neuem der Treppe zu, als Hutin seinem angeborenen Triebe zu Liebenswürdigkeiten nachgab. Er hatte sie als Mädel behandelt, und nun hielt er sie mit seinem liebenswürdigen Benehmen als hübscher Verkäufer fest.

»Nein, hier herum, mein Fräulein ... Wenn Sie sich hierher bemühen wollten ...«

Er ging sogar ein paar Schritte vor ihr her und führte sie an den Fuß der Treppe, die sich an der linken Seite der Halle befand. Hier neigte er den Kopf und lächelte ihr mit demselben Ausdruck zu, den er für alle Frauen hatte.

»Oben wenden Sie sich links ... Die Kleider befinden sich gerade gegenüber.«

Diese liebenswürdige Höflichkeit rührte Denise tief. Es war ihr, als käme ihr ein Bruder zu Hilfe. Sie sah auf und blickte Hutin an, alles an ihm berührte sie tief, sein hübsches Gesicht, sein Blick, der mit seinem Lächeln ihre Furcht zerstreute, seine Stimme, die ihr von einer so tröstenden Sanftmut erschien. Ihr Herz schwoll vor Dankbarkeit und sie schenkte ihm ihre Freundschaft mit ein paar unzusammenhängenden Worten, die ihre Erregung ihr hervorzustottern gestattete.

»Sie sind zu gütig ... Bitte, lassen Sie sich nicht stören ... Danke tausendmal, mein Herr.«

Hutin trat schon wieder zu Favier und sagte ihm mit seiner rohen Stimme leise ins Ohr:

»Na? 'n schönes Knochengerippe!«

Oben geriet das junge Mädchen nun unmittelbar in die Kleiderabteilung. Das war ein weiter Raum, mit Schränken aus geschnitztem Eichenholz eingefaßt, dessen Spiegelscheiben nach der Rue de la Michodière hinausgingen. Fünf oder sechs in Seide gekleidete Frauengestalten, sehr auffallend mit ihren wohl zurechtgemachten Haarknoten und ihren nach hinten weggestrichenen Reifröcken ging hier plaudernd umher. Eine, groß und schmächtig, mit zu langem Kopfe, so daß sie wie ein durchgehendes Pferd aussah, lehnte sich wie jetzt schon von Ermattung zerbrochen gegen einen der Schränke.

»Frau Aurelie?« fragte Denise auch hier.

Die Verkäuferin sah sie ohne zu antworten voll offensichtlicher Mißachtung für ihren ärmlichen Aufputz an, und sich zu einer ihrer Gefährtinnen wendend, die klein, bei einem häßlichen, blassen Fleischton eine unschuldige, zimperliche Miene zeigte, fragte sie:

»Fräulein Vadon, wissen Sie, wo die Erste ist?«

Diese, die gerade dabei war, Umhänge entsprechend ihrer verschiedenen Weite aufzuhängen, nahm sich nicht einmal die Mühe, den Kopf zu heben.

»Nein, Fräulein Prunaire, keine Ahnung«, sagte sie mit spitzen Lippen.

So entstand Schweigen. Denise blieb unbeweglich stehen und niemand bekümmerte sich um sie. Nachdem sie indessen so einen Augenblick gewartet hatte, fand sie den Mut zu einer neuen Frage.

»Glauben Sie wohl, daß Frau Aurelie bald wiederkommen wird?«

Nun rief die Zweite in der Abteilung, eine magere, häßliche Frau, die sie noch nicht bemerkt hatte, eine Witwe mit vorspringendem Kinn und strähnigen Haaren, ihr von einem Schranke, wo sie Preisauszeichnungen nachsah, aus zu:

»Warten Sie doch, wenn Sie Frau Aurelie selbst sprechen wollen.«

Und indem sie eine andere Verkäuferin fragte, fügte sie hinzu:

»Ist sie denn nicht in der Annahme?«

»Nein, Frau Frédéric, ich glaube nicht«, antwortete diese. »Sie hat nichts gesagt, sie kann nicht weit weg sein.«

Nach dieser Auskunft blieb Denise stehen. Es standen da wohl ein paar Stühle für Kunden herum; da ihr aber niemand sagte, sie solle sich setzen, wagte sie trotz der Unruhe, die ihr die Beine brach, nicht, sich einen zu nehmen. Augenscheinlich witterten die Mädchen in ihr die Verkäuferin, die sich vorstellen wollte, und sahen sie sich genau an; ohne jede Spur von Wohlwollen zogen sie sie mit ihren Seitenblicken aus, voll einer ähnlichen dumpfen Feindseligkeit wie Leute, die bei Tische sitzen und keine Lust haben zusammenzurücken, um fremdem Hunger Platz zu machen. Ihre Verwirrung wuchs, sie ging mit kleinen Schritten durch den Raum und wollte in die Straße hinaussehen, um sich dadurch etwas Fassung zu verschaffen. Der Alte Elbeuf gerade gegenüber kam ihr mit seiner rostigen Vorderseite und seinen toten Schaufenstern so häßlich vor, so unglücklich von all dem Prunk und dem Leben aus gesehen, in dem sie sich befand, daß ihr eine Art Gewissensbisse das Herz nur vollends zusammenschnürten.

»Sagen Sie mal«, flüsterte die große Prunaire der kleinen Vadon zu, »haben Sie wohl ihre Stiefel gesehen?«

»Und das Kleid erst!«

Die Augen immer nach der Straße hinaus, fühlte Denise, wie sie gefressen wurde. Aber sie empfand keinen Zorn, sie fand weder die eine noch die andere hübsch, weder die Große mit ihrem Wust roten Haares, das auf ihren Pferdehals fiel, noch die Kleine mit ihrer Gesichtsfarbe wie saure

Milch, die ihr plattes und scheinbar knochenloses Gesicht noch weicher machte. Clara Prunaire, die Tochter eines Holzschuhmachers aus den Forsten von Vivet, war von den Kammerdienern auf dem Schlosse von Mareuil vergewaltigt worden, als sie dort für die Gräfin Sachen ausgebessert hatte, war dann später aus einem Geschäft in Langres nach Paris gekommen und rächte sich hier an den Männern für die Fußtritte, mit denen Vater Prunaire ihr das Hinterviertel zerbläut hatte. Marguerite Vadon, in Grenoble geboren, wo ihre Eltern einen Leinenhandel besaßen, hatte ins »Paradies der Damen« geschickt werden müssen, um dort einen Fehltritt zu verbergen, ein ihr vom Zufall beschertes Kind; und sie führte sich sehr gut, sie konnte wieder zurückkehren, um die Bude ihrer Eltern zu leiten und einen Vetter zu heiraten, der auf sie wartete.

»Na, schön!« fing Clara mit leiser Stimme wieder an. »Die da wird hier auch keine große Rolle spielen.«

Aber sie verstummten, denn eine Frau von etwa vierzig Jahren trat herein. Das war Frau Aurelie, sehr stark, in ein schwarzes Seidenkleid eingeschnürt, dessen über die massige Rundlichkeit der Schultern und des Halses gespanntes Mieder leuchtete wie eine Rüstung. Sie besaß unter einem dunklen Stirnband große, unbewegliche Augen, einen strengen Mund und breite, etwas hängende Backen; und infolge ihrer Erhabenheit als Erste nahm ihr Gesicht den Hochmut einer dick verschminkten Cäsarenmaske an.

»Fräulein Vadon«, sagte sie mit gereizter Stimme, »haben Sie gestern nicht das Probestück für den nach Maß gearbeiteten Mantel wieder in die Schneiderstube geschickt?«

»Es war noch etwas daran auszubessern, Frau Aurelie«, antwortete die Verkäuferin, »Frau Frédéric hat ihn zurückbehalten.«

Nun nahm die Zweite das Probestück aus einem der Schränke und die Auseinandersetzung ging weiter. Alles beugte sich vor Frau Aurelie, wenn sie glaubte, ihr Ansehen verteidigen zu müssen. In ihrer Eitelkeit, die sogar so weit ging, daß sie nicht mehr mit ihrem Namen Lhomme angeredet werden wollte, der sie nur ärgerte, und um die Stube ihres Vaters zu verleugnen, von dem sie als einem Budenschneider sprach, war sie nur gütig gegen biegsame und ihr schöntuende junge Mädchen, die in Bewunderung vor ihr niedersanken. Früher in einem Schneidergeschäft, das sie auf eigene Rechnung hatte errichten wollen, war sie durch fortwährendes Pech verbittert und fühlte sich verzweifelt darüber, daß sie wohl die Schultern besäße, das Glück heimzutragen, aber es nur auf dem Wege über allerlei Unglücksfälle erringen könnte; und heute noch, selbst nach ihrem Erfolg im »Paradies der Damen«, wo sie zwölftausend Francs im Jahre verdiente, hegte sie anscheinend einen innerlichen Haß gegen die Welt und war hart gegen alle Anfängerinnen, wie das Leben sich auch gegen sie zuerst hart gezeigt hatte.

»Genug Rederei!« sagte sie endlich trocken, »Sie haben auch nicht mehr Verstand als alle andern, Frau Frédéric… Daß mir diese Ausbesserung sofort gemacht wird!«

Während dieser Auseinandersetzung hatte Denise aufgehört, auf die Straße zu sehen. Sie ahnte wohl, daß diese Dame Frau Aurelie sei; aber durch den Klang ihrer Stimme beunruhigt, blieb sie stehen und wartete noch. Die Verkäuferinnen, selig darüber, daß sie es zum Zank zwischen der Ersten und der Zweiten gebracht hatten, waren mit der Miene tiefster Gleichgültigkeit wieder an ihre Beschäftigung gegangen. Ein paar Minuten verstrichen, niemand hatte soviel Barmherzigkeit, das arme Mädchen aus seiner Verlegenheit zu reißen. Schließlich war es Frau Aurelie selbst, die sie bemerkte und erstaunt über ihre Unbeweglichkeit sie fragte, was sie wünsche.

»Frau Aurelie, bitte?«

»Die bin ich.«

Denises Mund war trocken, ihre Hände kalt, die Angst ihrer frühen Kinderzeit war wieder über sie gekommen, wenn sie vor der Rute zitterte. Sie stammelte ihr Anliegen hervor, mußte aber nochmal von vorn anfangen, um sich verständlich zu machen. Frau Aurelie sah sie mit ihren großen, starren Augen an, ohne daß auch nur eine Falte ihrer Kaiserlarve es für nötig gehalten hätte, milder zu werden.

»Wie alt sind Sie denn?«

»Zwanzig Jahre, gnädige Frau.«

»Was? Zwanzig Jahre? Aber Sie sehen ja aus, als ob Sie noch keine sechzehn wären!«

Nun hoben die Verkäuferinnen wieder den Kopf. Denise beeilte sich hinzuzufügen:

»Oh, ich bin sehr kräftig!«

Frau Aurelie zuckte ihre dicken Schultern. Dann erklärte sie:

»Mein Gott, ich will Sie wohl aufschreiben. Wir schreiben jede auf, die sich vorstellt... Fräulein Prunaire, geben Sie mir die Liste.«

Sie war nicht gleich zu finden, mußte also wohl noch in den Händen des Aufsehers Jouve sein. Als die lange Clara ging, um sie zu holen, kam Mouret heran, immer noch gefolgt von Bourdoncle. Sie waren mit ihrem Rundgange durch die Abteilungen im Erdgeschoß fertig, hatten die Spitzen, die Umschlagetücher, die Pelzwaren, die Möbel, die Leinenwaren durchschritten und machten nun mit den Kleidern den Beschluß. Frau Aurelie ging ordentlich aus sich heraus, plauderte einen Augenblick mit ihnen über eine Bestellung auf Mäntel, die sie bei einem der Großunternehmer von Paris zu machen beabsichtigte; für gewöhnlich kaufte sie unmittelbar und auf eigene Verwantwortung; bei wichtigeren Einkäufen zog sie es aber vor, die

Leitung zu befragen. Bourdoncle erzählte ihr sodann von der neuen Nachlässigkeit ihres Sohnes Albert, die sie in Verzweiflung zu bringen schien: dies Kind würde sie noch umbringen; der Vater wies wenigstens noch gute Führung auf an seiner Statt, wenn er auch nicht gerade stark war. Das ganze Haus Lhomme, dessen unbestrittenes Oberhaupt sie war, verursachte ihr manchmal recht viel Unbehagen.

Währenddessen beugte sich Mouret, der erstaunt war, Denise hier wiederzufinden, zu Frau Aurelie, um sie zu fragen, was das junge Mädchen mache; und als die Erste antwortete, sie stelle sich als Verkäuferin vor, geriet Bourdoncle mit seiner Mißachtung der Frau ans Ersticken über eine solche Anmaßung.

»Ach, gehen Sie doch!« sagte er, »das ist ja ein dummer Witz. Die ist ja viel zu häßlich.«

»Daß sie nicht besonders hübsch ist, das stimmt«, gab Mouret zu, ohne zu wagen, sie zu verteidigen, obwohl er durch ihre Verblüfftheit vor seiner Auslage unten noch gerührt war.

Aber die Liste kam und Frau Aurelie trat wieder zu Denise. Diese machte entschieden keinen günstigen Eindruck. Sie war zwar sehr sauber in ihrem dünnen schwarzen Wollkleid; an dieser Armseligkeit ihres Anzuges stießen sie sich auch nicht, denn sie lieferten gleichmäßige Bekleidung, das vorschriftsmäßige Seidenkleid; allein sie erschien so schmächtig und sah so traurig aus. Ohne gerade zu verlangen, daß die Mädchen schön seien, wünschte man sie doch freundlich beim Verkaufen. Und unter den Blikken dieser Damen und Herren, die sie prüften und abschätzten wie eine vom Bauern zum Verkauf auf den Markt gebrachte Kuh, verlor Denise den Rest ihrer Fassung.

»Ihr Name?« fragte die Erste, die Feder in der Hand,

an einem Ende des Tisches sich zum Schreiben fertig machend.

»Denise Baudu, gnädige Frau.«

»Ihr Alter?«

»Zwanzig Jahre vier Monate.«

Und die Augen zu Mouret aufschlagend, den sie immer noch für einen Abteilungsvorstand hielt und den sie überall wiedertraf, wiederholte sie, weil seine Gegenwart sie beunruhigte:

»Ich sehe nicht so aus, aber ich bin sehr kräftig.«

Alles lachte. Bourdoncle sah voller Ungeduld auf seine Nägel. Die Aussage fiel übrigens mitten in ein entmutigendes Stillschweigen.

»In welchem Hause waren Sie hier in Paris?« fing die Erste wieder an.

»Ich komme doch aus Valognes, gnädige Frau.«

Das war ein neues Unglück. Für gewöhnlich verlangte das »Paradies der Damen« von seinen Verkäuferinnen einen Aufenthalt in einem der kleinen Pariser Häuser von einem Jahre. Da war Denise nun ganz verzweifelt; und ohne den Gedanken an die Kinder wäre sie weggegangen und hätte dieser unnützen Ausfragerei ein Ende gemacht.

»Wo waren Sie in Valognes?«

»Bei Cornaille.«

»Den kenne ich, das ist ein gutes Haus«, ließ Mouret sich entschlüpfen.

Für gewöhnlich gab er sich mit der Anstellung seiner Angestellten in keiner Weise ab, da die Abteilungsvorstände auch die Verantwortung für ihre Leute trugen. Aber mit seinem zarten Empfinden für alles Weibliche fühlte er bei diesem armen Mädchen einen besondern Reiz heraus, eine anmutige und zärtliche, ihr selbst noch unbekannte Kraft. Der gute Ruf ihres ersten Hauses besaß ein großes Gewicht; oft war er für eine Anstellung entscheidend. Frau Aurelie fuhr also mit sanfterer Stimme fort:

»Und warum sind Sie von Cornaille weggegangen?«

»Aus Familienrücksichten«, antwortete Denise und errötete. »Wir haben unsere Eltern verloren, ich mußte mit meinen Brüdern fort... Hier ist übrigens ein Zeughis.«

Das war ausgezeichnet. Sie fing schon wieder an zu hoffen, als eine letzte Frage ihr sehr peinlich wurde.

»Besitzen Sie noch irgendeine Auskunft über Sie hier in Paris?... Wo wohnen Sie?«

»Bei meinem Onkel«, sagte sie und wagte nicht, ihn zu nennen, aus Furcht, sie würden niemals die Nichte eines ihrer Wettbewerber anstellen. »Bei meinem Onkel Baudu hier gegenüber.«

Da fuhr Mouret plötzlich ein zweites Mal dazwischen.

»Was? Sie sind Baudus Nichte?... Schickt Baudu Sie zu uns?«

»O nein, mein Herr.«

Sie konnte ein Lachen nicht unterdrücken, so eigenartig kam ihr der Gedanke vor. Das ließ sie vollständig verändert erscheinen. Sie stand plötzlich rosig da, und das Lächeln um ihren etwas großen Mund gab ihrem ganzen Gesicht etwas Heiteres. In ihren grauen Augen zuckte eine zärtliche Flamme auf, ihre Wangen zeigten allerliebste Grübchen, selbst ihr helles Haar schien mit der gutherzigen, tapferen Heiterkeit ihres ganzen Wesens emporzufliegen.

»Aber sie ist doch hübsch!« sagte Mouret Bourdoncle ganz leise ins Ohr.

Mit allen Anzeichen von Langerweile weigerte sich sein Teilhaber es zuzugeben. Clara kniff die Lippen zusammen, während Marguerite ihnen den Rücken zudrehte. Nur Frau Aurelie stimmte Mouret mit einem Kopfnicken zu, als er fortfuhr:

»Es ist sehr unrecht von Ihrem Onkel, daß er Sie nicht zu uns gebracht hat, seine Empfehlung hätte genügt...

Die Leute sagen, er wäre böse auf uns. Wir sind weitherziger, und wenn er seine Nichte im eigenen Hause nicht beschäftigen kann, na schön, dann wollen wir ihm zeigen, daß sie bei uns nur anzuklopfen braucht, damit wir sie aufnehmen… Sagen Sie ihm doch, ich hätte ihn immer noch sehr gern, und er müßte sich schon damit abfinden, nicht mit mir, aber mit den neuen Verhältnissen des Handels. Und sagen Sie ihm doch auch, daß er sich noch ganz und gar zugrunde richtet, wenn er sich auf einen Haufen von lächerlichen Altertümlichkeiten versteift.«

Nun wurde Denise ganz blaß. Das war ja Mouret. Niemand hatte seinen Namen genannt, aber er machte sie ja selbst auf sich aufmerksam, und sie ahnte, er sei es selbst, sie begriff nun, warum der junge Mann ihr auf der Straße, in der Seidenabteilung und jetzt wieder eine solche Erregung verursacht habe. Diese Erregung, in der sie noch nicht lesen konnte, legte sich ihr schwerer und schwerer als ein übermäßiges Gewicht aufs Herz. Alle die von ihrem Onkel erzählten Geschichten kamen ihr jetzt wieder ins Gedächtnis, sie ließen Mouret noch bedeutender erscheinen, umgaben ihn mit einem Sagenkreise, machten aus ihm den Herrn der furchtbaren Maschine, die sie seit dem Morgen in den eisernen Zähnen ihres Triebwerkes hielt. Und hinter seinem hübschen Gesicht mit dem wohlgepflegten Bart und den altgoldenen Augen sah sie die tote Frau, die Frau Hédouin, deren Blut den Mörtel für die Steine des Hauses gebildet hatte. Nun erfaßte sie wieder das Kältegefühl vom Abend vorher, und sie glaubte, sie empfinde einfach Furcht vor ihm.

Frau Aurelie klappte indessen ihre Meldeliste zu. Sie hatte nur eine Verkäuferin nötig und es standen bereits zehn Meldungen darin. Aber sie wünschte zu sehr, dem Inhaber gefällig zu sein, als daß sie noch gezögert hätte. Immerhin mußte die Meldung ihren ordnungsmäßigen

Verlauf nehmen, der Aufseher Jouve würde seine Erkundigungen einziehen, seinen Bericht erstatten, und dann würde die Erste sich entscheiden.

»Schön, Fräulein«, sagte sie würdevoll, um ihr Ansehen zu bewahren. »Wir werden Ihnen schreiben.«

Denise stand vor Verwirrung noch einen Augenblick unbeweglich da. Sie wußte nicht, wie sie sich von all diesen Leuten losmachen sollte. Schließlich dankte sie Frau Aurelie; und als sie an Mouret und Bourdoncle vorbeigehen mußte, grüßte sie. Die beiden beschäftigten sich übrigens schon gar nicht mehr mit ihr, sie erwiderten ihren Gruß nicht einmal, denn die Prüfung des nach Maß angefertigten Mantels mit Frau Frédéric nahm ihre ganze Aufmerksamkeit in Anspruch. Clara machte eine ärgerliche Bewegung, indem sie Marguerite ansah, wie um vorherzusagen, die neue Verkäuferin würde in der Abteilung nicht viel Entgegenkommen finden. Denise fühlte zweifellos hinter sich diese Gleichgültigkeit und diesen Haß, denn sie ging die Treppe in der gleichen Unruhe hinunter, in der sie heraufgekommen war, einer merwürdigen Angst zur Beute und sich fragend, ob sie verzweifeln müsse oder sich darüber freuen solle, daß sie hierhergekommen sei. Konnte sie auf die Stelle rechnen? In ihrem Unbehagen, das sie nicht einmal alles hatte richtig verstehen lassen, begann sie schon wieder daran zu zweifeln. Zwei unter all ihren Empfindungen hafteten hartnäckig fest und verdrängten allmählich alle übrigen: der Eindruck, den Mouret auf sie gemacht hatte, sich bis zur Furcht vor ihm vertiefend; dann die Liebenswürdigkeit Hutins, ihre einzige Freude am ganzen Morgen, ein Andenken voll süßen Reizes, das sie mit Dankbarkeit erfüllte. Als sie durch das Geschäft dem Ausgange zuschritt, suchte sie den jungen Mann, beglückt über den Gedanken, ihm noch einmal mit den Augen ihren Dank zu sagen, und als sie ihn nicht fand, war sie ganz traurig.

»Sieh da, mein Fräulein, haben Sie Glück gehabt?« fragte sie eine teilnahmsvolle Stimme, als sie endlich draußen auf dem Bürgersteige stand.

Sie drehte sich um und bemerkte den großen, blassen, schlottrigen Burschen, der sie auch am Morgen angeredet hatte. Auch er kam aus dem »Paradies der Damen« und schien noch verwirrter als sie, ganz verdutzt von dem Verhör, dem er sich hatte unterziehen müssen.

»Mein Gott! Ich habe keine Ahnung, Herr!« antwortete sie.

»Also gerade wie ich. Sie haben da drinnen eine Art, einen anzusehen und mit einem zu reden!... Ich bin bei den Spitzen, ich gehe von Crevecoeur in der Rue du Mail weg.«

Sie standen sich abermals gegenüber; und da sie nicht wußten, wie sie sich voneinander verabschieden sollten, fingen sie an rot zu werden. Um bei dem Übermaß seiner Zaghaftigkeit doch wenigstens etwas zu sagen, wagte der junge Mann sie dann schließlich mit seiner linkischen, gutmütigen Art zu fragen:

»Wie heißen Sie denn, Fräulein?«

»Denise Baudu.«

»Ich heiße Henri Deloche.«

Nun lächelten sie beide. Sie fanden sich in die Brüderlichkeit ihrer Lage und streckten sich gegenseitig die Hand hin.

»Viel Glück!«

»Ja, viel Glück!«

Drittes Kapitel

SONNABENDS VON VIER BIS SECHS SETZTE Frau Desforges ihren nächsten Verwandten, die sie besuchen wollten, eine Tasse Tee und Kuchen vor. Die Wohnung befand sich im dritten Stock an der Ecke der Rue de Rivoli und Rue d'Alger; die Fenster der beiden Besuchszimmer gingen auf den Tuileriengarten hinaus.

Als an diesem Sonnabend ein Diener Mouret in das große Besuchszimmer führen wollte, bemerkte dieser vom Vorzimmer aus durch eine offen gebliebene Tür gerade, wie Frau Desforges das kleinere Zimmer durchschritt. Bei seinem Anblick blieb sie stehen, und er trat mit einer förmlichen Begrüßung auf sie zu. Als dann der Diener die Tür wieder geschlossen hatte, ergriff er lebhaft die Hand der jungen Frau und küßte sie zärtlich.

»Sei vorsichtig, es ist schon jemand da!« sagte sie sehr leise, mit einer Handbewegung auf die Tür des großen Zimmers weisend. »Ich wollte den Fächer da holen und ihnen zeigen.«

Und mit der Spitze des Fächers gab sie ihm fröhlich einen leichten Klapps auf die Backe. Sie war bräunlich, ein wenig stark, mit großen, eifersüchtigen Augen. Aber er hielt ihre Hand fest und fragte:

»Kommt er?«

»Ganz gewiß«, antwortete sie. »Er hat es mir fest versprochen.«

Sie sprachen vom Baron Hartmann, dem Direktor des Crédit Immobilier. Frau Desforges, Tochter eines Staats-

rates, war die Witwe eines Börsenmannes, der ihr ein von
den einen geleugnetes, von den andern stark übertriebenes
Vermögen hinterlassen hatte. Noch zu dessen Lebzeiten
hatte sie sich, wie es hieß, dem Baron Hartmann sehr
erkenntlich erwiesen, da seine Ratschläge als die eines großen Geldmannes dem Hause sehr zu statten kamen; und
später sollte nach dem Tode des Gatten die Verbindung
immer ganz im verschwiegenen fortgedauert haben, ohne
jede Unklugheit, jedes Aufsehen. Frau Desforges brachte
sich nie ins Gerede, sie wurde überall in den hohen Bör-
senkreisen empfangen, in denen sie geboren war. Selbst
heute, wo sich die Leidenschaft des Bankmannes, eines
sehr zweifelsüchtigen, schlauen Menschen, in einfache
väterliche Zuneigung umgewandelt hatte, bewies sie, wenn
sie sich Liebhaber nahm, die er ihr zubilligte, in ihren
Herzensgeschichten ein Maßhalten und ein so feines Takt-
gefühl, eine so klug angewandte Weltkenntnis, daß der
Schein stets gewahrt blieb und niemand sich hatte erlauben dürfen, ihre Ehrenhaftigkeit laut in Zweifel zu ziehen.
Als sie Mouret bei gemeinschaftlichen Freunden traf, kam
er ihr zuerst abscheulich vor; später hatte sie sich ihm dann
hingegeben wie hingerissen von der ungestümen Liebe,
mit der er sie ergriff, und während er bei seinem Vorgehen
nur durch sie den Baron an sich zu fesseln beabsichtigte,
wurde sie allmählich von einer tiefen und wahren Liebe zu
ihm erfaßt; sie betete ihn an mit der Heftigkeit einer schon
fünfunddreißig Jahre alten Frau, die nur neunundzwanzig
zugab, verzweifelt darüber, daß sie seine größere Jugend
herausfühlte, und bei jedem Gedanken an seinen möglichen Verlust zitternd.

»Ist er auf dem Laufenden?« fing er wieder an.

»Nein, Sie müssen ihm die Geschichte selbst auseinandersetzen«, antwortete sie und hörte auf, ihn zu duzen.

Sie sah ihn an und dachte, er müsse doch wohl nichts

ahnen, daß er sie derart dem Baron gegenüber ausspiele,
wenn er vorgab, diesen lediglich als einen ihrer alten
Freunde zu betrachten. Aber er hielt immer noch ihre
Hand, nannte sie seine gute Henriette, und sie fühlte, wie
ihr Herz schmolz. Schweigend streckte sie ihm die Lippen
entgegen und drückte sie auf die seinen; dann sagte sie mit
leiser Stimme:

»Pscht! Sie warten auf mich ... Komm hinter mir her.«

Leichte Stimmen ertönten aus dem großen Zimmer,
gedämpft durch die Stoffbekleidung der Wände. Sie stieß
die Tür auf und ließ beide Flügel offen stehen, dann gab
sie den Fächer einer der vier Damen, die bereits mitten im
Zimmer saßen.

»Sehen Sie, da ist er!« sagte sie. »Ich wußte nicht mehr,
wo er war, meine Kammerfrau hätte ihn nicht finden können.«

Und sich umwendend fügte sie mit fröhlicher Miene
hinzu:

»Treten Sie doch ein, Herr Mouret, kommen Sie doch
durch das kleine Zimmer. Das ist weniger förmlich.«

Mouret begrüßte die Damen, die er schon kannte. Das
Besuchszimmer war mit seiner Ausstattung nach Ludwig
XVI. aus Brokat mit Blumensträußen, seinen vergoldeten
Bronzen, seinen großen grünen Pflanzen voll weiblich-
zärtlicher Traulichkeit, trotz seiner hohen Decke; und
durch die beiden hohen Fenster sah man die Kastanienbäume der Tuilerien, deren Blätter der Oktoberwind von
dannen fegte.

»Aber die ist wirklich nicht schlecht, diese Chantilly!«
rief Frau Bourdelais, die den Fächer hielt.

Sie war eine kleine Blonde von dreißig Jahren, mit feiner
Nase, lebhaften Augen, eine Schulfreundin Henriettes, und
hatte einen stellvertretenden Direktor im Finanzministe-
rium geheiratet. Aus alter Bürgerfamilie stammend, führte

sie ihren Haushalt mit den drei Kindern mit Rührigkeit, Anmut und einer ausgesuchten Witterung für alles Wirtschaftliche.

»Und fünfundzwanzig Francs hast du für das Stück bezahlt?« fuhr sie fort, indem sie jede Masche der Spitze untersuchte. »Was? In Luc sagst du, bei einer Arbeiterin vom Lande?... Nein, nein, das ist nicht teuer... Aber du hast ihn doch zurechtmachen lassen müssen.«

»Gewiß«, antwortete Frau Desforges. »Das Zurechtmachen kostet zweihundert Francs.«

Nun fing Frau Bourdelais an zu lachen. Also das war der Gelegenheitskauf, von dem Henriette sprach. Zweihundert Francs ein einfaches Elfenbeingestell mit Namenszug! Und für ein Endchen Chantilly, an dem sie vielleicht hundert Sous gespart hatte! Für hundertundzwanzig Francs fand man solche Fächer fix und fertig. Sie gab ein Haus in der Rue Poissonière an.

Währenddessen ging der Fächer unter den Damen herum. Frau Guibal schenkte ihm kaum einen Blick. Sie war groß und schmächtig, mit rotem Haar und einem in Gleichgültigkeit erstarrten Gesicht, in das jedoch ihre grauen Augen zeitweilig unter einer anscheinend teilnahmlosen Miene den Ausdruck schrecklich eigensüchtiger Gier hieninbrachten. Man sah sie nie in Gesellschaft ihres Mannes, eines im Gerichtsgebäude wohlbekannten Rechtsanwaltes, der, wie es hieß, auch seinerseits ein freies, ganz seinen Büchern und seinen Vergnügungen gewidmetes Leben führte.

»Oh!« murmelte sie, den Fächer an Frau de Voves weitergebend, »ich habe in meinem ganzen Leben noch keine zwei gekauft... Man bekommt ja so schon immer zu viele geschenkt.«

Die Gräfin antwortete in einem fein spöttischen Tone:

»Sind Sie glücklich, meine Liebe, einen so liebenswürdigen Mann zu haben.«

Und sich zu ihrer Tochter wendend, einem großen Geschöpf von zwanzig und einem halben Jahr:

»Sieh mal den Namenszug, Blanche, was für hübsche Arbeit... Der Namenszug hat gewiß das Zurechtmachen so teuer gemacht.«

Frau de Voves war eben über vierzig. Sie war eine prachtvolle Erscheinung, mit dem Halsansatz einer Göttin, einem offen, regelmäßigen Gesicht und großen, träumerischen Augen; ihr Mann, der Generalinspektor der Gestüte, hatte sie wegen ihrer Schönheit geheiratet. Sie schien von der Feinheit des Namenszuges ganz hingerissen, wie von einem so heftigen Wunsche erfaßt, daß sie davon ganz blaß wurde. Und unvermittelt sagte sie:

»Sagen Sie uns doch mal Ihre Meinung, Herr Mouret. Sind zweihundert Francs für dies Gestell zuviel?«

Mouret war lächelnd mitten unter den fünf Frauen stehengeblieben; ihm erschien alles beachtenswert, was ihre Teilnahme erregte. Er nahm den Fächer und prüfte ihn; und er wollte sich gerade äußern, als der Diener die Tür öffnete und rief:

»Frau Marty.«

Eine magere, häßliche, von Blattern entstellte, mit erkünstelter Feinheit gekleidete Frau trat herein. Sie besaß kein Alter, ihre fünfunddreißig Jahre hätten je nach dem innern Fieber, das sie belebte, auch vierzig oder dreißig bedeuten können.

»Meine liebe, gnädige Frau, Sie entschuldigen mich doch mit meinem Sack... Denken Sie, als ich Sie aufsuchen wollte, ging ich ins »Paradies der Damen«, und da ich mal wieder Dummheiten gemacht habe, wollte ich dies hier nicht unten in der Droschke liegen lassen; ich war bange, es würde mir gestohlen.«

Als sie dann Mouret bemerkte, fuhr sie lächelnd fort:

»Ach, Herr Mouret, ich wollte wirklich keine Anpreisung für Sie loslassen, ich wußte ja gar nicht, daß Sie da waren... Sie haben jetzt wirklich ungewöhnlich schöne Spitzen.«

Das lenkte die Aufmerksamkeit von dem Fächer ab, den der junge Mann nun auf einen Leuchtertisch legte. Jetzt wurden die Damen von Neugierde ergriffen, zu sehen, was Frau Marty gekauft hatte. Man kannte sie wegen ihrer Verschwendungssucht, ihrer Ohnmacht gegen jede Versuchung; sie war unbedingt anständig, ganz unfähig, sich einem Liebhaber hinzugeben, aber vor dem geringsten Endchen Flitter sofort feige und überwunden. Sie war die Tochter eines kleinen Beamten und richtete jetzt ihren Mann zugrunde, Professor der fünften Klasse am Lyzeum Bonaparte, der neben seinen sechstausend Francs Gehalt ebensoviel durch Privatstunden außer dem Hause verdienen mußte, um den unaufhörlich wachsenden Anforderungen seines Haushaltes nachzukommen. Aber sie öffnete ihren Sack nicht, sondern preßte ihn zwischen ihre Knie und redete von ihrer vierzehn Jahre alten Tochter Valentine, eine ihrer liebsten Eitelkeiten, denn sie kleidete sie genau wie sich selbst mit allen Neuigkeiten der Mode, deren unwiderstehlicher Verführung sie unterlag.

»Sehen Sie«, erklärte sie, »diesen Winter macht man für junge Mädchen Kleider mit kleinen Spitzen besetzt... Natürlich, als ich da eine so reizende Valencienne sah...«

Endlich entschloß sie sich ihren Sack zu öffnen. Die Damen streckten die Hälse vor, als sie bei dem allgemeinen Schweigen die Glocke im Vorzimmer hörten.

»Das ist mein Mann«, stammelte Frau Marty verwirrt. »Er wird mich sicher gesucht haben, nachdem er aus der Schule gekommen ist.«

Lebhaft hatte sie ihren Sack wieder zugemacht und ließ ihn mit einer gewohnheitsmäßigen Bewegung unter ihrem Stuhle verschwinden. Die Damen fingen alle an zu lachen.

Nun wurde sie rot über ihre Überstürzung, sie nahm ihn wieder auf den Schoß und meinte, die Männer verständen so etwas doch nicht und brauchten auch nichts davon zu wissen.

»Herr de Boves, Herr de Vallagnosc«, meldete der Diener.

Das gab ein Erstaunen. Frau de Boves hatte selbst nicht auf ihren Mann gerechnet. Dieser, ein schöner Mann, der den kaiserlichen Schnurr- und Knebelbart trug, mit musterhaft gepflegtem, in den Tuilerien gern gesehenem soldatischen Aussehen, küßte die Hand Frau Desforges', die er bereits als junges Mädchen im Hause ihres Vaters gekannt hatte. Dann drückte er sich an die Seite, damit der andere Besucher, ein blasser junger Mann von ausgesprochener Blutarmut die Herrin des Hauses ebenfalls begrüßen könne. Aber die Unterhaltung hatte kaum wieder begonnen, als zwei leichte Ausrufe ertönten:

»Was, du bist das, Paul!«

»Sie da! Octave!«

Mouret und Vallagnosc schüttelten sich die Hände. Frau Desforges ihrerseits zeigte sich ganz überrascht. Sie kannten sich schon? Gewiß, sie waren ja zusammen auf der Schule in Plassans aufgewachsen; und es war reiner Zufall, daß sie sich noch nie bei ihr getroffen hatten.

Sie gingen währenddessen, die Hände noch immer ineinander, scherzend in das kleine Zimmer hinüber, in demselben Augenblicke, wo der Diener den Tee hereinbrachte, chinesische Tassen auf einem silbernen Brette, die er dicht neben Frau Desforges mitten auf den runden Marmortisch hinstellte, um den eine leichte bronzene Einfassung herumlief. Die Damen setzten sich wieder heran, alle plauderten sie mit endlos durcheinanderlaufenden Worten ganz laut; Herr de Boves indessen stand hinter ihnen und beugte sich nur zuweilen vor, um mit der Liebenswürdigkeit des hübschen Beamten ein Wort einfließen zu lassen. Der große, so zart und heiter eingerichtete Raum gewann durch dies von Lachen unterbrochene Geschwätz noch an Fröhlichkeit.

»Ach! mein alter Paul!« wiederholte Mouret.

Er hatte sich neben Vallagnosc auf ein Sofa gesetzt. Sie saßen allein in der Tiefe des kleinen Zimmers, einem kleinen, sehr auffallend mit Seide bespannten Raume, fern jedem Zuhörer, und sahen die Damen selbst nur durch die weit offene Tür; sie scherzten Auge in Auge und schlugen sich auf die Knie. Ihre ganze Jugend wurde wieder wach, die alte Schule zu Plassans mit ihren beiden Höfen, ihren feuchten Klassen und dem Eßzimmer, in dem sie soviel Stockfisch gegessen hatten, dem Schlafsaal, in dem die Kopfkissen von Bett zu Bett flogen, sobald der Putz schlief. Paul, der aus einer alten Parlamentarierfamilie von kleinem, vergrämtem Adel stammte, war stark in guten Aufsätzen, stets der erste, und wurde immer vom Lehrer als Beispiel hingestellt, der ihm auch die schönste Zukunft voraussagte; Octave dagegen saß immer unten an und verkam unter den Faulpelzen, dick und glückselig, und gab sich außerhalb der Schule den wildesten Vergnügungen hin. Trotz der Verschiedenheit ihrer Veranlagung verband sie eine enge, unzertrennliche Freundschaft bis zur Abgangsprüfung, aus der der eine sich mit Ruhm, der andere nach zwei ärgerlichen Versuchen gerade mit einem »Genügend« herauszog. Dann hatte das Leben sie auseinandergebracht, und nun fanden sie sich nach zehn Jahren verändert und alt geworden wieder.

»Laß mal hören«, fragte Mouret, »was ist aus dir geworden?«

»Gar nichts ist aus mir geworden.«

Trotz der Freude des Wiedersehens behielt Vallagnosc sein müdes, enttäuschtes Aussehen bei; und als sein Freund ganz erstaunt in ihn drang und meinte:

»Aber irgend was mußt du doch schließlich anfangen ...
Was tust du denn?« antwortete er:

»Nichts.«

Octave fing an zu lachen. Nichts, das genügte ihm nicht.
Satz für Satz brachte er endlich Pauls Geschichte heraus,
die übliche Geschichte des armen Jungen, die es ihrer
Geburt schuldig zu sein glauben, in den freien Berufen
stecken zu bleiben, wo sie sich dann in eitler Mittelmäßig-
keit vergraben und schon glücklich sind, wenn sie nicht vor
Hunger sterben, alle Schubfächer voll von Zeugnissen.
Nach Familienüberlieferung hatte er die Rechte studiert;
dann war er seiner Mutter auf der Tasche liegengeblieben,
die so schon nicht wußte, wie sie ihre beiden Töchter
unterbringen sollte. Schließlich hatte ihn die Scham gepackt, und während er die drei einem kümmerlichen
Dasein von den Resten ihres Vermögens überließ, hatte er
eine kleine Stelle im Ministerium des Innern angenommen, wo er sich wie ein Maulwurf in seinem Bau vergrub.

»Was verdienst du denn da?« fing Mouret wieder an.

»Dreitausend Francs.«

»Aber das ist ja ein wahrer Jammer! Ach, mein armer
alter Kerl, das tut mir wirklich leid um dich ... Was! So ein
strammer Bursche, der uns alle einwickelte! Und sie geben
dir nur dreitausend Francs, nachdem sie dich erst mal fünf
Jahre lang stumpf gemacht haben! Nein, das ist unrecht!«

Er unterbrach sich und kam wieder auf sich selbst zu
sprechen.

»Nein, dafür hätte ich mich schönstens bedankt ... Du
weißt doch, was aus mir geworden ist?«

»Ja«, sagte Vallognosc, »ich habe gehört, du bist Kaufmann geworden. Du besitzest das große Warenhaus da am
Place Gaillon, nicht wahr?«

»Richtig ... Kattun, mein Alter!«

Mouret hob den Kopf und schlug ihn wieder aufs Knie

und wiederholte mit der sichern Fröhlichkeit eines lustigen Gesellen, der sich des ihn ernährenden Berufs nicht
schämt:

»Kattun, aus dem Vollen!... Du entsinnst dich doch
sicher noch, ich biß nie so recht auf ihre Kniffe an, wenn
ich mich auch nie für dümmer gehalten habe als die andern.
Als ich die Schule durchgemacht hatte, um meine Familie
zu beruhigen, da hätte ich genau so gut wie die andern aus
unserer Klasse Rechtsanwalt oder Arzt werden können;
aber diese Berufe machten mir Angst, man sieht so viele
Leute die sich davor ekeln... Und da, du lieber Gott, da
hab' ich die Eselshaut nach dem Winde gehängt und bin
ohne jede Gewissensbisse kopfüber in die Kaufmannschaft
hineingesprungen.«

Vallagnoscs Lächeln sah etwas verlegen aus. Er murmelte
schließlich:

»Aber das ist doch sicher, dein Abgangszeugnis nützt dir
beim Leinenverkaufen auch nicht gerade viel.«

»Aber ich bitte dich!« entgegnete Mouret vergnügt, »ich
verlange ja nichts weiter, als daß es mir nicht dabei im
Wege ist... Und dann, weißt du, wenn man die Dummheit begangen hat, so etwas zwischen die Beine zu nehmen, dann kann man sich nicht so leicht wieder davon
losmachen. Sein ganzes Leben lang zieht man im Schnek-
kenschritt weiter, während die andern, die bloße Füße
haben, wie geborene Läufer davonsausen.«

Als er dann aber merkte, wie peinlich das seinem
Freunde war, ergriff er dessen beide Hände und fuhr fort:

»Sieh mal, ich will dir ja nicht weh tun, aber du mußt
doch zugeben, deine Zeugnisse haben dir auch nichts
genützt... Weißt du, daß mein Vorsteher in der Seidenabteilung dies Jahr über zwölftausend Francs verdient? Selbstverständlich, ein Bursche von sehr hellem Verstand, und
hat sich gründlich hinter seine Rechtschreibung und seine

vier Spezies gemacht... Die gewöhnlichen Verkäufer verdienen bei mir drei- bis viertausend Francs, mehr, als du bekommst; und sie haben nicht dein Schulgeld bezahlen brauchen, sie sind nicht zu einem schriftlich verheißenen Siegeslauf in die Welt gejagt worden... Zweifellos, Geldverdienen ist noch nicht das einzige. Aber wenn ich die armen Teufel ansehe, die mit ihrem dünnen Wissenschaftsmäntelchen die freien Berufe anfüllen, ohne von ihnen satt zu werden, und dann die gerissenen Jungens, die für das Leben gerüstet dastehen und ihr Geschäft von Grund auf verstehen, wahrhaftig! dann zögere ich nicht, ich bin für diese gegen jene und finde, diese Racker verstehen ihre Zeit recht gut!«

Seine Stimme war warm geworden; Henriette drehte beim Teeinschenken den Kopf um. Als er sah, wie sie ihm aus dem großen Zimmer zulächelte und bemerkte, daß noch zwei andere Damen das Ohr spitzten, empfand er selbst die größte Freude an seinen Worten.

»Also, mein Alter! Jeder Ladenschwung, der was los wird, steckt heutigentags in einer Millionärshaut.«

Vallagnosc lehnte sich behaglich ins Sofa zurück. Seine halb geschlossenen Augen zeigten einen aus Müdigkeit und Verachtung gemischten Ausdruck, in den sich ein wenig Ziererei mit der tatsächlichen Erschöpfung seines Geschlechts vermengte.

»Pah!« murmelte er. »Soviel Mühe ist das Leben gar nicht wert. Spaß gibt's ja doch nicht mehr.«

Und als Mouret ihn empört und überrascht ansah, setzte er hinzu:

»Es geschieht alles und gar nichts. Da bleibt man schon besser mit gekreuzten Armen sitzen.«

Und nun erging der Schwarzseher sich über die Fehlschläge und Mittelmäßigkeiten seines Lebens. Kurze Zeit hatte er von Schriftstellerei geträumt, und von seinem häufigen Umgange mit Dichtern haftete ihm noch eine allgemeine Weltverachtung an. Immer wieder kam er zum Schluß auf die Nutzlosigkeit jeder Anstrengung, auf den Ekel vor den ewig gleich inhaltlosen Stunden, auf die schließlich immer wieder durchbrechende Dummheit der Welt. Alle Vergnügungen verfehlten ihren Zweck und nicht einmal dumme Streiche machten ihm noch Spaß.

»Laß doch mal sehen, hast du denn irgendwelches Vergnügen?« fragte er zum Schluß.

Mouret war vor Widerwillen ganz starr geworden. Er rief:

»Was? Ob es für mich noch Vergnügungen gibt?...Ach, pfeifst du aus der Tonart? Soweit ist es mit dir gekommen, mein Alter?... Aber sicher habe ich noch meinen Spaß, und selbst wenn es um mich her kracht, denn dann werde ich so wütend, daß die andern es auch krachen hören. Ich stecke voller Leidenschaften, ich kann das Leben nun mal nicht ruhig nehmen, und vielleicht gefällt's mir gerade darum so gut.«

Er warf einen Blick nach dem Nebenzimmer und ließ die Stimme einsinken.

»O gewiß, manche Frauen haben mich schon gemopst, das gebe ich gern zu. Wenn ich aber eine habe, dann halte ich sie, zum Teufel! Und immer geht's doch nicht daneben; ich möchte mit keinem tauschen, versichere ich dich... Und schließlich mache ich mich über die Frauen doch auch gar nicht lustig. Siehst du, ich muß eben was vorhaben und was fertigbringen, was schaffen einfach... Da kommt dir so ein Gedanke, und du kämpfst für ihn, mit Hammerschlägen haust du ihn den Leuten in den Kopf, siehst ihn wachsen und siegen... Ach ja, mein Alter, ich habe schon meinen Spaß!«

Reines Vergnügen am Handeln, lauter Daseinsfreude klang aus seinen Worten. Immer wieder nannte er sich ein

Kind seiner Zeit. Er müßte ja wirklich nicht auf gesunden Beinen stehen und sein Hirn und seine Gliedmaßen müßten verrottet sein, würde er sich der Arbeit entziehen in einem Augenblicke, wo es viel zu tun gäbe, wo das ganze Jahrhundert sich auf die Zukunft losstürze. Er spottete über die Verzweifelten, die Mutlosen, die Schwarzseher, all diese Kranken unserer aufblühenden Wissenschaft, die mit der Jammermiene des Dichters oder dem verkniffenen Gesicht des Zweiflers durch die riesige Werkstatt der Gegenwart zögen. Eine hübsche Rolle, und so anständig und klug, vor Langerweile zu gähnen, wenn andere arbeiteten!

»Das ist mein einziges Vergnügen, andere anzugähnen«, sagte Vallagnosc mit kaltem Gesichtsausdruck.

Hier sank Mourets Leidenschaft in sich zusammen. Er wurde wieder herzlich.

»Ach du alter Paul, immer derselbe, immer voller Widersprüche... Was? Wir treffen uns doch nicht wieder, um uns zu zanken? Jeder hat seine eigenen Gedanken, glücklicherweise. Aber ich muß dir doch mal meine Maschine zeigen, wenn sie in Gang ist, sollst mal sehen, das ist nicht ohne... Komm, erzähl' mal. Deiner Mutter und den Schwestern geht's doch hoffentlich gut? Und solltest du dich nicht vor einem halben Jahr in Plassans verheiraten?«

Eine plötzliche Bewegung Vallagnoscs ließ ihn einhalten; und als der das Nebenzimmer mit einem unruhigen Blick durchforschte, drehte auch er sich um und bemerkte, daß Fräulein de Boves sie nicht aus den Augen ließ. An Größe und Fülle glich Blanche ihrer Mutter; nur verquoll bei ihr das Gesicht bereits, ihre Züge waren dick, aufgedunsen von krankhaftem Fett. Auf eine vorsichtige Frage hin erklärte Paul, bisher sei es noch zu nichts gekommen; vielleicht werde es sich überhaupt nie machen lassen. Er hatte das junge Mädchen bei Frau Desforges kennengelernt, bei der er im vorigen Winter viel verkehrt hatte, dann aber seltener wieder hingegangen war, und das diente ihnen zur Aufklärung, weswegen er Octave hier noch nicht getroffen hatte. Die Boves ihrerseits hatten ihn empfangen und er hatte besonders den Vater gern, einen alten Lebemann, der einen zurückgezogenen Posten in der Verwaltung inne hatte. Im übrigen keinerlei Vermögen: Frau de Boves hatte ihrem Gatten nichts als ihre junonische Schönheit mit in die Ehe gebracht, die Familie lebte von einem letzten, verschuldeten Gut, zu dessen winzigem Ertrag zum Glück noch die neuntausend Francs hinzukamen, die der Graf als Generalinspektor der Gestüte bezog. Und die Damen, Mutter und Tochter, wurden von ihm sehr knapp an Geld gehalten, das gelegentliche Zärtlichkeitsanwandlungen auch weiterhin außer dem Hause aufbrauchten; sie waren manchmal soweit, daß sie sich ihre Kleider selbst umändern mußten.

»Aber warum denn?« fragte Mouret einfach.

»Mein Gott, es muß doch mal ein Ende haben!« sagte Vallagnosc mit müdem Augenaufschlag. »Und dann sind da noch Aussichten, wir hoffen auf den baldigen Tod einer Tante.«

Währenddessen wandte sich Mouret, Herrn de Boves nicht aus den Augen lassend, der sich dienstbeflissen neben Frau Guibal gesetzt hatte und sie mit dem zärtlichen Lächeln eines Mannes auf dem Kriegspfade ansah, wieder zu seinem Freunde um und zwinkerte so bezeichnend mit den Augen, daß der fortfuhr:

»Nein, die nicht... Wenigstens noch nicht... Zum Unglück ruft sein Dienst ihn auf die Gestüte in allen vier Ecken Frankreichs, und auf die Weise hat er ewig neue Vorwände zum Verschwinden. Als seine Frau im vorigen Monat glaubte, er wäre in Perpignan, da saß er mit einer Klavierlehrerin irgendwo in einem gottverlassenen Winkel von Gasthaus.«

Nun schwiegen sie. Dann fing der junge Mann, der jetzt gleichfalls die Aufmerksamkeiten des Grafen gegen Frau Guibal beobachtete, ganz leise wieder an:

»Weiß Gott, du hast recht … Um so mehr, als die liebe Dame gar nicht so widerspenstig ist, wie man sagt. Da läuft eine köstliche Geschichte über sie mit einem Offizier um … Aber sieh doch mal, wie ulkig er ist, wenn er sie so von der Seite her bezaubert! Altfrankreich, mein Lieber! … Ich verehre den Mann geradezu, und er kann ruhig sagen, es geschieht nur seinetwegen, wenn ich seine Tochter heirate!«

Mouret lachte vor Vergnügen. Er fragte Vallagnosc von neuem aus, und als er erfuhr, der erste Gedanke an diese Heirat rühre von Frau Desforges her, fand er die Geschichte noch besser. Die gute Henriette schwelgte in dem Vergnügen, das alle Witwen daran finden, Leute unter die Haube zu bringen; und das so weitgehend, daß, wenn sie die Mädchen versorgt hatte, es ihr gar nicht darauf ankam, den Vätern zu gestatten, sich in ihrer Gesellschaft Freundinnen auszusuchen; aber selbstverständlich in durchaus anständiger Form, ohne daß die Welt jemals Stoff zu bösem Klatsch hätte finden können. Und Mouret, der sie liebte, aber als tätiger und vielbeschäftigter Mann daran gewöhnt war, seine Zärtlichkeit zu verbergen, vergaß jetzt jeden verführerischen Gedanken aus Berechnung und empfand für sie alle Freundschaft eines guten Gefährten.

Gerade jetzt erschien sie in der Türe des kleineren Zimmers, gefolgt von einem etwa sechzigjährigen älteren Herrn, dessen Eintritt die beiden Freunde nicht bemerkt hatten. Die Stimmen der Damen ertönten manchmal sehr schrill, von dem leichten Geklapper der Teelöffel in den chinesischen Tassen begleitet; und von Zeit zu Zeit hörte man in einer kurzen Gesprächspause das Klappen einer zu lebhaft wieder auf den Marmor des Pfeilertisches hingesetzten Untertasse. Ein plötzlicher, sich unter dem Rande einer großen Wolke hervorstehlender Strahl der untergehenden Sonne vergoldete die Gipfel der Kastanienbäume im Garten, drang in rotgoldenem Dunst durchs Fenster und entzündete die Brokate und Bronzebeschläge der Möbel mit seiner Glut.

»Hierherüber, lieber Baron«, sagte Frau Desforges. »Ich stelle Ihnen Herrn Octave Mouret vor, der den lebhaftesten Wunsch fühlt, Ihnen seine hohe Bewunderung zu bezeugen.«

Und sich zu Octave wendend, fügte sie hinzu:

»Baron Hartmann.«

Ein feines Lächeln preßte die Lippen des Greises zusammen. Er war ein kleiner, kräftiger Mann mit dickem Elsässerkopf, auf dessen fleischigem Gesicht die Flamme großer Klugheit in der kleinsten Falte seines Mundes, im leichtesten Zwinkern seiner Augenlider leuchtete. Schon vierzehn Tage lang widerstand er Henriettes Wünschen und Bitten um diese Zusammenkunft; nicht etwa als hätte er besondere Eifersucht empfunden, denn als Mann von Geist hatte er sich mit seiner Vaterrolle abgefunden; aber dies war der dritte Freund Henriettes, den sie mit ihm bekanntmachte, und auf die Dauer fürchtete er sich ein wenig davor, lächerlich zu erscheinen. Und so zeigte er denn auch, auf Octave zutretend, das feine Lächeln eines reichen Beschützers, der sich zwar wohl liebenswürdig erweisen will, aber sich nicht dazu herabläßt, überrumpelt zu werden.

»Oh, Herr Baron«, sagte Mouret mit seiner ganzen provençalischen Begeisterungsfähigkeit, »das letzte Unternehmen des Crédit Immobilier war ja staunenswert! Sie können sich nicht denken, wie glücklich und stolz ich bin, Ihnen die Hand drücken zu dürfen.«

»Zu liebenswürdig, Herr Mouret, zu liebenswürdig«, wiederholte der Baron immer noch lächelnd.

Henriette sah sie mit ihren hellen Augen ohne jede Verlegenheit an. Sie blieb zwischen ihnen beiden stehen, hob ihren hübschen Kopf und trat von einem zum andern; sie trug ein ihre zarten Handgelenke und den feinen Hals freilassendes Spitzenkleid und zeigte sich ganz entzückt über ihr gutes Zusammenstimmen.

»Meine Herren«, sagte sie schließlich, »nun lasse ich Sie plaudern.«

Und sich zu Paul wendend, der auch aufgestanden war, fügte sie hinzu:

»Möchten Sie nicht eine Tasse Tee, Herr de Vallagnosc?«

»Mit Vergnügen, gnädige Frau.«

Und die beiden gingen ins Nebenzimmer.

Als Mouret seinen Platz auf dem Sofa neben Baron Hartmann wieder eingenommen hatte, verbreitete er sich von neuem in Lobsprüchen über die Unternehmungen des Crédit Immobilier. Dann ging er auf den ihm am Herzen liegenden Gegenstand los und sprach von der neuen Straße, der Verlängerung der Rue Réaumur, von der eine Strecke unter dem Namen der Rue du Dix-Décembre zwischen dem Börsen- und dem Opernhausplatze jetzt eröffnet werden sollte. Der sich hieraus für die Öffentlichkeit ergebende Nutzen war schon vor anderthalb Jahren festgestellt worden, der Enteignungsausschuß war soeben ernannt, das ganze Viertel geriet in Leidenschaft über diesen Riesendurchbruch und war voller Unruhe über die Dauer der Arbeiten sowie voller Teilnahme für die dem Untergang geweihten Häuser. Seit fast drei Jahren wartete Mouret auf dieses Unternehmen, zunächst in der Voraussicht eines regeren Geschäftsbetriebes, dann aber auch in seinem Ehrgeiz, sich zu vergrößern, den er indes noch nicht laut einzugestehen wagte, eine solche Ausdehnung nahm sein Traum an. Da die Rue du Dix-Décembre die Rue de Choiseul und die Rue de la Michodière schneiden sollte, sah er das »Paradies der Damen« schon den ganzen von diesen Straßen und der Rue Neuve Saint-Augustin eingeschlossenen Block einnehmen und stellte es sich bereits mit einer palastartigen Schauseite nach der neuen Straße hin vor, die es als Herrin des eroberten Stadtteils überragen sollte. Hieraus entsprang auch sein lebhafter Wunsch nach der Bekanntschaft mit Baron Hartmann, als er nämlich erfahren hatte, daß der Crédit Immobilier durch einen mit der Verwaltung abgeschlossenen Vertrag den Durchbruch und die Einrichtung der Rue du Dix-Décembre unter der Bedingung übernommen hatte, daß ihm das Eigentumsrecht an den sie einfassenden Bauplätzen überlassen würde.

»Wirklich«, sagte er abermals und versuchte eine harmlose Miene zu zeigen, »Sie wollen ihnen die Straße fix und fertig mit allen Kanälen, Bürgersteigen und Gasleitungen übergeben? Und für all das können die Saumgrundstücke Sie entschädigen? Ach, ist das merkwürdig, ist das merkwürdig!«

Endlich kam er dann auf die kitzliche Stelle. Er hatte erfahren, der Crédit Immobilier lasse heimlich die Häuser in dem Blocke aufkaufen, in dem das »Paradies der Damen« lag, nicht allein, die unter der Hacke der Arbeiter fallen sollten, sondern auch alle übrigen, die stehenbleiben würden. Er witterte hier den Plan für eine zukünftige Anlage und geriet für seine Vergrößerung, die sich in seinen Träumen immer weiter ausdehnte, in Besorgnis; es packte ihn die Furcht, er könnte eines Tages auf eine mächtige Gesellschaft stoßen, die sich im Besitze dieser Grundstücke befände und sie ganz sicher nicht herausrücken würde. Diese Furcht führte ihn auch zu dem Entschluß, sobald wie möglich eine Verbindung zwischen sich und dem Baron herzustellen, die liebenswürdige Verbindung durch eine Frau, die zwischen Männern mit starkem Liebestrieb so fest hält. Zweifellos hätte er den Geldmann auch in seinem Arbeitszimmer sehen können, um mit ihm in aller Bequemlichkeit das mächtige Geschäft zu besprechen, das er ihm vorschlagen wollte. Aber bei Henriette fühlte er sich stärker, er wußte, wie sehr der gemeinschaftliche Besitz einer Geliebten eine Annäherung fördert und Zuneigung schaffend wirkt. Daß sie beide sich bei ihr, in ihrem geliebten Duft träfen, sie selbst dabei hätten, um sich von ihr durch ein Lächeln zur Überzeugung bringen zu lassen, das erschien ihm den Erfolg zu verbürgen.

»Haben Sie nicht das alte Hotel Duvillard angekauft, den alten Kasten, der an mein Haus anstößt?« fragte er schließlich ganz unvermittelt.

Baron Hartmann zauderte einen Augenblick, ehe er das ableugnete. Mouret aber sah ihm ins Gesicht und begann zu lachen; und von nun an spielte er die Rolle des netten jungen Mannes, der das Herz auf den Lippen trägt und geschäftlich entgegenkommend ist.

»Sehen Sie mal, Herr Baron, da ich das unverhoffte Glück habe, Ihnen zu begegnen, möchte ich Ihnen gegenüber ganz offen sein ... Oh! ich will Sie nicht etwa bitten, mir Ihre Geheimnisse preiszugeben. Ich möchte Ihnen nur meine eigenen anvertrauen, da ich überzeugt bin, ich kann sie in keine klügeren Hände legen ... Übrigens möchte ich Sie auch um Ihren Rat bitten, ich habe Sie schon lange immer einmal aufsuchen wollen.«

Nun enthüllte er tatsächlich sein Inneres, er erzählte von seinen ersten Versuchen, verbarg auch die heikle Geldlage gar nicht, die er inmitten seines Siegeszuges durchmachte. Alles ließ er vorüberziehen, seine aufeinanderfolgenden Vergrößerungen, die immer wieder ins Geschäft hineingesteckten Gewinne, die von seinen Angestellten beigesteuerten Summen, wie das Haus bei jedem neuen Ausverkauf sein Bestehen aufs Spiel setzte, wenn er das ganze Vermögen auf eine Karte setzte. Indessen wollte er gar nicht mehr

Geld, denn er besaß das blinde Vertrauen eines Glaubens-
wütigen in seine Kundschaft. Sein Ehrgeiz ging viel höher
hinauf, er schlug dem Baron eine Verbindung vor, zu der
der Crédit Immobilier den in seinen Träumen geschauten
Riesenpalast beisteuern sollte, während er selbst seinen
Geist und die bereits durchgeführte geschäftliche Grund-
lage hergeben wollte. Ihre Beiträge sollten sie gegen einan-
derabwägen; nichts schien ihm sich leichter zu verwirklichen.

»Was denken Sie mit Ihren Grundstücken und Ihren
Häusern eigentlich anzufangen?« fragte er hartnäckig weiter. »Einen Plan haben Sie doch sicher schon. Aber ich bin
auch sicher, er ist nicht so gut wie meiner … Denken Sie
nur mal dies eine. Wir erbauen auf dem Gelände eine
Verkaufshalle, reißen die Häuser nieder oder richten sie
her und eröffnen das gewaltigste Warenhaus in ganz Paris,
einen Basar, der Millionen einbringen muß.«

Aus tiefstem Herzen ließ er es sich entschlüpfen:

»Ach! Wenn ich Sie doch gar nicht nötig hätte! … Aber
Sie halten ja jetzt alles in Händen. Und dann, ich würde
auch nie über die nötigen Vorschüsse verfügen können …
Sehen Sie, wir müssen zu einer Verständigung kommen,
das wäre ja sonst reiner Mord.«

»Was für ein Draufgänger Sie sind, mein lieber Herr
Mouret!« begnügte sich Baron Hartmann ihm zu erwidern. »Diese Einbildungskraft!«

Mit dem Kopfe nickend fuhr er fort ihm zuzulächeln,
denn er hatte nicht die Absicht, sein Vertrauen mit gleicher
Münze zu bezahlen. Der Plan des Crédit Immobilier war
der, in der Rue du Dix-Décembre ein Gegengewicht gegen
das Grand-Hotel zu schaffen, ein üppiges Unternehmen,
dessen Lage im Mittelpunkte der Stadt alle Fremden anziehen mußte. Da übrigens das Hotel lediglich die Saumgrundstücke einnehmen sollte, hätte der Baron immerhin

Mourets Plan aufnehmen und mit ihm über den Rest des Häuserblocks verhandeln können, eine immerhin noch recht weite Fläche. Aber er hatte sich bereits mit zwei Freunden Henriettes eingelassen und wurde seiner Prunkrolle als freundlicher Beschützer allmählich überdrüssig. Dann aber auch setzte ihn trotz seines Tätigkeitsdranges, der ihn seine Börse allen gescheiten und unternehmenden jungen Leuten öffnen ließ, dieses Beispiel von Mourets Handelsgeist mehr in Erstaunen, als daß es ihn anlockte. War dieses Riesenwarenhaus nicht doch wohl nur ein Hirngespinst, ein unkluges Unternehmen? Hieß es nicht einen sichern Krach wagen, wenn man das Modengeschäft so ganz über jeden Maßstab hinaus auszudehnen versuchte? Er konnte nicht daran glauben und lehnte ab.

»Zweifellos hat der Gedanke etwas Verführerisches«, meinte er. »Aber er entspringt doch wohl einem Dichtergemüt ... Wo wollen Sie denn die Kundschaft hernehmen, um so eine Kirche zu füllen?«

Mouret sah ihn einen Augenblick schweigend, wie erstarrt über seine Weigerung an. War das möglich? Ein Mann von solcher Witterung, der das Geld in jeder beliebigen Tiefe wahrnahm! Und mit einem Male machte er eine mächtige rednerische Handbewegung und rief, indem er auf die Damen im großen Zimmer hinwies:

»Da sitzt doch die Kundschaft!«

Die Sonne wurde schwächer, der rotgoldene Staub war nur noch ein blonder Schein, wie ein Abschiedsgruß auf den Seidenbezügen der Wände und der Polsterung der Möbel hinsterbend. Wie die Dämmerung so heraufrückte, durchtränkte äußerste Behaglichkeit das weite Zimmer mit lauem Reiz. Während Herr de Boves und Paul de Vallagnosc an einem der Fenster, den Blick in der Weite des Gartens verloren, plauderten, waren die Damen näher zusammengerückt und bildeten mit ihren Röcken einen engen Kreis, aus dem Lachen, Flüsterworte, Fragen und heiße Antworten aufstiegen, die ganze Leidenschaft der Frau für Ausgaben und Tand. Sie sprachen über Kleider, Frau de Boves schilderte ein Ballkleid.

»Also erst durchsichtige, malvenfarbige Seide und darüber ein Überwurf von alten Alençonspitzen, dreißig Zentimeter hoch...«

»Oh, ich bitte Sie!« unterbrach sie Frau Marty. »Was gibt es doch für glückliche Frauen!«

Baron Hartmann sah Mourets Handbewegung folgend durch die weit offenstehengebliebene Tür auf die Damen. Und mit einem Ohr hörte er ihnen zu, während der junge Mann, von dem Wunsche, ihn zu überzeugen, entflammt, sich ihm noch weiter in die Hände lieferte und ihm die inneren Zusammenhänge des neuen Modengeschäfts auseinandersetzte. Dies Geschäft beruhte jetzt auf der raschen und fortgesetzten Erneuerung des Grundvermögens, das in jedem Jahre so häufig wie möglich wieder in Ware umgesetzt werden mußte. So war in diesem Jahr sein nur fünfhunderttausend Francs betragendes Vermögen bereits viermal erneuert und hatte daher einen Umsatz von zwei Millionen hervorgebracht. Eine Lumperei, die er übrigens verzehnfachen könnte, denn er nahm es als sicher an, das Geld würde in gewissen Abteilungen später fünfzehn- und zwanzigmal umlaufen.

»Sehen Sie, Herr Baron, das ist der ganze Vorgang. Er ist sehr einfach, aber man muß nur auf ihn kommen. Wir brauchen gar kein so riesiges Grundvermögen. Unsere einzige Sorge ist, uns so rasch als möglich die eingekaufte Ware vom Halse zu schaffen und sie durch neue zu ersetzen, so daß das Vermögen sich ebenso oft verzinst. Auf die Weise können wir uns auch mit einem kleinen Nutzen begnügen; da unsere allgemeinen Unkosten sich schon auf die gewaltige Ziffer von sechzehn vom Hundert belaufen und wir auf die Verkaufsgegenstände nur zwanzig vom Hundert draufschlagen, so ergibt das einen Nutzen von höchstens vier vom Hundert; aber schließlich wird das doch in die Millionen gehen, da wir mit ganz ungeheuren und unverzüglich wieder erneuerten Warenmengen arbeiten... Sie folgen mir doch, nicht wahr? Nichts ist doch klarer.«

Abermals nickte der Baron mit dem Kopfe. Der Mann, der die kühnsten Pläne aufgerissen hatte und von dessen Tollkühnheit man immer noch sprach, seitdem er zuerst die Gasbeleuchtung einzuführen versucht hatte, blieb unruhig und verschlossen.

»Ich verstehe wohl«, gab er zur Antwort. »Sie verkaufen billig, um viel zu verkaufen, und Sie verkaufen viel, um billig zu verkaufen... Aber verkaufen müssen Sie, und da komme ich wieder auf meine Frage zurück: wem wollen Sie denn verkaufen? Glauben Sie denn einen so riesenhaften Umsatz aufrechterhalten zu können?«

Ein plötzlich aus dem Nebenzimmer herübertönendes Stimmengewirr schnitt Mourets Aufklärungsversuch ab. Frau Guibal hatte einem einfachen schürzenförmigen Überwurf aus alten Alençonspitzen den Vorzug vor mehreren übereinander gegeben.

»Aber meine Liebe«, erwiderte Frau de Boves, »der Überwurf war doch auch damit besetzt. Ich habe noch nie etwas Kostbareres gesehen.«

»Ach! Da bringen Sie mich auf einen Gedanken«, ergriff Frau Desforges wieder das Wort. »Ich habe schon ein paar Meter Alençon... Ich muß mir doch noch etwas für einen Besatz dazusuchen.«

Und die Stimmen wurden wieder leiser und sanken zum Geflüster herab. Zahlen wurden laut, das Handeln peitschte ihre Begierden auf und die Damen kauften Spitzen mit vollen Händen.

»Doch!« sagte Mouret, als er wieder zu Worte kommen konnte, »man verkauft jede beliebige Menge, wenn man nur zu verkaufen versteht! Da liegt unser Sieg.«

Dann zeigte er ihm mit seinem provençalischen Schwung in glühenden, bilderreichen Sätzen das neue Geschäft in vollem Betriebe. Zunächst war da die verzehnfachte Kraft der Anhäufung all dieser auf einem Fleck zusammengebrachten Waren, die sich selbst erhielt und antrieb; nie trat ein Stillstand ein, für jede Jahreszeit war stets der passende Gegenstand da; die Kundschaft fand sich von Abteilung zu Abteilung gerissen, kaufte hier Stoff, etwas weiterhin Garn, woanders einen Mantel, kleidete sich ein, fiel dann abermals auf etwas Unvorhergesehenes herein und gab dem Hang nach allerlei unnützen, aber hübschen Sachen nach. Dann pries er die Auszeichnung zu festen Preisen. Von dieser Erfindung rührte die ganze Umwälzung im Modengeschäft her. Wenn der alte Handel, der Kleinhandel in den letzten Zügen lag, so beruhte das auf seinem Unvermögen, den durch die feste Auszeichnung begonnenen Kampf mit niedrigen Preisen selbst durchhalten zu können. Jetzt fand der Wettbewerb unter den Augen der Öffentlichkeit statt, das Spazierengehen vor den Schaufenstern setzte die Preise fest, jeder Laden mußte heruntergehen und sich mit möglichst geringem Nutzen zufriedengeben; es gab keine Schieberei mehr, keine lang ausgetüftelten Betrügereien mit Stoffen, die zum doppelten Preise ihres Wertes verkauft wurden, sondern schlankes Geschäft, auf jeden Gegenstand regelmäßig von vornherein aufgeschlagener Gewinnsatz, so daß der Nutzen sich aus dem glatten Verlauf eines Verkaufs ergab, um so mehr, als er offen vor aller Welt Augen vor sich ging. War das nicht eine staunenswerte Erfindung? Sie stellte den ganzen Markt auf den Kopf, bildete Paris um, denn sie entstand aus dem Fleisch und Blut der Frau.

»Die Frau habe ich, um den Rest kümmere ich mich nicht!« sagte er mit einem rohen Eingeständnis, das ihm die Leidenschaft entriß.

Baron Hartmann erschien durch diesen Ausbruch erschüttert. Sein Lachen verlor die spöttische Spitze, er sah den jungen Mann an und fühlte sich allmählich durch seine Überzeugungstreue gewonnen, eine beginnende Zuneigung zog ihn zu ihm hin.

»Pscht!« flüsterte er leise in väterlichem Ton. »Sie verstehen sonst noch was Sie sagen.«

Aber die Damen redeten jetzt so erregt alle auf einmal, daß sie sich nicht mal untereinander verstanden. Frau de Boves führte ihre Schilderung eines Gesellschaftskleides zu Ende: ein Überkleid aus malvenfarbener Seide, mit Spitzentuffen aufgerafft und gehalten: das Leibchen sehr tief ausgeschnitten und ebenfalls mit Spitzentuffen auf den Schultern.

»Sie werden es ja sehen«, sagte sie, »ich werde mir auch so ein Leibchen machen lassen aus einem Atlas...«

Frau Bourdelais fuhr dazwischen: »Ich möchte es aus Samt haben, oh! ein Gelegenheitskauf!«

Frau Marty fragte:

»Was? Wieviel kostete die Seide?«

Und dann fuhren alle Stimmen wieder zu gleicher Zeit los. Frau Guibal, Henriette, Blanche maßen, schnitten zu, verschnitten sich. Es war ein fürchterlicher Haufen von Zeug, die reine Plünderung eines Warenhauses; eine Gier nach Üppigkeit machte sich in diesen beneideten, erträumten Kleidungsstücken breit, ein solches Wohlbehagen, in all diesem Tand zu wühlen, daß sie ganz in ihm untergingen; aber sie lebten in dieser schwülen Luft, als wäre sie zu ihrem Dasein notwendig.

Mouret hatte währenddessen einen Blick in den Raum geworfen. Und er brachte in ein paar, dem Baron Hart-

mann ins Ohr geflüsterten Worten, als vertraue er ihm
eine Liebesgeschichte an, wie Männer das wohl zuweilen
untereinander tun, seine Erklärung eines großen, zeitgemäßen Geschäftsbetriebes zu Ende. Noch höher als die
bereits geschilderten Tatsachen, ganz obenan stand demnach die Ausbeutung der Frau. Auf diese lief alles hinaus,
die unaufhörliche Erneuerung des Geldes, der Vorgang der
Warenanhäufung, das Anlocken durch Billigkeit, feste
Preise als Beruhigungsmittel. Die Warenhäuser machten
sich die Frau durch ihren Wettbewerb einander streitig, die
Frau fingen sie in der ewigen Falle ihrer Gelegenheitskäufe, nachdem sie sie durch ihre Schaustellungen betäubt
hatten. Sie erweckten in ihrem Fleische ganz neue Begierden, sie bildeten eine ungeheure Versuchung, in der sie
ihrem Verhängnis unterliegen mußte, indem sie zunächst
als gute Hausfrau kleinen Einkäufen stattgab, dann aber
von Gefallsucht übermannt und schließlich völlig verzehrt
wurde. Indem sie ihre Verkäufe verzehnfachten und den
Aufwand zum Allgemeingut machten, bildeten sie einen
furchtbaren Anreiz zum Geldausgeben, sie verheerten die
Haushaltungen, indem sie mit dem Hilfsmittelchen imme
teurer werdender Modetorheiten arbeiteten. Und wenn
die Frau bei ihnen als Königin dastand, verhätschelt und
umschmeichelt ob ihrer Schwächen, von Zuvorkommenheit umgeben, so war ihre Herrschaft hier doch die einer
Königin der Liebe, deren Untertanen zwar für sie arbeiten,
die aber schließlich für jede ihrer Launen doch mit einem
Tropfen ihres Herzblutes zahlen muß. Unter seiner anmu-
tigen Liebenswürdigkeit ließ Mouret so die Roheit eines
Juden mit unterlaufen, der die Frau pfundweise verkauft:
er errichtete ihr einen Tempel, ließ ihr durch eine Un-
menge Gehilfen Weihrauch steuen, ja, er erschuf ganz neue
Anbetungsweisen; nur über sie dachte er nach, versuchte
ohne Unterlaß stärkere Verführungsmittel auszudenken;

aber hinter ihrem Rücken war er, sobald er ihr die Taschen ausgeleert und ihre Nerven zerrüttet hatte, voll heimlicher Mißachtung für sie, wie jeder Mann, sobald seine Geliebte die Dummheit begangen hat, sich ihm hinzugeben.

»Haben Sie nur erst einmal die Frau«, sagte er dem Baron ganz leise ins Ohr und lachte kühn auf, »und Sie können die ganze Welt verkaufen!«

Jetzt verstand ihn der Baron. Ein paar Sätze hatten genügt, ihn den Rest ahnen zu lassen, eine derartige gefällige Ausbeutungsweise erhitzte ihn und regte in ihm seine Vergangenheit als Lebemann wieder auf. Mit schlauer Miene zwinkerte er ihm mit den Augen zu und begann jetzt den Erfinder dieses Werkzeuges zum Verzehren der Frau zu bewundern. Das war sehr stark. Und er kam auf ganz denselben Ausdruck wie Bourdoncle, ein Wort, das ihm langjährige Erfahrung eingab.

»Wissen Sie auch, daß sie sich dafür schadlos halten werden?«

Aber Mouret zuckte die Achseln mit einer geradezu vernichtenden Mißachtung. Sie gehörten ihm ja alle, sie waren seine Werkzeuge und er gab sich keiner zu eigen. Sobald er aus ihnen sein Vermögen und sein Vergnügen herausgeholt hätte, würde er sie alle in den Rinnstein werfen und sie denen überlassen, die sich dann noch ihren Lebensunterhalt an ihnen verdienen könnten. Aus dieser Mißachtung sprach der Südländer und der Glücksritter.

»Nun also, lieber Baron«, fragte er, um zum Schluß zu kommen, »wollen Sie mir mir gehen? Erscheint Ihnen das Grundstücksgeschäft durchführbar?«

Bereits halb überwunden, zögerte der Baron doch, sich derart festzulegen. Auf dem Untergrunde des Zaubers, der allmählich in ihm zu wirken begann, verblieb doch noch ein gewisser Zweifel. Er wollte ihm ausweichend antworten, als ein dringender Zuruf der Damen ihn dieser Mühe überhob. Inmitten leichten Gelächters ertönten immer wieder ihre Stimmen:

»Herr Mouret! Herr Mouret!«

Und als dieser, dem eine solche Unterbrechung gar nicht paßte, so tat, als hörte er sie nicht, trat Frau de Boves, die schon einen Augenblick stand, in die Tür des kleinen Zimmers.

»Sie werden verlangt, Herr Mouret ... Das ist wirklich nicht liebenswürdig, sich so in einer Ecke zu vergraben und von Geschäften zu reden.«

Nun gab er sich einen Stoß und zeigte äußerlich mit solchem Anschein alles Entzückens eine gute Miene, daß der Baron ganz baff war. Beide standen auf und gingen in das Nebenzimmer hinüber.

»Aber ich stehe ganz zu Ihrer Verfügung, meine Damen«, sagte er beim Eintreten mit einem Lächeln auf den Lippen.

Siegesgeschrei empfing ihn. Er mußte noch weiter vortreten und die Damen machten ihm Platz in ihrer Mitte. Die Sonne war gerade hinter den Bäumen des Gartens untergegangen, das Tageslicht nahm ab und eine feine Dämmerung erfüllte den weiten Raum. Das war die zärtliche Dämmerstunde in den Pariser Wohnungen, diese Minute verschwiegener Lust zwischen dem Hinsterben des Lichtes auf den Straßen und dem Anzünden der Lampen in der Anrichte. Die Herren de Boves und de Vallagnosc, die immer noch am Fenster standen, warfen einen mächtigen Schattenfleck auf den Teppich; Herr Marty dagegen, der vor ein paar Minuten unauffällig eingetreten war, stand unbeweglich in dem durch das andere Fenster eindringenden Lichtstrom und ließ ihn seine ganze armselige Erscheinung hervorheben, einen knappsitzenden, sauberen Gehrock, ein durch seine Lehrtätigkeit gebleichtes Gesicht, von der Unterhaltung der Damen über Kleider ganz und gar außer Fassung gebracht.

»Ist der große Ausverkauf ganz sicher nächsten Montag?« fragte Frau Marty gerade.

»Aber ganz zweifellos, gnädige Frau«, antwortete Mouret mit einer wahren Flötenstimme, einem Schauspielertonfall, den er stets annahm, sobald er zu Frauen sprach.

Nun kam Henriette dazwischen.

»Wissen Sie, wir gehen alle hin ... Es heißt ja, Sie bereiteten wahre Wunder vor.«

»Oh, Wunder!« sagte er leise mit gezierter Bescheidenheit, »ich versuche nur mich Ihres Urteils würdig zu erweisen!«

Aber nun bedrängten sie ihn mit Fragen. Frau Bourdelais, Frau Guibal, selbst Blanche wollte etwas erfahren.

»Kommen Sie, erzählen Sie uns doch mal etwas darüber«, sagte Frau de Boves wiederholt mit Nachdruck. »Sie lassen uns ja umkommen.«

Und sie umringten ihn, als Henriette bemerkte, daß er noch nicht einmal eine Tasse Tee bekommen habe. Da war nun alles ganz untröstlich; vier von ihnen wollten ihn gleichzeitig bedienen, aber unter der Bedingung, daß er ihnen sofort antwortete. Henriette schenkte die Tasse ein, die Frau Marty hielt, während Frau de Boves und Frau Bourdelais sich um die Ehre stritten, ihm Zucker zu geben. Dann, nachdem er sich geweigert hatte sich hinzusetzen und seinen Tee langsam zu trinken begann, indem er mitten unter ihnen stand, traten alle näher heran und setzten ihn mit dem engen Kreise ihrer Röcke gefangen. Mit erhobenen Köpfen und leuchtenden Blicken lächelten sie ihm zu.

»Ihre Seide, Ihr ›Paris-Paradies‹, von der alle Zeitungen reden?« fing Frau Marty ungeduldig wieder an.

»Oh!« entgegnete er, »etwas ganz Außerordentliches, ein Stoff von grobem, aber doch weichem, festen Gewebe ... Sie werden es ja sehen, meine Damen. Und sie können sie nur bei uns finden, denn wir haben das ausschließliche Eigentumsrecht gekauft.«

»Wirklich! Eine schöne Seide für fünf Francs sechzig!« sagte Frau Bourdelais ganz begeistert. »Das ist ka kaum zu glauben.«

Diese Seide nahm infolge der in alle Welt geschleuderten Anpreisungen in ihrem täglichen Dasein einen beträchtlichen Raum ein. Sie redeten über sie und verhießen sie sich, von Begierde und Zweifel zerarbeitet. Und hinter der geschwätzigen Neugier, mit der sie den jungen Mann überwältigten, zeigten sich ihre geistigen Eigentümlichkeiten als Käuferinnen: Frau Marty nahm, von ihrer Verschwendungssucht hingerissen, alles ohne Auswahl im »Paradies der Damen«, wie die Auslagen es ihr gerade darboten; Frau Guibal ging stundenlang, ohne je einen Einkauf zu machen, drin herum, glücklich und zufrieden, ihre Augen auf so einfache Weise letzen zu können; Frau de Boves, immer knapp an Geld, aber auch immer von übermäßiger Begierde gequält, war außer sich über all die Sachen, die sie sich nicht leisten konnte; Frau Bourdelais ging mit der feinen Nase einer verständigen, klugen Bürgersfrau unmittelbar auf die richtige Stelle zu und nutzte, von diesem Fieber nicht ergriffen, die großen Warenhäuser mit der Geschicklichkeit einer guten Hausfrau so aus, daß sie tatsächlich erhebliche Ersparnisse dabei machte; Henriette schließlich kaufte bei ihren sehr hohen Anforderungen nur gewisse Gegenstände dort, ihre Handschuhe, Hüte und alles einfache Leinen.

»Wir haben noch mehr erstaunlich billige und üppige Stoffe«, fuhr Mouret mit seinem singenden Tonfall fort. »Da möchte ich Ihnen unser Goldleder empfehlen, einen Taft von unvergleichlichem Glanz... Unter den bunten Seiden gibt es entzückende Zusammenstellungen, Muster, die unsere Einkäufer unter tausenden ausgesucht haben;

und bei den Samten werden Sie die größte Auswahl von Abstufungen finden ... Ich mache Sie darauf aufmerksam, daß dieses Jahr besonders viel Wollstoff getragen werden wird, Sie werden ja unsere Doppelgewebe und unsere Cheviots sehen ...«

Sie unterbrachen ihn nicht mehr, sondern drängten ihren Kreis noch dichter zusammen, den schwach lächelnden Mund leicht geöffnet, das Gesicht vorgestreckt und gespannt, als strebe ihr ganzes Wesen diesem Besucher zu. Ihre Augen vergingen, ein leichter Schauer lief ihnen über den Nacken. Er aber bewahrte unter all dem betäubenden aus ihren Haaren emporsteigenden Duft die Ruhe eines Eroberers. Er fuhr fort, zwischen seinen Sätzen jedesmal einen kleinen Schluck Tee zu trinken, dessen Duft die schärferen Dünste abschwächte, in denen etwas vom wilden Tiere lag. Angesichts dieser Selbstbeherrschung, dieser Verführungskunst, stark genug, um mit den Frauen zu spielen, ohne sich selbst durch den von ihnen ausgeströmten Duft einfangen zu lassen, fühlte Baron Hartmann, der ihn nicht aus den Augen ließ, seine Bewunderung zunehmen.

»Also Wollstoffe werden wir tragen?« fing Frau Marty wieder an, deren verheertes Gesicht die Leidenschaft zu gefallen verschönte. »Das muß ich sehen«

Frau Bourdelais, die sich ihren klaren Blick bewahrte, meinte ihrerseits:

»Nicht wahr, der Resteverkauf findet bei Ihnen am Dienstag statt? Ich warte noch, ich muß meine ganze kleine Welt anziehen.«

Und indem sie ihren feinen Blondkopf der Herrin des Hauses zuwandte:

»Du läßt dich wohl immer noch von der Sauveur ausstatten?«

»Lieber Gott, ja«, antwortete Henriette. »Die Sauveur ist sehr teuer, aber sie ist auch die einzige in Paris, die ein

Leibchen machen kann ... Und dann, Herr Mouret hat gut
reden, aber sie hat die hübschesten Muster, Muster, die
man sonst überhaupt nicht sieht. Ich kann es nicht leiden,
wenn ich mein Kleid auf den Schultern aller anderen
Frauen wiederfinde.«

Mouret zeigte zunächst ein zurückhaltendes Lächeln.
Dann ließ er durchblicken, Frau Sauveur kaufe ihre Stoffe
bei ihm ein; zweifellos entnehme sie von den Fabrikanten
gewisse Muster ohne weiteres, für die sie sich das Eigentumsrecht sichere; aber in schwarzen Seidenstoffen zum
Beispiel warte sie eine gute Gelegenheit im »Paradies der
Damen« ab, wo sie sich alsdann beträchtliche Vorräte
zulege, die sie später wieder absetze, indem sie den Preis
verdoppele und verdreifache.

»So bin ich ziemlich fest überzeugt, daß einige ihrer
Leute unser ›Paris-Paradies‹ aufkaufen werden. Warum soll
sie denn die Seide in der Weberei teurer bezahlen als bei
uns? ...Mein Wort! Wir verkaufen sie mit Verlust.«

Das war sein letzter Vorstoß gegen die Damen. Der
Gedanke an eine Ware, die sie unter dem Einkaufspreis
haben könnten, peitschte die Gier der Frau in ihnen auf,
deren Freude am Kaufen sich noch verdoppelt, wenn sie
glaubt den Verkäufer bestehlen zu können. Er wußte, sie
würden nicht imstande sein, der Billigkeit zu widerstehen.

»Wir verkaufen doch aber alles für rein gar nichts!« rief
er lustig und nahm den hinter ihm auf dem Pfeilertische
liegengebliebenen Fächer Frau Desforges' auf. »Sehen Sie
hier diesen Fächer ... Was sagten Sie noch, wieviel kostete
er?«

»Die Spitze fünfundzwanzig Francs und das Gestell
zweihundert«, erwiderte Henriette.

»Schön! Die Spitze ist nicht teuer. Wir haben indessen
ganz dieselbe für achtzehn Francs ... Mit dem Gestell dagegen, meine liebe gnädige Frau, das ist schändliche Räube-

rei. Ich würde nicht wagen, so eins für mehr als neunzig Francs zu verkaufen.«

»Das sagte ich ja!« rief Frau Bourdelais.

»Neunzig Francs!« murmelte Frau de Boves. »Da muß man schon wahrhaftig keinen Sou haben, um sich ohne so einen zu behelfen.«

Sie hatte den Fächer wieder aufgenommen und sah ihn sich abermals mit ihrer Blanche zusammen genau an; und auf ihrem breiten, regelmäßigen Gesicht, in ihren großen träumerischen Augen stieg verhaltener Neid auf vor Verzweiflung, eine solche Laune nicht befriedigen zu können. Dann machte der Fächer ein zweites Mal unter Bemerkungen und Ausrufen die Runde unter den Damen. Die Herren de Boves und de Vallagnosc hatten indessen das Fenster verlassen. Während der erste auf seinen Platz hinter Frau Guibal zurückging, deren Leibchen er dem Anschein nach durchaus anständig und überlegen mit seinen Blicken musterte, bog sich der junge Mann zu Blanche hernieder und versuchte ein liebenswürdiges Wort zu finden.

»Das ist doch ein bißchen trübselig, nicht wahr, gnädiges Fräulein, die schwarze Spitze mit dem weißen Gestell?«

»Oh!« antwortete sie durchaus ernst, ohne daß die leiseste Röte ihr aufgedunsenes Gesicht gefärbt hätte, »ich habe einen aus Bernstein mit weißen Federn gesehen. So etwas Jungfräuliches!«

Nun gab auch endlich Herr de Boves, der zweifellos den gekränkten Ausdruck erfaßt hatte, mit dem seine Gattin dem Fächer folgte, seinen Anteil zu der Unterhaltung.

»Die kleinen Dinger zerbrechen ja sofort.«

»Reden Sie nur nicht davon!« erklärte Frau Guibal, der hübsche Fuchskopf, mit schiefem Munde und spielte die Gleichgültige. »Ich hab's satt, meine ewig wieder leimen zu lassen.«

Eine kleine Weile schon drehte Frau Marty ihren roten Ledersack in höchster Erregung über diese Unterhaltung auf den Knien herum. Sie hatte ihre Einkäufe noch nicht vorzeigen können und brannte in einer Art sinnlicher Gier darauf, sie auszubreiten. Und plötzlich dachte sie nicht mehr an ihren Mann, sie machte den Sack auf und brachte zunächst ein paar Meter schmale, um ein Pappstück gewikkelte Spitze daraus hervor.

»Das sind die Valenciennes für meine Tochter«, sagte sie. »Sie ist drei Zentimeter breit, entzückend, nicht wahr?... Ein Franc neunzig.«

Die Spitze ging von Hand zu Hand. Die Damen schrien laut auf vor Bewunderung. Mouret bestätigte, er verkaufe diese kleinen Stücke zum Herstellungspreise. Frau Marty hatte indessen ihren Sack wieder zugemacht, wie um etwas drin zu verbergen, was man nicht zeigt. Aber angesichts des Erfolges ihrer Valenciennes konnte sie dem Wunsche nicht widerstehen noch ein Taschentuch hervorzuholen.

»Diese Taschentücher waren auch noch da... Brüsseler Stickerei, meine Liebe... O, rein gefunden! Zwanzig Francs!«

Und nun wurde der Sack unerschöpflich. Sie errötete vor Vergnügen, das Schamgefühl einer Frau, die sich auszieht, verlieh ihr bei jedem neuen Stücke, das sie hervorholte, eine liebenswürdige Verlegenheit. Da war eine Halsbinde, »blonde Spanierin«, für dreißig Francs: sie wollte sie eigentlich gar nicht, aber der Verkäufer hatte ihr geschworen, das wäre die letzte, die sie da in der Hand hielte, und sie müßten welche nachkommen lassen. Dann kam ein Schleier aus Chantilly: etwas teuer, fünfzig Francs; wenn sie ihn nicht selbst trüge, wollte sie etwas für ihre Tochter daraus machen.

»Mein Gott! Spitzen, das ist so was Allerliebstes!« sagte sie immer wieder mit ihrem krankhaft erregten Lachen.

»Wenn ich da drin bin, könnte ich den ganzen Laden kaufen.«

»Und dies?« fragte Frau de Boves sie und prüfte ein Stück Gipüre.

»Das«, gab sie zur Antwort, »das ist ein Einsatz ... Sechsundzwanzig Meter. Einen Franc das Meter, denken Sie!«

»Was?« fragte Frau Bourdelais voller Überraschung. »Was wollen Sie denn damit?«

»Wahrhaftig, das weiß ich noch nicht ... Aber es war so ein nettes Muster.«

Als sie in diesem Augenblick aufsah, sah sie sich gerade gegenüber ihren Mann ganz entsetzt dastehen. Er war noch blasser geworden, seine ganze Gestalt drückte die Angst und Ergebung des armen Mannes aus, der den Zusammenbruch seiner so teuer erworbenen Einkünfte vor sich sieht. Jedes neue Endchen Spitze bedeutete für ihn ein Unglück, das Herunterschlucken ganzer Tage voll bitterer Lehtätigkeit, beständige Jagd durch den Straßenschmutz nach Privatstunden und das Ende seines Kampfes ums Dasein in heimlicher Armut, in der Hölle eines dürftigen Haushaltes. Bei der wachsenden Bestürzung seines Gesichtsausdruckes wollte sie das Taschentuch, den Schleier und das Halstuch wieder einsammeln; ihre Hände irrten fieberhaft umher und sie sagte immer wieder mit ihrem krankhaften Lächeln:

»Sie bringen es noch dazu, daß mein Mann mich ausschilt ... Ich versichere dich, liebster Freund, ich bin noch sehr verständig gewesen; denn da war noch eine große Spitze für fünfhundert Francs, oh! wundervoll!«

»Warum haben Sie sie denn nicht gekauft?« fragte Frau Guibal ruhig. »Herr Marty ist doch der liebenswürdigste aller Gatten.«

Der Professor hielt sich für verpflichtet, ihr eine Verbeugung zu machen und erklärte, seine Frau habe gänzlich freie Hand. Aber bei dem Gedanken an diese gefährliche große Spitze lief es ihm eiskalt den Rücken hinunter; und als Mouret gerade bekräftigte, die neuen Warenhäuser erhöhten nur den Wohlstand der Haushaltungen in den mittleren Bürgerkreisen, warf er ihm einen schrecklichen Blick zu, aus dem der Haß des Furchtsamen hervorblitzte, der es nur nicht wagt, jemand zu erwürgen.

Die Damen kamen übrigens von den Spitzen noch nicht los. Sie berauschten sich an ihnen. Die Stücke wickelten sich ab, gingen von einer zur andern hin und her und brachten sie einander näher, indem sie sie mit ihren feinen Fädchen verknüpften. Schuldbeladen strichen ihre Hände auf ihren Knien zögernd und liebkosend über diese Gewebe von so bewunderungswürdiger Zartheit hin. Und sie schlossen Mouret noch enger ein, sie überhäuften ihn mit immer neuen Fragen. Da das Tageslicht immer schwächer wurde, mußte er zuweilen den Kopf vorbeugen und mit seinem Bart über ihr Haar hinstreichen, um einen Knoten genau erkennen oder ein Muster erklären zu können. Aber bei allem Entzücken, das er vortäuschte, blieb er in diesem wollüstigen Dämmerlichte, umgeben von dem aufregenden Dufte ihrer Schultern, stets ihr Herr. Er war ganz Frau, sie fühlten sich durchdrungen und hingenommen von dem Zartgefühl, das er für ihr geheimstes Wesen bewies, und gaben sich seiner Verführung hin; er dagegen, nun ganz sicher, sie in seiner Gewalt zu haben, erschien wie die Roheit auf dem Throne, der Selbstherrscher des Flitters.

»Oh, Herr Mouret! Herr Mouret!« stammelten ihre flüsternden, undeutlich werdenden Stimmen in der Dämmerung des Zimmers.

Der hinsterbende Widerschein des Himmels verlöschte auf den Bronzebeschlägen der Stühle. Nur die Spitzen bewahrten einen Abglanz wie Schnee auf den dunklen

Schößen der Damen, deren wirre Gruppe um den jungen
Mann herum undeutlich den Eindruck hervorrief, als knie-
ten Andächtige nieder. Ein letzter Schimmer leuchtete
noch auf dem Rande des Teekessels, ein kurzes, lebhaftes
Aufleuchten wie von einem Nachtlicht, das in einem von
Teegeruch durchdufteten Schlafgemach brannte. Plötzlich
aber trat der Diener mit zwei Lampen herein und der Zauber war gebrochen. Das Zimmer lebte in fröhlicher Helle
wieder auf. Frau Marty steckte die Spitzen in ihren Sack
zurück; Frau de Boves aß noch einen Kuchen, während
Henriette aufgestanden war und in einer Fensternische
halblaut mit dem Baron plauderte.

»Er ist bezaubernd«, sagte der Baron.

»Nicht wahr?« ließ sie es sich mit dem unwillkürlichen
Ausruf einer Verliebten entfahren.

Er lächelte und sah sie väterlich nachsichtig an. Es war
das erstemal, daß er sie dermaßen unterjocht fand; und
während er sich zu überlegen fühlte, um darunter zu leiden, empfand er doch ein gewisses Mitleid mit ihr, sie in
den Händen dieses lockeren Vogels zu sehen, der bei all
seiner Zärtlichkeit so völlig kalt war. Er glaubte sie warnen
zu müssen und flüsterte ihr in scherzendem Tone zu:

»Seien Sie vorsichtig, meine Liebe, er frißt Sie alle auf.«

Eine Flamme der Eifersucht blitzte aus Henriettes schönen Augen. Sie ahnte zweifellos, Mouret habe sich ihrer
nur bedient, um an den Baron heranzukommen. Und sie
schwur sich, ihn mit ihrer Zärtlichkeit rasend zu machen,
ihn, dessen Liebesbezeugungen eines vielbeschäftigten
Mannes den leichten Reiz einer allen Winden preisgege-
benen Weise besaßen.

»Oh!« antwortete sie und gab sich den Anschein, als
scherzte sie auch ihrerseits, »das Lamm frißt schließlich
immer noch den Wolf.«

Da jedoch nun seine volle Teilnahme erregt war, machte

der Baron ihr durch ein Zeichen mit dem Kopfe wieder Mut. Vielleicht war sie die Frau, die da kommen und alle andern rächen sollte.

Als Mouret herantrat, um sich zu verabschieden, nachdem er Vallagnosc wiederholt gesagt hatte, er müsse ihm mal seine Maschine bei der Arbeit vorführen, hielt der Baron ihn angesichts des in schwarzer Finsternis liegenden Gartens in der Fensternische zurück. Er unterlag der Verführung, der Glaube an ihn hatte sich eingestellt, als er ihn so unter den Damen gesehen hatte. Sie unterhielten sich beide einen Augenblick mit leiser Stimme. Dann erklärte der Bankmann:

»Na schön, ich will die Sache untersuchen ... Sie ist abgeschlossen, wenn Ihr Ausverkauf am Montag so erheblich ausfällt, wie Sie sagen.«

Sie drückten sich die Hand und Mouret nahm mit entzückter Miene Abschied; das Abendessen schmeckte ihm nicht, wenn er abends nicht erst noch einen Blick auf die Gesamteinnahme des »Paradieses der Damen« werfen konnte.

Viertes Kapitel

AM MONTAG, DEM ZEHNTEN OKTOBER, durchdrang heller Sonnenschein siegreich die grauen Nebelschwaden, die Paris eine Woche lang verdunkelt hatten. Noch in der Nacht war Nebel gefallen und hatte mit seinem feinen Wasserstaube die Straßen verschmiert; bei Tagesanbruch aber waren unter dem frischen Hauch, der die Wolken wegfegte, die Bürgersteige aufgetrocknet, und der blaue Himmel war so durchsichtig klar wie im Frühling.

Auch das »Paradies der Damen« funkelte seit acht Uhr unter den Strahlen des hellen Sonnenscheines im Glanze seines großen Ausverkaufs für Wintersachen. Fahnen wogten über dem Eingange, Wäschestücke flatterten im frischen Morgenwinde und belebten den Place Gaillon mit dem Lärm eines ländlichen Jahrmarktes; die nach den beiden Straßen hinausgehenden Schaufenster aber enthüllten fein abgestimmte Auslagen, und die Sauberkeit der Scheiben erhöhte noch die leuchtenden Farbentöne. Es war eine wahre Schwelgerei in Farben; ein reines Straßenvergnügen gab sich hier kund, eine große öffentliche Tafel, an der jedermann seine Augen ergötzen konnte.

Um diese Zeit kamen aber erst nur wenige Leute, ein paar vielbeschäftigte Kunden, Haushälterinnen aus der Nachbarschaft, Frauen, die gern das Gedränge am Nachmittag vermeiden wollten. Man konnte fühlen, wie das Geschäft hinter den Stoffen, mit denen es sich herausgeputzt hatte, noch leer war, aber fertig und angriffsbereit

mit seinen gebohnten Fußböden, seinen von Waren überquellenden Ladentischen auf Arbeit wartete. Der eilige
Schwarm morgendlicher Fußgänger schenkte, ohne seinen
Schritt zu verlangsamen, den Schaufenstern kaum einen
Blick. In der Rue Neuve Saint-Augustin und am Place Gaillon, wo die Wagen warten sollten, hielten jetzt um neun
Uhr erst zwei Droschken. Nur die Bewohner des Viertels,
die Kleinhändler vor allen, durch eine derartige Entfaltung
von Fähnchen und Farbenbändern aus der Fassung gebracht, standen in Gruppen unter ihren Türen und an den
Straßenecken herum; die Nase in der Luft, ergingen sie
sich in bitteren Bemerkungen. Was sie so ärgerte, war ein
vor der Ausgabestelle in der Rue de la Michodière halten-
der Wagen, einer von den vieren, die Mouret durch Paris
jagte: grün angestrichen, mit Rot und Gelb abgesetzt, so
daß die glänzend lackierten Seitenwände im Sonnenschein
wie Gold und Purpur funkelten. Dieser hier ging gerade in
seiner nagelneuen Buntscheckigkeit von einem prächtigen
Pferde gezogen ab, auf jeder Seitenfläche in vier Feldern
den Namen des Geschäfts tragend und außerdem noch
einen Anschlag mit der Anzeige des heutigen Ausverkaufs,
nachdem er bis oben hin mit vom Abend vorher übrigge-
bliebenen Paketen vollgestopft worden war; und Baudu,
der auf der Schwelle des Alten Elbeuf ganz blaß wurde, sah
ihn bis an den Boulevard dahinrollen und in seinem Ster-
nenglanze den verhaßten Namen des »Paradieses der
Damen« durch die Stadt tragen.

Indessen kamen doch ein paar Wagen und stellten sich
in einer Reihe auf. Jedesmal, sobald eine Kundin sich sehen
ließ, kam Bewegung in die unter der hohen Eingangstür
aufgestellten Laufjungen, die alle gleichmäßig in hellgrüne
Röcke und Hosen mit gelb und rot gestreifter Weste geklei-
det waren. Da war der Aufseher Jouve, der verabschiedete
frühere Hauptmann, in Gehrock und weißer Binde und

Ordenszeichen, so daß er wie ein Wahrzeichen ehrbaren Alters aussah; er empfing die Damen mit höflich ernster Miene, wenn er sich zu ihnen herabneigte, um ihnen die Abteilungen anzugeben. Dann verschwanden sie in dem Vorraume, der in einen orientalischen Saal verwandelt war.

Gleich an der Türe schon machte sich höchste Verwunderung über diese Überraschung geltend, die alle in Entzücken versetzte. Mouret selbst war auf diesen Gedanken gekommen. Er hatte als erster in der Levante eine Sammlung alter und neuer Teppiche zu vorzüglichen Bedingungen gekauft, dieser seltenen Teppiche, die bis dahin nur Altertumshändler zu sehr hohen Preisen verkauften; er beabsichtigte den Markt mit ihnen zu überschwemmen und gab sie fast zum Einkaufspreise ab, womit er sich ein glänzendes Aushängeschild schaffte, das ihm die hohe Gönnerschaft der Kunstkreise einbringen mußte. Mitten vom Place Gaillon aus konnte man diesen orientalischen Saal bereits sehen, der nur aus von den Laufjungen nach seinen Anordnungen aufgehängten Teppichen und Vorhängen bestand. Unter der Decke waren zunächst Smyrnateppiche ausgespannt, deren verwickelte Muster sich von einem roten Grunde abhoben. An den vier Ecken hingen dann Vorhänge herab: aus Karamanien und Syrien, grün, rot und gelb gestreift; gewöhnlichere aus Diarbekr, die sich rauh anfühlten wie Hirtenröcke; und dann wieder Teppiche, die als Wandbespannung dienen konnten, lange aus Ispahan, Teheran und Kermanschah, breitere aus Schoumak und Madras, ein fremdartiger Blumengarten aus Pfingstrosen und Palmen, bei deren Herstellung die Einbildungskraft sich in Traumgärten ergangen haben mußte. Auf dem Boden lagen wieder andere Teppiche, ein Gewühl von dickwolligen: in der Mitte einer aus Agra, ein ganz außergewöhnliches Stück mit weißem Grunde und breiter hellblauer Einfassung, durch die veilchenfarbige, wunder-

bar fein empfundene Verzierungen hinliefen; dann breite-
ten sich überall wahre Wunder von Teppichen aus, samt-
glänzende aus Mekka, Gebetteppiche aus Dagestan mit
einem spitzbogigen Sinnbild, mit weit offenen Blumen
übersäte aus Kurdistan; in einer Ecke endlich ein Gewimmel ganz billiger aus Gordes, Koula und Kirschehr, ein
Haufen von fünfzehn Francs aufwärts. Dieses üppige
Paschazelt war mit aus Satteltaschen hergestellten Lehn-
sesseln und Ruhebetten ausgestattet, die einen von bunt-
farbigen Streifen durchzogen, andere wieder mit höchst
urwüchsigen Rosen geschmückt. Die Türkei, Persien, Ara-
bien und Indien waren vertreten. Paläste waren ausgeräumt,
Moscheen und Bazare ihrer Schätze beraubt. Unter den
bereits abgeblaßten alten Teppichen herrschte ein Goldton
wie von Fellen wilder Tiere vor; ihre matten Tinten
bewahrten noch etwas wie die düstere Glut eines erlö-
schenden Ofens, einen schönen, von einem alten Meister
gemischten Farbenton. Wie Bilder aus dem Ofen zog es
durch die Üppigkeit dieser barbarischen Kunst bei dem
starken Geruch, den die alten Wollstoffe aus dem Lande
des Ungeziefers und des Sonnenscheines mitgebracht hatten.

Es war acht Uhr morgens, als Denise, die heute an diesem Montag gerade ihren Dienst antreten sollte, den orientalischen Saal durchschritt; sie blieb verblüfft stehen,
denn sie erkannte den Eingang des Geschäfts gar nicht
wieder und fühlte sich nun durch diese an die Tür hinge-
pflanzte Haremspracht tief beunruhigt. Nachdem ein Laufjunge sie auf den Boden geführt und sie den Händen Frau
Cabins übergeben hatte, die mit der Reinigung und Überwachung der Kammern beauftragt war, hatte diese sie in
Nummer sieben untergebracht, wohin ihr Koffer bereits
vorangetragen worden war. Das war eine enge Mansarden-
zelle, die nach dem Dache hinaus ein Klappfenster hatte

und mit einem kleinen Bett, einem Nußbaumschrank, einem Ankleidetisch und zwei Stühlen ausgestattet war. Zwanzig ebensolche Zellen lagen in einer Reihe an dem gelbgestrichenen Gange entlang, der wie aus einem Kloster stammend aussah; von den fünfunddreißig Ladenfräuleins schliefen hier zwanzig, die in Paris keine Angehörigen besaßen, während die andern fünfzehn außerhalb, zum Teil bei gemogelten Tanten und Basen wohnten. Sofort zog Denise ihr vom vielen Bürsten ganz dünn gewordenes, an den Handgelenken ausgebessertes schwarzes Wollkleid aus, das einzige, das sie aus Valognes mitgebracht hatte. Dann zog sie die Kleidung ihrer Abteilung über, ein für sie zurechtgemachtes schwarzes Seidenkleid, das auf dem Bett ihrer wartete. Das Kleid war ihr noch etwas zu lang und in den Schultern zu weit. Aber in ihrer Bewegung beeilte sie sich so, daß sie sich bei diesen Kleinigkeiten des Geschmacks gar nicht lange aufhielt. Noch nie hatte sie Seide angehabt. Als sie so sonntäglich geputzt, aber voller Unbehagen die Treppe hinabging, sah sie ihr Kleid aufleuchten und schämte sich über das Rauschen des Stoffes.

Als sie unten in ihre Abteilung kam, war gerade ein Streit ausgebrochen. Sie hörte Clara mit spitzer Stimme sagen:

»Frau Aurelie, ich bin vor ihr gekommen.«

»Das ist nicht wahr«, antwortete Marguerite. »Sie hat mich unter der Türe geschubst, aber ich war schon mit einem Fuß im Zimmer.«

Es handelte sich um das Einschreiben in die Liste, nach der sich der Wechsel beim Verkaufen regelte. Die Verkäuferinnen schrieben sich nach der Reihenfolge ihrer Ankunft auf eine Schiefertafel; und jedesmal, wenn eine von ihnen eine Kundin gehabt hatte, schrieb sie ihren Namen wieder unten an. Frau Aurelie gab schließlich Marguerite recht.

»Immer diese Ungerechtigkeiten!« brummte Clara wütend.

Aber Denises Hereintreten söhnte die Mädchen wieder aus. Sie sahen sie an und lachten dann. Konnte sich eine derartig aufzäumen! Das junge Mädchen wollte sich linkisch in die Tafel einschreiben, wo sie an die letzte Stelle kam. Frau Aurelie beobachtete sie währenddessen mit einem unruhigen Zug um den Mund. Sie konnte nicht anders als ihr sagen:

»Meine Liebe, zwei von Ihnen hätten ja in Ihrem Kleide Platz. Das muß noch enger gemacht werden... Und dann verstehen Sie sich gar nicht anzuziehen. Kommen Sie mal, ich muß Sie mal etwas zurechtmachen.«

Und damit führte sie sie vor einen der hohen Spiegel, die mit einfachen Schranktüren abwechselten, hinter denen die Kleider dicht gedrängt hingen. Der weite Raum mit seiner Einfassung von Spiegeln und Eichenholzschnitzereien und dem roten Leinenplüschteppich mit seinem großen Rankenmuster sah aus wie einer der gleichgültigen Gasthaussäle, durch die alle möglichen Leute in ewiger Hetzjagd hindurchziehen. Die Mädchen in ihren vorschriftsmäßigen schwarzen Seidenkleidern machten dies Gleichnis vollständig, wie sie so ihre Verkäuferinnenanmut herumführten, ohne sich je auf einen der zwölf ausschließlich Kunden vorbehaltenen Stühle zu setzen. Zwischen zwei Knöpfen ihres Leibchens hatten sie sich alle einen großen Bleistift an die Brust gesteckt, der die Spitze in die Luft vorstreckte; und aus einer Tasche konnte man halb einen weißen Block von Verkaufsnachweisen hervorgucken sehen. Einige wagten sich bis zu Schmuckstücken, wie Ringen, Broschen, Ketten; ihr eigentlicher Reiz, die einzige Üppigkeit, mit der sie in den Kampf ziehen durften, bestand bei der erzwungenen Einförmigkeit ihrer Kleidung in ihren bloßen Haaren, einem Überschwang an Haaren, der durch wohlfrisierte und zurechtgemachte Flechten und Wülste noch künstlich vermehrt wurde, wenn die natürliche Fülle nicht genügte.

»Ziehen Sie doch den Gürtel mehr nach vorn«, wiederholte Frau Aurelie. »So, nun haben Sie wenigstens keinen
Buckel mehr da hinten … Und Ihre Haare! Ist es die Möglichkeit, sie so zu morden! Sie wären prachtvoll, wenn
Ihnen nur etwas dran läge.«

In der Tat war das Denises einzige Schönheit. Asch-
blond fielen sie ihr bis auf die Knöchel; und beim Zurechtmachen waren sie ihr so sehr im Wege gewesen, daß sie
sich damit begnügt hatte, sie in einem einfachen Knoten
aufzurollen und mit einem Hornkamm mit kräftigen Zähnen festzustecken. Clara ägerte sich wütend über dies Haar
und tat, als lachte sie darüber, wie es so in einer etwas
wilden Anmut querüber geknotet war. Sie rief durch ein
Zeichen eine Verkäuferin aus der Leinenabteilung heran,
ein Mädchen mit breitem Gesicht, aber gutmütig ausse-
hend. Die beiden Abteilungen stießen aneinander und
standen ewig auf dem Kriegsfuße; aber zuweilen, wenn sie
sich über jemand lustig machen wollten, verständigten die
Mädchen sich untereinander.

»Sehen Sie mal, diese Mähne. Fräulein Eugnot«, sagte
Clara abermals, als Marguerite sie anstieß und tat, als
müßte sie vor Lachen ersticken.

Allein die Leinenverkäuferin war nicht zum Spaßen auf-
gelegt. Sie sah Denise einen Augenblick an und erinnerte
sich daran, was sie selbst in den ersten Monaten in ihrer
Abteilung auszustehen gehabt hatte.

»Jawohl! Und was denn weiter?« fragte sie. »Alle haben
noch längst nicht solche Mähnen!«

Und sie wandte sich wieder ihrer Leinenabteilung zu
und ließ die beiden andern verlegen stehen. Denise, die
alles gehört hatte, folgte ihr mit einem dankbaren Blick,
während Frau Aurelie ihr ein auf ihren Namen lautendes
Verkaufsheft zustellte und dabei sagte:

»Na, morgen werden Sie sich schon besser anziehen …

Und jetzt suchen Sie die Gewohnheiten des Hauses anzunehmen und warten Sie, bis die Reihe an Sie kommt. Es wird heute ein heißer Tag werden, da wird man ja sehen, was Sie leisten können.«

Die Abteilung war indessen noch leer, nur wenige Kunden kamen um diese Morgenstunde zu den Kleidern herauf. Die Mädchen schonten sich noch, sie gingen langsam in steifer Haltung umher, um sich auf die Abspannung des Nachmittags vorzubereiten. Nun begann Denise voller Furcht, daß alles auf ihre Erstlingsleistung lauerte, ihren Bleistift zu spitzen, um sich etwas Haltung zu geben; dann machte sie es wie die andern und steckte ihn sich zwischen zwei Knöpfen an die Brust. Sie redete sich Mut ein, denn sie mußte sich ja ihre Stellung erobern. Gestern war ihr gesagt, sie könne auf gleichem Fuße eintreten, das heißt ohne festen Gehalt; sie sollte lediglich ihr Bestimmtes vom Hundert und die übliche Vergütung für alle Verkäufe bekommen, die sie ausführte. Aber auch so hoffte sie auf zwölfhundert Francs zu kommen, denn sie wußte, gute Verkäuferinnen konnten es auf zweitausend bringen, wenn sie sich nur Mühe gaben. Ihre Ausgaben standen fest, hundert Francs im Monat würden ihr gestatten, Pépés Unterhalt zu bezahlen und Jean einige Vergnügungen gewähren, der ja keinen Sou bekam; sie selbst könnte sich etwas Kleidung und Wäsche kaufen. Um diese große Summe zu erreichen, mußte sie sich jedoch sehr fleißig und kräftig erweisen und sich nicht um den üblen Willen ihrer Umgebung kümmern; sie mußte kämpfen und ihren Platz den Genossinnen entreißen, wenn es sein mußte. Als sie sich so zum Kampfe aufmunterte, ging ein langer junger Mensch an der Abteilung vorbei und lächelte ihr zu; und als sie in ihm Deloche wiedererkannte, der tags zuvor in die Spitzenabteilung eingetreten war, erwiderte sie sein Lächeln in einem wahren Glücksgefühl über diese wiedergefundene

Freundschaft, da sie in seinem Gruß ein gutes Vorzeichen sah.

Um halb zehn hatte eine Glocke das Zeichen zum Frühstück für den ersten Tisch gegeben. Dann rief ein neues Läuten den zweiten herbei. Und immer kamen noch keine Kunden. Die Zweite, Frau Frédéric, die sich in ihrer grämlichen Witwensteifheit in trüben Gedanken gefiel, schwur in kurzen Worten, der Tag sei verloren; keine vier Katzen würden sie zu sehen kriegen, sie könnten nur ihre Schränke zumachen und nach Hause gehen; eine Weissagung, die Marguerites plattes Gesicht ganz betrübt aussehen ließ, da sie rein wild auf Einnahmen war, während Clara, die wie ein durchgegangenes Pferd aussah, bereits von einem Gang ins Gehölz von Verrières träumte, wenn das Haus kaputt ginge. Frau Aurelie ihrerseits führte ihre Cäsarenlarve stumm und ernst durch die leere Abteilung wie ein Feldherr, der in Sieg und Niederlage seine Pflichten hat.

Gegen elf Uhr zeigten sich ein paar Damen. Die Reihe zum Verkaufen war an Denise. Gerade wurde eine Kundin angezeigt.

»Die Dicke aus der Provinz, wißt Ihr«, murmelte Marguerite.

Es war eine Frau von fünfundvierzig Jahren, die von Zeit zu Zeit mal aus irgendeinem gottverlassenen Teile des Landes nach Paris hereinkam. Monatelang legte sie dort hinten ihre Sous auf die hohe Kante; und wenn sie kaum aus dem Wagen war, fiel sie ins »Paradies der Damen« und gab dort alles aus. Sie fragte nur selten an, denn sie mußte alles selbst sehen, es machte ihr Spaß, die Sachen anzufassen; sogar ihre Nadeln kaufte sie selbst, die ihr in ihrer kleinen Stadt die Augen im Kopfe kosteten, wie sie sagte. Das ganze Geschäft kannte sie und wußte, sie hieße Frau Boutarel und wohne in Albi, ohne sich im übrigen weder um ihre Stellung noch um ihre Lebensführung zu kümmern.

»Geht es Ihnen gut, gnädige Frau?« fragte Frau Aurelie huldvoll, indem sie auf sie zutrat. »Und was wünschen Sie? Wir stehen sofort zu Ihrer Verfügung.«

Dann rief sie, sich umwendend:

»Fräulein.«

Denise trat heran, aber Clara hatte sich bereits vorgestürzt. Für gewöhnlich bewies sie große Faulheit beim Verkaufen und machte sich über das Geld lustig, da sie draußen mehr und ohne Anstrengung verdienen konnte. Nur der Gedanke, der Neuen eine Kundin abspenstig zu machen, spornte sie an.

»Verzeihung, ich bin dran«, sagte Denise voll Widerwillen.

Frau Aurelie sah sie von der Seite mit strengem Blick an und sagte leise:

»Hier gibt's kein Dransein, ich bin hier allein Herrin... Warten Sie, bis Sie was verstehen, ehe Sie alte Kundschaft bedienen.«

Das junge Mädchen trat zurück; und da ihr die Tränen in die Augen kamen, wollte sie ihre Überempfindlichkeit verbergen und wandte sich um; sie blieb vor den großen Spiegelscheiben stehen und tat so, als sähe sie auf die Straße hinaus. Wollten sie sie am Verkaufen verhindern? Waren sie alle miteinander im Einverständnis, um ihr jeden ernsthaften Verkauf wegzunehmen? Die Furcht vor der Zukunft packte sie, sie fühlte sich ganz zermalmt unter so viel losgelassener Gier. So überließ sie sich, die Stirn gegen das kalte Glas gedrückt, all der Bitterkeit ihrer einsamen Stellung und blickte auf den Alten Elbeuf gegenüber, während sie dachte, sie hätte doch ihren Onkel bitten sollen, sie zu behalten; vielleicht hätte er selbst seinen Entschluß gern umgestoßen, denn er war ihr gestern sehr bewegt vorgekommen. Jetzt stand sie ganz allein in diesem weiten Hause da, in dem kein Mensch sie lieb hatte, wo sie sich voller

Wunden und ganz verloren schien; Pépé und Jean lebten unter Fremden und sie hatten doch noch nie ihre Schürze losgelassen; das gab ihr einen furchtbaren Riß, und die beiden dicken Tränen, die sie zurückhielt, ließen die Straße in einem Nebel vor ihr tanzen.

Währenddessen summte es hinter ihr von Stimmen.

»Der macht mir so 'nen kurzen Hals«, sagte Frau Boutarel.

»Das stimmt nicht, gnädige Frau«, erwiderte Clara. »Auf den Schultern sitzt er geradezu vollendet... Wenigstens wenn gnädige Frau nicht lieber einen Umhang als einen Mantel wollten?«

Aber Denise zitterte. Eine Hand hatte sich ihr auf die Schulter gelegt. Frau Aurelie sprach mit Strenge auf sie ein.

»So! Also nun tun Sie gar nichts und sehen die Leute vorbeilaufen?... Oh, so geht das nicht weiter!«

»Aber ich soll doch nicht verkaufen, gnädige Frau.«

»Dann gibt's andere Arbeit für Sie, Fräulein. Fangen Sie nur von vorn an... Legen Sie die Sachen da mal wieder zusammen.«

Um die paar bis jetzt gekommenen Kunden zu befriedigen, hatten sie schon ein paar Schränke ausräumen müssen; und auf den beiden Eichenholztischen rechts und links im Saale lag bereits ein Haufen von Mänteln, Umhängen, Überwürfen und Kleidern aller Größen und aus allen möglichen Stoffen. Ohne zu antworten, ging Denise daran, sie auszusuchen, sie sorgfältig zusammenzulegen und von neuem in die Schränke einzuordnen. Das war so der niedrigste Dienst für Anfängerinnen. Sie erhob keinen Einspruch, denn sie wußte, man verlangte unbedingten Gehorsam, und so wartete sie ab, ob die Erste sie verkaufen lassen wollte, wie sie ja zuerst beabsichtigt zu haben schien. Sie war immer noch beim Zusammenlegen, als Mouret hereintrat. Das gab ihr einen Ruck; sie wurde rot und fühlte sich wieder von der sonderbaren Furcht ergriffen, weil sie glaubte, er würde sie anreden. Aber er sah sie gar nicht mal, er dachte gar nicht mehr an das junge Mädchen, das eine Minute lang einen so reizenden Eindruck auf ihn gemacht hatte, daß er für sie eintrat.

»Frau Aurelie!« rief er kurz.

Er sah etwas blaß aus, aber seine Augen blickten hell und entschlossen. Bei seinem Rundgange durch die Abteilungen fand er diese leer, und die Möglichkeit einer Niederlage hatte sich bei all seinem hartnäckigen Glauben an das Glück plötzlich vor ihm erhoben. Gewiß war es kaum elf; er wußte aus Erfahrung, daß die große Masse kaum vor nachmittags kam. Aber gewisse Anzeichen beunruhigten ihn doch; bei andern Ausverkäufen hatte sich auch morgens schon etwas Bewegung gezeigt; selbst die Frauen in bloßen Haaren bemerkte er kaum, die Kundinnen aus dem Viertel, die als Nachbarinnen zu ihm herüberkamen. Wie alle großen Feldherren ergriff ihn im Augenblicke, wo er eine Schlacht liefern wollte, eine abergläubische Schwäche, trotzdem er sich für gewöhnlich als Mann der Tat gab. Es würde nicht gehen, er war verloren, aber er hätte nicht sagen können warum: er glaubte seine Niederlage sogar von den Gesichtern der vorbeigehenden Damen ablesen zu können.

Frau Boutarel, die doch immer bei ihm kaufte, ging gerade weg, indem sie sagte:

»Nein, Sie haben nichts, was mir gefällt ... Ich muß mal sehen, ich werde mich noch entscheiden.«

Mouret sah sie weggehen. Und als Frau Aurelie auf seinen Ruf zu ihm trat, nahm er sie beiseite, sie wechselten ein paar rasche Worte miteinander. Sie machte eine Bewegung voller Trostlosigkeit und antwortete ersichtlich, der Ausverkauf käme nicht in Gang. Einen Augenblick blieben sie Auge in Auge stehen in einer Anwandlung von Zweifel, die ein Feldherr seinen Soldaten zu verbergen pflegt. Dann sagte er laut mit mutiger Miene:

»Falls Sie noch Leute nötig haben, nehmen Sie eins der Mädchen aus der Werkstatt... Sie kann immerhin ein wenig helfen.«

Dann setzte er seinen Überwachungsgang voller Verzweiflung fort. Er ging Bourdoncle aus dem Wege, der ihn mit seinen beunruhigenden Überlegungen nur reizte. Als er aber aus der Leinenabteilung kam, wo das Geschäft noch schlechter ging, lief er ihm gerade in die Arme und mußte nun den Ausfluß seiner Furcht über sich ergehen lassen. Da schickte er ihn kurz angebunden zum Teufel mit der ganzen Roheit, die er bei schlechter Laune selbst seinen höheren Angestellten nicht ersparte.

»Lassen Sie mich doch in Ruh'. Es geht ja alles ganz vorzüglich... Ich schmeiße schließlich noch alle Angsthasen zur Türe hinaus!«

Allein und hoch aufgerichtet pflanzte Mouret sich nun am Treppengeländer der Halle auf. Von hier aus beherrschte er das ganze Geschäft, da er die Abteilungen des Zwischenstocks um sich her liegen hatte und in die des Erdgeschosses von oben hineinsah. Die Leere oben erschien ihm herzzerreißend: bei den Spitzen ließ eine alte Dame sämtliche Kasten umwühlen, ohne irgend was zu kaufen; drei Bummlerinnen dagegen suchten sich in der Leinenabteilung lange Zeit Kragen für achtzehn Sous aus. In den bedeckten Gängen unten bemerkte er an den hellen Stellen, wo das Licht von der Straße hereinfiel, daß die Kunden zahlreicher zu werden anfingen. Ein langsamer Zug war es, ein Entlanggehen an den Ladentischen mit großen Lücken und Löchern; vor den Schnittwaren und den Putzmachersachen drängten sich Frauen in Blusen; aber bei den Weiß- und Wollwaren war fast niemand. Die Laufjungen mit ihren grünen Röcken und den leuchtenden Messingknöpfen warteten, die Hände herabbaumelnd, auf die Leute. Von Zeit zu Zeit ging einer der Aufseher mit steifer, feierlicher Miene in seiner weißen Halsbinde vorbei. Vor allem aber zog sich Mourets Herz angesichts der Totenstille in seiner Empfangshalle zusammen: das Tageslicht fiel von oben durch die Milchglasbedachung herein, die seine Helligkeit zu einem weißen Nebel dämpfte, unter dem, wie er so zerstreut in der Luft zu schweben schien, die Seidenabteilung wie in der schauererfüllten Stille einer Kapelle im Schlafe lag. Nur der Schritt eines Gehilfen, einzelne Flüsterworte, das leichte Rauschen eines hindurcheilenden Kleides brachte hier ein leichtes Geräusch hervor, das aber durch die Ofenhitze erstickt wurde. Jetzt trafen indessen Wagen ein: das plötzliche Anhalten von Pferden wurde hörbar; dann wurden Wagentüren heftig zugeschlagen. Draußen erhob sich von weitem Getöse, Neugierige drängten sich vor den Schaufenstern, Droschken stellten sich auf dem Place Gaillon zum Warten auf, alles deutete auf die Annäherung einer Menschenmenge. Aber wenn er die Kassierer sich untätig hinter ihren Gittern umdrehen sah und feststellen mußte, wie die Tische für die Pakete mit ihren Bindfadenkasten und ihren Büchern blauen Packpapiers leer blieben, dann glaubte Mouret, obwohl er sich über seine Angst selbst ärgerte, seine große Maschine komme zum Stillstand und erkalte unter seinen Blicken.

»Sagen Sie mal, Favier, sehen Sie sich mal den Herrn da oben an...« flüsterte Hutin. »Der sieht auch nicht gerade vergnügt aus.«

»Alte Dreckbude!« antwortete Favier. »Sollte man es glauben, noch nichts habe ich verkauft!«

Beide beobachteten die Kundschaft und flüsterten sich kurze Sätze zu, ohne einander anzusehen. Die übrigen Gehilfen der Abteilung waren dabei, Stücke vom »Pariser

Paradies« unter Robineaus Anordnung aufzuhäufen; Bouthemont dagegen schien in einer gewichtigen, mit halber
Stimme geführten Unterhaltung von einer mageren jungen Frau eine bedeutende Bestellung entgegenzunehmen.
Um sie her häuften sich die Seiden auf Gestellen von
gebrechlicher Zierlichkeit in langen Hüllen aus rahmgel-
bem Papier wie ungewöhnlich geformte Bücher übereinander. Und bunte Seidenstoffe, die in Haufen auf den
Tischen lagen, gestromte, Atlasse und Plüsche sahen aus
wie große Beete abgeschnittener Blumen; es war eine ganze
Ernte kostbarer, zarter Gewebe. Das war die feinste Abteilung, ein wahres Besuchszimmer, in dem diese zarten
Waren die üppige Ausstattung darstellten.

»Ich muß für Sonntag hundert Francs haben«, fing Hutin
wieder an. »Wenn ich nicht täglich im Durchschnitt meine
zwölf Francs mache, bin ich geplatzt... Ich habe fest auf
denen ihren Ausverkauf gerechnet.«

»Teufel! Hundert Francs, das ist forsch«, meinte Favier.
»Ich brauche nur fünfzig oder sechzig... Denn halten Sie
wohl schicke Weiber?«

»Bewahre, mein Lieber. Denken Sie mal, so 'ne Dummheit: ich habe gewettet und bin reingefallen. Nun muß ich
fünf Leute freihalten, zwei Herren und drei Damen... Dieser verdammte Morgen! Der ersten, die kommt, packe ich
aber zwanzig Meter ›Pariser Paradies‹ auf!«

Sie plauderten noch einen Augenblick und erzählten
sich, was sie am Abend vorher getrieben hätten und was sie
in acht Tagen anstellen wollten. Favier wettete bei den
Rennen, Hutin ruderte und hielt Tingeltangelsängerinnen
frei. Aber beide stachelte der gleiche Wunsch nach Geld
an, sie dachten nur an Geld, kämpften um Geld vom Montag bis zum Sonnabend und fraßen dann am Sonntag alles
wieder auf. Im Geschäft standen sie in einem Kampf ohne
jeden Waffenstillstand, ohne jedes Erbarmen unter der alles

bedeutenden Oberherrschaft des Geldes. Und dies Ekel von Bouthemont, das ihnen die Botin Frau Sauveurs wegschnappte, das magere Weib da, mit dem er plauderte, ein schönes Geschäft, zwei oder drei Dutzend Stücke, denn die große Schneiderin nahm immer tüchtige Happen. Und gerade jetzt hatte sich auch Robineau offenbar schlüssig gemacht, Favier eine Kundin abzujagen!

»Oh, mit dem werde ich mal abrechnen!« begann Hutin wieder, der sich die kleinsten Anlässe zunutze machte, um die Abteilung gegen den Mann aufzuhetzen, dessen Stelle er selbst haben wollte. »Brauchen denn die Ersten und Zweiten zu verkaufen?... Ehrenwort, mein Lieber! Werde ich jemals Zweiter, dann sollen Sie mal sehen, wie nett ich gegen Sie alle bin.«

Und seine kleine normannische Gestalt strahlte in ihrer liebenswürdigen Fülle gutmütige Kraft aus. Favier aber konnte nicht umhin, ihn argwöhnisch von der Seite anzusehen; aber er blieb bei seiner galligen Verschlossenheit und gab nur zur Antwort.

»Ja, weiß schon... Ich wünsche mir gar nichts Besseres.«

Und da er gerade eine Dame herankommen sah, fügte er leiser hinzu:

»Achtung! Die ist für Sie.«

Es war eine Dame mit kupferrotem Gesicht, einem gelben Hut und rotem Kleide. Hutin ahnte sofort, sie würde nichts kaufen. Er bückte sich lebhaft hinter den Ladentisch nieder und tat so, als müßte er eins seiner Schnürbänder wieder in Ordnung bringen; und in seinem Versteck murmelte er:

»O jawohl! Das ist gerade die rechte! Die mag sich sonst jemand vorbinden... Danke! Meinen Platz drum verlieren!«

Aber Robineau rief ihn:

»Wer ist denn dran, meine Herren? Herr Hutin?... Wo ist Herr Hutin?«

Und als der ganz stramm nicht antwortete, mußte der in der Liste nächstfolgende Verkäufer die kupferrote Dame bedienen. Tatsächlich verlangte sie lediglich Muster mit Preisangaben; und sie hielt den Verkäufer über zehn Minuten lang fest, indem sie ihn mit Fragen überhäufte. Der Zweite hatte aber gesehen, wie Hutin hinter dem Tische wieder hervorkam. Als sich nun eine neue Kundin einstellte, fuhr er mit strenger Miene dazwischen und hielt den jungen Mann fest, der sich nun vordrängen wollte.

»Sie sind nicht mehr an der Reihe ... Ich habe Sie gerufen, und da Sie dahinter steckten ...«

»Aber ich habe nichts gehört, Herr Robineau ...«

»Schön! ... Schreiben Sie sich unten an ... Vorwärts, Herr Favier, Sie sind dran.«

Favier, der sich im Grunde mächtig über dies Abenteuer freute, entschuldigte sich bei seinem Freunde mit einem Blick. Hutin wandte mit blassen Lippen den Kopf beiseite. Was ihn besonders wütend machte, war, daß er die Kundin kannte, eine reizende Blondine, die häufig in ihre Abteilung kam und die die Gehilfen unter sich »die hübsche Dame« nannten, da sie sonst nichts von ihr wußten, nicht mal ihren Namen. Sie kaufte viel, ließ alles in ihren Wagen tragen und verschwand dann. Groß, auffallend, besonders reizvoll angezogen, schien sie sehr reich zu sein und der bessern Gesellschaft anzugehören.

»Na! und Ihre Schneppe?« fragte Hutin Fravier, als der von der Kasse zurückkam, wohin er die Dame begleitet hatte.

»Oh, die und 'ne Schneppe!« antwortete der. »Nein, die sieht zu anständig aus ... Sie muß wohl die Frau eines Börsenmannes oder eines Arztes sein, genau weiß ich's nicht, irgend so was Derartiges.«

»Ach lassen Sie doch! Das ist 'ne Schneppe ... Kann man das heute sagen, wo sie alle wie vornehme Damen aussehen?«

Favier sah in sein Nachweisheft.

»Einerlei!« erwiderte er. »Ich habe ihr für zweihundertdreiundneunzig Francs angehängt. Das gibt mir fast drei Francs.«

Hutin kniff die Lippen zusammen und ließ seine Wut an den Heften mit diesen Verkaufsnachweisungen aus: auch mal wieder so 'ne putzige Erfindung, um ihnen die Taschen vollzustopfen! Es bestand zwischen ihnen ein stummer Kampf. Favier tat für gewöhnlich so, als träte er vor Hutin in den Schatten und erkennte seine Überlegenheit an, glich das aber durch Angriffe von hinten wieder aus. Und der ärgerte sich denn auch nicht schlecht, daß ein Verkäufer so leicht drei Francs verdienen konnte, dem er nicht die gleiche Kraft wie sich selbst zugestehen wollte. Wahrhaftig ein schöner Tag! Wenn das so weiter ging, würde er geradesoviel herausschlagen, um seinen Gästen Selterswasser vorsetzen zu können. Und während der Kampf nun heißer wurde, ging er an den Ladentischen entlang und gierte nach seinem Anteil; sogar auf den Vorsteher wurde er eifersüchtig, als der eine magere junge Dame wieder an den Tisch heranführte und ihr wiederholte:

»Schön! Wir sind also einig. Sagen Sie ihm, ich würde mein Möglichstes tun, um von Herrn Mouret diese Gunst zu erreichen.«

Mouret stand schon lange nicht mehr an dem Treppengeländer der Halle im Zwischenstock. Plötzlich aber erschien er wieder oben an der großen, ins Erdgeschoß hinabführenden Treppe; und von da übersah er auch wieder das ganze Geschäft. Sein Gesicht färbte sich, sein Glaube kam wieder und ließ ihn wachsen angesichts dieser Menschenflut, die das Geschäft nur allmählich erfüllte. Da war er ja, der erwartete Stoß, das Gedränge des Nachmittags, an dem er in seinem Fieber schon einen Augenblick gezweifelt hatte; alle Gehilfen befanden sich auf ihren Posten, ein letztes Glockenzeichen hatte gerade das Ende des dritten Tisches angekündigt; das Unheil des Vormittags, an dem sicher ein gegen neun Uhr niedergegangener Wolkenbruch schuld war, konnte noch wieder ausgeglichen werden, denn der blaue Himmel des Morgens strahlte wieder in sieghafter Fröhlichkeit. Jetzt belebten sich auch die Abteilungen des Zwischenstocks, er mußte sich beiseite drücken, um Damen vorbeigehen zu lassen, die in kleinen Gruppen nach der Leinenabteilung und den Kleidern heraufkamen; hinter sich aber bei den Spitzen und Umschlagetüchern hörte er bereits große Ziffern herumfliegen. Vor allem aber wiegte ihn der Anblick der Gänge im Erdgeschoß in Sicherheit: vor den Schnittwaren drängten sich die Leute, selbst die Weißwaren und Wollsachen waren überflutet, der Zug der Käuferinnen, die nun fast alle einen Hut aufhatten und nur noch wenige Haushälterinnenmützen zwischen sich sehen ließen, quetschte sich dran entlang. In dem sanften Lichte der Seidenhalle hatten sich einzelne Damen bereits die Handschuhe ausgezogen, um leise die Stücke »Pariser Paradies« zu befühlen, und plauderten halblaut dabei. Und er täuschte sich auch nicht länger über die von draußen hereindringenden Geräusche, das Rollen der Droschken, das Zuklappen der Wagentüren, das zunehmende Brausen der Menge. Er fühlte, wie die Maschine zu seinen Füßen sich in Bewegung setzte, wie sie warm wurde und Leben gewann, von den Kassen, wo das Gold erglänzte, von den Tischen, auf denen die Laufjungen in größter Hast die Waren einpackten, bis in die Tiefen des Kellergeschosses hinunter zur Ausgabestelle, die sich mit heruntergeschickten Paketen anfüllte, so daß ihr unterirdisches Grollen das ganze Haus erbeben machte. Inmitten des Lärmes ging der Aufseher Jouve ernsthaft umher und spähte nach Diebinnen aus.

»Sieh mal, du bist das!« sagte Mouret plötzlich, als er Paul de Vallagnosc erkannte, den ein Laufjunge zu ihm brachte. »Nein, nein, du störst mich gar nicht... Übrigens brauchst du nur hinter mir hergehen, wenn du alles sehen willst, denn heute bleibe ich auf der Bresche.«

Aber seine Unruhe hielt an. Zweifellos kamen ja viele Menschen, aber würde der Ausverkauf den erhofften Sieg bedeuten? Er lachte jedoch mit Paul und führte ihn fröhlich umher.

»Das sieht ja wirklich aus, als ob es etwas in Gang käme«, sagte Hutin zu Favier. »Aber ich habe doch kein Glück; es gibt eben Pechtage, Ehrenwort!... Da habe ich gerade wieder 'ne Niete gezogen, der Backstein da hat mir nichts abgekauft.«

Und er wies mit dem Kinn auf eine sich entfernende Dame, die Blicke voller Abscheu auf alle Stoffe warf. Wenn er nichts verkaufte, konnte er von seinen tausend Francs Gehalt nicht fett werden; für gewöhnlich machte er so sieben bis acht Francs aus seinem vom Hundert und an Vergütung, das gab ihm neben seinem Gehalt etwa zehn Francs für den Tag im Durchschnitt. Favier kam kaum auf acht; und da riß ihm dieser Klotz noch die Bissen vorm Munde weg, denn er hatte eben schon wieder ein neues Kleid verkauft. So'n Eiszapfen, der seine Kundinnen nicht mal aufmuntern konnte! Es war zum Verzweifeln.

»Sieht ja so aus, als ob die Deckel und die Wickelmeier ordentlich Geld machten«, meinte Favier leise; er sprach von den Verkäufern in der Hut- und Schnittwarenabteilung.

Aber mit einem Male sagte Hutin, der mit seinen Blicken das Geschäft durchstöberte:

»Kennen Sie Frau Desforges, dem Herrn seine Freundin?... Sehen Sie, die Braune da bei den Handschuhen, der Mignot Handschuhe anpaßt.«

Er schwieg und fing dann ganz leise wieder an, als redete er mit Mignot, den er dabei nicht aus den Augen ließ:

»Man zu, mein Junge, streichle ihr nur die Finger, damit du weiterkommst! Deine Eroberungen kennt man schon!«

Zwischen ihm und dem Handschuhverkäufer, beide hübsche Jungens, bestand eine große Nebenbuhlerschaft, denn beide gaben sich den Anschein, als dürften sie mit den Kundinnen liebäugeln. Übrigens konnte sich weder der eine noch der andere in Wirklichkeit irgendwelcher Erfolge rühmen; Mignot lebte von der sagenhaften Frau eines Polizeikommissars, die für ihn in Liebe entbrannt sein sollte, und Hutin hatte tatsächlich eine Bortenwirkerin in seiner Abteilung erobert, die es satt hatte, sich in den schmierigen Hotels des Viertels herumzutreiben; aber sie logen und hätten zu gern den Glauben an geheimnisvolle Abenteuer erweckt, an Stelldicheins mit richtigen Gräfinnen, so zwischen zwei Einkäufen.

»Die sollten Sie mal vorkriegen«, sagte Favier mit seiner Schelmenmiene.

»Das ist ein Gedanke!« rief Hutin. »Kommt sie hierher, wickle ich sie ein, ich habe hundert Sous so nötig.«

In der Handschuhabteilung saß eine ganze Reihe von Damen vor den mit grünem Samt bezogenen Tischen mit ihren nickelbeschlagenen Ecken; und lächelnd türmten die Gehilfen vor ihnen flache Kasten von lebhaftem Rosa auf, die sie gleich unter den Tischen hervorholten wie ein Papierhändler seine Auszüge mit ihren Aufschriften. Mignot vor allem beugte sein niedliches Puppengesicht vor und verlieh seiner etwas fettigen Pariser Stimme die zärtlichsten Töne. Er hatte Frau Desforges bereits zwölf Paar Ziegenlederhandschuhe verkauft, Paradies-Handschuhe, eine Besonderheit des Hauses. Dann hatte sie noch drei Paar Schweden verlangt. Jetzt prüfte sie Handschuhe aus Sachsen und war bange, das Maß stimmte nicht.

»Oh, ganz genau, gnädige Frau!« wiederholte Mignot. »Sechsdreiviertel wäre für eine Hand wie Ihre viel zu groß.«

Halb über den Ladentisch gelegt, hielt er ihre Hand, einen nach dem andern preßte er ihre Finger und ließ den Handschuh mit einer langen, immer wieder an der Spitze anfangenden, nachdrücklichen Liebkosung über sie gleiten; und dabei sah er sie an, als erwarte er auf ihrem Gesicht eine Schwächeanwandlung vor wollüstigem Vergnügen zu sehen. Sie aber stützte ihren Ellbogen auf den Samtrand, hielt das Handgelenk hoch und überließ ihm ihre Finger mit so ruhiger Miene, als hielte sie ihrer Kammerfrau den Fuß hin, damit sie ihr die Stiefel zuknöpfe. Er war für sie gar kein Mann, sie verwendete ihn bei diesen vertrauten Handreichungen mit derselben Nichtachtung wie ihre eigenen Dienstboten, ohne ihn auch nur anzusehen.

»Ich tue Ihnen doch nicht weh, gnädige Frau?«

Sie verneinte durch ein Kopfschütteln. Der Geruch der sächsischen Handschuhe, dieser durch Moschus gemilderte Geruch nach wilden Tieren erregte sie für gewöhnlich; sie lachte zuweilen darüber und gestand ihre Neigung für diesen zweideutigen Duft, in dem etwas von einem in die Puderschachtel eines Straßenmädchens gefallenen brünstigen wilden Tieres liegt. Aber hier an diesem gleichgültigen Ladentische fühlte sie die Handschuhe gar nicht, sie riefen nicht die geringste sinnliche Wärme zwischen ihr und diesem x-beliebigen diensttuenden Verkäufer hervor.

»Und dann noch, gnädige Frau?«

»Weiter nichts, danke ... Wollen Sie das nach Kasse zehn bringen, für Frau Desforges, nicht wahr?«

Wie es im Hause üblich war, gab sie an einer Kasse ihren Namen auf und schickte dann ihre sämtlichen Einkäufe dorthin, ohne sich von einem der Verkäufer begleiten zu lassen. Als sie weggegangen war, zwinkerte Mignot mit den Augen, indem er sich zu seinem Nebenmann umdrehte, dem er zu gern den Glauben beigebracht hätte, hier wären soeben höchst merkwürdige Dinge vor sich gegangen.

»Nicht?« murmelte er roh. »Die mal so ordentlich bis obenhin behandschuhen!«

Frau Desforges setzte währenddessen ihre Einkäufe fort. Sie ging nach links und blieb bei den Weißwaren stehen, um Scheuertücher zu kaufen; dann drehte sie wieder um und stieß bis zu den Wollwaren am Ende des Ganges vor. Da sie mit ihrer Köchin sehr zufrieden war, wollte sie ihr ein Kleid kaufen. Die Wollwarenabteilung quoll über von Menschen, alle kleinen Bürgerinnen hatten sich hierher begeben und betasteten die Stoffe, in stumme Berechnungen verloren; sie mußte sich einen Augenblick setzen. In hohen Fächern standen hier die dicken Stücke übereinander, von den Verkäufern eins nach dem andern unter gehörigen Anstrengungen ihrer Arme heruntergeholt. Die Verkäufer fingen auch schon an, sich auf den umdrängten Tischen nicht mehr zurechtzufinden, denn das Zeug kam durcheinander und wurde verwühlt. Es war wie ein heranflutendes Meer von matten Farben, diese stumpfen Wolltöne, eisengrau, gelbliches Grau, blaugrau, zwischen denen hier und da mal auf einem Flanell mit blutrotem Untergrund ein schottischer Streifen aufleuchtete. Und die weißen Preiszettel sahen aus wie ein dünner, den schwarzen Dezemberboden besprenkelnden Flockenschwarm.

Hinter einem großen Haufen Popelin hervor scherzte Liénard mit einem langen Mädel in bloßem Kopfe, einer Arbeiterin aus dem Viertel, die von ihrer Herrin zum Aussuchen von Merinos geschickt war. Ihn ekelten diese Ausverkaufstage an, die ihm nur die Arme zermalmten, und er suchte sich möglichst vom Verkaufen zu drücken, denn sein Vater unterhielt ihn sehr weitherzig; so machte er sich über das Geschäft lustig und tat gerade so viel, daß man ihn nicht an die Luft setzte.

»Hören Sie mal, Fräulein Fanny«, sagte er, »Sie haben es immer so eilig... War denn die gewürfelte Vigogne neulich recht? Sie wissen doch, ich hole mir meine Vergütung von Ihnen.«

Aber die Arbeiterin schlüpfte lachend davon und Liénard fand sich Frau Desforges gegenüber, die er doch fragen mußte:

»Gnädige Frau wünschen?«

Sie wollte ein Kleid, nicht teuer, aber haltbar. Liénard ging so vor, daß er versuchte, sie erst einen der bereits auf dem Tische auseinandergebreiteten Stoffe nehmen zu lassen, damit er seine Arme schonen konnte, denn das war sein einziger Gedanke. Da lagen Kaschmirs, Sergen, Vigognen, und er schwur ihr, es gäbe nichts Besseres, die hielten ewig. Aber ihr schien nichts zuzusagen. Sie hatte in einem Fache einen bläulichen Escot ausfindig gemacht. Schließlich mußte er sich wohl überwinden und diesen Escot herunterholen; er war ihr aber zu gemein. Dann kam ein Cheviot, dann schräggestreifte graue Töne, alle möglichen verschiedenen Wollstoffe, die sie alle aus Neugier anfühlen mußte, rein zum Vergnügen, denn im Grunde war es ihr ganz einerlei, was sie nahm. So mußte der junge Mann auch die obersten Kasten herunterholen; die Schultern knackten ihm, der ganze Ladentisch verschwand unter dem seidigen Gewebe der Kaschmirs und Popelins, unter der rauhen Wolle der Cheviots, dem weichen Flaum der Vigognen. Alle Gewebe und alle Farbentöne zogen vorüber. Obwohl sie gar nicht die Absicht hatte, etwas Derartiges zu kaufen, ließ sie sich auch noch Grenadinen und Gaze von Chambery zeigen. Als sie dann genug davon hatte, meinte sie:

»Ach Gott, das erste ist noch immer das beste. Es ist für meine Köchin... Ja, die Serge mit den kleinen Punkten, die für zwei Francs.«

Und als Liénard, ganz blaß vor verhaltener Wut, sie abgemessen hatte:

»Wollen Sie mir das nach Kasse zehn bringen... Für Frau Desforges.«

Als sie weiterging, bemerkte sie neben sich Frau Marty mit ihrer Tochter Valentine, einem großen jungen Mädchen von vierzehn Jahren, mager und dreist, die auch schon auf die Waren die schuldbeladenen Blicke einer Frau warf.

»Ach, sehen Sie mal! Sie sind's, liebe gnädige Frau?«

»Ja gewiß, liebe gnädige Frau... Nicht wahr, die Menschenmenge!«

»Oh, reden Sie doch nicht davon, man erstickt ja rein. Ein Erfolg!... Haben Sie den orientalischen Saal gesehen?«

»Prachtvoll! Unerhört!«

Und unter all den Ellbogenstößen, von der wachsenden Flut kleiner Börsen angerempelt, die sich über die billigen Wollsachen herstürzten, verbreiteten sie sich über das Gebiet der Teppichausstellung. Darauf erklärte Frau Marty, sie suche Stoff für einen Mantel; sie hatte sich zwar noch nicht fest entschlossen und wollte sich erst mal von den doppelten Wollstoffen welche zeigen lassen.

»Sieh doch mal, Mama«, flüsterte Valentine, »das ist doch zu gewöhnlich.«

»Kommem Sie doch mal mit zur Seide«, meinte Frau Desforges. »Wir müssen uns doch ihr berühmtes ›Pariser Paradies‹ ansehen.«

Einen Augenblick zögerte Frau Marty. Das würde recht teuer werden, und sie hatte ihrem Manne feierlich geschworen, sehr vernünftig sein zu wollen. Sie kaufte schon eine Stunde lang ein, ein ganzer Haufen von Sachen wurde bereits hinter ihr hergeschleppt, ein Muff und Halskrausen für sie, Strümpfe für ihre Tochter. Schließlich sagte sie zu dem ihr die Doppelgewebe zeigenden Gehilfen:

»Schön also, nein, ich gehe zur Seide... Das sagt mir alles nicht recht zu.«

Der Gehilfe nahm die Sachen und ging vor den Damen her.

Bei der Seide war die große Masse jetzt auch eingetroffen. Vor der inneren, von Hutin aufgebauten Ausstellung, der Mouret als Meister ein paar Hauptdrucker aufgesetzt hatte, quetschten sich die Menschen nur so. Im Hintergrunde der Halle, an einer der schlanken, die Verglasung tragenden Gußeisensäulen sah es aus wie ein Gießbach von Stoffen, als stürze sich eine brodelnde Flut von oben herunter und breite sich auf dem Fußboden aus. Zunächst sprangen helle Atlasse und zartfarbige Seiden in die Augen: Seiden *à la reine*, Renaissanceseiden in perlmutterartig schillernden Tönen wie das Wasser eines Quells; leichte Seiden, durchsichtig wie Kristall, nilgrün, blau wie der Himmel Indiens, mairosenfarbig, donaublau. Dann kamen stärkere Gewebe, wunderbare Atlasse, Duchesseseiden gleich hochgehenden Wogen in brennenden Farben sich daherwälzend. Und unten lagen wie in einem großen, flachen Becken träumerisch die schweren Stoffe, die gemusterten, Damaste, Brokate, mit Perlen bestickte und gold- oder silberfädendurchwirkte, inmitten einer tiefen Bettung aus allen möglichen Samten, schwarzen, weißen, dicht mit Seiden und Atlassen untermischt, so daß sie mit ihren unbeweglichen Flecken gleichsam die Tiefe eines regungslos daliegenden Sees darstellten, auf dem der Abglanz des Himmels und der umgebenden Landschaft sich zu spiegeln schien. Blaß vor Begierde beugten sich Frauenköpfe vor, wie um sich darin zu spiegeln. Angesichts dieses losgelassenen Gießbaches blieb alles stehen, in der dumpfen Furcht, von dem Überschwang einer derartigen Üppigkeit gleichfalls ergriffen zu werden und sich mit unwiderstehlicher Lust hineinzustürzen und darin unterzugehen.

»So, da bist du ja!« sagte Frau Desforges, als sie Frau Bourdelais vor einem der Tische sitzen fand.

»Ei, sieh da! Guten Tag!« antwortete diese und drückte den Damen die Hand. »Ja, ich bin hereingekommen, um auch mal einen Blick darauf zu werfen.«

»Nicht wahr? Ist das 'ne Verschwendung, diese Ausstellung! Man träumt ja davon... Und der orientalische Saal, hast du den schon gesehen?«

»Ja, ja, fabelhaft!«

Aber trotz all dieser Begeisterung, die offenbar dem ganzen Tage einen vornehmen Anstrich gab, bewahrte Frau Bourdelais ihre Kaltblütigkeit einer tüchtigen Hausfrau. Sorgfältig prüfte sie ein Stück ›Pariser Paradies‹, denn sie war zu dem einzigen Zwecke gekommen, aus dem ungewöhnlich billigen Verkauf dieser Seide Nutzen zu ziehen, falls sie sie wirklich vorteilhaft fände. Ohne jeden Zweifel war sie mit ihr zufrieden, denn sie ließ sich fünfundzwanzig Meter geben; sie rechnete darauf, aus dem Stück ein Kleid für sich und einen Mantel für ihr kleines Mädchen herauszukriegen.

»Was? Du gehst schon wieder?« fing Frau Desforges wieder an. »Geh' doch noch mal mit uns herum.«

»Nein, danke, sie warten zu Hause auf mich... Meine Kinder mochte ich nicht in dies Gewühl hineinwagen.«

Und sie ging mit einem Gehilfen vor sich her, der die fünfundzwanzig Meter Seide trug und sie zur Kasse zehn brachte, wo der junge Albert schon ganz den Kopf verloren hatte bei all den Fragen nach Rechnungen, die ihn umlagerten. Als der Verkäufer ankommen konnte, nachdem er seinen Verkauf durch eine Bleistiftmarke in seinem Abreißheft vermerkt hatte, rief er diesen Verkauf auf, und der Kassierer buchte ihn in seiner Liste; dann kam ein neuer Aufruf, und das aus dem Heft gerissene Blatt wurde neben dem Empfangsstempel auf einen spitzen Eisendraht gespießt.

»Hundertundvierzig Francs«, sagte Albert.

Frau Bourdelais zahlte und gab ihre Wohnung an, denn sie war zu Fuß und wollte ihre Hände frei halten.

Hinter der Kasse hielt Joseph bereits die Seide und packte sie ein; das Paket wurde in einen heranrollenden Korb geworfen und ging dann in die Ausgabestelle hinunter, in die sich anscheinend alle Waren des Hauses mit dem Tosen eines Notauslasses hinabstürzten.

Bei der Seide wurde das Gedränge mittlerweile so stark, daß Frau Desforges und Frau Marty zuerst keinen freien Gehilfen finden konnten. Sie blieben in der Menge der Damen stehen, die sich die Stoffe ansahen, sie befühlten und stundenlang da stehenblieben, ohne sich entschließen zu können. Aber für das »Pariser Paradies« vor allem zeigte sich bereits ein großer Erfolg: wo es verkauft wurde, wuchs das Gedränge infolge jener übertriebenen Vorliebe, die mit ihrem jähen Fieber die Mode in einem Tage zu bestimmen pflegt. Alle Verkäufer hatten nichts zu tun als diesen Stoff abzumessen; über die Hüte weg sah man das leise Aufleuchten der entfalteten Stücke in dem ständigen Hin und Her der Finger an den an Messingdrähten hängenden Eichenholzmaßstäben; man konnte das Geräusch der Scheren hören, die das Zeug durchschnitten, und zwar unaufhörlich, sowie ein neues Stück ausgepackt war, als gäbe es nicht genug Arme, um die gierig ausgestreckten Hände der Kundinnen zu befriedigen.

»Für fünf Francs sechzig ist sie aber auch wirklich nicht schlecht«, meinte Frau Desforges, der es gelungen war, sich am Rande eines Tisches eines Stückes zu bemächtigen.

Frau Marty und ihre Tochter Valentine dagegen fühlten sich enttäuscht. Die Zeitungen hatten soviel davon geredet, daß sie etwas noch Glänzenderes und Festeres erwartet hatten. Jetzt hatte Bouthemont aber gerade Frau Desforges erkannt und trat in dem Wunsche, einer so schönen Erscheinung den Hof zu machen, der man noch dazu All-

gewalt über den Herrn zutraute, mit seiner etwas unge-
schliffenen Liebenswürdigkeit auf sie zu. Wie! Sie würde
nicht bedient! Das war ja unverzeihlich! Sie müßte etwas
Nachsicht haben, denn sie wüßten wahrhaftig nicht mehr,
wo ihnen der Kopf stände. Und aus all den Röcken rings-
umher suchte er zwei Stühle hervor und lachte dabei wie
ein gutartiges Kind; aber in seinem Lachen lag doch eine
etwas rohe Liebe für das Weib, und das schien Henriette
nicht zu mißfallen.

»Sagen Sie mal«, flüsterte Favier, während er einen
Kasten mit Samt aus einem der Fächer hinter Hutin nahm,
»da schnappt Ihnen ja Bouthemont Ihre ganz besondere
Freundin weg.«

Hutin hatte Frau Desforges ganz vergessen, da er außer
sich war über eine alte Dame, die ein Meter schwarzen
Atlas für ein Leibchen gekauft hatte, nachdem sie ihn erst
eine Viertelstunde lang festgehalten hatte. Wenn es sehr
eilig wurde, hielten sie sich nicht länger an eine bestimmte
Reihenfolge, sondern die Verkäufer bedienten dann, wie
und wo sich die Kunden eben zeigten. Und so antwortete
er gerade Frau Boutarel, die dabei war, ihren Nachmittag
im »Paradies der Damen« totzuschlagen, nachdem sie
bereits am Vormittag drei Stunden dagewesen war; da gab
ihm Faviers Bemerkung einen Stich. Sollte er wahrhaftig
die Freundin des Herrn verpassen, aus der er sich geschworen hatte, seine hundert Sous herauszuholen? Das wäre
doch die Höhe seines Pechs, denn er hatte aus all den
Haarwülsten, mit denen er sich herumzuschleppen hatte,
noch keine drei Francs herausgewirtschaftet.

Da sagte Bouthemont gerade wieder sehr laut:

»Bitte, meine Herren, mal jemand hierher.«

Da gab Hutin Frau Boutarel an Robineau ab, der gerade
unbeschäftigt war.

»So, gnädige Frau, wenden Sie sich bitte an den Zweiten!… der kann Sie besser bedienen als ich.«

Und er stürzte darauf los und ließ sich von dem Gehilfen aus den Wollwaren die Sachen geben, die der für Frau Marty hinter den Damen hergeschleppt hatte. Eine kribbelige Reizbarkeit mußte heute wohl seine feine Witterung trüben. Für gewöhnlich sagte er sich beim ersten auf die betreffende Dame geworfenen Blick, ob sie etwas kaufen würde und wieviel. Dann beherrschte er auch die Kundin und beeilte sich, mit ihr fertig zu werden, um eine andere vorzunehmen, wobei er ihr aufschwatzte, was er wollte, und ihr klarmachte, er kenne den Stoff, den sie brauchte, viel besser als sie selbst.

»Was für eine Art Seide, gnädige Frau?« fragte er mit seinem zuvorkommendsten Tone.

Frau Desforges hatte kaum den Mund aufgetan, als er schon sagte:

»Ich weiß schon, ich habe genau, was Sie wünschen.«

Als das Stück »Pariser Paradies« auf einem schmalen Eckchen des Ladentisches zwischen all den Haufen anderer Seiden auseinandergefaltet war, da trat auch Frau Marty mit ihrer Tochter zu ihnen. Hutin merkte sofort, es handele sich zunächst um einen Einkauf für diese. Halblaute Worte wurden gewechselt, Frau Desforges beriet ihre Freundin.

»Oh, zweifellos! Eine Seide für fünf Francs sechzig ist nie so gut wie eine für fünfzehn, nicht mal wie eine für zehn.«

»Sie sieht recht lose aus«, meinte Frau Marty wieder. »Ich bin bange, für einen Mantel hat sie nicht Festigkeit genug.«

Diese Bemerkung veranlaßte den Verkäufer, sich einzumengen. Er trug die übertriebene Höflichkeit eines Mannes zur Schau, der sich einfach nicht täuschen kann.

»Gnädige Frau, ihre Schmiegsamkeit ist ja gerade das Hauptmerkmal dieser Seide. Lose wird die nie ... Sie ist genau, wie Sie sie haben müssen.«

Unter dem Eindruck dieser Sicherheit schwiegen die Damen. Sie nahmen den Stoff wieder auf und prüften ihn abermals, als sie sich plötzlich an der Schulter berührt fühlten. Es war Frau Guibal, die schon seit einer Stunde durch das Geschäft spazierenging und ihre Augen an den aufgehäuften Schätzen erfreute, ohne auch nur einen Meter Baumwollstoff zu kaufen. Da platzte das Geschwätz wieder los.

»Was? Sie sind's?«

»Ja, ich bin's, nur etwas hin und her geschubst.«

»Nicht wahr? Ist das 'ne Menschheit, man kommt ja gar nicht von der Stelle ... Und der orientalische Saal?«

»Entzückend!«

»Gott! Was für ein Erfolg! ... Bleiben Sie doch hier, wir gehen dann zusammen nach oben.«

»Nein, danke, ich muß weiter.«

Hutin wartete und verbarg seine Ungeduld hinter einem Lächeln, das nicht von seinen Lippen kam. Würden sie ihn wohl noch lange da festhalten? Die Frauen schämten sich wahrhaftig gar nicht, es war doch, als holten sie ihm sein Geld aus der Tasche. Schließlich ging Frau Guibal weiter und setzte langsam ihren Spaziergang fort; mit ganz entzückter Miene wanderte sie jetzt um die große Seidenausstellung herum.

»Ich würde an Ihrer Stelle einen fix und fertigen Mantel kaufen«, sagte Frau Desforges jetzt, indem sie wieder auf das »Pariser Paradies« kam, »das wird billiger für Sie.«

»Das ist wahr, mit Besatz und Machen«, murmelte Frau Marty. »Und dann hat man noch die Auswahl.«

Alle drei waren aufgestanden. Frau Desforges nahm nun wieder das Wort und sagte zu Hutin, der vor ihr stand:

»Wollen Sie uns nach der Kleiderabteilung bringen.«

Ganz baff blieb er stehen; an derartige Niederlagen war er nicht gewöhnt. Was! Die braune Dame kaufte also

nichts! Seine Nase hatte ihn betrogen. Er ließ von Frau
Marty ab und drang in Henriette, um an ihr nun seine
Kunst als guter Verkäufer zu versuchen.

»Und Sie, gnädige Frau? Wünschen Sie nichts von
unsern Atlassen oder Samten?... Wir haben ganz außer-
ordentliche Gelegenheitskäufe.«

»Danke, ein andermal«, antwortete sie ruhig und sah ihn
ebensowenig an wie vorher Mignot.

Hutin mußte nun die Sachen Frau Martys aufnehmen
und vor den Damen hergehen, um ihnen die Kleiderabteilung zu zeigen. Aber dabei mußte er zu seinem Schmerz
noch sehen, wie Robineau Frau Boutarel eine tüchtige
Anzahl Meter Seide abmaß. Wahrhaftig, er hatte keine
Nase mehr, keine vier Sous würde er zusammenbringen.
Die Wut eines von andern geschundenen, aufgefressenen
Menschen wühlte mit ihrer ganzen Bitterkeit unter seiner
äußerlich einwandfreien, liebenswürdigen Miene.

»Im ersten Stock, meine Damen«, sagte er, ohne sein
Lächeln verschwinden zu lassen.

Es war nicht so leicht, die Treppe heraufzukommen.
Durch alle Gänge wälzte sich ein festgepackter Strom von
Köpfen und breitete sich mitten in der Halle wie ein über
seine Ufer getretener Fluß aus. Der Handel lieferte eine
wahre Schlacht, die Verkäufer hatten die Frauen vollständig in ihrer Gewalt und reichten sie sich von einem zum
andern, wobei sie an Schnelligkeit wetteiferten. Die Stunde
des mächtigen Nachmittagsgetümmels war herangekommen, in der die überhitzte Maschine die Kunden tanzen
ließ und sich Geld aus ihrem Fleische schnitt. Vor allem
bei der Seide blies der Hauch wahrer Narrheit, das »Pariser
Paradies« brachte eine solche Menschenmenge auf die
Beine, daß Hutin ein paar Minuten lang keinen Schritt von
der Stelle kommen konnte; als Henriette, der der Atem
ausging, die Augen in die Höhe richtete, sah sie Mouret

oben an der Treppe stehen, wohin er immer wieder zurückkam, weil er von hier seinen Sieg übersehen konnte. Sie
lächelte in der Hoffnung, er würde herabkommen und sie
losmachen. Aber er konnte sie in der Menge gar nicht
erkennen, er war noch in Begleitung Vallagnoscs und damit
beschäftigt, diesem das Haus zu zeigen, wobei sein Gesicht
vor Freude über seinen Sieg strahlte. Jetzt übertäubte die
innere Bewegung den Lärm von draußen; weder das Rollen der Wagen noch das Zuklappen der Türen war länger
zu hören; außer dem lauten Gebrause des Ausverkaufs
hatte man nichts als ein Gefühl von der Riesenhaftigkeit
von Paris, von seiner gewaltigen, immer neue Käuferinnen
hervorbringenden Größe. In der unbeweglichen Luft, in
der die erstickende Hitze der Heizung den Geruch der
Stoffe noch schwüler machte, wuchs der sich aus all diesen
Geräuschen zusammensetzende Lärm immer höher an, aus
dem fortdauernden Getrappel, den gleichen, hundertmal
an den Ladentischen wiederholten Sätzen, dem Klange des
Goldes auf dem Kupfer der von einer Unzahl von Börsen
umdrängten Kassen, den weitergerollten Körben, aus
denen sich ganze Ladungen von Paketen ohne Unterbrechung in die gähnenden Kellerschlünde ergossen. Und in
dem feinen Staube kam alles durcheinander, die Grenzen
der Abteilungen waren nicht länger zu erkennen: die
Schnittwarenabteilung sah aus wie versunken; etwas weiter bei den Weißwaren lag es in einem durch die Spiegelscheiben der Rue Neuve Saint-Augustin kommenden Sonnenstrahl wie ein goldener Pfeil auf frischem Schnee, hier
bei den Handschuhen und den Wollwaren verbarg eine
dichte Masse von Hüten und Haarwülsten die Weite des
Geschäftsraumes. Kleider sah man gar nicht mehr, nur
noch Haartrachten fluteten mit Federn und Bändern oben-
drauf herum; ein paar Herrenhüte brachten schwarze Flek-
ken hinein, während die vor Hitze und Ermüdung immer

blasser werdende Gesichtsfarbe der Damen die Durchsichtigkeit von Kamelien annahm. Dank seinen kräftigen Ellbogen bahnte Hutin, vor den Damen hergehend, ihnen
endlich eine Gasse. Aber als sie endlich die Treppe heraufgekommen war, fand Henriette Mouret nicht mehr vor;
der hatte gerade Vallognosc mitten in das Gewühl hinein-
gestürzt, um ihn vollends zu betäuben; aber es hatte auch
ihn selbst ein körperlicher Zwang gepackt, sich in seinem
Erfolge zu baden. Köstlich war ihm dies Atemverlieren, an
allen Gliedern war es ihm, als spüre er eine lange Liebkosung seiner ganzen Kundschaft.

»Hier links herüber, meine Damen«, sagte Hutin mit
seiner zuvorkommenden Stimme, trotz seiner immer
zunehmenden Verzweiflung.

Oben war das Gedränge ganu so. Es ging bis in die
Möbelabteilung hinein, die für gewöhnlich die ruhigste
war. Bei den Umhängen, den Pelzwaren, den Leinensachen wimmelte es von Menschen. Als die Damen durch
die Spitzenabteilung kamen, gab es ein neues Wiedersehen. Hier saßen Frau de Boves und ihre Tochter Blanche,
beide ganz versunken in die Sachen, die Deloche ihnen
zeigte. Und Hutin mußte mit seinem Paket in der Hand
wieder eine Pause machen.

»Guten Tag! Ich dachte schon an Sie.«

»Und ich habe Sie gesucht. Aber wie soll man sich denn
auch in solch einer Menschenmenge finden?«

»Prachtvoll, nicht wahr?«

»Geradezu verblüffend, meine Liebe. Wir können uns
gar nicht mehr aufrechthalten.«

»Und Sie kaufen auch?«

»O nein! Wir sehen uns nur mal die Sachen hier an. Wir
ruhen uns so im Sitzen etwas aus.«

Tatsächlich ließ sich Frau de Boves, die in ihrer Börse
kaum noch Geld genug für den Wagen hatte, aus den Katen

alle möglichen Arten von Spitzen vorlegen, nur um sie sich zum Vergnügen anzusehen und zu befühlen. Sie hatte bei Deloche aus einer Art linkischer Langsamkeit den Anfänger herausgemerkt, der den Launen der Damen noch nicht zu widerstehen wagt; und so mißbrauchte sie seine Bestürzung und seine Gefälligkeit und hielt ihn über eine halbe Stunde fest, indem sie sich immer neue Sachen zeigen ließ. Der Ladentisch quoll über, sie tauchte ihre Hände in die steigende Flut der Gipüres, der Mechelner, Valencienner und Chantillyspitzen, wobei ihr die Finger vor Begierde zitterten und ihr Gesicht sich allmählich vor sinnlicher Freude rötete; Blanche dagegen, die neben ihr stand, blieb mit ihrem aufgedunsenen weichen Fleisch ganz blaß, obwohl sie von derselben Leidenschaft beherrscht wurde.

Die Unterhaltung ging fort, Hutin, der unbeweglich auf sie wartete, hätte sie ohrfeigen mögen.

»Sieh!« sagte Frau Marty, »Sie sehen sich ja dieselben Halstücher und Schleier an, die ich habe.«

Das stimmte; Frau des Boves, die die Spitzen Frau Martys seit Sonnabend marterten, hatte dem Zwange nicht widerstehen können, sich wenigstens ihre Hände an denselben Mustern reiben zu dürfen, da die Dürftigkeit, in der ihr Mann sie hielt, ihr nicht gestattete, sie mitzunehmen. Sie errötete leicht und erklärte ihnen, Blanche hätte die »blonde Spanierin«-Binden gern sehen wollen. Dann setzte sie hinzu:

»Sie gehen zu den Kleidern ... Schön! Bis gleich. Wollen wir sagen im orientalischen Saal?«

»Jawohl, im orientalischen Saal ... Nicht wahr, prachtvoll!«

Sie trennten sich und wollten sich totlachen über das vom Ausverkauf von Zwischensätzen und billigen kleinen Besätzen verursachte Gedränge. Deloche, glücklich, daß er was zu tun hatte, war wieder darangegangen, vor Mutter und Tochter neue Kasten auszupacken. Und langsam ging durch die erhitzten Gruppen der Aufseher Jouve mit seinem militärischen Aussehen an den Ladentischen entlang und ließ seine Ordensauszeichnung sehen, wobei er die kostbaren, feinen Sachen überwachte, die so leicht im Versteck eines Ärmels verschwinden. Als er hinter Frau de Boves vorbeiging, warf er vor Überraschung, sie derartig die Arme in eine wahre Flut von Spitzen vergraben zu sehen, einen lebhaften Blick auf ihre fiebernden Hände.

»Rechts hinüber, meine Damen«, sagte Hutin und nahm seinen Marsch wieder auf.

Er war außer sich. War es nicht gerade genug, daß er da unten einen Verkauf verpaßt hatte? Jetzt hielten sie ihn auch noch in jeder Ecke des Geschäfts auf! Und seine Erregung wurde noch gesteigert durch den Kampf der Stoffabteilungen gegen die Kleiderabteilung, die sich die Kunden in einem ewigen Wettkampf streitig machten und sich gegenseitig ihre vom Hundert und Vergütungen stahlen. Die Seide war noch erboster als die Leinenabteilung, wenn sie eine Dame zu den Kleidern bringen mußte, die sich schließlich für einen fertigen Mantel entschied, wenn sie sich vorher Tafte und Futterseiden hatte zeigen lassen.

»Fräulein Vadon!« sagte Hutin mit ärgerlicher Stimme, als er endlich am Ladentische stand.

Aber die ging vorbei, ohne auf ihn zu hören, ganz versunken in ein Geschäft, das sie rasch abmachen wollte. Der Raum war ganz voll, ein endloser Schwanz von Menschen zog sich hindurch, durch die Tür der Seidenabteilung hereinkommend und durch die nach der Leinenabteilung, die sich gegenüberlagen, wieder hinaus; im Hintergrunde aber paßten Kundinnen, die sich ausgezogen hatten, Kleider an und standen sich in den Hüften wiegend vor den Spiegeln. Der rote Leinenplüsch dämpfte das Geräusch der Schritte, das laute, aber ferne Stimmengewirr aus dem Erdgeschoß erstarb; hier gab es nur noch einen heimlichen Flüsterton, die Hitze eines Empfangszimmers, durch die Menge Frauen noch drückender gemacht.

»Fräulein Prunaire!« rief Hutin.

Und da diese ebensowenig stehenblieb, flüsterte er zwischen den Zähnen, aber so, daß es niemand hören konnte:

»Lumpenpack!«

Er hatte sie ganz besonders wenig gern, die Beine waren ihm zerbrochen, so viele Kundinnen hatte er ihnen die Treppe heraufschleppen müssen, und er war wütend über den Verdienst, den er sie anklagte, ihm aus der Tasche zu holen. Es war ein stummer, aber von beiden Seiten mit derselben Erbitterung geführter Kampf; und in ihrer gemeinsamen Ermattung, immer auf den Füßen, die Muskeln ganz abgestorben, verwischten sich die Geschlechter und es blieb nur der Widerstreit ihrer Vorteile bestehen, durch das Fieber des Verkaufs noch mehr angereizt.

»Na, ist hier denn kein Mensch?« fragte Hutin.

Aber da bemerkte er Denise. Sie wurde seit dem Morgen mit Zusammenlegen beschäftigt, und es waren ihr nur ein paar zweifelhafte Verkäufe überlassen worden, die sie übrigens auch noch verpudelt hatte. Als er sie erkannte, wie sie dabei war, einen Tisch von einem riesigen Haufen Kleidern frei zu machen, lief er auf sie zu, um sie heranzuholen.

»Ach, Fräulein, bedienen Sie doch mal die Damen, die da warten!«

Lebhaft packte er ihr den Arm voll mit Frau Martys Sachen, die er keine Lust mehr hatte weiter herumzuschleppen. Sein Lächeln zeigte sich wieder und es lag in ihm die verborgene Niedertracht des gewiegten Verkäufers, der bereits die Klemme ahnte, in die er die Damen und das junge Mädchen hineingebracht hatte. Dieses blieb indessen ganz baff über den sich ihm so unerwartet bietenden Verkauf stehen. Zum zweitenmal kam er ihr wie ein unbekannter Freund vor, der voll brüderlichen Zartgefühls stets im Dunklen zu ihrer Rettung bereitstand. Ihre Augen leuchteten vor Dankbarkeit und sie folgte ihm mit einem langen Blick, während er tüchtigen Gebrauch von seinen Ellbogen machte, um so rasch als möglich zu seiner Abteilung zurückzukommen.

»Ich möchte einen Mantel«, sagte Frau Marty.

Nun stellte Denise ihre Fragen. Was für eine Art Mantel? Aber die Kundin wußte gar nichts, sie hatte keine Ahnung, sie wollte die Muster des Hauses sehen. Und da verlor das junge Mädchen, bereits sehr müde und von der Menschenmenge betäubt, den Kopf; sie hatte bei Cornaille in Valognes nur hin und wieder eine der seltenen Kundinnen bedient; die Zahl der Muster und ihren Platz in den Schränken kannte sie noch gar nicht. Sie kam auch gar nicht mehr dazu, den beiden bereits ungeduldig werdenden Freundinnen zu antworten, da Frau Aurelie Frau Desforges entdeckt hatte, deren Verbindung sie wohl ahnen mußte, denn sie kam eiligst mit der Frage auf sie zu:

»Werden die Damen schon bedient?«

»Ja, das Fräulein da sucht da hinten herum«, gab Henriette zur Antwort. »Aber sie ist scheinbar noch nicht recht auf dem Laufenden, sie findet nichts.«

Daraufhin lähmte die Erste Denises Fassung endgültig, indem sie halblaut zu ihr sagte:

»Nun sehen Sie doch, daß Sie noch nichts können. Halten Sie sich doch nur ruhig, bitte ich Sie.«

Und dann rief sie:

»Fräulein Vadon, einen Mantel!«

Sie blieb dabei, während Marguerite die Muster vorführte. Diese nahm Kundinnen gegenüber eine trockenhöfliche Stimme mit der unliebenswürdigen Haltung eines Mädchens an, das mit all und jedem Putz zu tun gehabt hat und, ohne es selbst zu wissen, eine haßerfüllte Eifersucht gegen ihn in sich aufgespeichert hat. Als sie Frau Marty sagen hörte, sie wolle nicht mehr als zweihundert Francs ausgeben, zog sie eine mitleidige Miene. Oh! Gnädige Frau würde schon zulegen, mit zweihundert Francs könnte gnädige Frau unmöglich etwas Passendes finden. Und sie warf die gewöhnlicheren Mäntel mit einem Gesicht auf den Tisch, als wollte sie sagen: »Sehen Sie wohl, wie armselig!« Frau Marty wagte nicht, sie hübsch zu finden. Sie beugte sich zu Frau Desforges, um ihr ins Ohr zu flüstern:

»Nicht wahr? Lassen Sie sich nicht auch lieber von Männern bedienen?... Da fühlt man sich viel freier.«

Schließlich brachte Marguerite einen seidenen mit Jet besetzten Mantel herbei, den sie mit Sorgfalt behandelte. Und Frau Aurelie rief Denise wieder heran.

»Machen Sie sich wenigstens irgendwie nützlich... Ziehen Sie den mal über.«

Mit herabhängenden Händen hatte Denise sich ins Herz getroffen gefühlt, voller Verzweiflung, daß sie es hier im Hause nie zu etwas bringen würde, und war unbeweglich stehengeblieben. Ganz gewiß würden sie sie wieder nach Hause schicken und die Kinder kein Brot haben. Der Lärm der Menge summte ihr in den Ohren, sie fühlte, wie sie schwankte, ihre Muskeln waren wie zermalmt von dem Heben so vieler Arme voll Kleider, eine Arbeit, die sie noch nie getan hatte. Aber sie mußte gehorchen, sie mußte Maguerite den Mantel auf sich wie auf einer Puppe anordnen lassen.

»Halten Sie sich gerade«, sagte Frau Aurelie.

Aber Denise geriet fast sofort in Vergessenheit. Mouret war gerade eben mit Vallognosc und Bourdoncle hereingekommen; er begrüßte die Damen und empfing ihre Lobsprüche über seine prachtvolle Ausstellung von Wintersachen. Besonders laut ging es über den orientalischen Saal

her. Vallognosc, mit seinem Gang an den Verkauftischen
entlang fertig, bewies mehr Überraschung als Bewunderung; denn schließlich, dachte er mit der Wurschtigkeit des
Weltverächters, war es doch nichts weiter als eben recht
viel Plünnenkram auf einem Haufen. Bourdoncle aber vergaß ganz, daß er zum Hause gehörte, er beglückwünschte
seinen Herrn ebenfalls, um seine Zweifel und beunruhigenden Sticheleien vom Morgen in Vergessenheit zu bringen.

»Ja, ja, es geht schon, ich bin zufrieden«, wiederholte
Mouret strahlend und beantwortete Henriettes zärtliche
Blicke mit einem Lächeln. »Aber ich darf Sie nicht stören,
meine Damen.«

Nun wandten sich aller Blicke zu Denise zurück. Sie
überließ sich Marguerites Händen, die sie sich langsam
umdrehen ließ.

»Nun, wie denken Sie darüber?« fragte Frau Marty Frau
Desforges.

Diese gab nun als oberste Schiedsrichterin des Geschmacks ihr Urteil ab.

»Nicht übel, und er hat auch einen recht eigenartigen
Schnitt... Nur so um die Hüften herum kommt er mir
nicht sehr hübsch vor.«

»Oh, dann müßten Sie mal sehen, wenn die gnädige
Frau ihn selbst anhat... Wissen Sie, auf dem Fräulein da
kommt er gar nicht recht zur Geltung, sie hat nicht Fülle
genug... Richten Sie sich doch mehr auf, Fräulein, zeigen
Sie mal seine ganze Wirkung.«

Alles lachte. Denise war sehr blaß geworden. Die Scham
ergriff sie, sich so wie ein Werkzeug behandelt zu sehen,
das man prüft und ausgiebig seine Späße darüber macht.
Frau Desforges ließ ihrer Abneigung die Zügel schießen,
denn sie fühlte in sich einen inneren Gegensatz zu dem
jungen Mädchen und ärgerte sich über ihr sanftes Gesicht;
sie setzte daher boshaft hinzu:

»Er würde dem Fräulein sicher besser stehen, wenn ihr Kleid nicht so weit wäre.«

Und sie warf Mouret einen spottsüchtigen Blick zu, aus dem die sich über den albernen Ausputz einer Provinzlerin lustigmachende Pariserin sprach. Der fühlte wohl die Liebkosung dieses Blickes, die Siegesfreude einer über ihre Schönheit und ihre Kunst glücklichen Frau. In seiner Dankbarkeit, daß sie ihn als Mann anbetete, glaubte er nun auch seinen Spaß treiben zu müssen, trotz des Wohlwollens, das er Denise zuvor bewiesen hatte, als er bei seiner verliebten Veranlagung ihrem geheimen Zauber unterlag.

»Und dann müßte sie sich erst mal kämmen«, sagte er leise.

Das war die Höhe. Der Herr selbst hielt es nicht für unter seiner Würde zu scherzen, und alle Verkäuferinnen platzten los. Marguerite wagte als vornehmes, sich zurückhaltendes Mädchen nur ein leises Glucksen; Clara ließ einen Verkauf schießen, um sich nach Herzenslust erheitern zu können; sogar die Verkäuferinnen aus der Leinenabteilung kamen, durch den Lärm angelockt, herüber. Die Damen hielten ihr Vergnügen mit einer Miene von Welterfahrenheit mehr zurück; nur die Cäsarengesichtszüge Frau Aurelies als der einzigen lachten nicht, als hätten die schönen wilden Haare und die zarten jungfräulichen Schultern dieser Anfängerin sie und die gute Haltung ihrer ganzen Abteilung geschändet. Denise war unter dem Gespött all dieser Menschen noch blasser geworden. Sie fühlte sich vergewaltigt, nackt ausgezogen, hilflos. Was hatte sie denn begangen, daß sie sich derartig an ihren zu kleinen Wuchs, ihr zu schweres Haar hängten? Aber vor allem litt sie unter dem Lachen Mourets und Frau Desforges; gefühlsmäßig merkte sie ihre Verbindung heraus und ihr Herz gab einem unbekannten Schmerze Raum; die Dame mußte recht boshaft sein, sich so über ein armes Mädchen hermachen zu können, das kein Wort gesagt hatte; er aber ließ ganz entschieden ihr Herz zu Eis erstarren vor einer Furcht, in der all ihre übrigen Gefühle untergingen, ohne daß sie sie sich hätte erklären können. In ihrer Verlassenheit einer Paria, in dem geheimsten Schamgefühl der Frau angefaßt und von Widerwillen gegen diese Ungerechtigkeit ergriffen, unterdrückte sie doch das Schluchzen, das ihr in der Kehle emporstieg.

»Nicht wahr? Daß sie sich morgen erst mal das Haar kämmt, so was geht doch nicht!« wiederholte der schreckliche Bourdoncle, der Denise schon bei ihrem Eintritt aus Mißachtung für ihren schmächtigen Gliederbau verurteilt hatte, zu Frau Aurelie.

Und nun nahm die Erste ihr endlich den Mantel von den Schultern und sagte ihr dabei ganz leise:

»Na ja, Fräulein, das ist ja ein netter Anfang! Wahrhaftig, wenn Sie uns gleich alle Ihre Künste zeigen wollten… Dümmer kann man sich doch wohl nicht anstellen.«

Vor Furcht, die Tränen möchten ihr aus den Augen stürzen, ging Denise schleunigst zu dem großen Kleiderhaufen zurück, den sie wegtrug und auf einem andern Tische in Ordnung brachte. Hier verlor sie sich wenigstens in der Menge; die Müdigkeit hinderte sie am Denken. Aber da bemerkte sie dicht neben sich die Verkäuferin aus der Leinenabteilung, die sie bereits am Morgen verteidigt hatte. Diese hatte den ganzen Vorgang verfolgt und flüsterte ihr nun ins Ohr:

»Armes Kind, seien Sie doch nicht so empfindlich. Schlucken Sie es 'runter, sonst gibt's noch mehr so was… Ich bin aus Chartres. Jawohl, richtig, Pauline Cugnot; und meine Eltern sind Müllerleute da unten… Na ja, mich hätten sie die ersten Tage auch rein aufgefressen, wenn ich mich nicht gesperrt hätte… Vorwärts! Mutig! Geben Sie mir mal die Hand, wir wollen ganz leise plaudern, wenn Sie Lust haben.«

Die Hand, die sich ihr da entgegenstreckte, verdoppelte nur noch Denises Unruhe. Sie drückte sie verstohlen und nahm dann schleunigst einen schweren Packen Mäntel auf die Arme in der Furcht, sich sonst dumm anzustellen und wieder Schelte zu kriegen, wenn sie merkten, sie habe eine Freundin.

Jetzt hatte indessen Frau Aurelie den Mantel Frau Marty selbst übergehängt und alles rief: »Oh, sehr gut! Entzükkend!« Sofort bekam die Geschichte Haltung. Frau Desforges erklärte, etwas Besseres könnten sie gar nicht finden. Nun kamen wieder Begrüßungen, Mouret verabschiedete sich, während Vallagnosc, der Frau de Boves und ihre Tochter bei den Spitzen bemerkt hatte, sich beeilte, der Mutter seinen Arm anzubieten. Marguerite, schon an einer der Kassen im Erdgeschoß stehend, rief die verschiedenen Einkäufe Frau Martys auf, die dann bezahlte und das Paket in ihren Wagen bringen ließ. Frau Desforges fand ihre Sachen an der Kasse zehn vor. Dann trafen sich die Damen noch einmal im orientalischen Saal. Endlich gingen sie aber unter höchstem Gerede vor Bewunderung. Selbst Frau Guibal war außer sich.

»O köstlich! ... Man könnte glauben, man wäre richtig da unten!«

»Nicht wahr, ein reiner Harem? Und gar nicht teuer!«

»Die Smyrnas, o diese Smyrnas! Was für Töne, was für eine Feinheit!«

»Und dieser Kurdistan, sehen Sie bloß! Ein wahrer Delacroix!«

Langsam verringerte sich die Menge. Glockentöne hatten bereits in stündlichen Abständen das Zeichen für die beiden ersten Abendtische gegeben; es mußte gleich zum dritten Male gedeckt werden, und in den Abteilungen blieben nur noch ein paar verspätete Kunden, die ihre Kaufwut die Zeit völlig vergessen ließ. Von draußen drang nur noch das Rollen der letzten Droschken herein, vermischt mit der schweren Stimme von Paris, dem Schnarchen eines gesättigten Riesen, der jetzt all die Leinwand und die Tuche, die Seiden und Spitzen verdaute, mit denen man ihn seit dem frühen Morgen vollstopfte. Unter dem Scheine der Gaslampen, die seit Dunkelwerden brannten und den Gipfelpunkt des Ausverkaufs erhellten, sah es im Innern aus wie auf einem Schlachtfelde, das noch von dem unter all den Geweben angerichteten Gemetzel glühte. Erschöpft vor Müdigkeit stürzten die Verkäufer sich unter den Trümmern ihrer Kasten auf die anscheinend vom wütenden Hauch eines Orkans geplünderten Ladentische. Nur mit Mühe konnte man sich durch die von einem Gewirr von Stühlen versperrten Gänge des Erdgeschosses drängen; bei den Handschuhen mußte man über eine Barrikade von Kasten klettern, die Mignot um sich her aufgetürmt hatte; bei den Wollwaren kam man überhaupt nicht durch, Liénard schlief halb über einem Meer von Stücken, in dem einzelne halb zerstörte Haufen wie Häuser aussahen, deren Trümmer ein übergetretener Fluß von dannen führt; und weiterhin lagen die Weißwaren wie Schneemassen auf dem Fußboden, man stieß sich an Haufen von Handtüchern und schritt über die leichten Flocken von Taschentüchern hinweg. Oben in den Abteilungen des Zwischenstockes dieselbe Wühlerei wie im Erdgeschoß: Pelzbesätze lagen auf dem Fußboden herum, Kleider lagen in Haufen da wie die Röcke außer Gefecht gesetzter Soldaten, Spitzen und Leinensachen ließen, wie sie so auseinandergerissen, zerknüllt und auf gut Glück weggeworfen dalagen, den Gedanken an ein Volk von Frauen aufkommen, das sich hier in der Zügellosigkeit einer plötzlich ausgebrochenen Begierde ausgezogen hatte; im Keller des Gebäudes aber spie die Ausgabestelle in vollster Tätigkeit immer noch Pakete aus, die sie zum Bersten brachten und die nun die Wagen davonführten, das letzte Erzittern der überhitzten Maschinen. Aber vor allem hatten sich die Kunden in Massen auf die Seide gestürzt; dort hatten sie reinen Tisch gemacht; hier konnte man frei durchkommen, die Halle war leer, der ganze Riesenvorrat an »Pariser Paradies« war zerfetzt, weggefegt wie unter einem Fluge gefräßiger Heuschrecken. Und inmitten dieser Leere blätterten Hutin und Favier in ihren Verkaufsnachweisen herum und berechneten ihre vom Hundert, noch ganz außer Atem vom Kampfgetümmel. Favier hatte fünfzehn Francs herausgebracht, Hutin hatte nur auf dreizehn kommen können; er war heute geschlagen und wütete über sein Pech. Ihre Augen funkelten von Gewinnsucht, das ganze Geschäft um sie her reihte ebenso wie sie Zahlen aneinander und brannte in der rohen Freude dieses Schlachtabends von dem gleichen Fieber.

»Na, Bourdoncle, zittern Sie immer noch?« rief Mouret. Er lehnte wieder auf seinem Lieblingsposten oben der großen Treppe nach dem Zwischenstock gegen das Geländer; und angesichts des sich unter ihm ausdehnenden Gemetzels von Stoffen ließ er ein siegreiches Lächeln sehen. Seine Befürchtungen vom Morgen, der Augenblick unverzeihlicher Schwäche, den niemand je wieder an ihm sehen sollte, trieb ihn jetzt notwendig in eine lärmende Siegesstimmung. Der Feldzug war also endgültig gewonnen, der Kleinhandel des Viertels in Stücke geschlagen, Baron Hartmann mit seinen Millionen und seinen Grundstücken überwunden. Während er auf die über ihre Listen gebeugten Kassierer blickte, wie sie die langen Reihen der Zahlen aufsummten, während er auf das schwache Geräusch des aus ihren Fingern in die Kupferschalen hineinfallenden Goldes horchte, sah er das »Paradies der Damen« bereits über alles Maß hinaus wachsen, seine Halle sich erweitern, seine Gänge sich bis an die Rue du Dix-Décembre ausdehnen.

»Und sind Sie jetzt auch überzeugt«, fing er wieder an, »daß das Haus zu klein ist? ... Wir hätten noch mal soviel verkaufen können.«

Bourdoncle erniedrigte sich, im übrigen entzückt, daß er unrecht behalten hatte. Da machte eine Erscheinung sie ganz ernst. Alle Abend hatte Lhomme als erster Kassierer der Verkaufsabteilung die Sondereinnahmen sämtlicher Kassen zusammenzustellen; sobald er sie aufgesummt hatte, schlug er die Gesamteinnahme an, indem er das Blatt, auf das er sie niedergeschrieben hatte, auf einen Eisendraht spießte, und dann brachte er diese Einnahme in seinem Taschenbuch und in Säcken, je nach der Art des Bargeldes, zur Hauptkasse hinauf. Heute herrschten Gold und Silber vor, er stieg langsam mit drei Riesensäcken die Treppe herauf. Seines rechten Armes beraubt, der ihm im Ellbogen abgeschnitten war, preßte er sie mit dem linken gegen seine Brust und hielt sie mit dem Kinn vom Abgleiten zurück. Sein heftiger Atem war schon von weitem zu hören, ermattet, aber stolz schritt er durch die Mitte der achtungsvoll dastehenden Gehilfen.

»Wieviel, Lhomme?« fragte Mouret.

Der Kassierer antwortete:

»Achtzigtausendsiebenhundertzweiundvierzig Francs und zehn Centimes!«

Freudiges Lachen tönte durch das »Paradies der Damen«. Die Ziffer lief weiter. Es war die größte, die ein Modewarenhaus jemals an einem Tage erreicht hatte.

Und als Denise am Abend nach oben ging, um sich schlafen zu legen, stützte sie sich gegen die Seitenwände des engen Flures unter dem Zinkdache. Sowie sie die Tür geschlossen hatte, fiel sie in ihrer Kammer aufs Bett, so weh taten ihr die Füße. Lange blickte sie ganz verwirrt auf den Waschtisch, den Schrank, die ganze Nacktheit eines möblierten Gastzimmers. Hier mußte sie also leben; und

voll scheußlicher Hohlheit lag ihr erster Tag in seiner End-
losigkeit vor ihr. Nie würde sie den Mut finden, ihn noch
einmal durchzumachen. Dann bemerkte sie erst, daß sie
ein seidenes Kleid anhatte; es war ihr gräßlich, und sie
empfand den kindischen Wunsch, ihren Koffer aufzumachen und ihr altes, noch über einer Stuhllehne hängendes
Wollkleid wieder anzuziehen. Sobald sie aber wieder in
ihr eigenes ärmliches Kleid geschlüpft war, übermannte sie
ihr Gefühl und das seit dem Morgen zurückgehaltene
Schluchzen brach mit einem Strome heißer Tränen hervor.
Sie sank wieder auf ihr Bett und weinte beim Gedanken an
ihre beiden Kinder, sie weinte immer mehr, ohne die Kraft
zu finden, sich die Stiefel auszuziehen, so taumelig war sie
vor Mattigkeit und Kummer.

Am andern Morgen war Denise kaum eine halbe Stunde
unten in der Abteilung, als Frau Aurelie ihr in ihrem kurzen Tonfall sagte:

»Fräulein, Sie werden in der Oberleitung gewünscht.«

Das junge Mädchen fand Mouret allein vor seinem großen, mit grünem Rips überzogenen Schreibtisch sitzen. Er
hatte sich gerade an den Strubbelkopf erinnert, wie Bourdoncle sie getauft hatte; und obwohl ihm für gewöhnlich
die Rolle des Gendarmen widerstand, war er doch auf den
Gedanken verfallen, sie zu sich kommen zu lassen, um sie
etwas aufzurütteln, falls sie sich immer noch zu provinz-
mäßig auftakelte. Trotz seines Scherzes Frau Desforges
gegenüber hatte er gestern seine Eigenliebe verletzt gefühlt,
als er sah, wie das Aussehen einer seiner Verkäuferinnen
hin und her gezerrt wurde. Ein Widerstreit der Gefühle,
eine Mischung von Zuneigung und Ärger wogte in seinem
Innern.

»Fräulein, wir haben Sie aus Rücksicht auf Ihren Onkel
angestellt«, begann er, »und Sie sollten uns nicht in die
traurige Notwendigkeit versetzen...«

Aber da hielt er inne. Ihm gegenüber auf der andern Seite seines Schreibtisches stand Denise aufrecht, ernst und blaß da. Ihr Seidenkleid war nicht mehr zu weit, es umschloß eng ihre runden Hüften und ließ die reinen Linien ihrer jungfräulichen Schultern klar hervortreten; und wenn ihr in dicken Flechten aufgeknotetes Haar auch noch wild aussah, sie versuchte wenigstens, es zurückzuhalten. Nachdem sie in vollen Kleidern, die Augen ermüdet vom Weinen, eingeschlafen war, hatte sich das junge Mädchen, als es um vier Uhr wieder aufwachte, über diesen Ausbruch seiner nervösen Überempfindlichkeit weidlich geschämt. Und sie hatte sich sofort ans Engermachen ihres Kleides begeben, hatte dann eine Stunde vor dem schmalen Spiegel mit dem Kamm in den Haaren zugebracht, ohne sie jedoch so zurechtbringen zu können, wie sie sie haben wollte.

»Ah! Gott sei Dank! Heute morgen sehen Sie besser aus...« murmelte Mouret. »Aber da sind immer noch so'n paar Teufelsendchen!«

Er war aufgestanden, um ihr Haar mit ganz derselben gewohnheitsmäßigen Miene in Ordnung zu bringen, wie Frau Aurelie das gestern versucht hatte.

»Warten Sie mal! Stecken Sie das mal wieder hinters Ohr... Der Knoten sitzt zu hoch.«

Sie tat den Mund nicht auf und ließ sich zurechtstutzen. Trotz ihres Schwures, stark bleiben zu wollen, fühlte sie sich doch beim Eintritt in das Arbeitszimmer eiskalt, denn sie war sicher, er habe sie nur holen lassen, um ihr ihr Ausscheiden mitzuteilen. Auch Mourets augenscheinliches Wohlwollen gab ihr ihre alte Sicherheit nicht wieder, ihre Angst hielt an, da sie in seiner Gegenwart sofort das alte Unbehagen wieder aufkommen fühlte, das sie sich aus einer ganz natürlichen Unruhe dem mächtigen Manne gegenüber erklärte, von dem ihre ganze Zukunft abhing.

Als er sah, wie sie unter seinen Händen zitterte, wenn er ihren Nacken streifte, tat ihm sein Liebesdienst schon wieder leid, denn er fürchtete ganz besonders, sein Ansehen zu verlieren.

»So, Fräulein« sagte er, als er endlich den Schreibtisch wieder zwischen sie und sich selbst gebracht hatte, »nun versuchen Sie mal, etwas auf sich zu achten. Sie sind nicht länger in Valognes, sehen Sie sich mal unsere Pariserinnen an... Wenn auch schon der Name Ihres Onkels genügte, um Ihnen unser Haus zu öffnen, dann möchte ich doch glauben, Sie werden halten, was Ihr Aussehen mir zu versprechen schien. Unglücklicherweise stimmen hier aber nicht alle mit mir überein... Ich habe Sie nun gewarnt, nicht wahr? Strafen Sie mich nicht Lügen.«

Wie ein Kind behandelte er sie, mit mehr Mitleid als Güte, lediglich seine Neugier für das ewig Weibliche war durch das sinnverwirrende Weib erweckt worden, das er in diesem ungeschickten, armen Kinde aufblühen fühlte. Und als sie während der Predigt, die er ihr hielt, das Bild Frau Hédouins entdeckte, die mit ihrem schönen Gesicht ernsthaft aus dem Goldrahmen herablächelte, da fühlte sie sich aufs neue trotz der ermutigenden Worte, die er an sie richtete, von einem Schauder ergriffen. Das war die tote Dame, die er nach der Anklage des Viertels getötet hatte, um sein Haus auf dem Blute ihrer Gliedmaßen zu begründen.

Mouret sprach immer noch.

»Dann gehen Sie nur«, sagte er endlich, als er sich wieder gesetzt hatte und mit seiner Schreibarbeit fortfuhr.

Im Fortgehen stieß sie auf dem Gange einen tiefen Seufzer der Erleichterung aus.

Von diesem Tage an bewies Denise große Tapferkeit. Wenn die Empfindlichkeit wieder über sie kam, richtete ihre Vernunft sie stets wieder auf, und in dem Gefühl ihres Alleinseins und ihrer Schwäche schlummerte doch auch ein gewisser Mut, so daß sie sich fröhlich den übernommenen Pflichten unterzog. Sie machte wenig Aufhebens und ging geradeaus stracks über alle Hindernisse hinweg auf ihr Ziel los; und das ganz einfach und natürlich, denn ihre Veranlagung war in ihrer Sanftmut unüberwindlich.

Zunächst hatte sie sich an die schrecklichen Anstrengungen ihrer Abteilung zu gewöhnen. Während der ersten sechs Wochen zerbrachen die Kleiderpacken ihr derartig die Arme, daß sie nachts anfing zu weinen, wenn sie sich umdrehte, so zermalmt und zermartert waren ihr die Schultern. Aber noch mehr litt sie unter ihrem Schuhwerk, groben Stiefeln, die sie aus Valognes mitgebracht hatte und die sie aus Geldmangel noch nicht gegen leichtere Schuhe hatte umtauschen können. Immer auf den Beinen, vom Morgen bis zum Abend hin und her trippelnd und gescholten, wenn jemand sah, daß sie sich mal einen Augenblick gegen die Holztäfelung lehnte, waren ihr die Füße ganz geschwollen, die zarten Mädchenfüße sahen aus, als wären sie durch spanische Stiefel zermalmt; die Hacken klopften im Fieber, die Sohlen waren mit Blasen bedeckt, deren Haut, wenn sie sich ablösten, an den Strümpfen haften blieb. Aber sie verspürte auch ein Abnehmen ihres Körpers im allgemeinen, alle Gliedmaßen und inneren Körperteile wurden durch die Ermüdung ihrer Beine in Mitleidenschaft gezogen, und ihre blasse Gesichtsfarbe verriet auch plötzliche geschlechtliche Störungen. Aber trotz ihres so schmächtigen und gebrechlichen Aussehens leistete sie tapfer Widerstand, während doch so manche Verkäuferinnen das Modegeschäft wegen plötzlicher eigenartiger Krankheiten wieder aufgeben mußten. Ihre Geduld im Ertragen von Leiden und ihre hartnäckige Tapferkeit hielten sie immer lächelnd aufrecht, wenn sie schwach wurde, selbst wenn sie vor Erschöpfung infolge ihrer Arbeit, unter der mancher Mann zusammengebrochen wäre, ganz am Ende ihrer Kräfte war.

Sodann war ihr Hauptkummer, daß sie die ganze Abteilung gegen sich fühlte. Zu der körperlichen Quälerei kam noch die geheime Verfolgung durch ihre Genossinnen. Nach zwei Monaten voller Geduld und Sanftmut hatte sie sie noch nicht entwaffnet. Verletzende Worte, grausame Erfindungen, geflissentliches Ausweichen trafen sie bei ihrem Hang zur Zärtlichkeit ins Herz. Lange Zeit hatten sie sie mit ihrem ärgerlichen ersten Auftreten aufgezogen; die Worte »Holzpantinen«, »Klotzkopf« liefen umher; wenn eine von ihnen einen Verkauf verpudelte, wurde sie nach Valognes geschickt; kurz, sie galt für den Dummkopf der Abteilung. Als sie sich dann nach einiger Zeit, sobald sie nur erst einmal den Betrieb des Hauses kennengelernt hatte, als eine Verkäuferin von ganz bemerkenswerten Fähigkeiten entpuppte, da entstand eine verärgerte Kälte; und von dem Augenblick an kamen die Mädchen überein, ihr nie eine ernsthafte Kundin zu überlassen. Marguerite und Clara verfolgten sie mit gefühlsmäßigem Haß und schlossen sich noch enger aneinander, um sich von der Neuen nicht auffressen zu lassen, vor der sie trotz ihrer äußerlich zur Schau getragenen Nichtachtung doch Angst hatten. Frau Aurelie ihrerseits fühlte sich durch die stolze Zurückhaltung des jungen Mädchens verletzt, das ihr nicht mit dauernden bewundernden Liebkosungen am Rocke hing; sie überließ sie daher ganz der Niedertracht ihrer Günstlinge, den Verzogenen ihres Hofes, die dauernd vor ihr auf den Knien lagen und sie mit fortgesetzten Schmeicheleien fütterten; denn dieser bedurfte ihr starkes Wesen bei seinen Herrscherlaunen, um zu gedeihen. Die Zweite, Frau Frédéric, schien einen Augenblick der Verschwörung nicht beitreten zu wollen; aber das mußte wohl aus Geistesabweisenheit geschehen sein, denn sie benahm sich ebenso hart, sobald sie merkte, daß Denises gute Aufführung sie selbst in ein schlechtes Licht setzen könne. Nun war ihre

Vereinsamung vollkommen, alle fielen sie über den Strubbelkopf her, so daß sie in ständigem Kampfe lebte und es
nur mit aller Tapferkeit fertigbrachte, sich in der Abteilung
zu halten.

So verlief also nun ihr Leben. Sie mußte lächeln, die
Tapfere und Liebenswürdige spielen in einem Seidenkleid,
das ihr nicht gehörte; schlecht ernährt und behandelt, brach
sie zusammen unter der ewigen Drohung, roh wieder an
die Luft gesetzt zu werden. Ihre einzige Zuflucht war ihre
Kammer, der einzige Ort, wo sie sich noch mal einem
Tränenausbruch hingab, wenn sie tagsüber zu sehr gelitten
hatte. Aber von dem Zink des vom Dezemberschnee
bedeckten Daches fiel eine schreckliche Kälte herab; sie
mußte sich im Bett zusammenkrümmen und ihre ganzen
Kleider draufwerfen, um sich unter der Decke ausweinen
zu können, sollte der Frost ihr nicht das Gesicht zerschnei-
den. Mouret redete sie nicht wieder an. Traf sie während
des Dienstes Bourdoncles ernster Blick, so wurde sie von
einem Zittern ergriffen, denn sie fühlte in ihm ihren natürlichen Feind, der ihr auch nicht den geringsten Fehler nachsehen würde. Und inmitten dieser allgemeinen Feindseligkeit kam ihr das fremdartige Wohlwollen Jouves, des Aufsehers, ganz merkwürdig vor; sobald er sie irgendwo
beiseite stehen sah, lächelte er ihr zu und versuchte ein
freundliches Wort für sie zu finden; zweimal hatte er
bereits verhindert, daß sie getadelt wurde, aber sie empfand hierfür doch keine Dankbarkeit gegen ihn, sondern
fühlte sich durch seinen Schutz eher beunruhigt als gerührt.

Als die Mädchen eines Abends nach dem Essen die
Schränke einräumten, kam Joseph, um Denise mitzuteilen,
ein junger Mann frage unten nach ihr. Voller Unruhe ging
sie hinunter.

»Sieh da«, meinte Clara, »hat der Strubbelkopf also einen
Liebhaber?«

»Muß wohl Hunger haben«, sagte Marguerite.

Unten an der Türe fand Denise ihren Bruder Jean. Sie hatte ihm ausdrücklich verboten, sich so im Geschäft zu zeigen, weil das einen schlechten Eindruck machen müsse. Aber sie wagte gar nicht ihn zu schelten, so außer sich war er allem Anschein nach, ohne Mütze und ganz atemlos von seinem Dauerlauf vom Faubourg du Temple bis hierher.

»Hast du zehn Francs?« stotterte er. »Gib mir zehn Francs oder ich bin ein verlorener Mann.«

Der große Bengel mit seinem wirren Blondhaar und dem hübschen Mädchengesicht wirkte so komisch, als er diese Worte wie in einem Rührstücke hervorbrachte, daß sie gelacht hätte, wenn die Angst nicht gewesen wäre, in die sie seine Bitte um Geld versetzte.

»Was? Zehn Francs?« stammelte sie. »Was hast du denn?«

Er errötete und erzählte ihr, er hätte die Schwester eines seiner Genossen getroffen. Denise hieß ihn schweigen, denn sie fühlte sich durch seine Verlegenheit ganz überwältigt und brauchte nichts weiter zu wissen. Zweimal war er schon mit einem derartigen Pumpversuch zu ihr gelaufen; aber das erstemal hatte es sich nur um fünfundzwanzig Sous gehandelt und das zweitemal um dreißig. Er geriet immer wieder in Weibergeschichten.

»Ich kann dir keine zehn Francs geben«, sagte sie darauf. »Der Monat für Pépé ist noch nicht bezahlt, und ich habe nur gerade soviel. Ich kann kaum was überbehalten, um mir Schuhe zu kaufen, die ich so sehr nötig habe... Du bist aber auch wirklich unvernünftig, Jean. Das ist sehr unrecht.«

»Dann bin ich verloren«, wiederholte er mit einer tragischen Bewegung. »Hör' zu, Schwesterchen, sie ist eine große Braune; wir sind mit ihrem Bruder zusammen in ein

Café gegangen, und ich ahnte ja nicht, daß unsere Zeche...«

Sie mußte ihn abermals unterbrechen und da dem lieben Bruder Leichtsinn die Tränen in die Augen stiegen, holte sie rasch ihre Börse aus der Tasche, zog ein Zehnfrancsstück draus hervor und ließ es ihm in die Hand gleiten. Sofort fing er wieder an zu lachen.

»Ich wußte es ja doch... Aber, mein Ehrenwort! Nie wieder! Ich müßte ja ein wahrer Schnapphahn sein.«

Und er lief wieder davon, nachdem er sie noch wie verrückt auf beide Backen geküßt hatte. Die Angestellten im Laden waren ganz verblüfft.

Denise schlief in dieser Nacht sehr schlecht. Seit ihrem Eintritt ins »Paradies der Damen« war das Geld ihre grausamste Sorge. Sie war immer noch auf gleich angestellt, ohne festes Gehalt; und da die Mädchen ihrer Abteilung sie am Verkaufen hinderten, reichte sie dank den paar bedeutungslosen Kundinnen, die sie ihr überließen, gerade so weit, Pépós Unterhalt bezahlen zu können. Das war für sie schwarzes Elend, ein Elend im Seidenkleid. Oft mußte sie die ganze Nacht mit dem Instandsetzen ihrer winzigen Ausstattung zubringen, indem sie ihre Wäsche flickte und ihre Hemden wie Spitzen ausbesserte; ganz abgesehen davon, daß sie sich ihr Schuhzeug ebenso geschickt flickte, wie nur irgendein Schuster es hätte machen können. Sie wagte sich sogar an Wäscherei in ihrer Waschschüssel. Aber ganz besondere Sorge machte ihr ihr altes Wollkleid; sie hatte kein anderes und mußte es jeden Abend wieder anziehen, wenn sie ihre seidene Uniform auszog, und das nutzte es furchtbar ab; ein Flecken brachte sie in Fieber, der kleinste Riß wurde für sie zu einem wahren Unglück. Aber für sich brauchte sie nichts, nicht einen Sou, nichts, um sich die Kleinigkeiten zu kaufen, die eine Frau so nötig hat: vierzehn Tage hatte sie warten müssen, ehe sie sich ihren

Vorrat an Nadeln und Faden hatte erneuern können. So war es jedesmal ein wahres Unglück, wenn Jean mit seinen Liebesgeschichten über sie herfiel und ihre Kasse ausplünderte. Ein Zwanzigsousstück weg, und jedesmal öffnete sich ein Abgrund vor ihr. Und nun gar morgen zehn Francs wieder einzunehmen, daran brauchte sie gar nicht erst zu denken. Bis Tagesanbruch quälte sie der Alp, Pépé auf die Straße geworfen zu sehen, während sie mit blutenden Fingern die Pflastersteine nach darunterliegendem Geld umwühlte.

Grade am nächsten Morgen mußte sie lächeln und wieder ihre Rolle als gut aufgehobenes Mädchen spielen. Bekannte Kundinnen kamen zur Abteilung, Frau Aurelie rief sie mehrere Male und warf ihr Mäntel über die Schultern, damit sie die neuen Muster recht zur Geltung brächte. Und während sie sich mit der geborgten Anmut von Modebildern in den Hüften wiegte, mußte sie an die vierzig Francs für Pépés Unterhalt denken, die sie am Abend zu zahlen versprochen hatte. Diesen Monat konnte sie am Ende noch ohne Stiefel fertig werden; aber wenn sie die vier Francs, die sie Sou für Sou beiseite gelegt, auch zu den ihr verbleibenden dreißig hinzurechnete, so gab ihr das immer erst vierunddreißig; und wo sollte sie die übrigen sechs hernehmen, um die Summe vollzumachen? Das war die Angst, vor der ihr Herz schwach wurde.

»Sehen Sie, in den Schultern ist er ganz frei«, sagte Frau Aurelie. »Das ist sehr vornehm und sehr bequem... Fräulein kann mal die Arme kreuzen.«

»Oh, vorzüglich«, wiederholte Denise, die ihre liebenswürdige Miene stets beibehielt. »Man spürt ihn gar nicht. Gnädige Frau werden sehr damit zufrieden sein.«

Jetzt machte sie sich Vorwürfe darüber, daß sie am letzten Sonntag Pépé von Frau Gras abgeholt hatte, um mit ihm in den Champs-Elysées spazierenzugehen. Das arme

Kind kam so selten mit ihr aus! Aber sie hatte ihm einen Spaten und Zuckerbrot kaufen und ihn ein Kaspertheater sehen lassen müssen; und das hatte sich sofort auf neunundzwanzig Sous belaufen. Wahrhaftig, Jean dachte bei seinen Dummheiten auch gar nicht an den Kleinen. Schließlich fiel doch alles ihr zur Last.

»Aber wenn er der gnädigen Frau nicht gefällt...« wiederholte die Erste. »Ach, Fräulein, hängen Sie doch mal den Umhang über, damit die gnädige Frau ihn beurteilen kann.«

Und Denise ging, den Umhang über den Schultern, mit kleinen Schritten auf und ab und sagte dabei:

»Der ist wärmer... Das ist die diesjährige Mode.«

So quälte sie sich im Geschäft bis zum Abend hin unter einer freundlichen Miene mit dem Gedanken ab, wie sie das Geld finden könne. Die andern Mädchen waren faul und ließen sie einen bedeutenden Verkauf abschließen; aber es war erst Dienstag, und sie mußte vier Tage warten, ehe sie das Geld bekommen könnte. Nach dem Essen entschloß sie sich, ihren Besuch bei Frau Gras bis zum nächsten Tage aufzuschieben. Sie wollte sich damit entschuldigen, sie wäre aufgehalten worden; vielleicht hatte sie auch von jetzt bis dahin das Geld.

Da Denise auch die geringsten Ausgaben vermied, ging sie früh schlafen. Was sollte sie auch ohne einen Sou auf der Straße anfangen, sie, die Wilde, die sich durch die große Stadt immer noch beunruhigt fühlte, von der sie noch nicht mal die Straßen in der Nachbarschaft des Geschäfts kannte? Wenn sie sich, um Luft zu schöpfen, bis zum Palais Royal gewagt hatte, ging sie schnell wieder heim, schloß sich ein und fing an zu nähen oder zu waschen. An diesem Kammergang entlang herrschte die gleiche Lebensgemeinschaft wie in einer Kaserne; manche Mädchen waren nicht sehr ordentlich, sie teilten ihre Schönheitswässerchen und ihre schmutzige Wäsche miteinander, woraus dann manche in fortgesetzten Zwisten und Versöhnungen zum Ausdruck kommende Bitterkeit entsprang. Tagsüber war es übrigens auch verboten hinaufzugehen; sie lebten dort also eigentlich gar nicht, sondern brachten nur ihre Nächte dort zu, kamen abends in letzter Minute und schlüpften morgens noch ganz verschlafen und durch eiliges Waschen nicht genügend aufgemuntert wieder hinunter; und dieser so unaufhörlich den Gang entlangfegende Windstoß, die Ermüdung, die sie nach dreizehnstündiger Arbeit atemlos auf ihre Betten streckte, war nur noch nötig, um den Dachboden in der Einbildung vollends in eine Herberge zu verwandeln, in der sich die üble Laune eines wirren Haufens müder Reisender breit machte. Denise besaß keine Freundin. Von all den Mädchen bewies nur eine, Pauline Cugnot, ein gewisses Zartgefühl gegen sie; aber da sich die nebeneinander untergebrachten Kleider- und Leinenabteilung in offener Fehde befanden, hatte sich die Zuneigung der beiden Verkäuferinnen bis jetzt auf ein paar im Vorbeilaufen gewechselte Worte beschränken müssen. Wohl bewohnte Pauline die Nachbarkammer rechts neben Denise; da sie aber stets verschwand, sowie sie vom Tisch aufstand und nicht vor elf nach Hause kam, so hörte Denise sie nur zu Bett gehen, ohne sie je außerhalb der Dienststunden zu treffen.

Heute Nacht nun hatte Denise sich entschlossen, wieder einmal Schuster zu spielen. Prüfend hielt sie ihre Stiefel in die Höhe und sah nach, ob sie sie wohl noch bis Ende des Monats tragen könnte. Schließlich hatte sie gerade eine starke Nadel ergriffen, um die Sohlen wieder anzunähen, die vom Oberleder loszugehen drohten. Währenddessen weichten ein Kragen und ein paar Stulpen in ihrer Waschschüssel in Seifenwasser ein.

Jeden Abend hörte sie dieselben Geräusche der heimkommenden Mädchen, kurze, geflüsterte Unterhaltungen, Lachen, zuweilen auch gedämpfte ·Streitereien. Dann knackten die Betten, sie hörte Gähnen; und die Kammern versanken in tiefen Schlaf. Ihre Nachbarin links träumte manchmal ganz laut, und das hatte sie zuerst sehr erschreckt. Andere blieben vielleicht ebenso wie sie noch wach, um sich trotz der Vorschriften ihre Sachen wieder zurechtzumachen; aber sie mußten das wohl mit denselben Vorsichtsmaßnahmen tun wie sie, ganz langsam, um auch das geringste Geräusch zu vermeiden, denn durch all die geschlossenen Türen drang nur ein schauderndes Schweigen.

Vor zehn Minuten hatte es elf geschlagen, als das Geräusch von Schritten sie den Kopf heben ließ. Wieder war eins der Mädchen zu spät gekommen! Und sie merkte, daß es Pauline war, als sie diese die Tür nebenan aufmachen hörte. Aber plötzlich erstarrte sie: das Leinenmädchen kam leise wieder heraus und klopfte an ihre Tür.

»Rasch, ich bin's.«

Es war den Verkäuferinnen verboten, sich in ihren Kammern zu besuchen. Denise drehte auch rasch den Schlüssel wieder um, damit ihre Nachbarin nicht von Frau Cabin überrascht würde, die die genaue Innehaltung der Vorschriften überwachte.

»War sie da?« fragte sie, während sie die Türe wieder zumachte.

»Wer? Frau Cabin?« meinte Pauline. »Oh, vor der habe ich keine Angst... Mit hundert Sous!«

Dann setzte sie hinzu:

»Ich habe schon lange mal mit Ihnen reden wollen. Unten kann man's ja nie... Und dann sahen Sie heute abend bei Tisch so traurig aus!«

Denise dankte ihr und bat sie, sich zu setzen; die Gutherzigkeit des Mädchens rührte sie tief. Aber in der Aufregung, in die sie dieser unvorhergesehene Besuch versetzte, hatte sie ihren Stiefel, den sie gerade nähen wollte, nicht von der Hand gelassen, und Paulines Augen fielen sofort auf ihn. Sie nickte mit dem Kopfe, sah um sich und entdeckte die Stulpen und den Kragen in der Waschschüssel.

»Armes Kind, ich dachte es mir wohl«, fing sie wieder an. »Na ja, ich kenne das! In der ersten Zeit, als ich von Chartres hierher kam und Vater Cugnot mir keinen Sou schickte, habe ich mir auch so meine Hemden gewaschen. Ich hatte zwei, eins hätten Sie stets so eingeweicht finden können.«

Sie hatte sich gesetzt, noch ganz außer Atem vom Laufen. Ihr breites Gesicht mit den kleinen lebhaften Augen und dem großen sanften Munde wies trotz der Grobheit der Züge eine gewisse Anmut auf. Und plötzlich erzählte sie ganz ohne jeden Übergang ihre Geschichte: ihre Jugend in der Mühle, wie Vater Cugnot durch einen Rechtsstreit zugrunde gerichtet worden sei und sie mit zwanzig Francs in der Tasche nach Paris geschickt hatte, um sich hier ein Vermögen zu verdienen; dann ihre Anfänge als Verkäuferin, zuerst hinten in einem Laden in Batignolles, dann im »Paradies der Damen«, ein grauenvoller Anfang mit all seinen Verletzungen und Entbehrungen; dann von ihrem jetzigen Leben, die zweihundert Francs, die sie im Monat verdiente, die Vergnügungen, die sie sich leistete, die Sorglosigkeit, in der sie ihre Tage hingehen ließ. Ein paar Schmuckgegenstände, eine Spange, eine Uhrkette leuchteten auf ihrem dunkelblauen Tuchkleide, gefällig am Gürtel festgesteckt; so lachte sie unter ihrem kleinen mit einer großen grauen Feder geschmückten Samthute hervor.

Denise war ganz rot geworden mit ihrem Schuh. Sie wollte eine Erklärung hervorstottern.

»Das ist mir doch genau so gegangen!« wiederholte Pauline. »Sehen Sie mal, ich bin älter als Sie, ich bin sechsundzwanzigundeinhalb, wenn's auch nicht so aussieht... Erzählen Sie mir mal Ihre Sorgen.«

Angesichts dieser so freimütig angebotenen Freundschaft ließ Denise sich gehen. Im Unterrock, ein altes Umhängetuch um die Schultern geknotet, saß sie der fein gekleideten Pauline gegenüber; und nun gab es eine gemütliche Plauderei zwischen ihnen. Es fror in der Kammer, die Kälte schien von den schräg abfallenden Wänden herabzugleiten, die kahl wie Gefängniswände waren; aber sie merkten gar nicht, wie ihnen die Fingerspitzen verklammten, sie steckten völlig in ihren Vertraulichkeiten. Allmählich entdeckte Denise sich nun, sprach von Jean und Pépé und erzählte, welche Sorgen ihr die Geldfrage mache; das führte dazu, daß sie beide über die Fräuleins aus der Kleiderabteilung herfielen. Für Pauline war das ordentlich ein Trost.

»O diese üblen Motten! Wenn sie sich nur wie gute Genossinnen benähmen, könnten Sie leicht auf über hundert Francs kommen.«

»Sie sind alle wütend auf mich, und ich weiß doch gar nicht warum«, sagte Denise, durch Paulines Tränen gewonnen. »Auch Herr Bourdoncle paßt unaufhörlich auf mich auf, um mich auf einer Dummheit zu ertappen, als ob ich ihnen im Wege wäre... Fast keiner außer Vater Jouve...«

Die andere unterbrach sie.

»Der alte Affe von Aufseher! O meine Liebe, trauen Sie dem nicht!... Wissen Sie, die Männer, die so große Nasen haben! Der soll nur seinen Orden heraushängen, bei uns in der Leinenabteilung erzählen sie sich eine nette Geschichte von einer, die er gehabt hat... Aber was sind Sie für ein Kind, sich über so was derartig zu grämen. Ach, ist das ein Unglück, wenn man so empfindlich ist! Herrgott, so wie Ihnen geht's doch allen: sie lassen einen für den Willkomm gehörig bezahlen.«

Sie hatte ihre Hände ergriffen und küßte sie, ganz von

ihrem guten Herzen hingerissen. Die Geldfrage war viel ernster. Natürlich konnte ein armes Mädel nicht zwei Brüder unterhalten, den Lebensunterhalt des Kleinen ganz bezahlen und den Geliebten des Großen Geschenke machen, wenn sie nur die paar ungewissen Sous zusammenraffen konnte, von denen die übrigen nichts wissen wollten; denn sie mußte befürchten, man werde sie nicht vor Wiederbeginn der Geschäftszeit im März fest anstellen.

»Hören Sie mal, das können Sie so nicht länger aushalten«, meinte Pauline. »Ich würde an Ihrer Stelle...«

Aber ein Geräusch vom Gange her brachte sie zum Schweigen. Vielleicht war es Marguerite, die bezichtigt wurde, nachts im Hemde herumzulaufen und auszuspionieren, ob die andern schliefen. Die Leinenverkäuferin, die die Hände ihrer Freundin immer noch drückte, sah sie einen Augenblick schweigend und angestrengt lauschend an. Dann fing sie ganz leise auf zart überredende Weise wieder an:

»Ich würde mir an Ihrer Stelle jemand nehmen.«

»Wieso, mir jemand nehmen?« fragte Denise, ohne zuerst zu verstehen.

Aber sowie sie sie begriffen hatte, zog sie ihre Hände zurück und blieb ganz stumm sitzen. Der Rat war ihr lästig; der Gedanke war ihr noch nie gekommen und sie konnte zunächst seinen Vorteil auch gar nicht einsehen.

»O nein!« antwortete sie einfach.

»Dann kommen Sie so nicht weiter, das sage ich Ihnen!...« fuhr Pauline fort. »Die Zahlen liegen doch da: vierzig Francs für den Kleinen, von Zeit zu Zeit mal ein Hundertsousstück für den Großen; und dann Sie selbst, und Sie können sich doch auch nicht immer so armselig anziehen mit Ihren Schuhen, über die sich die Mädels lustig machen; ja wahrhaftig, Ihre Schuhe stehen Ihnen sehr im Wege... Nehmen Sie sich einen, das geht viel besser.«

»Nein«, sagte Denise wieder.

»Na schön! Sie sind eben unvernünftig... Es ist doch notwendig, meine Liebe, und so natürlich! Das haben wir doch alle durchgemacht. Sehen Sie mal, ich stand doch auch auf gleich wie Sie. Keinen Heller hatte ich! Gewiß, wir kriegen Bett und Essen; aber dann kommen die Kleider und man kann doch nicht immer ohne einen roten Sou herumlaufen oder eingeschlossen in der Kammer sitzen und ansehen, wie die Fliegen herumsausen. Also dann läßt man's eben gehen, mein Gott!...«

Und dann erzählte sie von ihrem ersten Geliebten, einem Schreiber bei einem Rechtsanwalt, den sie auf einem Ausfluge nach Meudon kennengelernt hatte. Später hatte sie sich mit einem Postangestellten zusammengefunden. Seit dem Herbst ging sie schließlich mit einem Verkäufer aus dem Bon-Marché zusammen, einem großen, sehr netten Jungen, bei dem sie ihre ganzen freien Stunden zubrachte. Übrigens nie mehr als einen. Sie war anständig geblieben und sprach mit Verachtung von den Mädchen, die sich dem ersten besten hingeben.

»Ich rate Ihnen ja gar nicht mal, daß Sie sich schlecht aufführen sollen«, fing sie lebhaft wieder an. »Ich möchte mich auch nicht in Gesellschaft Ihrer Clara sehen lassen; dann müßte ich bange sein, daß es auch von mir hieße, ich bummelte auch ebenso wie sie. Aber wenn man's so ruhig mit einem hält und sich keine Vorwürfe zu machen hat... Kommt Ihnen das denn so schlecht vor?«

»Nein«, antwortete Denise. »Aber es liegt mir nicht, das ist die ganze Geschichte.«

Jetzt schwiegen sie abermals. Sie lachten sich in der eisigen kleinen Kammer gegenseitig an, ganz erregt von dieser leisen Unterhaltung.

»Und dann muß man einem doch auch erst gut Freund sein«, fing Denise mit rosigen Backen wieder an.

Die Leinenverkäuferin war ganz erstaunt. Schließlich lachte sie und küßte sie zum zweitenmal, indem sie sagte:

»Aber Liebling, wenn man sich trifft und sich gefällt! Sind Sie komisch! Sie werden doch nicht gezwungen... Sehen Sie mal, soll Baudé uns am Sonntag mal irgendwohin aufs Land bringen? Er bringt dann einen seiner Freunde mit.«

»Nein«, wiederholte Denise mit ihrer milden Hartnäckigkeit.

Da drang Pauline nicht weiter in sie. Es muß eben jede nach ihrem Geschmack handeln. Was sie darüber sagte, kam aus gutem Herzen, denn sie fühlte sich wirklich ganz unglücklich, eine ihrer Genossinnen so bekümmert zu sehen. Mit dem Glockenschlag zwölf stand sie auf, um wegzugehen. Vorher aber zwang sie Denise, die ihr noch fehlenden sechs Francs von ihr anzunehmen, und bat sie, sich nicht zu schämen und sie ihr wiederzugeben, sobald sie mehr verdiente.

»Und jetzt machen Sie Ihr Licht aus«, setzte sie hinzu, »damit niemand merkt, wenn die Tür aufgemacht wird... Sie können es dann ja wieder anstecken.«

Sowie das Licht aus war, drückten sie sich noch einmal die Hände; dann schlüpfte Pauline leise heraus und in ihre Kammer, ohne daß mehr von ihr zu hören war als das leichte Rauschen ihrer Röcke inmitten des tiefen, aus vernichtender Müdigkeit geborenen Schlummers in all den andern kleinen Kammern.

Ehe sie sich zu Bett legte, wollte Denise noch ihren Stiefel fertignähen und ihre Wäsche vollenden. Je mehr die Nacht aber vorrückte, desto lebhafter wurde die Kälte. Jedoch sie fühlte sie gar nicht, diese Unterhaltung hatte ihr ganzes Herzblut in Bewegung gebracht. Sie fühlte sich durchaus nicht etwa abgestoßen, es kam ihr ganz erlaubt vor, sich das Dasein einzurichten, so gut man's verstand, wenn man so allein und frei auf Erden dastand. Sie hatte sich solchen Gedanken nie hingegeben, vernünftiges Rechtsgefühl und gesunde Veranlagung hielten sie einfach auf dem Wege des Anstandes, in dem sie bisher gelebt hatte. Gegen ein Uhr legte sie sich endlich nieder. Nein, sie liebte niemand. Warum sollte sie also ihr Leben zerstören und die mütterliche Hingabe verderben, die sie ihren beiden Brüdern angelobt hatte? Sie schlief indessen nicht ein, warme Schauer liefen ihr über den Nacken und die Schlaflosigkeit ließ vor ihren geschlossenen Lidern unbestimmte Formen auftauchen, die sich endlich in der Nacht verflüchtigten.

Von diesem Augenblick an nahm Denise innerlich Anteil an den Herzensgeschichten ihrer Abteilung. Abgesehen von der Hauptarbeitszeit lebten aller Gedanken dort stets in Männergeschichten. Klatschereien liefen umher, manches Abenteuer erheiterte die Mädchen acht Tage lang. Clara war ein wahrer Schandfleck, sie hätte drei Aushälter, hieß es, abgesehen von dem Schwanz zufälliger Liebhaber, den sie hinter sich her schleppte; und wenn sie das Geschäft nicht aufgab und dort in der Verachtung gegen das Geld, das sie sonstwo soviel angenehmer verdiente, sowenig wie möglich tat, so geschah das nur, um sich in den Augen ihrer Angehörigen zu decken; sie lebte nämlich in beständiger Angst vor Vater Prunaire, der ihr angedroht hatte, er werde eines Tages nach Paris kommen und ihr mit seinem Holzschuh Arme und Beine zerbrechen. Marguerite im Gegenteil führte sich sehr gut auf, von ihr wußte man nicht, daß sie Liebhaber hätte; das war überraschend, denn alle erzählten sich von ihrem Abenteuer, von der Niederkunft, die sie in Paris hatte verbergen müssen; wie hätte sie dies Kind bekommen können, wenn sie noch unschuldig war? Und manche redeten sogar von einem Zufall und daß sie sich jetzt für einen Vetter aus Grenoble aufsparte. Auch

über Frau Frédéric spotteten die Mädchen und sagten ihr
heimliche Verbindungen mit hochstehenden Persönlichkeiten nach; in Wahrheit wußte man nichts über ihre Herzensgeschichten; sie verschwand abends in ihrer steifen
Überllaunigkeit als Witwe mit eiliger Miene, ohne daß ein
Mensch hätte sagen können, wohin sie so eilig lief. Was
Frau Aurelie anbetraf und den ihr angedichteten Heißhunger nach willfährigen jungen Männern, so war das sicher
falsch; es war eine von unzufriedenen Verkäuferinnen
erfundene Lachgeschichte. Vielleicht hatte die Erste früher
einmal etwas reichlich viel mütterliches Gefühl für einen
der Freunde ihres Sohnes bewiesen, allein heute nahm sie
im Modehandel die Stellung einer ernsthaften Frau ein,
die sich nicht mehr an solchen Kindereien ergötzt. Dann
kam die Herde, die Bande, von denen abends neun unter
zehn von ihren Liebhabern an der Tür erwartet wurden;
auf dem Place Gaillon, die Rue de la Michodière und die
Rue Neuve Saint-Augustin entlang stand eine ganze Gesellschaft unbeweglich wartender Männer und lauerte; sobald
der Abmarsch losging, bot jeder seinen Arm hin und führte
seine ab; ruhig plaudernd verschwanden sie wie Ehepaare.

Was Denise aber am meisten beunruhigte, war Colombans Geheimnis, als sie dahinterkam. Jeden Augenblick
fand sie ihn drüben auf der Schwelle des Alten Elbeuf
stehen, den Blick nach oben gerichtet und die Mädchen
aus der Kleiderabteilung nicht aus den Augen lassend.
Merkte er, daß sie ihn gefunden hatte, so wurde er rot;
dann drehte er den Kopf weg, als wäre er bange, das junge
Mädchen würde ihn ihrer Base Geneviève verraten, obwohl
zwischen den Baudus und ihrer Nichte seit deren Eintritt
ins »Paradies der Damen« gar keine Beziehungen mehr
bestanden. Zuerst glaubte sie, als sie seine verzückten Blicke
eines verzweifelten Liebhabers beobachtete, er sei in Marguerite verliebt, denn Marguerite, die verständig war und

im Hause schlief, war nicht leicht zugänglich. Sie war aber ganz baff, als sie die Gewißheit gewann, daß die heißen Blicke des Gehilfen sich auf Clara richteten. Monatelang stand er so drüben auf dem Bürgersteige in Flammen, ohne den Mut zu finden, sich ihr zu erklären; und das bei einem Straßenmädel, die in der Rue Louis-le-Grand wohnte und an die er sich jederzeit heranmachen konnte, ehe sie abends am Arm irgendeines neuen Mannes von dannen zog. Clara selbst schien von ihrer neuen Eroberung nichts zu ahnen. Denise erfüllte ihre Entdeckung mit schmerzlicher Rührung. War denn die Liebe so dumm? Was, der Junge, der ein solches Glück in der Hand hielt, verdarb sich sein ganzes Leben und lief hinter einer Dirne her wie hinter dem Allerheiligsten! Von dem Tage an verspürte sie jedesmal einen Herzkrampf, sobald sie hinter den grünlichen Scheiben des Alten Elbeuf Genevièves blasses, leidendes Gesicht bemerkte.

So dachte Denise am Abend, als sie die Mädchen am Arme ihrer Liebhaber abgehen sah. Die, die nicht im »Paradies der Damen« schliefen, verschwanden bis zum andern Morgen und brachten in ihren Röcken den Geruch der Außenwelt mit, ein beunruhigendes, unbekanntes Etwas. Und zuweilen mußte das junge Mädchen mit einem Lächeln auf das freundschaftliche Kopfnicken antworten, mit dem Pauline sie begrüßte, die Baugé regelmäßig von halb neun an in einer Ecke des Gaillon-Brunnens erwartete. Wenn sie dann als letzte fortging und mit verstohlenen Schritten stets allein ihren Spaziergang gemacht hatte, kam sie immer als erste wieder nach Hause; sie arbeitete oder legte sich nieder, den Kopf von einem Traume zerquält und von Neugier nach dem Leben in Paris ergriffen, das sie nicht kannte. Sie war gewiß auf die Mädchen nicht eifersüchtig, sie war in ihrer Einsamkeit ganz glücklich, in diesem Dasein einer Wilden, in dem sie wie in einer Freistatt verborgen dahinlebte; aber ihre Einbildungskraft riß sie doch fort und versuchte sie die Dinge ahnen zu lassen, rief den Sinn für alle die Vergnügungen in ihr wach, von denen sie unaufhörlich erzählen hörte, die Cafés, die Speisehäuser, die Theater, die auf dem Wasser oder in Kneipen zugebrachten Sonntage. Manchmal waren ihre Sinne ganz betäubt von der mit Lässigkeit vermischten Begierde nach alledem; und doch schien es ihr, als sei sie bereits übersättigt von all diesen noch nie gekosteten Vergnügungen.

Aber in ihrem arbeitsreichen Dasein nahmen solche gefährlichen Träumereien wenig Platz ein. Im Geschäft kam bei dem aufreibenden dreizehnstündigen Dienst der Gedanke an Zärtlichkeiten zwischen Verkäufern und Verkäuferinnen gar nicht auf. Wenn der ständige Kampf ums Geld die Geschlechter auch nicht gerade verwischte, so genügte er doch, um in dem ewigen Hin- und Herschubsen, das einem den Kopf einnahm und die Glieder zermalmte, ihre Begierden zu ertöten. Nur ganz wenige Beispiele von Liebeleien ließen sich bei der Feindseligkeit und der Genossenschaft zwischen Mann und Weib, bei den endlosen Anrempelungen von Abteilung zu Abteilung anführen. Sie waren alle eben nur Teile eines Räderwerkes und fanden sich durch den Antrieb der Maschine mitgerissen, wobei sie ihr eigenes Selbst aufgeben und ihre Kräfte schlechthin der gleichgültigen, aber machtvollen Gemeinschaft hingeben mußten. Draußen erst begann ihr selbständiges Leben wieder, wenn plötzlich emporflammende Leidenschaften in ihnen erwachten.

Eines Tages jedoch sah Denise, wie Albert Lhomme, der Sohn der Ersten, einer der Leinenverkäuferinnen ein Briefchen in die Hand gleiten ließ, nachdem er die Abteilung ein paarmal mit gleichgültiger Miene durchschritten hatte. Es ging jetzt auf die tote Zeit des Winters los, die von Dezember bis Februar reicht; und sie fand jetzt Augen-

blicke der Ruhe, ganze Stunden verbrachte sie aufrechtste-
hend, die Augen in den Tiefen der Geschäftsräume verloren und auf Kunden wartend. Die Verkäuferinnen aus der
Kleiderabteilung hielten besonders mit denen für Spitzen
gute Nachbarschaft, ohne daß jedoch diese notwendige
Vertraulichkeit zu weiterem als gelegentlichen leisen
Scherzworten geführt hätte. Der Zweite bei den Spitzen
war ein Spaßvogel, der Clara, lediglich um etwas zu lachen
zu haben, mit abscheulichen Anspielungen verfolgte, übrigens im Grunde ohne jeden Hintergedanken, so daß er
auch nicht einmal versuchte, sie draußen irgendwie zu treffen; und so gab es zwischen den Herren und den jungen
Mädchen von einem Tisch zum andern manchen Blick des
Einverständnisses, Worte, die nur sie selbst verstehen konnten, zuweilen auch hinterlistiges Getuschel mit halb abge-
wandtem Rücken und träumenden Blicken, bestimmt, den
schrecklichen Bourdoncle auf eine falsche Fährte zu lenken. Soweit Deloche in Frage kam, so begnügte der sich
lange damit, Denise zuzulächeln, wenn er sie ansah; dann
aber wurde er kühner und flüsterte ihr ein freundliches
Wort zu, wenn ihre Ellbogen sich berührten. An dem Tage
nun, wo sie bemerkt hatte, wie der Sohn Frau Aurelies der
Leinenverkäuferin sein Briefchen zusteckte, hatte Deloche
sie gerade gefragt, ob sie gut gegessen hätte; er fühlte sich
gezwungen, ihr seine Anteilnahme zu beweisen, und fand
nichts Liebenswürdigeres. Auch er hatte den weißen Schein
des Briefes gesehen; er sah das junge Mädchen an, und sie
erröteten beide über diese vor ihren Augen angeknüpfte
Beziehung.

Trotz dieses heißen, in ihr allmählich das Weib erwek-
kenden Hauches bewahrte Denise sich doch ihren kindlichen Frieden. Nur wenn sie mit Hutin zusammentraf,
bewegte es ihr Herz. Übrigens handelte es sich in ihren
Augen auch hier lediglich um Dankbarkeit, sie glaubte, sie

fühle sich ausschließlich durch die Höflichkeit des jungen Mannes gerührt. Er konnte keine Kundin in ihre Abteilung heraufbringen, ohne daß sie darüber in Verwirrung geriet. Sie ertappte sich mehrfach darauf, wenn sie von einer Kasse zurückkam, daß sie Umwege machte und ohne jeden Zweck durch die Seidenabteilung ging, das Herz von Rührung geschwellt. Eines Nachmittags fand Mouret sie hier, und er schien ihr mit einem Lächeln zu folgen. Er beschäftigte sich nicht mehr mit ihr, richtete nur hin und wieder ein Wort an sie, um ihr einen guten Rat über ihren Anzug zu geben oder mit ihr als Pechvogel zu scherzen, als einer Wilden, die nie heiraten würde und die er trotz all seiner Erfahrungen als reicher Mann nie zur Gefallsucht würde erziehen können; er lachte sogar darüber und ließ sich zu kleinen Neckereien herab, ohne sich selbst die Unruhe einzugestehen, die ihm diese kleine Verkäuferin mit ihren putzigen Haaren verursachte. Denise erzitterte unter seinem stummen Lächeln wie unter einem Schuldgefühl. Wußte er etwa, weshalb sie durch die Seidenabteilung ging, wenn sie selbst sich nicht erklären konnte, was sie zu diesem Umwege brachte?

Hutin schien übrigens nichts von den dankbaren Blikken des jungen Mädchens zu bemerken. Diese Mädels lagen ihm nicht, er gab sich den Anschein, als verachtete er sie, und brüstete sich mehr als je mit seinen abenteuerlichen Verbindungen mit Kundinnen: eine Baronin war an seinem Tische wie vom Schlage getroffen worden und die Frau eines Architekten war ihm in die Arme gesunken, als er eines Tages wegen eines Fehlers beim Abmessen zu ihr gehen mußte. Unter diesen echt normännischen Aufschneidereien verbarg er einfach die Tatsache, daß er sich Mädels aus Bierkneipen und Tingeltangels herholte. Wie alle jungen Leute aus dem Modegeschäft hatte er eine wahre Sucht zum Verschwenden, die ganze Woche kämpfte

er in seiner Abteilung wie der verhärtetste Geizhals in dem
einzigen Wunsche, Sonntags sein Geld mit vollen Händen
auf den Rennplätzen, in Speisehäusern und auf Tanzböden
wegwerfen zu können; nie sparte er, nie lieh er, sein Verdienst wurde sofort verzehrt, sowie er ihn erhoben hatte,
er lebte in vollster Unbesorgtheit um das Morgen dahin.
Favier nahm an diesen Geschichten nicht teil. Hutin und
er, die im Geschäft in so enger Verbindung miteinander
standen, an der Türe grüßten sie sich und sprachen nicht
mehr miteinander; viele andere Verkäufer, die ständig miteinander umgingen, wurden sich so fremd und wußten
nichts von ihrem gegenseitigen Leben, sobald sie den Fuß
auf die Straße setzten. Aber Hutin hatte Liénard zum Vertrauten. Sie lebten beide im gleichen Gasthause, dem Hotel
de Smyrne in der Rue Sainte-Anne, einem schwarzen, gänzlich von Handelsangestellten bewohnten Hause. Morgens
kamen sie zusammen; wer dann abends nach dem Aufräumen seines Tisches zuerst frei war, wartete auf den andern
im Café Saint-Roch, einem kleinen Café, in dem sich die
Gehilfen des »Paradieses der Damen« für gewöhnlich noch
trafen, um zu schwatzen, zu trinken und bei einer Pfeife
Tabak Karten zu spielen. Oft blieben sie dort auch und
gingen nicht vor ein Uhr weg, wenn der Herr des Hauses
sie vor Müdigkeit herauswarf. Seit einem Monat brachten
sie übrigens ihren Abend dreimal in der Woche in einem
Heulkasten auf Montmartre zu; sie nahmen auch Bekannte
mit und verhalfen so Fräulein Laura, einer starken Sänge-
rin, zu Erfolgen; die war Hutins letzte Eroberung, und sie
unterstützten ihre künstlerischen Leistungen mit derartig
lautem Stockgeklapper und Beifallsgebrüll, daß zweimal
bereits die Polizei hatte einschreiten müssen.

So ging der Winter hin, und endlich erhielt Denise dreihundert Francs festen Gehalt. Es war höchste Zeit; ihre
dicken Stiefel hielten nicht länger. Den letzten Monat hatte

sie es schon vermieden auszugehen, damit sie nicht mit einem Male platzen sollten.

»Mein Gott! Fräulein, Sie machen aber einen Lärm mit Ihrem Schuhzeug!« hatte Frau Aurelie schon wiederholt ganz gereizt gesagt. »Das ist ja unerträglich ... Was haben Sie denn nur an den Füßen?«

An dem Tage, wo Denise mit Stoffstiefelchen herunterkam, die sie mit fünf Francs bezahlt hatte, wunderten Marguerite und Clara sich darüber mit halblauter Stimme, aber doch so, daß man sie hören mußte.

»Seht mal an! Der Strubbelkopf hat seine Pantinen oben gelassen!« sagte die eine.

»Das ist nur gut«, meinte die andere. »Da hat sie sicher drum heulen müssen. Das waren ja noch ihrer Mutter ihre.«

Übrigens richtete sich eine allgemeine Erhebung gegen Denise. Die Abteilung hatte schließlich ihre Freundschaft mit Pauline entdeckt und sah in dieser einer Verkäuferin aus einer feindlichen Abteilung entgegengebrachten Zuneigung eine Herausforderung. Die Mädchen beschuldigten sie des Verrats und behaupteten, sie erzählte drüben auch das geringste Wort wieder. Der Krieg zwischen Leinen- und Kleiderabteilung entbrannte hierüber mit neuer Heftigkeit, nie zuvor war er so wild gewesen; scharfe Worte flogen hin und her, stracks wie Kugeln, eine bekam sogar eines Abends hinter einem Kasten voll Hemden eine Ohrfeige. Vielleicht entstand diese schon lange dauernde Fehde aus dem Umstande, daß die Leinenverkäuferinnen wollene Kleider trugen, während die in der Kleiderabteilung seidene hatten; jedenfalls sprachen die Leinenmädchen von ihren Nachbarinnen mit Gesichtern, die den ganzen Abscheu anständiger Mädchen ausdrücken sollten; und die Tatsachen gaben ihnen recht, die Beobachtung zeigte, daß die Seide offenbar einen gewissen Einfluß auf die Zügellosigkeit der Verkäuferinnen ausübte. Clara bekam die Herde

ihrer Liebhaber um die Ohren geschlagen, selbst Margue-
riten flog ihr Kind an den Kopf, während Frau Frédéric
heimlicher Leidenschaften beschuldigt wurde. All das
wegen dieser Denise!

»Bitte, meine Damen, keine Schimpfworte, halten Sie
doch etwas auf sich«, sagte Frau Aurelie mit ernster Miene
inmitten des entfesselten Zornes ihres kleinen Volkes. »Zeigen Sie immer, wer Sie sind.«

Sie zog es vor, sich nicht zu beteiligen. Wie sie eines
Tages auf eine Frage Mourets gestand, taugte keins der
Mädchen mehr als das andere. Aber plötzlich geriet sie
doch in Leidenschaft, als sie nämlich aus Bourdoncles
Mund hörte, er habe eben tief unten im Keller ihren Sohn
dabei abgefaßt, wie er eine Leinenverkäuferin geküßt hätte,
und zwar die, der der junge Mann seine Briefe zusteckte.
Das war scheußlich, und sie beschuldigte die Leinenabteilung glattweg, sie hätte Albert in einen Hinterhalt gelockt;
ja, der Streich richtete sich wohl gegen sie selbst, man versuchte sie zu entehren, indem man dies unerfahrene Kind
verdarb, nachdem amn sich überzeugt hatte, daß ihre
Abteilung unangreifbar sei. Sie machte solchen Lärm bloß,
um die Tatsachen zu verdunkeln, denn über ihren Sohn
gab sie sich keinerlei Einbildungen hin, sie wußte, er wäre
jeder Dummheit fähig. Einen Augenblick schien die
Geschichte ernst werden zu sollen, und sogar der Handschuhverkäufer Mignot fand sich darin verwickelt; als
Alberts Freund leistete er dessen Geliebten allerlei Vor-
schub, Mädels in bloßen Haaren, die stundenlang in seinen
Kasten herumsuchten; und außerdem kam noch eine
Geschichte von einem Paar schwedischer Handschuhe zur
Sprache, die eine der Leinenverkäuferinnen bekommen
hatte und über die das Gezänk kein Ende nehmen wollte.
Schließlich wurde die üble Geschichte aus Rücksicht auf
die Erste aus den Kleidern, die selbst Mouret mit Hoch-

achtung behandelte, totgemacht. Bourdoncle gab sich damit zufrieden, nach acht Tagen die schuldige Leinenverkäuferin unter irgendeinem Vorwand abzuschieben. Wenn die Herren auch den schrecklichen Ausschweifungen außerhalb des Hauses gegenüber die Augen zumachten, im Hause verstanden sie nicht den geringsten Spaß.

Natürlich litt Denise unter diesem Abenteuer. Frau Aurelie, die über alles genau Bescheid wußte, war von jetzt an gegen sie von dumpfem Haß erfüllt; sie hatte sie mit Pauline lachen sehen und dachte sofort an eine Herausforderung, an einen Klatsch über die Liebschaften ihres Sohnes. So schloß sie das junge Mädchen noch mehr gegen die übrige Abteilung ab. Sie plante schon lange Zeit einen Ausflug mit dieser und wollte einen Sonntag mit ihr in Rigolles bei Rambouillet zubringen, wo sie sich von den ersten hunderttausend Francs ihrer Ersparnisse eine Besitzung gekauft hatte; nun entschloß sie sich dazu ganz plötzlich; das war etwas, womit sie Denise bestrafen, sie öffentlich beiseite schieben konnte. Sie wurde als einzige nicht eingeladen. Vierzehn Tage vorher sprach die Abteilung von nichts anderem als diesem Ausflug; sie sahen zu dem lauen Maihimmel empor, machten bereits für jede Stunde des Tages besondere Pläne und versprachen sich alle möglichen Vergnügungen, Eselreiten, Milch, Schwarzbrot; und nur weibliche Wesen, das wäre viel vergnüglicher! Frau Aurelie brachte für gewöhnlich ihre freien Tage auf diese Weise hin, indem sie mit andern Damen spazieren ging; denn sie war so wenig gewohnt, in ihrer Familie zu sein, sie fühlte sich an den wenigen Abenden, wo sie zu Hause essen konnte, so unbehaglich, so heimatlos bei Mann und Sohn, daß sie selbst dann lieber ihren Haushalt im Stiche ließ und im Gasthause aß. Lhomme seinerseits war froh, sein Junggesellendasein weiterführen zu können, und lief weg, und Albert tröstete sich, indem er hinter seinen Dirnen herlief; diese Entwöhnung vom häuslichen Herde ging soweit, daß sie sich auch Sonntags gegenseitig nur gehindert fühlten und sich langweilten, daß sie alle drei in ihrer Wohnung eigentlich wie in einem gleichgültigen Gasthause herumliefen, in dem sie nur nachts schliefen. Hinsichtlich des Ausfluges nach Rambouillet erklärte Frau Aurelie einfach, es schickte sich nicht, daß Albert dabei wäre, und auch der Vater würde nur Takt beweisen, wenn er die Einladung ablehnte; worüber beide Männer hochentzückt waren. Der Freudentag rückte indessen näher, die Mädchen wurden nicht müde, von den Vorbereitungen für ihren Anzug zu erzählen, als gingen sie auf eine Reise von sechs Monaten; Denise aber mußte in ihrer Vereinsamung bleich und schweigend zuhören.

»Na? Versuchen sie Sie wütend zu machen?« sagte Pauline eines Morgens zu ihr. »Ich würde sie an Ihrer Stelle schön auflaufen lassen! Machen die sich ein Vergnügen, würde ich mir auch eins machen, weiß Gott! Kommen Sie doch mit, Baugé führt mich Sonntag nach Joinville.«

»Nein, danke«, erwiderte das junge Mädchen in seiner ruhigen Hartnäckigkeit.

»Aber warum denn nicht? . . . Haben Sie immer noch Angst, daß jemand Sie vergewaltigt?«

Und Pauline lachte gutmütig auf. Denise lachte auch. Sie wußte wohl, wie solche Sachen sich zutrugen: auf einem derartigen Ausfluge hatte jedes der Mädchen seinen ersten Liebhaber kennengelernt, einen Freund, der wie zufällig mitkam; und das wollte sie nicht.

»Passen Sie mal auf«, fing Pauline wieder an, »ich schwöre Ihnen, Baugé soll keinen Menschen mitbringen. Wir wollen ganz unter uns dreien sein . . . Wenn Ihnen das so widerwärtig ist, werde ich Sie wahrhaftig nicht verkuppeln.«

Denise zauderte, von solcher Begierde ergriffen, daß ihr

ein Strom von Blut in die Backen stieg. Sie erstickte rein, wenn ihre Genossinnen ihre ländlichen Freuden vor ihr auskramten, und fühlte sich von einem solchen Drang nach dem weiten Himmel ergriffen, daß sie nur noch von hohen Kräutern träumte, in die sie bis an die Schultern hineinlaufen wollte, und Riesenbäumen, deren Schatten wie frisches Wasser über sie herabrieselten. Ihre in dem saftigen Grün des Cotentin verbrachte Kindheit erwachte wieder mit der Sehnsucht nach Sonnenschein in ihr.

»Na schön, ja«, sagte sie endlich.

Nun wurde alles verabredet. Baugé sollte die Mädchen um acht Uhr auf dem Place Gaillona abholen; von da wollten sie mit einer Droschke nach dem Vincenner Bahnhof fahren. Denise, deren fünfundzwanzig Francs monatlicher Gehalt von den Kindern aufgezehrt wurde, konnte nur ihr altes schwarzes Wollkleid etwas durch Besetzen mit schrägen Streifen kleinkarrierten Popelins wieder auffrischen; und einen Hut machte sie sich selbst aus einer alten Schutenform, die sie mit Seide überzog und mit einem blauen Bande herausputzte. In dieser Einfachheit sah sie sehr jugendlich aus, wie ein zu rasch aufgeschossenes Kind, aber sehr sauber bei all ihrer Ärmlichkeit, und etwas scheu und verlegen über ihren Überfluß an Haar, das unter der Nacktheit ihres Hutes hervorbrach. Pauline im Gegenteil trat in einem seidenen, violett und weiß gestreiften Frühlingskleide, einem kleinen mit Federn besetzten dazu passenden Hute, Schmucksachen am Halse und an den Handgelenken ganz wie eine reiche Kaufmannsfrau auf. Diese Seide am Sonntag bildete ihre Vergeltung für die Woche, in der sie sich in ihrer Abteilung zu Wolle verurteilt fand; Denise dagegen, die vom Montag bis zum Sonnabend ihr seidenes Dienstkleid herumschleppte, nahm am Sonntage die dünne Wolle ihres Elends wieder auf.

»Da steht Baugé«, sagte Pauline und zeigte auf einen großen jungen Mann, der bei dem Springbrunnen stand.

Sie stellte ihren Geliebten vor, und Denise fühlte sich sofort ganz unbefangen, einen so ordentlichen Eindruck machte er. Baugé war riesengroß und zeigte die langsame Kraft eines Pflugochsen; in seinem langen Vlamengesicht lachten die Augen etwas ausdruckslos und kindlich. In Dünkirchen als jüngerer Sohn eines Krämers geboren, war er von seinem Vater und seinem älteren Bruder, denen er zu dumm war, fast nach Paris gejagt worden. Im Bon-Marché verdiente er indessen seine dreitausendfünfhundert Francs. Dumm war er, aber für den Leinenverkauf sehr gut zu gebrauchen. Die Frauen fanden ihn sehr nett.

»Und die Droschke?« fragte Pauline.

Sie mußten bis zum Boulevard gehen. Die Sonne war schon warm, ein schöner Maimorgen lachte auf das Straßenpflaster hernieder; und keine Wolke am Himmel, reinste Heiterkeit zog durch die blaue, wie Kristall so durchsichtige Luft. Ein unwillkürliches Lächeln öffnete Denises Lippen; stark sog sie die Luft ein; es schien ihr, als weitete sich ihre Brust nach einer sechs Monate langen Erstickung. Endlich spürte sie nicht mehr diese abgeschlossene Luft auf sich, das schwere Mauerwerk des »Paradieses der Damen«! Einen ganzen Tag auf dem freien Lande hatte sie vor sich! Das war wie neue Gesundheit, eine unendliche Freude, der sie sich mit der ihr ganz unbekannten Empfindung eines kleinen Mädchens hingab. Als Pauline indessen im Wagen ihrem Geliebten einen dicken Kuß auf die Lippen drückte, wandte sie verschämt die Augen weg.

»Sehen Sie mal«, sagte sie, den Kopf immer zum Fenster heraus, »da hinten Herrn Lhomme... Wie der läuft!«

»Er hat sein Horn bei sich«, fügte Pauline hinzu, die sich auch vorgebeugt hatte. »Ist das ein alter Narr! Sollte man nicht glauben, er liefe zu einem Stelldichein?«

Wirklich sauste Lhomme, den Kasten mit seinem Waldhorn unter dem Arm, die Nase geradeaus, am Gymnase entlang und lachte vor Wohlbehagen über sein Alleinsein und in Gedanken an das Fest, das er sich versprach. Er wollte den Tag bei einem Freunde zubringen, dem Flötisten eines kleinen Theaters, wo ein paar Musikliebhaber Sonntags gleich nach dem Frühstück Kammermusik machten.

»Um acht Uhr! Wie versessen der Mann sein muß!« begann Pauline von neuem. »Und wissen Sie, daß Frau Aurelie und ihre ganze Gesellschaft den Zug nach Rambouillet nehmen mußten, der um sechs Uhr fünfundzwanzig abgeht... Mann und Frau werden sich schon nicht treffen.«

Nun plauderten sie alle beide von dem Ausfluge nach Rambouillet. Sie wünschten den andern keinen Regen, weil der ihnen auch in die Suppe gefallen wäre; wenn es aber da hinten einen kleinen Wolkenbruch geben könnte, ohne daß die Spritzer bis nach Joinville kämen, das wäre doch recht lustig. Dann fielen sie über Clara her, die Verschwenderin, die offenbar gar nicht wußte, wie sie das Geld ihrer Liebhaber am schnellsten los werden sollte: hatte sie sich nicht drei Paar Schuhe auf einmal gekauft, um sie am nächsten Morgen wieder wegzuwerfen, nachdem sie sie mit der Schere zerschnitten hatte, weil ihre Füße so voll Beulen waren? Überhaupt, die Mädchen aus der Kleiderabteilung benahmen sich nicht verständiger als die Herren: alles verzehrten sie, nie sparten sie einen Sou, zwei-, dreihundert Francs gingen im Monat für Tand und Leckereien drauf.

»Aber er hat ja bloß einen Arm«, sagte Baugé mit einem Male. »Wie kann der denn Horn spielen?«

Er hatte Lhomme nicht aus den Augen gelassen. Nun erzählte ihm Pauline, die sich zuweilen über seine Kindlichkeit lustig machte, der Kassierer stütze sein Horn gegen eine Wand; das glaubte er vollkommen und fand es sehr schlau. Als sie dann aber Gewissensbisse fühlte und ihm auseinandersetzte, wie Lhomme an seinem Stumpf eine ihm als Hand dienende Klammervorrichtung angebracht habe, nickte er von Mißtrauen erüfllt mit dem Kopfe und erklärte, das könne sie ihm nicht weismachen.

»Du bist zu dumm«, sagte sie schließlich lachend. »Das macht aber nichts, lieb habe ich dich doch.«

Der Wagen rollte dahin, und sie kamen gerade zur Abfahrtszeit eines Zuges nach dem Vincenner Bahnhof. Baugé bezahlte; aber Denise erklärte, sie wolle ihren Anteil an allen Ausgaben selbst tragen; sie müßten abends abrechnen. Sie stiegen zweiter Klasse ein, laute Fröhlichkeit tönte aus allen Wagen. In Nogent stieg eine Hochzeitsgesellschaft unter lautem Gelächter aus. Schließlich stiegen sie selbst in Joinville aus und gingen gleich nach der Insel hinüber, um ihr Frühstück zu bestellen; und dann blieben sie da an den Böschungen unter den hohen Pappeln am Marneufer. Im Schatten war es kalt, in der Sonne aber blies ein lebhafter Hauch und enthüllte weit drüben auf dem andern Ufer in durchsichtiger Klarheit die Ebene mit ihrem Ackerbau. Denise bummelte hinter Pauline und ihrem Liebhaber her, die eng umschlungen vorangingen; sie hatte sich eine Handvoll Löwenzahn gepflückt, sah zu, wie das Wasser dahinfloß, glücklich, aber ihr Herz versagte und sie senkte den Kopf, als sie sah, wie Baugé sich zurückbeugte und ihrer Freundin den Nacken küßte. Die Tränen stiegen ihr in die Augen. Sie litt aber nicht. Was würgte sie denn so und warum erfüllte die weite Landschaft, von der sie sich so viel Erleichterung versprochen hatte, sie mit diesem unbestimmten Kummer, für den sie sich nicht einmal einen Grund angeben konnte? Beim Frühstück betäubte sie dann Paulines lautes Gelächter. Diese liebte die Umgebung von Paris wie eine Schmierenschauspielerin, die dauernd bei Gaslicht in der dicken Menschenluft lebt, und wollte trotz des frischen Windes draußen in einer Laube essen. Die plötzlichen Windstöße, die das Tischtuch umschlugen, machten sie lustig, sie fand den noch ganz kahlen Laubenboden mit seinem frischgemalten Gitterwerk und dessen sich auf der Tischdecke abzeichnenden Rauten sehr spaßhaft. Sie aß gewaltig mit dem ganzen Hunger dieser im Geschäft schlecht ernährten Mädchen und verdarb sich draußen jedesmal den Magen an ihren Liebhabereien; das war ihre Untugend, ihr ganzes Geld ging dafür in Pasteten und unverdaulichem Kram drauf, den sie in ihren freien Stunden tellerweise rasch hinunterknabberte. Da Denise an Eiern, etwas Gebackenem und einem Brathuhn genug zu haben schien, wagte sie keine Erdbeeren mehr zu bestellen, die als Neuheit noch sehr teuer waren, denn sie befürchtete, sie würden die Rechnung zu sehr erhöhen.

»Was machen wir jetzt?« fragte Baugé, als der Kaffee aufgetragen war.

Für gewöhnlich gingen Pauline und er nachmittags wieder nach Paris hinein, um dort zu Abend zu essen und ihren Tag in einem Theater zu beschließen. Aber auf Denises Wunsch entschieden sie sich für ein Speisehaus in Joinville; das müßte spaßhaft sein, sie wollten sich mal bis über die Ohren ins Landleben stürzen. Und so zogen sie den ganzen Nachmittag durch die Felder. Einen Augenblick überlegten sie auch, ob sie nicht im Boot spazierenfahren wollten; aber das gaben sie bald auf, Baugé ruderte zu schlecht. Aber auf ihren Bummelzügen kamen sie trotz allem immer wieder ans Marneufer zurück; das Leben auf dem Flusse mit seinem Gewimmel von Ruderbooten und flachen norwegischen Kähnen und den sie bemannenden Ruderern erweckte ihre regste Teilnahme. Die Sonne sank, sie machten sich auf den Rückweg nach Joinville, als zwei Boote, die stromab kamen und wettruderten, sich mächtige Grobheiten zuschrien, in denen die wiederholten Rufe von »Kneipbrüder« und »Ladenschwengel« vorherrschten.

»Sieh!« sagte Pauline, »das ist ja Herr Hutin.«

»Ja«, fuhr Baugé fort und hielt die Hand gegen die Sonne, »ich kenne das Mahagoniboot wieder... Das andere Boot muß voll Studenten sein.«

Und er setzte ihnen den alten Haß auseinander, der die Jugend der Hochschulen und der Handelsbeflissenen manchmal bis zu Tätlichkeiten trieb. Als Denise Hutins Namen hörte, blieb sie stehen; und mit starrem Blick folgte sie dem winzigen Boote und suchte den jungen Mann unter den Ruderern zu erkennen; aber sie konnte nichts sehen als die weißen Flecke zweier Frauengestalten, von denen die eine am Steuer sitzende einen roten Hut aufhatte. Die Stimmen gingen in dem mächtigen Rauschen des Flusses unter.

»Ins Wasser mit den Kneipbrüdern!«

»Ladenschwengel, ins Wasser, ins Wasser!«

Abends gingen sie dann wieder in das Speisehaus auf der Insel. Aber draußen war die Luft zu frisch geworden, sie mußten in einem der geschlossenen Säle essen, wo sich bei der Feuchtigkeit vom Winter her das Tischzeug noch wie frische Wäsche anfühlte. Nach sechs Uhr gab es keinen Tisch mehr, die Spaziergänger beeilten sich einen Winkel zu finden und die Kellner schleppten immer noch neue Stühle und Bänke heran, rückten die Teller näher aneinander und drängten die Menschen näher zusammen. Sie erstickten rein und ließen die Fenster aufmachen. Draußen wurde das Tageslicht jetzt schwächer, eine grünliche Dämmerung sank durch die Pappeln herein, so rasch, daß der auf Mahlzeiten im geschlossenen Raume schlecht vorbereitete Wirt an Stelle der fehlenden Lampen auf jeden Tisch eine Kerze stellen mußte. Der Lärm, das Lachen, die Zurufe, das Tellerklappern war betäubend, bei dem Zuge von den Fenstern her gingen die Kerzen aus und leckten; Nachtschmetterlinge schlugen währenddessen mit den Flügeln in der vom Essendunst erhitzten Luft, durch die manchmal ein eisiger Hauch hindurchzog.

»Nicht? Haben die einen Spaß!« meinte Pauline in ein Fischgericht vertieft, das sie für ausgezeichnet erklärte.

Sie beugte sich vor, um hinzuzufügen:

»Haben Sie Herrn Albert da hinten nicht wiedererkannt?«

Tatsächlich saß da der junge Lhomme inmitten drei recht zweideutiger Weiber, einer alten Frau in gelbem Hut, offenbar eine gemeine Kupplerin, und zwei Minderjährigen, zwei Mädels von dreizehn und vierzehn Jahren und geradezu ekelerregender Frechheit. Er war bereits sehr betrunken, klapperte mit seinem Glas auf dem Tische herum und sprach davon, er würde den Kellner verprügeln, wenn er nicht sofort Schnäpse brächte.

»Ach ja«, fing Pauline wieder an. »Das ist 'ne Sippe! Die Mutter in Rambouillet, der Vater in Paris und der Sohn in Joinville … Die treten sich nicht auf die Füße.«

Denise, der der Lärm gräßlich war, machte es immerhin schon ein Vergnügen, bei diesem Getöse nicht denken zu müssen. Aber plötzlich ertönten in einem Nachbarsaale Stimmen, die alle andern übertäubten. Es gab ein Geschrei, dem wohl Ohrfeigen folgen mußten, denn sie hörten Stöße, Umwerfen von Stühlen, ein Kampfgetümmel, aus dem wieder die Rufe vom Flusse her ertönten:

»Ins Wasser mit den Plünntjenkrämern!«

»Kneipbrüder, ins Wasser, ins Wasser!«

Und als die grobe Stimme des Wirtes die Schlacht etwas beruhigt hatte, erschien plötzlich Hutin. In einem roten Kittel, eine kleine Mütze auf den Hinterkopf gedrückt, hatte er ein großes blasses Mädel am Arm, die Steurerin, die, um die Fraben ihres Bootes zu tragen, sich einen Strauß von Mohnblumen hinters Ohr gesteckt hatte. Zurufe und Beifallsklatschen empfingen sie beim Eintritt; und er strahlte, er schob die Brust vor, wiegte sich wie ein Seemann in den Hüften und protzte, ganz geschwellt vor Freude, daß man es sehen konnte, mit einer blauen Backe, die ein Faustschlag ihm eingetragen hatte. Hinter ihnen folgte die übrige Mannschaft. Im Sturm wurde ein Tisch genommen und nun gab es einen fürchterlichen Lärm.

»Anscheinend«, klärte Baugé sie auf, nachdem er der Unterhaltung hinter ihm zugehört hatte, »haben die Studenten Hutins Weib wiedererkannt, eine von der alten Garde aus dem Viertel da, die jetzt in irgendeiner Heulkiste auf Montmartre singt. Und er hat sich für sie geprügelt ... Die Studenten bezahlen ihre Weiber ja doch nie.«

»Jedenfalls«, sagte Pauline mit verkniffener Miene, »ist sie recht häßlich mit ihren struppigen Haaren ... Gewiß, man weiß nie so recht, wo Herr Hutin sie aufgabelt, aber allesamt sind sie eine häßlicher als die andere.«

Denise war ganz blaß geworden. Wie Eiseskälte durchströmte es sie, als träte das Blut ihr Tropfen für Tropfen zum Herzen zurück. Schon am Ufer hatte sie angesichts der raschen Jolle zum erstenmal einen Schauer empfunden; und jetzt konnte sie nicht länger zweifeln, dies Mädchen hielt mit Hutin zusammen. Die Kehle zusammengeschnürt, sanken die Hände ihr herab und sie aß nicht weiter.

»Was haben Sie denn?« fragte ihre Freundin.

»Nichts«, antwortete sie, »es ist hier nur etwas warm.«

Aber Hutins Tisch befand sich neben ihrem, und als er Baugé bemerkte, den er kannte, fing er mit gehobener Stimme eine Unterhaltung mit diesem an, um dadurch den Saal weiter zu beschäftigen.

»Na«, rief er, »seid Ihr im Bon-Marché immer noch so tugendhaft?«

»Nicht mehr als anderswo«, antwortete der andere dunkelrot.

»Na, lassen Sie man gut sein. Da nehmen sie ja nur Jungfern, haben ja wohl einen ständigen Beichtstuhl für alle Verkäufer eingerichtet, die mal eine ansehen... Ein Haus, in dem sie es aufs Heiraten ablegen, danke schön!«

Allgemeines Lachen ertönte. Liénard, der zur Mannschaft gehörte, fügte hinzu:

»Da geht's nicht zu wie im Louvre... Da haben sie in der Kleiderabteilung eine Hebamme angestellt. Ehrenwort!«

Die Heiterkeit verdoppelte sich. Selbst Pauline platzte los, so spaßhaft kam ihr die Hebamme vor. Aber Baugé war über diese Späße über sein Haus ärgerlich. Mit einemmal legte er los.

»Bei euch geht's auch schön her im »Paradies der Damen!« Wegen eines einzigen Wortes rausgeschmissen! Und ein Herr, der sich benimmt, als wollte er seine Kunden eigenhändig festnageln!«

Hutin hörte gar nicht mehr auf ihn, sondern fing an, sich in Lobsprüchen über den Place Clichy zu ergehen. Da kannte er ein junges Mädchen das so entgegenkommend war, daß die Käuferinnen gar nicht wagten sie anzureden aus Furcht ihr zu nahezutreten. Schließlich rückte er seinen Teller näher zu ihnen und erzählte, er habe in dieser Woche hundertfünfzehn Francs verdient; oh, eine volle Woche, Favier hatte er mit zweiundfünfzig Francs weit hinter sich gelassen, die ganze Reihenfolge habe er auf den Kopf gestellt; und das könnte man doch wohl sehen, nicht wahr? Er platzte nur so vor Geld, aber er würde auch nicht zu Bett gehen, ehe er seine hundertfünfzehn Francs nicht ausgegeben hätte. Als er dann immer betrunkener wurde, zog er über Robineau her, diesen Schmachtlappen von Zweiten, der immer so tat, als müsse er sich abseits halten; das ginge soweit, daß er auf der Straße mit keinem seiner Verkäufer zusammen gehen möchte.

»Seien Sie doch still«, sagte Liénard, »Sie reden zuviel, mein Lieber.«

Die Wärme nahm zu, die Kerzen leckten auf die weinbefleckten Tischtücher; und als der Lärm der Esser einmal plötzlich schwieg, drang durch die offenen Fenster von weitem eine Stimme herein, langgezogen, die Stimme des Flusses und der Pappeln, die in der ruhigen Nacht schlafen gingen. Baugé hatte gerade die Rechnung bestellt, da er sah, daß es Denise, die ganz blaß mit zuckendem Kinn ihre Tränen zurückhielt, wohl nicht zum besten ging; aber der Kellner kam nicht wieder und so mußte sie die Stimmausbrüche Hutins noch eine Zeitlang über sich ergehen lassen. Jetzt behauptete er, er wäre viel schicker als Liénard, denn Liénard fräße einfach seines Vaters Geld auf, während er doch nur von selbstverdientem Gelde lebte, der Frucht seines Geistes. Endlich konnte Baugé zahlen, und die beiden Mädchen schlüpften hinaus.

»Das ist eine aus dem Louvre«, flüsterte Pauline im ersten Saale und sah auf ein großes mageres Mädchen, das gerade seinen Mantel anzog.

»Du kennst sie ja gar nicht, du weißt ja nichts davon«, sagte der junge Mann.

»So! Bei so 'ner Auftakelei ... Hebammenabteilung, jawohl! Wenn sie es gehört hat, kann sie ja zufrieden sein.«

Sie waren draußen, Denise stieß einen Seufzer der Erleichterung aus. Sie hatte geglaubt, in dieser Hitze sterben zu müssen, bei all diesem Geschrei; und so erklärte sie ihr Unwohlsein immer weiter mit Luftmangel. Jetzt atmete sie auf. Eine köstliche Frische sank vom Sternenhimmel herab. Als die beiden jungen Mädchen den Garten des Speisehauses verließen, murmelte eine furchtsame Stimme im Dunkeln:

»Guten Abend, meine Damen.«

Es war Deloche. Sie hatten ihn im Hintergrunde des ersten Saales gar nicht entdeckt, wo er zu Abend gegessen hatte, nachdem er zu seinem Vergnügen zu Fuß von Paris hergewandert war. Als Denise in ihrem Leiden diese Freundesstimmte erkannte, gab sie sich ohne jeden Hintergedanken dem Wunsche nach einen Anhalt hin.

»Herr Deloche, Sie gehen doch mit uns zurück«, sagte sie. »Geben Sie mir Ihren Arm.«

Pauline und Baugé gingen schon voran. Sie staunten. Sie hatten nicht geglaubt, die Sache würde so einfach gehen, und gar mit diesem Jungen da. Da sie aber bis zur Abfahrt des Zuges noch eine ganze Stunde hatten, gingen sie wieder bis ans Ende der Insel; sie folgten der Uferböschung unter den großen Bäumen; von Zeit zu Zeit wandten sie sich um und flüsterten:

»Wo sind sie denn? Ach so, da! ... Putzig ist es doch.«

Zuerst waren Denise und Deloche ganz stumm. Langsam schwand der Lärm des Speisehauses dahin und nahm allmählich in der tiefen Nacht eine sanfte musikalische Färbung an; und so schritten sie in der Kühle der Bäume weiter hin, noch fiebernd von diesem Backofen, dessen Kerzen eine nach der andern hinter den Blättern verloschen. Vor ihnen stand die Finsternis wie eine Mauer, eine so dichte Masse von Schatten, daß sie nicht einmal die bleiche Spur ihres Weges erkannten. Sie gingen indessen ohne Furcht, in süßem Frieden vorwärts. Dann gewöhnten ihre Augen sich und sie sahen rechts von ihnen die Stämme der Pappeln, die wie dunkle Säulen die von Sternen wimmelnde Wölbung ihres Geästes trugen; zu ihrer Linken dagegen leuchtete das Wasser hin und wieder in der Dunkelheit wie ein Metallspiegel auf. Der Wind hatte sich gelegt, sie konnten nur noch das Rauschen des Flusses hören.

»Ich bin so froh, daß ich Sie getroffen habe«, stotterte Deloche endlich, nachdem er sich entschlossen hatte, zuerst zu reden. »Sie wissen gar nicht, was für ein Vergnügen Sie mir machen, wenn Sie mir gestatten, mit Ihnen zu gehen.«

Und da ihm die Finsternis zu Hilfe kam, wagte er endlich nach einer Menge verlegener Redensarten ihr zu sagen,
er liebe sie. Lange schon hatte er ihr schreiben wollen; und
vielleicht hätte sie es ohne diese schöne Nacht, die sich zu
seinem Mitschuldigen machte, niemals erfahren, ohne dies
singende Wasser und die sie mit dem Vorhange ihrer Zweige verhüllenden Bäume. Sie antwortete indessen gar nicht,
sie schritt an seinem Arme immer mit demselben Gange
einer Leidenden weiter. Er versuchte ihr ins Gesicht zu
sehen, als er sie plötzlich leise schluchzen hörte.

»O Gott!« fing er wieder an, »Sie weinen, Fräulein, Sie
weinen... Habe ich Ihnen wehgetan?«

»Nein, nein«, murmelte sie.

Sie versuchte ihre Tränen zurückzuhalten, aber umsonst.
Schon bei Tisch hatte sie geglaubt, das Herz wollte ihr
zerspringen. Und jetzt hier im Schatten ließ sie sich gehen,
ihr Schluchzen erstickte sie fast bei dem Gedanken, daß,
wenn Hutin sich jetzt an Deloches Stelle befände und ihr
solche Zärtlichkeiten sagte, daß sie dann widerstandslos
sein würde. Dies sich selbst abgelegte Geständnis erfüllte
sie mit Verwirrung. Die Scham stieg ihr brennend ins Gesicht, als wäre sie bereits hier unter den Bäumen gefallen,
in den Armen dieses Burschen, der sich mit seinen Dirnen
brüstete.

»Ich wollte Sie ja nicht beleidigen«, wiederholte Deloche, von ihren Tränen ganz übermannt.

»Nein, hören Sie«, sagte sie mit immer noch zitternder
Stimme, »ich bin durchaus nicht böse auf Sie. Nur bitte ich
Sie, sprechen Sie nicht weiter wie jetzt eben... Was Sie
von mir verlangen, ist unmöglich. Ach, Sie sind ja so ein
guter Junge, ich will Ihnen gern eine Freundin sein, aber
nicht mehr... Verstehen Sie wohl, Ihre Freundin!«

Er zitterte. Nach ein paar Schritten im Dunkeln stammelte er:

»Dann haben Sie mich also nicht lieb?«

Und da sie ihm den Kummer eines rohen Neins ersparte, fing er mit sanfter, klagender Stimme wieder an:

»Übrigens habe ich das wohl erwartet... Ich habe nie Glück, ich weiß gar nicht, was Glück ist. Zu Hause bin ich immer verprügelt, in Paris bin ich stets der Sündenbock gewesen. Sehen Sie, wenn man es nicht versteht, andern ihre Geliebten abspenstig zu machen, und wenn man zu dumm ist, um ebensoviel zu verdienen wie sie, na, ja! dann sollte man lieber gleich in irgendeinem Winkel verrekken... Oh, seien Sie ruhig, ich will Sie nicht länger quälen! Daß ich Sie aber trotzdem liebe, daran können Sie mich nicht hindern, nicht wahr? Ich will Sie ganz umsonst liebhaben, wie ein Tier... So ist's! Mir geht alles schief, das ist so mein Anteil am Leben.«

Jetzt weinte er. Sie tröstete ihn, und in ihren freundschaftlichen Ergüssen erfuhren sie nun voneinander, daß sie beide aus derselben Gegend stammten, sie aus Valognes, er aus Briquebec, dreizehn Kilometer davon. Das war ein neues Band. Sein Vater, ein kleiner dürftiger Gerichtsschreiber von krankhafter Eifersucht, prügelte ihn, weil er ihn für ein uneheliches Kind hielt, er war außer sich über sein langes, blasses Gesicht und sein Flachshaar, die, wie er sagte, in seiner Familie nicht vorkämen. Dann kamen sie auf die weiten, von lebenden Hecken eingezäunten Weiden zu sprechen, auf die überwachsenen, sich unter Ulmen verlierenden Pfade und die grasüberwachsenen Wege wie in einem Park. Die Nacht um sie her wurde heller, sie konnten die Binsen am Ufer unterscheiden, das schwarze Spitzengewirr auf dem funkelnden Hintergrunde der Sterne; ein tiefer Friede kam über sie, sie vergaßen ihr Leid und kamen einander durch ihr Unglück in der Freundschaft guter Gefährten näher.

»Na?« fragte Pauline lebhaft und nahm Denise beiseite, als sie vor dem Bahnhofe standen.

Das junge Mädchen verstand das Lächeln und den Ton zärtlicher Neugierde. Sie wurde dunkelrot, als sie antwortete:

»Aber niemals, meine Liebe! Ich habe Ihnen doch gesagt, ich will nicht ... Er ist aus meiner Gegend. Wir haben von Valognes geredet.«

Pauline und Baugé waren ganz verblüfft, ihre Gedanken gerieten ganz durcheinander und sie wußten nicht mehr, was sie glauben sollten. Auf dem Bastilleplatze verließ Deloche sie; wie alle auf gleich angestellten jungen Leute schlief er im Geschäft, wo er um elf Uhr sein mußte. Da sie nicht mit ihm zusammen nach Hause kommen wollte, ging Denise, die sich Urlaub fürs Theater hatte geben lassen, darauf ein, Pauline zu Baugé zu begleiten. Der war kürzlich in die Rue de Saint-Roche gezogen, um näher bei seiner Geliebten zu sein. Sie nahmen einen Wagen und Denise war ganz starr, als sie unterwegs hörte, ihre Freundin würde die Nacht bei dem jungen Manne bleiben. Nichts war doch einfacher, man gab Frau Cabin fünf Francs, alle die Mädchen machten's doch so. Baugé spielte in seinem mit alten, ihm von seinem Vater geschickten Empiremöbeln ausgestatteten Zimmer den Wirt. Er wurde böse, als Denise davon sprach, sie müßten nun abrechnen, nahm aber schließlich doch die fünfzehn Francs sechzig an, die sie auf die Kommode legte; aber er wollte ihr erst noch eine Tasse Tee anbieten und schlug sich mit seinem Spritkocher herum; dann mußte er nochmal heruntergehen und Zucker kaufen. Es schlug zwölf, als er die Tassen einschenkte.

»Nun muß ich aber gehen«, sagte Denise immer wieder.

Und Pauline antwortete ihr:

»Sofort ... Die Theater sind doch so früh noch nicht aus.«

Denise schämte sich in dieser Junggesellenbehausung.

Sie sah zu, wie ihre Freundin sich bis auf Unterrock und Leibchen auszog, dann sah sie, wie sie das Bett zurechtmachte, es aufschlug, die Kissen mit nackten Armen schüttelte; dieser kleine, vor ihren Augen für eine Liebesnacht zurechtgemachte Haushalt beunruhigte sie, er war ihr peinlich, verursachte ihr Scham und erweckte in ihrem verwundeten Herzen von neuem Hutins Andenken. Solche Tage würden ihr kaum guttun. Um ein Viertel nach zwölf ging sie endlich. Aber sie verließ sie voller Verwirrung, als Pauline ihr auf ihren unschuldigen Gutnachtkuß laut nachrief:

»Danke, die Nacht wird schon gut werden!«

Der zu Mourets Wohnung und den Kammern der Angestellten führende Nebeneingang befand sich in der Rue Neuve Saint-Augustin. Frau Cabin öffnete und sah dann heraus, um festzustellen, wer nach Hause käme. Ein Nachtlicht erhellte spärlich den Eingang; zögernd, von innerer Unruhe ergriffen, stand Denise in seinem Lichte, denn als sie um die Straßenecke bog hatte sie gesehen, wie die Tür sich hinter dem unbestimmten Umriß eines Mannes schloß. Das mußte der Herr sein, der aus einer Gesellschaft kam; und der Gedanke, er stände hier im Finstern und warte vielleicht auf sie, verursachte ihr eine jener merkwürdigen Anwandlungen von Furcht, die bei seinem Anblick ohne jeden vernünftigen Grund immer wieder über sie kamen. Im ersten Stock ging jemand, Stiefel knarrten; nun verlor sie den Kopf und stieß eine Tür auf, die für die Rundgänge der Wächter in das Geschäft führte. Sie stand in der Kattunabteilung.

»Mein Gott, was soll ich nur machen?« stammelte sie in ihrer Erregung vor sich hin.

Da kam ihr der Gedanke, oben gäbe es noch eine andere Verbindungstür, die auch zu den Kammern führte. Allein dann mußte sie durch das ganze Geschäft gehen. Diese

Reise war ihr aber doch lieber, trotz der die Gänge einhüllenden Finsternis. Kein Gaslicht brannte, nur ein paar hier und da an den Armen der Kronleuchter befestigte Öllampen; diese verstreuten Lichtquellen, die gelbe Kleckse bildeten und deren Strahlen die Nacht verschlang, sahen wie Hängelampen in einem Bergwerk aus. Große Schatten fluteten umher, nur undeutlich waren die Massen aufgehäufter Waren zu unterscheiden und nahmen seltsame Umrisse an, wie zerbrochene Säulen, niederkauernde Tiere, Diebe auf der Lauer. Ein schweres, nur von weither kommenden Atemzügen unterbrochenes Schweigen verdichtete die Dunkelheit noch. Aber sie fand sich doch zurecht: die Weißwaren ihr zur Linken bildeten einen bleichen Pfad wie der lichtblaue Schatten einer Straßenseite unter einem Sommerhimmel; dann wollte sie geradewegs durch die Halle gehen, aber da stieß sie auf Haufen feiner Zitzkattune und hielt es nun für richtiger, der Putzmacherei und dann den Wollwaren zu folgen. Ein wahrer Donner erschreckte sie hier, das laute Schnarchen Josephs, des Laufburschen, der hinter den Trauersachen schlief. Rasch warf sie sich wieder in die Halle zurück, die ihre Glasbedachung mit einem Dämmerlichte erhellte; sie kam ihr weiter vor, voll des nächtlichen Schauders einer Kirche bei der Unbeweglichkeit ihrer Kassen und den Umrissen ihrer großen Maßstäbe, die wie auf den Kopf gestellte Kreuze aussahen. Jetzt fing sie an zu fliehen. Bei den Schnittwaren und den Handschuhen mußte sie wieder über Laufburschen wegklettern, und sie hielt sich erst für gerettet, als sie endlich die Treppe erreichte. Oben aber vor der Kleiderabteilung packte sie ein gewaltiger Schrecken, als sie eine Laterne bemerkte, deren Auge ihr im Gehen zublinkte: das war eine Wache, zwei Feuerwehrleute, die ihren Rundgang an den Wachuhren anmerkten. Eine Minute blieb sie fassungslos stehen, sie sah sie von den Umhängen zu den

Möbeln hinübergehen, dann zu den Weißwaren und bekam große Angst von ihrer Tätigkeit, dem knirschenden Schlüssel, den Eisentüren, die mit mörderischem Krach wieder zuschlugen. Als sie näher kamen, flüchtete sie in den Spitzensaal, von wo der plötzliche Laut einer Stimme sie wieder verjagte, so daß sie laufend die Verbindungstür gewann. Sie hatte Deloches Stimme wiedererkannt, er schlief in seiner Abteilung auf einer kleinen eisernen Bettstelle, die er selbst jeden Abend aufschlug; er schlief noch nicht und durchlebte nochmals mit offenen Augen die schönen Abendstunden.

»Was! Sie sind's, Fräulein?« sagte Mouret, den Denise mit einer kleinen Taschenlampe auf der Treppe vor sich stehen sah.

Sie begann zu stottern und wollte ihm erklären, sie hätte sich nur noch etwas aus ihrer Abteilung holen wollen. Aber er war gar nicht böse und sah sie mit seiner zugleich väterlichen und doch neugierigen Miene an.

»Hatten Sie denn Theaterurlaub?«

»Ja, Herr Mouret.«

»Und haben Sie sich gut unterhalten?... In welchem Theater waren Sie denn?«

»Ich bin nach draußen aufs Land gegangen, Herr Mouret.«

Das brachte ihn ins Lachen. Dann fragte er mit einem gewissen Nachdruck auf seinen Worten:

»Ganz allein?«

»Nein Herr Mouret, mit einer Freundin«, antwortete sie mit purpurroten Backen vor Scham über den Hintergedanken, den er zweifellos dabei hatte.

Nun war er still. Aber er sah sie immer noch an in ihrem dünnen schwarzen Wollkleid, mit ihrem von einem einzigen blauen Bande gezierten Hut. Entwickelte sich diese kleine Wilde am Ende zu einem hübschen Mädchen? Sie brachte einen guten Geruch mit von ihrem Lauf durch die weite frische Luft und war entzückend mit ihren durch die Angst über ihre Stirn zerstreuten schönen Haaren. Und er, der sie seit sechs Monaten als ein Kind behandelte, der ihr zuweilen einen guten Rat gab, wenn er seinen Erfahrungssätzen folgte, einer gewissen niederträchtigen Lust zu wissen, wie eine Frau auf dem Boden von Paris aufwächst und zugrunde geht, er lachte jetzt nicht länger, sondern verspürte ein unerklärliches Gefühl von Überraschung und Furcht, vermischt mit Zärtlichkeit. Ganz gewiß steckte ein Liebhaber hinter dieser Verschönerung. Bei dem Gedanken war ihm zumute, als bisse einer seiner Lieblingsvögel, mit dem er spielte, ihn bis aufs Blut.

»Guten Abend, Herr Mouret«, sagte Denise leise und stieg ohne weiter zu warten die Treppe hinauf.

Er gab ihr keine Antwort, als er sie verschwinden sah. Dann ging er in seine Wohnung.

Fünftes Kapitel

BEI EINTRITT DER TOTEN GESCHÄFTSZEIT
des Sommers wehte ein Hauch von Gespensterfurcht
durchs »Paradies der Damen«. Es war die Furcht vor Verabschiedung, vor dem massenhaften An-die-Luft-gesetzt-
werden, mit dem die Oberleitung das während der Hitze
von Juli und August leer bleibende Geschäft ausfegte.

Jeden Morgen nahm Mouret, wenn er seinen Umgang
mit Bourdoncle abhielt, die Abteilungsvorsteher beiseite;
im Winter hatte er sie angehalten, mehr Leute einzustellen
als sie gebrauchten, damit der Absatz nicht leide, und nun
waren sie in der Lage, sich die Leute auszusuchen. Jetzt
handelte es sich darum, die allgemeinen Unkosten herabzudrücken, indem man gut ein Drittel der Gehilfen auf die
Straße setzte, alle die Schwächlinge, die sich von den Starken unterkriegen ließen.

»Sehen Sie mal«, pflegte er zu sagen, »Sie haben da Leute
bei sich, die Ihnen nichts nützen ... Wir können sie aber
doch nicht behalten, damit sie hier die Hände baumeln
lassen.«

Und wenn der Vorsteher noch zauderte und nicht
wußte, wen er opfern sollte:

»Richten Sie sich ein, sechs Verkäufer müssen Ihnen genügen. Im Oktober können Sie wieder welche einstellen,
es liegen ja genug auf der Straße!«

Die eigentlichen Hinrichtungen nahm übrigens Bourdoncle auf sich. Mit seinen dünnen Lippen hatte er ein
schreckliches: »Gehen Sie zur Kasse!« an sich, das wie ein

Axthieb niedersauste. Alles wurde für ihn zu einem Vorwand fürs Auskehren. Er erfand Verstöße und spähte auch die geringste Nachlässigkeit aus. »Sie sitzen da, Herr! Gehen Sie zur Kasse! – Ich glaube gar, Sie antworten mir! Gehen Sie zur Kasse! – Ihre Stiefel sind nicht geputzt! Gehen Sie zur Kasse!« Selbst die Tapfersten zitterten angesichts des seine Spuren bezeichnenden Gemetzels. Da ihm der Betrieb nicht mehr schnell genug ging, erfand er eine Falle, mit der er in ein paar Tagen ohne jede Anstrengung die Menge der im voraus Verurteilten abwürgen konnte! Schon seit acht Tagen stand er mit der Uhr in der Hand an der Tür; und jedem der atemlosen jungen Leute, der drei Minuten zu spät kam, hackte er mit seinem unerbittlichen: »Gehen Sie zur Kasse!« den Kopf ab. So vollzog sich die Geschichte rasch und gründlich.

»Sie haben sich ja nicht gewaschen, Sie!« sagte er endlich mal eines Tages zu einem armen Teufel, dessen schiefe Nase ihm nicht gefiel. »Gehen Sie zur Kasse!«

Wer zu den Günstlingen gehörte, erhielt vierzehn Tage Urlaub, die indessen nicht bezahlt wurden; das war eine weitere, etwas menschlichere Art und Weise, die Unkosten zu vermindern. Unter der Peitsche der Not und aus Gewohnheit nahmen übrigens die Verkäufer ihre kniffliche Lage ruhig hin. Von dem Augenblick ihrer Ankunft in Paris an rollten sie so in dem Orte umher, rechts begannen sie ihre Lehrzeit, beendigten sie links, wurden weggeschickt oder gingen plötzlich aus eigenem Antrieb, wie es ihnen ihr Vorteil gerade zu gebieten schien. Streikte die Werkstatt, so gab es für die Arbeiter kein Brot; und das ging in dem gleichgültigen, maschinenmäßigen Betriebe so weiter, das abgenutzte Rad wurde ruhig beiseite geworfen wie ein eisernes, dem man sich für geleistete Dienste auch nicht weiter erkenntlich erzeigt. Wehe denen, die sich ihren Anteil nicht zu wahren wußten!

In den Abteilungen wurde jetzt von nichts anderem mehr gesprochen. Jeden Tag gab es neue Geschichten. Die Namen der ausgestoßenen Gehilfen wurden genannt, wie man in Zeiten großer Seuchen die Toten aufzählt. Vor allem wurden die Umschlagetücher und Wollsachen heimgesucht: sieben Gehilfen verschwanden hier in einer Woche. Dann wurde die Leinenabteilung durch eine Schauergeschichte auf den Kopf gestellt: hier war einer Kundin übel geworden und sie beschuldigte die sie bedienende Verkäuferin, sie hätte Knoblauch gegessen; und die wurde auf der Stelle weggejagt, obwohl sie, unterernährt und stets hungrig, im Geschäft lediglich einen ganzen Vorrat von Brotrinden aufzuessen pflegte. Bei der geringsten Klage von seiten der Kundschaft zeigte die Leitung sich unerbittlich; keinerlei Entschuldigung wurde entgegengenommen, der Angestellte hatte immer unrecht, er mußte einfach wie ein beschädigtes, dem guten Betriebe des Verkaufs nur hinderliches Werkzeug verschwinden; die Genossen ließen den Kopf hängen und wagten nicht mal ihn in Schutz zu nehmen. Bei der herrschenden Furcht zitterte jeder zunächst für sich selbst: als Mignot eines Tages entgegen der Vorschrift mit einem Paket unter dem Mantel fortging, wurde er beinahe abgefaßt und glaubte sich schon auf der Straße zu sehen; Liénard, dessen Faulheit geradezu berühmt war, hatte es lediglich der Stellung seines Vaters im Modenhandel zu verdanken, daß er nicht zur Türe hinausgeworfen wurde, als Bourdoncle ihn eines Nachmittags zwischen zwei Ballen englischem Samt im Stehen schlafend fand. Vor allen waren aber die Lhomme in Unruhe, sie erwarteten jeden Morgen ihren Sohn Albert weggeschickt zu sehen; es herrschte große Unzufriedenheit mit der Art und Weise seiner Kassenführung; Weiber machten ihn zu zerstreut, und zweimal bereits hatte Frau Aurelie die Oberleitung umstimmen müssen.

Denise fühlte sich indessen bei diesem allgemeinen Kehraus derartig bedroht, daß sie in ständiger Erwartung eines Kraches lebte. Was nützte ihr ihre Tapferkeit, wenn sie mit all ihrer Fröhlichkeit und ihrem ganzen Verstande gegen die Anwandlungen ihrer zärtlichen Veranlagung amkämpfte: sobald sie die Tür ihrer Kammer hinter sich geschlossen hatte, machten die Tränen sie doch blind; sie war trostlos, wenn sie sich bereits auf der Straße liegen sah, verkracht mit ihrem Onkel, ohne eine Ahnung wohin, ohne die geringsten Ersparnisse und dabei die beiden Kinder unter den Händen. Die Empfindungen ihrer ersten Wochen wurden wieder in ihr lebendig, sie kam sich vor wie ein Getreidekorn in einer mächtigen Mühle; ein mutloses Sich-gehen-lassen gewann in ihr die Oberhand, wenn sie so sah, wie wenig sie in dieser gewaltigen, sie mit ruhigem Gleichmut zermalmenden Maschine bedeutete. Da war keine Einbildung möglich: sollte eine Verkäuferin aus der Kleiderabteilung weggeschickt werden, dann fühlte sie, sie war die Auserkorene. Zweifellos waren die jungen Mädchen Frau Aurelie während des Ausfluges nach Rambouillet ordentlich zu Kopfe gestiegen, denn diese behandelte sie seit der Zeit mit einer Strenge, in die sich ein gut Teil Haß mischte. Übrigens vergaben sie es ihr auch nicht, daß sie nach Joinville gegangen war, sie erblickten darin so etwas wie Auflehnung, eine Art Verhöhnung der ganzen Abteilung, daß sie sich so vor der Welt mit einer Verkäuferin aus einer feindlichen Abteilung gezeigt hatte. Nie hatte Denise in der Abteilung mehr gelitten und sie verzweifelte nun endgültig daran, sie für sich zu gewinnen.

»Lassen Sie sie doch!« sagte Pauline, »Puppen, so dumm wie die Gänse!«

Aber gerade dieser Anschein, als wären sie Damen, flößte dem jungen Mädchen Furcht ein. Fast alle Verkäuferinnen nahmen infolge des täglichen Umgangs mit der rei-

chen Kundschaft gewisse anmutige Bewegungen an, sie
gerieten schließlich in eine unbestimmte zwischen der Arbeiterin und der Bürgerfrau hin und her pendelnde Men-
schengattung, und bei der Kunst, mit der sie sich anzogen,
bei den eingelernten Bewegungen und Redensarten besaßen sie oft doch nur eine recht mangelhafte Bildung, sie
lasen nur kleine Zeitungen, die mit theatralischem Geschwätz alle auf dem Pariser Pflaster vor sich gehenden
Dummheiten behandelten.

»Wissen Sie denn auch, daß der Strubbelkopf ein Kind
hat«, sagte Clara, als sie eines Morgens in die Abteilung
kam.

Und als alles sich darüber wunderte:

»Ich habe doch gesehen, wie sie gestern abend den kleinen Kerl spazieren führte!... Sie muß ihn irgendwo untergebracht haben.«

Als Marguerite zwei Tage später vom Essen heraufkam,
hatte sie eine andere Neuigkeit:

»Das ist ja 'ne schöne Geschichte, ich habe dem Strubbelkopf seinen Liebhaber gesehen... Ein Arbeiter, stellen
Sie sich mal vor! jawohl, ein schmieriger kleiner Arbeiter
mit gelben Haaren, der sie durch das Fenster beobachtete.«

Von nun an galt es als ausgemachte Wahrheit: Denise
hatte einen Handwerker zum Geliebten und verbarg ihr
Kind in der Nachbarschaft. Sie stichelten sie mit niederträchtigen Anspielungen. Als sie diese zum erstenmal verstand, wurde sie ganz blaß über die Abscheulichkeit solcher Mutmaßungen. Das war schändlich, sie wollte sich
reinwaschen und stammelte:

»Aber das sind doch meine Brüder!«

»Och, ihre Brüder!« sagte Clara mit ihrer spöttischen
Stimme.

Frau Aurelie mußte dazwischentreten.

»Seien Sie still, meine Damen! Sie sollten sich lieber um

die Preiszettel da kümmern... Fräulein Baudu kann sich draußen ja so schlecht aufführen wie sie will. Wenn sie hier wenigstens ihre Arbeit tut!«

Und diese trockene Verteidigung war doch nichts weiter als eine Verurteilung. Vergeblich versuchte das junge Mädchen, das ein Würgen empfand, als beschuldige man sie eines Verbrechens, die Tatsachen aufzuklären. Alles lachte und zuckte die Achseln. Sie behielt eine schmerzhafte Wunde davon im Herzen zurück. Als das Gerücht sich verbreitete, war Deloche so wütend darüber, daß er davon redete, die Mädchen aus der Kleiderabteilung ohrfeigen zu wollen; aber die Furcht, Denise damit nur bloßzustellen, hielt ihn davon ab. Seit dem Abend in Joinville empfand er für sie eine unterwürfige Liebe, ein fast heilige Freundschaft, die er durch Blicke wie ein treuer Hund kundgab. Niemand durfte etwas von ihrer Zuneigung ahnen, denn sie würden sich lustig drüber machen; aber das hielt ihn nicht davon ab, von plötzlichen Gewalttaten zu träumen, von rächenden Faustschlägen, sollte jemand sie einmal in seiner Gegenwart angreifen.

Denise antwortete schließlich nicht mehr. Das war zu widerwärtig, kein Mensch hätte es glauben sollen. Wagte sich eine ihrer Genossinnen mit einer neuen Anspielung hervor, so sah sie sie nur fest mit ihrer traurigen, ruhigen Miene an. Sie hatte übrigens auch noch anderen Kummer, handgreifliche Sorgen, die sie noch mehr beschäftigten. Jean fuhr mit seinen Torheiten fort, er quälte sie stets mit Geldforderungen. Alle paar Wochen bekam sie von ihm eine ganze vier Seiten lange Geschichte; und wenn der Wagenmeister ihr seine mit einer großen, leidenschaftlichen Hand geschriebenen Briefe übergab, steckte sie sie schnell in ihre Tasche, denn die andern Verkäuferinnen fingen sofort an, lächerliche Spottlieder über sie zu summen. Und wenn sie dann einen Vorwand gefunden hatte, um die Briefe am andern Ende des Geschäfts lesen zu können, packte sie ein furchtbarer Schrecken: der arme Jean schien ihr ganz verloren. All seine Aufschneidereien saßen bei ihr, seine merkwürdigen Liebesabenteuer, deren Gefährlichkeit sie in ihrer Unkenntnis der Tatsachen weit überschätzte. Da brauchte er vierzig Sous, um der Eifersucht einer Frau zu entgehen, hier fünf oder sechs Francs, um die Ehre eines armen Mädchens wiederherzustellen, die ihr Vater umbringen wollte, wenn er sie nicht bekäme. Weil ihr Gehalt und ihre Vergütungen hierfür nicht ausreichten, war sie daher auf den Gedanken verfallen, sich eine kleine außerdienstliche Arbeit zu suchen. Sie hatte sich Robineau darüber eröffnet, der seit ihrem ersten Gespräch mit ihm bei Vinçard stets freundlich gegen sie geblieben war; und der hatte ihr Halsbinden für fünf Sous das Dutzend zu nähen verschafft. Nachts von neun bis eins konnte sie sechs Dutzend fertigbringen, das brachte ihr dreißig Sous ein, von denen vier für noch eine Kerze abgingen. Aber diese täglichen vierundzwanzig Sous versorgten Jean, sie beklagte sich auch nicht über Mangel an Schlaf und hätte sich glücklich geschätzt, wenn nicht ein neuer Unglücksschlag ihre Berechnungen wieder einmal umgestürzt hätte. Als die zweiten vierzehn Tage zu Ende gingen und sie sich zu der Halsbindenhändlerin begeben wollte, fand sie deren Tür verschlossen: ein Zusammenbruch, ein Bankerott, der ihr achtzehn Francs dreißig Centimes entriß, eine beträchtliche Summe, auf die sie schon seit acht Tagen mit unbedingter Sicherheit rechnete. Alles Elend in der Abteilung war nichts gegen diesen Schlag.

»Sie sind so traurig«, sagte Pauline, die sie im Durchgang bei den Möbeln traf. »Brauchen Sie irgend etwas, sagen Sie mal?«

Aber Denise hatte bereits zwölf Francs von ihrer Freundin. Sie antwortete, während sie zu lächeln versuchte:

»Nein, danke, ich habe schlecht geschlafen, das ist alles.«

Das war am zwanzigsten Juli, als die Furcht vor dem Weggejagtwerden am stärksten war. Von vierhundert Angestellten hatte Bourdoncle schon fünfzig hinausgeworfen; und es lief ein Gerücht von neuen Hinrichtungen um. Aber sie dachte kaum an die sie umwehenden Drohungen, sie empfand zu große Angst vor einem neuen Abenteuer Jeans, schlimmer als die vorigen. Heute mußte er fünfzehn Francs haben, deren Zusendung ihn einzig und allein vor der Rache eines betrogenen Ehemannes retten konnte. Gestern hatte sie einen ersten Brief bekommen, in dem er ihr die Schauergeschichte erzählte; Schlag auf Schlag kamen dann zwei weitere, von denen der letzte sie ganz niedergedrückt hatte, als Pauline sie gerade traf, und in dem Jean ihr ankündigte, er müsse am Abend sterben, wenn er die fünfzehn Francs dann nicht hätte. Sie zermarterte ihr Gehirn. Es von dem Geld für Pépé abzuziehen war unmöglich, das war schon vor zwei Tagen bezahlt. Alles Unheil kam nun auf einmal, denn sie hatte gehofft, ihre achtzehn Francs dreißig wiederbekommen zu können, wenn sie sich an Robineau wendete, da der vielleicht die Halsbindenhändlerin wiederfinden könnte; aber Robineau hatte einen vierzehntägigen Urlaub bekommen und war gestern, wo man ihn zurückerwartet hatte, noch nicht wieder da.

Pauline fragte sie indessen freundschaftlich weiter aus. Wenn sie beide sich so in irgendeiner entlegenen Abteilung trafen, dann pflegten sie wohl ein paar Minuten mit wachsamen Augen zu plaudern. Plötzlich machte die Leinenverkäuferin eine Bewegung wie um zu fliehen: sie hatte die weiße Halsbinde eines Aufsehers bemerkt, der von den Umschlagetüchern herkam.

»Ach nein, es ist Vater Jouve!« murmelte sie dann mit beruhigter Miene. »Ich weiß nicht, was der Alte immer zu lachen hat, wenn er uns zusammen sieht ... Ich wäre an

Ihrer Stelle bange vor ihm, er ist zu nett gegen Sie. Ein gerissener Hund, bösartig wie 'ne Katze, und er denkt immer noch, er redet zu seinen Soldaten.«

Der Aufseher Jouve war tatsächlich bei sämtlichen Verkäufern wegen der Strenge seiner Aufsicht verhaßt. Mehr als die Hälfte aller Rauswürfe geschah auf seinen Bericht hin. Die große rote Nase des ehemaligen Hauptmanns und Säufers gewann nur in den Abteilungen ein menschliches Aussehen, die von Frauen geführt wurden.

»Warum sollte ich bange sein?« meinte Denise.

»Ach du lieber Gott!« gab Pauline lachend zur Antwort, »er wird vielleicht noch mal etwas Entgegenkommen von Ihnen verlangen... Manche Fräuleins nehmen sich sehr vor ihm in acht.«

Jouve hatte sich wieder entfernt und so getan, als habe er sie nicht gesehen; und sie hörten ihn über einen Spitzenverkäufer herfallen, der sich ein in der Rue Neuve-Saint-Augustin gefallenes Pferd ansah.

»Übrigens«, fing Pauline wieder an, »suchten Sie nicht gestern Herrn Robineau? Er ist wieder da.«

Denise hielt sich für gerettet.

»Danke, dann will ich mal da hinten herum und durch die Seidenabteilung gehen... Geschieht ihnen schon recht! sie haben mich ja nach oben in die Werkstatt geschickt nach einem Zwickel.«

Sie trennten sich. Mit bestürzter Miene, als liefe sie auf der Suche nach einem Irrtum von Kasse zu Kasse, erreichte das junge Mädchen schließlich die Treppe und ging in die Halle hinunter. Es war ein Viertel vor zehn und gerade hatte es zum ersten Tisch geläutet. Heißer Sonnenschein lag auf den Fensterscheiben und trotz der grauen Leinenvorhänge drang die Hitze in die unbewegliche Luft ein. Zuweilen stieg ein frischer Hauch vom Fußboden auf, den die Laufburschen mit dünnen Wasserstrahlen anfeuchteten. In den weiten Räumen der Abteilungen herrschte eine Schläfrigkeit, eine Sommerruhe wie in Kapellen, in denen nach der letzten Messe der Schatten schlummert. Gleichgültig standen die Verkäufer herum, ein paar vereinzelte Kunden liefen durch die Gänge und gingen mit dem gottergebenen Schritt durch die Halle, der Frauen unter der Quälerei der Sonne zu eigen ist.

Als Denise herunterkam, war Favier gerade dabei, ein leichtes Seidenkleid mit rosa Punkten für Frau Boutarel abzumessen, die gestern in Paris vom Süden eingetroffen war. Seit Anfang des Monats schliefen die Abteilungen, nur merkwürdig aufgedonnerte Damen waren zu sehen, gelbe Umhängetücher, grüne Röcke, richtiger Provinzkrimskrams. Den Gehilfen war dies schon so gleichgültig, daß sie nicht einmal mehr darüber lachten. Favier ging mit Frau Boutarel zu den Schnittwaren und sagte beim Wiederkommen zu Hutin:

»Gestern lauter Auvergnaten, heute nichts wie Provençalen ... Ich habe schon reines Kopfweh davon.«

Aber Hutin stürzte vor, denn er war dran und er hatte gerade »die hübsche Dame« erkannt, die reizende Blonde, die die Abteilung so getauft hatte, weil sie weiter nichts von ihr wußten, nicht einmal ihren Namen. Alles lächelte ihr zu, es verging keine Woche, in der sie nicht ins »Paradies der Damen« kam, stets ganz allein. Diesmal hatte sie einen kleinen Jungen von vier oder fünf Jahren bei sich. Das gab Unterhaltungsstoff.

»Ist sie denn verheiratet?« fragte Favier, als Hutin von der Kasse zurückkam, wo er sie dreißig Meter Duchesseseide hatte bezahlen lassen.

»Möglich«, antwortete der, »wenn der Bengel auch noch gerade kein Beweis ist. Der kann ja auch einer Freundin gehören ... Aber ganz sicher muß sie geweint haben. Oh, so traurig, und so rote Augen!«

Alles war stumm. Die beiden Verkäufer sahen träumerisch in die weiten Geschäftsräume hinüber. Dann fing
Favier mit schleppender Stimme wieder an:

»Wenn sie verheiratet ist, hat ihr Mann ihr vielleicht ein
paar an die Ohren gegeben.«

»Möglich«, sagte Hutin abermals, »wenn nur kein Liebhaber es dazu gebracht hat.«

Und er schloß nach einer neuen Pause:

»Ist mir übrigens auch schnuppe!«

Gerade jetzt ging Denise durch die Seidenabteilung, sie
verlangsamte ihren Schritt und blickte umher, um Robineau zu finden. Sie sah ihn nicht und ging in den Gang
nach der Leinenabteilung hinüber, dann kam sie noch einmal wieder zurück. Die beiden Verkäufer hatten ihren
Kniff wohl bemerkt.

»Da ist sie wieder, dies magere Frauenzimmer!« murmelte Hutin.

»Sie sucht Robineau«, sagte Favier. »Ich weiß nicht, was
die für Geschichten miteinander haben. Oh! keinen Unfug,
dazu ist Robineau viel zu dumm ... Es heißt, er hätte ihr
eine kleine Arbeit verschafft, Halsbinden zu nähen. Nicht?
schönes Geschäft!«

Hutin sann auf eine Gemeinheit. Als Denise an ihm
vorbeiging, hielt er sie an und sagte zu ihr:

»Suchen Sie mich?«

Sie wurde dunkelrot. Seit dem Abend in Joinville wagte
sie nicht mehr in ihrem Herzen zu lesen, in dem wirre
Gefühle sich durcheinander drängten. Immer wieder sah
sie ihn mit diesem rothaarigen Mädel, und wenn sie in
seiner Gegenwart auch noch zitterte, so geschah es doch
wohl nur vor Unbehagen. Hatte sie ihn denn lieb gehabt?
liebte sie ihn vielleicht immer noch? sie wollte diese alten
Geschichten nicht wieder aufrühren, sie waren ihr zu peinlich.

»Nein, Herr Hutin«, sagte sie verwirrt.

Nun machte Hutin sich über ihre Verschämtheit lustig.

»Sollen wir ihn Ihnen denn mal vorlegen? ... Favier, legen Sie doch dem Fräulein mal Robineau vor.«

Sie sah ihn fest an, mit demselben traurigen, ruhigen Blick, mit dem sie die verletzenden Anspielungen der jungen Mädchen hinnahm. Ach, also auch er war gemein, er schlug ebenso auf sie los wie alle andern. Und da brach etwas in ihrem Innern, ein letztes Band riß entzwei. Ihr Gesicht dürckte ein so tiefes Leid aus, daß Favier, der seiner sonstigen Veranlagung nach gar nicht zartfühlend war, ihr zu Hilfe kam.

»Herr Robineau ist in der Ergänzungsstelle«, sagte er. »Er muß jedenfalls gleich wiederkommen um zum Essen zu gehen ... Sie können ihn heute Nachmittag finden, falls Sie mit ihm sprechen wollen.«

Denise dankte ihm und ging wieder zur Kleiderabteilung hinauf, wo Frau Aurelie sie mit zorniger Kälte in Empfang nahm. Was! eine halbe Stunde wäre sie weg gewesen! wo käme sie denn her? sicher doch nicht aus der Werkstatt? Das junge Mädchen ließ den Kopf hängen und dachte an all das über sie hereinbrechende Unheil. Wenn Robineau nicht wiederkam, war's zu Ende. Aber sie nahm sich doch vor, noch einmal hinunterzugehen.

In der Seidenabteilung hatte Robineaus Wiederkehr einen wahren Aufruhr entfesselt. Die Abteilung hoffte, er würde nicht wiederkommen, denn alles war angeekelt von den ewigen Niederträchtigkeiten, die ihm in den Weg geworfen wurden; und infolge Vinçards fortwährender Drängerei, der ihm sein ganzes Geschäft abtreten wollte, hatte er es tatsächlich in einem Augenblick schon beianhe übernommen; Hutins dunkle Machenschaften, die Mine, die er schon seit Monaten unter den Füßen des Zweiten vorgetrieben hatte, sollte nun endlich springen. Während seines

Urlaubs, als er ihn dem Namen nach als erster Verkäufer
vertrat, hatte er sich die größe Mühe gegeben, ihm in der
Auffassung der Geschäftsinhaber zu schaden und sich
durch übertriebenen Eifer in seine Stelle zu drängen: da
wurden kleine Unregelmäßigkeiten aufgedeckt und aufge-
bauscht, Verbesserungsvorschläge unterbreitet, neue Muster ausgedacht. Übrigens hatten alle in der Abteilung, vom
jüngsten Anfänger, der davon träumt, Verkäufer zu werden
bis zum Ersten, den es nach der Stellung eines Teilhabers
gelüstet, nur den einzigen Gedanken, ihren Vordermann
aus dem Sattel zu heben um selbst eine Sprosse emporzu-
klimmen, ihn aufzufressen wenn er ihnen hinderlich
würde; und in dieser Kampfgier, in diesem Triebe jedes
einzelnen, die andern zu überwinden, lag der ganze gute
Betrieb der Maschine begründet, das, was den Verkauf so
hitzig machte und die Glut eines Erfolges entzündete, über
den ganz Paris sich wunderte. Hinter Hutin kam Favier,
dann hinter Favier wieder die andern der Reihe nach. Man
hörte förmlich das laute Geräusch ihrer Kinnbacken. Robineau war verurteilt, jeder schleppte bereits seinen Knochen davon. So gab es ein allgemeines Gebrumme als der
Zweite doch wiederkam. Einmal mußte die Geschichte ein
Ende nehmen, die Haltung der Verkäufer erschien dem
Abteilungsvorsteher so bedrohlich, daß er, um der Oberleitung Zeit zu einem Entschlusse zu geben, Robineau soeben zur Ergänzungsstelle geschickt hatte.

»Bleibt er, dann gehen wir lieber alle zusammen«, erklärte Hutin.

Bouthemont ärgerte sich über diese Geschichte, sein
fröhliches Gemüt konnte sich nicht in einen derartigen
innern Zwist hineinfinden. Er litt darunter, sich nur noch
von brummigen Gesichter umgeben zu sehen. Aber gerecht wollte er doch sein.

»Hören Sie mal, lassen Sie ihn doch in Ruhe, er tut
Ihnen doch nichts.«

Da brach der Widerspruch los.

»Was? er tut uns nichts? ... Ein unerträgliches Menschenkind, immer kribbelig, und dabei geht er über Leichen, so stolz ist er!«

Da lag der Haupthaß der Abteilung. Robineau besaß bei seinen Weibernerven eine Steifigkeit und eine Reizbarkeit, die sie sich nicht gefallen lassen wollten. Unendlich viele Geschichten liefen darüber umher, von einem jungen Manne, der ganz krank davon geworden war bis zu Kunden, die er durch seine schneidenden Bemerkungen gedemütigt hatte.

»Schließlich, meine Herren«, sagte Bouthemont, »kann ich die Sache nicht auf meine eigene Kappe nehmen ... Ich habe die Oberleitung bereits davon benachrichtigt und will gleich noch mal hingehen und drüber sprechen.«

Es läutete gerade zum zweiten Tisch, die Glockentöne schallten aus dem Kellergeschoß weither und verloren sich in die tote Luft der Geschäftsräume hinauf. Hutin und Favier gingen hinunter. Einer nach dem andern, ohne Zusammenhang kamen die Gehilfen aus den verschiedenen Abteilungen, und unten beim Eintritt in den engen Gang nach der Küche, einem feuchten Gange, den ständig Gaslampen beleuchteten, gerieten alle in Hast. Hier drängte sich die Herde in dem wachsenden Lärm des Geschirrs und in dem starken Eßgeruch ohne jedes Lächeln, ohne ein Wort zusammen. Am Ende des Ganges gab es dann vor einem Schalter plötzlich eine Stockung. Zwischen zwei Tellerhaufen, mit Gabeln und Löffeln bewaffnet, die er in die kupfernen Kochtöpfe hineintauchte, teilte hier ein Koch jedem seinen Anteil zu. Und wenn er sich mal zur Seite bog, bemerkte man hinter seinem prallen weißen Bauch die flammende Küche.

»Gut, machen wir!« sagte Hutin mit einem Blick auf die Speisekarte, die auf einer schwarzen Tafel oberhalb des

Schalters stand, »Rindfleisch mit Kräutertunke oder Rochen ... Nie gibt's Braten in dieser Bude! Das schlägt doch nicht an, ihr Gekochtes und der Fisch!«

Dem Fisch begegnete übrigens allgemeines Mißtrauen, denn der Kessel war noch ganz voll. Favier jedoch nahm Rochen. Hinter ihm bückte sich Hutin und sagte:

»Rindfleisch mit Kräutertunke.«

Mit seiner maschinengleichen Bewegung spießte der Koch ein Stück Fleisch auf und übergoß es mit einem Löffel Tunke; und kaum hatte Hutin, der von dem heißen, ihm aus dem Schalter ins Gesicht dringenden Hauch ganz außer Atem war, seinen Teil in Empfang genommen, als hinter ihm die Worte: »Rindfleisch mit Kräutertunke ... Rindfleisch mit Kräutertunke« sich folgten wie eine Litanei, während der Koch unausgesetzt mit der raschen, gleichmäßigen Bewegung eines wohl geregelten Uhrwerks neue Fleischstücke aufspießte und mit Tunke übergoß.

»Denen ihr Rochen ist ja ganz kalt«, erklärte Favier, der mit der Hand keine Wärme verspürte.

Alle zogen sie nun der Reihe nach mit ausgestrecktem Arm, den Teller in der Rechten weiter, voller Furcht sich gegenseitig anzustoßen. Zehn Schritte weiterhin öffnete sich an einem andern Schalter die Schankstelle hinter einem Tisch von glänzend blankem Zinn, auf dem reihenweise aufgestellt der Wein in kleinen stöpsellosen Flaschen leuchtete, die noch feucht vom Spülen waren. Im Vorbeigehen nahm jeder seine Flasche mit der linken Hand in Empfang und suchte sich dann mit ernster Miene, voller Angst um sein Gleichgewicht seinen Tisch.

Hutin schimpfte leise:

»Nettes Spazierenlaufen mit all dem Geschirr!«

Sein und Faviers Tisch befand sich am Ende des Ganges im letzten Eßzimmer. Die Zimmer sahen sich alle gleich, es waren frühere Kellerräume von vier mal fünf Metern,

mit Zement abgeputzt und zu Eßzimmern eingerichtet;
aber die Feuchtigkeit schlug überall durch die Farbe und
übersäte die gelblichen Wände mit grünlichen Flecken;
von den engen Luftschächten, die in Höhe der Bürgersteige auf die Straße mündeten, fiel ein bleiches Tageslicht
herein, fortwährend von den unbestimmten Schatten der
Vorübergehenden unterbrochen. Im Juli wie im Dezember war es hier zum Ersticken in dem heißen Schwaden,
der mit Übelkeit erregenden Gerüchen geschwängert aus
der nahen Küche herüberwehte.

Hutin war indessen als erster eingetreten. Auf seinem
Tische, der mit dem einen Ende an der Mauer festgemacht
und mit Wachstuch bedeckt war, standen lediglich Gläser,
und Messer und Gabeln gaben die Plätze an. An jedem
Ende stand ein Haufen Teller zum Wechseln; in der Mitte
aber lag ein dickes Brot, von einem mit dem Griff in die
Höhe stehenden Messer durchbohrt. Hutin entledigte sich
seiner Flasche und stellte seinen Teller hin; nachdem er
sich dann sein Mundtuch aus einem Fächergestell geholt
hatte, das den einzigen Zierat der Wände bildete, setzte er
sich und stieß einen Seufzer aus.

»Und dabei habe ich einen Hunger!« murmelte er.

»So geht es immer«, sagte Favier, der sich zu seiner Linken niederließ. »Wenn man am Verrecken ist, gibt's gerade
nichts.«

Der Tisch füllte sich rasch. Er hielt zweiundzwanzig
Plätze. Zunächst entstand ein heftiges Gabelgeklapper, eine
mächtige Fresserei unter all diesen lustigen Burschen,
denen nach dreizehn Stunden täglicher Arbeit der Magen
knurrte. Anfangs hatten die Gehilfen eine Stunde zum
Essen gehabt und ihren Kaffee außerhalb trinken können;
sie beeilten sich dann mit dem Frühstück, sodaß sie nach
zwanzig Minuten schleunigst auf die Straße hinauskonn-
ten. Aber das regte sie zu sehr auf, sie kamen zerstreut

wieder und ihre Gedanken waren nicht mehr recht beim Verkauf; so hatte die Oberleitung entschieden, sie sollten nicht mehr nach draußen und sie wolle ihnen drei Sous für eine Tasse Kaffee drüberher zahlen, wenn sie ihn haben wollten. Jetzt ließen sie sich daher beim Essen Zeit und waren nicht allzu sehr darauf erpicht, früher als nötig wieder nach oben in ihre Abteilung zu gehen. Viele lasen, während sie große Bissen herunterschlangen, eine zusammengefaltete Zeitung, die sie gegen ihre Flasche lehnten; andere unterhielten sich lärmend, sobald der erste Hunger gestillt war und kamen dabei immer wieder auf dieselben Gesprächsgegenstände zurück, das schlechte Essen, ihren Verdienst, was sie am vorigen Sonntag unternommen und was sie für den nächsten vorhatten.

»Na, und Ihr Robineau?« fragte ein anderer Verkäufer Hutin.

Der Kampf der Seidenleute gegen ihren Zweiten beschäftigte sämtliche Abteilungen. Jeden Tag wurde die Frage im Kaffee Saint-Roch bis Mitternacht besprochen. Hutin, der sich mit seinem Stück Rindfleisch abquälte, begnügte sich mit der Antwort:

»Na ja, er ist wieder da, der Robineau.«

Dann wurde er mit einemmal ärgerlich:

»Verdammt noch mal! Die haben mir ja Eselfleisch gegeben!... aber so was ist doch weiß Gott ekelhaft!«

»Jammern Sie doch nicht so!« sagte Favier. »Ich bin so dumm gewesen und habe Rochen genommen... der ist ganz faul.«

Nun redeten alle auf einmal, sie ärgerten sich oder scherzten. An einer Ecke des Tisches ganz an der Mauer aß Deloche in tiefem Schweigen. Er litt unter übermäßigem Hunger, den er niemals befriedigen konnte und da er zu wenig verdiente, um sich etwas drüber her leisten zu können, schnitt er sich riesige Scheiben Brot ab und verschlang

auch die wenig reizvollen Gerichte mit wahrer Schlem-
mermiene. Alle machten sich daher über ihn lustig und
riefen:

»Favier, geben Sie doch Ihren Rochen Deloche... er
mag so was gerne.«

»Und Ihr Fleisch auch, Hutin: Deloche möchte es zum
Nachtisch.«

Der arme Bursche zuckte die Achseln und antwortete
gar nicht. Es war doch nicht seine Schuld, wenn er vor
Hunger verreckte. Übrigens, wenn auch die andern ihr
Futter noch so sehr schmähten, sie stopften sich doch voll.

Aber da brachte sie ein leiser Pfiff zum Schweigen. Das
bedeutete Mourets und Bourdoncles Anwesenheit auf dem
Gange. Die Klagen der Angestellten waren seit einiger Zeit
so laut geworden, daß die Oberleitung dann und wann
herunterkam und sich den Anschein geben zu müssen
glaubte, als wolle sie sich ein eigenes Urteil über die Güte
des Essens verschaffen. Aus den dreißig Sous, die sie dem
Küchenvorsteher für den Kopf und Tag gab, mußte dieser
alles bezahlen, Vorräte, Kohlen, Gas, seine Leute; und sie
zeigte sich immer kindlich erstaunt, wenn dabei nicht alles
sehr gut war. Heute Morgen erst hatte jede Abteilung einen
Verkäufer abgeordnet, und Mignot und Liénard hatten es
auf sich genommen, im Namen ihrer Genossen zu sprechen. In plötzlichem Schweigen spitzten sich daher alle
Ohren und horchten auf die aus dem Nebenzimmer her-
übertönenden Stimmen, wo Mouret und Bourdoncle gerade eingetreten waren. Dieser erklärte das Rindfleisch für
vorzüglich und Mignot, dem diese ruhige Behauptung den
Atem versetzte, wiederholte: »Kauen Sie es doch mal,
damit Sie es merken!« während Liénard sich über den Rochen hermachte und ganz leise sagte: »Aber der stinkt doch,
Herr Bourdoncle!« Da verbreitete Mouret sich in liebenswürdigen Redensarten: er wolle alles für das Wohl seiner

Angestellten tun, er sei doch ihr Vater und wolle selbst lieber trocken Brot essen, als sie schlecht ernährt wissen.

»Ich verspreche Ihnen, ich werde die Frage genau prüfen«, und dabei erhob er die Stimme, so daß er von dem einen Ende des Ganges bis zum andern gehört werden konnte.

Damit war die Untersuchung der Oberleitung abgeschlossen und der Lärm der Gabeln begann aufs neue. Hutin murmelte:

»Ja, verlaß dich man auf mich, dann bist du verlassen genug!... Ach, mit schönen Redensarten knausern sie nie! Willst du was versprochen haben, da hast du es, und dann füttern sie uns mit altem Schuhleder und schmeißen uns wie einen Hund vor die Tür!«

Der Verkäufer, der ihn vorhin schon gefragt hatte, sagte jetzt wieder:

»Sie sagten, Ihr Robineau...?«

Aber da übertönte der mächtige Lärm des Geschirrs seine Stimme. Die Gehilfen wechselten ihre Teller selbst, die Haufen rechts und links wurden immer niedriger. Und als dann ein Küchenjunge mächtige verzinnte Schüsseln hereinbrachte, schrie Hutin:

»Gebackener Reis, das ist aber doch die Höhe!«

»Gut für zwei Sous Kleister!« sagte Favier, als er sich nahm.

Die einen mochten ihn gern, die andern fanden ihn zu kleistrig. Und die, die lasen, blieben schweigend in die Unterhaltungsbeilage ihrer Zeitung vertieft; sie aßen darauf los, ohne auch nur zu wissen, was. Alle wischten sich die Stirn, der enge Keller füllte sich mit trübem Dunst; die Schatten der Vorübergehenden liefen unausgesetzt in schwarzen Streifen über das in Unordnung geratene Tischtuch.

»Gebt doch Deloche mal das Brot«, rief ein Witzbold.

Jeder schnitt sich sein Stück Brot ab und steckte dann das Messer bis ans Heft wieder in die Rinde; und das Brot ging immer rundum.

»Wer will meinen Reis für seinen Nachtisch?« fragte Hutin.

Als er seinen Handel mit einem winzigen kleinen Kerl abgeschlossen hatte, versuchte er auch seinen Wein zu verschachern; aber den wollte niemand. Alle fanden ihn scheußlich.

»Aber ich sagte Ihnen doch, Robineau ist wieder da«, fuhr er inmitten lauten Gelächters und durcheinanderschwirrender Unterhaltung fort.

»Oh, der Fall liegt sehr ernst!... Denken Sie nur, er verführt die Verkäuferinnen! Er besorgt ihnen Halsbinden zu nähen!«

»Ruhe!« sagte Favier leise. »Da wird er gerade abgeurteilt.«

Mit einem Seitenblick wies er auf Bouthemont, der auf dem Gange zwischen Mouret und Bourdoncle dahinschritt, alle drei in ein lebhaftes, mit halben Stimmen geführtes Gespräch vertieft. Das Eßzimmer der Abteilungsvorsteher und der Zweiten lag ihnen gerade gegenüber. Als Bouthemont Mouret hatte vorbeigehen sehen, war er vom Tisch aufgestanden, da er bereits fertig war; er berichtete ihm über die Aufregung in seiner Abteilung und erzählte von seiner eigenen schwierigen Lage. Die beiden andern hörten ihn an, weigerten sich aber, Robineau, einen Verkäufer erster Güte, der noch aus der Zeit Frau Hédouins stammte, zu opfern. Als er dann aber zu der Geschichte mit den Halsbinden kam, geriet Bourdoncle außer sich. Ist der Bursche denn verrückt, daß er sich damit abgibt, den Verkäuferinnen Nebenarbeiten zu verschaffen? Das Haus bezahlt die Zeit der jungen Mädchen schon gerade hoch genug; wenn sie nachts für eigene Rechnung arbeiten, leisten sie am Tage im Geschäft weniger, das war doch klar; sie bestahlen sie also, sie setzten ihre Gesundheit aufs Spiel, die ihnen gar nicht mal gehörte. Die Nacht war zum Schlafen da, alle mußten sie schlafen, oder sie würden herausgeschmissen!

»Da geht es heiß her«, bemerkte Hutin.

Jedesmal, wenn die drei Männer auf ihrem langsamen Gang an dem Eßzimmer vorbeikamen, beobachteten die Gehilfen sie und legten sich auch ihre geringsten Bewegungen aus. Darüber vergaßen sie ganz ihren gebackenen Reis, in dem ein Kassierer gerade einen Hosenknopf gefunden hatte.

»Ich habe das Wort ›Halsbinde‹ verstanden«, sagte Favier. »Und Sie haben doch gesehen, wie Bourdoncles Nase auf einmal weiß wurde.«

Mouret teilte diesmal die Aufregung seines Teilhabers. Daß eine Verkäuferin so weit ging, auch nachts zu arbeiten, das erschien ihm wie ein Angriff auf die Einrichtungen des »Paradieses der Damen« selbst. Wer war denn dies dumme Geschöpf, das nicht mal mit seinen Vergütungen für den Verkauf auskam? Als aber Bouthemont Denise nannte, zog er mildere Saiten auf und fand es entschuldbar. Ach ja, das arme Mädchen, sie war noch nicht sehr geschickt, und hatte sehr große Lasten, versicherte man ihn. Bourdoncle unterbrach ihn mit der Erklärung, sie müßten sie auf der Stelle wegschicken. Aus so einem häßlichen Frauenzimmer holten sie doch nie etwas heraus, das hätte er immer schon gesagt; und das schien seinen Haß zu befriedigen. Nun tat Mouret in seiner Verlegenheit so, als lachte er. Mein Gott, was für ein strenger Mensch! Konnte man denn nicht einmal Gnade walten lassen? Sie könnten ja die Schuldige kommen lassen und sie ausschelten. Schließlich fiel doch die ganze Geschichte Robineau zur Last, denn der hätte sie als alter Gehilfe, der doch über die

Gewohnheiten des Hauses auf dem laufenden war, auf einen andern Weg bringen müssen.

»Nanu! Der Herr lacht ja jetzt!« fing Favier ganz erstaunt wieder an, als die Gruppe abermals an der Tür vorbeikam.

»Ach, verdammt noch mal!« fluchte Hutin, »wenn die sich darauf versteifen, uns ihren Robineau auf den Buckel zu leimen, dann geben wir ihnen ja doch alle unsern Segen dazu!«

Bourdoncle sah Mouret ins Gesicht. Dann machte er einfach eine verächtliche Handbewegung, wie um zu sagen, nun begreife er alles, und das wäre doch recht dumm. Bouthemont hatte mit seinen Klagen wieder angefangen: die Verkäufer drohten wegzugehen, und es wären doch ausgezeichnete darunter. Aber was die Herren am tiefsten zu berühren schien, das war das Gerücht über Robineaus gute Beziehungen zu Gaujean. Dieser, hieß es, triebe den ersteren dazu an, sich auf seine Rechnung hier im Viertel niederzulassen und biete ihm langfristige Vorschüsse an, um eine Bresche ins »Paradies der Damen« zu legen. Nun wurden sie still. Ah! Der Robineau träumte also vom Kampf! Mouret wurde ernst. Er tat jetzt so, als verachte er ihn, vermied es aber doch, einen Entschluß zu fassen, als wenn die Geschichte nicht von Wichtigkeit wäre. Er wollte mal sehen, wollte mit ihm reden. Und nun fing er sofort an, mit Bouthemont zu scherzen, dessen Vater vorgestern aus seinem kleinen Laden in Montpellier herübergekommen und vor Staunen und Ärger beinahe erstickt war, als er in die riesige Halle hineingeriet, in der sein Sohn herrschte. Man lachte noch über den guten Kerl, der, sobald er sich als Südländer wieder zurechtgefunden hatte, nun alles schwarz machte und so tat, als glaube er, das Modengeschäft müßte noch auf der Straße verenden.

»Da kommt Robineau gerade«, flüsterte der Abteilungs-

vorsteher. »Ich hatte ihn nach der Ergänzungsstelle geschickt, um zu vermeiden, daß es zu einem bedauerlichen
Zusammenstoß käme ... Entschuldigen Sie, wenn ich in
Sie dringe; aber die Verhältnisse haben sich so zugespitzt,
daß wir handeln müssen.«

Tatsächlich ging Robineau im Eintreten an den Herren
vorbei und begrüßte sie, während er zu seinem Tische
ging.

Mouret begnügte sich damit, zu wiederholen:

»Gut, wir wollen mal sehen.«

Sie gingen fort. Hutin und Favier warteten immer noch
auf sie. Als sie sie aber nicht wiederkommen sahen, machten sie ihren Gefühlen Luft. Wollte die Oberleitung jetzt
etwa zu jeder Mahlzeit herunterkommen und ihnen die
Bissen in den Mund zählen? Das würde ja reizend, wenn
man nicht mal mehr beim Essen seine Ruhe hätte. In
Wahrheit hatten sie gesehen, wie Robineau hereinkam und
beunruhigten sich über den Ausgang des von ihnen einge-
leiteten Kampfes. Sie ließen die Stimmen sinken und suchten nach neuen Klagegründen.

»Aber ich komme ja um!« fuhr Hutin ganz laut fort.
»Wenn man von Tisch aufsteht, ist man noch hungriger als
vorher.«

Er hatte indessen schon zwei Teller Eingemachtes gege-
sen, seinen eigenen und den für seinen Reis eingetausch-
ten. Mit einemmall schrie er:

»Unsinn! Ich leiste mir noch etwas drüber her ... Viktor,
ein drittes Eingemachtes!«

Der Küchenjunge war gerade mit dem Auftragen des
Nachtisches fertig. Nun brachte er den Kaffee; und jeder,
der welchen nahm, gab ihm sofort drei Sous. Ein paar
Verkäufer waren schon gegangen und bummelten den
Gang hinunter, wo sie sich dunkle Ecken aussuchten, um
eine Zigarette zu rauchen. Die andern blieben schlaff vor

den mit gebrauchtem Geschirr verstellten Tischen sitzen. Sie rollten kleine Kugeln aus weichem Brot zusammen und kamen in dem Fettgeruch, den sie gar nicht mehr verspürten, und der Backofenhitze, die ihre Ohren rötete, wieder auf die alten Geschichten. Die Mauern schwitzten, ein langsames Ersticken sank von dem Gewölbe herab. Deloche, der sich mit Brot vollgestopft hatte, verdaute schweigend an die Mauer gelehnt und sah nach dem Luftschach hinauf. Alle Tage war das nach dem Frühstück seine Erholung, so den Füßen der Vorübergehenden zuzusehen, die rasch über den Bürgersteig hinschritten, Füße, die an den Knöcheln abgeschnitten waren, grobe Stiefel, vornehme Halbstiefel, feine Frauenschuhe, ein ewiges Hin und Her lebendiger Füße ohne Rumpf und ohne Kopf. An Regentagen waren sie sehr schmutzig.

»Was! Jetzt schon!« rief Hutin.

Am Ende des Ganges ertönte eine Glocke, sie mußten den Tisch für die dritte Tafel räumen. Die Küchenjungen kamen mit Eimern voll warmen Wassers und Schwämmen, um das Wachstuch abzuwaschen. Langsam entleerten sich die Zimmer, die Verkäufer gingen wieder in ihre Abteilungen, wobei sie noch etwas auf den Treppen herumbummelten. Und in der Küche nahm der mit seinen Gabeln und Löffeln bewaffnete Vorsteher wieder seinen Platz zwischen den Töpfen mit Rochen und Rindfleisch mit Tunke ein, um aufs neue die Teller mit der gleichmäßigen Bewegung eines gut geregelten Uhrwerks zu füllen.

Hutin und Favier, die sich verspätet hatten, sahen Denise herunterkommen.

»Herr Robineau ist wieder da, Fräulein«, sagte der erste mit spöttischer Höflichkeit.

»Er ist beim Essen«, setzte der andere hinzu. »Aber wenn Sie es sehr eilig haben, können Sie ja nur hineingehen.«

Denise schritt vollends hinunter, ohne ihnen zu antworten oder auch nur den Kopf zuzudrehen. Als sie indessen an dem Eßzimmer der Abteilungsvorsteher und der Ersten vorbeiging, konnte sie es doch nicht lassen, einen Blick hineinzuwerfen. Tatsächlich, da war Robineau. Sie wollte heute nachmittag versuchen, ihn zu sprechen: und so ging sie den Gang ganz bis zu Ende, um an ihren Tisch zu gelangen, der sich am andern Ende befand.

Die Frauen aßen für sich in zwei ihnen allein vorbehaltenen Zimmern. Denise trat in das erste ein. Es war gleichfalls ein früherer in ein Eßzimmer verwandelter Kellerraum; aber es war doch etwas behaglicher eingerichtet. An dem eirunden, in der Mitte stehenden Tisch, war zwischen den fünfzehn Gedecken mehr Raum, und der Wein stand in Kannen da; eine Schüssel mit Rochen und eine andere mit Rindfleisch und Kräutertunke nahmen die beiden Enden ein. Küchenjungen mit weißen Schürzen bedienten die Damen, was diese der Unannehmlichkeit enthob, sich ihre Anteile am Schalter selbst holen zu müssen. Die Oberleitung fand dies anständiger.

»Sind Sie denn schon hingegangen?« fragte Pauline, die bereits dasaß und sich Brot abschnitt.

»Ja«, antwortete Denise und errötete. »Ich ging mit einer Kundin.«

Sie log. Clara stieß die neben ihr sitzende Verkäuferin mit dem Ellbogen an. Was hatte der Strubbelkopf denn heute eigentlich? Sie war ja ganz merkwürdig. Schlag auf Schlag bekam sie Briefe von ihrem Liebhaber, dann lief sie wie eine Verlorne durchs Geschäft und schützte Aufträge in der Werkstatt vor, ging aber gar nicht hin. Da ging sicher etwas vor. Nun fing Clara, während sie ihren Rochen ohne jeden Widerwillen mit der völligen Unbekümmertheit eines Mädchens herunteraß, das auch schon von ranzigem Speck gelebt hat, von einer gräßlichen Geschichte an zu erzählen, über die die Berichte alle Zeitungen füllten.

»Haben Sie gelesen, der Mann da, der seiner Geliebten den Kopf mit einem Rasiermesser abgeschnitten hat?«

»Mein Gott!« ließ eine kleine Leinenverkäuferin mit sanftem und zartem Gesicht dazwischenfallen, »er hatte sie doch mit einem andern getroffen. Das war ganz in der Ordnung.«

Aber Pauline erhob lauten Einspruch. »Was! Wenn man einen Mann nicht mehr lieb hatte, dann sollte der einem die Gurgel abschneiden dürfen! Nein, wissen Sie!« Und dann unterbrach sie sich und wandte sich an den Küchenjungen:

»Pierre, sehen Sie mal, das Rindfleisch kann ich nicht runterkriegen ... Lassen Sie mir doch eine Kleinigkeit drüber her machen, einen Eierkuchen, nicht wahr? Und recht saftig, wenn's geht!«

Um die Zeit hinzubringen, zog sie, da sie stets Leckereien in der Tasche hatte, kleine Schokoladenplätzchen hervor und fing an, sie mit ihrem Brot herunterzuknabbern.

»Gewiß, das ist kein Spaß, so'n Mann«, fing Clara wieder an. »Und es gibt ja so eifersüchtige! Neulich hat doch erst ein Arbeiter seine Frau in den Brunnen geworfen.«

Sie ließ Denise nicht aus den Augen und glaubte auf der richtigen Fährte zu sein, als sie sah, wie diese blaß wurde. Augenscheinlich zitterte das Kräutchen Rührmichnichtan bei dem Gedanken, ihr Liebhaber würde sie ohrfeigen, wenn sie ihn betröge. Würde das einen Spaß geben, wenn er sie bis ins Geschäft jagte, wie sie offenbar fürchtete. Aber die Unterhaltung wandte sich zu etwas anderm, eine Verkäuferin machte sie mit einem Mittel bekannt, Flecken aus Samt zu entfernen. Dann redeten sie über ein neues Stück in der Gaieté, wo entzückende kleine Mädchen viel hübscher tanzten als die großen. Pauline, die einen Augenblick beim Anblick ihres zu stark gebackenen Eierkuchens traurig geworden war, fand ihre alte gute Laune wieder, als sie merkte, daß er doch nicht verdorben sei.

»Geben Sie mir doch mal den Wein«, sagte sie zu Denise. »Sie sollten sich auch einen Eierkuchen bestellen.«

»Oh, ich habe genug an dem Rindfleisch!« gab das junge Mädchen zur Antwort, denn um sich keine Kosten zu verursachen, hielt sie sich an das Essen des Hauses, wenn es auch noch so widerwärtig war.

Als der Küchenjunge den gebackenen Reis brachte, erhoben die jungen Mädchen Einspruch. Vorige Woche hatten sie ihn erst stehen lassen und hatten gehofft, er würde nicht wieder kommen. Denise war in ihrer Zerstreuung und in der Angst, die sie Jeans wegen bei Claras Geschichten empfand, die einzige, die davon aß; und alle sahen ihr dabei mit einer Art Ekel zu. Nun begann eine wahre Schlemmerei in besonders Bestelltem, sie nudelten sich mit Eingemachtem. Übrigens galt das auch für vornehm, man mußte sich doch von seinem Gelde ernähren.

»Wissen Sie wohl, daß die Herren sich beschwert haben«, sagte die zarte Leinenverkäuferin, »und daß die Oberleitung versprochen hat...«

Lautes Gelächter unterbrach sie, und nun redeten sie nur noch über die Leitung. Alle außer Denise tranken Kaffee; sie konnte ihn nicht vertragen, wie sie sagte. Und dann blieben sie noch bei ihrem Kaffee sitzen, die Leinenverkäuferinnen im Wollkleide, die Kleiderverkäuferinnen in Seide, mit den Mundtüchern unterm Kinn, um sich keine Flecken zu machen, wie Damen, die in die Küche heruntergegangen waren, um mit ihren Kammerfrauen zusammen zu essen. Sie hatten die verglaste Klappe des Luftschachtes geöffnet, um die erstickende, verdorbene Luft aufzufrischen; aber sie mußten sie sofort wieder zumachen, denn die Räder der Droschken schienen unmittelbar über ihren Tisch zu rollen.

»Pscht!« machte Pauline. »Da kommt dies alte Biest!«

Das war der Aufseher Jouve. Er bummelte gern gegen

Ende der Mahlzeiten so bei den Mädchen herum. Übrigens hatte er auch die Aufsicht über ihre Räume. Lächelnden Auges trat er ein und ging um den Tisch herum; ein paarmal fing er sogar an zu plaudern und wünschte zu wissen, ob es ihnen gut geschmeckt hätte. Da er ihnen aber Unruhe und Ekel einjagte, beeilten sich alle auszureißen. Obwohl die Glocke noch gar nicht geläutet hatte, ging Clara als erste; andere zogen gleich hinterher. Bald waren nur noch Denise und Pauline übrig. Diese knabberte ihre Schokoladenplätzchen auf, nachdem sie ihren Kaffee ausgetrunken hatte.

»Richtig!« sagte sie, indem sie aufstand, »ich wollte ja einen Burschen nach Apfelsinen schicken... Kommen Sie mit?«

»Sofort«, antwortete Denise, die noch an einer Rinde knabberte, weil sie sich entschlossen hatte, bis zuletzt dazubleiben, um sich auf diese Weise an Robineau heranmachen zu können, wenn sie wieder nach oben ginge.

Als sie sich aber mit Jouve allein sah, fühlte sie sich unbehaglich; widerwillig stand sie vom Tische auf. Sowie er nun bemerkte, daß sie auf die Tür zuging, vertrat er ihr den Weg:

»Fräulein Baudu...«

Er stand vor ihr und lächelte ihr väterlich zu. Sein dicker grauer Schnurrbart und seine kurzen Borstenhaare gaben ihm das Aussehen eines ehrbaren Soldaten. Und er schob die Brust vor, auf der sein rotes Bändchen sich breitmachte.

»Was denn, Herr Jouve?« fragte sie, wieder sicherer werdend.

»Ich habe gesehen, wie Sie heute morgen da hinter den Teppichen plauderten. Sie wissen, das ist gegen die Vorschrift, und wenn ich meinen Bericht erstatte... Ihre Freundin Pauline hat Sie wohl recht lieb?«

Sein Schnurrbart geriet ins Wackeln und seine magere, krumme, rote Nase glühte auf vor seiner Bullengier.

»Na? Was haben Sie denn, Sie beide, daß Sie sich so liebhaben?«

Ohne ihn zu begreifen, fühlte sich Denise abermals von Unbehagen gepackt. Er trat noch näher auf sie zu und sprach ihr gerade ins Gesicht.

»Das ist richtig, wir haben geplaudert, Herr Jouve«, stotterte sie, »aber das ist doch auch nicht so unrecht, mal etwas zu plaudern... Sie sind immer so gut gegen mich und ich danke Ihnen auch recht schön.«

»Ich müßte gar nicht so gut gegen Sie sein«, sagte er. »Gerechtigkeit, weiter kenne ich nichts... Aber wenn man so niedlich ist...«

Und er trat noch näher. Nun begann sie Furcht zu empfinden. Paulines Worte kamen ihr wieder ins Gedächtnis und sie erinnerte sich der über verschiedene Verkäuferinnen umlaufenden Geschichten, die von Vater Jouve eingeschüchtert sich sein Wohlwollen hatten erkaufen müssen. Selbst im Geschäft gestattete er sich übrigens kleine Vertraulichkeiten gegen diese zuvorkommenden Mädchen, er tätschelte ihnen sanft mit seinen entzündeten Fingern die Backen, nahm ihre Hände zwischen seine und hielt sie fest, als hätten sie sie vergessen. Das war alles noch ganz väterlich, den Bullen kehrte er erst draußen hervor, sobald sie darauf eingingen, bei ihm in der Rue des Moineaux ein Butterbrot zu essen.

»Lassen Sie mich«, murmelte das junge Mädchen und wich zurück.

»Na, na«, sagte er. »Sie werden doch nicht die Wilde spielen wollen gegen einen guten Freund, der immer so gut für Sie sorgt... Seien Sie nett, kommen Sie mal und essen ein Butterbrot zu einer Tasse Tee bei mir. Es geschieht ja nur aus gutem Herzen.«

Jetzt lehnte sie sich auf.

»Nein! Nein!«

Das Speisezimmer war immer noch leer, der Küchenjunge war noch nicht wiedergekommen. Jouve lauschte gespannt auf das Geräusch von Schritten und warf rasch einen Blick umher; in seiner großen Aufregung vergaß er seine Haltung gänzlich, und aus seiner väterlichen Vertraulichkeit heraustretend, wollte er ihr einen Kuß in den Nacken drücken.

»Kleiner Racker, kleiner Dummkompf... So'n Haar und so dumm? Kommen Sie doch heute abend, dann wollen wir ein bißchen lachen.«

Aber bei der Annäherung seines glühenden Gesichts, dessen Hauch sie verspürte, wurde sie vor schrecklichem Widerwillen wie verrückt. Mit einem Male stieß sie ihn mit einer solchen Kraftanstrengung von sich, daß er ins Taumeln geriet und über den Tisch fiel. Glücklicherweise fing ihn ein Stuhl auf; aber von dem Stoß fiel eine Kanne Wein um, der ihm seine weiße Binde bespritzte und das rote Band durchtränkte. Und so blieb er ganz erstickt vor Zorn über so eine Roheit stehen, ohne sich abzutrocknen. Was, wenn man auf nichts gefaßt war, wenn er noch gar keine Kraft anwandte und sich nur in seiner Gutmütigkeit etwas gehen ließ!

»Ah, Fräulein, das wird Ihnen noch leid tun, mein Wort darauf.«

Denise war weggelaufen. Gerade ertönte die Glocke; und verwirrt und immer noch zitternd vergaß sie Robineau vollständig und ging wieder nach oben in ihre Abteilung. Dann aber wagte sie nicht, noch einmal wieder hinunterzugehen. Da die Sonne nachmittags heiß auf die Hausseite am Place Gaillon fiel, war es in den Räumen des Zwischenstocks trotz der Vorhänge zum Ersticken. Ein paar Kunden kamen, ließen die Mädchen losschwimmen, kauften aber nichts. Die ganze Abteilung gähnte unter Frau Aurelies großen Träumeraugen. Als Denise gegen drei Uhr die Erste einschlummern sah, glitt sie leise hinaus und trat aufs neue mit ihrer verstörten Miene einen Gang durch das Geschäft an. Um die Neugierigen, deren Blicke sie hätten verfolgen können, auf falsche Fährte zu locken, ging sie nicht unmittelbar in die Seide hinunter; zuerst hatte sie scheinbar eine Besorgung bei den Spitzen und machte sich an Deloche heran, um ihn um eine Auskunft zu bitten; dann ging sie im Erdgeschoß durch die Kattunabteilung, sie trat zu den Halsbinden heran, als eine plötzliche Erscheinung sie vor Überraschung stillstehen ließ. Jean stand vor ihr.

»Was! Da bist du?« murmelte sie ganz blaß.

Er hatte seinen Arbeitskittel anbehalten und war im bloßen Kopf, seine blonden Haare waren stark in Unordnung und fielen ihm in Locken auf seine mädchenhafte Haut hernieder. Er stand vor einem Kasten kleiner schwarzer Halsbinden und schien tief nachzudenken.

»Was machst du da?« fing sie wieder an.

»Mein Gott! Ich wartete auf dich ... Du verbietest mir ja zu dir zu kommen. Da bin ich so hereingekommen, aber ich habe noch mit niemand gesprochen. Oh, du kannst ganz ruhig sein! Wenn du willst, tu doch so, als ob du mich nicht kenntest.«

Einzelne Verkäufer sahen sie schon ganz erstaunt an. Jean ließ die Stimme sinken.

»Weißt du, sie wollte mitkommen. Ja, sie steht da draußen vor dem Springbrunnen ... Gib mir rasch die fünfzehn Francs, oder wir sind verloren, so wahr die Sonne uns bescheint!«

Nun fühlte Denise sich von einer mächtigen Unruhe gepackt. Alles lachte und hörte sich dies Abenteuer an. Und da sich hinter der Halsbindenabteilung gerade eine Treppe nach dem Kellergeschoß auftat, stieß sie ihren Bruder dorthin und ließ ihn rasch hinuntergehen. Unten fuhr er voller Verwirrung mit seiner Geschichte fort und suchte nach Tatsachen, da er fürchtete, sie glaube ihm nicht.

»Das Geld ist nicht für sie. Sie ist viel zu vornehm...
Und ihr Mann, ach, der macht sich auch gerade was aus
fünfzehn Francs! Nicht für 'ne Million würde er seiner
Frau erlauben... Ein Leimsieder, habe ich dir's schon erzählt? Sehr wohlhabende Leute... Nein, es ist für so'n
Lumpenweib, 'ne Freundin von ihr, die uns gesehen hat;
und siehst du, wenn ich der die fünfzehn Francs heute
abend nicht gebe...«

»Sei still«, murmelte Denise. »Sofort... Geh' doch zu.«

Sie waren in die Ausgabestelle gelangt. In der toten Jahreszeit schlief der weite Kellerraum im bleichen Licht der
Luftschächte. Es war kalt hier drinnen und Stille sank vom
Gewölbe herab. In einer der Abteilungen holte jedoch ein
Laufbursche die paar für das Madeleine-Viertel bestimmten Pakete ab; und an dem großen Aussuchetisch saß Campion, der Abteilungsvorsteher, mit herabhängenden Händen und offenen Augen.

Jean begann aufs neue:

»Der Mann hat ein großes Messer...«

»Geh' doch zu!« sagte Denise wieder und stieß ihn
immer weiter.

Sie gingen den engen Gang, in dem stets Gas brannte,
weiter entlang. Rechts und links bildeten in dunklen Kel-
lerverschlägen die Ergänzungswaren hinter Lattenwerk
schattenhafte Massen. Endlich hielt sie an einem der Holz-
gitter an. Hier würde zweifellos niemand herkommen; aber
verboten war es doch und es schauderte sie.

»Wenn dies Lumpenweib zu reden anfängt«, fing Jean
wieder an, »dann kommt der Mann mit seinem großen
Messer...«

»Wo soll ich denn aber fünfzehn Francs herkriegen?«
rief Denise voller Verzweiflung. »Kannst du denn gar nicht
vernünftig sein? Fortwährend gerätst du in solche wunder-
lichen Geschichten!«

Er schlug sich an die Brust. Bei all seinen romanhaften Erzählungen kannte er schließlich die reine Wahrheit selbst nicht mehr. Er erdichtete sich eben Gründe für seinen Geldbedarf und hatte im Grunde genommen stets irgend etwas unbedingt nötig.

»Beim Heiligsten, was es gibt, diesmal ist es ganz gewiß wahr ... Ich hielt sie so und sie küßte mich ...«

Wieder hieß sie ihn schweigen, sie wurde ärgerlich und fühlte ihre Qual aufs äußerste gesteigert.

»Ich will nichts davon wissen. Behalte deine üblen Geschichten für dich. Es ist zu häßlich, hörst du wohl? ... Und jede Woche quälst du mich wieder, ich rackere mich zu Tode, um dir hundert Sous zustecken zu können. Ja, die ganzen Nächte sitze ich dabei ... Und dann rechne ich noch gar nicht mal, daß du deinem Bruder das Brot vor dem Munde wegnimmst.«

Mit offenem Munde und blassem Gesicht blieb Jean stehen. Wie? häßlich war das? Er begriff sie nicht mehr, seit seiner Kindheit hatte er seine Schwester als seinen besten Genossen angesehen, es kam ihm so selbstverständlich vor, daß er ihr sein Herz ausschüttete. Was ihm aber vor allem den Atem versetzte war, daß sie die ganzen Nächte aufsäße. Der Gedanke, er brächte sie um und nähme Pépé sein Brot weg, überwältigte ihn dermaßen, daß er anfing zu weinen.

»Du hast recht, ich bin ein Gauner«, rief er. »Aber häßlich ist es nicht, bewahre! Ganz im Gegenteil, und deshalb fängt man ja immer wieder an damit ... Diese ist jetzt schon zwanzig Jahre. Sie dachte, sie müßte mich auslachen, weil ich erst siebzehn bin ... Herrgott! Hab' ich 'ne Wut auf mich! Ohrfeigen möchte ich mich.«

Er hatte ihre Hände ergriffen und küßte sie, wobei er sie mit seinen Tränen benetzte.

»Gib mir die fünfzehn Francs, es soll auch das letztemal

sein, das schwöre ich dir... Oder gut, nein! Gib sie mir nicht, ich will lieber sterben. Wenn der Mann mich umbringt, bist du mich los.«

Da sie jetzt auch weinte, fühlte er Gewissensbisse.

»Das sage ich so, aber ich weiß doch gar nichts. Vielleicht will er ja niemand umbringen... Wir werden uns vertragen, ich verspreche es dir, Schwesterchen. Leb' wohl, ich gehe.«

Da versetzte das Geräusch von Schritten vom Ende des Ganges her sie in Unruhe. Sie brachte ihn wieder in eine dunkle Ecke bei den Ergänzungswaren. Einen Augenblick hörten sie nur das Singen der Gasflamme neben sich. Dann kamen die Schritte wieder näher; und als sie den Kopf vorstreckte, erkannte sie den Aufseher Jouve, der sich mit seiner steifen Miene im Gange zu tun machte. War er zufällig hier? Hatte irgendein anderer Aufpasser, der an der Tür Dienst hatte, ihn aufmerksam gemacht? Sie wurde von derartiger Furcht gepackt, daß sie den Kopf verlor; so stieß sie Jean aus dem dunklen Loch, in dem sie sich verborgen hatte, hervor und stammelte, indem sie ihn vor sich herjagte:

»Geh! Geh!«

Wie sie so zusammen dahinrannten, konnten sie den Atem Vater Jouves hinter sich hören, der auch anfing zu laufen. Abermals liefen sie durch die Ausgabestelle und kamen an den Fuß der durch eine Glastür auf die Rue de la Michodière hinausgehenden Treppe.

»Geh doch! Geh doch!« sagte Denise immer wieder. »Wenn ich kann, schicke ich dir die fünfzehn Francs doch noch.«

Ganz verstört lief Jean davon. Außer Atem kam nun der Aufseher Jouve, konnte aber gerade nur noch einen Zipfel des weißen Kittels und eine blonde Haarlocke im Winde des Bürgersteiges dahinflattern sehen. Er pustete einen Au-

genblick, um seine würdige Haltung wiederzugewinnnen.
Er hatte eine ganz neue, eben aus der Leinenabteilung
geholte Binde um, deren mächtig dicker Knoten weiß wie
Schnee leuchtete.

»Na ja! Das ist ja hübsch, Fräulein«, sagte er mit zitternden Lippen. »O ja! Das ist recht hübsch, sehr hübsch...
Wenn Sie sich einbilden, daß ich so was dulde, solche netten Geschichten da im Keller...«

Mit diesem Worte verfolgte er sie, während sie, die Kehle
vor Aufregung zugeschnürt, wieder ins Geschäft hinaufging, ohne ein Wort der Entschuldigung finden zu können. Jetzt war sie unglücklich darüber, daß sie so gelaufen
war. Warum hatte sie ihn nicht aufgeklärt und ihm bewiesen, daß das ihr Bruder sei? Sie würden sich noch allerlei
Gemeinheiten ausdenken; und sie mochte schwören soviel
sie wollte, niemand würde ihr glauben. Wieder vergaß sie
Robineau und lief unmittelbar in ihre Abteilung hinauf.

Ohne abzuwarten ging Jouve sofort zur Oberleitung,
um seinen Bericht zu erstatten. Aber der diensttuende
Laufjunge sagte ihm, der Herr wäre mit Herrn Bourdoncle
und Herrn Robineau zusammen; sie sprächen schon eine
Viertelstunde lang. Übrigens war die Tür halb offen geblieben; sie konnten Mouret hören, wie er den Gehilfen
vergnügt fragte, ob er einen schönen Urlaub verlebt hätte;
von Wegschicken war gar keine Rede mehr, die Unterhaltung ging im Gegenteil auf gewisse in der Abteilung zu
treffende Maßnahmen über.

»Wollten Sie was, Herr Jouve?« rief Mouret. »Kommen
Sie nur herein.«

Dem Aufseher aber gab sein Gefühl einen Wink. Da
Bourdoncle gerade herauskam, wollte Jouve lieber ihm allein alles erzählen. Langsam gingen sie beide den Gang bei
den Umhängetüchern entlang, nebeneinander schritten sie
dahin, der eine vorgebeugt und ganz leise erzählend, der

andere zuhörend, ohne daß ein Zug seines ernsten Gesichts seine Empfindungen verraten hätte.

»Schön«, sagte der letztere schließlich.

Und da sie gerade vor der Kleiderabteilung standen, trat er dort ein. Frau Aurelie hatte sich sehr über Denise geärgert. Wo kam sie denn wieder her? Diesmal würde sie doch wohl nicht wieder sagen wollen, sie wäre in der Werkstatt gewesen. Dies ewige Verschwinden konnte wahrhaftig nicht lange geduldet werden.

»Frau Aurelie!« rief Bourdoncle.

Er hatte sich für einen Gewaltstreich entschieden und wollte Mouret gar nicht erst fragen, da er befürchtete, der werde wieder schwach werden. Die Erste trat zu ihm und die Geschichte wurde nochmals mit leiser Stimme verhandelt. Die ganze Abteilung wartete und witterte einen Krach. Schließlich wandte Frau Aurelie sich mit feierlicher Miene um.

»Fräulein Baudu...«

Und ihre dicke Cäsarenlarve behielt die unerbittliche Unbeweglichkeit ihrer Allmacht bei.

»Gehen Sie zur Kasse!«

Laut tönten die schrecklichen Worte durch die jetzt ganz kundenleere Abteilung. Denise war atemlos und blaß aufrecht stehengeblieben. Jetzt stieß sie ein paar abgerissene Worte hervor.

»Ich! Ich!... Warum denn? Was habe ich denn getan?«

Bourdoncle antwortete mit Härte, das wüßte sie sehr wohl und sie sollte lieber keine weitere Erklärung herbeiführen; dann sprach er von Halsbinden und meinte, das wäre ja hübsch, wenn alle die Damen Männer im Keller empfangen wollten.

»Aber das war doch mein Bruder!« rief sie mit dem schmerzlichen Zorn des vergewaltigten Mädchens.

Marguerite und Clara fingen an zu lachen, und sogar

Frau Frédéric, die für gewöhnlich so zurückhaltend war, schüttelte gleichfalls mit ungläubiger Miene den Kopf. Immer ihr Bruder! Das war schließlich doch zu dumm! Da sah Denise sie alle an: Bourdoncle, der seit der ersten Stunde nichts von ihr hatte wissen wollen; Jouve, der als Zeuge dageblieben war und von dem sie auch keine Gerechtigkeit erwartete; dann die Mädchen, die sie durch neun Monate lächelnder Tapferkeit nicht hatte rühren können, die Mädchen, die glücklich darüber waren, sie endlich herausgedrängt zu haben. Wozu da noch streiten? Wozu sich weiter aufdrängen, wo kein Mensch sie gern hatte? Und ohne weiter ein Wort zu sagen ging sie fort, nicht mal einen letzten Blick warf sie mehr in den Raum zurück, in dem sie so lange gekämpft hatte.

Sobald sie aber allein am Treppengeländer der Halle stand, schnürte ihr ein lebhafter Schmerz das Herz zusammen. Niemand hatte sie lieb, aber ein plötzlicher Gedanke an Mouret raubte ihr ihre ganze Zurückhaltung. Nein, einen solchen Abschied konnte sie nicht auf sich sitzen lassen! Vielleicht würde auch er noch an diese gemeine Geschichte glauben, an dies Stelldichein mit einem Manne unten im Keller. Bei diesem Gedanken ergriff sie ein so quälendes Schamgefühl, eine solche Angst, wie sie sie noch nie so erdrückend empfunden hatte. Sie wollte ihn aufsuchen und ihm den Hergang erklären, ihn nur davon unterrichten; wüßte er nur die Wahrheit, so war es ihr gleichgültig, ob sie weggehen mußte. Und ihre frühere Furcht, der Schauder, der sie jedesmal in seiner Gegenwart eisig berührte, brach plötzlich in ihr zu dem glühenden Wunsche durch, ihn zu sehen, nur das Haus nicht zu verlassen, ohne ihm zu schwören, sie gehöre keinem andern an.

Es war fast fünf Uhr, das Geschäft erhielt in der frischeren Abendluft wieder etwas mehr Leben. Aber als sie vor der Türe seines Arbeitszimmers stand, überfiel sie von neuem eine verzweifelte Traurigkeit. Die Zunge versagte ihr, die Vernichtung ihres Daseins sank ihr wieder schwer auf die Schultern. Er würde ihr auch nicht glauben, er würde auch nur lachen wie alle andern; und diese Furcht benahm ihr den Mut. Es war aus, sie wollte lieber allein sein, sie wollte verschwinden, sterben. So ging sie, ohne selbst nur Pauline oder Deloche Bescheid zu sagen, sofort zur Kasse.

»Sie haben zweiundzwanzig Tage, Fräulein«, sagte der Angestellte, »das macht achtzehn Francs siebzig, zu denen noch sieben Francs Vergütung und Gewinnanteil kommen... Das ist ja wohl Ihre Rechnung, nicht wahr?«

»Jawohl, Herr... Danke.«

Und mit diesem ihrem Gelde ging Denise nun von dannen, als sie endlich Robineau traf. Er hatte schon von ihrem Abschied gehört und versprach ihr, er wolle die Halsbindenhändlerin wieder suchen. Ganz leise sprach er ihr Trost zu und wurde sehr böse: was für ein Dasein! Sich so fortwährend jeder Laune ausgesetzt zu sehen, von einer Stunde zur andern herausgeworfen zu werden, ohne auch nur mal einen vollen Monatsgehalt verlangen zu können! Denise ging nach oben, um Frau Cabin zu benachrichtigen, sie wolle versuchen, ihren Koffer am Abend abholen zu lassen. Es schlug fünf Uhr, als sie ganz betäubt inmitten der Droschken und der Menschenmenge auf dem Pflaster des Place Gaillon stand.

Als Robineau am selben Abend nachhause kam, fand er einen Brief der Oberleitung vor, der ihm auf vier Zeilen mitteilte, sie sähe sich aus Gründen der innern Ordnung gezwungen, auf seine weitern Dienste zu verzichten. Seit sieben Jahren gehörte er dem Hause an; noch am Nachmittage hatte er mit den Herren geplaudert; das war ein Keulenschlag. In der Seidenabteilung sangen Hutin und Favier ebenso laut Siegeslieder wie Marguerite und Clara in der Kleiderabteilung jubelten. Die Last waren sie los! So'n Besen fegt doch gut! Nur Deloche und Pauline wechselten, als sie sich in dem Gewirr der Abteilungen trafen, ein paar bittere Worte und bedauerten die sanfte, ehrliche Denise.

»Ach!« sagte der junge Mann, »wenn sie sonstwo nicht weiterkommen kann, wollte ich bloß, sie träte hier wieder ein, um ihnen allen den Fuß in den Nacken setzen zu können, dem Gesindel!«

Bourdoncle aber hatte nach der ganzen Geschichte einen heftigen Angriff Mourets auszustehen. Als dieser von Denises Abschied hörte, geriet er in mächtige Erregung. Für gewöhnlich befaßte er sich wenig mit seinen Angestellten; diesmal aber tat er so, als erblicke er darin einen Eingriff in seine Machtbefugnisse, einen Versuch, sich seiner Oberherrschaft zu entziehen. War er denn nicht länger Herr, daß sie sich erlaubten zu befehlen? Alles hatte an seinen Augen vorüberzugehen, alles und jedes; und wer ihm darin widerstände, den würde er wie einen Strohhalm zerbrechen. Als er sodann in gereizter Selbstquälerei, die er nicht verbergen konnte, eigenhändig Nachforschungen anstellte, wurde er nur noch wütender. Das arme Mädchen hatte nicht gelogen: allerdings war das ihr Bruder gewesen, Campion hatte ihn recht gut erkannt. Weshalb wurde sie dann also weggeschickt? Er redete sogar davon, er wolle sie wieder aufnehmen.

Bourdoncle indessen, der stark in einer Art nachgiebigen Widerstandes war, beugte das Knie vor dem Sturm. Er hatte Mouret genau beobachtet. Eines Tages schließlich, als er merkte, daß der ruhiger war, wagte er in einem ganz eigenartigen Tonfall zu sagen:

»Es ist doch für uns alle besser, daß sie weg ist.«

Peinlich berührt blieb Mouret stehen, alles Blut stieg ihm zu Gesicht.

»Wirklich«, sagte er dann lächelnd, »vielleicht haben Sie recht... Wollen mal heruntergehen und uns den Verkauf ansehen. Es geht wieder los, gestern sind wir fast auf hunderttausend Francs gekommen.«

Sechstes Kapitel

*E*INEN AUGENBLICK BLIEB DENISE GANZ betäubt in der um fünf Uhr noch brennend heißen Sonne auf dem Pflaster stehen. Der Juli erhitzte die Rinnsteine, Paris lag in seinem kreidigen Sommerlicht mit blendendem Flimmern da. Ihr Unglück brach so plötzlich über sie herein, sie hatten sie so roh herausgeworfen, daß sie ganz gedankenlos die fünfundzwanzig Francs siebzig in ihrer Tasche hin und her drehte und sich fragte, wohin und was tun.

Eine ganze Reihe von Droschken hinderte sie am Verlassen des Bürgersteiges vorm »Paradies der Damen«. Sobald sie sich zwischen den Rädern hindurchwagen konnte, überschritt sie den Place Gaillon, als wollte sie in die Rue Louis-le-Grand; dann bedachte sie sich aber und ging auf die Rue Saint-Roch zu. Aber einen Plan hatte sie immer noch nicht, denn an der Ecke der Rue Neuve-des-Petits-Champs, die sie bis zu Ende hinuntergegangen war, blieb sie stehen, nachdem sie sich unentschlossen umgeschaut hatte. Da die Passage Choiseul gerade vor lag, ging sie durch diese hindurch und befand sich ohne zu ahnen wie in der Rue Monsigny; dann geriet sie wieder in die Rue Neuve-Saint-Augustin. Ein mächtiges Brausen erfüllte ihr den Kopf, beim Anblick eines Dienstmannes fiel ihr ihr Koffer wieder ein; aber wohin sollte sie ihn bringen lassen und wozu all die Mühe, wo sie vor einer Stunde noch ein Bett besessen hatte, in dem sie abends schlafen konnte?

Nun richtete sie den Blick auf die Häuser und fing an,

sich ihre Fenster prüfend anzusehen. Alle möglichen Inschriften zogen an ihr vorüber. Verwirrt sah sie sie an, unaufhörlich ergriff sie wieder ein inneres Beben und beherrschte sie vollständig. War es möglich? Von einer Minute zur andern ganz allein, verloren in der großen unbekannten Stadt, ohne Halt, ohne Hilfe! Essen und schlafen mußte sie aber doch. Die Straßen zogen an ihr vorüber, die Rue des Moulins, die Rue Saint-Anne. Sie lief durch das ganze Viertel, drehte sich um sich selbst und kam immer wieder auf die eine Straßenkreuzung, die ihr genau bekannt war. Plötzlich blieb sie ganz verblüfft stehen, denn sie befand sich abermals vor dem »Paradies der Damen«, und um dieser Wahnvorstellung endlich zu entkommen, warf sie sich in die Rue de la Michodière.

Glücklicherweise stand Baudu nicht vor seiner Tür, der Alte Elbeuf erschien ganz tot hinter seinen schwarzen Fensterscheiben. Nie hätte sie gewagt, sich wieder bei ihrem Onkel zu zeigen, denn er tat, als kenne er sie nicht mehr und sie wollten ihm in ihrem Unglück, das er ihr ja vorausgesagt hatte, nicht zur Last fallen. Ein gelber Zettel auf der andern Seite der Straße fesselte sie: Eingerichtetes Zimmer zu vermieten. Das war der erste, der ihr keine Furcht machte, so ärmlich sah dies Haus aus. Dann erkannte sie es mit seinen beiden niedrigen Geschossen und dem rostfarbenen Anstrich wieder, wie es so zwischen das »Paradies der Damen« und das ehemalige Hotel Duvillard eingeklemmt dalag. Auf seiner Schwelle prüfte der alte Bourras mit seiner Prophetenmähne und Bart, die Brille auf der Nase, das Elfenbein eines Stockgriffes. Als Mieter des ganzen Hauses vermietete er die beiden Geschosse eingerichtet ab, um seinen Mietpreis zu verringern.

»Sie haben ein Zimmer, Herr?« fragte Denise ihn unter einem gefühlsmäßigen Zwange.

Er erhob seine großen, von Haargestrüpp überdeckten

Augen und war sehr erstaunt, als er sie erkannte. Alle die jungen Mädchen waren ihm bekannt. Und nachdem er ihr sauberes dünnes Kleid, ihre anständige Haltung prüfend überblickt hatte, antwortete er:

»Für Sie ist das nichts.«

»Wie teuer ist es denn?«

»Fünfzehn Francs im Monat.«

Da wollte sie es doch sehen. Als er sie in seinem engen Laden immer noch erstaunt ansah, erzählte sie ihm von ihrem Austritt aus dem Geschäft und daß sie ihrem Onkel nicht zur Last fallen wollte. Schließlich holte der Alte einen Schlüssel von einem Bort aus dem Hinterzimmer, einem düsteren Loche, in dem er seine Kocherei besorgte und schlief; dahinter sah man durch ein staubiges Fenster in das grünliche Tageslicht eines inneren kaum zwei Meter breiten Hofes.

»Ich gehe voran, damit Sie nicht fallen«, sagte Bourras in dem einen Seitengang, der sich an dem Laden entlang zog.

Er stieß gegen eine Treppenstufe und stieg unter vielfachen Wiederholungen seiner Warnung die Treppe hinauf. Vorsicht! Das Geländer lag an der Mauerseite, bei der Wendung stießen sie auf ein Loch, in dem die Mieter zuweilen ihre Müllkästen stehen ließen. In der vollständigen Dunkelheit konnte Denise nichts erkennen, sie fühlte nur die Kühle des feuchten alten Putzes. Im ersten Stock ging jedoch ein kleines viereckiges Fenster auf den Hof hinaus und gestattete ihr undeutlich, wie auf dem Grunde eines stehenden Wassers die windschiefe Treppe, die schmutzgeschwärzten Wände, die geborstenen und abgeblätterten Türen zu erkennen.

»Wenn noch eins von diesen Zimmern frei wäre!« fing Bourras wieder an. »Da hätten Sie es gut ... Aber die sind immer von solchen Damen besetzt.«

Im zweiten Stock wurde das Tageslicht kräftiger und

beleuchtete die Jämmerlichkeit der Unterkunft mit seinem häßlichen, bleichen Schein. Ein Bäckergeselle bewohnte das erste Zimmer; und das andere, dahinterliegende war frei. Als Bourras es geöffnet hatte, mußte er auf der Schwelle stehen bleiben, damit Denise es nach Wunsch übersehen konnte. Das neben der Tür in einer Ecke stehende Bett ließ gerade den Durchgang für einen Menschen frei. Am andern Ende stand eine kleine Nußbaumkommode, ein Tisch von altersschwarzem Fichtenholz und zwei Stühle. Die Mieter, die sich etwas kochen wollten, mußten sich vor dem Ofen auf die Knie legen, in dem sich ein Herdloch zu ebener Erde befand.

»Lieber Gott!« sagte der alte Mann. »Üppig ist es ja gerade nicht, aber das Fenster ist ganz lustig, da sieht man die Leute auf der Straße.«

Und als Denise überrascht nach einem Winkel an der Decke hinaufsah, wo eine der durchreisenden Damen über dem Bett ihren Namen: Ernestine, angeschrieben hatte, indem sie ihre Kerzenflamme entlangführte, da setzte er gutmütig hinzu:

»Fängt man erst mal an mit dem Ausbessern, dann gibt's kein Auskommen mehr... Kurz, das ist alles, was ich für Sie habe.«

»Ich werde mich hier schon ganz wohl fühlen«, sagte das junge Mädchen.

Sie bezahlte einen Monat im voraus, bat ihn um Wäsche, ein paar Laken und zwei Handtücher und machte sich ungesäumt ihr Bett, glücklich und getröstet in dem Gedanken, wenigstens zu wissen, wo sie heute abend schlafen könnte. Eine Stunde später ließ sie sich durch einen Dienstmann ihren Koffer holen, und dann war sie eingerichtet.

Nun kamen zuerst zwei Monate schrecklicher Bedrängnis. Da sie Pépés Unterkunft nicht länger bezahlen konnte, nahm sie ihn wieder zu sich und ließ ihn auf einem alten, von Bourras geliehenen Ruhebett schlafen. Sie brauchte jeden Tag genau dreißig Sous, die Miete einbegriffen, wenn sie selbst sich auf trockenes Brot beschränkte, um dem Kinde zuweilen etwas Fleisch geben zu können. In den ersten vierzehn Tagen ging es noch: sie hatte ihren Haushalt mit zehn Francs angefangen und fand zum Glück die Halsbindenhändlerin wieder, die ihr ihre achtzehn Francs dreißig bezahlte. Aber dann fand sie sich auch völlig entblößt. Sie mochte sich vorstellen, wo sie wollte, auf dem Clichy-Place, im Bon-Marché, im Louvre: die tote Jahreszeit brachte überall den Geschäftsgang zum Stillstand, überall vertröstete man sie auf den Herbst; über fünftausend Handelsangestellte lagen gleich ihr weggeschickt stellenlos auf der Straße. Nun versuchte sie sich kleine Arbeiten zu verschaffen: da sie aber Paris gar nicht kannte, wußte sie nicht, wo anklopfen und nahm daher recht undankbare Aufträge an, bekam sogar nicht einmal immer ihr Geld. An gewissen Abenden ließ sie Pépé ganz allein seine Suppe essen und erzählte ihm, sie hätte schon draußen gegessen; mit sausendem Kopf ging sie dann zu Bett und lebte von dem Fieber, das ihre Hände glühend heiß machte. Als Jean in diese Armut hineingeriet, schalt er sich mit so verzweifelter Heftigkeit einen Verbrecher, daß sie notgedrungen lügen mußte; oft fand sie noch die Möglichkeit, ihm ein Vierzigsousstück in die Hand gleiten zu lassen, um ihm zu beweisen, daß sie noch etwas sparte. Nie weinte sie vor ihren Kindern. Sonntags, wo sie sich auf dem Fußboden kniend ein Stück Kalbfleisch im Ofen kochen konnte, hallte die enge Stube von der Fröhlichkeit der Jungens wieder, die sich nie um ihr Dasein quälten. Wenn Jean wieder zu seinem Herrn gegangen und Pépé eingeschlafen war, verbrachte sie eine schreckliche Nacht in der Angst um den nächsten Tag.

Noch andere Befürchtungen hielten sie wach. Die beiden Damen im ersten Stock empfingen sehr späte Besucher; manchmal irrte sich auch jemand und kam herauf und schlug mit der Faust gegen die Tür. Da Bourras ihr ganz ruhig gesagt hatte, sie solle einfach nicht antworten, vergrub sie ihren Kopf im Kissen, um die Flüche nicht zu hören. Dann wollte ihr Nachbar, der Bäcker, etwas zu lachen haben; er kam immer erst morgens und paßte ihr auf, wenn sie sich Wasser holte; er bohrte sogar Löcher in die Trennungswand und beobachtete sie beim Waschen, so daß sie sich gezwungen sah, ihre Kleider an der Wand aufzuhängen. Noch mehr aber litt sie unter den Zudringlichkeiten auf der Straße, unter den ewigen Anträgen von Vorübergehenden. Sie konnte nicht heruntergehen, um eine Kerze zu kaufen, ohne auf dem schmutzigen Bürgersteige, auf dem sich die Lasterhaftigkeit des ganzen alten Viertels herumtrieb, einen heißen Atem hinter sich zu hören, oder rohe zudringliche Worte; die Männer folgten ihr bis in den schwarzen Gang hinein, da das schmutzige Aussehen des Hauses ihnen Mut machte. Warum hatte sie denn auch keinen Liebhaber? Es war doch erstaunlich, schien geradezu lächerlich. Eines Tages mußte sie ja doch unterliegen. Sie konnte sich selbst nicht mehr erklären, woher sie unter der ständigen Drohung des Hungers und in dem Wirrwarr der Begierden, die die Luft um sie her erhitzten, die Kraft dazu nahm.

Eines Abends hatte Denise sogar kein Brot mehr für Pépés Suppe, als ein Herr mit einem Ordensbande sich anschickte, ihr zu folgen. Vor dem Gange wurde er roh, und das erfüllte sie so mit Ekel und Widerwillen, daß sie ihm die Tür vor der Nase zuschlug. Oben setzte sie sich dann mit zitternden Händen nieder. Der Kleine schlief. Was sollte sie antworten, wenn er aufwachte und etwas zu essen haben wollte? Sie hätte doch nur nachgeben brau

chen. Dann wäre ihr Elend zu Ende gewesen, sie hätte
Geld gehabt, Kleider, ein schönes Zimmer. Das ging so
leicht, es hieß ja auch, schließlich kämen doch alle darauf
hinaus, denn in Paris konnte eine Frau von ihrer Hände
Arbeit nicht leben. Aber eine innere Aufwallung erhob
Einspruch dagegen, sie nahm zwar keinen Anstoß an den
andern, aber sie fühlte sich doch durch diese schmutzigen,
unvernünftigen Geschichten abgestoßen. Sie formte sich
ihr Leben nach ihrem folgerichtigen, verständigen, muti-
gen Gedankengange.

Denise stellte sich manchmal solche Fragen. In ihrer Erinnerung erklang ein altes Lied von der Braut eines Matro-
sen, die ihre Liebe vor den Gefahren des Wartens bewahrte. In Valognes summte sie oft seinen gefühlvollen Kehr-
reim, wenn sie auf die einsame Straße hinaussah. Trug sie
denn auch am Ende eine solche Liebe im Herzen, daß sie
so tapfer sein konnte? Sie dachte dann wieder voller Unbehagen an Hutin. Jeden Tag sah sie ihn an ihrem Fenster
vorbeigehen. Jetzt, wo er Zweiter war, ging er allein, umgeben von der Hochachtung der einfachen Verkäufer. Nie
hob er den Kopf, und sie glaubte, sie litte unter der Eitelkeit des Burschen und folgte ihm mit ihren Blicken, da sie
keine Überraschung zu befürchten brauchte. Als sie dann
aber auch Mouret gesehen hatte, der gleichfalls jeden
Abend vorbeiging, da überfiel sie ein Zittern, das Herz
klopfte ihr im Halse, und sie verbarg sich rasch. Er brauchte nicht zu wissen, wo sie wohnte; dann aber schämte sie
sich auch des Hauses und litt darunter, was er wohl von ihr
denken würde, wenn sie sich ja auch nie wieder zu treffen
brauchten.

Übrigens lebte Denise auch dauernd in dem Betriebe
des »Paradieses der Damen« weiter. Eine einzige Mauer
nur trennte ihr Zimmer von ihrer alten Abteilung; und
vom frühen Morgen an durchlebte sie ihr altes Tagewerk,

sie fühlte, wie die Menge mit dem Lärm des Verkaufens anschwoll. Das geringste Geräusch erschütterte das alte, sich an den Riesen anlehnende Gemäuer: sie fühlte den gewaltigen Pulsschlag noch. Außerdem konnte Denise gewisse Begegnungen nicht vermeiden. Zweimal hatte sie sich Pauline gegenüber gefunden, die ihr ihre Dienste anbot und ganz trostlos darüber war, sie so im Unglück zu wissen; und sie mußte ihr sogar etwas vorlügen, um zu verhindern, daß ihre Freundin sie besuchte oder daß sie sie einen Sonntag bei Baugé besuchen sollte. Aber noch schwerer verteidigte sie sich gegen Deloches verzweifelte Anhänglichkeit; er paßte ihr auf, er wußte über jede ihrer Sorgen Bescheid und wartete auf sie unter irgendeiner Tür; eines Abends hatte er ihr dreißig Francs, die Ersparnisse seines Bruders, leihen wollen, wie er dunkelrot zu ihr sagte. Und alle diese Begegnungen trugen ihr ewiges Heimweh nach dem Geschäft ein, sie beschäftigten sie dauernd mit dem Leben da drinnen, als wäre sie nie aus ihm herausgekommen.

Niemand kam zu Denise herauf. Zu ihrer Überraschung hörte sie es daher eines Nachmittags klopfen. Es war Colomban. Sie empfing ihn stehend. Er schämte sich und begann zu stottern, als er sich nach ihr erkundigte; dann sprach er von dem Alten Elbeuf. Vielleicht schickte Onkel Baudu ihn aus Bedauern über seine Strenge; denn er fuhr fort, seine Nichte nicht zu grüßen, obwohl er doch recht gut wissen mußte, in welchem Elend sie sich befand. Als sie aber den Gehilfen rundheraus danach fragte, schien er noch verlegener: nein, nein, der Herr schickte ihn nicht; und schließlich brachte er Claras Namen hervor, er wollte einfach mit ihr über Clara reden. Allmählich wurde er kühner, er fragte sie um Rat, weil er dachte, sie könnte ihm bei ihrer alten Gefährtin nützen. Vergebens brachte sie ihn zur Verzweiflung, indem sie ihn schalt, daß er Geneviève um so ein herzloses Mädchen leiden ließe. Er kam am nächsten Tage wieder und besuchte sie schließlich ganz gewohnheitsmäßig. Das genügte seiner furchtsamen Verliebtheit bereits, unaufhörlich fing er ohne es zu wollen mit derselben Unterhaltung an und zitterte vor Freude über das Zusammensein mit einem Mädchen, das Clara nahe gewesen war. Und nun lebte Denise noch mehr im »Paradies der Damen«.

Gegen Ende September aber lernte das junge Mädchen erst das richtige, schwarze Elend kennen. Pépé erkrankte an einer starken, besorgniserregenden Erkältung. Sie hätte ihn mit Fleischbrühe füttern müssen, aber sie hatte nicht mal Brot. Als sie eines Abends ganz überwältigt schluchzend in einer solchen düstern Stimmung zusammenbrach, die junge Mädchen in den Rinnstein oder die Seine führt, klopfte der alte Bourras leise an. Er brachte ihr ein Brot und einen Milchtopf voll Brühe.

»Hier, das ist für den Kleinen«, sagte er in seiner rauhen Weise. »Weinen Sie doch nicht so, das stört ja meine Mieter.«

Und als sie ihm dann unter einem neuen Tränenstrom dankte:

»Seien Sie doch still!... Kommen Sie morgen mal und erzählen Sie mir. Ich habe Arbeit für Sie.«

Seit dem furchtbaren Schlag, den das »Paradies der Damen« mit der Einrichtung einer Schirmabteilung gegen ihn geführt hatte, beschäftigte Bourras keine Arbeiterinnen mehr. Um seine Unkosten herabzudrücken, machte er alles selbst. Ausbesserungen, neu überziehen, Näharbeit. Seine Kundschaft ging indessen so zurück, daß es ihm zuweilen an Arbeit fehlte. So mußte er denn auch am nächsten Morgen, als er Denise in einer Ecke seines Ladens unterbrachte, erst eine erfinden. Er konnte doch die Menschen nicht bei sich sterben lassen.

»Sie sollen vierzig Sous täglich verdienen«, sagte er.
»Wenn Sie was Besseres finden, können Sie ja von mir
weggehen.«

Sie war vor ihm bange und beeilte sich mit ihrer Arbeit
so, daß er bald darum verlegen war, wie er ihr eine andere
geben sollte. Da waren seidene Bahnen zu nähen, oder
Spitzen auszubessern. Die ersten Tage wagte sie gar nicht
den Kopf aufzuheben, es war ihr peinlich, ihn mit seiner
Mähne wie ein alter Löwe, seiner krummen Nase und
seinen stechenden Augen unter den steil emporstehenden
Augenbrauen um sich zu fühlen. Er besaß eine harte Stimme und närrische Gebärden, und alle Mütter des Viertels
machten ihre Kleinen mit ihm bange, indem sie ihnen
erzählten, er sollte sie holen, wie man nach einem Schutzmann schickt. Die größern Bengels dagegen gingen nie an
seinem Laden vorbei, ohne ihm eine Gemeinheit zuzurufen, die er jedoch gar nicht zu hören schien. Sein wahnsin-
niger Zorn richtete sich vor allem gegen die Elenden, die
seinen Geschäftszweig durch Verkauf billiger Schundware
entehrten, einen Kram, wie er sagte, den kein Hund nehmen möchte.

Denise zitterte, wenn er ihr wütend zurief:

»Die Kunst ist zum Teufel gegangen, verstehen Sie
wohl!... Einen ordentlichen Griff gibt's gar nicht mehr.
Stöcke machen sie wohl, aber Griffe, damit ist's vorbei!...
Zeigen Sie mir nur einen ordentlichen Griff, und ich gebe
Ihnen zwanzig Francs!«

Das war sein Künstlerstolz, kein Arbeiter in Paris konnte
einen so festen und leichten Griff hervorbringen, der sich
mit dem seinigen hätte vergleichen lassen. Vor allem
schnitzte er die Knäufe mit entzückender Erfindungsgabe,
und erfand immer neue Gegenstände, Blumen, Tiere,
Köpfe, die er lebhaft und frei behandelte. Ein Messer genügte ihm, ganze Tage konnte man ihn mit der Brille auf

der Nase an einem Stück Buchsbaumholz oder Elfenbein herumfummeln sehen.

»Pfuscherbande!« sagte er, »die schon zufrieden ist, wenn sie Seide über ihr Fischbein leimt! Da kaufen sie ihre Griffe schockweise, alle über einen Leisten geschnitten... Und das verkauft sich wie geschmiert! Sehen Sie wohl, die Kunst ist zum Teufel!«

Dann wurde Denise aber sicherer. Er wollte, Pépé sollte unten im Laden bei ihm spielen, denn er liebte Kinder abgöttisch. Wenn der Kleine auf allen Vieren herumkroch, konnten sie sich nicht rühren, sie bei ihrer Näherei in ihrer Ecke, er am Fenster bei seiner Holzschnitzerei mit dem Messer. Jetzt gab es jeden Tag dieselbe Arbeit und dieselbe Unterhaltung. Er verfiel über seiner Arbeit immer wieder auf das »Paradies der Damen« und erklärte ihr ohne müde zu werden, wie es mit ihrem schrecklichen Zweikampf stände. Seit 1845 saß er in dem Hause, auf das er einen dreißig Jahre laufenden Vertrag für einen Mietpreis von achtzehnhundert Francs abgeschlossen hatte; und da er aus seinen vier Zimmern etwa tausend Francs herausschlug, kam ihn der Laden auf achthundert Francs zu stehen. Das war wenig, Unkosten hatte er nicht, und so konnte er es noch lange aushalten. Wenn man ihn so hörte, schien gar kein Zweifel an seinem Siege möglich, er würde das Ungeheuer sicher auffressen.

Plötzlich unterbrach er sich.

»Haben die etwa auch solche Hundeköpfe?«

Und er zwinkerte mit den Augen hinter seinen Brillengläsern, um den Hundekopf zu beurteilen, an dem er schnitzte, die heraufgezogenen Lefzen, die entblößten Zähne, so daß er wie im Leben zu knurren schien. Pépé war ganz außer sich über den Hund, er krabbelte an dem Alten in die Höhe und lehnte seine beiden kleinen Arme auf seine Knie.

»Wenn ich nur gerade so durchkomme, mache ich mir aus allem übrigen nichts«, fing er dann wieder an, wobei er die Zunge fein mit der Messerspitze in Angriff nahm. »Mein gutes Einkommen haben die Schurken umgebracht, aber wenn ich auch so viel nicht mehr verdiene, so setze ich doch auch nichts zu, oder doch jedenfalls nur sehr wenig. Und, sehen Sie, ich bin fest entschlossen, mir eher das Fell über die Ohren ziehen zu lassen, als daß ich nachgebe.«

Er schwenkte sein Werkzeug, und sein weißes Haar flog ihm in stürmischem Zorn um den Kopf.

»Es wäre aber doch verständiger«, wagte Denise einzuwerfen, ohne die Augen von ihrer Nadel aufzuheben, »Sie gingen drauf ein, wenn sie Ihnen eine vernünftige Summe anböten.«

Da brach seine wilde Hartnäckigkeit los.

»Niemals!... Mit dem Kopf unter dem Messer würde ich nein sagen. Herrgottsdonnerwetter!... Ich habe noch zehn Jahre Vertrag, vor diesen zehn Jahren sollen sie das Haus nicht haben, und wenn ich vor Hunger in seinen leeren vier Wänden verrecken müßte... Zweimal schon sind sie zu mir gekommen, um es mir abzuschmeicheln. Sie haben mir zwölftausend Francs bar angeboten und die Jahre, die mein Vertrag noch läuft, also achtzehntausend Francs, im ganzen dreißigtausend... Nicht für fünfzigtausend! Ich halte sie, und sie sollen erst den Staub vor mir lecken!«

»Dreißigtausend Francs, das ist aber doch schön«, erwiderte Denise. »Dann könnten Sie sich ja weiter weg neu einrichten... Und wenn sie nun das Haus kaufen?«

Bourras blieb noch eine Minute lang völlig in die Beendigung der Zunge seines Hundes vertieft, ein leises Kinderlächeln verbreitete sich über sein schneeiges Gottvatergesicht. Dann schoß er wieder los.

»Das Haus, ach, da haben Sie nur keine Angst!... Sie redeten schon voriges Jahr davon, sie wollten es kaufen und hätten achtzigtausend Francs dafür gegeben, doppelt soviel, als es heute wert ist. Aber der Eigentümer, ein ehemaliger Fruchthändler, ein Gauner wie sie selber, wollte sie erst zum Pfeifen bringen. Übrigens trauen sie mir auch nicht, sie wissen ganz genau, daß ich dann noch viel weniger nachgebe... Nein! Nein! Hier bin ich, hier bleibe ich! Der Kaiser mit all seinen Kanonen soll mich hier nicht rausbringen.«

Denise wagte kaum noch zu atmen. Sie fuhr fort, ihre Nadel durchzuziehen, während der Alte zwischen zwei Schnitten seines Messers weiter abgebrochene Worte hervorstieß: es ginge ja erst los, später sollten sie erst noch mal sonderbare Dinge sehen, er hätte Gedanken im Kopf, die ihr ganzes Schirmgeschäft über den Haufen werfen würden; den Untergrund seiner Hartnäckigkeit aber bildete der Groll des kleinen, selbst arbeitenden Handwerkers gegen die allgemeine Überschwemmung mit Schundware.

Pépé war indessen ganz auf Bourras Knie geklettert. Er streckte ungeduldig die Hände nach dem Hundekopf auf.

»Gib her, Onkel.«

»Gleich, mein Kerlchen«, antwortete der Alte mit einer ganz zärtlich werdenden Stimme. »Er hat noch keine Augen, erst muß er jetzt noch Augen haben.«

Und indem er dann an dem einen Auge herumbastelte, wendete er sich von neuem zu Denise.

»Hören Sie sie wohl?... Brummt das wieder da nebenan! Das macht mich ganz besonders wild, mein Wort drauf, daß ich sie so fortwährend auf dem Buckel habe mit ihrer verdammten Lokomotivenmusik.«

Sein kleiner Tisch zitterte davon, sagte er. Sein ganzer Laden wurde dadurch erschüttert, die Nachmittage verbrachte er ohne jeden Kunden in dem Gezittere durch die

Menschenmenge, die sich im »Paradies der Damen«
quetschte. Das war ein Gegenstand ewigen Wiederkäuens
für ihn. Wieder ein schöner Tag, jenseits der Mauer war
ein Lärm, die Seidenabteilung mußte wohl zehntausend
Francs einbringen; oder er hatte auch seinen Spaß daran,
wenn die Mauer mal kalt blieb und ein Regenguß ihnen
die Einnahme verdarb. Und so veranlaßte ihn das geringste
Geräusch, der schwächste Hauch zu endlosen Mutmaßungen.

»Hören Sie, da ist jemand ausgerutscht! Ach, wenn sie
sich doch alle den Hals brächen! . . . Das, meine Liebe, das
sind Damen, die sich zanken. Um so besser, um so besser! . . . Was! Hören Sie wohl, wie die Pakete in den Keller
herunterpoltern? Ekelhaft ist das!«

Denise durfte aber über seine Erklärungen nicht mit
ihm rechten, denn dann rief er ihr voller Bitterkeit die
unwürdige Art und Weise ins Gedächtnis, auf die man sie
an die Luft gesetzt hatte. Dann mußte sie ihm wohl zum
hundertstenmal erzählen, wie sie in die Kleiderabteilung
eingetreten war, was sie dort im Anfang ausgestanden hatte,
von den kleinen ungesunden Kammern, dem schlechten
Essen, dem ewigen Kampf der Verkäufer; und vom Morgen bis zum Abend sprachen sie beide nur über das Geschäft und sogen es mit jedem Atemzug ein, den sie taten.

»Gib her, Onkel«, wiederholte Pépé dringend mit immer
noch ausgestreckten Händen.

Der Hundekopf war fertig, Bourras hielt ihn unter lauter Fröhlichkeit weit von sich ab und dann wieder näher
heran.

»Paß auf, er beißt dich . . . Da, hab' deinen Spaß dran und
mach' ihn nicht kaputt, wenn's geht.«

Dann packte ihn sein Vogel wieder, und er schüttelte die
Faust nach der Mauer hinüber.

»Strengt euch nur an, damit das Haus zusammenbricht ... Ihr kriegt es doch nicht, und wenn ihr auch die ganze Straße aufkauft!«

Jetzt hatte Denise ihr täglich Brot. Sie war dafür dem alten Händler, dessen gutes Herz sie unter seiner seltsamen Wildheit doch herausfühlte, äußerst dankbar. Sie fühlte aber dennoch den lebhaftesten Wunsch, auch außerhalb Arbeit zu finden, denn sie merkte recht gut, wie er kleine Aufträge für sie erfand und sah wohl ein, daß er bei dem Tiefstand seines Geschäfts gar keine Arbeiterin nötig habe und sie nur aus reiner Barmherzigkeit beschäftigte. Sechs Monate waren vorüber, und es ging wieder auf die tote Zeit des Winters los. Sie verzweifelte schon daran, noch vor März unterzukommen, als Deloche, der ihr eines Abends im Januar unter einer Tür auflauerte, ihr einen Rat gab. Warum stellte sie sich nicht bei Robineau vor, wo sie doch vielleicht jemand nötig hätten?

Robineau hatte sich im September entschlossen, Vinçards Bestände aufzukaufen, obwohl er sich immer noch davor fürchtete, die sechzigtausend Francs seiner Frau aufs Spiel zu setzen. Vierzigtausend bezahlte er für das eigentliche Seidengeschäft und mit den übrigen zwanzigtausend ging er nun los. Das war wenig, aber er hatte Gaujean hinter sich, der ihn durch langfristige Vorschüsse hochhalten mußte. Dieser träumte seit seinem Zwiste mit dem »Paradies der Damen« nur noch davon, Wettbewerber gegen dies Ungetüm auf die Beine zu bringen; er glaubte an sicheren Sieg, wenn es gelänge, in seiner Nähe verschiedene Sondergeschäfte aufzumachen, wo die Kunden eine sehr bedeutende Mannigfaltigkeit zur Auswahl vorfinden konnten. Nur so reiche Lyoner Weber wie Dumonteil konnten die Forderungen der Warenhäuser befriedigen; sie konnten sich damit begnügen, ihre Webstühle für sie arbeiten zu lassen, da sie in der Lage waren, sich hinterher höhern Verdienst durch Verkäufe an weniger bedeutende

Häuser zu verschaffen. Aber Gaujean hatte längst nicht das
feste Rückgrat wie Dumonteil. Lange war er lediglich Reisender gewesen und besaß erst seit fünf oder sechs Jahren
eigene Webstühle; noch jetzt ließ er eine Menge Hauswe-
ber für sich arbeiten, denen er nur die Rohstoffe lieferte
und ihnen die abgelieferten Meter bezahlte. Das war auch
der Grund, aus dem er bei der Erhöhung seiner Selbstko-
sten in der Belieferung des »Paradieses der Damen« nicht
gegen Dumonteil anarbeiten konnte. Darüber war er noch
erbittert und sah nun in Robineau ein Werkzeug, um die
Entscheidungsschlacht zu schlagen, die er diesen Modewa-
renhäusern liefern wollte, die er beschuldigte, die ganze
französische Warenherstellung zugrunde zu richten.

Als Denise sich vorstellte, fand sie Frau Robineau allein.
Als Tochter eines Bauaufsehers bei den Brücken- und We-
gebauten hatte sie keine Ahnung von Handelsangelegen-
heiten und besaß noch ihre reizende Ungeschicklichkeit
eines Zöglings des Klosters zu Blois. Sie war sehr braun,
sehr niedlich bei einer sanften Fröhlichkeit, die ihr einen
großen Reiz verlieh. Übrigens betete sie ihren Mann an
und lebte gänzlich ihrer Liebe. Als Denise gerade ihren
Namen dalassen wollte, kam Robineau selbst herein und
nahm sie auf der Stelle an, da die eine seiner Verkäuferinnen ihn gestern erst verlassen hatte, um ins »Paradies der
Damen« einzutreten.

»Sie lassen einem nichts Gutes«, sagte er. »Schließlich,
bei Ihnen kann ich beruhigt sein, denn Ihnen geht's wie
mir, Sie werden sie kaum gern haben ... Kommen Sie morgen.«

Am Abend fühlte Denise sich sehr verlegen, als sie Bourras ankündigen mußte, sie wolle ihn verlassen. Wirklich
behandelte er sie als eine Undankbare und wurde wütend;
als sie sich dann mit Tränen in den Augen verteidigte und
ihm auseinandersetzte, sie durchschaue seine Barmherzig-

keit vollkommen, da wurde auch er weich und stotterte
von der vielen Arbeit und daß sie ihn gerade im selben
Augenblick im Stiche lasse, wo er einen neuen Schirm in
die Welt setzen wolle.

»Und Pépé?« fragte er dann.

Das Kind war Denises größte Sorge. Zu Frau Gras wagte
sie ihn nicht wieder zurückzuschicken und konnte ihn aber
doch auch nicht in ihrer Kammer von morgens bis abends
eingeschlossen allein lassen.

»Gut, den behalte ich dann hier«, fuhr der Alte fort. »In
meinem Laden ist er gut aufgehoben, der Knirps… Wir
kochen dann für uns zusammen.«

Und als sie darauf aus Furcht, ihm lästig zu fallen, nicht
eingehen wollte, schrie er:

»Herrgottsdonnerwetter! Sie mißtrauen mir wohl… Ich
werde Ihnen den Jungen schon nicht auffressen!«

Bei Robineau fühlte Denise sich wohler. Er zahlte ihr
nur wenig, sechzig Francs im Monat und freie Kost, ohne
Anteil am Verkauf wie in allen alten Häusern. Aber sie
wurde sehr freundlich behandelt, vor allem von Frau Robineau, die stets lächelnd hinter ihrem Schreibtische saß. Er
konnte zuweilen plötzlich aufbrausen, wenn seine Nerven
ihn quälten. Nach dem ersten Monat bildete Denise einen
Teil der Familie, ebenso die andere Verkäuferin, ein kleines, brustkrankes, schweigsames Frauenzimmer. Sie hielten sich vor ihnen nicht sehr zurück, sondern sprachen in
dem kleinen, auf einen großen Hof hinausgehenden Hinterzimmer auch bei Tisch über ihre Geschäfte. Und hier
wurde denn auch eines Abends beschlossen, den Feldzug
gegen das »Paradies der Damen« zu eröffnen.

Gaujean war zum Essen gekommen. Nach dem Braten,
einem einfach zubereiteten Hammel, schnitt er die Frage
an mit seinem farblosen Lyoner Tonfall, den die Rhonene-
bel wohl so dick gemacht hatten.

»Die Lage wird unhaltbar«, wiederholte er. »Sie gehen zu Dumonteil, nicht wahr? Behalten sich irgendein Muster für sich vor, nehmen dreihundert Stück auf einmal ab und verlangen einen Nachlaß von fünfzig Centimes für den Meter; und da sie ihn bar bezahlen, schlagen sie selbst bei diesem Abzug noch achtzehn vom Hundert heraus... Dumonteil verdient manchmal keine zwanzig Centimes. Er arbeitet nur, um seine Webstühle in Gang zu halten, denn jeder Webstuhl, der stillsteht, ist einer, der zugrunde geht... Wie sollen wir nun also mit unsern viel beschränkteren Mitteln und vor allem mit unsern Hausarbeitern einen derartigen Kampf aushalten?«

Robineau träumte vor sich hin und vergaß sein Essen.

»Dreihundert Stücke!« murmelte er. »Ich zittre schon, wenn ich zwölf nehme und auf neunzig Tage... Sie können sie einen, zwei Francs sogar billiger ansetzen als wir. Ich habe ausgerechnet, daß ihre Bestände mindestens fünfzehn vom Hundert tiefer im Preise stehen, wenn wir sie mit unsern Preisen vergleichen... So was bringt den Kleinhandel um.«

Er machte wieder eine Stunde der Entmutigung durch. Seine Frau sah ihn zärtlich mit besorgten Blicken an. Sie ging auf solche Geschäftssachen nicht ein, ihr Kopf zerbrach vor all den Ziffern, und sie begriff nicht, wie man sich darüber so quälen könne, wo es doch so leicht war zu lachen und sich lieb zu haben. Der Siegeswille ihres Mannes genügte ihr indessen: für ihn geriet auch sie in Leidenschaft und hätte sich an ihrem Schreibtisch umbringen lassen.

»Aber warum kommen denn die Fabrikanten zu keinem Einverständnis?« fing Robineau heftig wieder an. »Dann könnten sie denen doch ihre Gesetze vorschreiben, anstatt selbst zu unterliegen.«

Gaujean, der sich noch eine Schnitte Hammelbraten ausgebeten hatte, kaute langsam weiter.

»Ach, warum nicht, warum nicht!... Ich habe Ihnen doch gesagt, die Webstühle müssen arbeiten. Wenn es nun aber doch überall rings um Lyon so'n bißchen Weberei gibt, im Gard, in der Isère, dann kann man nicht einen einzigen Tag ohne gewaltige Verluste aussetzen. Schließlich sind wir, die wir manchmal Hausarbeiter mit zehn oder fünfzehn Stühlen beschäftigen, noch eher Herren der Herstellung, vom Gesichtspunkte des Vorrats aus; die großen Weber dagegen befinden sich in der Zwangslage, fortwährend auf neue Absatzmöglichkeiten sinnen zu müssen, die umfassendsten und denkbar raschesten... So liegen sie vor den Warenhäusern auf den Knien. Ich kenne drei oder vier, die sie sich gegenseitig streitig machen, die sogar auf einen Verlust eingehen würden, wenn sie nur ihre Aufträge von ihnen bekommen. Und sie bandeln doch wieder mit kleinen Häusern wie dem Ihrigen an. Ja, von denen leben sie geradezu, an denen verdienen sie... Gott weiß, welchen Ausgang die Geschichte mal nehmen wird.«

»Das ist ja widerwärtig!« kam Robineau zum Schluß und fand offenbar etwas Trost in diesem Zornesausbruch.

Denise hörte schweigend zu. Im geheimen war sie bei ihrer verstandesmäßigen Vorliebe für alles Folgerichtige und Lebenskräftige für die großen Warenhäuser. Alle waren jetzt stumm und aßen eingemachte grüne Bohnen; schließlich wagte sie aber doch mit lustiger Miene zu sagen:

»Aber die Allgemeinheit hat sich nicht dabei zu beklagen.«

Frau Robineau konnte ein leichtes Lachen nicht unterdrücken, worüber ihr Gatte und Gaujean sich ärgerten. Zweifellos war der Kunde wohl zufrieden, denn am Schluß des Rechenexempels war er es, der aus der Preisminderung Nutzen zog. Allein sie mußten doch alle leben: wohin würde es führen, wenn man unter dem Vorwande des Nutzens der Allgemeinheit den Verbraucher auf Kosten des

Herstellers mästete? Nun entspann sich ein Meinungsaustausch. Denise tat so, als scherzte sie nur, auch wenn sie ihre stärksten Beweisgründe anführte: die Zwischenhändler würden verschwinden, die Vertreter der Webereien, die Mittelsmänner und Reisenden, was der Billigkeit sehr zugute käme; übrigens könnten die Großweber ja ohne die Warenhäuser gar nicht mehr bestehen, denn sowie einer von ihnen deren Kundschaft verlöre, geriete er in einen verhängnisvollen Zusammenbruch; schließlich sei diese Entwicklung des Handels doch auch ganz natürlich und man könne die Dinge doch nicht hindern, ihren vorgeschriebenen Verlauf zu nehmen, wenn alle Welt wohl oder übel darauf losarbeite.

»Demnach sind Sie für die, die Sie auf die Straße gesetzt haben?« fragte Gaujean.

Denise wurde dunkelrot. Sie fühlte sich über die Lebhaftigkeit ihrer Verteidigung selbst erstaunt. Was ging denn nur in ihrem Herzen vor, daß eine solche Flamme in ihrer Brust emporloderte?

»Mein Gott, nein!« antwortete sie. »Ich habe vielleicht unrecht, denn Sie verstehen das ja viel besser ... Ich habe nur gesagt, was ich so darüber denke. Anstatt daß wie früher die Preise von etwa fünfzig Häusern festgesetzt werden, werden sie heute von vier oder fünfen gemacht, die sie dank ihrem Vermögen und dem Gewicht ihrer Kundschaft herabgesetzt haben ... Um so besser für die Allgemeinheit, das ist alles!«

Robineau war nicht ärgerlich. Er war nur ernst geworden und blickte auf das Tischtuch. Oft schon hatte er den lebendigen Hauch des neuen Handels verspürt, von dem das junge Mädchen da sprach; und in Stunden klarer Einsicht fragte er sich, warum einem Strom von solcher Macht widerstehen wollen, der doch alles mitreißt? Als Frau Robineau ihren Mann so nachdenklich sah, warf sie Denise, die bescheiden wieder in ihr Stillschweigen verfallen war, einen Blick der Billigung zu.

»Glauben Sie mir«, begann Gaujean aufs neue, »kurz gesagt, das alles sind doch nur Lehrsätze ... Wollen mal von unserm Geschäfte sprechen.«

Das Dienstmädchen hatte soeben nach dem Käse Eingemachtes und Birnen aufgetragen. Er nahm sich von dem Eingemachten und aß es löffelweise mit unbewußtem Heißhunger, wie alle dicken zuckerliebenden Leute.

»Also Sie müssen ihnen das Pariser ›Paradies‹ kaputt machen, das ihnen in diesem Jahre ihren Erfolg gesichert hat ... Ich habe mich mit mehreren meiner Lyoner Freunde verständigt und mache Ihnen ein Ausnahmeangebot, eine schwarze Seide, einen Taft, den Sie zu fünf Francs fünfzig verkaufen können ... Die da verkaufen ihren für fünf Francs sechzig, nicht wahr? Gut! Das sind zwei Sous weniger, und das genügt; Sie werden sie schon hereinlegen.«

Robineaus Augen begannen zu funkeln. Bei seiner ewigen qualvollen Gereiztheit sprang er oft so von Furcht zu Hoffnung um.

»Haben Sie ein Muster da?« fragte er.

Und als Gaujean aus seinem Taschenbuche einen kleinen Seidenlappen hervorzog, geriet er ganz aus dem Häuschen und rief:

»Aber die ist ja viel schöner als das ›Pariser Paradies‹! Jedenfalls ist sie viel wirkungsvoller, ihr Korn ist viel gröber ... Sie haben recht, den Schlag müssen wir versuchen. Ach! Sehen Sie! Diesmal will ich sie mir zu Füßen sehen oder ich bleibe selbst dabei liegen!«

Frau Robineau teilte diese Begeisterung völlig und fand die Seide prächtig. Selbst Denise glaubte an einen Erfolg. Das Ende ihrer Mahlzeit war daher recht vergnügt. Sie sprachen laut, und es klang so, als liege das »Paradies der

Damen« bereits in den letzten Zügen. Gaujean hatte die
Schüssel mit Eingemachtem aufgegessen und setzte ihnen
auseinander, was für gewaltige Verluste ihm und seinen
Freunden aus der billigen Lieferung eines solchen Stoffes
entständen; aber sie wollten lieber dabei zugrunde gehen,
sie hätten es sich geschworen, die großen Warenhäuser
umzubringen. Als der Kaffee kam, wuchs die Fröhlichkeit
noch, als Vinçard hereintrat. Er kam im Vorbeigehen herein, um seinem Nachfolger Glück zu wünschen.

»Großartig!« rief er, während er die Seide befühlte.
»Damit werden Sie sie über den Haufen werfen, dafür
stehe ich Ihnen ein!... Was! Dafür sind Sie mir aber eine
schöne Kerze schuldig. Ich hatte Ihnen ja gesagt, dies hier
ist die reine Goldgrube!«

Er hatte sich gerade ein Gasthaus in Vincennes gekauft.
Das war ein alter Traum von ihm, den er heimlich auch
während der Zeit genährt hatte, als er sich mit Seide abgeben mußte, und er hatte stets gezittert, er möchte niemand
finden, dem er seinen Kram vor dem Zusammenbruch
verkaufen könnte; er hatte sich geschworen, sein armes
Geld dann in ein Unternehmen hineinzustecken, in dem
er nach Wohlgefallen räubern könne. Der Gedanke an ein
Gasthaus war ihm bei der Hochzeit eines Vetters gekommen; die Mäuler müßten immer gehen, er wollte den Leuten Schüsselwasser mit ein paar Nudeln drin für zehn
Francs verkaufen. Und als er nun vor den Robineaus stand,
ließ die Freude darüber, ihnen eine üble Geschichte aufge-
sackt zu haben, an deren Loswerden er schon verzweifelt
war, sein Gesicht mit den runden Augen und dem großen
gutmütigen Munde, der vor Gesundheit glänzte, noch größer erscheinen.

»Und Ihre Schmerzen?« fragte Frau Robineau zuvorkommend.

»Was? Meine Schmerzen?« fragte er leise und erstaunt.

»Ja, das Reißen, das Sie hier so quälte.«
Er erinnerte sich und errötete leicht.

»Oh, daran leide ich immer noch... Aber die Landluft, verstehen Sie... Einerlei, Sie haben ein großartiges Geschäft gemacht. Ohne mein Reißen hätte ich mich, ehe zehn Jahre um waren, mit zehntausend Francs Zinsen zur Ruhe setzen können... Auf mein Wort!«

Vierzehn Tage später brach der Kampf zwischen Robineau und dem »Paradies der Damen« los. Er erlangte förmliche Berühmtheit und beschäftigte eine Zeitlang den ganzen Pariser Markt. Robineau bekämpfte seinen Gegner mit dessen eigenen Waffen und erließ öffentliche Ankündigungen in den Zeitungen. Außerdem legte er große Sorgfalt auf seine Auslage; er häufte gewaltige Massen der berühmten Seide in seinen Schaufenster auf, und kündigte sie auf großen weißen Zetteln an, von denen sich der Preis von fünf Francs fünfzig in Riesenziffern abhob. Diese Zahl brachte die ganze Frauenwelt in Aufruhr: zwei Sous billiger als im »Paradies der Damen« und die Seide schien noch fester. Schon in den ersten Tagen kam ein ganzer Strom von Kunden: Frau Marty kaufte unter dem Vorwand sich sparsam zu erweisen ein Kleid, das sie gar nicht nötig hatte; Frau Bourdelais fand den Stoff sehr schön, aber sie wollte lieber noch warten; sie witterte ohne Zweifel den Verkauf der Dinge. In der folgenden Woche setzte Mouret denn auch tatsächlich das »Pariser Paradies« glattweg um zwanzig Centimes herunter und gab es für fünf Francs vierzig ab; er hatte mit Bourdoncle und seinen Teilhabern eine lebhafte Auseinandersetzung gehabt, ehe er sie überzeugen konnte, sie müßten den Kampf aufnehmen, selbst wenn sie dabei zusetzten; diese zwanzig Centimes waren ein glatter Verlust, da sie sowieso schon zum Selbstkostenpreis verkauft hatten. Das war für Robineau ein harter Schlag; er hatte nicht geglaubt, sein Nebenbuhler würde

auch heruntergehen, denn der selbstmörderische Wettbewerb, diese Ausverkäufe unter Selbstkostenpreis, waren als
etwas Neues noch ohne Beispiel; und sofort floß der Kundenstrom, der Billigkeit gehorchend, zur Rue Neuve Saint-
Augustin zurück, während das Geschäft in der Rue Neuve
des Petits-Champs sich leerte. Gaujean kam von Lyon her-
übergerast, es fanden bestürzte Beratungen statt und
schließlich faßte man den heldenmütigen Entschluß: die
Seide sollte heruntergesetzt werden, sie wollten sie zu fünf
Francs dreißig weggehen lassen, zu einem Preise, unter den
niemand heruntergehen konnte, wenn er nicht wahnsinnig war. Am nächsten Tage setzte Mouret seinen Stoff auf
fünf Francs zwanzig an. Und nun gerieten sie in Wut:
Robineau antwortete mit fünf Francs fünfzehn, Mouret
kündigte fünf Francs zehn an. Sie schlugen sich um jeden
Sou und verloren beträchtliche Summen, womit sie der
Allgemeinheit jedesmal ein Geschenk machten. Die Kunden lachten voller Entzücken über diesen Zweikampf und
waren voller Teilnahme an den furchtbaren Streichen, die
die beiden Häuser ihnen zu Gefallen aushielten. Schließlich wagte Mouret den Preis von fünf Francs; seine ganzen
Leute waren blaß darüber, daß er das Glück derartig her-
ausforderte. Robineau lag atemlos am Boden, er blieb bei
fünf Francs stehen und fand nicht den Mut, noch weiter
herunterzugehen. Sie schliefen Auge in Auge auf ihren
Stellungen und ihre Ware lag hingemetzelt um sie her.

Wenn auch auf beiden Seiten die Ehre gerettet war, so
wurde die Sachlage für Robineau doch mörderisch. Das
»Paradies der Damen« besaß einen Vorsprung und ferner
eine Kundschaft, die ihm gestatteten, seine Verluste auszu-
gleichen; er aber wurde lediglich von Gaujean gestützt und
konnte keine Zuflucht zu andern Warengattungen nehmen, so daß er alle Tage etwas rascher auf der schiefen
Ebene des Zusammenbruches dahinglitt. Er ging an seiner

Zaghaftigkeit zugrunde, trotzdem ihm die Wechselfälle des Kampfes eine zahlreiche Kundschaft zugeführt hatten. Eine seiner geheimen Sorgen war es, diese Kundschaft ihn langsam verlassen und zum »Paradies der Damen« zurückkehren zu sehen, nachdem er soviel Geld und Mühe aufgewendet hatte, sie zu gewinnen.

Eines Tages riß ihm sogar die Geduld. Eine Kundin, Frau de Boves, war gekommen, um sich Mäntel bei ihm anzusehen, denn er hatte seinem Sondergeschäft für Seide eine Kleiderabteilung angegliedert. Sie konnte zu keinem Entschlusse kommen und klagte über die Beschaffenheit des Stoffes. Schließlich sagte sie:

»Denen ihr ›Pariser Paradies‹ ist viel stärker.«

Robineau hielt noch an sich und bekräftigte ihr mit seiner ganzen kaufmännischen Höflichkeit, sie irre sich, und zwar um so höflicher als er befürchtete, der Sturm in seinem Innern könne losbrechen.

»Aber sehen Sie doch nur mal die Seide dieses Umhangs an!« fuhr sie fort, »man möchte doch schwören, sie wäre Spinngewebe... Sie mögen sagen was Sie wollen, Herr Robineau, denen ihre Seide zu fünf Francs ist wie Leder gegen die hier.«

Alles Blut drang ihm zu Kopf und er gab ihr mit zusammengepreßten Lippen keine Antwort. Er war gerade auf den schlauen Gedanken verfallen, für seine Kleider die Seide bei seinem Nebenbuhler zu kaufen. Auf die Weise war es Mouret und nicht er, der an dem Stoffe verlor. Er trennte einfach den Saum auseinander.

»Sie finden wirklich denen ihr ›Pariser Paradies‹ dicker?« sagte er leise.

»Oh, hundertmal!« sagte Frau de Boves. »Gar kein Vergleich!«

Diese Ungerechtigkeit seiner Kundin, unter allen Umständen seine Ware herabsetzen zu wollen, ärgerte ihn.

Und als sie immer noch den Umhang mit absprechender Miene hin und her wandte, kam unter dem Futter ein kleines Endchen blau- und silbergestreiften Randes zutage, das der Schere entgangen war. Nun konnte er nicht länger an sich halten, er mußte damit heraus und hätte es ihm den Kopf gekostet.

»Na schön, gnädige Frau, diese Seide ist nämlich ›Pariser Paradies‹, ich habe sie tatsächlich selbst gekauft! ... Sehen Sie den Rand hier.«

Frau de Boves ging sehr beleidigt fort. Viele Damen verließen ihn, als die Geschichte bekannt wurde. Und er zitterte inmitten seines Zusammenbruches, als die Furcht vor dem Morgen über ihn kam, nur für seine Frau, die in friedlichem Glücke aufgewachsen war und nicht in Armut leben konnte. Was sollte aus ihr werden, wenn ein Krach ihn mit Schulden belastet auf die Straße warf? Seine Schuld war es, nie hätte er die sechzigtausend Francs anrühren dürfen. Da mußte sie ihn trösten. Gehörte denn dies Geld ihm nicht genau so gut wie ihr? Er hatte sie ja so lieb, mehr verlangte sie gar nicht, sie hatte ihm ja alles gegeben, ihr Herz, ihr Leben. Man hörte, wie sie sich im Hinterzimmer küßten. Allmählich, ganz stetig glitt das Haus weiter abwärts; alle Monate vermehrten sich die Verluste nach einem langsamen Verhältnissatz, der den verhängnisvollen Ausgang noch etwas hinausschob. Eine hartnäckige Hoffnung hielt sie noch aufrecht, immer wieder sagten sie die bevorstehende Niederlage des »Paradieses der Damen« vorher.

»Pah«, meinte er, »wir sind ja auch noch jung ... Die Zukunft gehört uns doch.«

»Und was liegt denn schließlich daran, wenn du nur getan hast was du wolltest«, setzte sie hinzu. »Wenn du zufrieden bist, bin ich es auch, mein Liebling.«

Denise faßte angesichts dieses gegenseitigen Zartgefühls

eine tiefe Zuneigung zu ihnen. Sie zitterte, denn sie sah den Zusammenbruch unvermeidlich herankommen; aber sie wagte sich nicht dazwischenzumischen. Jetzt erst begriff sie die Macht der neuen Handelswege vollends und nahm die neue Kraft, die Paris umbilden sollte, mit Leidenschaft in sich auf. Ihre Gedanken wurden reifer, eine echt weibliche Anmut entwickelte sich in dem wilden, aus Valognes herübergekommenen Kinde. Übrigens verlief ihr Leben auch recht sanft trotz aller Mühen und des geringen Verdienstes. Wenn sie den ganzen Tag auf den Beinen gewesen war, mußte sie rasch nach Hause gehen und sich um Pépé bekümmern, den der alte Bourras zum Glück hartnäckig weiterfütterte; aber Sorgen hatte sie doch stets, ein Hemd zu waschen, einen Kittel wieder heilzumachen, des Lärmens des Kleinen gar nicht zu gedenken, das ihr oft den Kopf zermarterte. Nie ging sie vor Mitternacht zu Bett. Sonntags machte sie ihre großen Besorgungen: sie machte ihre Kammer rein, brachte sich selbst wieder in Ordnung und hatte soviel zu tun, daß sie oft erst um fünf Uhr dazu kam, sich die Haare zu machen. Aus Vernunftgründen ging sie aber doch zuweilen mit dem Kleinen aus und ließ ihn sich in der Gegend nach Neuilly herüber ordentlich auslaufen; ihr Hauptfest war es dann, wenn sie da unten bei einem Viehzüchter, der sie sich auf seinem Hofe ausruhen ließ, eine Tasse Milch tranken. Jean fand keinen Geschmack an diesen Ausflügen; hin und wieder ließ er sich abends an den Wochentagen einmal sehen, dann aber verschwand er und schützte andere Besuche vor; um Geld bat er sie nicht mehr, aber er kam doch manchmal mit so trübseligem Gesicht, daß sie stets ein Hundertsousstück für ihn beiseite liegen hatte. Das war ihr ganzer Aufwand.

»Hundert Sous!« rief Jean jedesmal. »Donnerwetter! Du bist viel zu gut!... Gerade hat die Frau von dem Papierhändler...«

»Sei still«, unterbrach Denise ihn dann. »Das brauche ich
gar nicht wissen.«

Aber er glaubte, sie beschuldige ihn aufzuschneiden.

»Wenn ich dir aber doch sage, sie ist die Frau eines Pa-
pierhändlers!... Oh, was Großartiges!«

Drei Monate vergingen. Wieder kam der Frühling und
Denise lehnte einen Ausflug mit Pauline und Baugé nach
Joinville ab. Zuweilen traf sie sie wohl mal in der Rue
Saint-Roch, wenn sie von Robineau kam. Pauline vertraute
ihr bei einem dieser Zusammentreffen an, sie würde ihren
Geliebten vielleicht heiraten; aber sie zögerte noch, denn
im »Paradies der Damen« sah man verheiratete Verkäuferinnen nicht gern. Dieser Gedanke an eine Heirat überraschte Denise, aber sie wagte ihrer Freundin keinen Rat
zu erteilen. Als Colomban sie eines Tages bei dem Springbrunnen festhielt, um mit ihr über Clara zu plaudern, ging
diese gerade über den Platz; und das junge Mädchen mußte
sich davonmachen, denn er flehte sie an, mit ihrer alten
Gefährtin darüber zu reden, ob sie ihn nicht heiraten wollte. Was hatten sie denn alle nur? Warum quälten sie sie so?
Sie hielt sich für sehr glücklich, daß sie niemanden liebte.

»Wissen Sie schon das neueste?« fragte sie der Schirm-
händler eines Abends, als sie nach Hause kam.

»Nein, Herr Bourras.«

»Also schön! Die Gauner haben das Hotel Duvillard
angekauft... Nun bin ich ganz eingeschlossen.«

In einem Wutanfall, der seine weiße Mähne empor-
sträubte, schwenkte er seine langen Arme.

»Ein Quatsch, aus dem kein Mensch klug werden kann!«
fuhr er fort. »Das Hotel gehörte anscheinend dem Crédit
Immobilier, dessen Vorsitzender, der Baron Hartmann, es
unserem feinen Mouret gerade überlassen hat... Nun
haben sie mich von rechts, von links, von hinten, sehen Sie
wohl! wie ich hier diesen Stockknopf in der Hand halte!«

Es stimmte, die Überlassung war am Abend vorher unterzeichnet worden. Bourras kleines Haus, das, zwischen dem »Paradies der Damen« und dem Hotel Duvillard eingeklemmt, sich wie ein Schwalbennest in diesen Mauerriß heftete, schien an dem Tage verloren, an dem das Geschäft das Hotel beziehen würde; und der Tag war da, der Riese umging das schwache Hindernis, er umgab es mit seinen Haufen von Waren und drohte es zu verschlingen, es einzig und allein durch die Macht seiner Riesenbegierden aufzusaugen. Bourras fühlte die Umklammerung wohl, unter der sein Laden in allen Fugen krachte. Er glaubte ihn kleiner werden zu sehen, er fürchtete selbst von ihm aufgesogen zu werden und mit all seinen Schirmen und Stöcken auf die andere Seite hinübergezogen zu werden, so brauste der schreckliche Betrieb gerade jetzt.

»Da, hören Sie wohl?« rief er. »Sollte man nicht glauben, sie fräßen sogar die Mauern! Und in meinem Keller, auf meinem Boden, überall klingt es, als ob eine Säge durch den Mörtel schnitte ... Einerlei! Sie werden mich doch nicht platt schlagen können wie ein Blatt Papier! Ich bleibe, und wenn sie mir das Dach abbrechen lassen und mir der Regen eimerweise ins Bett läuft!«

Gerade jetzt ließ Mouret Bourras neue Vorschläge machen: die Abstandssumme wurde erhöht, sie wollten seine Vorräte und seinen Vertrag für fünfzigtausend Francs aufkaufen. Dies Anerbieten verdoppelte die Wut des Alten und er wies es unter Beleidigungen zurück. Mußten diese Gauner erst die ganze Welt bestehlen und dann fünfzigtausend Francs für etwas ausgeben, das keine zehntausend wert war? So verteidigte er seinen Laden wie ein anständiges Mädchen seine Tugend, im Namen der Ehre, aus Selbstachtung.

Ungefähr vierzehn Tage lang sah Denise Bourras gedankenvoll umhergehen. Fieberhaft lief er herum, maß die

Wände seines Hauses aus und sah es von der Straßenmitte aus wie ein Baumeister an. Dann kamen eines Morgens Arbeiter. Es galt die Entscheidungsschlacht, er war auf den tollkühnen Gedanken verfallen, das »Paradies der Damen« auf eigenem Grund und Boden zu bekämpfen und einem zeitgemäßen Aufwand Zugeständnisse zu machen. Die Kunden, die ihm vorwarfen, sein Laden sei zu dunkel, würden sicher wiederkommen, wenn sie ihn erst in seinem neuen Glanze sähen. Zunächst wurden die Risse ausgefüllt und die Vorderseite gesäubert; dann wurde ihr Holzwerk hellgrün gestrichen; der Prunk wurde sogar so weit getrieben, das Aushängeschild zu vergolden. Dreitausend Francs, die Bourras als Notgroschen bereitliegen hatte, gingen dafür drauf. Übrigens geriet das ganze Viertel in Aufruhr; alles kam, um ihm zuzusehen, wie er inmitten seiner Schätze den Kopf verlor und sich in seinen alten Gewohnheiten nicht mehr zurechtfinden konnte. Es schien, als gehöre er mit seinem mächtigen, wirren Bart und Haarwuchs gar nicht mehr in dies Haus mit seinem glänzenden Rahmen und den zarten Farbentönen hinein. Auf dem Bürgersteige gegenüber wunderten sich nun die Vorbeigehenden, wenn sie ihn die Arme schwenken und seine Griffe schnitzen sahen. Er aber empfand in seinem Fieberwahn die größte Angst davor, etwas schmutzig zu machen und zog sich in seinem prunkhaften Laden, den er nicht mehr begriff, noch mehr in sich selbst zurück.

Indessen wurde der Feldzug gegen das »Paradies der Damen« von Bourras wie von Robineau jetzt ganz offen geführt. Er hatte soeben seine neueste Erfindung, den Blumenkelchschirm, in die Welt gesetzt, der später so beliebt werden sollte. Natürlich vervollkommnete das »Paradies der Damen« die Erfindung sofort. Dann entbrannte der Kampf um die Preise. Er hatte einen für einen Francs fünfundneunzig aus Zanella auf Stahlgestell, unverwüstlich,

wie die Ankündigung besagte. Aber er wollte seinen Nebenbuhler vor allem mit seinen Handgriffen schlagen, seinen Griffen aus Bambus, aus Kornelkirsche, Myrtenholz,
spanischem Rohr, kurz einer Auswahl aller nur erdenklichen Griffe. Das »Paradies der Damen«, weniger künstle-
risch veranlagt, legte größere Sorgfalt auf den Stoff, es pries
seine Alpakas, seine Mohärs, seine Sergen und Ledertafte
an. Und der Sieg blieb auf seiner Seite, der Alte klagte
immer wieder voller Verzweiflung, die Kunst wäre zum
Teufel und er müßte seine Griffe rein zum Vergnügen
schnitzen, auf einen Verkauf könne er nicht mehr hoffen.

»Ich bin selbst daran schuld!« schrie er Denise zu.
»Brauchte ich denn so'n Dreck für einen Francs fünfundneunzig feilbieten?... Da sieht man's, wohin einen die
neuen Gedanken bringen. Ich wollte das Beispiel dieser
Räuber nachmachen, nun ist's mir ganz recht, wenn ich
dran verrecke!«

Der Juli war sehr heiß. Denise litt Qualen in der engen
Kammer unter dem Schieferdach. Wenn sie daher jetzt aus
dem Geschäft kam, holte sie Pépé bei Bourras ab, und
anstatt gleich nach oben zu gehen, ging sie mit ihm, um
etwas Luft zu schöpfen, nach dem Tuileriengarten, bis die
Gitter geschlossen wurden. Als sie eines Abends auf die
Kastanienbäume zuschritt, blieb sie wie gebannt stehen: in
ein paar Schritten Entfernung glaubte sie Hutin gerade auf
sich zukommen zu sehen. Da begann ihr Herz heftig zu
schlagen. Es war aber Mouret, der auf dem linken Ufer
gegessen hatte und sich nun eiligst zu Fuß zu Frau Desforges begeben wollte. Infolge der heftigen Bewegung, die das
junge Mädchen machte, um ihm auszuweichen, wurde er
auf sie aufmerksam. Die Dunkelheit brach herein, aber er
erkannte sie doch.

»Sie sind's, Fräulein!«

Vor Bestürzung, daß er sie eines Stehenbleibens würdigte, antwortete sie nicht. Er dagegen verbarg seine Beschämung unter der Miene liebenswürdigen Beschützertums.

»Sind Sie immer noch in Paris?«

»Jawohl, Herr Mouret«, antwortete sie endlich.

Sie bewegte sich langsam rückwärts und versuchte ihn zu grüßen, um ihren Weg fortzusetzen. Aber er kehrte mit ihr um und folgte ihr bis in die tiefen Schatten der alten Kastanien. Hier war es sehr kühl, von fern her tönte das Gelächter von Kindern, die ihre Reifen laufen ließen.

»Das ist Ihr Bruder, nicht wahr?« fragte er wieder und sah auf Pépé.

Der ging, durch die ungewöhnliche Gegenwart eines Herrn eingeschüchtert, ernsthaft neben seiner Schwester her und hielt sie fest an der Hand.

»Ja, Herr Mouret«, antwortete sie aufs neue.

Sie war rot geworden und dachte an Claras und Marguerites gemeine Erfindungen. Zweifellos begriff Mouret die Veranlassung ihres Errötens, denn er setzte lebhaft hinzu:

»Hören Sie mal, Fräulein, ich muß mich noch bei Ihnen entschuldigen. Jawohl, ich wäre sehr froh gewesen, wenn ich Ihnen schon eher hätte sagen können, wie sehr ich die vorgefallenen Irrtümer bedaure. Sie sind da zu leichthin eines Fehltritts beschuldigt worden... Das Unglück ist ja nun einmal geschehen, aber ich wollte doch gern, daß Sie wissen, daß heute alle Welt bei uns über Ihre zarte Fürsorge für Ihre Brüder Bescheid weiß...«

So fuhr er mit einer achtungsvollen Höflichkeit fort, an die die Verkäuferinnen im »Paradies der Damen« bei ihm sonst kaum gewöhnt waren. Denises Verwirrung wuchs, aber eine tiefe Freude durchflutete ihr Herz. So wußte er doch, daß sie sich niemand hingegeben hatte. Beide beobachteten Stillschweigen, aber er blieb neben ihr und richtete seine Schritte nach den kurzen des Kleinen; der Lärm von Paris starb in der Ferne unter den schwarzen Schatten der großen Bäume hin.

»Ich kann Ihnen nur eine Art von Rechtfertigung anbieten, Fräulein«, fing er wieder an. »Natürlich, sollten Sie bei uns wieder eintreten wollen...«

Sie unterbrach ihn und verneinte in fieberhafter Eile.

»Ich kann nicht, Herr Mouret... Aber ich danke Ihnen doch sehr, ich habe eine andere Stelle gefunden.«

Daß sie bei Robineau sei, wußte er schon, es war ihm erst vor kurzem erzählt worden. Und ganz ruhig, in reizender Weise, als stände sie mit ihm ganz auf gleichem Fuße, begann er nun von diesem zu reden und ließ ihm volle Gerechtigkeit widerfahren: ein Bursche von lebhaftem Geiste, aber nur zu empfindlich. Er würde mit einem Krach enden, Gaujean hätte ihm eine zu schwere Last auf die Schultern gepackt, unter der sie alle beide liegen bleiben müßten. Nun gab sich auch Denise von dieser Vertraulichkeit überwunden, freier und ließ durchblicken, wie sie in dem zwischen ihnen und dem Kleinhandel entbrannten Kampfe auf Seiten der großen Warenhäuser stände, sie wurde ganz lebhaft, führte Beispiele an und zeigte, wie sehr sie in dieser Frage auf dem laufenden wäre, ja daß sie sogar voller weitschauender, neuartiger Gedanken steckte. Er hörte ihr mit staunendem Entzücken zu. Er wandte sich um, um bei der wachsenden Dunkelheit ihre Züge wieder erkennen zu können. Sie erschien ihm ganz als die alte mit ihrem einfachen Kleide und ihrem sanften Gesicht; aber aus dieser bescheidenen Erscheinung stieg ein Duft empor, dessen durchdringender Kraft er unterlag. Ganz gewiß hatte diese Kleine sich an die Pariser Luft gewöhnt, sie war zur Frau geworden und zwar zu einer aufregenden, so verständig mit ihrem schönen, dichten Haar.

»Wenn Sie aber doch auf unserer Seite stehen«, sagte er lachend, »weshalb bleiben Sie dann bei unsern Gegnern?... Habe ich denn nicht auch erzählen hören, Sie wohnten bei Bourras?«

»Einem sehr ehrenwerten Manne«, murmelte sie.

»Ach, gehen Sie! Ein alter Wirrkopf, ein Narr, der mich schließlich noch zwingen wird, ihn aufs Stroh zu strecken; und ich möchte ihn doch mit einem wahren Vermögen los werden!... Vor allem aber gehören Sie da nicht hin, sein Haus steht in schlechtem Ruf, er vermietet an Leute ...«

Aber er bemerkte die Verwirrung des jungen Mädchens und setzte schleunigst hinzu:

»Selbstverständlich kann man immer anständig bleiben, und das ist um so mehr anzuerkennen, wenn man nicht reich ist.«

Von neuem machten sie schweigend ein paar Schritte. Pépé schien wie alle altklugen Kinder aufmerksam zuzuhören. Zuweilen sah er zu seiner Schwester auf, als wundere er sich über ihre brennend heiße, manchmal von einem leichten Zittern erschütterte Hand.

»Warten Sie mal!« fing Mouret fröhlich wieder an. »Wollen Sie meine Abgesandte spielen? Ich beabsichtigte morgen mein Anerbieten noch weiter zu erhöhen und Bourras achtzigtausend Francs vorschlagen zu lassen. Reden Sie doch erst mal mit ihm und setzen Sie ihm auseinander, er bringt sich ja nur selbst um! Auf Sie wird er vielleicht noch hören, da er ja Ihr Freund ist, und Sie würden ihm einen wahren Dienst leisten.«

»Gern!« antwortete Denise und lächelte nun auch. »Ich will die Bestellung ausrichten, aber ich bezweifle, daß ich Erfolg haben werde.«

Und dann trat wieder Schweigen ein. Weder der eine noch der andere wußte mehr zu sagen. Einen Augenblick versuchte er über ihren Onkel Baudu zu plaudern; er mußte aber aufhören, da er bemerkte, wie unbehaglich das dem jungen Mädchen sei. Indessen fuhren sie fort, nebeneinander her zu gehen und bogen schließlich in der Nähe der Rue de Rivoli in einen Baumgang ein, in dem es noch hell war. Als sie aus dem Dunkel der Bäume heraustraten, kam es wie ein plötzliches Erwachen über sie. Er begriff, daß er sie nicht länger aufhalten dürfe.

»Guten Abend, Fräulein.«

»Guten Abend, Herr Mouret.«

Aber er ging noch nicht. Bei einem plötzlichen Aufblikken bemerkte er gerade vor sich die hellerleuchteten Fenster Frau Desforges, die ihn erwartete. Und da richtete er seine Blicke wieder auf Denise, die er in dem blassen Dämmerlichte noch gut erkennen konnte: sie war doch so schmächtig im Vergleich zu Henriette, warum machte sie ihm denn das Herz so warm? Eine verrückte Laune!

»Der kleine Kerl da wird aber müde«, fing er wieder an, nur um noch etwas zu sagen. »Und Sie denken doch daran, nicht wahr? unser Haus steht Ihnen jederzeit offen. Sie brauchen nur anzuklopfen und ich verschaffe Ihnen jede nur wünschenswerte Genugtuung ... Guten Abend, Fräulein.«

»Guten Abend, Herr Mouret.«

Als Mouret sie verlassen hatte, ging Denise in den dunklen Schatten der Kastanien zurück. Lange schritt sie so zwischen den Riesenstämmen ziellos umher, alles Blut im Gesicht, den Kopf sausend von wirren Gedanken. Pépé, der immer noch ihre Hand festhielt, mußte lange Beine machen, um mit zu kommen. Sie hatte ihn ganz vergessen. Endlich sagte er:

»Du läufst zu rasch, Mütterchen.«

Nun setzte sie sich auf eine Bank; und da der Junge müde war, schlief er auf ihren Knien ein. Sie hielt ihn gegen ihre jungfräuliche Brust gepreßt, und ihre Augen verloren sich in der Dunkelheit. Als sie nach einer Stunde langsam mit ihm die Rue de la Michodière hinaufging, zeigte sie wieder ihr ruhiges, verständiges Mädchengesicht.

»Herrgottsdonnerwetter!« schrie Bourras, sowie er sie nur von weitem erblicken konnte. »Nun ist der Krach da... Dies Viech von Mouret hat gerade eben mein Haus gekauft.«

Er war außer sich und focht in seinem Laden mit so wirren Gebärden umher, daß er die Fensterscheiben einzustoßen drohte.

»Ach! so'n Aas!... Der Fruchthändler hat's mir eben geschrieben. Und Sie wissen wohl nicht, für wieviel er das Haus gekauft hat? für hundertfünfzigtausend Francs, viermal so viel als es wert ist! Ist das ein Räuber, der Kerl da!... Können Sie sich vorstellen, daß er meine Verschönerungen zum Vorwand genommen hat; jawohl, er hat ausdrücklich angeführt, mein Haus sei ja gerade eben wieder aufgefrischt... Haben die denn noch nicht bald genug davon, sich mit mir abzugeben?«

Der Gedanke, sein von ihm für Reinigung und Malerarbeiten verausgabtes Geld käme nun dem Fruchthändler zugute, brachte ihn furchtbar auf. Und nun würde also Mouret sein Eigentümer: ihm hatte er also jetzt zu bezahlen! bei ihm, bei seinem verabscheuten Nebenbuhler mußte er also zukünftig wohnen! Diese Gedanken machten ihn ganz rasend vor Wut.

»Ich habe wohl gehört, wie sie durch die Mauer gebohrt haben... Jetzt, jeden Augenblick sind sie da, es ist ja als äßen sie mit mir von einem Teller!«

Und damit erschütterte ein Faustschlag auf den Ladentisch die ganze Bude und ließ Stöcke und Schirme tanzen.

Ganz betäubt wußte Denise kein Wort anzubringen. Sie blieb unbeweglich stehen und wartete auf das Ende des Anfalls; Pépé aber war vor großer Müdigkeit auf einem Stuhle eingeschlafen. Als Bourras endlich etwas ruhiger wurde, entschloß sie sich, Mourets Bestellung auszurichten; zweifellos war der Alte sehr aufgebracht, aber das

Übermaß seines Zornes konnte bei der Klemme, in der er steckte, auch zu einem plötzlichen Daraufeingehen führen.

»Da habe ich eben jemand getroffen«, begann sie. »Ja, jemand aus dem ›Paradies der Damen‹ und zwar jemand, der sehr gut unterrichtet ist ... Es scheint, sie wollen Ihnen morgen achtzigtausend Francs anbieten ...«

Mit einem schrecklichen Gebrülle unterbrach er sie:

»Achtzigtausend Francs! Achtzigtausend Francs! ... Jetzt für keine Million mehr!«

Sie wollte ihn überreden. Aber die Ladentür öffnete sich und plötzlich wich sie stumm und bleich zurück. Es war ihr Onkel Baudu mit seinem gelben Gesicht, das sehr gealtert aussah. Bourras packte seinen Nachbarn bei einem Mantelknopf und schrie ihm, durch seine Gegenwart aufgestachelt, ins Gesicht, ohne ihn auch nur zu Worte kommen zu lassen:

»Wissen Sie, was die mir in ihrer Frechheit jetzt anbieten? Achtzigtausend Francs! Soweit sind sie also, die Räuber! sie glauben wohl, ich verkaufe mich wie eine Dirne ... Ach, das Haus haben sie gekauft, und nun glauben sie, sie hätten mich! Ja schön, nun ist's aus, jetzt sollen sie es gar nicht haben! Vielleicht hätte ich nachgegeben, aber nun, wo es ihnen selbst gehört, nun sollen sie mal versuchen, es mir wegzureißen!«

»Dann ist die Geschichte also wahr?« sagte Baudu in seiner langsamen Sprechweise. »Ich hörte es ganz bestimmt erzählen, darum wollte ich mal wissen.«

»Achtzigtausend Francs!« rief Bourras wieder. »Warum keine hunderttausend? Gerade das Geld macht mich so wütend! Glauben sie denn, sie könnten mich mit ihrem Gelde zu so 'ner Schuftigkeit bringen? ... Sie sollen es nicht haben, Herrgottsdonnerwetter! Nie, niemals, verstehen Sie!«

Da trat Denise aus ihrem Schweigen heraus und sagte ruhig:

»In neun Jahren, wenn Ihr Vertrag zu Ende ist, kriegen sie es ja doch.«

Und trotz der Gegenwart ihres Onkels beschwor sie den Alten anzunehmen. Der Kampf war ganz aussichtslos, er focht gegen überlegene Kräfte und konnte das sich ihm darbietende Vermögen nicht zurückweisen, ohne wahnsinnig zu erscheinen. Aber er antwortete immer wieder mit nein. In neun Jahren hoffte er tot zu sein und dies nicht mehr sehen zu brauchen.

»Hören Sie, Herr Baudu?« fing er wieder an. »Ihre Nichte geht mit denen, sie haben sie beauftragt, mich zugrunde zu richten ... Auf mein Wort, sie steht auf seiten der Räuber da!«

Bis dahin schien der Onkel Denise gar nicht gesehen zu haben. Er hob den Kopf mit der brummigen Bewegung, die er stets zeigte, wenn er auf der Schwelle seines Ladens stand und sie vorübergehen sah. Aber jetzt wandte er sich langsam um und sah sie an. Seine dicken Lippen zitterten.

»Ich weiß wohl«, sagte er halblaut.

Und dann fuhr er fort, sie anzusehen. Denise war zu Tränen gerührt; sie fand ihn infolge seines Kummers recht verändert. Er aber, von geheimen Gewissensbissen gequält, daß er ihr nicht zu Hilfe gekommen war, dachte vielleicht über das jammervolle Leben nach, das sie kürzlich durchgemacht hatte. Dann schien auch der Anblick Pépés, der trotz der heftigen Unterhaltung auf seinem Stuhle schlief, ihn zu erweichen.

»Denise«, sagte er schlicht, »komm doch morgen mit dem Kleinen und iß bei uns einen Teller Suppe ... Meine Frau und Geneviève hatten mich schon gebeten, dich einzuladen, wenn ich dich träfe.«

Sie wurde dunkelrot und gab ihm einen Kuß. Und als er wegging, rief ihm Bourras ganz glücklich über diese Versöhnung noch nach:

»Bessern Sie sie nur, sie hat doch einen guten Kern…
Aber das Haus mag zusammenbrechen, mich sollen sie
unter den Steinen finden.«

Unsere Häuser fangen schon an zusammenzubrechen,
Nachbar«, sagte Baudu düster. »Wir bleiben alle darunter
liegen.«

Siebentes Kapitel

D AS GANZE VIERTEL UNTERHIELT SICH
währenddessen über den großen neuen Verkehrsweg, der
unter dem Namen der Rue du Dix-Décembre von der
Neuen Oper nach der Börse hinüber geöffnet werden sollte. Die Enteignungsbeschlüsse waren erledigt, zwei Scharen von Abbruchsarbeitern nahmen den Durchbruch schon
von beiden Seiten her in Angriff, indem die eine die alten
Hotels an der Rue Louis-le-Grand niederlegte, die andere
das leichte Gemäuer des ehemaligen Vaudeville abbrach;
man hörte, wie ihre Hacken immer näher aneinander rückten; die Rue Choiseul und die Rue de la Michodière gerieten in Aufruhr über ihre dem Untergang geweihten Häuser. Ehe vierzehn Tage um waren, mußte der Durchbruch
ihnen eine tiefe Wunde voller Lärm und Sonnenschein
beibringen.

Aber was das Viertel noch weit mehr beschäftigte, das
waren die beim »Paradies der Damen« unternommenen
Arbeiten. Es war von beträchtlichen Erweiterungen die
Rede, von Riesengeschäftsräumen, die die drei Seiten nach
den Straßen de la Michodière, Neuve-Saint-Augustin und
Monsigny hin einnehmen sollten. Von Mouret wurde behauptet, er hätte mit Baron Hartmann, dem Vorsitzenden
des Crédit Immobilier, einen Vertrag abgeschlossen, nach
dem er den ganzen Häuserblock mit Ausnahme der Seite
nach der Rue du Dix-Décembre hin umfassen sollte; an
dieser wollte der Baron ein Gegenunternehmen gegen das
Grand-Hotel ins Leben rufen. Überall kaufte das »Paradies

der Damen« Mietverträge auf, die Läden schlossen sich, die Mieter zogen aus; und in den leeren Gebäuden begannen Heere von Arbeitern, unter Wolken von Mörtelstaub, mit der Neueinrichtung. Nur das schmale Haus des alten Bourras blieb in dem allgemeinen Umschwung ruhig und unberührt liegen und klemmte sich weiter hartnäckig zwischen die hohen, von Maurern belebten Nachbarwände.

Als Denise am nächsten Tage mit Pépé zu Onkel Baudu ging, war die Straße vor dem ehemaligen Hotel Duvillard gerade von einer Reihe Backsteine abladender Lastwagen versperrt. Ihr Onkel stand auf der Schwelle seines Ladens und sah trüben Blickes zu. Je weiter sich das »Paradies der Damen« ausdehnte, desto mehr schien der Alte Elbeuf zusammenzuschrumpfen. Das junge Mädchen fand seine Schaufenster noch schwärzer, noch gedrückter unter dem niedrigen Zwischenstock mit seinen runden Gefängnisfenstern; die Feuchtigkeit hatte das alte grüne Ladenschild noch weiter abgeblättert und die ganze stumpfgraue, wie abgemagert aussehende Vorderseite drückte tiefen Kummer aus.

»Da seid ihr ja«, sagte Baudu. »Vorsicht, sonst trampeln die noch über euch weg.«

Im Laden empfand Denise wieder die alte Herzbeklemmung. Wieder fiel ihr seine Düsterkeit auf, sie schien durch die Leichenstarre der Trümmer um ihn her noch zugenommen zu haben; die leeren Ecken kamen ihr vor wie finstere Höhlen, Staub lag auf den Ladentischen und den Ständern; und aus den Tuchballen, die kein Mensch mehr anrührte, stieg ein Dunst wie aus einem feuchten Keller empor. Frau Baudu und Geneviève saßen stumm und unbeweglich neben der Kasse, als hätten sie dort einen Zufluchtswinkel gefunden, in dem sie niemand störte. Die Mutter säumte Wischtücher. Die Tochter blickte mit den Händen auf den Knien ausdruckslos vor sich hin.

»Guten Abend, Tante«, sagte Denise. »Ich freue mich so, Euch wiederzusehen, und wenn ich Euch Kummer gemacht habe, verzeiht mir, bitte.«

Voller Bewegung umarmte ihre Tante das Mädchen.

»Mein armes Kind, wenn ich keinen andern Kummer hätte, solltest du mal sehen, wie vergnügt ich wäre.«

»Guten Abend, Base«, fuhr Denise fort und gab Geneviève zuerst einen Kuß auf die Backe.

Die fuhr wie überrascht auf. Sie erwiderte ihren Kuß, ohne ein Wort finden zu können. Dann nahmen die beiden Frauen Pépé vor, der ihnen seine kleinen Arme entgegenstreckte. Und so war die Versöhnung vollkommen.

»Na ja, es ist sechs Uhr, dann wollen wir uns zu Tisch setzen«, sagte Baudu nun. »Weshalb hast du denn Jean nicht mitgebracht?«

»Der wird wohl noch kommen«, murmelte Denise verlegen. »Ich habe ihn heute morgen noch gesehen und er hat mir fest versprochen ... Oh, wir brauchen nicht auf ihn zu warten, sein Herr hat ihn wohl festgehalten.«

Sie ahnte wieder irgendeine neue merkwürdige Geschichte und wollte ihn gleich im voraus entschuldigen.

»Also dann wollen wir uns zu Tisch setzen«, wiederholte der Onkel.

Dann wandte er sich nach der dunkeln Tiefe des Ladens um und rief:

»Colomban, du kannst nur gleich mit uns essen. Es kommt doch niemand.«

Denise hatte den Gehilfen noch nicht bemerkt. Die Tante setzte ihr auseinander, sie hätten den andern Verkäufer und das Fräulein gehen lassen müssen. Das Geschäft ging so schlecht, daß Colomban ganz genügte; und selbst der hatte stundenweise nichts zu tun und träumte stumpf und schläfrig offenen Auges vor sich hin.

Im Eßzimmer brannte schon Gas, obwohl doch noch die

langen Sommertage herrschten. Beim Eintreten empfand
Denise einen leichten Schauder infolge der Kühle, die ihr
von den Mauern auf die Schultern herabsank. Sie fand den
runden Tisch mit den Gedecken auf dem Wachstuch wieder vor und das Fenster, das Licht und Luft aus dem ver-
pesteten Brunnen des kleinen Hofes empfing. Alles dies
schien ihr ebenso wie der Laden noch düsterer und tränen-
schwerer geworden zu sein.

»Vater«, sagte Geneviève, die sich vor Denise schämte,
»soll ich nicht das Fenster zumachen? Es riecht nicht
schön.«

Er roch gar nichts. Er war ganz überrascht.

»Mach' das Fenster nur zu, wenn's dir Spaß macht«, antwortete er schließlich. »Aber dann haben wir nicht genug
Luft.«

Tatsächlich war es zum Ersticken. Es war ein sehr einfaches Familienabendessen. Nach der Suppe kam der Onkel,
sobald das Dienstmädchen das Fleisch aufgetragen hatte,
unglücklicherweise auf die Leute gegenüber. Zuerst zeigte
er sich recht duldsam und billigte seiner Nichte abwei-
chende Anschauungen zu.

»Mein Gott, natürlich hast du volle Freiheit, diese großen Lumpenkasten hoch zu halten ... Jeder nach seinem
Geschmack, mein Kind ... Wenn es so steht, daß du dich
nicht mehr darüber ärgerst, wie gemein sie dich vor die
Tür gesetzt haben, dann mußt du wohl recht triftige Gründe für deine Vorliebe für sie haben; und wenn du wieder
zu ihnen gingest, wäre ich dir durchaus nicht böse ... Nicht
wahr? niemand von uns würde ihr böse darüber sein.«

»O nein«, murmelte Frau Baudu.

Nun legte Denise ihnen bedächtig ihre Gründe da, wie
sie es schon bei Robineau getan hatte: die folgerichtige
Entwicklung des Handels, die Anforderungen der Gegenwart, die innere Größe dieser Neuschöpfungen und

schließlich den wachsenden Wohlstand der Allgemeinheit. Mit runden Augen und trocknem Munde hörte Baudu ihr zu und spannte sichtlich all seine Geisteskräfte an. Als sie dann zu Ende war, schüttelte er den Kopf.

»All das sind ja doch nur Träumereien. Handel ist Handel, darüber kommen wir doch nicht weg... Oh! ich gebe ja zu, sie kommen weiter, aber das ist auch alles. Ich habe lange Zeit geglaubt, sie würden sich den Hals brechen; ja, ich habe sogar ganz geduldig darauf gewartet, entsinnst du dich wohl noch? Na schön, heute machen sie doch schon mehr den Eindruck, als wären sie Räuber, die sich ein Vermögen erwerben, während ehrliche Leute auf dem Stroh umkommen... So steht's jetzt mit uns, und ich muß mich vor den Tatsachen beugen. Und ich beuge mich ja, mein Gott! ich beuge mich ja...«

Allmählich stieg ein dumpfer Zorn in ihm auf. Mit einemmal schwenkte er seine Gabel.

»Aber der Alte Elbeuf soll ihnen nie die kleinsten Zugeständnisse machen... Hörst du wohl, ich habe auch zu Bourras gesagt: ›Nachbar, ihr laßt euch ja mit den Schwindlern ein, eure Malereien sind ja eine wahre Schande!‹«

»Iß doch«, unterbrach ihn Frau Baudu, die sich beunruhigte, als sie sah, wie er sich erhitzte.

»Warte doch, meine Nichte soll doch erst meinen Wahlspruch richtig kennen lernen... Hörst du wohl, Kind: ich bin wie diese Weinkanne, ich rühr' mich nicht vom Fleck. Verdrängen sie mich, um so schlimmer! Aber ich verwahre mich dagegen, so!«

Das Mädchen brachte ein Stück Kalbsbraten. Er zerlegte es mit zitternden Händen; sein früheres Augenmaß aber fehlte ihm, die Genauigkeit, mit der er jedem sein Teil zuwog. Das Bewußtsein seiner Niederlage nahm ihm seine alte Sicherheit des geachteten Familienvaters. Pépé hatte geglaubt, der Onkel würde ärgerlich: sie mußten ihn beruhigen, indem sie ihm gleich etwas Nachtisch gaben, ein paar Stück Zwieback, die sie ihm neben den Teller legten. Nun ließ der Onkel die Stimme sinken und versuchte von etwas anderm zu sprechen. Eine kurze Zeit lang redete er von den Abbruchsarbeiten, die Rue du Dix-Décembre fand seine Billigung, denn ihr Durchbruch würde sicherlich den Verkehr im ganzen Viertel heben. Aber da kam er schon wieder aufs »Paradies der Damen«; alles brachte ihn auf dieses zurück, seine Hartnäckigkeit hierin war geradezu krankhaft. Man verfaulte vor Dreck, es war nichts mehr zu verkaufen, seit die Steinwagen die Straße versperrten. Sie machten sich übrigens mit ihrer künstlichen Riesenhaftigkeit nur lächerlich; die Kunden mußten sich ja drin verlieren, warum denn nicht gleich eine Markthalle? Und trotz der flehenden Blicke seiner Frau, trotz seiner eigenen Anstrengungen kam er von diesen Arbeiten auf die Verkaufsziffern des Warenhauses. War das denn noch zu verstehen? In weniger als vier Jahren hatten sie ihren Umsatz verfünffacht: ihre Jahreseinnahme, die vorher acht Millionen betragen hatte, kam nach der letzten Bestandaufnahme auf nahezu vierzig. Das war doch verrückt, etwas noch nie Dagewesenes, wogegen man auch nicht ankämpfen konnte. Sie wurden immer fetter, jetzt hatten sie tausend Angestellte und kündigten achtundzwanzig Abteilungen an. Diese Zahl von achtundzwanzig Abteilungen brachte ihn vor allem ganz aus der Fassung. Sicher hatten sie ein paar einfach verdoppelt, aber andere waren doch vollständig neu: zum Beispiel eine Möbelabteilung und eine für Pariser Sachen. Wer konnte so was verstehen? Pariser Sachen! Weiß Gott, die Leute waren nicht hochnäsig, sie würden noch Fisch verkaufen. Wenn der Onkel auch so tat, als achte er Denises Anschauungen durchaus, so lief es doch schließlich darauf hinaus, daß er sie zu belehren versuchte.

»Offen und ehrlich, verteidigen kannst du sie doch gar nicht. Siehst du vielleicht, daß ich eine Abteilung für Kochtöpfe mit meinem Tuchgeschäft verbinde? Was? du würdest mich doch wohl für verrückt erklären... Gesteh' dir doch wenigstens ein, daß du keine Hochachtung für sie hast.«

Das junge Mädchen lächelte bloß, denn sie schämte sich, als sie einsah, wie unnütz alle guten Gegengründe waren. Er fuhr fort:

»Du stehst ja schließlich auf ihrer Seite. Wir wollen nicht weiter darüber reden, denn es hat keinen Zweck, daß wir uns auch noch gegenseitig ärgern. Das wäre doch wirklich die Höhe, wenn ich erleben müßte, daß sie sich auch noch zwischen meine Verwandten und mich drängten!... Geh' nur wieder zu ihnen, wenn's dir Spaß macht, aber ich verbiete dir, mir noch weiter die Ohren mit deiner Geschichte über sie voll zu stopfen!«

Nun war alles stumm. Seine vorherige Heftigkeit ging jetzt wieder in eine fieberhaft unruhige Zurückhaltung über. Da sie in dem engen, von der Gasflamme erhitzten Zimmer rein erstickten, mußte das Mädchen das Fenster wieder aufmachen; und nun blies der feuchte Pesthauch vom Hofe her über den Tisch. Bratkartoffeln waren soeben aufgetragen. Sie nahmen sich langsam ohne jedes Wort.

»Da!« fing Baudu wieder an und zeigte mit seinem Messer auf Geneviève und Colomban, »sieh dir die beiden da doch mal an. Frag' sie mal, ob sie dein »Paradies der Damen« lieben.«

Seite an Seite aßen Colomban und Geneviève auf ihren gewohnten Plätzen, auf denen sie sich seit zwölf Jahren jeden Tag zweimal wieder trafen, bedachtsam ihre Mahlzeit. Sie hatten noch kein Wort gesagt. Er gab sich Mühe, die Gutmütigkeit seines Gesichts herauszustreichen und verbarg offenbar hinter den gesenkten Augenlidern die sein Inneres verzehrende Flamme; sie dagegen ließ den Kopf noch mehr hängen, als wäre ihr Haar zu schwer; wie von innerm Leid verheert schien sie ganz in Gedanken verloren.

»Das vergangene Jahr war unglücklich«, setzte ihr Onkel ihr auseinander. »Wir haben die Hochzeit noch aufschieben müssen... Nein, frag' sie doch eben mal aus Spaß, was sie von deinen Freunden halten.«

Um ihn zufrieden zu stellen, fragte nun Denise die jungen Leute.

»Ich kann sie doch nicht gern haben, Base«, antwortete Geneviève. »Aber sei nur ruhig, alle hier verabscheuen sie doch noch nicht.«

Und sie blickte auf Colomban, der mit geistesabwesender Miene ein Stückchen Brot zusammenrollte. Als er die Augen des jungen Mädchens auf sich ruhen fühlte, brach er in ein paar heftige Worte aus.

»So 'ne Dreckbude!... Der eine ist noch ein größerer Gauner als der andere!... 'ne reine Pestbeule sind sie für das ganze Viertel.«

»Hörst du! hörst du!« rief Baudu entzückt. »Den da kriegen sie nimmermehr!... Jawohl, du bist der letzte, nach dir gibt's keinen mehr!«

Geneviève aber wandte ihre strengen, schmerzvollen Blicke nicht von Colomban ab. Sie drangen ihm ins Herz, und in seiner Beunruhigung verdoppelte er seine Beleidigungen noch. Frau Baudus Blicke wanderten unruhig und schweigend von einem zum andern, als ahnte sie auch da neues Unheil. Die Traurigkeit ihrer Tochter machte ihr seit einiger Zeit Angst, sie fühlte, daß sie starb.

»Es ist jemand im Laden«, sagte sie endlich in dem Wunsche, diesem Vorgang ein Ende zu machen. »Sieh doch mal nach, Colomban, ich glaube, ich hörte jemand.«

Sie waren fertig und standen auf. Baudu und Colomban gingen, um mit einem Makler zu reden, der wegen seiner Aufträge kam. Frau Baudu nahm Pépé auf den Schoß, um ihm Bilder zu zeigen. Das Mädchen deckte rasch ab, und Denise stand verloren am Fenster und blickte voller Teilnahme in den kleinen Hof, als sie sich umwendend Geneviève immer noch auf ihrem Platze, die Augen fest auf dem Wachstuch, aber rot vom Abtrocknen sitzen sah.

»Habt Ihr Schmerzen, Base?« fragte sie sie. Das junge Mädchen antwortete ihr nicht, sondern fuhr fort, hartnäckig einen Riß im Wachstuch anzusehen, als sei sie ganz von einer langwierigen Überlegung eingenommen. Nun hob sie mühsam den Kopf und blickte auf das Gesicht, das sich voller Mitleid zu ihr herabneigte. Waren denn auch alle andern schon weg? Was machte sie denn noch auf ihrem Stuhle? Und plötzlich erstickte sie vor Schluchzen, der Kopf fiel auf den Tisch. Sie weinte, daß ihre Ärmel ganz naß wurden.

»Mein Gott, was habt Ihr denn?« rief Denise ganz bestürzt. »Soll ich jemand rufen?«

Erregt packte Geneviève sie am Arm. Sie hielt sie zurück und stammelte:

»Nein, nein, bleibt ... Oh, daß Mama nichts davon erfährt! ... Vor Euch ist's mir einerlei; aber nicht vor den andern, nicht vor den andern! ... Ich kann nichts dafür, ich schwöre es Euch. Das kam ja nur, als ich sah, daß ich allein war ... Wartet, es geht schon besser, ich will nicht mehr weinen.«

Ein neuer Anfall ergriff sie und schüttelte ihren gebrechlichen Körper mit heftigen Schauern. Es machte den Eindruck, als zermalme ihr schwarzes Haar ihr den Nacken. Als sie ihren schmerzenden Kopf auf die gefalteten Arme sinken ließ, löste sich eine Nadel, das Haar fiel ihr über den Nacken herab und begrub sie mit seiner Finsternis. Denise versuchte unterdessen sie leise zu trösten, weil sie die andern aufmerksam zu machen befürchtete. Sie machte ihr das Kleid auf und empfand tiefen Kummer beim Anblick dieser jammervollen Magerkeit: das arme Mädchen besaß eine Brust so platt wie ein Kind, das Nichts einer von Blutarmut verzehrten Jungfrau. Mit vollen Händen griff Denise in ihr Haar, dies prachtvolle Haar, das ihr das Leben auszusaugen schien; dann knotete sie es fest auf, um sie etwas zu entlasten und ihr Luft zu machen.

»Danke, Ihr seid so gut«, sagte Geneviève. »Ach! ich bin nicht sehr dick, nicht wahr? Ich war stärker, aber ich habe alles verloren... Mache mir das Kleid wieder zu, Mama sieht sonst meine Schultern. Ich verberge sie ihr, so gut ich kann... Mein Gott! ich fühle mich nicht gut, ich fühle mich nicht gut.«

Der Anfall ging indessen vorüber. Wie zerschlagen blieb sie auf ihrem Stuhle sitzen und sah fest auf ihre Base. Um dem Schweigen ein Ende zu machen, fragte sie sie:

»Sagt mir die Wahrheit, liebt er sie?«

Denise fühlte, wie ihr die Röte in die Backen stieg. Sie begriff recht gut, daß es sich um Colomban und Clara handele. Aber sie spielte doch die Überraschte.

»Wer denn, Liebe?«

Ungläubig nickte Geneviève mit dem Kopfe.

»Lügt nicht, bitte. Tut mir die Liebe an und verschafft mir endlich Gewißheit... Ihr müßt es doch wissen, das fühle ich. Ja, Ihr seid doch mit diesem Frauenzimmer zusammen gewesen und ich sehe ja, wie Colomban hinter Euch herläuft und leise auf Euch einredet. Er gibt Euch Aufträge für sie, nicht wahr?... Oh! um der Barmherzigkeit willen sagt mir die Wahrheit, ich schwöre Euch, es wird mir gut tun.«

Noch nie hatte Denise eine derartige Verlegenheit durchgemacht. Sie schlug die Augen vor diesem ewig stummen

Kinde nieder, das doch alles ahnte. Indessen fand sie doch die Kraft, sie noch einmal zu täuschen.

»Aber er liebt doch Euch!«

Nun machte Geneviève eine verzweifelte Bewegung.

»Gut, Ihr wollt mir also nichts sagen ... Übrigens ist es mir ganz einerlei, ich habe sie ja doch gesehen. Er geht ja alle Augenblicke auf die Straße, um sie zu sehen. Und sie lacht ihm von oben zu wie eine Verdammte! ... Sie treffen sich draußen ganz sicher.«

»Nein, wahrhaftig nicht, das schwöre ich Euch!« rief Denise sich vergessend und von dem Wunsche hingerissen, ihr wenigstens diesen einen Trost zu verschaffen.

Das junge Mädchen atmete hoch auf. Sie lächelte schwach. Mit der kraftlosen Stimme einer Genesenden sagte sie dann:

»Ich möchte gern ein Glas Wasser ... Verzeiht, daß ich Euch darum bemühe. Seht, da auf der Anrichte.«

Und sobald sie die Wasserflasche in Händen hielt, stürzte sie ein großes Glas mit einem Zuge hinunter. Sie hielt Denise mit einer Hand zurück, die befürchtete, sie schade sich damit.

»Nein, nein, laßt nur, ich bin immer so durstig ... Ich stehe nachts sogar auf, um zu trinken.«

Ein neues Schweigen entstand. Dann fuhr sie leise fort:

»Wenn Ihr wüßtet, wie ich mich zehn Jahre lang in diesen Gedanken an unsere Ehe hineingelebt habe. Ich trug noch kurze Kleider, als Colomban mir schon bestimmt war ... Jetzt kann ich mich nicht mehr darauf besinnen, wie sich die Sache gewendet hat. Bei dem ewigen Zusammenleben, immer hier so einer mit dem andern eingeschlossen zu sitzen, ohne daß wir je die geringste Zerstreuung gehabt hätten, da mußte ich ihn schließlich wohl vor der Zeit für meinen Mann halten. Ich wußte gar nicht, ob ich ihn liebte, ich war seine Frau, das ist die ganze Geschichte... Und nun will er mir mit einer andern weglaufen! O Gott! mir bricht das Herz. Seht, von solchen Schmerzen hatte ich keine Ahnung. Das packt mir Herz und Kopf, das geht überall durch, das bringt mich um.«

Wieder traten ihr Tränen in die Augen. Denise, der die Augen auch vor Mitleid feucht wurden, fragte sie:

»Hat Tante eine Ahnung davon?«

»Ja, Mama ahnt es, glaube ich... Papa hat zuviel Kummer, er ahnt gar nicht, was er mir mit seinem Hinausschieben der Hochzeit für Schmerzen bereitet... Mama hat mich schon öfter gefragt. Sie ist besorgt, weil sie sieht, wie müde ich werde. Sie ist selbst niemals stark gewesen, oft hat sie zu mir gesagt: ›Mein armes Kind, ich war nicht sehr stark als ich dich kriegte.‹ Und dann in dem Laden hier kann man ja auch nicht wachsen. Aber schließlich muß sie doch wohl gefunden haben, daß ich zu mager werde... Seht mal meine Arme, ist denn so was noch vernünftig?«

Mit zitternder Hand hatte sie die Flasche wieder ergriffen. Ihre Base wollte sie am Trinken verhindern.

»Nein, laßt mich, ich bin zu durstig.«

Sie hörten Baudus Stimme laut werden. Einem Drange ihres Herzens folgend, kniete Denise nun nieder und umschloß Geneviève mit schwesterlichen Armen. Sie küßte sie und schwor ihr, es würde noch alles gut werden, sie würde Colomban heiraten und gesund und glücklich werden. Rasch stand sie wieder auf. Ihr Onkel rief nach ihr.

»Jean ist da, komm mal.«

Wirklich war es Jean, der jetzt ganz außer Atem zum Essen kam. Als sie ihm sagten, es wäre acht Uhr, blieb er mit offenem Munde stehen. Nicht möglich, er wäre doch eben erst von seinem Herrn weggegangen. Sie machten sich lustig über ihn und meinten, er wäre wohl über das Vincenner Gehölz gekommen. Sowie er sich aber an seine Schwester heranmachen konnte, flüsterte er ihr ganz leise zu:

»Es war eine kleine Wäscherin, die gerade ihre Wäsche austrug... Ich habe eine Droschke auf Zeit da. Gib mir doch hundert Sous.«

Er ging einen Augenblick wieder nach draußen und kam dann zum Essen herein, denn Frau Baudu wollte keinenfalls, daß er wieder wegginge, ohne wenigstens etwas Suppe zu essen. Geneviève trat mit ihrer gewöhnlichen Schweigsamkeit und Zurückhaltung wieder herein. Colomban schlief halb hinter einem Ladentisch. Traurig und langsam lief der Abend hin, nur durch die Schritte des Onkels belebt, der den leeren Laden von einem Ende bis zum andern durchwanderte. Nur eine Gasflamme brannte, der Schatten der niedrigen Decke fiel wie schwarze Grabeserde auf sie nieder.

Monate vergingen. Fast jeden Tag kam Denise einen Augenblick herein, um Geneviève aufzuheitern. Aber die Traurigkeit nahm bei den Baudus zu. Die Arbeiten ihnen gegenüber bildeten für sie eine ewige Qual und ließen sie ihr Unglück nur noch lebhafter empfinden. Selbst wenn sie mal eine hoffnungsfreudige Stunde hatten, eine unerwartete Freude, dann genügte der Lärm eines Steinwagens, der Säge eines Steinmetzen oder auch nur der Zuruf eines Maurers, um sie ihnen sofort zu vergällen. Übrigens geriet das ganze Viertel davon in Erschütterung. Aus dem Bretterzaun, der an den drei Straßen entlanglief und sie abschloß, ertönte eine fieberhafte lebendige Tätigkeit. Wenn der Baumeister auch das vorhandene Mauerwerk ausnutzte, so legte er doch überall Öffnungen drin an um es herzurichten; und mitten in dem freien Hofraum erbaute er eine Mittelhalle, geräumig wie eine Kirche, die sich mitten in der Schauseite durch eine Ehrenpforte auf die Rue Neuve-Saint-Augustin öffnen sollte. Anfangs hatte man große Schwierigkeiten bei der Herstellung des Kellergeschosses, denn man stieß auf Durchsickerungen von den

Kanälen her und auf alte, voller Menschenknochen stekkende Anschüttungen. Dann zog die Absenkung eines Brunnens die umliegenden Häuser heftig in Mitleidenschaft, eines hundert Meter tiefen Brunnens, dessen Leistung fünfhundert Liter in der Minute betragen sollte. Das Mauerwerk stieg schon bis zum ersten Stock in die Höhe; hölzerne Rüstungen und Türme umschlossen den ganzen Block, ohne Unterlaß hörte man das Knirschen der Windebäume, wenn die Werksteine hochgezogen wurden, das plötzliche Gepolter beim Abladen eiserner Träger und den Lärm des vom Geräusche der Hacken und Hämmer begleiteten Arbeitervolkes. Ganz besonders betäubte aber die Leute die Erschütterung durch die Maschinen; alles ging mit Dampf, fortwährend durchschnitten scharfe Pfiffe die Luft; beim geringsten Windstoß aber erhob sich der Staub in Wolken und schlug sich auf den benachbarten Dächern wie ein Schneefall nieder. Verzweifelt sahen die Baudus diesen nicht zu bezwingenden Staub überall eindringen, er kam durch die bestschließenden Fensterrahmen, verschmierte ihnen die Stoffe im Laden und drang ihnen sogar ins Bett; der Gedanke, sie atmeten ihn trotz aller Vorsicht ein und müßten schließlich daran sterben, vergiftete ihr gutes Dasein.

Ihre Lage sollte aber noch schlimmer werden. Im September entschloß sich der Baumeister, aus Furcht nicht rechtzeitig fertig zu werden, die Nacht durchzuarbeiten. Mächtige elektrische Lampen wurden aufgestellt und der Betrieb hörte gar nicht mehr auf: die Werkschichten lösten sich ab, die Hämmer standen nicht still, fortwährend pfiffen die Maschinen, der ewige laute Lärm schien den Staub in die Höhe zu jagen und zu verbreiten. Nun mußten die Baudus es zu ihrer Verzweiflung sogar aufgeben, auch nur ein Auge zuzumachen; sie wurden in ihrem Alkoven hin und her geschüttelt und der Lärm ging in ein Alpdrücken über, sobald die Ermattung sie einmal einschläferte. Standen sie dann mit bloßen Füßen auf, um ihre Fieberglut zu kühlen und hoben einmal einen Vorhang in die Höhe, so erschreckte sie die auf dem finstern Hintergrunde aufflammende Erscheinung des »Paradieses der Damen«, das wie eine Riesenschmiede dastand, in der ihr Untergang geschmiedet wurde. Aus den halb aufgeführten und von leeren Fensteröffnungen durchbrochenen Mauern sandten elektrische Lampen breite blaue Strahlen von blendender Helligkeit hervor. Es schlug zwei Uhr morgens, dann drei, dann vier. Und während so das Viertel in peinlichem Schlafe lag, wimmelte der in dieser Mondeshelle noch größer erscheinende Bauplatz, der zu phantastischer Größe anschwoll, von dunklen Schatten, lärmenden Arbeitern, deren Umrisse wirr auf der harten Weiße des frischen Mauerwerks herumtanzten.

Onkel Baudu hatte richtig vorher gesagt, der Kleinhandel der benachbarten Straßen erhielt abermals einen furchtbaren Stoß. Jede Einrichtung einer neuen Abteilung im »Paradies der Damen« bedeutete für die Ladeninhaber der Nachbarschaft neue Zusammenbrüche. Das Unheil nahm an Ausdehnung zu und man hörte die ältesten Häuser krachen. Das Leinengeschäft Fräulein Tatins in der Passage Choiseul mußte sich zahlungsunfähig erklären; Quinette, der Handschuhmacher, konnte es kaum noch sechs Monate aushalten; die Pelzhändler Vanpouilles waren genötigt, einen Teil ihrer Geschäftsräume zu vermieten; wenn Geschwister Bédoré, die Putzmacherinnen in der Rue Gaillon sich noch hielten, so lebten sie doch augenscheinlich von ihren früher ersparten Zinsen. Und jetzt sollten noch weitere Zusammenbrüche zu den bereits früher vorausgesehenen hinzukommen: die Abteilung für Pariser Sachen bedrohte einen Spielwarenhändler in der Rue Saint-Roch, Deslignières, einen dicken heißblütigen Mann; die Abteilung für Möbel aber zog die Piot und Rivoire in Mitleidenschaft, deren Geschäftsräume im Schatten der Passage Sainte-Anne schlummerten. Für den Spielwarenhändler befürchtete man sogar einen Schlaganfall, denn er kam aus der Wut gar nicht mehr heraus, als er fand, das »Paradies der Damen« kündige Börsen mit dreißig vom Hundert Rückvergütung an. Die besonneneren Möbelhändler taten so, als machten ihnen diese Plüntjenkrämer höchstens Spaß, die sich in den Verkauf von Tischen und Schränken hineinmengen wollten; aber schon verließen sie einzelne Kunden und der Erfolg der Abteilung kündigte sich als furchtbar an. Es war aus, sie mußten sich beugen: nach ihnen würden andere weggefegt werden und es lag durchaus kein Grund vor, weshalb nicht der gesamte Kleinhandel der Reihe nach von seiner Stätte verdrängt werden sollte. Das »Paradies der Damen« mußte eines Tages das ganze Viertel unter seinem Dache vereinigen.

Wenn jetzt morgens und abends die tausend Angestellten kamen oder nach Hause gingen, bildeten sie auf dem Place Gaillon einen so langen Schwanz, daß die Leute stehenblieben, um sie sich anzusehen, wie sie sich wohl den Vorbeimarsch eines Regiments ansahen. Zehn Minuten lang waren die ganzen Bürgersteige von ihnen bedeckt; und dann mußten die Ladeninhaber vor ihren Türen an den einen Gehilfen denken, den sie manchmal schon nicht mehr unterhalten konnten. Die letzte Bestandaufnahme des großen Warenhauses, die Umsatzziffer von vierzig Millionen versetzte die Umgebung ebenfalls in Aufruhr. Sie lief unter Ausrufen der Überraschung und der Wut von Haus zu Haus. Vierzig Millionen, konnte man sich so was vorstellen? Zweifellos betrug der Reingewinn bei ihren beträchtlichen Unkosten und ihrem Grundsatz billigen Verkaufes höchstens vier vom Hundert. Aber eine Million sechshunderttausend Francs war auch immerhin eine hübsche Summe und man konnte wohl mit vier vom Hundert zufrieden sein, wenn man mit derartigen Geldmitteln arbeitete. Man erzählte sich, Mourets Grundvermögen, die ersten fünfhunderttausend Francs, jedes Jahr um den gesamten Reingewinn vermehrt, betrage heute vier Millionen und sei demnach zehnmal an seinen Ladentischen in Ware umgesetzt. Robineau blieb, als er Denise nach dem Essen diese Rechnung auseinandersetzte, einen Augenblick, die Augen auf seinen leeren Teller geheftet, ganz verstört sitzen: sie hatte ganz recht, diese unausgesetzte Erneuerung des Grundvermögens bildete die unüberwindliche Kraft der neuen Handelsart. Nur Bourras leugnete die Tatsachen, stolz und stumm wie ein Meilenstein wollte er sie nicht begreifen. Eine Räuberbande, Schluß! Lügenbolde! Schwindler, die man noch eines Morgens aus der Gosse aufsammeln würde!

Wenn die Baudus auch nichts an den Gewohnheiten des Alten Elbeuf ändern wollten, so versuchten sie dennoch den Wettbewerb aufzunehmen. Da die Kundschaft nicht mehr zu ihnen kam, so bemühten sie sich durch Vermittlung von Maklern an sie heranzukommen. Auf dem Pariser Platze gab es damals einen Makler, der Beziehungen zu allen großen Schneidern hatte und kleine Tuch- und Flanellhäuser durch seine Vertretung vor dem Untergang rettete. Selbstverständlich stritt man sich um ihn und er gewann dadurch ein bedeutendes Ansehen; Baudu versuchte unglücklicherweise mit ihm zu handeln und mußte hinterher sehen, wie er mit den Matignon aus der Rue Croix-des-Petits-Champs ins Einvernehmen kam. Schlag auf Schlag raubten zwei andere Makler ihn dann aus; ein dritter, ein ehrlicher Mensch, richtete nichts aus. So kam der Tod langsam, ohne jede Erschütterung näher, es herrschte ein fortgesetztes Todesröcheln unter den geschäftlichen Unternehmungen, denen ihre Kundschaft allmählich verloren ging. Der Tag kam heran, wo ihre Verbindlichkeiten drükkend wurden. Bis dahin hatten sie noch von frühern Ersparnissen gelebt; jetzt fing das Schuldenmachen an. Im Dezember entschloß Baudu sich aus Furcht vor der Höhe seiner Wechselunterschriften zu einem unerhört grausamen Opfer: er verkaufte sein Landhaus in Rambouillet, das Haus, das ihn so viel Geld durch seine ewigen Instandsetzungsarbeiten gekostet hatte und für das seine Mieter ihn noch nicht einmal bezahlten, nachdem er sich entschlossen hatte, wenigstens etwas Nutzen aus ihm zu ziehen. Dieser Verkauf mordete den einzigen Traum seines Lebens und das Herz blutete ihm wie beim Verlust eines geliebten Wesens. Und er mußte für sechzigtausend Francs hergeben, was ihn mehr als zweihunderttausend gekostet hatte. Er war noch sehr froh, als er die Lhomme, seine Nachbarn, die ihr Wunsch nach einer Vergrößerung zu diesem Entschluß brachte, zu so viel bereit fand. Die sechzigtausend Francs konnten das Haus noch einige Zeit aufrechterhalten. Trotz aller Schläge stand der Gedanke an weitern Kampf doch wieder in ihm auf: mit etwas Ordnung könnte man doch vielleicht noch zum Siege gelangen.

An dem Sonntag, als die Lhomme das Geld aussetzten, erklärten sie sich bereit, im Alten Elbeuf zu essen. Frau Aurelie kam zuerst; auf den Kassierer, der schließlich ganz verwirrt nach einem musikalischen Nachmittag eintraf, mußten sie warten; der junge Albert hatte die Einladung auch angenommen, kam aber nicht. Der Abend verlief übrigens recht peinlich. Die Baudus litten bei ihrer Gewohnheit, in dem kleinen Eßzimmer von aller Luft abgeschlossen zu leben, unter dem frischen Luftzuge, den die Lhomme infolge ihres losen Zusammenhanges und ihres Triebes zu ungebundenem Dasein mit sich brachten. Geneviève fühlte sich durch das hoheitsvolle Benehmen Frau Aurelies verletzt und tat den Mund nicht auf; Colomban aber bewunderte sie und fühlte sich bei dem Gedanken, sie herrsche über Clara, von Ehrfurchtsschauern ergriffen.

Baudu ging abends, als Frau Baudu schon im Bett war, noch lange in ihrer Kammer auf und ab, ehe er sich hinlegte. Das Wetter war milde, feuchtes Tauwetter. Trotzdem die Fenster geschlossen und die Vorhänge zugezogen waren, hörten sie draußen die Arbeitsmaschinen auf dem Bauplatz gegenüber brausen.

»Weißt du was ich denke, Elisabeth?« sagte er endlich. »Das ist alles ganz gut! die Lhomme mögen noch so viel Geld verdienen, ich stecke doch lieber in meiner eigenen Haut als in ihrer... Sie kommen ja weiter, das ist wahr. Die Frau erzählte, nicht wahr? sie hätte dies Jahr fast zwanzigtausend Francs verdient und das ermöglichte es ihr, mein armes Haus zu kaufen. Einerlei! ein Haus habe ich nicht mehr, aber wenigstens laufe ich doch nicht für mich allein herum und mache Musik, während du für dich herumbummelst... Nein, siehst du, glücklich können die nicht sein.«

Sein Opfer schmerzte ihn noch sehr und er empfand eine Art Haß gegen die Leute, die ihm seinen Traum abgekauft hatten. Jedesmal, wenn er in die Nähe des Bettes kam, fuchtelte er mit den Händen in der Luft herum und beugte sich über seine Frau; ging er dann wieder ans Fenster zurück, so schwieg er einen Augenblick und horchte auf den Lärm der Arbeiten. Und dann legte er mit seinen alten Beschuldigungen und seinen verzweifelten Klagen über die neuen Zeitläufte wieder los: so was hatte man ja noch nie gesehen, die Gehilfen verdienten jetzt mehr als ihre Dienstherren und Kassierer kauften sich Besitzungen von Geschäftsinhabern. Alles krachte auch schon, die Familie bestand gar nicht mehr, man lebte im Gasthause, anstatt seine Suppe anständig zu Hause zu essen. Endlich rückte er mit der Weissagung heraus, der junge Albert werde später mit seinen Schauspielerinnen die Besitzung in Rambouillet noch mal vermöbeln.

Den Kopf auf dem Kissen hörte Frau Baudu ihm zu; sie war so blaß, daß ihr Gesicht die gleiche Farbe wie die Leinwand aufwies.

»Sie haben dich doch bezahlt«, sagte sie schließlich leise.

Da blieb Baudu stumm stehen. Ein paar Sekunden trabte er mit zu Boden geschlagenen Augen weiter. Dann fuhr er fort:

»Sie haben mich bezahlt, das ist wahr; und am Ende ist ihr Geld gerade so gut wie anderer Leute ihrs ... Wäre das spaßhaft, wenn wir das Haus mit diesem Gelde wieder in die Höhe bringen könnten! Ach, wenn ich nur nicht so alt wäre, so müde!«

Nun trat ein langes Schweigen ein. Der Tuchhändler wurde von unbestimmten Plänen gepackt. Plötzlich begann seine Frau mit zur Decke gewandten Augen zu reden, ohne den Kopf zu bewegen.

»Hast du dir in der letzten Zeit wohl mal dein Kind angesehen?«

»Nein«, erwiderte er.

»Na ja! sie macht mir Sorge ... Sie wird so blaß, sie ist scheinbar ganz verzweifelt.«

Ganz überrascht blieb er vor dem Bett stehen.

»Sieh doch mal an! worüber denn? ... Wenn sie krank ist, sollte sie es dir sagen. Wir müssen morgen mal einen Arzt kommen lassen.«

Frau Baudu lag immer noch unbeweglich. Nach einer ihr unendlich lang vorkommenden Minute erklärte sie ihm voller Überlegung:

»Ich glaube, wir machten mit dieser Hochzeit mit Colomban besser ein Ende.«

Er sah sie an und setzte dann seine Wanderung fort. Allerlei Tatsachen fuhren ihm durch den Sinn. Wäre es möglich, daß seine Tochter wegen des Gehilfen krank wurde? Hatte sie ihn denn so lieb, daß sie nicht länger warten konnte? Auch von dieser Seite her neues Unglück! Das stürzte ihn aus allen Himmeln, um so mehr, als sich bei ihm eine ganz bestimmte Ansicht über diese Ehe festgesetzt hatte. Unter den gegenwärtigen Verhältnissen hätte er nie eingewilligt, sie abzuschließen. Aber die Besorgnis machte ihn doch weich.

»Gut«, sagte er endlich, »ich werde mal mit Colomban reden.«

Und ohne jedes weitere Wort setzte er seine Wanderung fort. Die Augen seiner Frau schlossen sich bald, ganz weiß schlummerte sie wie eine Tote. Er ging immer noch auf und ab. Ehe er sich hinlegte, schob er die Vorhänge zur Seite und warf noch einen Blick hinaus: die gähnenden Fensteröffnungen des ehemaligen Hotels Duvillard auf der andern Seite ließen Durchblicke nach dem Bauplatz zu, wo sich die Arbeiter in dem blendenden Schein der elektrischen Lampen tummelten.

Gleich am nächsten Morgen nahm Baudu Colomban mit ganz hinten in einen engen Vorratsraum im Zwischenstock. Am Abend vorher hatte er sich überlegt, was er ihm sagen wollte.

»Mein Junge, du weißt ja, ich habe meine Besitzung in Raumbouillet verkauft ... Das macht es uns nun möglich, uns noch mal einen ordentlichen Ruck zu geben ... Aber vor allem möchte ich doch mal ein bißchen mit dir plaudern.«

Der junge Mann schien sich vor der Unterhaltung zu fürchten und wartete mit linkischem Benehmen ab. Die kleinen Augen in seinem breiten Gesicht zwinkerten und er blieb mit offenem Munde stehen, was bei ihm ein Zeichen tiefer Erregung war.

»Hör' gut zu«, fing der Tuchhändler wieder an. »Als

Vater Hauchecorne mir den Alten Elbeuf übergab, stand das Haus in Blüte; er selbst hatte es vorher in gutem Zustande von dem alten Finet übernommen... Meine Ansichten kennst du ja: ich finde, ich würde eine Gemeinheit begehen, wenn ich meinen Kindern einen heruntergewirtschafteten Familienbesitz hinterließe; und darum habe ich deine Hochzeit mit Geneviève immer wieder aufgeschoben... Ja, ich hatte meinen Kopf draufgesetzt und glaubte, ich könnte den ehemaligen Wohlstand wieder gewinnen, ich wollte dir meine Bücher unter die Nase halten und sagen: »Sieh her! in dem Jahre als ich eintrat haben wir so viel Tuch verkauft, und dies Jahr, in dem Jahre, wo ich ausscheide, haben wir für zehntausend oder zwanzigtausend Francs mehr abgesetzt...« Schließlich, du verstehst mich wohl, war das so'n Eid, den ich mir selbst ablegte, der ganz selbstverständliche Wunsch, mir selbst den Beweis zu liefern, daß das Geschäft unter meinen Händen nicht zurückgegangen sei. Andernfalls wäre es mir so vorgekommen, als hätte ich euch bestohlen.«

Rührung unterdrückte seine Stimme. Er schnaubte sich, um seine Fassung wieder zu gewinnen und fragte dann:

»Hast du mir nichts zu sagen?«

Aber Colomban hatte nichts zu sagen. Er nickte nur mit dem Kopfe und wartete mit immer steigender Unruhe auf das, worauf seiner Meinung nach sein Herr eigentlich hinauswollte. Das mußte die Hochzeit in kürzester Frist sein. Wie könnte er die verweigern? Dazu hätte er nie die Kraft in sich gefühlt. Und die andere, von der er nachts träumte, daß sein Fleisch in wilder Flamme emporloderte und er sich nackt auf dem Fußboden herumwälzte vor Furcht, darüber zugrunde zu gehen!

»Heute haben wir nun Geld, das uns noch retten kann«, fuhr Baudu fort. »Die Lage wird alle Tage schlimmer, aber vielleicht, wenn wir noch mal eine letzte Anstrengung machen ... Jedenfalls mußte ich dich doch davon benachrichtigen. Wir müssen jetzt alles auf eine Karte setzen. Werden wir geschlagen, schön, dann bedeutet das unser Grab ... Aber eure Hochzeit, mein armer Junge, die muß infolgedessen noch etwas hinausgeschoben werden, denn ich will euch nicht ganz allein in die Verlegenheit hineinstoßen. Das wäre doch zu feige, nicht wahr?«

Colomban hatte sich getröstet auf einen Ballen Baumwollsamt gesetzt. Er fürchtete seine Freude sichtbar werden zu lassen und senkte den Kopf, während er die Daumen über den Knien umeinander drehte.

»Hast du mir nichts zu sagen?« wiederholte Baudu.

Nein, er sagte nichts, er fand nichts zu sagen. Darum fuhr der Tuchhändler langsam fort:

»Ich wußte ja nur zu gut, wie schmerzlich dir das sein mußte ... Du mußt Mut haben. Schüttele dich mal etwas und sitze nicht so niedergeschlagen da ... Vor allem mußt du meine Lage richtig begreifen. Kann ich euch denn so'n Mühlstein um den Hals binden? Anstatt euch ein gut gehendes Geschäft zu hinterlassen, käme es am Ende auf einen Bankerott hinaus. Nein, solche Streiche gestatten sich nur Gauner ... Ich will ja gewiß nur euer Bestes, aber gegen meine Überzeugung kann ich nicht handeln.«

In der Art redete er noch eine ganze Zeit lang und verwickelte sich in Widersprüche wie alle Menschen, die verlangen, daß man ihre Worte halb erraten soll und die sich die Hände gebunden haben. Da er nun mal seine Tochter mit dem Laden versprochen hatte, zwang ihn sein hochgradiges Rechtlichkeitsgefühl, beide nur in gutem Zustand zu übergeben, ohne Abzüge oder Schulden. Nur war er so müde, die Last kam ihm zu schwer vor, aus seiner stotternden Stimme klangen flehende Bitten hervor. Die Worte gerieten ihm auf den Lippen in immer größere Unordnung, er erwartete einen Ruck von Colomban, einen Schrei aus tiefstem Herzen, aber der blieb aus.

»Ich weiß wohl«, sagte er leise, »wir Alten haben kein Feuer mehr. Aber bei euch Jungen kriegt die Sache wieder Glut. Ihr habt ja noch Feuer in euch, das ist ja nur natürlich… Aber nein, nein, mein Ehrenwort, das kann ich nicht! Wenn ich euch jetzt nachgäbe, würdet ihr es mir später nur zum Vorwurf machen.«

Zusammenschauernd schwieg er; und da der junge Mann immer noch mit gesenktem Kopfe sitzen blieb, fragte er ihn nach einer peinlichen Pause zum drittenmal:

»Hast du mir nichts zu sagen?«

Ohne ihn anzusehen antwortete Colomban nun endlich:

»Da ist doch nichts zu sagen… Ihr seid doch der Herr und Ihr versteht mehr davon als wir alle zusammen. Wenn Ihr es verlangt, warten wir und wollen versuchen vernünftig zu sein.«

Damit war er zu Ende; Baudu wartete immer noch darauf, daß er sich ihm in die Arme stürzen und ihm zurufen würde: »Vater, seid doch ruhig, nun wollen wir den Kampf aufnehmen, übergebt uns nur den Laden wie er ist und wir werden schon das Wunder vollbringen ihn hoch zu halten!« Dann blickte er auf ihn nieder, voller Schamgefühl, und klagte sich leise an, er habe seine Kinder überlisten wollen. Die an Wahnsinn grenzende Ehrenhaftigkeit des alten Ladeninhabers erwachte wieder; der kluge Junge da hatte ganz recht, denn im Handel gibt es kein Gefühl, im Handel gibt es nichts als Ziffern.

»Gib mir einen Kuß, mein Junge«, sagte er um zum Schluß zu kommen. »Dann ist es also beschlossene Sache, wir reden über die Hochzeit vor Jahresfrist nicht wieder. Vor allem müssen wir doch an den Ernst des Lebens denken.«

Als Frau Baudu ihren Mann abends in der Kammer nach dem Ergebnis der Unterredung fragte, hatte der seine alte

Hartnäckigkeit für den Kampf bis zum bittern Ende, so weit er selbst in Frage kam, schon wieder gefunden. Er hielt eine große Lobrede auf Colomban: das wäre ein strammer Bursche, fest in seinen Anschauungen, übrigens ja auch nach guten Grundsätzen erzogen und zum Beispiel gar nicht imstande, mit der Kundschaft zu lachen, wie die Lumpen da im »Paradies der Damen«. Nein, der war ehrlich, der gehörte zu ihnen, der betrieb den Verkauf nicht zum Spaß wie ein Börsenspiel.

»Also wann soll dann die Hochzeit sein?« fragte Frau Baudu.

»Später, sobald ich in der Lage bin, mein Versprechen einzulösen«, antwortete er.

Sie machte keinerlei Bewegung, sondern sagte nur einfach: »Unser Kind geht drüber zugrunde.«

Baudu hielt noch an sich, obwohl der Zorn in ihm aufstieg. Er selbst ging noch dran zugrunde, wenn sie ihn immerfort derartig umkrempelten. War es denn seine Schuld? Er hatte seine Tochter wirklich lieb und redete immer davon, er möchte sein Herzblut für sie hingeben; aber er konnte das Geschäft doch nun mal nicht in Gang bringen, wenn es nicht gehen wollte. Geneviève mußte doch ein bißchen Vernunft annehmen und sollte sich bis auf eine bessere Geschäftslage gedulden. Teufel nochmal! Colomban blieb schon da, den würde ihr niemand stehlen.

»Es ist wirklich unglaublich! so'n wohlerzogenes Mädchen«, sagte er immer wieder.

Frau Baudu hatte nichts dazu zu sagen. Zweifellos ahnte sie Genevièves Eifersuchtsqualen; aber sie wagte nicht, sie ihrem Manne anzuvertrauen. Das eigentümliche Schamgefühl der Frau ließ sie sich nie mit solchen überaus heiklen Gesprächsgegenständen an ihn heranmachen. Als er schließlich bemerkte, sie bliebe stumm, kehrte sein Zorn sich gegen die Leute gegenüber, er streckte die Fäuste in die leere Luft nach dem Bauplatz hinüber, wo heute nacht mächtige eiserne Gerüste unter lauten Hammerschlägen aufgerichtet wurden.

Denise wollte wieder ins »Paradies der Damen« zurück. Sie begriff, daß die Robineaus sich gezwungen sahen, ihre Arbeitskräfte einzuschränken, daß sie aber nicht wußten, wie sie sie verabschieden sollten. Um sich hinzuhalten, mußten sie alles allein besorgen; Gaujean verharrte in seinem Haß, er verlängerte seine Vorschüsse, versprach ihnen sogar noch weitere Geldmittel ausfindig zu machen; aber die Furcht packte sie doch und sie wollten es mit Sparsamkeit und Ordnung versuchen. Vierzehn Tage lang fühlte Denise so, wie peinlich ihnen ihre Gegenwart war; sie mußte daher zuerst sprechen und ihnen mitteilen, sie hätte anderswo eine Stelle gefunden. Das war eine reine Erlösung, Frau Robineau küßte sie tief bewegt und schwur, sie würde sie stets vermissen. Als das junge Mädchen Robineau auf seine Frage antwortete, sie ginge zu Mouret zurück, wurde er blaß.

»Sie haben recht!« rief er heftig.

Weniger leicht war es, dem alten Bourras die Neuigkeit beizubringen. Indessen mußte Denise ihm doch kündigen und sie zitterte davor, denn sie fühlte sich ihm tief verpflichtet. Richtig kam Bourras denn auch gar nicht mehr aus der Wut heraus, zumal bei dem mächtigen Lärm von dem benachbarten Bauplatze her. Die Steinwagen versperrten seinen Laden; die Hacken arbeiteten sich in sein Mauerwerk; alles, Schirme wie Stöcke tanzte bei ihm nach dem Takte der Hammerschläge. Es schien, als wolle das Mauerwerk, das sich bei all dieser Zerstörung rundumher so hartnäckig zeigte, auseinander reißen. Das Schlimmste aber war, daß der Baumeister zur Verbindung der schon bestehenden Abteilungen mit den im ehemaligen Hotel Duvillard herzurichtenden auf den Gedanken gekommen war, einen Stollen unter dem kleinen Hause durchzutreiben, das sie trennte. Dies Haus gehörte Mouret und Co., und da der Vertrag besagte, daß der Mieter sich Wiederherstellungsarbeiten fügen müsse, so zeigten sich eines Morgens ein paar Arbeiter. Hierüber hätte Bourras beinahe einen Schlaganfall gekriegt. War es denn noch nicht genug, daß sie ihn von allen Seiten abwürgten, von rechts, von links, von hinten? wollten sie ihn auch noch an den Beinen pakken und ihm den Grund und Boden unter den Füßen auffressen! Und so jagte er die Maurer weg und beschritt den Klageweg. Wiederherstellungsarbeiten, gewiß! aber dies waren Verschönerungsarbeiten. Das Viertel glaubte, er werde gewinnen, wollte sich aber doch nicht darauf verschwören. Auf alle Fälle drohte der Prozeß sehr lange zu dauern und alles nahm leidenschaftlichen Anteil an diesem unabsehbaren Zweikampf.

Bourras kam an dem Tage, als Denise sich entschlossen hatte ihm zu kündigen, gerade von seinem Rechtsanwalt.

»Wollen Sie es glauben!« rief er, »jetzt sagen sie, das Haus wäre nicht fest genug und geben vor, es wäre notwendig, seine Grundmauern auszubessern... Weiß Gott! sie haben es genügend mit ihren verdammten Maschinen gerüttelt. Da braucht man sich doch nicht zu wundern, wenn es zusammenbricht!«

Als das junge Mädchen ihm dann sagte, sie müsse ihn verlassen, weil sie mit tausend Francs Gehalt wieder ins »Paradies der Damen« eintreten wolle, war er so erschüttert, daß er nur zitternd die Hände zum Himmel emporstreckte. Vor Bewegung fiel er auf einen Stuhl.

»Sie! Sie!« stotterte er. »Also schließlich bin ich ganz allein noch da, nur ich bleibe noch übrig!«

Nach langem Stillschweigen fragte er sie:

»Und der Kleine?«

»Der soll wieder zu Frau Gras gehen«, antwortete Denise. »Sie hat ihn sehr gern.«

Sie waren von neuem still. Ihr wäre es lieber gewesen, wenn er gewütet, gerast, mit der Faust aufgeschlagen hätte; die atemlose Niedergeschlagenheit des Greises tat ihr bitter leid. Allmählich kam er aber wieder zu sich und fing wieder an zu schreien.

»Tausend Francs, die schlägt man nicht aus... Ihr geht ja doch alle. Lauft doch zu und laßt mich allein sitzen. Jawohl, allein! verstehen Sie mich? Einer wenigstens wird sein Haupt nie beugen... Und sagen Sie ihnen nur, meinen Prozeß gewinne ich doch, und wenn ich mein letztes Hemd drüber auftragen sollte!«

Denise brauchte Robineau erst Ende des Monats zu verlassen. Sie hatte Mouret wieder gesehen und war mit ihm über alles ins reine gekommen. Als sie eines Abends nachhause ging, hielt Deloche sie im Vorübergehen auf; er hatte ihr unter einer Einfahrt aufgelauert. Er war überglücklich, denn er hatte gerade die große Neuigkeit gehört, von der das ganze Geschäft redete, wie er sagte. Und ganz vergnügt erzählte er ihr all die Klatschereien aus den Abteilungen.

»In der Kleiderabteilung machen die Damen schöne Gesichter, wissen Sie!«

Dann unterbrach er sich:

»Sie entsinnen sich übrigens doch der Clara Prunaire. Na schön, es sieht so aus, als ob der Herr sie kriegen würde... Verstehen Sie?«

Er wurde dunkelrot. Sie rief ganz bleich:

»Herr Mouret!«

»Putziger Geschmack, nicht wahr?« fuhr er fort. »Ein Frauenzimmer wie ein Pferd... Die kleine Leinenverkäuferin, die er voriges Jahr zweimal gehabt hat, war doch wenigstens niedlich. Aber am Ende ist das ja seine Sache.«

Als Denise zu Hause war, fühlte sie ihre Kräfte schwinden. Das kam gewiß weil sie zu rasch nach oben gegangen war. Die Ellbogen auf der Fensterbrüstung trat ihr plötzlich Valognes vor Augen, die einsame Straße mit dem moosüberwachsenen Pflaster, die sie von der Kammer ihrer Kindheit aus übersah; und ein Drang überkam sie, wieder dort zu leben, dort in der Vergessenheit, im Frieden der Provinz eine Zufluchtsstätte zu finden. Paris machte sie elend, sie haßte das »Paradies der Damen« und wußte nicht wie sie darauf hatte eingehen können, wieder einzutreten. Sicherlich würde sie dort nur wieder zu leiden haben, sie litt jetzt schon unter einem ihr fremden Unbehagen infolge Deloches Geschichten. Ganz ohne Grund zwang sie plötzlich ein Tränenstrom vom Fenster zurückzutreten. Sie weinte lange vor sich hin, ehe sie neuen Lebensmut fand.

Als Robineau sie am folgenden Morgen nach dem Frühstück auf Bestellungen ausschickte und sie am Alten Elbeuf vorbeikam, öffnete sie die Tür als sie sah, daß Colomban allein im Laden war. Die Baudus frühstückten, sie hörte das Geklapper ihrer Gabeln aus dem kleinen Hinterzimmer.

»Sie können hereinkommen«, sagte der Gehilfe. »Sie sind bei Tisch.« Aber sie hieß ihn schweigen und zog ihn in eine Ecke. Und dann dämpfte sie ihre Stimme:

»Ich wollte mal mit Ihnen reden... Haben Sie denn gar kein Herz? sehen Sie denn nicht, daß Geneviève Sie lieb hat und darüber zugrunde geht?«

Ihr ganzer Körper zitterte, das Fieber von gestern abend schüttelte sie aufs neue. Er ward ganz verwirrt und verstört über diesen unerwarteten Angriff und fand keine Worte.

»Hören Sie wohl!« fuhr sie fort. »Geneviève weiß, daß Sie eine andere lieben. Sie hat es mir gesagt und dabei geschluchzt wie unselig. Ach, das arme Geschöpf! sie wiegt fast nichts mehr. Wenn Sie ihre dünnen Arme gesehen hätten! Es ist zum Weinen... Hören Sie, Sie dürfen sie nicht so umkommen lassen!«

Schließlich sprach auch er, ganz überwältigt.

»Aber sie ist doch nicht krank, Sie übertreiben... Ich kann nichts davon merken... Und dann, ihr Vater schiebt doch die Hochzeit hinaus.«

Schroff stellte Denise diese Ausflucht ganz richtig. Sie fühlte durch, das leiseste Drängen des jungen Mannes hätte den Onkel zur Entscheidung gebracht. Colombans Überraschung war übrigens nicht vorgeschwindelt: er hatte wirklich noch nichts von Genevièves langsamem Todeskampf bemerkt. Diese Enthüllung war ihm furchtbar peinlich. Wenn er auch noch so wenig davon geahnt hatte, nun konnte er sich nicht genug tadeln.

»Und um wen?« fuhr Denise fort. »Um ein reines Nichts von Frauenzimmer!... Aber wissen Sie denn gar nicht, wen Sie liebhaben? Ich habe Ihnen bis jetzt keinen Kummer damit machen wollen und habe es oft vermieden, auf Ihre ewigen Fragen zu antworten... Na gut! ja, sie rennt mit aller Welt, sie macht sich über Sie lustig, Sie kriegen sie nie, oder höchstens kriegen Sie sie wie alle andern, einmal so im Vorübergehen.«

Leichenblaß hörte er ihr zu; und bei jedem der Sätze, die sie ihm mit zusammengebissenen Zähnen ins Gesicht schleuderte, zitterten ihm leise die Lippen. Sie wurde so von Grausamkeit übermannt, daß sie einem Drange nachgab, dessen sie sich gar nicht bewußt war.

»Und schließlich«, sagte sie noch mit einem letzten Aufwallen, »sie hält es jetzt mit Herrn Mouret, wenn Sie es wissen wollen!«

Ihre Stimme erstickte, sie wurde noch blässer als er. Sie sahen sich gegenseitig an.

Dann stammelte er:

»Ich liebe sie!«

Nun schämte Denise sich. Warum sprach sie zu diesem Burschen und weshalb mußte sie so in Leidenschaft geraten? Sie verstummte, das einfache Wort, das er ihr eben zur

Antwort gegeben hatte, tönte ihr wie fernes, sie allmählich völlig betäubendes Glockenläuten durchs Herz. »Ich liebe sie, ich liebe sie«, und das breitete sich immer weiter aus: er hatte recht, er konnte keine andere heiraten.

Als sie sich umwandte, sah sie Geneviève auf der Schwelle des Eßzimmers stehen.

»Still!« sagte sie rasch.

Aber es war schon zu spät, Geneviève mußte sie gehört haben. Keinen Blutstropfen hatte sie mehr im Gesichte. Eine Kundin öffnete gerade die Tür, Frau Bourdelais, die dem Alten Elbeuf als eine der letzten noch treu geblieben war, weil sie dort ordentliche Sachen fand; Frau de Boves war schon längst der Mode gefolgt; selbst Frau Marty kam nicht mehr, denn sie war gänzlich den Schaustellungen von gegenüber erlegen. Und so sah Geneviève sich gezwungen vorzutreten und sie mit tonloser Stimme zu fragen:

»Gnädige Frau wünschen?«

Frau Bourdelais wollte Flanell sehen. Colomban holte ein Stück aus einem Gestell herunter und Geneviève legte den Stoff vor; und sie fanden sich beide mit kalten Händen hinter dem Ladentisch zusammen. Währenddessen kam auch Baudu aus dem kleinen Zimmer, gefolgt von seiner Frau, die sich auf ihren Sitz hinter der Kasse begeben wollte. Zunächst mischte er sich nicht in das Geschäft hinein, er lächelte nur Denise zu und blieb stehen, wobei er Frau Bourdelais ansah.

»Der ist mir nicht hübsch genug«, sagte diese. »Lassen Sie doch mal sehen, ob Sie keinen stärkeren haben.«

Colomban holte ein anderes Stück herunter. Alle verharrten in Schweigen. Frau Bourdelais prüfte den Stoff.

»Und wie teuer?«

»Sechs Francs, gnädige Frau«, antwortete Geneviève.

Da machte die Kundin eine hastige Bewegung.

»Sechs Francs! aber drüben haben sie doch ganz denselben für fünf Francs.«

Baudus Gesicht zog sich leicht zusammen. Nun konnte er nicht umhin sich ins Mittel zu legen, wenn auch sehr höflich. Gnädige Frau täuschten sich zweifellos, dieser Stoff wäre zu sechs Francs fünfzig verkauft worden, er konnte unmöglich zu fünf Francs abgegeben werden. Sicherlich handelte es sich um einen andern Stoff.

»Nein, nein«, wiederholte sie mit der Hartnäckigkeit einer Bürgerfrau, die sich auf ihre Kenntnisse was zugute tut. »Es ist ganz derselbe Stoff. Vielleicht ist er sogar noch dicker.«

Nun mußte die Auseinandersetzung zu einem übeln Ende führen. Baudu stieg die Galle ins Gesicht, wenn er sich auch weiter bemühte zu lächeln. Die Bitterkeit gegen das »Paradies der Damen« schnürte ihm die Kehle zu.

»Sie müssen mich wahrhaftig besser behandeln«, sagte Frau Bourdelais endlich, »sonst gehe ich nach drüben wie alle andern.«

Da verlor er den Kopf und rief, von verhaltenem Zorn geschüttelt:

»Na schön! dann gehen Sie doch nach drüben!«

Tief verletzt stand sie auf und antwortete ihm im Weggehen, ohne sich umzuwenden:

»Das werde ich auch tun, Herr Baudu.«

Alles war ganz starr. Die Heftigkeit des Herrn hatte alle erschüttert. Er selbst blieb zitternd und verwirrt über seine Worte eben stehen. Ohne daß er es wollte, waren sie ihm bei dem plötzlichen Ausbruch seines lang aufgehäuften Hasses aus dem Munde geflogen. Und nun folgten die Baudus, unbeweglich mit herabhängenden Armen dastehend, mit den Augen Frau Bourdelais beim Überschreiten der Straße. Es kam ihnen so vor, als nehme sie ihr Glück mit sich. Als sie ruhigen Schrittes in die Tür des »Paradies

der Damen« trat und sie ihren Rücken in der Menge verschwinden sahen, gab es ihnen im Innern einen Riß.

»Wieder eine, die sie uns wegnehmen!« murmelte der
Tuchhändler.

Und sich dann zu Denise wendend, deren neue Anstellung er schon kannte:

»Dich haben sie ja auch wieder eingefangen ... Geh, ich
bin dir nicht böse. Sie haben nun mal das Geld, sie sind
also die Stärkeren.«

Denise hoffte immer noch, Geneviève hätte Colomban
nicht verstanden und flüsterte ihr gerade ins Ohr:

»Er liebt Euch, seid doch wieder munter.«

Aber das junge Mädchen erwiderte ihr ganz leise mit
herzzerreißender Stimme:

»Warum belügt Ihr mich? ... Seht doch, er kann's ja
nicht lassen, er sieht schon wieder da nach oben ... Ich
weiß recht gut, sie haben mich bestohlen, wie sie alle Welt
bestehlen.«

Und sie setzte sich auf die Bank hinter der Kasse neben
ihre Mutter. Die ahnte offenbar, welchen neuen Schlag das
junge Mädchen soeben wieder hatte aushalten müssen,
denn ihre bekümmerten Augen wanderten zu Colomban
und richteten sich dann wieder aufs »Paradies der Damen«.
Es war wahr, sie raubten ihnen alles: dem Vater sein Vermögen; der Mutter ihr sterbendes Kind; dem Kinde seinen
Gatten, auf den es zehn Jahre lang gewartet hatte. Denise
empfand angesichts dieser zum Tode verurteilten Familie
einen Augenblick die Angst, sie handelte schlecht. Wollte
sie nicht ihre Hand aufs neue dieser Maschine leihen, die
die Armen zermalmte? Aber sie fand sich von einer unbekannten Kraft mitgerissen, sie fühlte, was sie begehe sei
kein Unrecht.

»Pah!« fing Baudu wieder an, um sich Mut zu machen.
»Davon sterben wir auch noch nicht. Eine Kundin verlo-

ren, zwei neue wiedergewonnen... Verstehst du, Denise; ich habe sechzigtausend Francs, die deinem Mouret noch schlaflose Nächte bereiten sollen!... Kopf hoch, ihr da! macht doch nicht solche Leichenbittergesichter!«

Aber er konnte sie nicht aufheitern und verfiel selbst wieder in stumme Verwirrung; aller Augen blieben auf dem Ungetüm haften wie gebannt, sich an ihrem eigenen Unglück weidend. Die Arbeiten gingen ihrer Vollendung entgegen, die Schauseite wurde schon von Gerüsten entkleidet, eine ganze Riesenfläche des gewaltigen Bauwerks erschien mit ihren weißen Mauern, von breiten hellen Fenstern unterbrochen. An dem endlich dem Verkehr wieder übergebenen Bürgersteig entlang stellten sich gerade acht Wagen hintereinander auf, die die Laufburschen einen nach dem andern vor der Ausgabestelle beluden. In dem Sonnenstrahl, der in die Straße hineinfiel, sandten die grünen mit gelb und rot abgesetzten, wie Spiegelscheiben funkelnden Wagenwände einen blendenden Widerschein bis in die Tiefe des Alten Elbeuf hinüber. Die schwarz gekleideten Kutscher hielten die Pferde in strammer Haltung kurz am Zügel, und die prächtigen Gespanne schüttelten ihre versilberten Gebisse. Und jedesmal wenn ein Wagen voll war, tönte vom Pflaster ein dumpfes Rollen herüber, von dem all die kleinen Buden der Nachbarschaft erzitterten.

Vor diesem Siegeszug, den sie täglich zweimal über sich ergehen lassen mußten, brach den Baudus das Herz. Der Vater fiel ganz zusammen, wenn er sich immer wieder fragen mußte, wohin dieser fortgesetzte Warenstrom flösse; die Mutter dagegen, die unter den Qualen ihrer Tochter litt, blickte weiter um sich mit leeren, von dicken Tränen überströmten Augen, ohne doch etwas zu sehen.

Achtes Kapitel

AM VIERZEHNTEN MÄRZ, EINEM MONTAG, weihte das »Paradies der Damen« seine neuen Geschäftsräume mit einer auf drei Tage berechneten Sommermoden-Ausstellung ein. Draußen wehte ein scharfer Wind, die Fußgänger liefen vor Überraschung über die Rückkehr des Winters eilig mit zugeknöpftem Überzieher dahin. In den Läden der Nachbarschaft aber gärte es vor Aufregung; und man sah, wie alle die kleinen Geschäftsleute mit ihren blassen Gesichtern gegen die Fensterscheiben die ersten Wagen zählten, die vor der neuen Ehrenpforte in der Rue Neuve-Saint-Augustin hielten. Diese Pforte, hoch und tief wie eine Kirchentür, wurde von einer Gruppe überragt, Handel und Industrie sich unter einem Gemengsel von allerlei ihnen zugeschriebenen Gegenständen die Hände reichend, und war durch ein weitgespanntes Sonnendach geschützt, dessen goldene Troddeln den Bürgersteig wie mit einem Sonnenstrahl aufzuhellen schienen. Rechts und links dehnten sich die Außenseiten noch in etwas roher Weise hin, sie bogen nach der Rue Monsigny und de la Michodière um und nahmen den ganzen Block mit Ausnahme der Seite an der Rue du Dix-Décembre ein, wo der Crédit Immobilier selbst bauen wollte. An der ganzen Ausdehnung dieser Kaserne entlang bemerkten die Kleinhändler, sowie sie nur den Kopf hoben, durch die Spiegelscheiben, die die Geschäftsräume im Erdgeschoß und im Zwischenstock dem Tageslicht öffneten, riesige Warenhaufen. Und dieser gewaltige Würfel, dieser Riesenbasar versperrte ihnen den Himmel und schien ihnen bei der sie in ihren eisigkalten Läden zittern machenden Kälte ein Wesen, vor dem sie erbeben mußten.

Von sechs Uhr an war Mouret da, um seine letzten Anordnungen zu treffen. In der Mitte zog sich in der Verlängerung der großen Pforte von einem Ende zum andern ein weiter Gang hin, der rechts und links von zwei schmäleren, dem Gang Monsigny und dem Gang Michodière eingefaßt wurde. Die Höfe waren mit Glas überdeckt und in Hallen verwandelt; vom Erdgeschoß führten eiserne Treppen nach oben, eiserne Brücken spannten sich in beiden Geschossen von einem Ende zum andern. Der Baumeister, ein junger Mensch, der alles Neue liebte, hatte in einem glücklichen Einfall nur für das Kellergeschoß und die Eckpfeiler Mauerwerk verwendet, dann aber hatte er das ganze Knochengerüst, alle Säulen, die die Querträger und Unterzüge aufnahmen, in Eisen aufgeführt. Die Kappen unter den Fußböden und die Trennungswände der einzelnen Abteilungen im Innern waren aus Mauerwerk. Überall war so an Raum gewonnen, Licht und Luft hatten freien Zutritt, die Besucher sollten sich infolge des kühnen Wurfs einer zeitweiligen Absperrung nunmehr ungehindert bewegen können. Dies hier war die Kathedrale des neuzeitigen Handels, fest und leicht, wie gemacht für ein ganzes Volk von Kunden. Unten in der Mittelhalle kam man, wenn man seine Wartezeit an der Tür hinter sich hatte, an die Halsbinden, die Handschuhabteilung, die Seiden; der Gang Monsigny wurde von der Leinenabteilung und den Kattunen eingenommen, der Gang Michodière von den Kurzwaren, der Putzmacherei, Tuchen und Wollstoffen. Im ersten Stock befanden sich dann die Kleider, die Leinensachen, Umhänge, Spitzen und andere neue Abteilungen, während man Bettzubehör, Teppiche, Möbelstoffe, kurz alle viel Platz einnehmenden und schwer zu handhabenden Sachen in den zweiten Stock verbannt hatte. Jetzt im Augenblick betrug die Zahl der Abteilungen neununddreißig, die der Angestellten achtzehnhundert, darunter zweihundert Frauen. Eine ganze Welt sproßte hier in dem tönenden Leben dieser eisernen Schiffe empor.

Mourets einzige Leidenschaft war die Überwindung der Frau. Sie sollte die Königin seines Hauses sein, er errichtete ihr diesen Tempel, um sie durch ihn in seine Gewalt zu bekommen. Seine ganze Fechtkunst lag darin, sie durch zuvorkommende Aufmerksamkeiten zu betäuben und dann mit Hilfe ihrer eigenen Begierden zu erhandeln, ihr Fieber auszunutzen. Daher zerbrach er sich Tag und Nacht den Kopf auf der Suche nach neuen Erfindungen. Er hatte bereits, um zarten Damen die Mühe des Treppensteigens zu ersparen, zwei mit Samt ausgeschlagene Aufzüge einrichten lassen. Dann war er darauf verfallen, einen großen Erfrischungsraum zu eröffnen, wo Saft und Wasser sowie Zwieback umsonst verabreicht wurden, ferner einen Lesesaal, einen prachtvollen Durchgang, der mit übertriebenem Aufwand eingerichtet war und in dem er sogar Gemäldeausstellungen plante. Aber sein tiefster Gedanke war der, bei den nicht gefallsüchtigen Frauen die Mutter durch das Kind zu überwinden; und er verlor keinen ihrer Beweggründe aus den Augen, fand alle feinsten Regungen heraus und erschuf Abteilungen für kleine Mädchen und Knaben, in denen er die hindurchgehenden Mütter festhielt und den Kleinen selbst Bilder und Luftballons anbot. Diese Erfindung mit den Luftballons war ein wahrer Geistesblitz; es waren große rote Blasen aus dünner Gummihülle, die jeder Verkäuferin zugeteilt wurden; sie trugen in großen Buchstaben den Namen des Geschäfts und wirkten an ihren dünnen Fäden gehalten und die Luft durchsegelnd als lebende Anpreisung.

Die Hauptquelle seiner Kraft lag in der öffentlichen Anpreisung. Mouret ging so vor, daß er im Jahr hunderttausend Francs für Preislisten, Ankündigungen und Maueranschläge ausgab, darunter fünfzigtausend im Ausland, in alle möglichen Sprachen übersetzt. Jetzt ließ er sie mit gestochenen Abbildungen versehen, legte ihnen sogar auf einzelnen Seiten aufgeklebte Proben bei. Seine Schaustellungen überstiegen jedes Maß, das »Paradies der Damen« sollte der ganzen Welt in die Augen springen; es überschwemmte alle Mauern, drängte sich in alle Zeitungen hinein, ja bis auf die Vorhänge in den Theatern. Er verkündigte den Grundsatz, die Frau stehe Anpreisungen gegenüber ohne Widerstandskraft da, ein Verhängnis zwinge sie, jedem Lärm schließlich nachzulaufen. Übrigens stellte er ihr die schlauesten Fallen und zergliederte ihre Triebe wie der gewiegteste Sittenlehrer. So machte er auch die Entdeckung, sie vermöge einem billigen Einkauf nicht zu widerstehen, sie kaufe auch ohne Not, sobald sie glaube, dabei einen vorteilhaften Handel abzuschließen; und auf diese Beobachtung begründete er sein Verfahren der Preisherabsetzung; schrittweise setzte er die nicht gut gehenden Gegenstände herunter und verkaufte sie lieber mit Verlust, getreu seinem Grundsatze der raschen Warenerneuerung. Dann aber drang er noch tiefer in die Seele der Frau ein; er kam auf den Gedanken von Rückgaben, ein Meisterstück jesuitischer Verführungskunst. »Nehmen Sie nur, gnädige Frau: Sie können uns die Sache zurückgeben, wenn sie Ihnen nachher nicht gefällt.« Und die Frau, die bis dahin widerstanden hatte, fand hierin zu guter Letzt einen Vorwand, in dieser Möglichkeit eine etwaige Torheit wieder gut machen zu können: für gewöhnlich die Gewissenhaftigkeit selbst, nahm sie es jetzt doch. Rückgaben und Preisherabsetzung traten nun in das klassische Betriebsleben des neuzeitlichen Handels.

Ein Gebiet, auf dem Mouret sich wieder einmal als unvergleichlicher Meister bewies, war die innere Leitung des Warenhauses. Er erhob es zum Gesetz, kein Winkel des »Paradieses der Damen« dürfe unausgenutzt bleiben; überall verlangte er Geschäftigkeit, Menschen, Leben; denn Leben zieht Leben an, sagte er, es erzeugt Nachwuchs und Triebkraft. Für dies Gesetz erfand er alle erdenklichen Ausführungsmöglichkeiten. Zunächst mußte man sich gleich beim Hereinkommen drängen, von der Straße aus mußten die Leute an einen Aufruhr glauben; und dies Gedränge erreichte er dadurch, daß er unmittelbar am Eingang Fußangeln in Gestalt von Gestellen und Körben aufstellte, die von Schundwaren zu besonders niedrigen Preisen überquollen; so blieben die kleinen Leute hier gleich in Haufen hängen und versperrten den Eingang, wodurch sie den Eindruck hervorriefen, als wären die Geschäftsräume im Begriff vor Menschen zu bersten, während sie oft doch nur halb voll waren. Dann besaß er die Kunst, an der Außenseite der Gänge diejenigen Abteilungen zu verstecken, die nicht zogen, beispielsweise Umhänge im Sommer und bunte Kattune im Winter; er umgab sie mit lebenstrotzenden Abteilungen und ertränkte sie in lärmendem Betriebe. Er allein war auch auf den Gedanken gekommen, die Teppich- und Möbelabteilung in den zweiten Stock zu verlegen, als Abteilungen, in denen die Besucher nur spärlich vorkamen, so daß sie im Erdgeschoß ein leeres, kaltes Loch dargestellt hätten. Hätte er nur ein Mittel gewußt, so hätte er die Straße mitten durch sein Haus geführt.

Gerade jetzt fand Mouret sich einer Zeit der Eingebung zur Beute. Als er am Sonnabend abend noch einen letzten Blick auf die Vorbereitungen für den großen Verkauf am Montag geworfen hatte, an denen sie schon einen Monat lang arbeiteten, da war ihm plötzlich zum Bewußtsein gekommen, die von ihm gewählte Anordnung der Abteilungen sei unbrauchbar. Zwar besaß diese Anordnung unbedingte Folgerichtigkeit, Webstoffe auf der einen Seite, fertige Kleidungsstücke auf der andern, sie war geistreich und gestattete den Kunden sich allein hindurchzufühlen. Von einer solchen Ordnung hatte er bereits früher in dem Wirrwarr von Frau Hédouins engem Laden geträumt; und nun am selben Tage, wo er sie in die Wirklichkeit übertragen hatte, fühlte er sich durch sie unbehaglich berührt. Ganz plötzlich rief er sich zu, er müsse das alles über den Haufen werfen. Achtundvierzig Stunden hatten sie noch, und es handelte sich um einen teilweisen Umzug des ganzen Warenhauses. Seine Leute mußten die beiden Nächte und den ganzen Sonntag verwirrt und gehetzt in furchtbarer Unordnung zubringen. Selbst am Montag morgen befanden sich eine Stunde vor der Eröffnung einige Gegenstände noch nicht an ihrem Platze. Der Herr war sicher toll geworden, kein Mensch verstand ihn mehr, es herrschte allgemeine Verblüffung.

»Vorwärts, rasch!« rief Mouret mit der gewöhnlichen ruhigen Sicherheit seines Geistes. »Hier liegen noch Straßenanzüge, die will ich da oben hin haben ... Und sind die Japanwaren oben auf dem mittlern Treppenabsatz untergebracht? ... Noch einen letzten Ruck, Kinder, dann sollt ihr nachher mal einen Verkauf sehen!«

Auch Bourdoncle war seit Tagesanbruch zur Stelle. Er verstand den Herrn ebenso wenig mehr wie alle andern und seine Blicke folgten ihm mit unruhigem Ausdruck. Er wagte ihm keine Fragen vorzulegen, denn er wußte genau, wie er in einem solchen entscheidenden Augenblicke empfangen werden würde. Schließlich entschied er sich aber doch dazu und fragte leise:

»Ist es denn wirklich notwendig, alles so auf den Kopf zu stellen, im selben Augenblick, wo unsere Ausstellung losgehen soll?«

Zunächst zuckte Mouret bloß die Achseln ohne ihm zu

antworten. Als der andere sich dann aber erlaubte, in ihn zu dringen, platzte er los.

»Damit die Kunden sich alle in ein und derselben Ecke zusammendrängen, nicht wahr? Ein richtiger Landmessereinfall, den ich da gehabt habe! Nie hätte ich mich darüber beruhigt... Begreifen Sie doch, ich hätte doch die ganzen Menschen damit auf einen Fleck zusammengeholt. Da kommt eine Frau herein, geht genau hin, wohin sie will, geht von den Unterröcken zu den Kleidern, von den Kleidern zu den Mänteln und geht dann wieder weg, ohne sich auch nur das kleinste bißchen verirrt zu haben!... Nicht eine einzige hätte unsere neuen Räume auch nur gesehen!«

»Aber«, ließ Bourdoncle einfließen, »nun, wo Sie alles durcheinandergebracht und in alle vier Winde zerstreut haben, müssen die Angestellten schöne Beine machen, um die Käuferinnen von einer Abteilung zur andern zu bringen.«

Mouret machte eine großartige Handbewegung.

»Was geht denn das mich an! Sie sind jung, sie werden davon noch wachsen... Und wenn sie herumrennen, um so besser! Dann wird's so aussehen, als wären noch viel mehr da, sie vergrößern noch die Menschenmenge. Laß sie sich nur ordentlich quetschen, dann wird schon alles gut gehen!«

Er lachte und ließ sich soweit herab, ihm mit gedämpfter Stimme seinen Gedankengang auseinander zu setzen:

»Sehen Sie mal, Bourdoncle, achten Sie mal auf das Ergebnis... Erstens zerstreut doch dies Hin und Her der Kunden sie überall hin, es vervielfältigt sie und läßt sie den Kopf verlieren; zweitens, da sie doch von einem Ende des Geschäfts zum andern gebracht werden müssen, wenn sie sich Futter kaufen wollen, nachdem sie erst ein Kleid erstanden haben, so verdreifachen diese Reisen die Ausdeh

nung unseres Hauses in jedem Sinne; drittens werden sie
gezwungen durch Abteilungen zu gehen, in die sie sonst
keinen Fuß hineingesetzt hätten, im Vorbeigehen halten
allerlei Versuchungen sie auf, denen sie ja doch unterliegen; viertens . . .«

Nun lachte Bourdoncle mit ihm. Aber Mouret hielt entzückt inne, um den Laufburschen zuzurufen:

»Schön, Jungens! Jetzt noch einen mit dem Besen und
alles ist in schönster Ordnung!«

Aber als er sich umdrehte, bemerkte er Denise. Er und
Bourdoncle befanden sich vor der Kleiderabteilung, die er
gerade verdoppelt hatte, indem er Kleider und Straßenanzüge nach oben in den zweiten Stock ans andere Ende des
Geschäfts hinauf verlegte. Denise kam als erste herunter
und machte große Augen, als sie sich infolge der Neueinrichtung nun gar nicht zurechtfinden konnte.

»Was ist denn los?« murmelte sie. »Ziehen wir um?«

Ihre Überraschung schien Mouret, der solche Theater-
streiche sehr gern hatte, Spaß zu machen. Denise war in
den ersten Februartagen wieder ins »Paradies der Damen«
eingetreten, wo sie zu ihrer fröhlichen Überraschung die
übrigen Angestellten höflich, fast sogar voller Hochachtung fand. Vor allen bezeigte ihr Frau Aurelie ihr Wohlwollen; Marguerite und Clara schienen ganz gottergeben;
und so bis zum Vater Jouve hinunter, der das Knie mit
verlegener Miene vor ihr bog, als wünschte er das häßliche
Andenken an früher zu verwischen. Mouret hatte nur ein
Wort sagen brauchen und alle Welt flüsterte, wenn sie ihr
mit den Blicken folgten. Und bei dieser allgemeinen Liebenswürdigkeit fühlte sie sich nur etwas verletzt durch Deloches eigenartige Trübseligkeit und Paulines unerklärliches Lächeln.

Mouret sah sie indessen immer noch mit entzückten
Blicken an.

»Was suchen Sie denn, Fräulein?« fragte er endlich.

Denise hatte ihn gar nicht bemerkt. Sie errötete leicht. Seit ihrem Wiedereintritt empfing sie Anzeichen von Teilnahme von ihm, die sie tief bewegten. Pauline hatte ihr, ohne daß sie den Grund verstand, die Liebschaft des Herrn mit Clara mit allen Einzelheiten erzählt, wo er sie träfe und wieviel er ihr bezahlte; und sie sprach immer wieder davon, setzte aber auch hinzu, er habe noch eine andere Geliebte, die im ganzen Geschäft wohlbekannte Frau Desforges. Solche Geschichten beunruhigten Denise, sie wurde in seiner Gegenwart von ihrer frühern Furcht ergriffen, von einem Unbehagen, in dem ihre Dankbarkeit gegen so etwas wie Zorn anstritt.

»Es ist wohl all dies Umstellen«, sagte sie leise.

Nun trat Mouret auf sie zu, um ihr mit noch leiserer Stimme zuzuflüstern:

»Kommen Sie doch heute abend nach Schluß des Verkaufs zu mir in mein Arbeitszimmer. Ich möchte Ihnen etwas sagen.«

Verwirrt neigte sie den Kopf, ohne ein Wort heraus zu bringen. Dann trat sie in ihre Abteilung, wo die übrigen Verkäuferinnen gerade eintrafen. Bourdoncle aber hatte Mouret verstanden und sah ihn lächelnd an. Sobald sie allein waren, wagte er sogar ihm zu sagen:

»Nun auch die noch! Hüten Sie sich, die Sache wird ernst!«

Um seine Bewegung unter einer anscheinend überlegenen Sorglosigkeit zu verbergen, verteidigte Mouret sich lebhaft.

»Lassen Sie doch, bloßer Scherz! Die Frau, die mich einfangen soll, ist noch nicht geboren, mein Lieber.«

Und da die Geschäftsräume nun endlich geöffnet wurden, stürzte er von dannen, um einen letzten Blick auf die verschiedenen Tische zu werfen. Bourdoncle nickte mit dem Kopfe. Diese Denise fing an, ihn mit ihrer Einfachheit und Sanftmut zu beunruhigen. Beim erstenmal war er mit einer häßlichen Abfuhr unterlegen. Aber nun war sie wieder da und er behandelte sie als ernste Feindin, ihr gegenüber stumm, aber immer gespannt lauernd.

Mouret, den er jetzt wieder einholte, schrie unten in der Halle Saint-Augustin gegenüber der Eingangspforte:

»Wollt ihr euch denn über mich lustig machen! Ich hatte doch gesagt, die blauen Sonnenschirme sollten zur Einfassung verwandt werden ... Stellt das mal alles um, und zwar rasch!«

Er wollte auf nichts hören, eine ganze Schar von Laufburschen mußte die Schirmausstellung neu anordnen. Als er sah, daß bereits Kunden eintraten, ließ er sogar einen Augenblick die Türen schließen; und er wiederholte noch ein paarmal, er wolle lieber die Türen nicht wieder aufmachen als die blauen Schirme in der Mitte stehen lassen. Das brächte seine ganze Zusammenstellung um. Namhafte Aussteller wie Mignot, Hutin und noch andere kamen herbei, um sich die Sache anzusehen; nach einem Blick taten sie aber, als verständen sie das nicht, denn sie gehörten ja einer andern Schule an.

Endlich wurden die Türen wieder aufgemacht und der Strom brach herein. Gleich in der ersten Stunde, ehe die Geschäftsräume gefüllt waren, trat in der Vorhalle ein derartiges Gedränge ein, daß Polizisten zu Hilfe geholt werden mußten, um die Bewegungsfreiheit auf den Bürgersteigen wieder herzustellen. Mouret hatte ganz richtig gerechnet: sämtliche Wirtschafterinnen, eine geschlossene Herde von kleinen Bürgersfrauen und Frauen im Hut stürzten sich über die Gelegenheitskäufe her, über die bis auf die Straße hinaus ausgelegten Lockmittel und Reste. Unaufhörlich betasteten in die Luft gestreckte Hände die »Hängestoffe« im Eingang, Baumwollstoff für sieben Sous, eine graue Halbwolle für neun Sous, besonders aber einen leichten Baumwollstoff für achtunddreißig Centimes, der wahre Verheerungen unter ihren armen Börsen anrichtete. Schulter drängte sich an Schulter, ein fieberhaftes Getümmel umwogte die Gestelle und Körbe mit Waren zu herabgesetzten Preisen, Spitzen zu zehn Centimes, Bänder für fünf Sous, Strumpfbänder für drei Sous, Handschuhe, Unterröcke, Halsbinden, baumwollene Strümpfe und Socken verkrümelten sich und verschwanden, als fräße die gierige Menge sie auf. Trotz des kalten Wetters reichten die Gehilfen, die draußen auf dem Bürgersteige verkauften, nicht aus. Eine dicke Frau schrie ganz laut. Zwei kleine Mädchen wurden beinahe erdrückt.

Den ganzen Morgen nahm dies Gedränge immerfort zu. Gegen ein Uhr hatten sich lange Reihen ausgebildet, die Straße war wie in Zeiten des Aufruhrs abgesperrt. Gerade jetzt blieben Frau de Boves und ihre Tochter Blanche zögernd auf dem gegenüberliegenden Bürgersteig stehen, wo sie von Frau Marty getroffen wurden, die ebenfalls von ihrer Tochter Valentine begleitet war.

»Na! so'ne Menge!« meinte die erste. »Da drin bringen sie sich ja wohl um … Ich hätte gar nicht kommen sollen, ich lag zu Bett, aber dann bin ich doch aufgestanden, um etwas Luft zu schöpfen.«

»Genau wie ich«, erklärte die andere. »Ich habe meinem Mann versprochen, ich wollte seine Schwester auf Montmartre besuchen … Als ich aber hier vorbeikam, fiel mir ein, ich brauchte ein paar Schnürbänder. Konnte sie doch genau so gut hier wie wo anders kaufen, nicht wahr? Oh, ich gebe keinen Sou aus! Übrigens habe ich auch nichts nötig.«

Ihre Augen ließen indessen nicht von der Tür ab, sie wurden bereits von dem Sturm der Menge erfaßt und mitgerissen.

»Nein, nein, ich gehe nicht hinein, ich bin bange«, murmelte Frau de Boves. »Blanche, wir wollen fort, wir werden da drin zerquetscht.«

Aber ihre Stimme wurde schon schwach, ganz allmählich gab sie der Begierde nach, auch hineinzugehen, wo alle Welt hinging; und ihre Furcht zerschmolz vor der unwiderstehlichen Anziehungskraft des Gedränges. Frau Marty war auch schon unterlegen. Sie wiederholte immerfort:

»Halte dich an meinem Kleide, Valentine... Wahrhaftig, so was hab' ich noch nicht gesehen! Man wird ja getragen. Wie soll das erst drinnen werden!«

Einmal von dem Strome ergriffen, konnten die Damen nicht wieder heraus. Wie ein Fluß die zerstreuten Wässerchen eines Tales sammelt, so schien der durch die weit offene Eingangspforte fließende Kundenstrom alles aufzusaugen, was durch die Straße ging, er zog die Bevölkerung von Paris aus allen vier Ecken heran. Sie konnten nur sehr langsam vorwärtskommen und wurden derart eingeklemmt, daß ihnen der Atem verging, von Schultern und Leibern wurden sie aufrecht erhalten, die sie weich und warm rings um sich her fühlten; ihre Gier fand schon eine gewisse Befriedigung an dem Vergnügen über diesen schwierigen Zutritt, durch den ihre Neugier nur noch höher aufgepeitscht wurde. Es war ein Durcheinander von Damen in Seidenkleidern, ärmlich angezogenen Kleinbürgerinnen, Mädchen in bloßen Haaren, aber alle erhobener Stimmung und erfüllt von der gleichen fieberhaften Leidenschaft. Ein paar in diesem Strom von Röcken ertrinkende Männer warfen unruhige Blicke um sich her. Wo das Gedränge am dichtesten war, hielt eine Wärterin ihren vor Vergnügen lachenden Pflegling hoch in die Höhe. Nur eine sehr magere Frau wurde wütend und schimpfte auf ihre Nachbarin ein, sie dränge ihr ja in den Leib.

»Ich glaube, mein Unterrock bleibt hier noch liegen«, sagte Frau de Boves wiederholt.

Mit ihrem von der frischen Luft geröteten Gesicht erhob Frau Marty sich auf die Fußspitzen, um an den andern vorbei sehen und über ihre Köpfe weg schon vorher in die Tiefen der Geschäftsräume eindringen zu können. Die Pupillen ihrer grauen Augen waren winzig wie die einer aus dem Hellen kommenden Katze; ihre Muskeln hatten sich ausgeruht und ihr Blick war hell wie der eines Erwachenden.

»Ach endlich!« sagte sie und stieß einen Seufzer aus.

Jetzt hatten die Damen sich losgemacht. Sie standen in der Halle Saint-Augustin. Ihre Überraschung war groß, als sie sie beinahe leer fanden. Aber ein Wohlbehagen kam über sie, es war ihnen, als träten sie aus dem Winter der Straße in den Frühling. Während draußen eisiges Aprilwetter herrschte, fanden sie hier in den Gängen des »Paradieses der Damen« schon die laue Luft der schönen Jahreszeit mit ihren leichten Stoffen und ihrem zartabgestuften Farbenglanz, die ganze ländliche Fröhlichkeit der Sommermoden und Sonnenschirme.

»Sehen Sie doch nur!« rief Frau de Boves, die Augen nach oben gerichtet, unbeweglich dastehend.

Das galt der Schirmausstellung. Ganz aufgespannt, wie runde Schilde, nahmen sie die ganze Halle vom Glasdach bis zu der Täfelung aus gewachster Eiche ein. Sie bildeten Gehänge um die Bogenstellungen der oberen Stockwerke; an den Säulen hingen sie in Gewinden herab; auf den Brüstungen der Gänge bis zu den Treppengeländern hin zogen sie sich in dichten Reihen; überall waren sie gleichmäßig angeordnet und streiften die Wände in Grün, Rot und Gelb, so daß sie den Eindruck zu Ehren eines riesigen Festes angezündeter venetianischer Lampen machten. In den Ecken befanden sich ganz verwickelte Muster, aus

Schirmen für neununddreißig Sous zusammengestellte
Sterne, deren lichte Farben, Hellblau, Rahmweiß, Hellro-
sa, wie sanfte Nachtlichter erschienen; über ihnen dagegen
flammten mächtige japanische Schirme im Glanze einer
wahren Feuersbrunst empor, in der goldene Kraniche
durch einen Purpurhimmel flogen.

Frau Marty suchte nach dem richtigen Ausdruck für ihr
Entzücken, aber sie fand nur den einen Ausruf:

»Aber das ist ja feenhaft!«

Dann versuchte sie sich zurechtzufinden:

»Warten Sie mal, Schnürbänder gibt's in der Schnittwarenabteilung... Ich kaufe meine Schnürbänder, und dann
rette ich mich.«

»Ich komme mit Ihnen«, sagte Frau de Boves. »Nicht
wahr, Blanche, wir gehen nur durch die Räume, weiter
nichts?«

Aber schon gleich hinter der Tür waren die Damen verloren. Sie wandten sich links; und da die Schnittwaren um-
geräumt waren, fielen sie erst mitten in die Halskrausen,
dann in die Kragen und Stulpen. In den bedeckten Gängen
war es sehr heiß, eine wahre Treibhaushitze, feucht und
abgeschlossen, geschwängert mit dem faden Geruch all der
Webstoffe, in der das Getrappel der Menge ganz erstickte.
Daher gingen sie wieder bis zur Tür zurück, wo sich jetzt
ein Strom von Hinausgehenden ausbildete, eine unendliche Reihe von Frauen mit Kindern, über der eine Wolke
von roten Ballons schwebte. Vierzigtausend Ballons waren
vorhanden und manche Laufburschen lediglich mit ihrer
Verteilung beschäftigt. Der Anblick dieser weggehenden
Käuferinnen rief den Eindruck von riesigen Seifenblasen
hervor, in denen sich die Feuersbrunst der Sonnenschirme
widerspiegelte. Das ganze Geschäft war hell davon.

»Ist das eine Menge«, erklärte Frau de Boves. »Man weiß
ja gar nicht mehr, wo man ist.«

In dem vollen Gedränge der Hereinkommenden und der Weggehenden vor der Tür konnten die Damen jedoch nicht stehenbleiben. Zum Glück kam ihnen der Aufseher Jouve zu Hilfe. Er stand ernst und aufmerksam in der Eingangshalle und prüfte jede Frau im Vorübergehen. Ihm lag ganz besonders der innere Überwachungsdienst ob, er witterte jede Diebin und lief vor allem hinter schwangeren Frauen her, wenn ihn das Fieber ihrer Augen besorgt machte.

»Schnittwaren, meine Damen?« fragte er zuvorkommend. »Wollen Sie sich links halten, bitte hier! Dort hinter der Putzmacherei.«

Frau de Boves dankte ihm. Frau Marty aber fand, als sie sich umdrehte, ihre Tochter Valentine nicht mehr hinter sich. Sie wurde schon bange, als sie sie weit hinten in der Halle Saint-Augustin ganz versunken vor einem Auslagetisch bemerkte, auf dem Damenhalsbinden für neunzehn Sous aufgehäuft lagen. Mouret bekannte sich zu dem Grundsatz, solche Waren auszulegen, die sich von selbst anpriesen, so daß sie sich der Kundin aufdrängten und sie ausplünderten; denn er verwendete jede Art von Anpreisung und machte sich über die Zurückhaltung einiger seiner Bekannten lustig, nach deren Meinung eine Ware für sich selbst sprechen müsse. Gewisse Sondergeschäfte, echte Pariser Nichtstuer und Schwätzer setzten auf diese Weise ganz beträchtliche Mengen kleiner Schundwaren ab.

»O Mama, sieh doch nur mal diese Halsbinden!« murmelte Valentine. »Die mit dem gestickten Vogel in der Ecke.«

Der Gehilfe strich die Dinger heraus, schwur, sie wären aus reiner Seide, der Hersteller wäre schon darüber zugrunde gegangen und so eine Gelegenheit fänden sie nie wieder.

»Neunzehn Sous, ist es die Möglichkeit!« sagte Frau

Marty, genau so verführt wie ihre Tochter. »Ach was, davon kann ich ruhig zwei nehmen, die bringen uns auch nicht um!«

Frau de Boves blieb voller Verachtung stehen. Sie verabscheute solche Gelegenheitskäufe, ein Gehilfe, der sie anrief, brachte sie zum Weggehen. Frau Marty war ganz überrascht und verstand ihren gereizten Abscheu vor so ein bißchen Marktschreierei nicht, denn ihre Veranlagung war ganz anders; sie gehörte zu den glücklichen Frauen, die sich gern vergewaltigen lassen, die sich in der in jedem öffentlichen Angebot liegenden Liebkosung baden, die ihre Freude dran finden, ihre Hände überall dazwischen zu haben und ihre Zeit mit unnützen Worten verlieren.

»Jetzt«, fuhr sie fort, »rasch meine Schnürbänder ... Ich will auch weiter nichts ansehen.«

Als sie aber an den leichten Foulards und den Handschuhen vorbeikam, versagte ihr Herz abermals. In dem zerstreuten Licht prangte hier eine Ausstellung in lebhaften, frischen Farben von ganz entzückender Wirkung. Die ganz gleichmäßig aufgestellten Tische sahen aus wie Blumenbeete und verwandelten die Halle in einen französischen Garten, lachend in allen nur möglichen Abstufungen zarter Blumentöne. Auf dem nackten Holz stellten ein Haufen Foulards in den aus ihren überfüllten Gestellen herausgerissenen, umgestülpten Kästen das lebhafte Rot der Geranien dar, das Milchweiß von Petunien, das Goldgelb von Chrysanthemen, das Himmelblau der Verbenen; und darüber hing auf messingenen Stielen ein anderes Blumengewinde aus darübergeworfenen Schleiern, losen Bändern, ein strahlendes, sich weithin ziehendes Gehänge, an den Säulen emporkletternd und sich in den Spiegeln vervielfältigend. In der Handschuhabteilung versetzte ganz besonders ein ganz aus Handschuhen hergestelltes Schweizerhäuschen die Menge in Aufruhr: ein Meisterstück Mignots, der zwei Tage daran hatte arbeiten müssen. Das Erdgeschoß war zunächst aus schwarzen Handschuhen gebildet; dann kamen strohfarbene, reseda-, ochsenblutfarbige, die als Zierat verteilt die Fenster umsäumten, die Umrisse der Söller angaben und die Dachziegel darstellten.

»Gnädige Frau wünschen?« fragte Mignot, als er Frau Marty vor dem Schweizerhäuschen aufgepflanzt sah. »Hier haben wir Schweden zu einem Franc fünfundsiebzig, erste Güte...«

Er war auf das Feilbieten ganz besonders verbissen und pflegte die Vorübergehenden hinter seinem Tische hervor mit aufdringlicher Höflichkeit anzurufen.

Da sie mit einem Kopfschütteln verneinte, fuhr er fort:

»Tiroler Handschuhe für einen Franc fünfundzwanzig... Turiner für Kinder, gestickte Handschuhe in allen Farben...«

»Nein, danke, ich brauche nichts«, erklärte Frau Marty.

Er aber merkte, wie ihre Stimme weich wurde, und packte sie daher schärfer an, indem er ihr mit gestickten Handschuhen unter die Augen ging; nun wurde sie kraftlos und kaufte ein Paar. Als Frau de Boves sie dann lächelnd anblickte, errötete sie.

»Nicht wahr? Bin ich nicht ein Kind?... Wenn ich nicht schleunigst meine Schnürbänder kaufe und weglaufe, bin ich verloren.«

Unglücklicherweise herrschte bei den Schnittwaren ein solches Gedränge, daß sie nicht gleich bedient werden konnte. So warteten sie zusammen zehn Minuten und wurden schon gereizt, als die Ankunft Frau Bourdelais mit ihren drei Kindern sie ablenkte. Diese letztere erklärte mit ihrer ruhigen Miene einer niedlichen, tüchtigen Hausfrau, sie wolle ihren Kleinen dies mal zeigen. Madeleine war zehn Jahre, Edmond acht, Lucien vier; und sie lachten alle drei vor Vergnügen, das war ein billiger Ausflug und ihnen schon längst versprochen.

»Sie sind doch zu spaßhaft, ich muß mir so einen roten Sonnenschirm kaufen«, sagte mit einemmal Frau Marty, die vor Ungeduld, hier nichts erreichen zu können, hin und her trippelte.

Sie nahm einen für vierzehn Francs fünfzig. Frau Bourdelais sagte freundschaftlich zu ihr, nachdem sie einen tadelnden Blick auf ihren Kauf geworfen hatte:

»Das ist sehr verkehrt von Ihnen, sich so damit zu beeilen. In einem Monat hätten Sie den für zehn Francs gekriegt... Mich fangen sie nicht!«

Und als gute Haushälterin gab sie ihnen einen ganzen Lehrsatz zum besten. Da die Warenhäuser ja doch ihre Preise herabsetzten, brauchte man ja nur zu warten. Sie hätte keine Lust, sich von ihnen ausbeuten zu lassen, sie wollte aus ihren wirklichen Gelegenheiten selber Nutzen für sich ziehen. Sie brachte in diesen Kampf sogar eine gewisse Bosheit hinein, in dem sie sich rühmte, sie noch nie einen Sou haben verdienen zu lassen.

»Sehen Sie mal«, kam sie zum Schluß, »ich habe meiner kleinen Gesellschaft versprochen, ihnen die Bilder da oben im Saale zu zeigen... Kommen Sie doch mit, Sie haben ja Zeit.«

Nun waren die Schnürbänder vergessen, Frau Marty gab sofort nach, während Frau de Boves erst noch ablehnte und zunächst einen Rundgang durch das Erdgeschoß machen wollte. Übrigens hofften die Damen, sich auch dort oben wieder zu treffen. Frau Bourdelais suchte nach einer Treppe, als sie einen der Aufzüge bemerkte; und sie schob die Kinder auf ihn zu, denn dies machte den Ausflug erst vollständig. Auch Frau Marty und Valentine traten mit in den engen Käfig hinein, in dem man eng zusammengedrängt stand, aber die Spiegel, die Samtbänke, die Tür aus geschmiedetem Kupfer lenkten sie so ab, daß sie im ersten Stock ankamen, ohne den sanften Gang des Triebwerkes gemerkt zu haben. Ein weiteres Fest erwartete sie übrigens hier gleich hinter dem Gang mit den Spitzen. Als sie an dem Erfrischungsraum vorbeikamen, versäumte Frau Bourdelais nicht, ihre kleine Bande mit einem Glas Saft mit Wasser zu füllen. Dies war ein Saal mit vier gleichlangen Seiten und einem mächtigen, marmornen Schanktisch; an den beiden Enden ließen zwei versilberte Brunnen einen dünnen Wasserstrahl laufen; dahinter reihten sich auf kleinen Untersätzen die Flaschen auf. Drei Kellner spülten unaufhörlich Gläser und füllten sie dann wieder. Um die schon gereizte Kundschaft befriedigen zu können, hatte man sie sich schon wie an der Tür eines Theaters mit Hilfe eines samtüberzogenen Geländers in einer langen Reihe aufstellen lassen müssen. Die Menge quetschte sich. Manche verloren angesichts dieser umsonst dargebotenen Leckereien jede Spur von Anstandsgefühl und machten sich ganz krank.

»Nanu! Wo sind Sie denn?« rief Frau Bourdelais, sobald sie sich aus dem Menschenknäuel losgewickelt und ihren Kindern den Mund abgewischt hatte.

Aber sie sah Frau Marty und Valentine schon weit weg in einem andern Gange. Sie versanken beide in einem Haufen von Unterröcken und waren schon wieder beim Kaufen. Es war aus, Mutter und Tochter verschwanden in der sie verzehrenden, fieberhaften Sucht nach Geldausgeben.

Als sie endlich im Lese- und Schreibsaal ankam, brachte Frau Bourdelais Madeleine, Edmond und Lucien an dem großen Tisch unter; dann holte sie aus einem der Büchergestelle ein paar Bände mit Lichtbildern und brachte sie ihnen. Die Wölbung des langen Saales funkelte von Gold; an den beiden Enden lagen sich ein paar prachtvolle Kamine gegenüber; mittelmäßige, sehr üppig gerahmte Bilder bedeckten die Wände, und zwischen den Säulen, vor jedem der nach den Geschäftsräumen hinausgehenden überwölbten Fenster standen hohe grüne Pflanzen in Vasen aus gebranntem Ton. Eine ganze Menge saß schweigsam um den mit Zeitschriften und Tageszeitungen bedeckten Tisch herum, der auch mit Schreibpapier und Tintenfässern versehen war. Damen streiften sich die Handschuhe ab und schrieben ihre Briefe auf Bogen mit dem Namenszuge des Hauses; den Kopf strichen sie mit einem Federzug durch. Ein paar Herren lasen in ihre Lehnstühle zurückgelehnt ihre Zeitung. Sehr viele Leute saßen aber auch da, ohne irgendwas zu unternehmen: Männer warteten auf ihre Frauen, die sie auf die Abteilungen losgelassen hatten, junge Damen spähten heimlich nach der Ankunft des Geliebten, alte Eltern, die wie Kleider hier zum Aufbewahren abgegeben waren, warteten drauf, beim Weggehen wieder abgeholt zu werden. Diese ganze Welt ruhte sich hier auf den weichen Sitzen aus, warf ihre Blicke durch die offenen Fenster in die Tiefen der Gänge und Hallen, aus denen fernher Stimmengewirr in das leise Geräusch der Federn und das Knittern der Zeitungen hineindrang.

»Was! Sie sind da!« rief Frau Bourdelais. »Ich hatte Sie gar nicht wieder erkannt.«

Dicht neben den Kindern verschwand eine Dame in den Blättern einer Umschau. Es war Frau Guibal. Ihr schien dies Zusammentreffen nicht besonders zu passen. Aber sie gewann ihre Fassung gleich wieder und erzählte, sie wäre nur etwas nach oben gegangen, um sich hinzusetzen und dem Gedränge der Menge zu entgehen. Und als Frau Bourdelais sie fragte, ob sie zum Einkaufen gekommen wäre, antwortete sie mit schläfriger Miene, um die selbstsüchtige Härte ihres Blickes unter ihren Lidern zu verbergen:

»O nein! ... Im Gegenteil, ich bin gekommen, um etwas zurückzugeben. Jawohl, Vorhänge, die ich nicht mehr leiden mag. Es ist hier nur solch 'ne Menschheit, daß ich drauf warte, an die Abteilung herankommen zu können.«

Sie fing an zu plaudern und meinte, diese Einrichtung mit den Rückgaben wäre doch recht bequem; früher hätte sie nie etwas gekauft, jetzt ließe sie sich aber zuweilen verführen. In Wahrheit gab sie vier von fünf Gegenständen wieder zurück; sie fing schon an, an den Ladentischen wegen ihrer merkwürdigen Einkäufe bekannt zu werden, die sie mit ewiger Unzufriedenheit beschnüffelte, und einen nach dem andern wieder zurückschickte, nachdem sie sie ein paar Tage behalten hatte. Aber während sie sprach, ließ sie die Saaleingänge nicht aus den Augen; und sie fühlte sich offenbar erleichtert, als Frau Bourdelais wieder zu ihren Kindern ging, um ihnen die Lichtbilder zu erklären. Fast im selben Augenblick traten Herr de Boves und Paul de Vallagnosc herein. Der Graf, der so tat, als wolle er dem jungen Manne die neuen Geschäftsräume zeigen, wechselte mit ihr einen raschen Blick; dann vertiefte sie sich wieder ins Lesen, als hätte sie ihn gar nicht bemerkt.

»Sieh da, Paul!« rief eine Stimme hinter den Herren.

Mouret war's, der wie üblich in den verschiedenen Dienststellen mal nach dem Rechten sah. Sie gaben sich die Hand, und er fragte:

»Schenkt denn Frau de Boves uns nicht die Ehre ihres Besuches?«

»Lieber Gott, nein!« antwortete der Graf, »und zu ihrem größten Bedauern. Sie ist leidend... oh, nichts Gefährliches!«

Aber dann tat er plötzlich so, als ob er gerade jetzt Frau Guibal entdeckt hätte. Er ging von ihnen weg und trat mit unbedecktem Haupte auf sie zu; die beiden andern begnügten sich damit, sie von weitem zu begrüßen. Sie spielte gleichfalls die Überraschte. Paul ließ ein Lächeln sehen; endlich verstand er die Sache und erzählte Mouret ganz leise, wie er den Grafen in der Rue Richelieu getroffen und der sich Mühe gegeben hätte, ihm zu entkommen, dann endlich aber wohl den Entschluß gefaßt habe, ihn unter dem Vorwand mit ins »Paradies der Damen« zu schleppen, das müsse er sehen. Ein Jahr lang schon holte die Dame aus dem Grafen alles Geld und jedes Vergnügen heraus, das sie nur kriegen konnte; sie schrieb ihm nie und gab ihm ein Stelldichein nur an öffentlichen Plätzen, in Kirchen, Museen oder Warenhäusern, um sich dort mit ihm ins Einvernehmen zu setzen.

»Ich glaube, sie nehmen für jedes Stelldichein ein anderes Gasthaus«, flüsterte der junge Mann. »Vorigen Monat war er auf einer Besichtigungsreise und schrieb seiner Frau alle zwei Tage, aus Blois, aus Libourne, aus Tarbes; und dabei bin ich fest überzeugt, ich habe ihn in einem kleinen bürgerlichen Heim in Batignolles gesehen... Aber sieh ihn doch bloß mal an! Ist er nicht fein, wie er so mit seiner vorschriftsmäßigen Haltung als alter Beamter vor ihr steht! Altfrankreich, Freund! Altfrankreich!«

»Und deine Hochzeit?« fragte Mouret.

Ohne den Grafen aus den Augen zu lassen, gab Paul zur Antwort, sie warteten immer noch auf den Tod ihrer Tante. Mit Siegermiene fuhr er dann fort:

»Da! Hast du's gesehen? Er hat sich gebückt und ihr einen Zettel zugesteckt. Da sitzt sie nun mit der tugendhaftesten Miene und hat ihn doch eingesteckt: eine furchtbare Frau, dies zarte Füchslein mit seinem harmlosen Gebaren... Na ja, es geht hier ja nett her bei dir!«

»Oh«, sagte Mouret lachend, »die Damen denken gar nicht dran, daß sie bei mir sind, sie fühlen sich hier ganz zu Hause.«

Dann machte er ein paar Scherze. Die Liebe brächte wie die Schwalben das Glück ins Haus. Selbstverständlich kannte er sie, die Mädchen, die an den Tischen herumstrichen, die Damen, die hier so ganz zufällig einen Freund trafen;

aber wenn sie auch nichts kauften, sie vermehrten die Besucherzahl und erwärmten sein Geschäft. Während er so plauderte, führte er seinen alten Mitschüler mit sich fort, er pflanzte ihn auf die Schwelle des Saales genau gegenüber dem großen Mittelgang, dessen aufeinanderfolgende Hallen sich zu ihren Füßen entwickelten. Ihnen im Rücken behielt der Saal seine Zurückgezogenheit, das leise Geräusch hastiger Federn und knitternden Papiers bei. Ein alter Herr war über seinem Moniteur eingeschlafen. Herr de Boves sah sich die Bilder an mit der augenscheinlichen Absicht, seinen zukünftigen Schwiegersohn in der Menge zu verlieren. Und inmitten all dieser Ruhe war Frau Bourdelais die einzige, die ganz laut mit ihren Kindern scherzte, als fühle sie sich hier auf erobertem Grund und Boden.

»Siehst du, wie sie sich zu Hause fühlen«, wiederholte Mouret und wies mit einer weitausladenden Handbewegung auf die Mengen von Frauen, die die Abteilungen zum Bersten brachten.

Gerade jetzt kam Frau Desforges herein und schritt, nachdem sie in dem Gedränge beinahe ihren Mantel verloren hatte, durch die erste Halle. Als sie dann vor den großen Gang kam, hob sie die Augen. Der sah aus wie eine in zwei Stockwerken von Geländern umgebene, durch freitragende Treppen abgeteilte und von fliegenden Brücken durchschnittene Bahnhofshalle. Die eisernen Treppen brachten in ihrer zweifachen Windung kühne Bogenformen zur Entwicklung und boten viele Absätze; die eisernen, durch den leeren Raum gespannten Brücken liefen hoch oben geradeaus; und all dies Eisenwerk gab in dem klaren Licht der Glasbedachung dem ganzen Bauwerke etwas so Leichtes, daß es aussah wie ein das Tageslicht durchfallen lassendes Spitzengewebe, die neuzeitliche Verwirklichung irgendeines Traumpalastes, ein Babel übereinandergetürmter Stockwerke, das die Säle weiter erscheinen ließ und Durchblicke nach andern Stockwerken und Sälen bis in die Unendlichkeit freigab. Das Eisen herrschte übrigens überall vor, der junge Baumeister war so ehrlich und so mutig gewesen, es nirgends unter einer Putzschicht zu verstecken und Stein oder Holz vorzutäuschen. Unten war die Ausschmückung, um die Waren nicht zu beeinträchtigen, sehr nüchtern mit großen, einfachen, in unaufdringlichen Farben gehaltenen Flächen; je höher dann das Eisengerüst hinaufstieg, um so reicher wurden die Kapitelle der eisernen Säulen, die Niete waren als Blumen ausgebildet, Kämpfer und Konsolen wiesen Bildhauerschmuck auf; ganz oben endlich leuchteten Malereien in Grün und Rot und einem Riesenaufwand von Gold, wahren Strömen von Gold, Blumenbeeten von Gold bis zur Verglasung hinauf, deren Scheiben in Schmelz bemalt oder mit Goldzierat ausgeschmückt waren. Auch in den bedeckten Gängen waren die zutage tretenden Ziegelgewölbe gleichfalls mit Schmelz in den lebhaftesten Farben bedeckt. Mosaik, gebrannte und hochglänzende Tonkacheln traten zur Ausschmückung hinzu, sie erheiterten die Friese und hellten mit ihren frischen Tönen die Strenge des Gesamtbildes auf; die Treppen aber mit ihren rotsamtnen Geländern waren mit einem künstlich geschnittenen und polierten Eisenbande verziert, das wie der Stahl einer Rüstung leuchtete.

Obwohl sie die Neueinrichtung bereits kannte, blieb Frau Desforges doch gefesselt von dem glühenden Leben stehen, das heute das riesige Schiff beseelte. Um sie herum wogte unten die Menge beständig weiter und machte ihre Doppelströmung von Weggehenden und Hereinkommenden bis zur Seidenabteilung hin fühlbar: eine immer noch recht gemischte Menge, wenn auch jetzt der Nachmittag unter den Kleinbürgerinnen und Köchinnen schon mehr Damen herbeiführte; viele Frauen in Trauer waren darunter, mit langen Schleiern; immer wieder verirrte Wärterinnen, die ihre Kleinen mit ausgespreizten Ellbogen zu beschützen versuchten. Und dies Meer, all diese bebänderten Hüte, all dies bloße blonde oder schwarze Haar rollte von einem Ende des Ganges bis zum andern dahin, wirr und vielfarbig in dem zitternden Glanz der verschiedenen Stoffe. Auf allen Seiten sah Frau Desforges nichts wie die mächtigen Karten mit ihren Riesenziffern ihre grellen Flecke von den lebhaften Kattunen, den leuchtenden Seiden oder düsteren Wollstoffen abheben. Wahre Haufen von Bändern lagen obenauf, hier schob sich eine Mauer von Flanell wie ein Vorgebirge vor, überall warfen Spiegel das Bild der Räume zurück und spiegelten die Schaustellungen mit den Haufen von Besuchern davor wider, umgekehrte Gesichter, halbe Schultern und Arme; neue Ausweichmöglichkeiten boten indessen rechts und links die Seitengänge mit den schneeigen Massen der Weißwaren, der gesprenkelten Düsterkeit der Hut- und Putzmacherei, die hin und wieder durch einen Lichtstrahl aus einem seitlichen Bogenfenster erhellt wurde, in dem die Menge nur noch wie Menschenstaub aussah. Als Frau Desforges dann die Augen hob, sah sie über alle Treppen und fliegenden Brücken, an den Geländern sämtlicher Stockwerke ein unausgesetztes, brausendes Gewühl sich ausbreiten, ein ganzes Volk fuhr hier auf den einzelnen Teilen des mächtigen eisernen Gerüstes in der Luft umher und hob sich schwarz gegen die zerstreute Helligkeit der schmelzbemalten Verglasung ab. Von der Decke hingen große vergoldete Kronleuchter herab; ein Belag von Teppichen, gestickten Seiden, golddurchwirkten Stoffen wallte in flammenden Bannern von den Brüstungen nieder; von einem Ende zum andern flogen hier Spitzen, hier zitternde Musseline durch die Luft, seidene Fahnen und eine Menge halbangezogener Kleiderpuppen standen überall; und hoch über all diesem Wirrwarr stellte die Bettenabteilung frei aufgehängte kleine eiserne Bettstellen aus, mit Matratzen belegt und von kleinen weißen Vorhängen umschattet, ein richtiges Schlafzimmer für kleine Zöglinge, das hier unter dem Getrappel der Kundschaft schlief, obwohl diese hier entsprechend der Höhe der Abteilung spärlicher war.

»Wünschen gnädige Frau billige Strumpfbänder?« fragte ein Verkäufer Frau Desforges, als er sie so bewegungslos dastehen sah. »Reine Seide, neunundzwanzig Sous.«

Sie würdigte ihn keiner Antwort. Alle möglichen Anpreisungen ertönten immer fieberhafter um sie her. Aber sie wollte sich doch zurechtfinden. Albert Lhommes Kasse befand sich zu ihrer Linken; sie kannte ihn von Ansehen, und er erlaubte sich, ihr liebenswürdig zuzulächeln, ohne sich bei der über ihn hereinbrechenden Flut von Rechnungen irgendwie zu beeilen; hinter ihm dagegen schlug sich Joseph mit einem Bindfadenbehälter herum und konnte die Pakete gar nicht rasch genug einpacken. Nun wußte sie, wo sie war, die Seide mußte grade vor ihr liegen. Aber sie brauchte zehn Minuten, um soweit zu kommen, so sehr wuchs die Menge an. Die roten Ballons in der Luft an ihren unsichtbaren Fäden wurden immer zahlreicher; in Purpurwolken schwebten sie sanft gegen die Pforten hin und ergossen sich fortgesetzt über Paris; sie mußte vor dieser Flut von Ballons den Kopf beugen, denn jedes Kind hielt einen an dem um die kleine Hand gewickelten Faden.

»Wie, gnädige Frau, Sie haben sich hierhergewagt?« rief Bouthemont fröhlich, sowie er Frau Desforges ansichtig wurde.

Der Abteilungsvorsteher war durch Mouret bei ihr eingeführt und kam jetzt zuweilen zu ihr zum Tee. Sie fand ihn gewöhnlich, aber sehr liebenswürdig und von überraschend schöner, lebhafter Stimmung, die ihr sehr gefiel. Vorgestern hatte er ihr übrigens ganz glatt Mourets Liebe-

lei mit Clara erzählt, ohne Berechnung zwar, so rein aus
Dummheit, wie mancher dicke Bursche, der gern etwas zu
lachen hat; nun kam sie, von Eifersucht zerfleischt und ihre
Wunde unter einer mißachtungsvollen Miene verbergend,
um zu versuchen, dies Mädchen ausfindig zu machen; ein
Fräulein aus der Kleiderabteilung hatte er einfach gesagt
und sich geweigert, ihr den Namen zu nennen.

»Suchen Sie irgend etwas bei uns?« fuhr er fort.

»Ja gewiß dich, sonst wäre ich doch nicht gekommen...
Haben Sie Foulards für Morgenröcke?«

In ihrem Drange, sie zu sehen, hoffte sie von ihm den
Namen herauszubringen. Er rief sofort Favier herbei; und
dann fing er wieder an, mit ihr zu plaudern und wartete,
bis der Verkäufer eine Kundin abgefertigt hatte, gerade
»die hübsche Dame«, dies hübsche blonde Geschöpf, von
der die ganze Abteilung mitunter redete, ohne doch etwas
von ihrem Dasein zu wissen oder auch nur ihren Namen
zu kennen. Diesmal war die »hübsche Dame« in tiefer
Trauer. Was! Wen hatte sie denn wohl verloren, ihren
Mann oder ihren Vater? Ihren Vater zweifellos nicht, denn
dann hätte sie trauriger ausgesehen. Wie hieß es denn nun?
Eine Kokotte war sie nicht, sie hatte einen richtigen Mann
gehabt. Falls sie nicht etwa um ihre Mutter trauerte. So
tauschte die Abteilung ein paar Minuten lang trotz der
dicksten Arbeit ihre Vermutungen aus.

»Machen Sie doch zu, das ist ja unerträglich!« rief Hutin
Favier zu, der seine Kundin zur Kasse gebracht hatte und
gerade wiederkam. »Wenn diese Dame kommt, werden Sie
nie fertig... Sie macht sich ja doch nur über Sie lustig!«

»Nicht mehr als ich mich über sie«, antwortete der Verkäufer ärgerlich.

Hutin aber drohte ihn der Oberleitung anzuzeigen,
wenn er nicht mehr Hochachtung vor seinen Kunden
bewiese. Er war schrecklich mürrisch und streng, seit die

Abteilung sich zusammengeschlossen hatte, um ihm Robineaus Stelle zu verschaffen. Nach all den Versprechungen guter Kameradschaft, mit denen er früher seine Gefährten warm gehalten hatte, zeigte er sich nun so unerträglich, daß diese jetzt heimlich Favier gegen ihn unterstützten.

»Vorwärts, keine Widerworte!« fuhr Hutin streng fort. »Herr Bouthemont will Foulard von Ihnen haben, die hellsten Muster.«

Mitten in der ganzen Abteilung durchstrahlte eine Ausstellung von Seidenstoffen die Halle mit dem Glanze eines wahren Sonnenaufgangs, als erhöbe das Tagesgestirn sich in den zartesten Tönen des Lichts, einem blassen Rosa, einem zarten Gelb und durchsichtigem Blau, dem ganzen schwebenden Bande des Regenbogens. Die Foulards waren so fein wie Wolkendunst, Suhras, leichter als Flaumhaar von Bäumen geraubt, glänzende Pekins so geschmeidig wie die Haut einer chinesischen Jungfrau. Ferner gab es hier noch japanische Ponjis, Tussores und Korahs aus Indien, die eigenen leichten Seiden gar nicht mitgerechnet, die feingestreiften, klein gewürfelten, blumenübersäten in allen nur erdenklichen Mustern, die einen an geputzte Damen gemahnten, wie sie an schönen Maimorgen unter den großen Bäumen eines Parks dahinwandeln.

»Ich werde die hier, die Ludwig XIV., mit den Rosensträußen nehmen«, sagte Frau Desforges endlich.

Und während Favier den Stoff abmaß, unternahm sie noch einen letzten Vorstoß gegen Bouthemont, der neben ihr stehengeblieben war.

»Ich wollte mal zu den Kleidern hinauf und mir Reisemäntel ansehen... Ist sie blond, das Fräulein aus Ihrer Geschichte?«

Der Abteilungsleiter, dem ihr Drängen Unruhe zu bereiten anfing, beschränkte sich auf ein Lächeln. Aber gerade jetzt ging Denise vorbei. Sie wollte Frau Boutarel wieder zu Liénard bei den Wollstoffen führen, die Provinzlerin, die zweimal jährlich nach Paris kam, um das Geld, das sie ihrem Haushalt abknapste, im »Paradies der Damen« in alle vier Winde zu schleudern. Und da Favier bereits Frau Desforges' Foulard aufnahm, hielt Hutin ihn fest in dem Glauben, ihn damit zu ärgern.

»Das ist nicht nötig, das Fräulein wird so gut sein, die gnädige Frau zu führen.«

Verwirrt wollte Denise sich des Paketes und des Umsatzzettels bemächtigen. Sie konnte dem jungen Mann nicht gegenübertreten, ohne Scham zu empfinden, als entsänne sie sich dabei eines alten Fehltritts. Und doch hatte sie nur in Gedanken gesündigt.

»Sagen Sie mal«, fragte Frau Desforges Bouthemont ganz leise, »ist es nicht dies ungeschickte Mädchen? Er hat sie ja wiederangestellt? ... Aber selbstverständlich, sie ist die Heldin des Abenteuers!«

»Vielleicht«, antwortete der Abteilungsvorsteher immer noch lächelnd und fest entschlossen, ihr nicht die Wahrheit zu sagen.

Von Denise geführt, stieg Frau Desforges nun langsam die Treppe hinauf. Alle drei Sekunden mußte sie stehen bleiben, um nicht von dem von oben kommenden Strom zurückgerissen zu werden. Bei dem lebendigen Beben des ganzen Hauses ließen die eisernen Treppenwangen ein deutliches Zittern wie vom Atem der Menge verspüren. Auf jeder Stufe bot eine gehörig festgemachte Puppe unbeweglich ein Kleid, einen Mantel, einen Straßenanzug oder einen Morgenrock den Blicken dar; man hätte sie für eine Doppelreihe von Soldaten in irgendeinem Siegeszuge halten können mit dem kleinen hölzernen Handgriff, der wie ein Dolchgriff oben in dem roten Baumwollsamt wie in der frischblutenden Wunde eines abgeschnittenen Halses steckte.

Endlich gelangte Frau Desforges in den ersten Stock hinauf, als ein neuer, gewaltsamerer Stoß sie einen Augenblick unbeweglich festnagelte. Unter sich sah sie jetzt alle eben durchschrittenen Abteilungen des Erdgeschosses mit ihrem Volk von Kunden daliegen. Das war wieder ein neues Schauspiel, ein Weltmeer von in Verkürzung gesehenen Köpfen, das die Leiber verbarg; es wimmelte in ihm wie in einem Ameisenhaufen. Die weißen Karten bildeten nur noch schmale Linien, die Bandhaufen verschmolzen, das Vorgebirge von Flanell schnitt den Gang mit einer schmalen Mauer ab; die von der Brüstung herabhängenden Teppiche und Seidenstickereien lagen ihr jetzt zu Füßen wie in der Kirche an den Chor angelehnte Prozessionsbanner. In der Ferne bemerkte sie die Ecken der Seitengänge, wie man oben von einem Kirchturm die Ecken benachbarter Straßen mit dem Gewimmel schwarzer Menschenhaufen übersieht. Was sie aber bei der Ermüdung ihrer von all dem Durcheinander farbengeblendeten Augen am meisten überraschte, war, wenn sie die Augen schloß, daß sie die Menge erst recht an dem dumpfen von ihr hervorgerufenen Geräusch wie vom Steigen der Flut und an der von ihr ausgeströmten menschlichen Wärme wahrnahm. Vom Fußboden erhob sich ein feiner, mit dem Duft nach Frauen geschwängerter Staub, mit dem Geruch ihrer Wäsche und ihres Nackens, ihrer Röcke und ihres Haares, ein durchdringender, beklemmender Geruch, vergleichbar dem Weihrauchdunst dieses der Verehrung ihres Körpers errichteten Tempels.

Mouret stand indessen mit Vallagnosc zusammen immer noch vor dem Lesesaal; er sog diesen Dunst ein, er berauschte sich an ihm und wiederholte dabei:

»Sie sind hier ganz zu Hause, ich kenne welche, die hier den ganzen Tag mit Kuchenessen und Briefeschreiben zubringen ... Ich brauche sie nur noch hier zu Bett zu bringen.«

Dieser Scherz brachte Paul, der bei der Aufgeblasenheit seines Schwarzsehertums fortfuhr, das Getriebe dieser ganzen Menschheit um so ein bißchen Plunder albern zu finden, zum lächeln. Wenn er gekommen war, um seinem alten Mitschüler die Hand zu drücken, so ging er jetzt fast ärgerlich darüber, ihn so zitternd vor Leben inmitten dieses Volks gefallsüchtiger Weiber zu finden. Würde ihm denn keine einzige von diesen Hirn- und Herzlosen die Torheit und Nutzlosigkeit des Daseins beibringen? Gerade heute schien ihm Octave sein schönes Gleichgewicht zu verlieren; er, der sich für gewöhnlich wie ein Arzt in seiner erhabenen Ruhe durchaus nicht von dem Fieber seiner Kunden anstecken ließ, wurde jetzt selbst gepackt von dem Sturm der Leidenschaft, der allmählich die ganzen Geschäftsräume in Brand setzte. Seit er Denise und Frau Desforges die Treppe hatte heraufkommen sehen, sprach er lauter und zappelte ungewollt mit den Händen; ohne es zu wissen und obwohl er immer noch so tat, als wendete er sich gar nicht an sie, wurde er doch um so lebhafter, je näher er sie kommen fühlte. Sein Gesicht bekam Farbe, seine Augen nahmen etwas von dem verlorenen Entzükken an, in dem nach einer gewissen Zeit die Augen seiner Käuferinnen zu flimmern pflegten.

»Du mußt doch höllisch bestohlen werden«, murmelte Paul de Vallagnosc, der unter der Menschenmenge Verbrechergesichter fand.

Mouret breitete die Arme weit auseinander.

»Mein Lieber, das übersteigt jede Einbildungskraft.«

Und nervös und glücklich, einen passenden Gegenstand gefunden zu haben, teilte er ihm nun unerschöpfliche Einzelheiten mit, er führte ihm Tatsachen an und brachte sie in eine bestimmte Ordnung. Zunächst wies er auf die berufsmäßigen Diebinnen hin, die am wenigsten Unheil anrichten, denn die Polizei kennt sie fast alle. Dann kamen die Diebinnen aus einer Art Zwang, aus irregeleiteter Begierde, eine neue Nervenkrankheit, die ein Irrenarzt auch schon eingeordnet und dabei festgestellt hatte, was für ein bitteres Ergebnis die von den Warenhäusern ausgeübte Verführung hervorbringen kann. Schließlich kamen dann noch die Schwangeren, deren Diebstähle einen Sonderfall darstellten: so hatte die Polizei bei einer von ihnen zweihundertachtundvierzig Paar in allen möglichen Pariser Läden zusammengestohlene rosa Handschuhe gefunden.

»Darum machen die Frauen hier auch alle so komische Augen!« murmelte Vallagnosc. »Ich muß sie immer ansehen mit ihren Feinschmeckermienen und dann wieder so verschämt, wie halb närrisch ... Eine hübsche Schule der Ehrlichkeit!«

»Lieber Gott!« antwortete Mouret. »Man kann's ihnen hier ja so bequem wie möglich machen, aber man darf sie doch nicht einfach die Sachen unter dem Mantel mitnehmen lassen ... Und noch dazu ganz vornehme Persönlichkeiten. Vorige Woche erst haben wir die Schwester eines Arztes und die Frau eines Hofrats gehabt. Wir versuchen das wieder einzurenken.«

Er unterbrach sich, um ihn auf den Aufseher Jouve aufmerksam zu machen, der unten gerade an einem Tische in der Bänderabteilung hinter einer schwangeren Frau herging. Die Frau, deren gewaltiger Leib sehr unter den Stößen der Menge litt, war von einer Freundin begleitet, deren Aufgabe es zweifellos war, sie gegen zu rohe Stöße in Schutz zu nehmen; jedesmal wenn sie an einem Tische stehenblieben, ließ Jouve sie nicht aus den Augen, während ihre neben ihr stehende Freundin nach Wohlgefallen in den Kästen herumwühlen konnte.

»Oh, die wird er schon fassen!« fuhr Mouret fort, »er kennt all ihre Kniffe.«

Aber seine Stimme zitterte und sein Lachen klang gezwungen. Denise und Henriette, die er unaufhörlich weiter beobachtet hatte, gingen, nachdem sie große Mühe gehabt hatten, sich aus der Menge loszumachen, endlich hinter ihm vorbei. Und so drehte er sich um, begrüßte seine Kundin als guter Freund mit einer gewissen Zurückhaltung, um sie nicht etwa dadurch bloßzustellen, daß er sie mitten unter all den Leuten festhielt. Allein diese war aufs höchste gespannt und bemerkte sehr gut den Blick, mit dem er Denise sogleich umfing. Sicher mußte dies Mädchen die Nebenbuhlerin sein, die sie in ihrer Neugier hatte sehen wollen.

In der Kleiderabteilung verloren die Verkäuferinnen allmählich den Kopf. Zwei der Mädchen waren erkrankt und Frau Frédéric, die Zweite, war gestern ruhig ausgeschieden, sie war zur Kasse gegangen, um ihre Abrechnung in Ordnung zu bringen, und ließ so das »Paradies der Damen« im Handumdrehen im Stich, genau wie es selbst seine Angestellten entließ. Seit dem frühen Morgen wurde bei dem fieberhaften Verkauf über nichts als dies Abenteuer geredet. Clara, die jetzt in der Abteilung nur noch durch Mourets Laune festgehalten wurde, fand so was »sehr schick«; Marguerite erzählte, Bourdoncle wäre rein verzweifelt; Frau Aurelie dagegen erklärte ärgerlich, Frau Frédéric hätte sie doch wenigstens vorher davon in Kenntnis setzen können, an so eine Heimtücke könnte doch kein Mensch denken. Wenn die Frédéric nun auch nie jemand ihr Vertrauen geschenkt hatte, so glaubte man doch zu wissen, sie gäbe das Modengeschäft auf, um einen Badeanstaltbesitzer in der Nähe der Hallen zu heiraten.

»Einen Reisemantel wünschen gnädige Frau?« fragte Denise Frau Desforges, nachdem sie ihr einen Stuhl angeboten hatte.

»Ja«, antwortete die trocken und fest entschlossen, unhöflich gegen sie zu sein.

Die Neueinrichtung der Abteilung war in einem strengen Formenreichtum durchgeführt, hohe, eichengeschnitzte Schränke, in denen Spiegel ganze Füllungen einnahmen, ein roter Baumwollsamtteppich, der das fortdauernde Getrappel der Kunden erstickte. Während Denise Reisemäntel herbeiholte, sah Frau Desforges sich um und erblickte sich in einem der Spiegel; da versank sie ganz in Betrachtung ihrer selbst. Wurde sie denn schon so alt, daß man sie mit dem ersten besten Mädchen hinterging? Das Glas spiegelte die ganze Abteilung mit all ihrem Getriebe wieder; sie aber sah nur ihr eigenes bleiches Gesicht, sie hörte nicht, wie hinter ihrem Rücken Clara Marguerite eins von Frau Frédérics Geheimnissen erzählte, die Art und Weise, wie diese morgens und abends herumlief und in der Passage Choiseul herumstrich, um so den Glauben zu erwekken, sie wohne am Ende auf dem linken Ufer.

»Das sind unsere neuesten Muster«, sagte Denise. »Wir haben sie in verschiedenen Farben.«

Sie breitete vier oder fünf Mäntel aus. Frau Desforges sah sie voller Mißachtung an; bei jedem neuen wurde ihr Aussehen härter. Wozu solche Falten, die den Mantel doch nur eng machten? Und der da mit seinen vierkantigen Schultern sah doch aus, als wäre er mit der Axt zugeschnitten? Auf die Reise konnte man ja gehen, aber man brauchte sich doch nicht so anzuziehen, daß man wie ein wandelndes Schilderhaus aussah.

»Zeigen Sie mir was anderes, Fräulein!«

Denise breitete die Sachen auseinander und legte sie wieder zusammen, ohne eine Spur ihrer Stimmung zu verraten. Und diese geduldige Freundlichkeit brachte Frau Desforges erst recht auf. Ihre Blicke kehrten fortwährend zu dem Spiegel ihr gegenüber zurück. Jetzt sah sie sich dicht neben Denise und konnte Vergleiche anstellen. War es möglich, daß dies unbedeutende Geschöpf ihr vorgezogen werden konnte? Sie erinnerte sich, dies Wesen war dasselbe, das sie bei seinem ersten Auftreten sich so furchtbar dumm hatte anstellen sehen, ungeschickt wie eine gerade vom Dorfe gekommene Gänsemagd. Heute hielt sie sich ja gewiß besser, wie sie so eingeschnürt und ordentlich in ihrem Seidenkleid dastand. Allein was für 'ne Armseligkeit, was für 'ne Gleichgültigkeit!

»Ich werde der gnädigen Frau andere Muster vorlegen«, sagte Denise ruhig.

Als sie zurückkam, ging dieselbe Geschichte wieder los. Nun war das Tuch zu schwer und taugte nichts. Frau Desforges drehte sich um und erhob die Stimme, weil sie Frau Aurelies Aufmerksamkeit erregen wollte in der Hoffnung, daß das junge Mädchen dann Schelte bekommen würde. Aber dieses hatte seit ihrem Wiedereintritt allmählich die ganze Abteilung für sich gewonnen; sie fühlte sich hier jetzt ganz zu Hause, und die Erste erkannte ihr sogar bei ihrer sanften Ausdauer und lächelnden Überzeugungskraft die Eigenschaften einer ganz hervorragenden Verkäuferin zu. Daher zuckte Frau Aurelie nur leicht die Achseln und hütete sich wohl, sich dazwischenzumischen.

»Wollen gnädige Frau mir vielleicht die Art selbst angeben?« fragte Denise von neuem mit ihrer höflichen, durch nichts zu entmutigenden Eindringlichkeit.

»Aber Sie haben doch nichts!« rief Frau Desforges.

Überrascht brach sie ab, als sie eine Hand sich auf ihre Schulter legen fühlte. Es war Frau Marty, die ihre Verschwendungssucht durch die Verkaufsräume jagte. Ihre Einkäufe waren nach den Halsbinden, den gestickten Handschuhen und dem roten Sonnenschirm so angewachsen, daß der letzte Verkäufer den Packen schon auf einen Stuhl hatte legen müssen, da er ihm sonst die Arme zerbrochen hätte; er ging vor ihr her und schleppte diesen Stuhl mit sich, auf dem sich Unterröcke, Handtücher, Fenstervorhänge, eine Lampe und drei Strohmatten auftürmten.

»Sieh da!« sagte sie. »Sie kaufen einen Reisemantel!«

»Ach, lieber Gott, nein!« antwortete Frau Desforges. »Sie sind gräulich.«

Aber Frau Marty fiel über einen gestreiften Mantel her, den sie gar nicht so häßlich fand. Ihre Tochter Valentine sah ihn sich auch bereits an. Nun rief Denise Marguerite heran, um die Abteilung von dem Dings zu befreien, einem vorjährigen Muster, das diese nun auf einen Wink ihrer Gefährtin als ganz besonderen Gelegenheitskauf hinstellte. Nachdem sie Frau Marty geschworen hatte, er wäre schon zweimal im Preise herabgesetzt worden, von hundertundfünfzig auf hundertdreißig und jetzt koste er nur hundertundzehn, da konnte diese der Versuchung zu einem so billigen Einkauf nicht länger widerstehen. Sie nahm ihn, und der mit ihr gekommene Verkäufer ließ den Stuhl und den ganzen Packen Umsatznachweise mit den Waren da.

Während der Zeit ging in der Abteilung im Rücken der Damen der Klatsch über Frau Frédéric trotz des angeregten Geschäfts weiter.

»Wirklich? Hatte sie einen?« sagte eine kleine Verkäuferin, die ganz neu in der Abteilung war.

»Den Bademeister, weiß Gott!« antwortete Clara. »Solchen stillen Witwen kann man nie trauen.«

Da wandte Frau Marty, während Marguerite den Mantel ausschrieb, sich um; und indem sie mit einem leichten Augenaufschlag auf Clara hinwies, sagte sie ganz leise zu Frau Desforges:

»Wissen Sie, Herrn Mourets Leidenschaft.«

Überrascht sah die andere auf Clara und dann wieder auf Denise, indem sie erwiderte:

»Aber nein, die Große, nicht die Kleine!«

Und da Frau Marty nicht bei ihrer Behauptung zu bleiben wagte, fügte Frau Desforges mit der ganzen Mißachtung einer Dame für ihre Kammerfrau lauter hinzu:

»Vielleicht die Große und die Kleine, jede die Lust dazu hat!«

Das hatte Denise gehört. Sie hob ihre großen, reinen Augen zu der Dame auf, die sie so beleidigte, ohne daß sie sie auch nur kannte. Zweifellos war das diejenige, von der immer geredet wurde, die Freundin, die der Herr außer dem Hause besuchte. In den Blick, den sie nun wechselten, legte Denise so viel würdevolle Traurigkeit, einen solchen unschuldigen Freimut, daß Henriette sich peinlich getroffen fühlte.

»Wenn Sie mir doch nichts Ordentliches zeigen können, bringen Sie mich zu den Kleidern und Straßenanzügen«, sagte sie schroff.

»Ach!« rief Frau Marty. »Da komme ich mit ... Ich wollte mir ein Straßenkleid für Valentine ansehen.«

Marguerite nahm den Stuhl an der Lehne und schleppte ihn umgekehrt auf den Hinterbeinen hinter sich her, die selbstverständlich durch einen derartigen Gebrauch abgenutzt wurden. Denise trug nur die paar von Frau Desforges gekauften Meter Foulard. Da die Kleider und Straßenanzüge sich im zweiten Stock befanden, am andern Ende des Geschäfts, war es eine ganze Reise bis dahin.

Und so ging die große Reise durch all die vollgestopften Gänge. Marguerite zog voran und schleppte den Stuhl wie einen kleinen Karren hinter sich her; sie bahnte sich langsam einen Weg. Bei der Leinenabteilung fing Frau Desforges schon an zu klagen: diese Basare, in denen man zwei Meilen laufen mußte, um nur die geringste Kleinigkeit zu bekommen, waren ja lächerlich! Frau Marty behauptete auch, sie wäre ganz tot vor Müdigkeit; nichtsdestoweniger empfand sie eine tiefe Freude bei dieser Müdigkeit, diesem langsamen Hinsterben ihrer Kräfte angesichts der unerschöpflichen Warenvorräte. Mourets geistreicher Plan hatte sie vollständig gefangen genommen. Jede Abteilung hielt sie im Vorbeigehen auf. Eine erste Pause machte sie bei den Brautausstattungen, wo sie durch Hemden in Versuchung geführt wurde, die Pauline ihr auch verkaufte; so fand Marguerite sich des Stuhles los und ledig, und Pauline mußte ihn nun nehmen. Frau Desforges hätte ihren Weg fortsetzen können, um Denise um so rascher freizugeben; aber sie schien durch das Gefühl, sie, während sie ebenfalls stillstand und ihre Freundin beriet, so unbeweglich und ruhig hinter sich zu wissen, ganz beglückt. Bei den Säuglingssachen gerieten die Damen ganz außer sich vor Entzücken, kauften aber nichts. Dann kam Frau Martys Schwäche wieder durch: sie unterlag der Reihe nach zunächst bei einem schwarzen Mieder, dann bei den wegen der Jahreszeit herabgesetzten Pelzstulpen, dann bei russischen Spitzen, mit denen man jetzt Tischzeug besetzte. Alles dies häufte sich auf dem Stuhle auf, die Pakete stiegen immer höher auf ihm empor, so daß sein Holz anfing zu knacken; und je schwerer die Last wurde, mit desto größerer Mühe spannten sich die Verkäufer einer nach dem andern davor.

»Hier, gnädige Frau«, sagte Denise nach jedem Halt, ohne zu klagen.

»Aber wie dumm ist das!« rief Frau Desforges. »Wir kommen ja niemals hin. Warum sind denn Kleider und Straßenanzüge nicht mit den übrigen Sachen zusammengesteckt? ... So ein Wirrwarr!«

Frau Marty, deren Augen sich beim Vorübertanzen all dieser üppigen Sachen erweiterten, wiederholte mit leiser Stimme:

»Mein Gott, was wird mein Mann sagen? ... Sie haben recht, es herrscht keinerlei Ordnung in dem Hause hier. Man verliert sich ja und macht nur Dummheiten.«

Auf dem großen mittleren Treppenabsatz war der Stuhl

kaum durchzubringen. Gerade diesen Absatz hatte Mouret mit einem Haufen Pariser Sachen vollpacken lassen, mit an vergoldeten Zinkhaken aufgehängten Bechern, schundigen Reisebestecken und Schnapsvorratskästchen, weil er fand, man könnte sich hier noch zu frei bewegen, und die Menge drängte sich hier nicht genügend. Ebenso hatte er einem der Verkäufer aufgetragen, hier auf einem kleinen Tische allerlei Merkwürdigkeiten aus China und Japan auszustellen, billige Kleinigkeiten, um die die Kunden sich reißen würden. Das hatte einen unerwarteten Erfolg gegeben, und er träumte schon von einer Ausdehnung dieses Verkaufsgebietes. Während zwei Laufburschen ihren Stuhl in den zweiten Stock hinaufbrachten, kaufte Frau Marty ein halbes Dutzend Elfenbeinknöpfe, ein paar seidene Mäuse und einen Streichholzhalter aus Cloisonné.

Im zweiten Stock ging die Rennerei von neuem los. Denise, die seit dem frühen Morgen so Kunden herumschleppen mußte, fiel vor Müdigkeit fast um; aber sie behielt ihre liebenswürdige Freundlichkeit und ihre sichere Haltung doch bei. Bei den Möbelstoffen mußte sie wieder auf die Damen warten, da hier eine entzückende Cretonne Frau Marty festhielt. Bei den Möbeln empfand sie dann Gelüste auf einen Nähtisch. Ihre Hände zitterten, und sie bat Frau Desforges lächelnd, sie von weiteren Einkäufen abzuhalten, als sie Frau Guibal trafen und das ihr abermals eine neue Entschuldigung bot. Die Letztgenannte war endlich so weit gelangt, zur Teppichabteilung hinaufgehen zu können, um einen Posten orientalischer Vorhänge zurückzugeben, die sie vor fünf Tagen gekauft hatte; und plaudernd standen sie vor dem Verkäufer still, einem großen Burschen, der mit seinen Ringkämpferarmen von morgens bis abends Lasten schleppen mußte, die einen Ochsen umgebracht hätten. Selbstverständlich war er baff über diese »Rückgabe«, die ihm seine Vergütung wieder entriß. So

versuchte er denn auch die Kundin in Verlegenheit zu setzen; er witterte nämlich irgendeine faule Geschichte dahinter, etwa daß sie mit den im »Paradies der Damen«
gekauften Vorhängen einen Ball gegeben hätte und sie
dann zurückgäbe, um so dem Leihen von einem Tapezie-
rer aus dem Wege zu gehen: er wußte, daß man in sparsa-
men Bürgerkreisen wohl mal so verfährt. Gnädige Frau
müßten doch einen Grund für die Rückgabe haben; wenn
der gnädigen Frau die Muster oder die Farben nicht zusag-
ten, würde er ihr andere zeigen, er hätte ein sehr vollständiges Lager. Auf alle diese Winke antwortete Frau Guibal
ruhig mit ihrer sicheren Herrschermiene, die Vorhänge
gefielen ihr nicht mehr und würdigte ihn keiner weiteren
Erklärung. Sie lehnte es ab, sich andere anzusehen, und er
mußte nachgeben, denn die Verkäufer hatten Weisung, die
Sachen zurückzunehmen, selbst wenn sie bemerkten, daß
sie gebraucht worden wären.

Als die drei Damen zusammen weitergingen und Frau
Marty voller Kummer an ihren Nähtisch dachte, den sie
gar nicht brauchte, sagte Frau Guibal mit ihrer ruhigen
Stimme zu ihr:

»Na, schön! Dann geben Sie ihn doch wieder zurück...
Haben Sie nicht gesehen? Nichts ist doch einfacher...Las-
sen Sie ihn doch ruhig zu Ihnen bringen. Er wird in das
Empfangszimmer gesetzt, Sie sehen ihn sich an; wenn er
Ihnen dann langweilig wird, geben Sie ihn zurück.«

»Das ist ein Gedanke!« rief Frau Marty. »Wenn mein
Mann zu ärgerlich wird, gebe ich ihnen alles zurück.«

Das war für sie die größte denkbare Entschuldigung,
nun rechnete sie überhaupt nicht mehr, sondern kaufte in
ihrem dumpfen Drange, alles zu behalten, weiter, denn sie
gehörte nicht zu den Frauen, die etwas wieder hergeben.

Endlich kamen sie zu den Kleidern und Straßenanzügen. Als aber Denise gerade einer der Verkäuferinnen den

von Frau Desforges gekauften Foulard übergeben wollte, schien diese sich bedacht zu haben und erklärte bestimmt, sie wolle einen von den Reisemänteln nehmen, den hellgrauen; und Denise mußte dienstbeflissen warten, um sie wieder zu den andern fertigen Sachen zurückzuführen. Das junge Mädchen fühlte ganz deutlich bei ihr den Wunsch heraus, sie bei ihrer Launenhaftigkeit als gebietende Kundin als Dienerin zu behandeln; aber sie schwor sich, ihre Pflicht zu erfüllen und behielt ihre ruhige Haltung bei, trotz ihres Herzklopfens und trotzdem ihr Stolz sich aufbäumte. Frau Desforges kaufte bei den Kleidern und Straßenanzügen nichts.

»O Mama, der kleine Anzug da«, sagte Valentine, »wenn der mir paßte!«

Frau Guibal setzte Frau Marty ganz leise ihr Verfahren auseinander. Wenn ihr in einem Geschäft ein Kleid gefiel, ließ sie es sich ins Haus schicken, nahm sich das Schnittmuster und gab es dann wieder zurück. Und so kaufte Frau Marty das Kleid für ihre Tochter und murmelte dabei:

»Großartiger Gedanke! Sie sind aber wirklich praktisch, gnädige Frau!«

Den Stuhl hatten sie aufgeben müssen. In der Möbelabteilung blieb sie wieder ganz niedergeschlagen bei dem Nähtisch stehen. Für den Stuhl wurde das Gewicht zu schwer; seine Hinterbeine drohten zu brechen, und so kamen sie überein, alle Einkäufe zu ein und derselben Kasse zu bringen, damit sie von da in die Ausgabestelle gebracht werden könnten.

Nun streiften die Damen, immer noch unter Denises Führung, weiter. In allen Abteilungen sah man sie immer aufs neue. Sie waren auf allen Treppenstufen und in sämtlichen Gängen zu finden. Alle Augenblicke hielten neue Zusammentreffen sie auf. So fanden sie auch beim Lesesaal Frau Bourdelais mit ihren drei Kindern wieder. Die Klei-

nen waren mit Paketen beladen: Madeleine trug ein Kleid
für sich unter dem Arm, Edmond trug einen ganzen Pakken kleiner Schuhe, während der Jüngste, Lucien, eine neue
Kappe aufhatte.

»Du auch?« sagte Frau Desforges lachend zu ihrer alten
Schulfreundin.

»Red' mir nicht davon!« rief Frau Bourdelais. »Wütend
bin ich ... Jetzt fangen sie einen mit diesen kleinen Wesen!
Du weißt doch, ob ich für mich selbst solche Dummheiten
begehen würde! Aber wie kann man denn Kindern widerstehen, wenn sie gern alles haben möchten? Ich wollte nur
hier mit ihnen herumspazieren, und nun räubere ich ihnen
den ganzen Laden aus!«

Dies hörte Mouret, der sich immer noch mit Vallagnosc
und Herrn de Boves dort befand, mit lächelnder Miene an.
Sie bemerkte ihn und beklagte sich heiter, aber doch mit
einer gewissen Gereiztheit im Unterton über die Falle, in
die er die Mütter mit ihrer Zärtlichkeit hineinlockte; er
verbeugte sich lächelnd und freute sich seines Sieges. Herr
de Boves wußte es fertigzubringen, sich Frau Guibal wieder zu nähern und ihr auch schließlich zu folgen, wobei er
Vallagnosc zum zweitenmal zu versetzen suchte; der aber
war der Drängerei müde und beeilte sich, den Grafen
schleunigst wieder zu finden. Denise war wieder stehengeblieben, um auf die Damen zu warten. Sie wandte sich um,
und auch Mouret tat so, als sähe er sie nicht. Nun zweifelte
Frau Desforges mit ihrer feinen Spürnase eifersüchtiger
Frauen nicht länger. Während er ihr Liebenswürdigkeiten
sagte und ein paar Schritte als der zuvorkommende Herr
des Hauses neben ihr herging, überlegte sie und fragte sich,
wie sie ihn seines Verrats überführen könne.

Währenddessen waren Herr de Boves und Vallagnosc,
die mit Frau Guibal vorangingen, in die Spitzenabteilung
gelangt. Diese nahm neben den Kleidern einen üppigen,

mit Fächergestellen ausgestatteten Saal ein, deren geschnitzte Eichenholzfächer sich umklappen ließen. Um die mit rotem Samt umkleideten Säulen stiegen weiße Spitzen in Schlangenwindungen empor; von einem Ende bis zum andern schwebten Gipürespitzen durch den Raum; auf den Ladentischen aber häufte sich ein wahres Meer großer, mit Valencienner, Mechelner und Klöppelspitzen umwundener Pappstücke auf. Ganz hinten saßen zwei Damen vor einem durchsichtigen Schirm von malvenfarbiger Seide, über den Deloche Chantillyspitzen warf; sie sahen sie sich schweigend an, ohne zu einem Entschluß kommen zu können.

»Sieh da!« sagte Vallagnosc ganz überrascht. »Sie meinten, Frau de Boves wäre leidend ... Dahinten sitzt sie ja mit Fräulein Blanche.«

Der Graf konnte ein Zusammenfahren nicht verbergen und sah Frau Guibal schräg von der Seite an.

»Wahrhaftig, das stimmt«, sagte er.

Es war sehr heiß in dem Saale. Die Kunden erstickten hier geradezu und hatten heiße Gesichter mit funkelnden Augen. Man hätte sagen mögen, alle Verführungskünste des Hauses liefen in diesem einen Gipfelpunkte zusammen, dies hier stelle das verschwiegene Gemach des Sündenfalles dar, den Winkel der Vernichtung, in dem auch die Stärksten unterliegen müßten. Die Hände vergruben sich in den überquellenden Stücken und zitterten dauernd wie vor Trunkenheit.

»Ich glaube, die Damen richten sich noch zugrunde«, fuhr Vallagnosc voller Vergnügen über dies Zusammentreffen fort.

Herr de Boves zeigte durch eine Handbewegung, er als Ehemann könne von der Verständigkeit seiner Frau um so überzeugter sein, als er ihr nie auch nur einen Sou gab. Nachdem diese mit ihrer Tochter durch alle Abteilungen

gestrichen war, ohne irgend etwas zu kaufen, war sie in
einem Sturm unbefriedigter Begierden bei den Spitzen ge-
strandet. Zerschlagen vor Ermattung hielt sie sich trotzdem vor einem Tische noch aufrecht. Sie wühlte in dem
Haufen herum, ihre Hände wurden weich, ein Wärmege-
fühl stieg ihr bis in die Schultern hinauf. Da wollte sie, als
ihre Tochter gerade den Kopf wandte und der Verkäufer
sich entfernte, mit einer raschen Bewegung schon ein Stück
Alençonspitzen unter ihren Mantel gleiten lassen. Aber sie
begann zu zittern und legte das Stück wieder hin, als sie
Vallagnosc mit fröhlicher Stimme hinter ihr sagen hörte:
»Wir überraschen Sie, gnädige Frau.«
Ein paar Sekunden lang verharrte sie, schneeweiß,
stumm. Dann setzte sie ihnen auseinander, sie hätte sich
soviel besser gefühlt und den Wunsch nach frischer Luft
verspürt. Und als sie dann ihren Mann mit Frau Guibal
bemerkte, kam sie völlig wieder zu sich und sah die beiden
mit einem solchen Ausdruck von Würde an, daß diese
sagen zu müssen glaubte:
»Ich kam mit Frau Desforges, die Herren trafen uns.«
Genau in diesem Augenblick kamen die andern Damen
auch dazu. Mouret war bei ihnen; er hatte sie noch einen
Augenblick festgehalten, um ihnen den Aufseher Jouve zu
zeigen, der immer noch um die Schwangere und ihre
Freundin herumstrich. Das war sehr merkwürdig; sie könnten sich die Zahl bei den Spitzen abgefaßter Diebinnen gar
nicht vorstellen. Frau de Boves, die ihm zuhörte, sah sich
schon mit ihren fünfundvierzig Jahren, ihrem Aufwand
und der hohen Stellung ihres Gatten zwischen zwei Gendarmen; aber sie empfand keinerlei Gewissensbisse, sie
dachte nur daran, sie hätte das Stück Spitze doch in ihren
Ärmel gleiten lassen sollen. Jouve hatte sich unterdessen
entschlossen, seine Hand auf die schwangere Frau zu legen;
sie auf frischer Tat ertappen zu können, hoffte er nicht

mehr, beargwöhnte sie im übrigen aber doch, sich die Taschen durch so geschickte Handgriffe vollgestopft zu haben, daß sie ihm entgangen sein müßten. Und als er sie dann beiseitegeführt hatte und sie durchsucht wurde, fand sich zu seiner Verwirrung nichts bei ihr vor, keine Halsbinde, kein Knopf. Die Freundin war verschwunden. Mit einem Male begriff er: die Schwangere sollte ihn nur beschäftigen, die Freundin führte die Diebstähle aus.

Die Geschichte machte den Damen viel Spaß. Mouret war etwas ärgerlich, begnügte sich aber mit den Worten:

»Diesmal ist Vater Jouve reingefallen... Er wird aber schon seine Genugtuung bekommen.«

»Oh!« schloß Vallagnosc, »ich glaube, der ist nicht recht darauf zugeschnitten... Warum stellt Ihr übrigens auch so vielerlei aus? Geschieht Euch völlig recht, wenn Ihr so bestohlen werdet. Man sollte doch die armen, wehrlosen Frauen nicht so in Versuchung führen.«

Das war das letzte Wort, das bei dem wachsenden Fieber, das das ganze Haus ergriff, wie ein scharfer Nachklang des Tages ertönte. Die Damen gingen auseinander und schritten noch ein letztes Mal an den überladenen Tischen entlang. Es war jetzt vier Uhr, die Strahlen der sich zum Untergang neigenden Sonne fielen schräg durch die weiten Bogenfenster des Eingangs herein und schienen seitlich durch die Verglasung der Hallen; und in dem roten Schein wie von einer Feuersbrunst stieg gleich goldenem Rauch der immer dichter werdende, von morgens früh an von all den Füßen aufgewirbelte Staub in die Höhe. Wie ein Vorhang zog er sich in dem großen Mittelgang entlang und schnitt auf einem Untergrund von Flammen die Treppen, die schwebenden Brücken, kurz das ganze Spitzengewirr aus Eisen aus. Die Mosaiken und gebrannten Ziegel der Friese funkelten, und das Grün und Rot entzündete sich an dem Feuer des verschwenderisch verwendeten Gol-

des. Es war, als funkelten jetzt all die Auslagen in einer
lebendigen Glut, die Häuser aus Handschuhen und Halsbinden, die Gehänge aus Bändern und Spitzen, die mächtigen Haufen von Wollsachen und Kattunen, die buntfarbi-
gen Beete, in denen leichte Seiden und Foulards die Blumen bildeten. Spiegel warfen diesen Glanz zurück. Die
Schirmausstellung funkelte mit ihren runden Schilden wie
Metall. In der Ferne selbst traten nach Schattenmassen wieder einzelne Tische grell im Sonnengolde funkelnd hervor.

Und jetzt, in dieser letzten Stunde, in der erhitzten Luft
machte sich die Oberherrschaft der Frau geltend. Sie hatten die Tische im Sturm genommen und lagerten nun hier
wie in einem eroberten Lande eine hereingebrochene
feindliche Horde, die sich auf den Trümmern der Waren
niedergelassen hat. Die stumpf gewordenen, zermalmten
Verkäufer waren nur noch leblose Dinge, über die sie mit
der Willkür eines Gewaltherrschers verfügten. Dicke Damen quetschten sich durch die Menge. Aber auch die win-
zigsten wahrten sich ihren Platz und wurden unverschämt.
Erhobenen Hauptes taten sie unter heftigen Gebärden alle,
als wären sie zu Hause, ohne jede Rücksicht auf einander,
und machten sich das Haus zunutze, so gut sie konnten, bis
auf den Staub an den Wänden. Frau Bourdelais, die gern
auf ihre Kosten kommen wollte, hatte ihre Kinder wieder
in den Erfrischungsraum geführt; jetzt stürzte sich die
ganze Kundschaft mit einem wahren Heißhunger dort hinein, und selbst die Mütter füllten sich mit Malaga; seit der
Eröffnung waren achtzig Liter Saft und siebzig Flaschen
Wein getrunken worden. Frau Desforges hatte sich, nachdem sie ihren Reisemantel gekauft an der Kasse Bilder
zeigen lassen; und im Weggehen dachte sie über ein Mittel
nach, Denise an sich fesseln zu können, um sie in Gegenwart Mourets selbst zu demütigen, damit sie ihre Gesichter
sähe und daraus Gewißheit gewinnen könne. Frau de

Boves, hinter der Blanche und Vallagnosc hergingen, war, während ihr Mann endlich eine Gelegenheit gefunden hatte, sich mit Frau Guibal im Gedränge zu verlieren, auf den verrückten Einfall gekommen, sich einen roten Ballon geben zu lassen, obwohl sie nichts gekauft hatte. Das war doch wenigstens etwas, sie brauchte doch nicht mit leeren Händen weggehen und konnte sich die kleine Tochter ihrer Pförtnersleute damit zur Freundin machen. An der Ausgabestelle wurde gerade der vierzigtausendste angebunden: vierzigtausend rote Ballons hatten also ihren Flug durch die heiße Luft der Geschäftsräume angetreten, eine wahre Wolke von roten Ballons schwebte in diesem Augenblicke von einem Ende von Paris zum andern und trug den Namen des »Paradies der Damen« gen Himmel.

Es schlug fünf Uhr. Von den sämtlichen Damen wohnte nur Frau Marty dem Endkampf des Verkaufes bei. Todmüde, wie sie war, konnte sie sich nicht davon losreißen, sie fühlte sich durch so starke Bande zurückgehalten, daß sie immer wieder umkehrte und ohne jeden andern Grund als unbefriedigte Neugier durch die Abteilungen streifte. Es war die Stunde, wo die Menge nun unter der Peitsche all der Anpreisungen jede Ordnung verlor; die sechzigtausend für Ankündigungen an die Zeitungen bezahlten Francs, die zehntausend, die er für Maueranschläge ausgegeben hatte, die zweihunderttausend Preislisten, die er in Umlauf gesetzt hatte, ließen jetzt in all den Frauennerven die Nachwehen ihrer Trunkenheit zurück, nachdem sie ihnen die Börsen entleert hatten; sie alle fühlten sich von Mourets Erfindungen vollständig erschüttert, von der Preisherabsetzung, den Rückgaben, seinen unaufhörlichen neuen Zuvorkommenheiten. Frau Marty zauderte noch vor einem Auslagetisch unter den heiseren Zurufen der Verkäufer, dem Klirren des Goldes an den Kassen und dem dumpfen Gepolter der Pakete in den Keller hinab; noch einmal ging sie durchs Erdgeschoß, die Weißwaren, die Seide, die Handschuhe, die Wollwaren; dann ging sie wieder nach oben und überließ sich nochmals den metallischen Schwingungen der Freitreppen und der Brücken, sie kehrte zu den Kleidern, zu der Leinenabteilung, zu den Spitzen zurück und stieß sogar bis zum zweiten Stock wieder vor, bis in die Höhen der Bettenausstellung und der Möbel; und überall strengten sich die Gehilfen noch einmal aufs äußerste an, Hutin und Favier, Mignot und Liénard, Denise, Deloche und Pauline entrissen dem letzten Fieber der Kundschaft den Sieg. Dies war seit dem Morgen ständig gewachsen, als habe sich die Trunkenheit selbst aus den Stoffen, hin- und hergewendeten, losgelöst. Jetzt stand die Menge im Brande der Fünf-Uhr-Sonne in Flammen. Frau Martys Gesicht war erregt und nervös wie das eines Kindes, das reinen Wein getrunken hat. Mit hellen Augen war sie gekommen, mit von der Kälte der Straße frisch geröteter Haut; langsam war ihr Blick und ihre Farbe vor dem Schauspiel dieses Aufwandes ausgebrannt, diesen mildleuchtenden Farben, die mit ihrem beständigen Gehetz ihre Leidenschaft anregten. Als sie endlich ging, nachdem sie, durch die Höhe ihrer Rechnung erschreckt, erklärt hatte, sie würde zu Hause bezahlen, da zeigte sie die schlaffen Züge, die weit aufgerissenen Augen einer Kranken. Sie mußte sich den Ausgang in dem hartnäckigen Gedränge an der Pforte erkämpfen; die Leute brachten sich hier geradezu um inmitten der Reste von Schundwaren. Als sie dann auf dem Bürgersteige ihre Tochter wiederfand, die sie bereits verloren hatte, fröstelte sie in der scharfen Luft zusammen, sie war ganz verwirrt von der krankhaften Zügellosigkeit in dem großen Warenhaus.

Als Denise abends vom Essen zurückkam, rief ein Laufbursche sie an.

»Fräulein, sie wollten Sie in der Oberleitung sprechen.«

Sie hatte den Auftrag vergessen, den Mouret ihr am Morgen gegeben hatte, nach Schluß des Verkaufes in sein Arbeitszimmer zu kommen. Er stand und wartete auf sie. Sie machte die Tür beim Eintreten nicht wieder zu, so daß diese offen blieb.

»Fräulein, wir sind zufrieden mit Ihnen«, sagte er, »und haben gedacht, wir wollten Ihnen unsere Genugtuung zu erkennen geben ... Sie wissen, auf was für eine unwürdige Weise Frau Frédéric uns verlassen hat. Sie sollen von morgen an ihre Stelle als Zweite einnehmen.«

Vor Erregung hörte Denise ihn unbeweglich an. Sie murmelte mit zitternder Stimme:

»Aber Herr Mouret, da sind doch soviel ältere Verkäuferinnen als ich in der Abteilung.«

»Na, und? Was macht das denn?« entgegnete er. »Sie sind die Fähigste, die Ernsthafteste. Ich habe Sie gewählt, das war doch ganz selbstverständlich ... Sind Sie nicht zufrieden?«

Nun wurde sie rot. Ein großes Glücksgefühl und eine köstliche Verwirrung beherrschten sie jetzt, in der ihr erster Schreck völlig verging. Warum hatte sie denn zuerst an die Vermutungen denken müssen, mit denen dieser unerwartete Gunstbeweis aufgenommen werden würde? So blieb sie trotz eines lebhaften Dankbarkeitsgefühls verwirrt stehen. Er blickte sie lächelnd an in ihrem einfachen Seidenkleid, ohne jeden andern Schmuck als den königlichen ihres üppigen Blondhaars. Sie hatte sich verfeinert, ihre Haut war weiß, ihr Aussehen zart und ernsthaft. Ihre frühere unbedeutende Schmächtigkeit war zu einem Reiz von vornehmer Eindringlichkeit geworden.

»Sie sind sehr gütig, Herr Mouret«, stammelte sie. »Ich weiß nicht, wie ich mich ausdrücken soll ...«

Aber ihre Rede wurde unterbrochen. Im Türrahmen stand Lhomme. In seiner gesunden Hand hielt er einen großen ledernen Geldsack, und mit dem verstümmelten Arm preßte er eine mächtige Tasche gegen seine Brust; sein Sohn Albert schleppte hinter ihm her eine Anzahl Säcke, die ihm offenbar die Gliedmaßen zermalmten.

»Fünfhundertundsiebenundachtzigtausendzweihundertundzehn Francs dreißig Centimes!« rief der Kassierer, dessen weiches, abgelebtes Gesicht sich unter dem Abglanz einer solchen Summe wie von einem Sonnenstrahl aufzuhellen schien.

Das war die Tageseinnahme, die bedeutendste bisher im »Paradies der Damen« erzielte. In der Ferne hörte man in den Tiefen der Geschäftsräume, durch die Lhomme soeben mit dem Schritt eines überladenen Ochsen hindurchgekommen war, den Lärm, die Aufregung vor Überraschung und Freude, die diese Rieseneinnahme hinter sich gelassen hatte.

»Aber das ist ja großartig!« rief Mouret voller Entzükken. »Setzen Sie es hierher, mein braver Lhomme, und ruhen Sie sich aus, denn Sie können ja gar nicht mehr. Das Silber werde ich in die Hauptkasse bringen lassen ... Ja, ja, alles auf meinen Schreibtisch. Ich möchte es alles auf einem Haufen sehen.«

Er war ausgelassen wie ein Kind. Der Kassierer und sein Sohn kramten aus. Der Ledersack gab einen hellen Goldklang von sich, noch zwei andere zum Bersten volle Säcke ergossen Silber- und Kupferströme, während aus der Brieftasche ganze Packen Banknoten herausfielen. Eine ganze Ecke des großen Schreibtisches war damit bedeckt, es war, als hätte sich hier ein ganzes in zehn Stunden zusammengerafftes Vermögen ergossen.

Als Lhomme und Albert sich zurückgezogen hatten, wobei sie sich die Gesichter abwischten, blieb Mouret einen Augenblick regungslos, den Blick auf das Geld geheftet, stehen. Als er dann den Kopf hob, bemerkte er Denise, die zur Seite getreten war. Da fing er wieder an zu lächeln und zwang sie heranzukommen; schließlich sagte er, er wollte ihr so viel geben, als sie mit einer Hand fassen könnte; auf dem Grunde dieses Scherzes schien ihr so etwas wie ein Kaufpreis für ihre Liebe zu liegen.

»Da! aus dem Ledersack, ich wette, sie fassen weniger als tausend Francs, Ihre Hand ist ja so klein!«

Aber sie wich wieder zurück. Hatte er sie denn lieb? Plötzlich begriff sie und fühlte, wie die Flamme seiner Leidenschaft seit ihrem Wiedereintritt in die Kleiderabteilung aufgelodert war und sie nun ganz umhüllte. Was sie aber noch mehr überwältigte, das war, daß sie ihr eigenes Herz zum Zerspringen klopfen hörte. Warum verwundete er sie denn mit all dem Gelde, wo sie doch überströmte von Dankbarkeit und ein einziges freundliches Wort von ihm sie schwach gemacht hätte? Er trat auf sie zu und fuhr fort zu scherzen, als zu seinem größten Ärger Bourdoncle unter dem Vorwand erschien, ihm die Eintrittsziffer mitzuteilen, die gewaltige Ziffer von sechzigtausend Kunden, die heute zum »Paradies der Damen« gekommen waren. Und sie beeilte sich fortzukommen, nachdem sie ihm nochmals gedankt hatte.

Neuntes Kapitel

AM ERSTEN AUGUSTSONNTAG WURDE DIE Bestandsaufnahme vorgenommen, die noch am selben Abend fertig vorliegen sollte. Schon am frühen Morgen waren alle Angestellten wie an Werktagen auf dem Posten, und dann ging die Arbeit in den kundenleeren Räumen hinter geschlossenen Türen los.

Denise kam nicht um acht Uhr mit den andern Verkäuferinnen herunter. Seit Donnerstag wurde sie durch eine Verrenkung auf ihrem Zimmer festgehalten, die sie sich beim Hinaufgehen in die Schneiderstube zugezogen hatte, aber es ging ihr schon wieder viel besser; da jedoch Frau Aurelie sie verzog, beeilte sie sich nicht und zog sich mühsam die Schuhe an, denn sie war trotz allem entschlossen, sich in der Abteilung zu zeigen. Die Zimmer der Fräulein nahmen jetzt den fünften Stock des Neubaus ein, an der Rue Monsigny entlang; sechzig an der Zahl lagen sie zu beiden Seiten eines Ganges und waren viel bequemer, wenn auch immer noch lediglich mit einer eisernen Bettstelle, einem großen Schrank und dem kleinen Nußbaumtisch ausgestattet. Das häusliche Leben der Verkäuferin wies, je mehr ihr Los sich verbesserte, einen saubereren und netteren Zuschnitt auf, einen gewissen Hang zu teueren Seifen und feiner Wäsche, einen ganz natürlichen Aufstieg zum Bürgertum; aber doch hörte man in dem Sturmwind möblierter Wohnungen, der sie morgens und abends mit sich riß, noch grobe Worte fliegen und Türen zuschlagen. Denise hatte übrigens infolge ihrer Stellung als Zweite eine der größten Kammern, deren zwei Mansardenfenster auf die Straße hinausgingen. Da sie jetzt reich war, gestattete sie sich auch etwas Aufwand, eine rote Daunendecke mit durchbrochenem Überzug, einen kleinen Teppich vor dem Schrank und zwei blaue Glasvasen auf dem Waschtisch, in denen ein paar Rosen welkten.

Als sie ihre Stiefel anhatte, versuchte sie im Zimmer herumzugehen. Sie mußte sich auf die Möbel stützen, denn sie humpelte noch. Aber das würde schon gehen. Trotzdem hatte sie recht getan, eine Einladung zum Abendessen bei Onkel Baudu abzusagen und ihre Tante zu bitten, Pépé, den sie wieder bei Frau Gras in Kost gegeben hatte, etwas an die Luft zu führen. Jean, der sie am Abend vorher besucht hatte, sollte auch bei dem Onkel essen. Langsam versuchte sie weiter herumzuwandern und nahm sich vor, sich früh hinzulegen, um ihr Bein auszuruhen, als die Aufwärterin, Frau Cabin, anklopfte und ihr mit geheimnisvoller Miene einen Brief gab.

Sobald die Tür wieder zu war, machte Denise ganz erstaunt über das geheimnisvolle Lächeln der Frau den Brief auf. Sie ließ ihn auf einen Stuhl fallen: es war ein Brief von Mouret, in dem er ihr seine Freude über ihre Wiederherstellung aussprach und sie bat, am Abend zum Essen zu ihm herunterzukommen, da sie doch nicht ausgehen könne. Der Ton des Briefchens, zugleich vertraut und doch väterlich, hatte nichts Verletzendes an sich; aber darüber konnte sie sich unmöglich täuschen, das »Paradies der Damen« kannte die wahre Bedeutung dieser Einladungen nur zu gut, ein ganzer Sagenkreis war darüber im Umlauf; Clara hatte bei ihm gegessen, auch andere noch, jede, die der Herr auszeichnen wollte. Nach dem Essen gab es dann, wie die Witzbolde unter den Gehilfen sagten, den Nachtisch. Und die hellen Wangen des jungen Mädchens wurden allmählich mit einem Strom von Blut übergossen.

So blieb Denise, der der Brief auf die Knie geglitten war, mit lautklopfendem Herzen und fest auf den blendend hellen Fleck des einen Fensters gerichteten Blicken sitzen. Es war das Geständnis, das sie sich gerade in dieser Kammer in schlaflosen Stunden hatte machen müssen: wenn sie immer noch zittern mußte, sobald er vorbeiging, dann war es nicht vor Furcht; ihr früheres Unbehagen, ihre alte Furcht konnten nichts anderes sein als eine verworrene Unkenntnis ihrer eigenen Liebe, die Unruhe der in ihr aufsteigenden Zuneigung, während sie noch ein wildes Kind gewesen. Sie rechtete gar nicht mit sich, sie fühlte lediglich, sie habe ihn stets geliebt von der Stunde an, in der sie zitternd und stotternd vor ihm gestanden hatte. Sie liebte ihn, wenn sie ihn auch als unerbittlichen Herrn fürchtete, sie liebte ihn, wenn ihr Herz auch unbewußt unter einem Drange nach Zuneigung von Hutin geträumt hatte. Vielleicht hätte sie sich einem andern hingegeben, aber sie hätte nur diesen einen Mann geliebt, vor dessen Blick sie Angst hatte. Ihre ganze Vergangenheit lebte wieder auf und rollte sich auf der Helligkeit des Fensters ab: die Härte der ersten Zeit, der so schöne Spaziergang im schwarzen Schatten der Tuilerien, endlich seine Begierde, die sie von der Stunde an umfächelte, wo sie wieder eingetreten war. Der Brief glitt zur Erde, Denise blickte immer noch auf das Fenster, dessen voller Sonnenschein sie betäubte.

Da klopfte es plötzlich, und sie wollte schnell den Brief wieder aufheben und in ihrer Tasche verschwinden lassen. Es war Pauline, die unter irgendeinem Vorwand aus ihrer Abteilung ausgekniffen war, um ein wenig mit ihr zu plaudern.

»Sind Sie wieder auf, meine Liebe? Man sieht sich ja gar nicht mehr.«

Da es aber verboten war, nach oben in die Kammern zu

gehen und vor allem sich zu zweien einzuschließen, nahm
Denise sie mit zu dem am Ende des Ganges gelegenen
Versammlungszimmer, einer Aufmerksamkeit der Oberleitung gegen die jungen Mädchen, die hier bis elf Uhr
arbeiten oder plaudern konnten. Das Zimmer, Weiß und
Gold, gleichgültig und kahl wie ein Gasthauszimmer, war
mit einem Klavier ausgestattet, einem Pfeilertisch in der
Mitte und Lehnstühlen und einem Sofa, die mit Staub-
überzügen bedeckt waren. Die Verkäuferinnen konnten
sich hier übrigens, nachdem sie ein paar Abende unter
dem ersten Feuer der Neugier hier zugebracht hatten, nicht
mehr zusammenfinden, ohne daß es sofort zu unerquicklichen Worten kam. Hier mußte erst noch die Erziehung
einsetzen, es fehlte dem kleinen Gemeinwesen noch an
Eintracht. Und während das sich so hinzog, saß abends
eigentlich nur noch Miß Powell dort, die Zweite aus der
Leibchenabteilung, die Chopin auf dem Klavier trocken
herunterpaukte und mit ihrer beneideten Anlage die übrigen vollends in die Flucht schlug.

»Sehen Sie, mein Fuß wird schon besser«, sagte Denise.
»Ich gehe nach unten.«

»Ah, wahrhaftig!« rief die Leinenverkäuferin, »das nenne
ich doch noch Eifer!... Ich bliebe hier oben und ließe
mich päppeln, wenn ich so 'nen Vorwand hätte!«

Sie hatten sich beide auf das Sofa gesetzt. Paulines Haltung war eine andere geworden, seitdem ihre Freundin
Zweite bei den Kleidern geworden war. In die Zutraulich-
keit des guten Mädchens mischte sich so etwas wie Hochachtung, eine gewisse Überraschung mit dem Gefühl, die
schmächtige, kleine Verkäuferin von früher steuere auf ihr
Glück los. Denise liebte sie indessen sehr und traute ihr
auch ganz allein in der ständigen Hetzjagd der zweihundert Frauen, die das Haus jetzt beschäftigte.

»Was haben Sie denn?« fragte Pauline, als sie bemerkte,
wie bewegt das junge Mädchen war.

»Ach, gar nichts«, versicherte diese mit einem verlegenen Lächeln.

»Doch, doch, Sie haben irgend was... Trauen Sie mir denn nicht mehr, daß Sie mir Ihren Kummer nicht mitteilen wollen?«

Nun gab Denise der Erregung nach, die ihre Brust schwellte und die sie nicht zur Ruhe bringen konnte. Sie hielt ihrer Freundin den Brief hin und stotterte dabei:

»Da! Er hat mir eben geschrieben.«

Sie hatten noch nie miteinander offen über Mouret gesprochen. Aber dies Schweigen war an sich so etwas wie ein Eingeständnis ihrer geheimen Vermutungen. Pauline wußte alles. Nachdem sie den Brief gelesen hatte, preßte sie Denise an sich und nahm sie um die Hüfte, während sie ihr leise zuflüsterte:

»Wenn ich offen sein soll, Liebe, ich dachte, es wäre schon soweit gewesen... Gehen Sie nicht dagegen an, ich versichere Sie, das ganze Geschäft denkt ebenso wie ich. Mein Gott! Er hat Sie so rasch zur Zweiten gemacht, und dann ist er immer hinter Ihnen her, das springt doch in die Augen!«

Sie drückte ihr einen tüchtigen Kuß auf die Backe. Dann fragte sie sie aus.

»Sie gehen doch natürlich heute abend hin?«

Denise sah sie an, ohne zu antworten. Und mit einemmal brach sie in Schluchzen aus und stützte den Kopf auf die Schulter ihrer Freundin. Die war gänzlich überrascht.

»Na na, beruhigen Sie sich doch! Da ist doch nichts dabei, das Sie so umkrempeln brauchte.«

»Nein, nein, lassen Sie mich!« stammelte Denise. »Wenn Sie wüßten, was für Kummer mir das macht! Ich lebe gar nicht mehr, seit ich diesen Brief habe... Lassen Sie mich weinen, das tut mir gut.«

Die Leinenverkäuferin suchte sie voll tiefen Mitleids zu

trösten, wenn sie sie auch nicht verstand. Zunächst würde
er doch Clara nicht länger sehen. Es hieß wohl, er ginge zu
einer Dame außerhalb, aber das war doch noch nicht bewiesen. Dann setzte sie ihr auseinander, auf einen Mann in
solcher Stellung dürfte man nicht eifersüchtig sein. Er sei
zu reich, und schließlich sei er doch auch der Herr.

Denise hörte sie an; und wenn sie sich ihrer Liebe immer
noch nicht bewußt gewesen wäre, dann hätte sie jetzt nicht
länger an ihr zweifeln können bei dem Schmerz, mit dem
Claras Name und die Anspielung auf Frau Desforges ihr
das Herz zerrissen. Sie hörte Claras häßliche Stimme und
sah Frau Desforges sie wieder mit ihrer Mißachtung der
reichen Frau durchs Geschäft schleppen.

»Würden Sie denn also gehen?« fragte sie.

Ohne sich zu bedenken rief Pauline:

»Gewiß, was soll man denn anders machen!«

Dann überlegte sie und setzte hinzu:

»Jetzt nicht mehr, früher, denn jetzt will ich mich doch
mit Baugé verheiraten und dann würde das doch unrecht
sein.«

Tatsächlich wollte Baugé, der das Bon-Marché vor einiger Zeit für das »Paradies der Damen« verlassen hatte, sie
gegen Ende des Monats heiraten; Bourdoncle sah allerdings Ehepaare nicht gern; sie hatten indessen die Erlaub-
nis bekommen und hofften sogar auf einen vierzehntägigen Urlaub.

»Sehen Sie wohl«, erklärte Denise, »wenn ein Mann
einen lieb hat, dann heiratet er einen ... Baugé heiratet Sie
doch auch.«

Pauline lachte gutmütig.

»Aber, Liebling, das ist doch nicht dasselbe. Baugé heiratet mich, weil er Baugé ist. Er ist dasselbe wie ich, da
versteht sich das von selber ... Dagegen Herr Mouret!
Kann denn Herr Mouret eine von seinen Verkäuferinnen
heiraten?«

»O nein, o nein!« schrie das junge Mädchen voller Widerwillen über diese törichte Frage auf, »und gerade deshalb hätte er mir nicht so schreiben dürfen.«

Diese Beweisführung setzte die Leinenverkäuferin nun ganz und gar in Erstaunen. Ihr dickes Gesicht mit den kleinen zärtlichen Augen nahm einen Ausdruck mütterlichen Mitleids an. Dann stand sie auf, klappte das Klavier auf und tippte leise mit einem Finger den »König Dagobert«, zweifellos, um die Lage etwas aufzuheitern. In das kahle Zimmer, dessen Leere die weißen Staubüberzüge noch erhöhten, drang der Lärm der Straße, der entfernte Singsang einer Händlerin, die grüne Erbsen ausrief, hinauf. Denise hatte sich tief mit dem Kopf gegen das Holz in das Sofa zurückgelehnt und wurde aufs neue von heftigem Schluchzen erschüttert, das sie in ihrem Taschentuch unterdrückte.

»Schon wieder!« fing Pauline wieder an, indem sie sich umdrehte. »Sie sind aber wirklich unvernünftig... Warum bringen Sie mich denn hierher? Wir wären doch besser in Ihrer Kammer geblieben.«

Sie kniete vor ihr nieder und begann wieder zu predigen. Wie manche andere wäre wohl gern an ihrer Stelle gewesen! Wenn ihr die Geschichte übrigens nicht zusagte, dann war's doch sehr einfach: sie brauchte ja nur nein sagen und sich doch nicht so grämen. Aber ehe sie ihre Stellung durch eine Weigerung aufs Spiel setzte, sollte sie sich's ja überlegen, denn sie hatte doch noch keine andere Anstellung wieder. War das denn so schrecklich? Und ihre Predigt ging unter allerlei lustig herausgeflüsterten Scherzen ihrem Ende entgegen, als das Geräusch von Schritten vom Gange her ertönte.

Pauline ging zur Tür, um einen Blick nach draußen zu werfen.

»Pscht! Frau Aurelie!« flüsterte sie. »Ich drücke mich...

Und trocknen Sie sich mal die Augen ab. Das braucht niemand zu wissen.«

Sowie Denise allein war, stand sie auf und schluckte ihre Tränen hinunter; und vor Schreck, so überrascht zu werden, schloß sie mit zitternden Händen das Klavier, das ihre Freundin offen gelassen hatte. Aber sie hörte, wie Frau Aurelie an ihre Tür klopfte. Nun trat sie aus dem Zimmer.

»Was! Sie sind aufgestanden!« rief die Erste. »Das ist aber unklug, mein liebes Kind. Ich komme nur eben mal herauf, um zu hören, wie es Ihnen geht, und um Ihnen zu sagen, daß wir Sie unten gar nicht nötig haben.«

Denise versicherte sie, es ginge ihr besser und etwas Beschäftigung würde ihr nur guttun, um sie zu zerstreuen.

»Ich will mich gar nicht anstrengen, gnädige Frau. Sie können mich ja auf einen Stuhl setzen, ich kann dann an den Schreibsachen arbeiten.«

Nun gingen sie zusammen hinunter. Voller Zuvorkommenheit nötigte Frau Aurelie sie, sich auf ihre Schulter zu stützen. Sie mußte wohl die roten Augen des jungen Mädchens bemerkt haben, denn sie beobachtete sie verstohlen. Zweifellos wußte sie über die Geschichte Bescheid.

Der Sieg war ganz unerwartet gekommen: Denise hatte endlich die ganze Abteilung überwunden. Nachdem sie früher fast zehn Monate lang unter den fortwährenden Leiden eines Sündenbocks zu kämpfen gehabt hatte, ohne doch das Übelwollen ihrer Gefährtinnen vermindern zu können, beherrschte sie sie nun nach ein paar Wochen und sah sie geschmeidig und voller Achtung um sich her. Die plötzliche Zuneigung Frau Aurelies kam ihr bei dem undankbaren Geschäft, sich die Herzen zu versöhnen, sehr zustatten; man erzählte sich ganz leise, die Erste wäre Mourets Kupplerin und leiste ihm allerlei kitzlige Dienste; sie nahm auch das junge Mädchen mit einer Wärme unter ihren Schutz, daß sie ihr sicher besonders empfohlen sein mußte. Aber dieses hatte bei der Entwaffnung seiner Feindinnen auch seine Anmut spielen lassen. Diese Aufgabe war um so schwieriger gewesen, als sie sich auch Verzeihung wegen ihrer Ernennung zur Zweiten erringen mußte. Die Mädchen schrien über Ungerechtigkeit und beschuldigten sie, sie habe sie sich zum Nachtisch beim Herrn erworben; sie fügten sogar ganz scheußliche Einzelheiten hinzu. Trotz ihres Widerstrebens verfehlte der Rang als Zweite indessen seine Wirkung auf sie doch nicht, und Denise gewann ein Ansehen, das auch die Feindseligsten in Erstaunen versetzte und beugte. Bald fand sie unter den zuletzt Eingetretenen welche, die ihr schmeichelten. Ihre Sanftmut und Bescheidenheit machten ihren Sieg vollständig. Marguerite schlug sich zu ihr. Nur Clara fuhr fort, sich häßlich zu benehmen und wagte noch mitunter das alte beleidigende »Strubbelkopf«, das aber niemand mehr Spaß machte. Während Mourets kurzer Leidenschaft hatte sie diese in ihrer geschwätzigen und eitlen Faulheit zu sehr ausgenutzt, um ihren Dienst vernachlässigen zu können; als er ihrer aber sehr bald überdrüssig geworden war, beklagte sie sich nicht etwa darüber, denn bei ihrer zügellosen Lebensführung war sie gar keiner Eifersucht fähig, sondern war durchaus damit zufrieden, wenn nur ihre Faulenzerei geduldet wurde. Aber sie meinte doch, Denise hätte ihr die Stellung Frau Frédérics gestohlen. Sie hätte sie ja nie angenommen wegen der Schinderei; aber sie ärgerte sich doch über den Mangel an Höflichkeit, denn sie hätte ganz denselben Anspruch wie die andere, und zwar einen älteren.

»Aha! Da wird die Wöchnerin heruntergebracht«, flüsterte sie, als sie sah, wie Frau Aurelie Denise am Arm herbeiführte.

Marguerite zuckte die Achseln und sagte:

»Glauben Sie, daß das ein Witz ist?«

Es schlug neun Uhr. Draußen erwärmte ein strahlend blauer Himmel die Straßen, Droschken rollten den Bahnhöfen zu, die ganze sonntäglich gekleidete Bevölkerung gewann in langen Zügen die Gehölze der Bannmeile. In dem durch die weit offenen Bogenfenster vom Sonnenlicht überfluteten Geschäft begannen die eingeschlossenen Angestellten die Bestandaufnahme. Von den Türen waren die Griffe abgenommen, auf den Bürgersteigen blieben Leute stehen und sahen voller Erstaunen über dies Geschlossensein durch die Scheiben, denn sie bemerkten, daß es im Innern ungewöhnlich geschäftig herging. Von einem bis zum andern Ende der Gänge und von oben bis unten tönte durch alle Stockwerke das Getrappel der Gehilfen, die mit hocherhobenen Armen ihre Packen über die Köpfe dahinschweben ließen; und das ging unter einem Sturmwind von Zurufen und herausgestoßenen Ziffern vor sich, wodurch die Verwirrung noch anstieg und zu einem betäubenden Lärm verschmolz. Jede der neununddreißig Abteilungen besorgte ihre Arbeit für sich, ohne sich um die benachbarten zu kümmern. An die Fächergestelle war man indessen noch kaum herangekommen, es lagen erst ganz wenige Stücke Stoff auf der Erde. Die Maschine mußte erst gründlich warm werden, wenn sie noch am Abend fertig werden wollten.

»Warum kommen Sie denn herunter?« fing Marguerite zuvorkommend wieder an, indem sie sich zu Denise wandte. »Sie werden sich noch weh tun, und wir haben doch die Leute so nötig.«

»Das habe ich ihr auch gesagt«, erklärte Frau Aurelie. »Aber sie wollte uns unter allen Umständen helfen.«

Sämtliche Mädchen bemühten sich nun um Denise. Die Arbeit erlitt dadurch eine Unterbrechung. Sie sagten ihr Schmeicheleien und hörten unter lauten Ausrufen die Geschichte von ihrer Verrenkung an. Schließlich ließ Frau

Aurelie sie sich an einem Tisch niedersetzen; und sie kamen überein, sie solle lediglich die ihr zugerufenen Sachen niederschreiben. Übrigens wurden an den Sonntagen der Bestandaufnahme alle Angestellten in Anspruch genommen, die eine Feder halten konnten: die Aufseher, die Kassierer, die Schreiber bis zu den Laufburschen herunter; sodann teilten sich die Abteilungen auch in diese Tagesgehilfen, um rasch mit ihrem Geschäft fertig zu werden. So kam es, daß Denise sich neben dem Kassierer Lhomme und dem Laufburschen Joseph untergebracht fand, die beide über große Bogen Papier gebeugt dasaßen.

»Fünf Mäntel, Tuch, mit Pelzbesatz, Größe drei, zu zweihundertundvierzig!« rief Marguerite. »Vier dito, Größe eins, zu zweihundertundzwanzig!«

So ging die Arbeit weiter. Hinter Marguerite räumten drei Verkäuferinnen die Schränke aus, ordneten die Sachen und gaben sie ihr packenweise hin; und wenn sie sie dann aufgerufen hatte, warf sie sie auf die Tische, wo sie sich allmählich zu gewaltigen Haufen auftürmten. Lhomme schrieb sie ein, und Joseph richtete eine andere Liste zur Nachprüfung her. Während dieser Zeit zählte Frau Aurelie ihrerseits die Seidensachen ab, und Denise trug sie in ihre Blätter ein. Clara war beauftragt, auf die Haufen zu achten, sie zu ordnen und so nebeneinander zu packen, daß sie auf den Tischen möglichst wenig Raum einnahmen. Aber sie war ihrer Arbeit nicht recht gewachsen und einzelne Haufen fielen schon auseinander.

»Sagen Sie mal«, fragte sie die kleine Verkäuferin, die im Winter eingetreten war, »haben Sie Zulage gekriegt? ... Sie wissen doch, die Zweite soll auf zweitausend Francs gesetzt werden, und das bringt sie mit ihren Vergütungen auf beinahe siebentausend.«

Die kleine Verkäuferin antwortete, ohne mit dem Weitergeben ihrer Umhänge aufzuhören, daß, wenn sie ihr nicht achthundert Francs gäben, sie aus dem Kasten weglaufen würde. Die Gehaltserhöhungen hatten gestern am Tage vor der Bestandaufnahme stattgefunden; ferner war es auch die Zeit, wo die Abteilungsvorsteher, da der Reingewinn des Vorjahres nun feststand, ihren Anteil an der Zunahme dieser Ziffer erhielten, verglichen mit der Ziffer des Vorjahres. In dem Lärm und Getobe der Arbeit nahmen auch alle die üblichen leidenschaftlichen Klatschereien ihren Fortgang. Zwischen dem Aufruf zweier Gegenstände wurde nur von Geld geredet. Das Gerücht behauptete, Frau Aurelie würde sich auf über fünfundzwanzigtausend Francs stehen; eine derartige Summe versetzte die Mädchen natürlich in große Aufregung. Marguerite, die beste Verkäuferin nach Denise, hatte viertausendfünfhundert Francs verdient: fünfzehnhundert Francs festes Gehalt und ungefähr dreitausend Umsatzanteil. Clara dagegen kam, alles zusammen, auf kaum zweitausendfünfhundert.

»Ich quäle mich nicht um ihre Erhöhungen«, erwiderte diese, zu der kleinen Verkäuferin gewandt. »Wenn Papa nur tot wäre, ließe ich sie schön sitzen! ... Aber was mich ärgert, das sind die siebentausend Francs von diesem Weibsstück! Na! Und Sie?«

Heftig fuhr Frau Aurelie in diese Unterhaltung hinein. Sie wandte sich mit ihrer stolzen Miene um.

»Seien Sie doch still, meine Damen! Man kann ja sein eigenes Wort nicht verstehen, auf mein Wort!«

Dann fing sie wieder an zu rufen:

»Sieben Mäntel für alte Damen, Sizilienne, Größe eins, zu hundertunddreißig! ... Drei Kragen, Surah, Größe zwei, zu hundertundfünfzig. Haben Sie es, Fräulein Baudu?«

»Jawohl, gnädige Frau.«

Nun mußte Clara sich mit den Armen voll Kleidungsstücken befassen, die auf den Tischen aufgehäuft lagen. Sie schubste sie weiter und machte Platz. Aber bald ließ sie sie

wieder liegen, um einem sie suchenden Verkäufer Antwort
zu geben. Es war der Handschuhverkäufer Mignot, der aus
seiner Abteilung ausgerissen war. Flüsternd bat er sie um
zwanzig Francs; er schuldete ihr bereits dreißig, ein Pump
nach einem Renntage, als er sein Wochengehalt an einem
Pferde verloren hatte; diesmal hatte er seine Vergütung im
voraus verfressen und besaß nur noch zehn Francs für den
Sonntag. Clara hatte nur zehn Francs bei sich, die sie ihm
auch gutmütig lieh. Und dann plauderten sie und unterhielten sich über einen Ausflug zu sechsen, den sie nach
einem Speisehause in Bougival unternommen hatten und
bei dem die Frauen ihre Zeche selbst bezahlten: das ging
besser, sie fühlten sich alle leichter dabei. Dann beugte
Mignot, der seine zwanzig Francs haben wollte, sich zu
Lhomme herab. Der schien über diese Abhaltung von seinem Schreibwerk große Unruhe zu empfinden. Er wagte
es indessen nicht, sie ihm abzuschlagen und suchte schon
in seiner Börse nach einem Zehnfrancsstück, als Frau Aurelie, erstaunt über Marguerites hierdurch veranlaßtes Ver-
stummen, sich umdrehte, Mignot bemerkte und sofort alles
begriff. Schroff schickte sie ihn wieder in seine Abteilung,
es wäre nicht nötig, daß jemand käme, um ihre Damen zu
stören. In Wahrheit hatte sie Angst vor dem jungen Manne,
dem großen Freunde ihres Sohnes Albert und sein Teilhaber an allerhand üblen Späßen; sie zitterte davor, sich noch
eines Tages ein böses Ende nehmen zu sehen. So konnte
sie es sich nicht versagen, als Mignot sich mit seinen zehn
Francs gedrückt hatte, zu ihrem Manne zu sagen:

»Erlaube mal! Sich so an der Nase herumführen zu lassen!«

»Aber meine Gute, das konnte ich dem Jungen doch
wirklich nicht abschlagen!«

Ein Zucken ihrer dicken Schultern schloß ihm den
Mund. Da die Verkäuferinnen sich heimlich an dieser Fa-
milienauseinandersetzung ergötzten, fuhr sie streng fort:

»Vorwärts, Fräulein Vadon, wir wollen hier doch nicht schlafen!«

»Zwanzig Mäntel, doppelter Kaschmir, Größe vier, zu achtzehnhundertfünfzig!« stieß Marguerite mit ihrer singenden Stimme hervor.

Lhomme schrieb gesenkten Kopfes weiter. Allmählich war sein Gehalt auf neuntausend erhöht worden; und so stand er immer noch recht niedrig im Vergleich zu Frau Aurelie da, die stets fast das Dreifache zum Haushalt beitrug.

Einen Augenblick ging die Arbeit ganz flott. Die Ziffern flogen nur so, die Kleiderpacken regneten auf die Tische nieder. Aber Clara hatte schon eine andere Zerstreuung erfunden: sie fing an, Joseph, den Laufburschen, mit einer angedichteten Leidenschaft zu einem Fräulein aus der Probenabteilung zu ärgern. Dies bereits achtundzwanzig Jahre alte Fräulein, mager und blaß, war ein Schützling Frau Desforges, die es gern gesehen hätte, daß Mouret sie als Verkäuferin anstellte, indem sie ihm eine rührende Geschichte erzählte: eine Waise, die letzte aus dem Geschlechte der Fontenailles, alter Adel aus dem Poitou, die mit einem trunksüchtigen Vater auf dem Pariser Pflaster gelandet, aber trotz ihres Schiffbruches anständig geblieben war, zum Unglück aber nur eine zu bruchstückweise Erziehung genossen hatte, um als Erzieherin in Stellung gehen oder Klavierstunden geben zu können. Mouret geriet für gewöhnlich außer sich, wenn man ihm Mädchen aus armen Familien empfahl; es gab keine unfähigeren Geschöpfe, sagte er, keine unerträglicheren, von falscherer Sinnesart; und übrigens könne man nicht jemand einfach zum Verkäufer machen, dazu gehöre eine Lehrzeit, es sei ein verwickeltes, empfindliches Handwerk. Indessen nahm er den Schützling Frau Desforges doch auf, setzte ihn aber nur in die Probenabteilung, da er aus Gefälligkeit gegen andere

Freunde bereits zwei Gräfinnen und eine Baronin in der Ankündigungsabteilung untergebracht hatte, wo sie Streifbänder und Briefumschläge machten. Fräulein de Fontenailles verdiente drei Francs täglich, die ihr gerade gestatteten, in einer kleinen Kammer in der Rue d'Argenteuil zu leben. Josephs Herz, das trotz der stummen Steifigkeit des ehemaligen Soldaten zarter Regungen fähig geblieben war, war schließlich durch ihr trauriges Aussehen und ihre ärmliche Kleidung gerührt worden. Er gab es nicht zu, wurde aber jedesmal dunkelrot, wenn die Fräulein aus der Kleiderabteilung ihren Scherz mit ihm trieben; denn die Probenabteilung befand sich in einem benachbarten Saale, und sie hatten beobachtet, daß er unaufhörlich vor dessen Tür herumstrich.

»Joseph leidet an Ablenkungen«, flüsterte Clara. »Seine Nase dreht sich immer nach der Leinenabteilung 'rüber.«

Fräulein de Fontenailles war als Aushilfe von der Abteilung für Brautausstattungen mit Beschlag belegt worden. Und da der Bursche tatsächlich alle Augenblicke nach der Abteilung hinübersah, fingen alle Verkäuferinnen an zu lachen. Er wurde unruhig und versteckte sich hinter seinen Blättern; Marguerite dagegen schrie nur um so lauter, um den Strom von Heiterkeit zu unterdrücken, der sie im Halse kitzelte:

»Vierzehn Jacken, englisches Tuch, Größe zwei, fünfzehn Francs!«

Hierüber nahm Frau Aurelies Stimme, die gerade Umhänge ausrufen wollte, einen gedämpften Tonfall an. Sie sah sich verletzt um und sagte mit erhabener Langsamkeit:

»Etwas leiser, Fräulein! Wir sind hier nicht in der Halle ... Sie sind ja wohl wirklich alle nicht recht vernünftig, daß Sie mit solchen Straßenwitzen Spaß treiben, wenn unsere Zeit so kostbar ist.«

Da Clara gerade nicht mehr auf die Packen achtgab, kam

es zu einem Unglück. Ein paar Mäntel rollten auseinander und rissen den ganzen Haufen vom Tisch mit herunter, so daß sie übereinanderstürzten. Der ganze Teppich lag voll.

»Da! Habe ich's nicht gesagt!« rief die Erste außer sich. »Passen Sie doch etwas auf, Fräulein Prunaire, es wird am Ende wirklich unerträglich mit Ihnen!«

Aber da lief ein Zittern durch die Reihen: Mouret und Bourdoncle traten auf ihrer Umschau herein. Die Stimmen erhoben sich von neuem, die Federn knirschten, während Clara sich beeilte, die Sachen wieder aufzusammeln. Der Herr unterbrach sie nicht in ihrer Arbeit. Ein paar Minuten blieb er stumm lächelnd stehen; nur seine Lippen zeigten das leichte fieberhafte Zucken, das seinem siegesfrohen Gesicht an den Tagen der Bestandaufnahme eigen war. Denise bemerkend, konnte er eine leichte Bewegung des Erstaunens nicht unterdrücken. So war sie doch heruntergekommen? Seine Blicke trafen die Frau Aureliens. Nach kurzem Zögern ging er dann fort und trat in die Abteilung für Brautausstattungen.

Denise hatte währenddessen, durch ein leichtes Geräusch aufmerksam gemacht, den Kopf erhoben. Und als sie Mouret erkannte, beugte sich sich einfach wieder über ihre Blätter. Seitdem sie so ganz ohne nachzudenken unter den regelmäßigen Aufrufen der Gegenstände am Schreiben war, fühlte sie eine große Beruhigung in ihrem Innern. Stets hatte sie so einem ersten Übermaß ihrer Empfindlichkeit nachgegeben: Tränen erstickten sie, ihre Leidenschaftlichkeit verdoppelte ihre Qualen; dann kam sie wieder zu sich und fand ihren schönen Gleichmut wieder, ihre sanfte, unnachgiebige Willenskraft. Ohne jedes Schaudern saß sie jetzt mit klaren Augen und ihrer hellen Gesichtsfarbe ganz bei der Arbeit, entschlossen, ihr Herz zu unterdrücken und nichts zu tun, als was sie selbst für gut hielt.

Es schlug zehn Uhr, der Lärm der Bestandaufnahme

wuchs unter dem Getriebe in den Abteilungen dauernd an. Und unter den unaufhörlich umherfliegenden und sich von allen Seiten kreuzenden Zurufen lief die gleiche Nachricht mit überraschender Schnelligkeit umher; jeder Verkäufer wußte es, Mouret hätte am Morgen an Denise geschrieben und sie zum Abendessen eingeladen. Die Verletzung dieses Geheimnisses rührte von Pauline her. Als sie noch ganz erschüttert wieder herunterkam, traf sie Deloche bei seinen Spitzen; und ohne zu bemerken, daß Liénard mit dem jungen Manne sprach, schüttete sie diesem ihr Herz aus.

»Es ist soweit, mein Lieber... Sie hat eben den Brief gekriegt. Er lädt sie zu heute abend ein.«

Deloche war blaß geworden. Er hatte sie verstanden, denn er fragte Pauline oft nach ihrer gemeinsamen Freundin, und alle Tage plauderten sie von ihr, von Mourets Zärtlichkeitsanwandlungen, von dem berühmten Brief, der das Abenteuer schließlich lösen würde. Sie schalt ihn übrigens, daß er Denise immer noch heimliche liebe, er würde doch nichts von ihr haben, und jetzt zuckte sie auch nur die Achseln, als er dem jungen Mädchen recht gab, wenn sie dem Herrn widerstände.

»Ihrem Fuß geht's besser, sie kommt herunter«, fuhr sie fort. »Machen Sie doch nicht so'n Leichenbittergesicht... Das kann ein großes Glück für sie werden, das ihr da in den Schoß fällt.«

Und schleunigst lief sie wieder in ihre Abteilung.

»Ah, fein!« flüsterte Liénard, der alles gehört hatte. »Es handelt sich um das Fräulein mit der Verrenkung... Na schön! Sie hatten ganz recht, daß Sie es gestern abend im Café so eilig hatten, sie zu verteidigen.«

Damit lief auch er weg; als er aber wieder in der Wollabteilung ankam, hatte er die Briefgeschichte schon vier oder fünf andern Verkäufern erzählt. Und von da machte sie in weniger als zehn Minuten die Runde durch das ganze Geschäft.

Liénards letzter Satz bezog sich auf ein Vorkommnis, das sich gestern abend im Café Saint-Roch zugetragen hatte. Deloche und er verließen einander jetzt nie mehr. Der erste hatte Hutins Kammer im Hotel Smyrna gemietet, nachdem dieser bei seiner Ernennung zum Zweiten sich eine kleine Wohnung von drei Zimmern genommen hatte; und die beiden Gehilfen gingen zusammen zum »Paradies der Damen« und warteten abends aufeinander, um zusammen wegzugehen. Ihre Kammern lagen nebeneinander und gingen auf einen schwarzen Hof hinaus, einen engen Brunnen, dessen Dünste das ganze Gasthaus vergifteten. Trotz ihrer Verschiedenheit kamen sie gut miteinander aus; der eine verzehrte gleichmütig das von seinem Vater bezogene Geld, der andere lebte ohne jeden Sou und quälte sich ab zu sparen; beide aber hatten einen Zug gemeinsam, und das war ihre Ungeschicklichkeit als Verkäufer, die sie in ihren Abteilungen ohne jede Gehaltserhöhung dahinzuleben zwang. Sobald sie das Geschäft verließen, lebten sie vornehmlich im Café Saint-Roch. Dies tagsüber von Besuchern leere Café füllte sich abends gegen halb neun mit einem uferlosen Strom von Handelsangestellten, dem Strom, der durch die hohe Pforte am Place Gaillon auf die Straße hinausbrach. Von da an herrschte ein betäubendes Geklapper von Dominos dort, lautes Lachen, kreischende Stimmen in dichtem Pfeifenqualm. Bier und Kaffee flossen in Strömen. In einer Ecke zur Linken ließ Liénard sich teure Sachen geben, während Deloche sich mit einem Glas Münchener begnügte, an dem er vier Stunden herumtrank. Hier hatte dieser auch Favier an einem Nachbartische seine Gemeinheiten über Denise erzählen hören, die Art und Weise, wie sie den Herrn »herumgekriegt« hätte, indem sie ihre Röcke in die Höhe genommen hätte, als sie vor ihm die Treppe hinaufging. Er hatte an sich halten müssen, um ihn nicht zu ohrfeigen. Als der andere dann aber fortfuhr und behauptete, die Kleine ginge jeden Abend zu ihrem Liebhaber hinunter, da hieß er ihn wütend vor Zorn einen Lügner.

»So'n dreckiger Kerl! ... Er lügt, hören Sie wohl, er lügt!«

In der Erregung, die ihn erschütterte, ließ er sich einige Geständnisse entschlüpfen und kramte mit stammelnder Stimme sein Herz aus.

»Ich kenne sie, ich weiß ganz genau ... Niemals hat sie für irgendeinen Mann Freundschaft empfunden, als für einen einzigen: jawohl, eben für Herrn Hutin, und der hat das noch nicht mal bemerkt, er kann sich nicht mal rühmen, auch nur ihre Fingerspitzen berührt zu haben.«

Die aufgebauschte und übertriebene Erzählung von diesem Streit erheiterte bereits das ganze Geschäft, als die Geschichte von Mourets Brief die Runde machte. Es war gerade ein Seidenverkäufer, dem Liénard die Neuigkeit zuerst anvertraute. Bei den Seidenleuten ging die Bestandaufnahme sehr glatt. Favier und zwei Gehilfen standen auf Schemeln und kramten die Fächer aus; sie reichten Hutin die Stücke der Reihe nach hin, der nun mitten auf einem Tische stehend die Ziffern aufrief, nachdem er die Preiszettel nachgesehen hatte; dann warf er die Stücke auf die Erde, wo sie allmählich den ganzen Fußboden bedeckten und wie eine Sturmflut im Herbst anstiegen. Andere Gehilfen waren beim Schreiben, Albert Lhomme half den Herren mit blasser, übernächtiger Miene, die aus einer Kneipe von La Chapelle herrührte. Eine breite Flut von Sonnenschein fiel durch die Fenster der Halle herein, durch die man den blauen Himmel sehen konnte.

»Ziehen Sie doch die Vorhänge vor!« rief Bouthemont, der die Arbeit eifrigst überwachte. »Der Sonnenschein ist ja nicht zum Aushalten!«

Favier, der sich gerade in die Höhe reckte, um ein Stück erreichen zu können, brummte leise:

»Dürfen sie denn auch die Leute bei solchem prächtigen Wetter einschließen! Kein Gedanke, daß es regnet, wenn's Bestandaufnahme gibt!... Und dann halten sie einen wie die Galeerensklaven unter Schloß und Riegel, und ganz Paris geht spazieren!«

Er reichte Hutin das Stück hin. Auf dem Preiszettel stand die bei jedem Verkauf um die abgegebene Länge verminderte Meterzahl; das vereinfachte die Arbeit sehr. Der Zweite rief:

»Bunte Seide, kleine Würfel, einundzwanzig Meter zu sechs Francs fünfzig!«

Und dann fiel die Seide auf den Haufen an der Erde. Hierauf fuhr er in einer begonnenen Unterhaltung mit Favier fort:

»Da wollte er Sie verhauen?«

»Jawohl. Ich trank ruhig mein Münchener... Ist auch gerade der Mühe wert, mich Lügen zu strafen, die Kleine hat doch jetzt eben erst einen Brief vom Herrn gekriegt mit einer Einladung zum Abendessen... Der ganze Kasten redet doch darüber.«

»Was? War es denn nicht schon längst so weit?«

Favier reichte ihm ein neues Stück hin.

»Nicht wahr? Man hätte doch die Hand dafür ins Feuer legen mögen. Die leben doch scheinbar schon lange in wilder Ehe.«

»Dito fünfundzwanzig Meter!« rief Hutin dazwischen.

Man hörte den dumpfen Aufschlag des Stückes, während er leiser hinzufügte:

»Sie wissen doch, daß sie bei dem alten Narren, dem Bourras, auch ganz liederlich gelebt hat.«

Jetzt hatte die ganze Abteilung ihren Spaß daran, ohne daß die Arbeit indessen darüber unterbrochen worden wäre. Sie flüsterten sich den Namen des jungen Mädchens zu, die Rücken krümmten sich, die Nasen witterten eine Leckerei. Selbst Bouthemont konnte sich, weil ihn solche heikle Geschichten aufheiterten, nicht enthalten, einen Witz loszulassen, so gemein, daß er vor Vergnügen darüber selbst losplatzte. Albert, der soeben aufgewacht war, schwor, er hätte die Zweite aus den Kleidern mit zwei Soldaten im Gros-Caillou gesehen. Gerade jetzt kam Mignot herunter mit seinen gepumpten zwanzig Francs; er blieb stehen und steckte Albert zehn Francs zu, wobei er ihm ein Stelldichein für den Abend gab; eine längst geplante, aber aus Geldmangel aufgeschobene Sauferei, die nun aber trotz der Knappheit der Summe doch möglich wurde. Als der schöne Mignot aber von dem Briefe hörte, ließ er eine so gemeine Vermutung fallen, daß Bouthemont sich gezwungen sah, dazwischenzufahren.

»Nun ist's aber genug, meine Herren! Das geht uns nichts an ... Vorwärts, vorwärts doch, Herr Hutin!«

»Bunte Seide, kleingewürfelt, zweiunddreißig Meter zu sechs Francs fünfzig!« rief dieser.

Von neuem liefen die Federn dahin, die Packen fielen regelmäßig, die Flut von Stoffen stieg weiter an, als seien die Wasser eines Flusses übergetreten. Und das Aufrufen von bunter Seide riß gar nicht ab. Nun ließ Favier mit halblauter Stimme fallen, das gäbe ja einen netten Vorrat; die Oberleitung würde ein schönes Gesicht machen, dies dicke Viech von Bouthemont wäre vielleicht der erste Aufkäufer von Paris, aber als Verkäufer sollte man so'n Klotzkopf noch mal wieder suchen. Hutin lächelte entzückt vor sich hin und gab seine Billigung durch einen freundlichen Blick zu erkennen; denn nachdem er den besagten Bouthemont selbst ins »Paradies der Damen« eingeführt hatte, um Robineau daraus zu verjagen, unterhöhlte er jetzt wiederum seine Stellung mit dem hartnäckig verfolgten Ziel,

selbst seine Stelle einzunehmen. Es war dieselbe Kriegs-
führung wie früher, niederträchtige, den Vorgesetzten ins
Ohr geflüsterte Unterstellungen, übertriebener Eifer, um
sich selbst zur Geltung zu bringen; und der ganze Feldzug
wurde mit leuseliger Duckmäuserei durchgeführt. Favier
indessen, dem gegenüber Hutin sich jetzt wieder ganz her-
ablassend bezeigte, sah ihn von unten auf an, mager und
kalt, mit galligem Gesicht, als zählte er dem kleinen dicken
Menschen die Bissen in den Mund; und er sah aus, als
warte er nur darauf, daß sein Gefährte Bouthemont erst
herunter hätte, um ihn dann selbst zu verschlingen. Er
hoffte sehr darauf, die Stelle als Zweiter zu bekommen,
sobald der andere die des Abteilungsvorstehers angetreten
hätte. Dann wollte er schon sehen. Und so plauderten die
beiden von demselben Fieber ergriffen, das das übrige Geschäft durchzog, von mutmaßlichen Gehaltserhöhungen,
ohne mit dem Aufrufen der bunten Seiden fertig zu werden: Bouthemont würde voraussichtlich dies Jahr auf seine
dreißigtausend Francs kommen; Hutin würde auf über
zehntausend kommen, Favier schätzte sein festes Gehalt
und seine Vergütungen auf fünftausendfünfhundert. In
jeder Hauptverkaufszeit nahm der Umsatz der Abteilungen zu, die Verkäufer stiegen im Verhältnis dazu empor
und verdoppelten ihre Gehälter wie Offiziere in Kriegszei-
ten.

»Nanu? Nimmt denn das gar kein Ende mit den kleinge-
musterten Seiden?« rief Bouthemont plötzlich mit gereizter Miene. »Was war das aber auch für ’n gemeiner Frühling mit dem ewigen Regen! Da wurde ja nur schwarze
Seide gekauft.«

Sein dickes, vergnügtes Gesicht verdüsterte sich, er blickte auf den sich ständig ausbreitenden Haufen an der Erde,
während Hutin noch lauter mit hallender Stimme, aus der
seine Siegesstimmung hervortönte, immer wieder rief:

»Bunte Seide, kleingewürfelt, achtundzwanzig Meter zu sechs Francs fünfzig!«

Noch ein ganzes Gestell war voll davon. Favier wurde mit ganz zerbrochenen Armen allmählich langsamer. Als er indessen Hutin die letzten Stücke hinreichte, fing er mit leiser Stimme wieder an:

»Sagen Sie mal, ich hatte ganz vergessen... Haben Sie gehört, daß die Zweite aus den Kleidern einen Vogel für Sie hatte?«

Der junge Mensch schien ganz überrascht.

»Was? Wieso?«

»Jawohl, der große Gimpel, der Deloche, hat uns das verraten... Ich besinne mich noch sehr wohl, wie sie sich damals die Augen nach Ihnen ausguckte.«

Seitdem Hutin Zweiter geworden war, hatte er die Sängerinnen aus Tingeltangeln aufgegeben und tat sich jetzt mit Lehrerinnen dicke. Im Grunde sehr geschmeichelt, antwortete er anscheinend voller Verachtung:

»Ich mag sie lieber etwas besser gepolstert, mein Lieber, und dann läuft man doch auch nicht mit jeder beliebigen wie der Herr.«

Er brach ab und rief:

»Dicke weiße Seide, fünfunddreißig Meter zu acht Francs fünfundsiebzig!«

»Ah, endlich!« murmelte Bouthemont erleichtert.

Aber da läutete eine Glocke, es ging zum zweiten Tisch, an dem Favier teilnahm. Er stieg von seinem Schemel herunter, ein anderer Verkäufer nahm seine Stelle ein; und er mußte über den Haufen von Stoffstücken hinwegklettern, der auf dem Fußboden noch höher angestiegen war. In allen Abteilungen versperrten jetzt solche Massen den Boden; die Fächer, Kästen und Schränke leerten sich allmählich, während die Waren überall unter den Füßen, auf den Tischen in beständig zunehmender Menge herumlagen. Bei den Weißwaren war der dumpfe Fall mächtiger Baumwollballen zu hören; in den Schnittwaren nur leichtes Aufklappen von Kästen; und aus der Möbelabteilung drang fernes Rollen herüber. All diese Klänge tönten ineinander, scharfe Stimmen, fettige Stimmen, Ziffern schwirrten durch die Luft, ein knisterndes Rauschen flog durch das riesige Schiff wie Waldesrauschen im Januar, wenn der Wind in den Bäumen pfeift.

Endlich hatte Favier sich durchgewunden und gewann die Treppe zu den Eßsälen. Seit der Erweiterung des »Paradies der Damen« befanden diese sich im vierten Stocke des Neubaues. Da er sich beeilte, holte er noch Deloche und Liénard ein, die vor ihm hinaufgingen; da wandte er sich zu Mignot um, der hinter ihm herkam.

»Teufel noch mal!« sagte er auf dem Küchengange vor der schwarzen Tafel, auf der die Speisenfolge angeschrieben stand, »da sieht man doch, daß Bestandaufnahme ist. Ein reines Fest! Huhn oder Hammelrippchen und Artischocken in Öl!... Der Hammel wird eklig abfallen!«

Mignot ulkte leise vor sich hin:

»Herrscht denn etwa Geflügelpest?«

Deloche und Liénard hatten sich unterdessen ihre Teller voll geben lassen und waren weitergegangen. Nun rief Favier, sich zu dem Schalterloch niederbeugend, laut:

»Huhn!«

Aber er mußte warten; einer der Küchenjungen hatte sich beim Zerlegen in den Finger geschnitten, und das brachte eine gewisse Unordnung hervor. Mit dem Gesicht nahe der Öffnung blieb er stehen und sah in die Küche mit ihrer Rieseneinrichtung hinein, dem Mittelherd, zu dem eine Schienenanordnung unter der Decke mit Hilfe von Blöcken und Ketten gewaltige Kessel heranbrachte, die vier Mann sonst nicht hätten bewegen können. Ganz weiße Köche überwachten in der dunkelroten Glut die Abendsuppe, mit Schaumlöffeln an langen Stielen bewaffnet standen sie auf eisernen Leitern. Dann standen da an der Wand entlang Roste, die auch zum Rösten von Märtyrern genügt hätten, Töpfe, in denen man einen ganzen Hammel dämpfen konnte, ein wahres Gebäude von einem Tellerwärmer und ein großes, flaches Marmorbecken, in das beständig ein Wasserstrahl herniederrieselte. Zur Linken waren dann noch große Gossensteine zu bemerken, so groß wie Fischbehälter, und auf der andern Seite rechts befand sich eine Speisekammer, in der man rohes Fleisch an Stahlhaken hängen sehen konnte. Eine Maschine zum Kartoffelschälen arbeitete mit dem Klippklapp einer Mühle. Von Hilfsjungen gezogen liefen zwei kleine Karren mit ausgelesenem Salat vorbei, um unter einem Springbrunnen aufgefrischt zu werden.

»Huhn«, wiederholte Favier mit Ungeduld.

»Da hat sich einer geschnitten ... Ekelhaft, das läuft doch ins Essen!«

Mignot wollte auch etwas sehen. Der Schwanz von Gehilfen hinter ihnen nahm immerfort zu, Lachen ertönte, und es entstand ein Gedränge. Mit den Köpfen am Schalter tauschten die beiden jungen Leute jetzt ihre Meinungen aus über diese Massenküche, in der alles, auch die kleinsten Werkzeuge bis zu den Bratspießen und Spicknadeln herab, riesenhafte Abmessungen besaß. Zweitausend Frühstücke und zweitausend Mittagessen mußten hier angerichtet werden, wobei noch nicht berücksichtigt war, daß die Zahl der Angestellten von Woche zu Woche zunahm. Es war ein Abgrund, in dem täglich sechzehn Hektoliter Kartoffeln verschwanden, hundertzwanzig Pfund Butter, sechshundert Kilogramm Fleisch; und zu jeder Mahlzeit wurden drei Fässer Wein abgezapft, fast siebenhundert Liter liefen über den Schanktisch nach draußen.

»Na, endlich!« murmelte Favier, als der bediente Koch

mit einer Schüssel wiedererschien, aus der er einen Schenkel auffspießte, um ihn ihm zu geben.

»Huhn«, sagte Mignot nach ihm.

Und dann traten beide mit ihren Tellern in den Eßsaal, nachdem sie sich noch ihr Teil Wein am Ausschank abgeholt hatten; hinter ihnen fiel das Wort Huhn währenddessen gleichmäßig ohne Unterlaß, und mit einem raschen, genau abgetönten kleinen Geräusch hörte man die Gabel des Koches die Stücke aufpicken.

Der Eßraum der Gehilfen war jetzt ein riesiger Saal, in dem fünfhundert Gedecke sich in langen Reihen an den hier der Länge nach nebeneinander aufgestellten Mahagonitischen befanden; an beiden Enden standen ähnliche Tische für die Aufseher und Abteilungsvorsteher für sich; in der Mitte befand sich eine Ausgabestelle für Speisen nach Wahl. Große Fenster rechts und links erhellten diesen Raum mit einem weißen Licht, so daß seine Decke trotz ihrer vier Meter Höhe niedrig erschien, wie erdrückt infolge der übertriebenen sonstigen Abmessungen des Raumes. An den mit hellgelber Ölfarbe gestrichenen Wänden bildeten die Fächer für die Mundtücher den einzigen Schmuck. Hinter diesem ersten Eßraum kam der der Laufburschen und der Kutscher, in dem die Mahlzeiten ganz unregelmäßig, je nach den Erfordernissen der Dienstzeit, eingenommen wurden.

»Was? Sie haben auch ein Bein, Mignot?« sagte Favier, als er sich seinem Gefährten gegenüber an eins der Fenster gesetzt hatte.

Andere Gehilfen setzten sich zu ihnen. Tischtücher gab es nicht; die Teller riefen ein stumpfes Geklapper auf dem Mahagoni hervor; und jeder einzelne in dieser Ecke erhob ein lautes Geschrei, denn die Zahl der Schenkel war wirklich auffallend.

»Wieder mal Geflügel mit nichts als Beinen!« ließ Mignot sich vernehmen.

Alle, die ein Stück Rumpf gekriegt hatten, wurden ärgerlich. Dennoch hatte das Essen sich seit der Neueinrichtung bedeutend gebessert. Mouret schloß nicht mehr mit einem Unternehmer zu einer festen Summe ab; er hatte auch die Leitung der Küche übernommen und dort denselben Dienst wie in jeder der übrigen Abteilungen eingeführt mit einem Vorsteher, mehreren Vorstehergehilfen und einem Aufseher; und wenn es ihn auch mehr kostete, so holte er auch mehr Arbeitsleistung aus seinen besser ernährten Leuten heraus, eine menschenfreundliche Fürsorge aus Berechnung, die aber Bourdoncle trotzdem längere Zeit gänzlich außer Fassung gebracht hatte.

»Na, meins ist aber doch zart«, fing Mignot wieder an. »Geben Sie mir mal das Brot 'rüber!«

Das dicke Brot machte die Runde, und nachdem er sich als letzter eine Scheibe abgeschnitten hatte, steckte er das Messer bis zum Heft wieder in die Rinde. Eine lange Reihe von Nachzüglern kam heran, ein wilder, durch die Arbeit des Morgens noch verdoppelter Hunger flog um die langen Tische von einem Ende des Eßraums zum andern. Immerfort nahm das Geklirr der Gabeln zu, das Glucksen der ausgegossenen Flaschen, das Klappen zu hart niedergesetzter Gläser und das mahlende Geräusch von fünfhundert gesunden, mit Luft und Liebe draufloskauenden Kinnbacken. Die bis jetzt noch seltenen Worte erstickten in den vollen Mündern.

Nun befand sich Deloche, der zwischen Baugé und Liénard saß, Favier fast gegenüber, nur ein paar Plätze lagen dazwischen. Beide warfen sich haßerfüllte Blicke zu. Diejenigen ihrer Nachbarn, die von ihrem Streit vom Abend vorher wußten, flüsterten miteinander. Da gab es Gelächter über Deloches Pech, der immer hungrig war und stets durch ein ganz besonderes Unglück auf die schlechtesten Stücke am Tische hereinfiel. Diesmal hatte er einen Hals und ein kleines Stück Rumpf erwischt. Er ließ alle Scherze schweigend über sich ergehen und schlang große Stücke Brot hinunter, während er den Hals mit dem Geschick solcher armen Teufel abknabberte, die nur zu gut wissen, was ein Stück Fleisch bedeutet.

»Warum lassen Sie sich nicht ein anderes Stück geben?« sagte Baugé zu ihm.

Aber er zuckte die Achseln. Wozu denn? Das führte doch zu nichts Besserem. Wenn er nicht zufrieden wäre, ginge es nur noch schlechter.

»Wissen Sie schon, daß die Wickelmeier jetzt einen Klub haben«, erzählte Mignot. »Einen richtigen Wickelklub... Der tagt bei einem Weinhändler in der Rue Saint-Honoré, der ihnen Sonnabends ein Zimmer vermietet.«

Er sprach von den Schnittwarenverkäufern. Nun wurde der ganze Tisch munter. Jeder versuchte zwischen zwei Bissen mit vollem Munde seinen Spaß dazu beizutragen und noch etwas Besonderes zu erzählen; nur die ganz hartnäckigen Leser blieben stumm, verloren, mit der Nase in ihre Zeitung vergraben, sitzen. Es herrschte nur eine Stimme: jedes Jahr verbesserte sich der Zuschnitt der Handelsangestellten. Fast die Hälfte von ihnen sprachen jetzt deutsch oder englisch. Es galt nicht mehr als höchster Schick, zu Ballier zu gehen und dort einen Heidenlärm anzustellen oder in Tingeltangeln häßliche Sängerinnen auszupfeifen. Nein, sie kamen zu etwa zwanzig Mann zusammen und gründeten eine Geschlossene.

»Haben sie denn ein Klavier wie die Leinenleute?« fragte Liénard.

»Das sollt' ich doch wohl meinen, daß der Wickelklub ein Klavier hat!« rief Mignot. »Und sie spielen und singen!... Einer ist sogar dabei, der kleine Bavoux, der liest Verse vor.«

Die Heiterkeit wurde noch mal so groß, alles spottete

über den kleinen Bavoux; trotzdem lag in all dem Gelächter eine große Anerkennung. Dann sprachen sie über ein Stück im Vaudeville, in dem ein Kattunhändler eine gemeine Rolle spielte; ein paar waren wütend hierüber, während andere in Unruhe gerieten, um wieviel Uhr man sie wohl am Abend loslassen würde, denn sie mußten noch in bürgerliche Familien zu einer Gesellschaft. Und bei dem zunehmenden Geräusch des Geschirrs tönten von allen Seiten des großen Raumes ähnliche Gespräche herüber. Um den Eßgeruch wegzubringen, den faden Brodem, der von fünfhundert sich in Benutzung befindenden Gedekken aufstieg, hatte man die Fenster geöffnet, deren herabgelassene Vorhänge von der brütenden Augustsonne brennend heiß waren. Von der Straße drang ein glühender Hauch herein, goldene Blitze spiegelten sich an der Decke und badeten die Esser in einem rötlichen Lichte.

»Ist das denn auch in Ordnung, einen Sonntags bei solchem Wetter hinter Schloß und Riegel zu halten!« rief Favier wieder.

Dieser Gedanke brachte die Herren wieder auf die Bestandaufnahme. Das Jahr war vorzüglich gegangen. Und von da kamen sie auf die Gehälter, die Zulagen, dieselbe alte Geschichte, jene eine, die alle so leidenschaftlich bewegende Frage. So ging es an Tagen, wo es Geflügel gab, immer, dann machte sich ein Übermaß von Erregung geltend, und der Lärm wurde schließlich unerträglich. Als die Bedienung die Artischocken in Öl brachte, konnte man kein Wort mehr verstehen. Der die Bedienung beaufsichtigende Beamte hatte Befehl zur Nachsicht.

»Übrigens«, rief Favier, »wissen Sie schon das neueste Abenteuer?«

Er sprach mit bedeckter Stimme. Mignot fragte:

»Wer mag keine Artischocken? Ich gebe meinen Nachtisch für eine Artischocke ab.«

Niemand antwortete. Artischocken mochten alle gern. Dies Frühstück mußte zu den guten gerechnet werden, denn sie hatten als Nachtisch schon Pfirsiche liegen sehen.

»Er hat sie zum Abendessen eingeladen, mein Lieber«, sagte Favier zu seinem Nachbarn rechts und führte seine Erzählung zu Ende. »Was? Das wußten Sie noch nicht?«

Der ganze Tisch wußte es, sie hatten sich seit dem Morgen müde daran geredet. Und immer dieselben Scherze gingen von Mund zu Mund. Deloche zitterte, seine Augen hefteten sich endlich auf Favier, der mit Nachdruck wiederholte:

»Wenn er sie noch nicht gehabt hat, dann kriegt er sie... Und er wird auch wohl nicht der erste sein, o nein! sicher nicht...«

Er erwiderte Deloches Blick. Mit herausfordernder Miene setzte er hinzu:

»Wer Knochen gerne hat, kann sie für hundert Sous haben.«

Dann duckte er mit einemmal den Kopf. Deloche hatte ihm in unwiderstehlichem Antrieb sein letzte Glas Wein ins Gesicht gegossen, wobei er hervorstotterte:

»Da! Du dreckiges Lügenmaul! Ich hätte dich gestern schon begießen sollen!«

Nun war der Ärger groß. Ein paar Tropfen hatten Faviers Nachbarn angespritzt, dem nur das Haar etwas naß geworden war: der zu hastig ausgegossene Wein war auf die andere Seite des Tisches geflogen. Aber ärgerlich waren sie doch. Schlief er denn etwa bei ihr, daß er sie so in Schutz nahm? Was für 'n Biest! Er verdiente ein paar Ohrfeigen, damit er lernte, sich ordentlich aufzuführen. Indessen wurden die Stimmen leiser, die Annäherung des Aufsehers wurde ihnen angezeigt; es war ja nicht nötig, daß die Oberleitung sich auch noch in den Streit mischte. Favier begnügte sich zu sagen:

»Hätte er mich getroffen, dann hättet ihr mal was erleben sollen!«

Dann ging die Geschichte in kleinen Sticheleien zu Ende. Als Deloche, um seine Unruhe zu verbergen, trinken wollte und noch zitternd ganz gedankenlos nach seinem leeren Glase griff, ging das Gelächter von neuem los. Ungeschickt setzte er sein Glas wieder hin und gab sich damit zufrieden, seine bereits ausgesaugten Artischockenblätter nochmals abzulutschen.

»Gebt Deloche doch mal die Wasserkanne«, sagte Mignot ruhig. »Er ist durstig.«

Verdoppeltes Gelächter ertönte. Die Herren nahmen sich reine Teller von den Haufen, die in einiger Entfernung auf den Tischen standen; Hilfsjungen reichten den Nachtisch herum, Körbe mit Pfirsichen. Und alles hielt sich Seiten, als Mignot hinzufügte:

»Jeder nach seinem Geschmack, Deloche ißt seinen Pfirsich mit Wein.«

Der blieb regungslos. Mit gesenktem Kopfe, wie taub, schien er alle diese Scherze gar nicht zu hören und empfand einen geradezu verzweifelten Kummer über seine Tat. Die Leute hatten ganz recht, mit welchem Rechte verteidigte er sie denn? Sie mußten ja alle möglichen Gemeinheiten glauben, und er hätte sich selbst prügeln mögen, daß er, um ihre Unschuld zu beweisen, sie so bloßgestellt hatte. Das war wieder mal sein übliches Pech, es wäre viel besser gewesen, er wäre gleich verreckt, denn er konnte ja nicht mal einer Herzensregung nachgeben, ohne Dummheiten anzurichten. Tränen traten ihm in die Augen. War es denn nicht ebenfalls seine Schuld, wenn das ganze Geschäft von dem vom Herrn geschriebenen Briefe redete? Nun hörte er, wie sie alle mit rohen Ausdrücken über die Einladung herzogen, die er doch nur Liénard hatte anvertrauen wollen; und er klagte sich an, er hätte Pauline nicht in dessen Gegenwart reden lassen dürfen und machte sich selbst für den begangenen Vertrauensbruch verantwortlich.

»Warum mußten Sie das auch erzählen?« fragte er endlich mit leiser, schmerzerfüllter Stimme. »Das war doch sehr unrecht.«

»Ich!« antwortete Liénard, »aber ich habe es doch nur zwei oder drei Leuten erzählt und verlangt, sie sollten's geheimhalten ... Weiß man denn, wie so was weiterfliegt!«

Als Deloche sich endlich entschloß, ein Glas Wasser zu trinken, platzte der ganze Tisch wieder los. Alles war fertig, auf ihre Stühle zurückgelehnt warteten die Gehilfen auf das Glockenzeichen und riefen sich in der Ruhepause nach der Mahlzeit von weitem gegenseitig Fragen zu. Von dem großen Tisch in der Mitte waren wenig besondere Sachen verlangt worden, um so weniger, als heute das Haus selbst den Kaffee bezahlte. Die Tassen dampften, die verschwitzten Gesichter leuchteten in dem schwebenden Dunst, der vom blauen Zigarettenrauch herzurühren schien. Die Vorhänge an den Fenstern hingen bewegungslos ohne jede Regung herab. Einer wurde zur Seite gezogen, eine breite Sonnenflut drang in den Saal und setzte die Decke in Brand. Der Stimmenlärm hallte von den Wänden derart wider, daß das Glockenzeichen zuerst nur an den Tischen dicht bei der Tür bemerkt wurde. Alles stand auf, und das Gewirre des Rückweges nach oben füllte die Gänge noch lange.

Deloche hatte sich indessen zurückgehalten, um den fortgesetzt umherfliegenden Witzen zu entgehen. Selbst Baugé ging vor ihm weg; und Baugé verließ für gewöhnlich den Saal als letzter, er machte einen kleinen Umweg und traf Pauline im Augenblick, wenn diese sich in den Eßraum der Damen begab; das war ein von den beiden verabredeter Kniff, die einzige Art, auf die sie sich während der langen Dienststunden eine Minute sehen konnten. Als sie sich aber heute in einer Ecke des Ganges mit vollem Munde einen Kuß gaben, überraschte Denise sieh, die gleichfalls zum Frühstück herunterkam.

Wegen ihres Fußes ging sie mit einiger Schwierigkeit.

»Oh, meine Liebe«, stotterte Pauline dunkelrot, »Sie sagen doch nichts?«

Baugé mit seinen mächtigen Gliedmaßen und der Haltung eines Riesen zitterte wie ein kleiner Junge. Er murmelte:

»Weil sie uns dann sofort 'rausschmeißen würden... Wenn unsere Hochzeit auch angezeigt ist, sie begreifen es doch nicht, daß man sich mal einen Kuß gibt, die Viecher!«

Ganz bewegt tat Denise, als hätte sie sie gar nicht gesehen. Und Baugé rannte weg als Deloche, der am längsten gebummelt hatte, erschien. Er wollte sich entschuldigen und stotterte allerlei Worte hervor, die Denise zunächst gar nicht begriff. Als er dann Pauline Vorwürfe darüber machte, daß sie in Liénards Gegenwart gesprochen habe, und als diese nun auch in große Verlegenheit geriet, da fand das junge Mädchen endlich die Aufklärung für alle die Worte, die sie vom frühen Morgen an hinter sich hatte flüstern hören. Die Geschichte mit dem Brief war es, die die Runde machte. Da wurde sie wieder von dem Schauder gepackt, mit dem der Brief sie sogleich geschüttelt hatte; sie sah sich vor all diesen Männern entkleidet.

»Das wußte ich doch nicht«, wiederholte Pauline. »Übrigens ist doch auch nichts Gemeines dabei... Laßt sie doch reden, sie sind ja alle nur wütend, bei Gott!«

»Meine Liebe«, sagte Denise endlich mit ihrer verständigen Miene, »ich bin Ihnen gar nicht böse... Sie haben ja nur die Wahrheit gesagt. Ich habe einen Brief bekommen, und nun muß ich darauf antworten.«

Blutenden Herzens ging Deloche fort, denn so wie er sie verstand, schickte das junge Mädchen sich in die Sachlage und wollte am Abend zu dem Stelldichein hingehen. Als die beiden Verkäuferinnen in einem kleinen neben dem großen gelegenen Saale gefrühstückt hatten, wo die Frauen bequemer bedient werden konnten, mußte Pauline Denise beim Hinuntergehen helfen, denn ihr Fuß wurde wieder schlapp.

Drunten tobte das Brausen der Bestandaufnahme in der Hitze des Nachmittags noch lauter. Jetzt kam die Stunde der äußersten Anstrengung, da die Arbeit am Vormittag wenig gefördert war, so daß sich jetzt alle Kräfte ins Zeug legten, um abends fertig zu sein. Die Stimmen wurden noch lauter, man sah nur noch geschwungene Arme immerfort neue Kästen ausleeren, sich die Waren zuwerfen, und konnte nirgends durchkommen, die Schicht der Pakken und Ballen auf der Erde stieg jetzt bis zur Höhe der Ladentische an. Eine Woge von Köpfen, geschwungenen Fäusten, fliegenden Gliedmaßen verlor sich in der Tiefe der Abteilungen unter einem Lärm wie von einem fernen Aufruhr. Das war das letzte Fieber des Zapfenstreichs, die Maschine vorm Platzen; währenddessen gingen noch immer an den Spiegelscheiben entlang einige wenige Spaziergänger um das Geschäft herum, ganz blaß von der erstickenden Langeweile des Sonntags. Auf dem Bürgersteige in der Rue Neuve Saint-Augustin hatten sich drei schmutzig aussehende Mädchen in bloßen Haaren aufgestellt und drückten hartnäckig die Stirn gegen die Scheiben, um sich den putzigen Kram anzusehen, den sie da drinnen schafften.

Als Denise wieder in die Kleiderabteilung kam, ließ Frau Aurelie Marguerite die Kleider zu Ende aufrufen. Jetzt war nur noch die Überprüfung vorzunehmen, zu der sie sich, da sie sich nach Ruhe sehnte, in das Probenzimmer zurückzog und das junge Mädchen dahin mitnahm.

»Kommen Sie mit zum Vergleichen ... Dann wollen wir aufrechnen.«

Als sie aber die Tür offen lassen wollte, um die Mädchen überwachen zu können, drang der Lärm doch zu sehr herein, und auch in diesem Raum konnte man sich kaum verständigen. Es war ein großer viereckiger Raum, nur mit Stühlen und drei langen Tischen ausgestattet. In einer Ecke standen die großen, mit Maschinen angetriebenen Messer zum Probenschneiden. Ganze Stoffstücke gingen da hinein, jährlich wurden für mehr als sechzigtausend Francs an Stoffen in die Welt geschickt, die hier in Streifen zerschnitten waren. Vom Morgen bis zum Abend hackten die Messer Seide, Wolle, Leinwand mit einem sichelartigen Geräusch. Dann mußten die Hefte zusammengesucht und geleimt oder genäht werden. Zwischen den beiden Fenstern stand noch eine kleine Druckerei für die Aufschriften.

»Leiser doch!« rief Frau Aurelie von Zeit zu Zeit, wenn sie Denise die Sachen nicht vorlesen hören konnte.

Als der Vergleich der ersten Listen beendet war, ließ sie das junge Mädchen an einem der Tische in ihre Zusammenzählung vertieft sitzen. Sie kam aber fast sofort wieder herein und brachte Fräulein de Fontenailles mit, die die Brautausstattungen nicht länger brauchten und ihr daher abgetreten hatten. Diese sollte auch mit zusammenzählen, damit würden sie Zeit gewinnen. Aber das Erscheinen der Marquise, wie Clara sie nannte, hatte die Abteilung in Aufruhr gebracht. Man lachte und ulkte Joseph mit üblen Worten an, die zur Tür hereindrangen.

»Setzen Sie sich nur nicht weiter weg, Sie stören mich durchaus nicht«, sagte Denise, von tiefem Mitleid ergriffen. »Lassen Sie mal sehen! Mein Tintenfaß wird schon genügen, nehmen Sie nur Tinte aus meinem.«

In der Verwirrung über ihre gesunkene Stellung fand Fräulein de Fontenailles zuerst nicht mal ein Wort der Dankbarkeit. Sie mußte wohl trinken, ihre Magerkeit war so bleifarben, und nur ihre feinen weißen Hände waren ihr als einziges Merkmal ihrer vornehmen Herkunft geblieben.

Indessen riß das Gelächter mit einem Male ab und man hörte die Arbeit ihr regelmäßiges Brausen wieder aufnehmen. Es war Mouret, der seinen gewöhnlichen Rundgang durch die Abteilungen unternahm. Aber er war stehengeblieben und suchte Denise, denn er war überrascht, als er sie nirgends sah. Mit einem Wink rief er Frau Aurelie herbei; sie traten zusammen beiseite und redeten einen Augenblick miteinander. Er mußte sie wohl gefragt haben. Sie wies mit den Augen nach dem Probenraum hin und schien ihm dann Bericht zu erstatten. Ohne Zweifel erzählte sie ihm, daß das junge Mädchen am Morgen geweint habe.

»Vorzüglich!« sagte Mouret sehr laut und trat dann wieder vor. »Zeigen Sie mir mal die Listen.«

»Hier, Herr Mouret«, antwortete die Erste. »Wir haben uns vor dem Lärm flüchten müssen.«

Er folgte ihr ins Nebenzimmer. Clara ließ sich durch diesen Kniff nicht irreführen: sie murmelte vor sich hin, sie sollten nur lieber gleich ein Bett holen. Aber Marguerite warf ihr die Kleidungsstücke immer rascher zu, um sie zu beschäftigen und ihr den Mund zu stopfen. War denn die Zweite nicht wirklich ein guter Kamerad? Ihre Angelegenheiten gingen doch keinen Menschen was an. Die ganze Abteilung trat ihr bei, die Verkäuferinnen tummelten sich noch mehr, Lhommes und Josephs Rücken krümmten sich, und sie saßen da wie taub. Und der Aufseher Jouve, der von weitem Frau Aurelies Kniff beobachtet hatte, fing an vor der Tür des Probenraumes mit dem regelmäßigen Schritt einer über das Vergnügen seines Vorgesetzten wachenden Schildwache auf und ab zu wandern.

»Geben Sie dem Herrn mal die Listen«, sagte die Erste beim Hereintreten.

Denise reichte sie hin und blieb dann mit aufgeschlagenen Augen sitzen. Zunächst hatte sie sich überrascht gefühlt, aber sie bezwang sich und behielt, wenn auch mit bleichen Wangen, ihre schöne Ruhe bei. Einen Augenblick schien Mouret sich in die Aufzählung der Sachen zu vertiefen, ohne auch nur einen Blick für das junge Mädchen übrig zu haben. Alles war still. Dann trat Frau Aurelie auf Fräulein de Fontenailles zu und sagte zu ihr halblaut, scheinbar unzufrieden mit ihrem Zusammenzählen:

»Gehen Sie nur und helfen Sie bei den Paketen ... Sie sind anscheinend nicht ans Rechnen gewöhnt.«

Diese stand auf und ging in die Abteilung zurück, wo sie mit Tuscheln empfangen wurde. Joseph schrieb unter den lachenden Blicken der Mädchen ganz schief. Clara war entzückt über die Hilfe, die ihr da auftauchte, sie schubste sie jedoch in dem Haß, den sie gegen jedes weibliche Wesen im Geschäft hatte, nur herum. War das blödsinnig, sich in einen Arbeitsmann zu verlieben, wenn man doch Marquise war! Und doch war sie auf diese Liebe nur eifersüchtig.

»Sehr gut! Sehr gut!« rief Mouret und tat so, als lese er immer weiter.

Frau Aurelie wußte indessen nicht, wie sie sich auf anständige Weise entfernen könnte. Sie trippelte herum, sah sich die Maschinenmesser an und war wütend auf ihren Mann, daß er nicht eine Geschichte erfand, um sie herauszurufen; aber er verstand sich ja nie auf was Ernsthaftes, er würde vor Durst umkommen, wenn er auch an einem Teiche läge. Marguerite war schließlich so schlau, sie um eine Auskunft zu bitten.

»Ich komme«, sagte die Erste.

Und da sie nun ihre Würde gewahrt sah und vor den Augen der sie beobachtenden Mädchen einen Vorwand hatte, so ließ sie Mouret und Denise, zu der sie wieder herangetreten war, endlich allein und trat mit hoheitsvollem Schritt und einem so vornehmen Gesichtsausdruck heraus, daß die Verkäuferinnen auch nicht mal zu lächeln wagten.

Mouret legte die Listen langsam auf den Tisch. Er sah das junge Mädchen an, das mit der Feder in der Hand sitzen geblieben war. Sie wandte ihren Blick nicht ab, sondern wurde nur etwas blasser.

»Wollen Sie heute abend kommen?« fragte er halblaut.

»Nein, Herr Mouret«, antwortete sie, »ich kann nicht. Meine Brüder sollen heute abend bei meinem Onkel sein, und ich habe ihnen versprochen, ich äße mit.«

»Aber Ihr Fuß! Das Gehen wird Ihnen doch zu schwer.«

»Oh! Bis dahin wird's wohl besser gehen, ich fühle mich schon viel besser seit heute morgen.«

Bei dieser ruhigen Weigerung war er nun seinerseits blaß geworden. Ein nervöses Zucken glitt um seine Lippen. Indessen hielt er noch an sich und fing mit seiner Miene des liebenswürdigen Herrn, der nur etwas Teilnahme für eins seiner jungen Mädchen bekunden will, wieder an:

»Na, sehen Sie mal, wenn ich Sie nun darum bitte ... Sie wissen doch, wie hoch ich Sie schätze.«

Denise blieb bei ihrer achtungsvollen Haltung.

»Ihr guter Wille für mich rührt mich tief, Herr Mouret, und ich danke Ihnen sehr für die Einladung. Aber ich wiederhole, es ist mir unmöglich, meine Brüder warten heute abend auf mich.«

Sie tat hartnäckig so, als verstehe sie ihn nicht. Die Tür war offen geblieben, aber sie fühlte, wie die ganze Abteilung sie zumachte. Pauline stellte sie bei aller Freundschaft als dumme Pute hin, die andern würden sich nur über sie lustig machen, wenn sie die Einladung nicht annähme. Frau Aurelie, die weggelaufen war, Marguerite, deren Stimme sie immer lauter werden hörte, Lhomme, dessen unbeweglich vornübergebeugten Rücken sie sehen konnte, sie alle wollten ihren Fall, sie alle warfen sie dem Herrn hin. Und das ferne Brausen der Bestndaufnahme, diese Millionen mit lauter Stimme herausgeschrieener Waren, die mit Aufgebot aller Armkraft umhergeworfen wurden, kamen ihr vor wie ein heißer Wind, dessen Leidenschaft bis zu ihr herüberhauchte.

Nun waren sie stumm. Zuweilen wurde der Lärm so stark, daß er Mourets Worte übertönte, die er im übrigen mit einem so furchtbaren Getöse begleitete, als werde ein Königsschatz auf dem Schlachtfelde aufgesammelt.

»Also wann wollen Sie denn kommen?« fragte er von neuem. »Morgen?«

Diese einfache Frage versetzte Denise in Verlegenheit. Einen Augenblick verlor sie ihre Ruhe und stotterte:

»Ich weiß nicht ... Ich kann nicht ...«

Er lächelte und versuchte eine ihrer Hände zu ergreifen, aber sie zog sie zurück.

»Warum haben Sie denn solche Angst vor mir?«

Aber da hob sie schon wieder den Kopf und sagte lächelnd, indem sie ihm voll ins Gesicht sah, auf ihre sanfte, mutige Weise:

»Ich habe vor nichts Angst, Herr Mouret ... Man tut doch nur das, was man wirklich will, nicht wahr? Und ich will nicht, das ist alles!«

Als sie still war, überraschte sie ein leises Knacken. Sie wandte sich und sah, wie die Tür langsam zugemacht wurde. Das war der Aufseher Jouve; der hatte es auf sich genommen, sie zuzumachen. Die Türen gehörten zu seinen Dienstobliegenheiten, keine durfte offen stehen bleiben. Und er versah auch jetzt diesen Dienst mit tiefstem Ernst. Niemand bemerkte anscheinend, wie diese Tür so einfach geschlossen wurde. Nur Clara konnte sich nicht enthalten, Fräulein de Fontenailles, die bleich mit totem Gesichtsausdruck sitzenblieb, ein gemeines Wort ins Ohr zu flüstern.

Unterdessen war Denise aufgestanden. Mouret sagte zu ihr mit leiser, zitternder Stimme:

»Hören Sie, ich liebe Sie ... Sie wissen es schon lange, treiben Sie doch kein so grausames Spiel mit mir, als wüßten Sie es nicht ... Und befürchten Sie nichts. Unendlich oft war ich bereits drauf und dran, Sie in mein Arbeitszimmer rufen zu lassen. Da wären wir ganz allein gewesen, ich hätte nur den Riegel vorschieben brauchen. Aber das wollte ich nicht, Sie sehen ja auch, daß ich hier mit Ihnen spreche, wo jeder hereinkommen kann ... Ich liebe Sie, Denise ...«

Ganz weiß stand sie und hörte ihn an, während sie ihm immer noch ins Gesicht sah.

»Sagen Sie, warum wollen Sie nicht? ... Brauchen Sie denn gar nichts? Ihre Brüder sind doch eine schwere Last für Sie. Was Sie nur von mir haben wollen, was Sie nur fordern können ...«

Sie unterbrach ihn mit einem Wort:

»Vielen Dank, ich verdiene jetzt mehr, als ich brauche.«

»Aber ich biete Ihnen doch die Freiheit, ein Dasein voller Vergnügungen und Üppigkeit ... Ich würde Ihnen eine eigene Wohnung einrichten, würde Ihnen ein kleines Vermögen sicherstellen.«

»Nein, danke, ich würde mich langweilen, wenn ich nichts zu tun hätte ... Ich war noch keine zehn Jahre alt, als ich schon meinen Lebensunterhalt verdiente.«

Er machte eine Bewegung, als werde er verrückt. Das war die erste, die sich nicht überwältigen ließ. Er brauchte sich nur zu bücken, um die andern zu haben, alle erwarteten sie als unterwürfige Dienerinnen seine Neigung; und diese hier sagte nein, ohne ihm auch nur einen vernünftigen Vorwand entgegenzuhalten. Seine schon solange verhaltene Begierde brachte ihn, durch diesen Widerstand aufgepeitscht, zur Verzweiflung. Vielleicht bot er ihr noch nicht genug; er verdoppelte seine Anerbietungen und drang heftiger in sie.

»Nein, nein, danke«, erwiderte sie jedesmal ohne Wanken.

Da brach es wie ein Schrei aus seinem Herzen hervor:

»Sehen Sie denn nicht, wie ich leide!... Ja, so töricht es ist, ich leide wie ein Kind!«

Seine Augen wurden von Tränen feucht. Es wurde wieder still. Jenseits der geschlossenen Tür hörte man noch das gedämpfte Brausen der Bestandaufnahme. Es war wie der hinsterbende Lärm eines Sieges und gab eine passende Begleitung zu der Niederlage seines Meisters ab.

»Wenn ich's nun aber doch so liebend gern möchte!« sagte er mit glühender Stimme und ergriff ihre Hände.

Sie ließ sie ihm, ihre Augen wurden glanzlos, ihre ganze Kraft schwand hin. Eine Hitze ging von den warmen Händen dieses Mannes in sie über und erfüllte sie mit einer köstlichen Abspannung. Mein Gott! Wie lieb sie ihn hatte und welche Süße sie auskosten würde, dürfte sie sich ihm an den Hals hängen, an seiner Brust ruhen!

»Ich will es, ich will es«, wiederholte er ganz närrisch. »Ich erwarte Sie heute abend und werde Vorkehrungen treffen...«

Nun wurde er gewaltsam. Sie stieß einen leichten Schrei aus, der Schmerz, den sie an den Handgelenken fühlte, gab ihr ihren Mut wieder. Heftig machte sie sich los. Dann machte ihre aufrechte Haltung sie trotz ihrer Schwäche größer aussehen:

»Nein, lassen Sie mich. Ich bin keine Clara, die Sie am nächsten Morgen wegstoßen. Und dann, Herr Mouret, lieben Sie schon eine andere, jawohl, die Dame, die hierherkommt … Bleiben Sie mit der zusammen. Ich bin für keine Teilung.«

Die Überraschung machte ihn ganz unbeweglich. Was sagte sie und was wollte sie? Die Mädchen, die er sich in den Abteilungen zusammengesucht hatte, hatten sich noch nie darum gekümmert, ob er sie liebte. Er hätte darüber lachen mögen, und doch brachte das Hervorkehren dieses so zartfühlenden Stolzes sein Herz endgültig in Aufruhr.

»Herr Mouret«, fing sie wieder an, »machen Sie die Tür auf. Das geht nicht, daß wir so zusammen sind.«

Mit klopfenden Schläfen gehorchte Mouret, er wußte nicht, wie er seine Beklemmung verbergen sollte und rief Frau Aurelie heran, wurde wütend über den Vorrat an Umhängen, behauptete, ihr Preis müßte herabgesetzt werden, und zwar so lange, bis keiner mehr übrig wäre. Das war eine Regel im Hause, jedes Jahr wurde Auskehr gehalten, lieber wurde ein altes Muster oder ein Stoff mit sechzig vom Hundert Verlust verkauft, als daß sie es behalten hätten. Bourdoncle war gerade auf der Suche nach ihm und wartete schon ein wenig, war aber vor der geschlossenen Tür von Jouve angehalten worden, der ihm mit ernster Miene ein Wort ins Ohr flüsterte. Er wurde ungeduldig, fand aber doch nicht die Kühnheit, das Stelldichein zu stören. War es die Möglichkeit? an so einem Tage mit so 'nem winzigen Geschöpf! Und als die Tür sich endlich wieder öffnete, sprach Bourdoncle mit ihm über die bunten Seiden, die einen ganz gewaltigen Vorrat aufwiesen. Das war eine Erleichterung für Mouret, nun konnte er schreien soviel er wollte. Was dachte Bouthemont sich denn? Er erklärte im Weggehen, kein Einkäufer dürfe so wenig Witterung haben, dürfe die Dummheit so weit treiben, daß er sich einen über die Bedürfnisse des Verkaufs hinausgehenden Vorrat zulegte.

»Was hat er?« fragte Frau Aurelie, die über seine Vorwürfe ganz aufgeregt war.

Und die Mädchen sahen sich voller Überraschung an. Um sechs war die Bestandaufnahme beendet. Die Sonne schien noch hell, ein goldener Sommersonnenschein ließ seinen Abglanz durch die Glasbedachung der Hallen hereinfallen. In der schwülen Luft der Straßen kamen bereits ermüdete Familien mit Blumensträußen aus der Bannmeile zurück und schleppten ihre Kinder hinter sich her. Eine nach der andern kamen die Abteilungen zur Ruhe. In den Gängen war nichts mehr zu hören als der späte Ruf einiger Gehilfen, die noch ein letztes Fach ausräumten. Dann kamen auch diese Stimmen zum Schweigen, und vom Lärm des Tages blieb nichts als ein mächtiger Schauder über dem fürchterlichen Wirrwarr von Verkaufsgegenständen hängen. Die Fächergestelle, die Schränke, die Kästen und Schachteln waren jetzt leer: kein Meter Stoff, nicht ein einziger Gegenstand war an seinem Platze geblieben. Die riesigen Räume zeigten nur das leere Gerippe ihrer Ausstattung, das völlig kahle Gitterwerk wie am Tage ihrer Einrichtung. Diese Nacktheit war die sichtbare Probe auf die vollständige und genaue Durchführung der Bestandaufnahme. Und an der Erde häuften sich jetzt für sechzehn Millionen Waren zu einer Flut auf, die schließlich sogar über die Tische und Kassenstände angestiegen war. Die bis an die Schultern in ihr versunkenen Gehilfen fingen an, jeden Gegenstand wieder an seinen Platz zu legen. Sie hofften noch vor zehn Uhr damit fertig zu werden.

Als Frau Aurelie, die zum ersten Tische gehörte, aus dem Eßraum wieder herunterkam, brachte sie die während des ganzen Jahres erzielte Umsatzziffer mit, die sich aus der Zusammenzählung der einzelnen Abteilungen im Handumdrehen ergab. Die Gesamtsumme betrug achtzig Millionen Francs, zehn Millionen mehr als im Vorjahre. Nur bei den bunten Seiden hatte eine wirkliche Preisherabsetzung stattgefunden.

»Wenn Herr Mouret damit nicht zufrieden ist, dann weiß ich nicht, was ihm fehlt«, setzte die Erste hinzu. »Sehen Sie! Da unten steht er auf der großen Treppe und macht ein wütendes Gesicht.«

Die Mädchen gingen, um ihn sich anzusehen. Da stand er allein mit düsterer Miene über den zu seinen Füßen verstreuten Millionen.

»Gnädige Frau«, begann Denise in diesem Augenblick zu fragen, »würden Sie wohl so gut sein, mir zu erlauben, daß ich mich zurückziehe? Ich bin doch zu nichts mehr nütze wegen meines Fußes, und da ich heute abend mit meinen Brüdern bei meinem Onkel esse...«

Das gab ein Erstaunen. Hatte sie also nicht zugesagt? Frau Aurelie zögerte und schien ihr mit trockener, unzufriedener Stimme verbieten zu wollen, wegzugehen; Clara dagegen zuckte ungläubig die Achseln; laßt nur! das war doch sehr einfach, er machte sich nichts mehr aus ihr. Als Pauline diese Lösung erfuhr, stand sie mit Deloche gerade bei den Windeln. Die plötzliche Freude des jungen Mannes machte sie ganz wütend: das brächte sie auch gerade weiter, nicht wahr? Fühlte er sich vielleicht darüber noch glücklich, daß seine Freundin so dumm war, ihr Glück auszuschlagen? Und selbst Bourdoncle, der Mouret in seiner wilden Vereinsamung nicht zu stören wagte, ging ganz trostlos und von Unruhe erfüllt unter all diesen Gerüchten umher.

Denise ging währenddessen nach unten. Als sie leise unten an der kleinen Treppe links ankam und sich auf das Geländer stützte, fiel sie mitten unter eine Gruppe witzemachender Gehilfen. Ihr Name wurde genannt, und sie fühlte, sie sprächen über ihr Abenteuer. Sie hatten sie nicht bemerkt.

»Ach, geht doch! Tuerei!« sagte Favier. »Die steckt ja ganz voller Laster... Ja, ich weiß jemand, den sie sich mit Gewalt holen wollte.«

Und er blickte auf Hutin, der sich, um seine Würde als Zweiter zu wahren, vier Schritte von ihnen entfernt hielt und sich nicht in ihre Witzeleien mengte. Aber die neidischen Gesichter, mit denen die andern ihn ansahen, schmeichelten ihm so, daß er es doch für angebracht hielt zu murmeln:

»Ist mir die schließlich über geworden!«

Ins Herz getroffen hielt Denise sich am Geländer fest. Sie mußten sie gesehen haben, denn sie zerstreuten sich lachend. Er hatte recht, sie gab sich selbst schuld wegen ihrer früheren Unwissenheit, wenn sie an ihn dachte. Aber wie feige war er und wie verachtete sie ihn jetzt! Eine große Unruhe kam über sie: war es nicht seltsam, daß sie noch eben die Kraft gefunden hatte, einen geliebten Mann von sich zu stoßen, und daß sie sich früher angesichts dieses elenden Burschen, den sie doch nur in ihren Träumen liebte, so schwach gefühlt hatte? In diesem Widerspruch ihres Wesens verwirrte sich ihre Vernunft und ihre Tapferkeit so, daß sie nicht mehr klar sehen konnte. Sie beeilte sich, durch die Halle zu kommen.

Da, als gerade ein Aufseher die seit dem Morgen verschlossene Tür öffnete, ließ eine Gefühlsregung sie den Kopf heben. Und sie bemerkte Mouret. Er stand immer noch oben auf der Treppe auf dem großen, den Gang überschauenden Mittelabsatz. Aber er hatte die ganze Bestandaufnahme vergessen, er sah sein Reich nicht mehr, diese von Schätzen berstenden Räume. Alles war vergangen, die lärmenden Siege von gestern, das Riesenvermögen von morgen. Ein verzweifelter Blick folgte Denise, und als sie aus der Tür war, war um ihn her nichts mehr, das Haus war schwarz.

Zehntes Kapitel

*B*OUTHEMONT KAM HEUTE ALS ERSTER ZU Frau Desforges zum Vier-Uhr-Tee. Sie war noch allein in ihrem großen Empfangszimmer im Stile Ludwigs XVI., dem seine Bronzen und Brokate ein heiteres Leuchten verliehen, stand aber jetzt mit ungeduldiger Miene auf und sagte:

»Nun?«

»Nun!« erwiderte der junge Mann, »als ich ihm sagte, ich würde ganz sicher zu Ihnen gehen, um Sie zu begrüßen, da hat er mir ausdrücklich versprochen, er wolle kommen.«

»Sie haben ihm also zu verstehen gegeben, daß ich heute auch auf den Baron rechne?«

»Selbstverständlich ... Das hat auch anscheinend bei ihm den Ausschlag gegeben.«

Sie sprachen über Mouret. Im Jahre vorher hatte dieser eine plötzliche Zuneigung zu Bouthemont gefaßt, die so weit ging, daß er ihn zu seinen Vergnügungen zuzog; er hatte ihn sogar bei Henriette eingeführt und war glücklich darüber, auf die Dauer einen Mittelsmann in ihm zu besitzen, der in eine ihm allmählich langweilig werdende Liebelei wieder etwas mehr Leben hineinbrachte. Auf diese Weise war der Erste aus der Seide endlich zum Vertrauten seines Herrn und der hübschen Witwe geworden: er richtete ihr kleine Bestellungen aus, plauderte mit dem einen über den andern und söhnte sie zuweilen miteinander aus. Henriette überließ sich mitunter in Anwandlungen von

Eifersucht einer Offenherzigkeit, die ihn in Erstaunen und Verlegenheit zugleich versetzte, denn dann verlor sie die Klugheit der Weltdame und vermochte nur mit Aufgebot aller Kunst den Schein zu wahren.

Sie rief heftig:

»Sie hätten ihn mitbringen sollen. Dann wäre ich sicher gewesen.«

»Herrje!« meinte er mit gutmütigem Lächeln, »es ist doch nicht meine Schuld, wenn er jetzt immerfort auskneift... Oh! Er hat mich bei alledem gern. Ohne ihn ginge es mir da drüben schlecht.«

Seine Stellung im »Paradies der Damen« war tatsächlich seit der letzten Bestandaufnahme bedroht. Er mochte noch soviel die verregnete Jahreszeit vorschützen, sie vergaben ihm den beträchtlichen Bestand an bunten Seiden doch nicht; und da Hutin die Geschichte noch förderte und ihn heimlich mit verdoppelter Wut bei den Vorgesetzten unterminierte, so merkte er, wie der Boden unter ihm krachte. Mouret hatte ihn verurteilt, denn zweifellos ärgerte er sich darüber, in ihm einen Zeugen zu haben, der ihm bei seinem Bruch mit diesem Verhältnis im Wege stand, das er satt hatte, weil es ihm nichts mehr nützte. Aber gemäß seiner Fechtweise schob er Bourdoncle vor: Bourdoncle und die andern Teilhaber waren es, die bei jeder Besprechung seinen Austritt verlangten; er leistete ihnen Widerstand, sagte er, und verteidigte seinen Freund tatkräftig, selbst auf die Gefahr größerer Verlegenheiten.

»Dann muß ich also warten«, fuhr Frau Desforges fort. »Sie wissen doch, das Mädchen muß um fünf Uhr hier sein... Ich will sie einander gegenüberstellen. Ich muß ihr Geheimnis haben.«

Und dann kam sie wieder auf diesen Plan, den sie, wie sie sagte, in einem Fieberanfall ausgesonnen hatte, daß sie nämlich Frau Aurelie gebeten habe, Denise zu ihr zu schikken, um sich einen schlechtsitzenden Mantel anzusehen. Hätte sie das junge Mädchen erst einmal sicher in ihrer Kammer, so würde sie schon einen Weg finden, um Mouret dazuzurufen; und ann wollte sie handeln.

Bouthemont saß ihr gegenüber mit seinen schönen lachenden Augen, denen er einen ernsten Ausdruck zu geben versuchte. Der lustige Kerl mit dem tintenschwarzen Bart, dieser laute Zecher, dessen heißes Gascognerblut sein Gesicht rötete, fand, die Damen von Welt wären doch nur recht schlecht und es kämen hübsche Sachen zum Vorschein, sobald sie mal auskramten. Die Geliebten seiner Freunde, wenn auch nur Ladenmädchen, gestatteten sich auch keine ausführlicheren Vertrauensergüsse.

»Nun lassen Sie mal sehen«, warf er schließlich hin, »was kann das Ihnen denn nun ausmachen, wenn ich Ihnen doch schwöre, es ist zwischen den beiden aber auch ganz und gar nichts vorgefallen?«

»Gerade!« rief sie, »die liebt er, gerade die!... Die andern sind mir gleichgültig, einfach zufällige Zusammentreffen, Eintagslaunen!«

Mit Verachtung sprach sie über Clara. Es war ihr wohl erzählt worden, Mouret hätte sich nach Denises Weigerung wieder auf diesen langen Fuchs mit seinem Pferdekopf geworfen, zweifellos aus Berechnung; denn er hielt sie auch in der Abteilung nur aus Prahlerei und überhäufte sie mit Geschenken. Seit drei Monaten führte er übrigens ein fürchterlich vergnügungssüchtiges Leben und streute das Geld mit einer Verschwendungssucht umher, daß alles darüber redete; einer Schmierenschauspielerin kaufte er ein Haus und ließ sich von zwei oder drei andern Gaunerinnen, die scheinbar in kostspieligen und törichten Launen miteinander wetteiferten, auf einmal auffressen.

»Dies Geschöpf ist schuld daran«, wiederholte Henriette. »Ich fühle es, er richtet sich nur deshalb mit den andern zugrunde, weil sie ihn abweist... Was liegt mir übrigens an seinem Gelde! Er hätte mir viel besser gefallen, wenn er arm geblieben wäre. Sie, der Sie unser Freund geworden sind, Sie wissen doch, wie ich ihn liebe.«

Mit zugeschnürter Kehle hielt sie inne, ihre Tränen wollten losbrechen; und mit einer Bewegung gänzlicher Verlassenheit streckte sie ihm beide Hände hin. Das war wahr, sie liebte Mouret wegen seiner Jugend und seiner Erfolge, noch nie hatte ein Mann so gänzlich von ihrem Wesen Besitz ergriffen, unter solchen Schauern ihres Fleisches und ihres Stolzgefühls; aber bei dem Gedanken, sie könne ihn verlieren, hörte sie zugleich die Totenglocke der Vierzig und fragte sich mit Schrecken, wie sie diese große Liebe wieder ausfüllen solle.

»Oh, ich werde mich rächen!« flüsterte sie, »ich werde mich an ihm rächen, wenn er sich schlecht benimmt!«

Bouthemont hielt immer noch ihre Hände. Sie war noch schön. Aber als Geliebte müßte sie doch unbequem sein, und er machte sich nicht viel aus dieser Sorte. Immerhin verdiente die Geschichte eine gewisse Überlegung, vielleicht könnte sie sich doch bezahlt machen, wenn man etwas Langweile mit in Kauf nähme.

»Warum machen Sie sich eigentlich nicht selbständig?« fragte sie plötzlich und machte sich von ihm los.

Er war höchst erstaunt. Dann antwortete er:

»Aber, dazu braucht man doch sehr beträchtliche Barmittel... Im vorigen Jahr ist mir allerdings ein derartiger Gedanke mächtig im Kopf herumgegangen. Ich bin überzeugt, man würde in Paris noch Kundschaft genug für ein oder zwei große Warenhäuser finden; man müßte nur die richtige Gegend aussuchen. Das Bon-Marché liegt auf dem linken Ufer; der Louvre nimmt die Mitte ein; wir nehmen mit dem ›Paradies der Damen‹ die reichen Viertel im Westen in Beschlag. Bleibt noch der Norden, wo man dem

Place Clichy allerlei Wettbewerb verursachen könnte. Und da habe ich dicht bei der Oper einen großartigen Platz gefunden ...«

»Nun, und?«

Er brach in ein lärmendes Gelächter aus.

»Denken Sie sich doch, ich war so dumm und habe mit meinem Vater darüber gesprochen ... Ich bin sogar töricht genug gewesen und habe ihn gebeten, er möchte doch in Toulouse nach Teilhabern suchen.«

Und nun erzählte er ihr lustig von dem Zorn des guten Mannes, der dahinten in seiner Provinzbude so schon eine Wut auf die großen Pariser Warenhäuser hätte. Der alte Bouthemont, dem die dreißigtausend Francs, die sein Sohn verdiente, die Kehle zuschnürten, hatte geantwortet, er würde sein und seiner Freunde Geld lieber in Armenhäuser hineinstecken, als einen Centime zu einem dieser Warenhäuser hergeben, die die reinen Hurenhäuser des Handels wären.

»Übrigens«, schloß der junge Mann, »wären auch Millionen dazu nötig.«

»Und wenn man sie fände?« fragte Frau Desforges einfach.

Plötzlich sah er sie ernst an. War das nun nur das Wort einer eifersüchtigen Frau? Aber sie ließ ihm keine Zeit sie auszufragen, sondern fügte hinzu:

»Schließlich wissen Sie ja, wie großen Anteil ich an Ihnen nehme ... Wir sprechen noch darüber.«

Die Vorplatzglocke ertönte. Sie stand auf, und er schob mit einer rein gefühlsmäßigen Bewegung seinen Stuhl zurück, als hätte man sie überraschen können. Nun herrschte Schweigen in dem Zimmer mit seinen lachenden Stoffen, das mit einem solchen Übermaß an grünen Pflanzen ausgestattet war, daß es zwischen den beiden Fenstern wie ein kleines Gehölz aussah. Das Ohr gegen die Türe gewendet wartete sie stehend.

»Er ist es«, flüsterte sie.

Der Diener meldete:

»Herr Mouret, Herr de Vallagnosc.«

Sie konnte eine Bewegung des Zornes nicht unterdrük-
ken. Warum kam er nicht allein? Er mußte aus Furcht vor
einem möglichen Alleinsein mit ihr seinen Freund abgeholt haben. Aber sie zeigte doch ein Lächeln und streckte
den beiden Männern die Hand entgegen.

»Wie selten Sie sich machen!... Das sage ich auch mit
Bezug auf Sie, Herr de Vallagnosc.«

Sie war verzweifelt über ihr beständiges Zunehmen und
zwängte sich in schwarze Seidenkleider, um ihr wachsen-
des Stärkerwerden zu verbergen. Ihr hübscher Kopf aber
mit seinem dunklen Haar besaß immer noch einen feinen
Liebreiz. Und Mouret konnte vertraulich zu ihr sagen,
während sein Blick sie umfing:

»Man braucht Sie gar nicht zu fragen, wie es Ihnen
geht... Sie sind ja so frisch wie eine Rose.«

»Oh, mir geht's nur zu gut!« antwortete sie. »Übrigens
könnte ich ja auch sterben, Sie würden ja doch nichts davon
erfahren.«

Jetzt sah auch sie ihn prüfend an und fand ihn müde und
nervös, die Augenlider schwer und seine Gesichtsfarbe
bleiern.

»Na, wenn auch!« fuhr sie fort in einem Tone, der scherzhaft klingen sollte, »ich kann Ihnen Ihre Schmeichelei nicht
zurückgeben, Sie sehen heute wirklich nicht sehr gut aus.«

»Die Arbeit!« sagte Vallagnosc.

Mouret machte eine unbestimmte Bewegung, ohne zu
antworten. Er hatte Bouthemont bemerkt und ihm freundschaftlich zugenickt. So lange ihre Vertrautheit auf der
Höhe stand, hatte er ihn selbst aus der Abteilung abgeholt
und zu Henriette gebracht, auch während der dicksten Arbeit des Nachmittags. Aber die Zeiten waren vorbei, und er
sagte halblaut zu ihm:

»Sie sind ja recht früh weggegangen... Wissen Sie, sie haben es bemerkt und sind wütend darüber!«

Er sprach von Bourdoncle und den übrigen Teilhabern, als wäre er nicht selbst der Herr.

»Ah!« murmelte Bouthemont besorgt.

»Jawohl, ich muß mal mit Ihnen reden... Warten Sie nachher, dann gehen wir zusammen.«

Henriette hatte währenddessen von neuem Platz genommen; und während sie ganz Ohr war für Vallagnosc, der ihr erzählte, Frau de Boves werde wahrscheinlich kommen, ließ sie Mouret nicht aus den Augen. Dieser blickte wieder stumm geworden auf die Möbel und schien etwas an der Decke zu suchen. Als sie sich dann lachend darüber beklagte, sie sähe nur noch Herren bei ihrem Vier-Uhr-Tee, vergaß er sich so weit, daß er hervorstieß:

»Ich glaubte, ich würde Baron Hartmann treffen.«

Henriette war blaß geworden. Zweifellos wußte sie recht wohl, er käme einzig und allein, um den Baron bei ihr zu treffen; aber er hätte ihr doch seine Gleichgültigkeit nicht so ins Gesicht schleudern brauchen. Gerade jetzt wurde die Tür wieder geöffnet und der Diener blieb draußen vor ihr stehen. Als sie ihn mit einer Kopfbewegung nach dem Grunde fragte, neigte er sich vor und flüsterte sehr leise:

»Es ist wegen des Mantels. Gnädige Frau hatten befohlen, Bescheid zu sagen... Das Fräulein ist da.«

Da hob sie die Stimme so, daß sie jedenfalls verstanden werden mußte. Das ganze Leid ihrer Eifersucht erleichterte sich in den trockenen verächtlichen Worten:

»Sie soll warten!«

»Soll ich sie ins Ankleidezimmer der gnädigen Frau führen?«

»Nein, sie soll auf dem Vorplatz warten!«

Und als der Diener wieder draußen war, nahm sie ruhig ihre Unterhaltung mit Vallagnosc wieder auf. Mouret war wieder in seine Schlaffheit zurückgesunken, er hatte zerstreut zugehört, ohne etwas zu verstehen. Bouthemont, dem das Abenteuer Sorge zu machen anfing, überlegte. Aber fast im selben Augenblick ging die Tür wieder auf und zwei Damen wurden hereingeführt.

»Denken Sie sich«, sagte Frau Marty, »ich stieg gerade aus dem Wagen, als ich Frau de Boves unter den Bogen herankommen sah.«

»Ja«, erklärte diese, »es ist so schön, und da mein Arzt immer wünscht, ich soll gehen...«

Nachdem sie sich allseitig die Hände geschüttelt hatten, fragte sie Henriette:

»Nehmen Sie denn eine neue Kammerfrau?«

»Nein«, antwortete diese ganz erstaunt. »Wieso denn?«

»Weil ich da eben auf dem Vorplatz ein junges Mädchen sah...«

Henriette unterbrach sie lachend.

»Ja, nicht wahr? All diese Ladenmädchen sehen wie Kammerfrauen aus... Ja, das ist ein junges Mädchen, das mir einen Mantel nachsehen soll.«

Mouret sah sie fest an, ein Verdacht wehte ihn an. Sie fuhr mit erzwungener Heiterkeit in ihrer Erzählung fort, sie habe ihn vorige Woche im »Paradies der Damen« gekauft.

»Sehen Sie mal an!«sagte Frau Marty. »Dann lassen Sie sich nicht mehr von der Sauveur ausstatten?«

»Doch, meine Liebe, aber ich wollte doch gern mal Erfahrungen sammeln. Und dann war ich auch mit einem ersten Kauf, einem Reisemantel, recht zufrieden... Aber diesmal ist es ganz und gar nicht eingeschlagen. Sie mögen sagen, was Sie wollen, man wird geradezu aufgetakelt in Ihren Warenhäusern. Oh, ich nehme kein Blatt vor den Mund, ich sage das in Herrn Mourets Gegenwart!... Eine einigermaßen vornehme Dame können Sie nie anziehen.«

Die Augen immer noch auf sie gerichtet, verteidigte Mouret sein Haus gar nicht, er glaubte sicher zu sein, daß sie das doch nicht wagen würde. Und so mußte Bouthemont für das »Paradies der Damen« eintreten.

»Wenn alle Damen der feinen Welt, die sich bei uns einkleiden, sich dessen offen rühmen wollten«, erwiderte er heiter, »dann würden Sie sich sehr über unsere Kundschaft wundern... Bestellen Sie nur ein Kleid nach Maß bei uns, es ist sicher ebensogut wie eins von der Sauveur, und Sie bezahlen die Hälfte weniger. Aber da liegt's, weil es weniger teuer ist, ist es weniger gut.«

»Also das Stück geht nicht?« fing Frau de Boves wieder an. »Nun erkenne ich das Fräulein wieder... Es ist etwas dunkel auf Ihrem Vorplatz.«

»Ja,« setzte Frau Marty hinzu, »ich suchte auch schon nach, wo ich diese Haltung wohl gesehen hätte... Also dann schön, meine Liebe, nehmen Sie keine Rücksicht auf uns.«

Henriette machte eine Bewegung voll verächtlicher Gleichgültigkeit.

»Oh gleich! das eilt nicht.«

Die Damen fuhren in ihrer Unterhaltung über Kleider aus den großen Warenhäusern fort. Dann erzählte Frau de Boves von ihrem Mann, der, wie sie sagte, nach dem Gestüt von Saint-Lô zu einer Schau hatte reisen müssen, als im selben Augenblicke Henriette erzählte, die Krankheit einer Tante hätte die alte Frau Guibal nach der Franche-Comté gerufen. Auf Frau Bourdelais rechnete sie übrigens heute auch nicht mehr, die schlösse sich stets gegen Ende des Monats mit einer Näherin ein und sähe die Wäsche ihrer kleinen Gesellschaft nach. Währenddessen schien Frau Marty von einer dumpfen Unruhe ergriffen. Martys Stellung am Lyzeum Bonaparte war bedroht infolge von Stunden, die der arme Mann in übelbeleumundeten Anstalten gegeben hatte, in denen ein wahrer Handel mit Abgangszeugnissen getrieben wurde; fieberhaft erwarb er sich Geldmittel, wo er nur konnte, um der seinen Haushalt verwüstenden Verschwendungssucht Genüge zu tun; und als sie ihn eines Abends aus Furcht vor seiner Entlassung in Tränen ausbrechen sah, verfiel sie auf den Gedanken, ihre Freundin Henriette als Vermittlerin bei einem der Ministerialdirektoren im Unterrichtsministerium zu verwenden, den diese kannte. Henriette konnte sie schließlich mit einem Worte beruhigen. Übrigens kam Herr Marty selbst, um sein Schicksal zu erfahren und ihr seinen Dank auszusprechen.

»Sie sehen nicht recht wohl aus, Herr Mouret«, ließ sich Frau de Boves vernehmen.

»Die Arbeit!« sagte Vallagnosc wieder mit seinem spöttisch-gleichgültigen Tone.

Mouret war lebhaft aufgestanden, denn er ärgerte sich darüber, daß er sich soweit vergessen konnte. Er nahm seinen gewöhnlichen Platz mitten unter den Damen wieder ein und gewann seine Anmut wieder. Die Wintermoden beschäftigten ihn, er sprach von einer erheblichen Spitzensendung; und Frau de Boves fragte ihn nach dem Preise von Alençonspitzen, vielleicht würde sie welche kaufen. Augenbicklich sah sie sich gezwungen, sogar die dreißig Sous für einen Wagen zu sparen, so daß sie manchmal ganz krank von dem Herumstehen vor den Schaufenstern nach Hause kam. In einen bereits zwei Jahre alten Mantel gehüllt träumte sie davon, wie sie über ihre königlichen Schultern all die teuren Stoffe anpaßte, die sie sich ansah; und es war ihr, als risse man sie ihr vom Leibe, wenn sie dann ohne jede Hoffnung, ihre Leidenschaft einmal befriedigen zu können, in ihren alten ausgebesserten Kleidern wieder erwachte.

»Herr Baron Hartmann«, meldete der Diener.

Henriette bemerkte, wie glückselig Mouret die Hand des eben Gekommenen ergriff. Der begrüßte die Damen und blickte auf den jungen Mann mit der schlauen Miene, die zuweilen über sein dickes Elsässergesicht funkelte.

»Immer beim Tand!« murmelte er lächelnd.

Als Hausfreund gestattete er sich dann noch hinzuzufügen:

»Da steht ja ein reizendes junges Mädchen auf dem Vorplatz… Wer ist denn das?«

»Oh, niemand!« antwortete Frau Desforges mit ihrer bösen Stimme. »Ein Ladenmädchen, das wartet.«

Aber die Tür war offen geblieben, denn der Diener brachte den Tee herein. Er ging hinaus und kam wieder herein, um das chinesische Geschirr auf den Pfeilertisch zu setzen, und dann brachte er noch Teller mit belegten Brötchen und Zwieback. In dem großen Zimmer leuchtete ein heller, durch die grünen Pflanzen gedämpfter Schein auf den Bronzen und badete die Seidenbezüge der Möbel in einer zarten Freude; und jedesmal, wenn die Tür wieder aufging, blickte man in einen dunklen Winkel des Vorplatzes, der nur durch matte Fenster erhellt wurde. Dort trat im Finstern eine dunkle Gestalt unbeweglich und geduldig hervor. Denise stand; zwar befand sich eine mit Leder bezogene Bank da, aber ihr Stolz hielt sie von dieser fern. Sie fühlte die Beleidigung. Seit einer halben Stunde stand sie da ohne eine Bewegung, ohne ein Wort; die Damen und der Baron hatten sie im Vorbeigehen prüfend angesehen; jetzt tönten die Stimmen aus dem Zimmer stoßweise herüber, all der reizende Aufwand hauchte sie mit der ihm eigentümlichen Gleichgültigkeit an; und sie rührte sich noch immer nicht. Plötzlich erkannte sie durch die Türspalte Mouret. Er mußte sie auch wohl dort ahnen.

»Ist das eine von Ihren Verkäuferinnen?« fragte Baron Hartmann.

Es gelang Mouret, seine tiefe Unruhe zu verbergen. Nur seine Stimme zitterte etwas erregt.

»Zweifellos, ich weiß aber nicht welche.«

»Die kleine Blonde aus der Kleiderabteilung«, beeilte Frau Marty sich zu antworten, »die Zweite, glaube ich.«

Nun sah Henriette ihn an.

»Ach!« sagte er nur.

Und dann versuchte er, von den Festlichkeiten für den König von Preußen zu sprechen, der seit gestern in Paris war. Aber der Baron kam voller Bosheit immer wieder auf die jungen Mädchen aus den großen Geschäften zurück. Er tat so, als wolle er sich unterrichten und stellte danach seine Fragen: wo sie im allgemeinen herkämen, ob ihre Unsittlichkeit wirklich so groß sei, wie behauptet würde? Eine ganze Auseinandersetzung spann sich hieran an.

»Glauben Sie«, fing er wieder an, »die könnten wirklich verständig sein?«

Mouret verteidigte ihre Tugend mit einer Überzeugung, die Vallagnosc ins Lachen brachte. Nun fuhr Bouthemont dazwischen, um seinen Vorgesetzten herauszuhauen. Mein Gott! es gäbe natürlich von allen Sorten welche unter ihnen, leichtsinnige und ordentliche. Übrigens habe sich das Maß ihrer Sittlichkeit gehoben. Früher hätten sie fast nur die Enterbten des Handels bekommen, nur Herumstreicherinnen und arme Mädels wären auf das Modengeschäft hereingefallen; jetzt dagegen erzögen zum Beispiel Familien aus der Rue de Sèvres ihre Mädels ausdrücklich für den Dienst im Bon-Marché. Im ganzen genommen könnten sie, wenn sie sich anständig aufführen wollten, das auch durchsetzen; denn sie wären doch nicht wie die in Paris auf der Straße herumliegenden Arbeiterinnen gezwungen, sich zu ernähren und für ihre Wohnung zu sorgen: Tisch und Bett hatten sie, ihr Dasein war gesichert, wenn auch zweifellos ein recht hartes. Das Schlimmste wäre ihre wenig klare, schlecht umrissene Stellung zwischen Ladenmädel und Dame. So wie sie sich in all den Aufwand hineingeworfen fänden, häufig selbst ohne die Anfangsgründe jeder Bildung, bildeten sie eine Klasse für sich, eine noch unbestimmbare. Daraus ergäben sich ihr Elend und ihre Laster.

»Ich muß sagen«, meinte Frau de Boves, »ich kenne keine unangenehmeren Geschöpfe ... Ohrfeigen möchte man sie manchmal.«

Und dann ließen die Damen ihrem Haß die Zügel schießen. Man zerfleischte sich an den Ladentischen, das Weib fraß hier das Weib in dem schwarfen Wettkampf um Geld und Schönheit. Die Verkäuferinnen waren voll bösartiger Eifersucht auf die wohlhabende Kundschaft, die Damen, deren Haltung sie nachzuahmen strebten; aber noch bitterer war wieder die Eifersucht der ärmeren Kundschaft auf die Verkäuferinnen, die Mädchen im Seidenkleid, von denen sie bei einem Einkauf für zehn Sous dienstbeflissene Ergebenheit verlangten.

»Lassen Sie doch!« sagte Henriette schließlich, »all diese Unglücklichen sind genau so verkäuflich wie ihre Waren!«

Mouret fand die Kraft zu lächeln. Der Baron sah ihn prüfend an, gerührt durch seine liebenswürdige Art von Selbstüberwindung. Dann brachte er das Gespräch auf ein anderes Gebiet und sprach wieder von den Festlichkeiten für den König von Preußen; sie würden großartig, der ganze Pariser Handel würde Nutzen daraus ziehen. Henriette schwieg und schien träumerisch; sie fühlte sich hin und her gezogen zwischen dem Wunsche, Denise noch länger auf dem Vorplatze warten zulassen, und der Furcht, Mouret, der jetzt Bescheid wissen mußte, möchte gehen. Daher stand sie schließlich doch von ihrem Lehnstuhle auf.

»Gestatten Sie?«

»Aber ich bitte Sie, meine Liebe!« sagte Frau Marty. »Sehen Sie wohl! Ich werde jetzt die Pflichten der Hausfrau wahrnehmen.«

Sie stand auf und ergriff den Teetopf, um die Tassen neu zu füllen. Henriette hatte sich zu Baron Hartmann gewandt.

»Sie bleiben doch noch ein paar Minuten?«

»Ja, ich möchte mit Herrn Mouret sprechen. Wir werden mal in Ihr kleines Zimmer eindringen.«

Darauf ging sie, und ihr schwarzes Seidenkleid verursachte, die Tür streifend, ein Geräusch, als winde sich eine Schlange durchs Gebüsch.

Sofort ging der Baron nun daran, Mouret zu entführen und überließ die Damen Bouthemont und Vallagnosc. Dann plauderten sie vor dem Fenster des kleinen Nebenzimmers im Stehen mit leiser Stimme. Schon lange träumte Mouret ganz besonders gern von der Verwirklichung eines alten Planes, der Übernahme des ganzen Blockes von der Rue Monsigny bis zur Rue de la Michodière und der Rue Neuve-Saint-Augustin bis zur Rue du Dix-Décembre durch das »Paradies der Damen«. In dem gewaltigen Block lag an dieser letzten Straße ein recht großes Saumgrundstück, das sich noch nicht in seinem Besitze befand; und das verdarb ihm seine Siegesfreude, er fühlte einen quälenden Drang, seinen Sieg zu vervollkommnen und hier zum Zeichen seiner Macht eine Prachtschauseite aufzuführen. Solange die Ehrenpforte sich in der Rue Neuve Saint-Augustin befand, blieb sein Werk kraftlos, besaß noch keine Folgerichtigkeit; er wollte es dem neuen Paris auf einer der neuen Prachtstraßen vor Augen führen, auf denen die Menge des Fin-du-siècle im hellen Sonnenschein dahinzog; er sah es eine beherrschende Stellung einnehmen, sich als den Riesenpalast des Handels niederlassen und einen tieferen Schatten über die Stadt werfen als der alte Louvre.

Bis jetzt war er aber beim Crédit Immobilier stets auf Widerstand gestoßen, der an seinem ersten Plane festhielt und auf diesem Saumgrundstück ein Gegenunternehmen gegen das Grand Hotel errichten wollte. Die Entwürfe waren fertig, und man wartete mit der Ausführung der Gründungsarbeiten nur noch auf das Aufräumen der Rue du Dix-Décembre. Mit einem letzten Vorstoß hatte Mouret den Baron Hartmann endlich beinahe überzeugt.

»Also«, fing dieser wieder an, »wir haben gestern eine Sitzung gehabt, und ich kam, weil ich annahm, ich würde Sie treffen und könnte Sie so auf dem laufenden halten... Sie wollen immer noch nicht.«

Der junge Mann machte unwillkürlich eine gereizte Bewegung.

»Wie unvernünftig... Was sagen sie denn?«

»Mein Gott! genau dasselbe, was ich Ihnen auch schon gesagt habe und was ich auch immer noch wenigstens denke... Ihre Schauseite bedeutet doch nichts weiter als einen Zierat, der Neubau würde die Grundfläche Ihrer Geschäftsräume höchstens um ein Zehntel vergrößern, und das heißt doch höchst beträchtliche Summen rein für eine Anpreisung wegwerfen.«

Da platzte Mouret los.

»Eine Anpreisung! eine Anpreisung!... Immerhin wird sie in Stein ausgeführt und wird uns alle überleben. Begreifen Sie doch nur, das bedeutet die Verzehnfachung unseres Umsatzes! In zwei Jahren haben wir das Geld wieder. Was hat es denn für einen Sinn, dies Gelände verloren zu nennen, wenn es uns riesenhafte Zinsen einbringt!... Sie sollen mal die Menschenmenge sehen, wenn unsere Kundschaft sich nicht länger mehr in die Rue Neuve Saint-Augustin hineinzuquetschen braucht, sondern sich unbehindert durch die neue Zufahrtstraße wälzen kann, auf der sechs Wagen bequem nebeneinander fahren können.«

»Zweifellos«, erwiderte der Baron lachend. »Aber ich wiederhole Ihnen, Sie sind Dichter in Ihrem Fache ... Die Herren sind der Ansicht, es würde gefährlich sein, Ihre Unternehmungen noch weiter auszudehnen. Sie wollen für Sie mit verständig sein.«

»Was? Verständig sein? Das verstehe ich nicht ... Liegen denn nicht Zahlen vor ... beweisen die nicht das ständige Fortschreiten unseres Umsatzes? Ich habe zuerst mit einem Grundvermögen von fünfhunderttausend Francs zwei Millionen Umsatz erzielt. Dies Vermögen ist viermal umgesetzt. Sobald es auf vier Millionen angewachsen war, hat es sich zehnmal umgesetzt und vierzig Millionen an Warenumsatz hervorgebracht. Jetzt kann ich feststellen, daß infolge der nacheinander eingetretenen Vermehrungen die Umsatzziffer heute, nach der letzten Bestandaufnahme, die Höhe von achtzig Millionen erreicht; und das Grundvermögen, das sich kaum vermehrt hat, denn es beträgt heute erst sechs Millionen, hat sich an unseren Tischen also mehr als zwölfmal in Ware umgesetzt.«

Er hob die Stimme und schlug mit den Fingern der rechten Hand in die Fläche der Linken, als knackte er die Millionen wie Nüsse. Der Baron unterbrach ihn.

»Ich weiß, ich weiß ... Aber Sie glauben doch wohl nicht, daß das immer so weiter geht?«

»Warum nicht?« meinte Mouret harmlos. »Es liegt doch kein Grund vor, warum das zum Stillstand kommen sollte. Das Grundvermögen kann sich fünfzehnmal umsetzen, das behaupte ich schon lange. In einzelnen Abteilungen wird es sich sogar zwanzig- und dreißigmal umsetzen. Und dann! na ja, dann erfinden wir einen neuen Kniff, um es sich noch häufiger umsetzen zu lassen.«

»Dann werden Sie also schließlich das Geld von ganz Paris wie ein Glas Wasser trinken?«

»Zweifellos. Gehört Paris denn nicht den Frauen, und gehören die Frauen nicht uns?«

Der Baron legte ihm beide Hände auf die Schultern und sah ihn mit väterlichem Ausdruck an.

»Sehen Sie mal, Sie sind so ein netter Kerl, und ich habe Sie gern. Man kann nicht gegen Sie an. Wir wollen die Sache doch mal ernsthaft verarbeiten, und dann hoffe ich doch, Sie werden Vernunft annehmen. Bis jetzt haben wir Sie nur rühmen können. Ihre Gewinne wirken an der Börse verblüffend... Sie müssen wohl recht haben, es wird sich wohl eher verlohnen, in Ihren Betrieb Geld hineinzustekken, als es an das Gegenunternehmen gegen das Grand Hotel zu wagen, das doch ein Glücksspiel bleibt.«

Mourets Erregung sank in sich zusammen, und er dankte dem Baron, indessen nicht mit seiner gewöhnlichen lebhaften Begeisterung; und dieser sah, wie er die Augen auf die Tür des benachbarten Zimmers richtete und offenbar wieder von einer geheimen Unruhe ergriffen wurde, die er zu verbergen suchte. Inzwischen war Vallagnosc wieder zu ihnen getreten, da er gemerkt hatte, sie sprächen nicht mehr über geschäftliche Angelegenheiten. Er blieb dicht neben ihnen stehen und hörte noch, wie der Baron in seiner liebenswürdigen Weise eines alten Lebemannes ihm zuflüsterte:

»Sagen Sie mal, ich glaube, sie rächen sich schon?«

»Wer denn?« fragte Mouret.

»Die Frauen doch natürlich... Sie haben es satt, Ihre Sklavinnen zu sein, und Sie gehören ihnen an, mein Lieber: vergeltende Gerechtigkeit!«

Er scherzte und zeigte sich ganz auf dem laufenden über die geräuschvollen Liebesgeschichten des jungen Mannes. Das Haus, das er für die Schmierenschauspielerin gekauft hatte, die Riesensummen, die er mit allerlei in verschwiegenen Zimmerchen zusammengesuchten Mädchen verzehrte, bildeten für ihn eine fröhliche Entschuldigung eigener früher begangener Torheiten. Seine früheren Erfahrungen fanden hierin einen hohen Genuß.

»Ich verstehe wirklich nicht«, wiederholte Mouret.

»Ach, Sie verstehen sehr gut! Die behalten doch immer das letzte Wort... Außerdem dachte ich auch: das ist ja nicht möglich, er schneidet auf, so stark ist er nicht! Und da haben wir's ja! Holen Sie nur alles heraus aus der Frau, beuten Sie sie nur aus wie ein Kohlenbergwerk, sie beutet Sie zu guter Letzt doch selber aus und zwingt Sie, Hals zu geben!... Hüten Sie sich, denn sie wird mehr Blut und Geld aus Ihnen herausholen, als Sie ihr ausgesaugt haben.«

Er lachte weiter, und auch Vallagnosc, der neben ihm stand, hatte seine wortlose Freude daran.

»Mein Gott! man muß doch alles mal versuchen«, gestand Mouret schließlich und tat so, als fände er selbst auch seinen Spaß daran. »Geld ist töricht, wenn man es nicht ausgibt.«

»Darin stimme ich Ihnen bei«, entgegnete der Baron. »Vergnügen Sie sich, mein Lieber. Ich will Ihnen ebensowenig Sittenlehren beibringen, wie ich für die hohen Summen zittere, die wir Ihnen anvertraut haben. Man muß sich erst mal die Hörner ablaufen, dann hat man einen freieren Kopf... Und dann ist es auch gar nicht so uneben, sich zugrunde zu richten, wenn man der Mann danach ist, sich sein Vermögen später neu aufzubauen... Aber wenn das Geld an sich auch keinen Wert hat, es gibt doch gewisse Leiden...«

Er hielt inne, sein Lachen nahm einen traurigen Klang an, und die Erinnerung an früheres Leid tönte durch seinen mißtrauischen Spott. Mit der Neugierde, die an Kämpfen des Herzens noch mehr Anteil nimmt als an körperlichen, war er dem Zweikampf zwischen Henriette und Mouret gefolgt; er fühlte das Ende herannahen und ahnte die Verwicklung, denn er kannte Denises Geschichte und hatte sie selbst auf dem Vorplatze gesehen.

»Oh! mit dem Leiden, das liegt mir nicht«, sagte Mouret

mit einem Anflug von Prahlerei. »Es ist schon gerade genug, wenn man zahlt.«

Der Baron sah ihn ein paar Augenblicke schweigend an. Ohne weiter in ihn dringen zu wollen, fügte er langsam hinzu:

»Machen Sie sich nicht schlechter als Sie sind ... Sie lassen noch was anderes dabei hängen als nur Ihr Geld. Jawohl, Sie lassen Ihr Herz dabei, mein Freund.«

Er unterbrach sich, um wieder scherzhaft zu fragen:

»Nicht wahr, Herr de Vallagnosc, so was kommt vor?«

»Man sagt so, Herr Baron«, sagte dieser einfach.

Und im selben Augenblick öffnete sich die Zimmertür. Mouret, im Begriff ihm zu antworten, fuhr leicht zusammen. Die drei Männer wandten sich um. Es war Frau Desforges, die mit durchaus fröhlicher Miene nur den Kopf vorstreckte und eindringlich rief:

»Herr Mouret! Herr Mouret!«

Und als sie sie dann bemerkte:

»Oh, meine Herren, gestatten Sie, daß ich Ihnen Herrn Mouret für eine Minute entführe! Es ist wahrhaftig noch das wenigste, daß er mir seine Erleuchtung zur Verfügung stellt, da er mir doch nun mal einen so scheußlichen Mantel verkauft hat. Dies Mädchen hier ist so dumm und so gedankenlos ... Man kann sich keine Vorstellung davon machen ... Kommen Sie, ich warte auf Sie.«

Er zauderte unschlüssig und wollte dem Auftritt, den er vorhersah, ausweichen. Aber er mußte gehorchen. Der Baron flüsterte ihm in seiner väterlich und zugleich scherzhaften Weise ins Ohr:

»Vorwärts, gehen Sie nur, mein Lieber. Die gnädige Frau braucht Sie.«

Nun ging Mouret hinter ihr her. Die Tür fiel wieder zu, und er glaubte noch Vallagnoscs durch die Wandbespannung gedämpftes Gespött zu hören. Übrigens war es mit seinem Mut zu Ende. Seit Henriette das Zimmer verlassen hatte und er Denise dort hinten in ihren eifersüchtigen Händen wußte, fühlte er seine Angst wachsen; eine quälende Nervenunruhe ließ ihn das Ohr spitzen, als müsse er vor dem fernen Geräusch von Tränen erzittern. Was würde diese Frau nicht alles zu ihrer Qual erfinden? Und all seine Liebe, diese Liebe, die ihn selbst immer wieder überraschte, flog zu dem jungen Mädchen hin, gleichsam zu ihrem Halt und Trost. Noch nie hatte er so, mit dem starken, im Leid verborgen liegenden Reiz geliebt. Was er als vielbeschäftigter Mann an Zuneigung empfunden hatte, selbst Henriette, die feine, hübsche, deren Besitz seinem Stolz schmeichelte, war für ihn doch nichts weiter als ein angenehmer Zeitvertreib gewesen, manchmal sogar aus Berechnung, wenn es ihm lediglich um ein Vergnügen zu tun war, aus dem er nebenbei auch Nutzen ziehen konnte. Seelenruhig ging er von seinen Geliebten nach Hause und legte sich glücklich über seine Junggesellenfreiheit schlafen, ohne irgendwelche Gewissensbisse oder Herzbeklemmungen. Jetzt dagegen klopfte ihm das Herz vor Angst, sein Leben lag in Fesseln, er fand im Schlaf in seinem großen, einsamen Bett kein Vergessen mehr. Denise nahm ihn beständig in Beschlag. Selbst in diesem Augenblicke dachte er nur an sie und fühlte sich froh in dem Bewußtsein, zu ihrem Schutze gegenwärtig zu sein, während er jetzt voller Furcht vor einer ärgerlichen Geschichte hinter der andern herging.

Zunächst gingen sie durch das schweigende, leere Schlafzimmer. Dann stieß Frau Desforges eine Tür auf und trat in das Ankleidezimmer, Mouret hinter ihr her. Das war ein recht geräumiges Zimmer, mit roter Seide bespannt, mit einem Marmortisch und einem großen dreiteiligen Spiegelschrank ausgestattet. Da das Fenster nach dem Hofe hinausging, war es schon finster drinnen, und so waren zwei Gasflammen angezündet, deren Nickelarme sich rechts und links vom Spiegel vorstreckten.

»So«, sagte Henriette, »nun wird es vielleicht besser gehen.«

Als Mouret eintrat, fand er Denise in der lebhaften Beleuchtung in gerader Haltung. Sie war sehr blaß, bescheiden in eine dunkle Wolljacke geleidet und hatte einen schwarzen Hut auf; auf dem Arme hielt sie den im »Paradies der Damen« gekauften Mantel. Als sie den jungen Mann bemerkte, zeigten ihre Hände ein leichtes Zittern.

»Nun soll der Herr selbst urteilen«, fuhr Henriette fort. »Helfen Sie mir, Fräulein.«

Und Denise mußte herantreten und ihr den Mantel um die Schultern legen. Beim ersten Versuch hatte sie Nadeln in die Schultern gesteckt, die nicht recht paßten. Henriette wandte sich prüfend zu dem Spiegel.

»Ist so was möglich? Sprechen Sie ganz offen.«

»Tatsächlich, gnädige Frau, der ist verschnitten«, sagte Mouret, um die Sache kurz zu machen. »Aber die Geschichte ist sehr einfach, das Fräulein wird Ihnen Maß nehmen und wir machen Ihnen einen anderen.«

»Nein, ich will diesen, ich brauche ihn sofort«, fuhr sie lebhaft fort. »Aber er preßt mir die Brust zusammen und hier, zwischen den Schultern, macht er einen Sack.«

Dann, mit ihrer trockenen Stimme:

»Wenn Sie mich auch angaffen, Fräulein, davon wird die Sache nicht besser. Sehen Sie doch nach, Sie werden schon was finden. Das ist doch Ihre Sache.«

Ohne den Mund aufzutun, fing Denise wieder an, ihre Nadeln festzustecken. Das dauerte eine ganze Zeit: sie mußte von einer Schulter zur andern hinüber; einen Augenblick mußte sie sich sogar niederbeugen, fast niederknien, um die Vorderseite des Mantels herunterzuziehen. Frau Desforges nahm über ihr stehend und sich ihrem

Kummer hingebend, den harten Gesichtsausdruck der schwer zu befriedigenden Herrin an. Sie war glücklich, das junge Mädchen zu dieser Dienstbotentätigkeit herabwürdigen zu können und spähte bei den kurzen Befehlen, die sie ihr gab, nach jeder geringsten nervösen Zuckung auf Mourets Gesicht.

»Hier stecken Sie noch mal eine Nadel ein. Ach nein! nicht da, mehr hier nach dem Ärmel herüber. Begreifen Sie denn nicht? . . . Da ist's noch nicht richtig, sehen Sie, da kommt der Sack wieder zum Vorschein. Und seien Sie doch vorsichtig, Sie stechen mich!«

Während die Sache noch zweimal wieder aufgenommen wurde, nahm Mouret vergeblich einen Anlauf, dazwischenzutreten und diesem Vorgang ein Ende zu machen. Sein Herz schlug bei dieser Erniedrigung seiner Liebe hoch auf; und er liebte Denise um so mehr, fühlte wirklich tiefe Rührung über ihre schöne, schweigsame Haltung. Wenn dem jungen Mädchen auch immerhin die Hände ein wenig zitterten,sich in seiner Gegenwart so behandelt zu sehen, so nahm sie als mutiges Mädchen dieses notwendige Zubehör zu ihrem Geschäft doch mit stolzer Ergebenheit hin. Sobald Frau Desforges einsah, sie würden sich nicht verraten, suchte sie nach etwas anderem, sie verfiel darauf, Mouret zuzulächeln, ihn als ihren Liebhaber auszuspielen. Da die Nadeln gerade knapp wurden, sagte sie:

»Ach, lieber Freund, sehen Sie doch mal in dem Elfenbeinkästchen auf dem Ankleidetisch nach . . . Wahrhaftig! ist es leer? . . . seien Sie lieb und sehen Sie auch noch mal auf dem Kamin im Schlafzimmer nach: Sie wissen ja, in der Ecke beim Spiegel.«

So gab sie ihm Heimatsrecht, sie behandlete ihn wie jemand, der weil er hier ja schon geschlafen hätte, auch Bescheid wüßte, wo Kämme und Bürsten lägen. Als er ihr zwischen den Fingerspitzen ein paar Nadeln brachte, nahm

sie eine nach der andern und zwang ihn so, vor ihr stehen-
zubleiben, während sie ihn ansah und leise auf ihn ein-
sprach.

»Ich bin doch nicht gerade buckelig… Geben Sie mir
mal Ihre Hand, fühlen Sie doch mal meine Schultern, nur
aus Spaß. Sehe ich denn so aus?«

Denise hob langsam die Augen; sie war noch blasser
geworden und fuhr schweigend mit dem Feststecken der
Nadeln fort. Mouret sah nichts von ihr als ihr schweres
Blondhaar, das sich um ihren zarten Nacken wand; aber
aus seinem schaudernden Emporgesträubtsein glaubte er
das Unbehagen und die Scham auf ihrem Gesicht heraus-
zufühlen. Jetzt mußte sie ihn zurückstoßen, mußte ihn der
Frau da zurückgeben, die ihre Verbindung nicht einmal
vor einer Fremden verbarg. Und dann kribbelte es ihm in
den Händen vor Sucht nach Tätlichkeiten, er hätte Henriette prügeln mögen. Wie könnte er sie zum Schweigen
bringen? wie könnte er Denise ausdrücken, er bete sie an,
nur sie sei zu dieser Stunde für ihn da, all seine alten Ein-
tagsliebeleien wolle er ihr zum Opfer bringen? Kein Mädchen hätte je solche zweideutigen Vertraulichkeiten gebraucht wie diese Bürgersfrau. Er zog seine Hand zurück
und wiederholte:

»Es ist nicht recht, gnädige Frau, daß Sie darauf bestehen, wenn ich Ihnen doch selbst zugeben, das Stück ist
verschnitten.«

Eine der Gasflammen fing an zu singen; in der stickigen,
schlaffen Luft hier im Zimmer war nichts als ihr heißer
Hauch zu hören. Die Spiegelscheiben des Schranks warfen
auf die rotseidene Wandbespannung mächtige, lebhaft erhellte Flecken, auf denen die Schatten der beiden Frauen
herumtanzten. Eine Flasche mit Verbenenduft, aus Versehen nicht wieder zugemacht, hauchte den unbestimmten,
weltverlorenen Duft eines welkenden Blumenstraußes
umher.

So, gnädige Frau, das ist alles, was ich tun kann«, sagte Denise endlich und richtete sich wieder auf.

Sie fühlte sich am Ende ihrer Kräfte. Zweimal schon hatte sie sich die Nadeln in die Hand gesteckt, da ihre Augen vor Unruhe blind wurden. Hatte er teil an dieser Verschwörung? hatte er sie hergeschickt, um sich für ihre Weigerung zu rächen, indem er ihr zeigte, andere Frauen liebten ihn noch? Dieser Gedanke ließ sie zu Eis erstarren, sie konnte sich nicht erinnern, jemals so sehr ihren Mut nötig gehabt zu haben, selbst nicht in den schlimmsten Stunden ihres Daseins, in denen es ihr an Brot gefehlt hatte. Ihre Erniedrigung an sich war noch nichts, aber ihn so, fast in den Armen einer anderen zu sehen, als wäre sie gar nicht da!

Henriette sah ihr Spiegelbild prüfend an. Abermals platzte sie mit harten Worten heraus.

»Sie scherzen wohl, Fräulein. Jetzt sitzt er noch viel schlechter. Sehen Sie doch bloß, wie er mir die Brust herauspreßt. Ich sehe ja aus wie eine Amme.«

Nun ließ Denise ein ärgerliches Wort fallen, da sie sich zum äußersten gebracht fühlte.

»Gnädige Frau sind ein wenig stark... Wir können die gnädige Frau aber wirklich nicht schlanker machen.«

»Stark, stark«, wiederholte Henriette und wurde nun ihrerseits blaß. »Jetzt werden Sie auch noch unverschämt, Fräulein... Ich rate Ihnen wirklich, kümmern Sie sich um andere Leute!«

Zitternd sahen die beiden sich jetzt Auge in Auge. Nun gab es länger keine Dame, kein Ladenmädchen mehr. Sie waren nur noch Frauen, ihre Nebenbuhlerschaft machte sie gleich. Die eine riß sich heftig den Mantel von den Schultern und warf ihn über einen Stuhl; die andere dagegen warf die paar Nadeln, die sie noch zwischen den Fingern hielt, ohne weiteres auf den Ankleidetisch.

»Mich wundert nur«, fuhr Henriette fort, »daß Herr Mouret solche Unverschämtheiten zuläßt... Ich glaubte, Sie wären etwas vorsichtiger mit Ihren Angestellten, Herr Mouret.«

Denise hatte ihre ruhige Tapferkeit wiedergefunden. Sie antwortete leise:

»Wenn Herr Mouret mich behält, dann hat er mir wohl keine Vorwürfe zu machen... Ich bin bereit, Sie um Entschuldigung zu bitten, wenn er es verlangt.«

Voller Ergriffenheit hörte Mouret diesen Streit an, fand aber kein Wort, das ihm ein Ende gemacht hätte. Er verabscheute solche weiblichen Auseinandersetzungen, da ihre Bitterkeit sein beständiges Bedürfnis nach Anmut verletzte. Henriette wollte ihm ein Wort der Verurteilung über das junge Mädchen entreißen; und da er weiter in stummem Zwiespalt verharrte, versuchte sie ihn durch eine letzte Beleidigung aufzupeitschen.

»Das ist ja hübsch, Herr Mouret, daß ich mir in meinem eigenen Hause die Unverschämtheiten Ihrer Geliebten gefallen lassen muß!... Eines Mädchens, das Sie irgendwo aus der Gosse aufgelesen haben!«

Aus Denises Augen quollen zwei große Tränen hervor. Sie hielt sie schon lange zurück; aber unter dieser Beleidigung verlor sie jegliche Kraft. Als Mouret sie so weinen sah, ohne daß sie heftig geworden wäre, in so würdiger, stummer Verzweiflung, da zögerte er nicht länger, sein Herz flog ihr in ungeheurer Zärtlichkeit entgegen. Er ergriff ihre Hand und stammelte:

»Gehen Sie rasch, mein Kind, vergessen Sie dies Haus.«

Ganz starr und wortlos vor Zorn sah Henriette sie an.

»Warten Sie«, fuhr er fort und nahm selbst den Mantel zusammen, »nehmen Sie dies Ding mit. Die gnädige Frau wird sich woanders einen neuen kaufen... Und weinen Sie nicht länger, bitte! Sie wissen ja, wie hoch ich Sie schätze.«

Er begleitete sie bis zur Tür und machte sie hinter ihr zu. Sie hatte kein Wort von sich gegeben; nur eine rosige Flamme war ihr in die Wangen gestiegen, während ihre Augen sich von neuem mit köstlich süßen Tränen füllten.

Henriette erstickte; sie hatte ihr Taschentuch hervorgezogen und preßte es an die Lippen. Ihre Berechnungen kehrten sich gegen sie, sie sah sich selbst in der ihnen gelegten Schlinge gefangen. Nun war sie trostlos, in ihrer quälenden Eifersucht die Dinge soweit getrieben zu haben. Um so ein Geschöpf verlassen zu werden! sich in ihrer Gegenwart so entwürdigt zu sehen! Ihr Stolz litt mehr als ihre Liebe.

»Also das ist das Mädchen, das Sie lieben?« brachte sie endlich mühsam heraus, als sie allein waren.

Mouret antwortete nicht sofort, er ging zwischen Tür und Fenster auf und ab und versuchte, seiner heftigen Erregung Herr zu werden. Schließlich blieb er stehen und sagte sehr höflich und schlicht, aber mit einer Stimme, in die er Kälte hineinzulegen versuchte:

»Jawohl, gnädige Frau.«

Die Gasflamme sang immer noch in der stickigen Luft des kleinen Zimmers. Jetzt tanzten keine Schatten mehr vor dem Widerschein der Spiegel herum, der Raum erschien ganz kahl, in dumpfe Traurigkeit verfallen. Und plötzlich warf Henriette sich in einen Lehnstuhl, während sie, ihr Taschentuch fieberhaft zwischen den Fingern zusammenballend, immer wieder schluchzend hervorstieß:

»Ach Gott! bin ich unglücklich!«

Er sah sie ein paar Sekunden lang unbeweglich an. Dann ging er ruhig hinaus. Allein geblieben weinte sie nun schweigend angesichts der über den Ankleidetisch und den Fußboden verstreuten Nadeln vor sich hin.

Als Mouret wieder in das kleinere Zimmer trat, fand er hier nur noch Vallagnosc, da der Baron sich wieder zu den

Damen begeben hatte. Da er sich noch ganz erschüttert fühlte, setzte er sich im Hintergrunde des Zimmers auf ein Sofa; und als sein Freund ihn so kraftlos sah, pflanzte er sich barmherzig vor ihm auf, um ihn vor etwaigen neugierigen Blicken zu schirmen. Zunächst sahen sie sich ohne ein Wort zu wechseln an. Dann fragte schließlich Vallagnosc, den Mourets Kummer anscheinend innerlich ergötzte, mit seiner spöttischen Stimme:

»Freust du dich?«

Mouret schien ihn zuerst nicht zu verstehen. Als er sich dann aber ihrer früheren Unterhaltungen über die dumme Hohlheit und die unnütze Quälerei des Lebens erinnerte, erwiderte er:

»Zweifellos, noch nie habe ich so gern gelebt... Ach, mein Alter, mache dich nicht lustig, die Stunden, in denen wir vor Leid zugrunde zu gehen glauben, sind die allerkürzesten!«

Er senkte die Stimme und fuhr fröhlich fort, trotzdem er sich kaum ordentlich seine Tränen abgewischt hatte:

»Oh, du weißt alles, nicht wahr? sie haben da eben mit vereinten Kräften mein Herz zerhackt. Aber sie tun doch auch wieder gut, fast so sehr wie ihre Liebkosungen, die Wunden, die sie uns beibringen... Ich bin ganz zerschlagen, ich kann nicht mehr; einerlei, du kannst gar nicht glauben, wie ich das Leben liebe!... Oh, ich kriege es schließlich doch noch, dies widerspenstige Kind!«

Vallagnosc sagte nur schlicht:

»Und dann?«

»Dann?... Na ja, dann habe ich sie! Ist das nicht genug?... Halte dich nur für stark, weil du keine Dummheiten begehen und leiden willst! Du bist doch nur ein Narr, nichts weiter!... Versuche doch nur mal, eine von ihnen zu begehren und sie schließlich zu kriegen: mit einer Minute macht dich das für alles Elend bezahlt.«

Aber Vallagnosc wollte nun einmal seine Schwarzsehe-
rei auf die Spitze treiben. Was nützte denn all die Arbeit,
wenn das Geld einem doch nicht alles verschaffte? Er
würde, sowie er einsehen müßte, daß er selbst mit Millionen sich das ersehnte Weib nicht erkaufen könnte, die
Bude zumachen, sich auf den Rücken legen und auch keinen Finger mehr rühren! Mouret wurde ernst, während er
ihm so zuhörte. Dann aber legte er heftig wieder los, denn
er glaubte doch an die Allmacht seines Willens.

»Ich will sie haben, und ich werde sie kriegen!… Und
geht sie mir durch, dann sollst du mal die Maschine sehen,
die ich mir zum Trost bauen werde. Das soll großartig
werden trotz alledem… Du verstehst nicht, was das heißt,
mein Alter: sonst würdest du wissen, daß Tätigkeit ihren
Lohn schon in sich birgt. Handeln, schaffen, sich mit den
Tatsachen herumbalgen, sie unterkriegen oder von ihnen
untergekriegt werden, da liegt alle Freude und alle Gesundheit des Menschengeschlechts!«

»Lediglich ein Betäubungsmittel«, murmelte der andere.

»Auch gut! dann will ich mich eben betäuben… Wenn
ich schon mal verrecken muß, dann will ich lieber vor
Leidenschaft verrecken als vor Langeweile!«

Sie fingen beide an zu lachen, denn das rief ihnen ihre
alten Auseinandersetzungen aus der Schulzeit wieder wach.
Nun gefiel Vallagnosc sich darin, sich mit seiner schlaffen
Stimme über die Plattheit der Dinge zu verbreiten. Er brüstete sich geradezu mit der Unbeweglichkeit und Wertlo-
sigkeit seines Daseins. Gewiß würde er sich morgen im
Ministerium genau so langweilen wie gestern; in drei Jahren hatten sie ihn um sechshundert Francs heraufgesetzt,
er stand sich jetzt auf dreitausendsechshundert, nicht
genug, um anständige Zigarren dafür rauchen zu können;
es wurde immer dämlicher, und wenn man sich nicht um-
brachte, so geschah es aus reiner Faulheit, um sich keine

Unbequemlichkeiten zu machen. Als Mouret dann mit ihm von seiner Hochzeit mit Fräulein de Boves zu sprechen anfing, erwiderte er, die Geschichte sei trotz der hartnäckigen Weigerung der Tante zu sterben entschieden; er glaubte wenigstens, die Eltern wären sich wohl darüber einig; er tat so, als habe er selbst nichts dabei zu sagen. Wozu sollte er wollen oder nicht, wenn doch alles immer anders auslief, als man es gern wollte? Er führte seinen zukünftigen Schwiegervater als Beispiel an, der in Frau Guibal eine gleichgültige Blondine zu finden erwartet hatte und nun von ihr mit der Hetzpeitsche behandelt wurde, wie ein altes Pferd, aus dem man die letzten Kräfte herausholen will. Während alle ihn mit der Besichtigung des Gestüts von Saint-Lô beschäftigt glaubten, fraß sie ihn mit Haut und Haaren in einem kleinen von ihm in Versailles gemieteten Hause auf.

»Er ist aber glücklicher als du«, sagte Mouret und stand auf.

»Oh, gewiß!« erklärte Vallagnosc. »Am Ende hat man doch nur an den eigenen Gemeinheiten etwas Spaß.«

Mouret hatte sich wieder gesetzt. Er hatte beabsichtigt wegzugehen; aber sein Weggehen sollte nicht wie eine Flucht aussehen. So entschloß er sich denn, noch eine Tasse Tee zu trinken und trat mit seinem Freunde unter scherzhafter Wechselrede wieder in das größere Zimmer. Baron Hartmann fragte ihn, ob der Mantel endlich passe; und Mouret antwortete ihm ohne jede Unruhe, er wolle nichts mehr damit zu tun haben. Allgemeine Ausrufe. Während Frau Marty sich beeilte, ihn zu bedienen, klagte Frau de Boves die Warenhäuser an, sie machten alle Kleidungsstükke immer zu eng. Schließlich konnte er sich zu Bouthemont setzen, der sich noch nicht gerührt hatte. Man achtete nicht mehr auf sie, und auf Bouthemonts unruhige Fragen, der sein Schicksal gern wissen wollte, wartete er nicht, bis sie draußen waren, sondern teilte ihm mit, die Herren hätten in der Sitzung beschlossen, sich seiner Dienste zu entledigen. Zwischen jeden paar Worten trank er ein kleines Schlückchen Tee und versicherte ihn seiner Verzweiflung. Oh, er konnte sich noch gar nicht recht von dem Ärger erholen, ganz außer sich war er weggegangen. Allein was sollte er machen? er konnte doch mit den Leuten nicht wegen einer einfachen Geschichte über einen Angestellten brechen. Leichenblaß mußte Bouthemont sich auch noch bei ihm bedanken.

»Das ist ja ein schrecklicher Mantel«, ließ Frau Marty jetzt einfließen. »Henriette kommt ja gar nicht wieder.«

Tatsächlich begann ihre immer länger währende Abwesenheit aller Welt peinlich zu werden. Aber im gleichen Augenblick erschien Frau Desforges schon.

»Sie verzichten auch darauf?« rief Frau de Boves heiter.«

»Wieso?«

»Ja, Herr Mouret hat uns erzählt, daß Sie nicht mit ihm fertig werden können.«

Henriette zeigte sich höchst überrascht.

»Herr Mouret hat wohl einen Witz machen wollen. Der Mantel sitzt ja vollkommen.«

Sie lächelte anscheinend sehr heiter. Zweifellos hatte sie sich die Augen gewaschen, denn sie waren ganz frisch und gar nicht gerötet. Während ihr ganzes Wesen noch zitterte und blutete, fand sie als welterfahrene Frau doch die Kraft, ihre Qualen unter der Maske lieblicher Anmut zu verbergen. Mit ihrem gewohnten Lächeln bot sie Vallagnosc ein belegtes Brötchen an. Nur der Baron, der sie genau kannte, bemerkte ein leichtes Zusammenkneifen ihrer Lippen und das düstere Feuer in ihren Augen, das nicht verlöschen wollte. Er ahnte den ganzen Vorgang.

»Mein Gott, jeder nach seinem Geschmack!« sagte Frau de Boves und nahm auch ein belegtes Brötchen. »Ich kenne

Damen, die auch kein Endchen Band woanders als im Louvre kaufen würden. Andere schwören nur aufs Bon-Marché ... Das ist zweifellos Neigungssache.«

»Das Bon-Marché ist doch recht Provinz«, murmelte Frau Marty, »und im Louvre wird man so geschubst!«

Damit kamen die Damen wieder auf die großen Warenhäuser. Mouret mußte sie beraten, er trat wieder mitten unter sie und heuchelte Gerechtigkeitsliebe. Ein ausgezeichnetes Haus, das Bon-Marché, anständig und aller Achtung wert; aber das Louvre besaß doch sicher eine glänzendere Kundschaft.

»Sie geben aber doch schließlich dem ›Paradies der Damen‹ den Vorzug«, meinte der Baron lächelnd.

»Ja«, gab Mouret ruhig zur Antwort. »Bei uns haben wir die Kunden wirklich gern.«

Sämtliche anwesenden Damen waren seiner Meinung. Das war's ja gerade, sie befanden sich dort wie auf einem Damenfest, sie fühlten sich beständig umschmeichelt und geliebkost, eine Anbetung hing hier in der Luft, die auch die Aufrichtigsten fesseln mußte. Von dieser liebenswürdigen Verführungskunst rührte der ungeheure Erfolg des Warenhauses her.

»Bei der Gelegenheit«, sagte Henriette, um ihm ihre freie Sinnesart zu zeigen, »was machen Sie mit meinem Schützling, Herr Mouret? ... Fräulein de Fontenailles, wissen Sie.«

Und dann wandte sie sich zu Frau Marty:

»Eine Marquise, meine Liebe, ein armes Mädchen, das in bedrängte Umstände geraten ist.«

»Na«, antwortete Mouret, »sie verdient drei Francs täglich mit Nähen von Probenheften, und ich denke, ich werde sie mit einem meiner Laufburschen verheiraten.«

»Pfui! wie gräßlich!« rief Frau de Boves.

Er sah sie an und sagte in seinem ruhigen Tonfall:

»Warum denn, gnädige Frau? Ist es nicht besser für sie, sie heiratet einen braven Burschen, einen tüchtigen Arbeiter, als daß sie sich der Gefahr aussetzt, durch irgendeinen Taugenichts auf der Straße aufgegriffen zu werden?«

Vallagnosc wollte mit einem Scherz dazwischentreten.

»Drängen Sie ihn nicht, gnädige Frau, sonst erklärt er Ihnen noch, daß die alten Familien Frankreichs samt und sonders besser daran täten, Baumwolle zu verkaufen.«

»Gewiß, für manche von ihnen wäre das wenigstens ein ehrenvolles Ende«, erklärte Mouret.

Nun kam schließlich alles ins Lachen; ein so widersinniger Ausspruch kam ihnen doch etwas stark vor. Er fuhr fort, den – wie er ihn nannte – Adel der Arbeit zu feiern. Eine schwache Röte färbte Frau de Boves' Wangen, vor wütender innerer Scham, sich zu allen möglichen ärmlichen Aushilfen gezwungen zu sehen; Frau Marty dagegen stimmte ihm unter dem Zwange ihrer Gewissensbisse zu, denn sie mußte an ihren armen Mann denken. Gerade jetzt ließ der Diener den Professor eintreten, der sie abzuholen kam. Er sah in seinem engen blanken Gehrock noch trockener, noch mehr durch harte Arbeit mitgenommen aus. Nachdem er sich bei Frau Desforges für ihre Fürsprache im Ministerium bedankt hatte, warf er auf Mouret den furchtsamen Blick jemandes, der dem Unheil begegnet, von dem er sich den Tod erwartet. Und von Grauen gepackt blieb er stehen, als er merkte, daß dieser das Wort an ihn richtete.

»Nicht wahr, Herr Professor, Arbeit bedeutet doch Fortschritt?«

»Arbeit und Sparsamkeit«, antwortete er unter leichtem Beben seines ganzen Körpers, »nehmen Sie die Sparsamkeit noch hinzu, Herr Mouret.«

Bouthemont war unterdessen unbeweglich auf seinem Lehnstuhl sitzengeblieben. Mourets Worte tönten ihm noch im Ohr. Endlich stand er auf und sagte ganz leise zu Henriette:

»Wissen Sie, er hat mir eben meinen Abschied mitgeteilt, oh, sehr zartfühlend! ... Aber zum Teufel noch mal, wenn ihm das nicht noch mal leid tut! Ich habe eben meinen Geschäftsnamen herausgefunden: ›Zu den vier Jahreszeiten‹ und ich setze mich dicht neben die Oper.«

Sie sah ihn an, und ihre Augen verdunkelten sich.

»Zählen Sie auf mich, ich bin dabei ... Warten Sie.«

Und sie zog den Baron Hartmann in eine Fensternische. Ohne weiteres empfahl sie ihm Bouthemont und schilderte ihn ihm als einen Witzbold, der ganz Paris auf den Kopf stellen würde, sobald er sich selbständig machte. Als sie aber zu ihm von einer Teilhaberschaft mit ihrem neuen Schützling zu sprechen begann, konnte der Baron, obwohl er sich über nichts mehr wunderte, eine bestürzte Bewegung nicht unterdrücken. Das war der vierte geistreiche Bursche, den sie ihm ans Herz legte, und er fühlte sich allmählich lächerlich werden. Aber er schlug es ihr doch nicht rundweg ab, der Gedanke an die Erzeugung eines Gegengewichts gegen das »Paradies der Damen« gefiel ihm sogar; denn auch in gewissen Banksachen war er schon darauf verfallen, sich selbst Wettbewerber zu schaffen, um dadurch andern den Wind aus den Segeln zu nehmen. Ferner machte ihm dies Abenteuer auch Spaß. Er versprach ihr, er wolle die Sache prüfen.

»Wir müssen das heute abend besprechen«, flüsterte Henriette Bouthemont leise ins Ohr. »Gegen neun Uhr, vergessen Sie nicht ... Der Baron ist auf unserer Seite.«

Lautes Stimmengewirr füllte in diesem Augenblick den großen Raum. Mouret, der noch immer mitten unter den Damen stand, hatte seine liebenswürdige Haltung wiedergefunden: er verteidigte sich heiter dagegen, daß er sie mit seinem Tand zugrunde richte und bot ihnen den zahlen-

mäßigen Beweis an, daß er ihnen dreißig vom Hundert
Ersparnisse bei ihren Einkäufen verursache. Als ehemaliger Nachtschwärmer fühlte sich Baron Hartmann abermals von brüderlicher Bewunderung für ihn ergriffen und
sah ihn an. Vorwärts! der Zweikampf war zu Ende, Henriette lag am Boden, sie war also gewiß nicht die Frau, die da
kommen sollte. Und er glaubte wieder das bescheidene
Gesicht des jungen Mädchens vor sich zu sehen, das er
bemerkt hatte, als er über den Vorplatz ging. Da stand sie,
geduldig, aber durch ihre Sanftmut allein schon gefährlich.

Elftes Kapitel

AM 25. SEPTEMBER BEGANNEN DIE ARBEI-ten für die neue Schauseite des »Paradies der Damen«. Baron Hartmann hatte die Sache seinem Versprechen gemäß in der letzten Generalversammlung des Crédit Immobilier durchgedrückt. Und nun gelangte Mouret endlich zur Verwirklichung seines Traumes: diese Schauseite, bestimmt, sich an der Rue du Dix-Décembre entlang auszudehnen, bedeutete die eigentliche Blüte seines Glücks. Daher wollte er die Grundsteinlegung auch entsprechend feiern. Er gestaltete sie zu einem Fest, teilte seinen Verkäufern besondere Geschenke aus und gab ihnen abends Wildbraten und Champagner. Auf dem Bauplatz verspürte man seinen Frohsinn in der Siegermiene, mit der er durch einen Kellenstrich den Grundstein festlegte. Seit Wochen war er voller Unruhe, von einer qualvollen Nervenabspannung gehetzt gewesen, die er nicht immer unterdrücken konnte; und seine Siegesfeier gewährte ihm nun einen gewissen Aufschub, etwas Zerstreuung in seinem Leiden. Den ganzen Nachmittag schien er wieder im Besitz seines früheren heiteren Selbstbewußtseins. Aber als er beim Abendessen durch die Eßräume schritt, um ein Glas Champagner mit seinen Angestellten zu trinken, da schien er wieder zu fiebern, wenn er mühsam lächelte und seine Züge sich vor uneingestandenem Leid verzerrten. Es hatte ihn wieder gepackt.

In der Kleiderabteilung versuchte am folgenden Morgen Clara Prunaire sich häßlich gegen Denise zu benehmen.

Sie hatte Colombans Liebesverzückung bemerkt und wollte sich über die Baudu lustig machen. Während Marguerite, auf Kunden wartend, sich ihren Bleistift anspitzte, sagte sie ganz laut zu ihr:

»Wissen Sie, mein Liebhaber von gegenüber ... Er tut mir allmählich leid da in der düsteren Bude, wo doch nie jemand hinkommt.«

»Er ist doch gar nicht so unglücklich«, antwortete Marguerite, »er soll doch die Tochter des Inhabers heiraten.«

»O je!« fuhr Clara fort. »Wird das ein Spaß, ihn der abspenstig zu machen! ... Da kann ich mich ordentlich mit aufspielen, auf mein Wort!«

Und so fuhr sie fort, ganz glücklich in dem Empfinden, etwas für Denise Unangenehmes gesagt zu haben. Die hätte ihr alles verziehen; aber der Gedanke, ihre sterbende Base Geneviève mit solcher Grausamkeit zugrunde gerichtet zu sehen, brachte sie ganz außer sich. Gerade zeigte sich eine Kundin, und da Frau Aurelie eben in die Kellerräume hinuntergegangen war, so übernahm sie die Leitung der Abteilung und rief Clara auf.

»Fräulein Prunaire, Sie sollten sich lieber um die Dame da bekümmern, anstatt zu schwatzen.«

»Ich habe nicht geschwatzt.«

»Wollen Sie bitte ruhig sein. Und nehmen Sie sich da sofort der Dame an.«

Gebändigt gab Clara nach. Wenn Denise, ohne auch nur die Stimme zu erheben, ihre Macht spielen ließ, widerstand ihr keine. Sie hatte gerade durch ihre Sanftmut eine völlige Oberherrschaft errungen. Einen Augenblick ging sie schweigend zwischen den wieder ernst gewordenen jungen Mädchen umher. Marguerite hatte sich wieder daran gemacht, ihren Bleistift zu spitzen, in dem das Blei fortwährend abbrach. Sie war die einzige, die den Widerstand der Zweiten gegen Mouret immer noch billigte; sie nickte mit dem Kopfe, und gab sie auch ihr Zufallskind nicht offen zu, so erklärte sie doch, bei der Wahl zwischen einer üblen Klemme und einer Dummheit wäre es immer noch das beste, anständig zu bleiben.

»Ärgern Sie sich?« sagte eine Stimme hinter Denise...

Es war Pauline, die durch die Abteilung ging. Sie hatte den Vorgang bemerkt und sprach nun leise mit ihr darüber, wobei sie lächelte.

»Ich muß ja wohl«, antwortete Denise ebenso. »Ich kann mit meinem kleinen Volk nicht fertig werden.«

Die Leinenverkäuferin zuckte die Achseln.

»Lassen Sie nur, sobald Sie wollen, sind Sie ja doch unser aller Königin.«

Sie verstand die Weigerung ihrer Freundin immer noch nicht. Ende August hatte Sie Baugé geheiratet, die reine Dummheit, sagte sie selbst heiter. Der gräßliche Bourdoncle behandelte sie jetzt als Klotz, als ein Frauenzimmer, das fürs Geschäft verdorben sei. Ihre ganze Angst war, man möchte sie eines schönen Morgens an die Luft setzen, damit sie sich draußen lieb haben könnten, denn die Herren aus der Oberleitung hielten die Liebe für etwas Scheußliches, für den Verkauf Verderbliches. Daher ging sie so weit, daß sie bei jedem Zusammentreffen mit Baugé in den Gängen so tat, als kenne sie ihn nicht. Sie hatte gerade wieder eine Warnung bekommen, Vater Jouve hatte sie beinahe abgefaßt, wie sie hinter einem Stoß Wischtücher mit ihrem Gatten geplaudert hatte.

»Sehen Sie, er ist wieder hinter mir her«, setzte sie hinzu, nachdem sie Denise ihr Abenteuer erzählt hatte. »Sehen Sie, wie er mit seiner großen Nase nach mir schnüffelt!«

Wirklich trat Jouve aus der Spitzenabteilung, vorschriftsmäßig in weißer Binde, die Nase auf der Fährte irgendeines Vergehens. Aber sowie er Denises ansichtig wurde, machte er einen krummen Buckel und ging mit liebenswürdiger Miene vorbei.

»Gerettet!« flüsterte Pauline. »Liebe, das haben Sie ihm
aus dem Munde gerissen ... Sagen Sie mal, wenn mir was
zustoßen sollte, Sie würden doch ein gutes Wort für mich
einlegen? Ja, ja, machen Sie nur nicht so ein erstauntes
Gesicht, man weiß doch, ein Wort von Ihnen stellt das
ganze Haus auf den Kopf.«

Und sie beeilte sich schleunigst, wieder in ihre Abteilung zu kommen. Denise war vor Unruhe über diese
freundschaftlichen Anspielungen rot geworden. Übrigens
waren sie berechtigt. Bei den unbestimmten Schmeichelei-
en um sie her hatte sie bereits eine unbestimmte Empfindung ihrer Macht. Als Frau Aurelie wieder nach oben kam
und die Abteilung unter Aufsicht der Zweiten ruhig an der
Arbeit fand, lächelte sie ihr freundschaftlich zu. Sie ließ
sogar Mouret im Stich, und ihre Liebenswürdigkeit gegen
ein Wesen, das ihr eines schönen Morgens ihre Stellung als
Erste streitig machen konnte, nahm täglich zu. Denises
Herrschaft begann.

Nur Bourdoncle legte die Waffen nicht nieder. Dem
geheimen Krieg, den er gegen das junge Mädchen führte,
lag zunächst eine angeborene Abneigung zugrunde. Sie
war ihm wegen ihrer reizvollen Sanftmut zuwider. Dann
bekämpfte er in ihr einen unheilvollen Einfluß auf das
Geschäft, der sich an dem Tage geltend machen mußte, wo
Mouret dem ihren unterlag. Es schien ihm, als müßten die
kaufmännischen Fähigkeiten des Herrn unter dieser schlaffen Zuneigung zugrunde gehen: was er durch die übrigen
Frauen erworben hatte, würde er durch diese eine wieder
verlieren. Ihn ließen sie alle kalt, er behandelte sie mit
Verachtung, als Mensch ohne jede Leidenschaft, dessen
Beruf es ist, von ihnen zu leben, und dem auch die letzte
Selbsttäuschung dadurch abhanden gekommen ist, daß er
sie in seinem jammervollen Beruf nackend gesehen hat.
Anstatt ihn zu berauschen, verursachte ihm der Duft sei-

ner siebzigtausend Kundinnen unerträgliche Kopfschmer-
zen: sowie er nach Hause kam, prügelte er sein Verhältnis.
Und was ihn bei dieser kleinen, allmählich so gefährlich
gewordenen Verkäuferin ganz besonders beunruhigte: er
konnte unmöglich an ihre Selbstlosigkeit glauben, an die
Freiwilligkeit ihrer Weigerung. Seiner Meinung nach spielte sie eine Rolle, eine äußerst geschickte Rolle; denn hätte
sie sich ihm gleich am ersten Tage hingegeben, so würde
Mouret sie am nächsten Morgen vergessen haben; durch
ihre Weigerung aber peitschte sie seine Begierden auf, sie
machte ihn durch sie verrückt, fähig zu jeder Dummheit.
Die allergerissenste, die das Laster wissenschaftlich betrieb,
hätte nicht anders als dies Unschuldslamm vorgehen können. Bourdoncle konnte sie daher jetzt mit ihren hellen
Augen, ihrem sanften Gesicht, ihrer ganzen schlichten Haltung nicht ansehen, ohne von wahrer Furcht ergriffen zu
werden, als stände ihm eine verkappte Menschenfresserin
gegenüber, das dunkle Rätsel der Frau, der Tod mit den
Zügen einer Jungfrau. Wie konnte er das Vorgehen dieser
falschen Unschuld vereiteln? Alles lief jetzt für ihn auf das
Bestreben hinaus, hinter ihre Schliche zu kommen, und er
hoffte auch, diese eines Tages ans Licht zu bringen; ganz
sicher würde sie mal einen Bummel machen, er würde sie
mit einem ihrer Liebhaber abfassen, und sie würde abermals von dannen gejagt werden und das Haus sich dann
endlich wieder im Zustand eines gut geschmierten Triebwerkes befinden.

»Passen Sie auf, Herr Jouve«, sagte Bourdoncle immer
wieder zu dem Aufseher. »Ich werde es Ihnen lohnen.«

Aber Jouve betrieb die Geschichte voller Lässigkeit, denn
er kannte die Frauen und gedachte sich auf die Seite dieses
Kindes hinüberzuschlagen, das morgen schon ihrer aller
Oberherrin sein konnte. Wenn er sie auch nicht mehr an-
zurühren wagte, so fand er sie doch verteufelt niedlich.

Sein alter Oberst hatte sich eines solchen Rackers wegen umgebracht, eines so unscheinbaren Gesichtes wegen, so zart und bescheiden, das mit einem einzigen Blick alle Herzen verdrehte.

»Ich passe schon auf, ich passe schon auf«, antwortete er. »Aber wahrhaftig, ich finde nichts!«

Indessen machten doch allerlei Geschichten die Runde, und unter aller Schmeichelei und Hochachtung, die Denise um sich her entstehen fühlte, bewegte sich doch ein Unterstrom abscheulichen Klatsches. Das ganze Haus erzählte sich jetzt, sie habe früher Hutin zum Geliebten gehabt; bis zu der Behauptung, das Verhältnis bestände noch, wagten sie sich nicht vor, aber man argwöhnte doch, sie sähen sich noch hin und wieder. Und Deloche hatte ebenfalls bei ihr geschlafen: sie trafen sich noch alle Augenblikke in dunklen Ecken und schwatzten da stundenlang. Eine wahre Schande!

»Also nichts über den Ersten aus der Seide, nichts über den jungen Mann bei den Spitzen?« fragte Bourdoncle wieder.

»Nein, Herr Bourdoncle, noch immer nichts«, bestätigte der Aufseher.

Bourdoncle rechnete vor allem darauf, Denise mit Deloche zu überraschen. Er hatte sie eines Morgens selbst im Keller gesehen, wie sie lachten. Während dieser Zeit des Abwartens verkehrte er mit dem jungen Mädchen wie eine Großmacht mit einer andern, er mißachtete sie nicht länger, sondern fühlte sie stark genug, ihn selbst aus dem Sattel zu heben, wenn er das Spiel verlöre, trotz seiner zehnjährigen Dienstzeit.

»Ich lege Ihnen besonders den jungen Mann bei den Spitzen ans Herz«, schloß er jedesmal. »Sie stecken immerfort zusammen. Fassen Sie sie, so rufen Sie mich sofort, alles übrige nehme ich auf mich.«

Mouret lebte währenddessen in dauernder Qual. War es die Möglichkeit? Konnte dies Kind ihn so martern? Immer wieder sah er sie, wie sie mit ihren groben Schuhen, ihrem dürftigen schwarzen Kleide, ihrer milden Miene ins »Paradies der Damen« eintrat. Sie stammelte, alle machten sich über sie lustig, er selbst fand sie zuerst häßlich. Häßlich! Und jetzt hätte sie ihn mit einem einzigen Blick auf die Knie zwingen können, er sah sie nur noch umgeben von einem Strahlenkranz! Dann war sie lange die Unterste im ganzen Hause gewesen, weggestoßen, verulkt, von ihm selbst wie ein merkwürdiges Tier behandelt. Monatelang hatte er nur mal sehen wollen, wie so ein junges Mädchen sich herausmachte, hatte an dieser Erfahrung Spaß gefunden und nicht gemerkt, daß er sein Herz dabei aufs Spiel setze. Ganz allmählich war sie gewachsen, bis sie zu einer Gefahr wurde. Vielleich hatte er sie schon von Anfang an geliebt, selbst zu der Zeit, wo er bloß Mitleid mit ihr zu empfinden glaubte. Und doch, daß er ihr angehöre, hatte er erst an dem Abend gefühlt, als sie unter den Kastanien im Tuileriengarten spazierengingen. Von da an begann sein Leben, er hörte noch das Lachen einer Schar kleiner Mädchen, das ferne Rauschen eines Wasserstrahls, während sie in dem heißen Schatten schweigend neben ihm dahinschritt. Darüber hinaus wußte er nichts mehr, sein Fieber stieg von Stunde zu Stunde, all sein Blut, sein ganzes Wesen gehörte ihr. So ein Kind, war das denn möglich? Wenn sie jetzt an ihm vorbeiging, kam der Luftzug ihres Kleides ihm so stark vor, daß er ins Taumeln geriet.

Lange hatte ihm all dies widerstrebt, und ein paarmal hatte er sich voller Wut von einem so albernen Wahnsinn losmachen wollen. Was hatte sie denn an sich, das ihn so fesselte? Hatte er sie nicht barfuß gesehen? War sie nicht fast nur aus Barmherzigkeit aufgenommen? Hätte es sich wenigstens noch um so ein Prachtgeschöpf gehandelt, das

eine Menschenmenge in Aufruhr versetzen kann! Aber
dies kleine Mädel, dies reine Nichts! Im ganzen genommen besaß sie doch nur ein recht nichtssagendes Schafsge-
sicht. Sie mußte auch gar nicht so sehr klug sein, denn er
erinnerte sich noch ihrer schlechten Erstlingsleistungen als
Verkäuferin. Nach jedem derartigen Zornanfall verfiel er
dann wieder in seine Leidenschaft, wie vor heiligem
Schrecken über diese Besudelung seiner Gottheit. Sie besaß
alles, was man an Frauen gern hat, Mut, Heiterkeit,
Schlichtheit; und aus ihrer Sanftmut stieg ein Reiz auf, so
durchdringend wie feiner Wohlgeruch. Man konnte sie
nicht so wie die erste beste angaffen, sich an sie heranmachen; sehr bald machte sich ihr Reiz langsam, aber un-
widerstehlich geltend; wen sie eines Lächelns würdigte,
der war ihr auf ewig verfallen. Alles lachte jetzt auf ihrem
hellen Gesicht, ihre veilchenblauen Augen, ihre Grübchen
auf Wangen und Kinn; ihr schweres Blondhaar schien sich
auch aufzuhellen zu königlicher, sieghafter Schönheit. Er
erklärte sich für überwunden, sie war ebenso klug, wie sie
schön war, ihre Klugheit rührte aus dem Besten ihres Wesens her. Während alle seine übrigen Verkäuferinnen nur
eine höchst oberflächliche Bildung besaßen, nur den rissi-
gen Firnis heruntergekommener Mädchen, bewahrte sie
sich ihre Anmut ohne jede falsche Vornehmtuerei, ihren
Heimatgeruch. Hinter dieser schmalen Stirn, deren reine
Linien Willen und Ordnungsliebe andeuteten, entsprang-
gen unter dem Einfluß ihres Berufs die weitestgehenden
kaufmännischen Gedanken. Und er hätte sie mit gefalteten
Händen um Verzeihung anflehen mögen wegen der Beleidigungen, die er ihr in Stunden der Aufwallung zufügte.
    Warum verweigerte sie sich ihm denn nur so hartnäk-
kig? Unendlich oft hatte er sie schon angefleht und seine
Angebote erhöht, ihr Geld, viel Geld geboten. Dann hatte
er sich gesagt, sie sei ehrgeizig und hatte ihr versprochen,

sie, sobald eine Abteilung frei würde, zur Ersten zu ernennen. Und sie weigerte sich, weigerte sich immer wieder! Das machte ihn ganz starr, dieser Kampf erregte seine Begierde immer mehr. Der Fall kam ihm ganz unmöglich vor, das Kind mußte nachgeben, denn er sah weibliche Klugheit stets doch nur als etwas sehr Bedingtes an. Es gab für ihn kein anderes Ziel mehr, vor diesem Zwang verschwand alles andere: sie endlich für sich zu besitzen, sie auf sein Knie zu setzen und ihre Lippen zu küssen; bei diesem Bilde klopfte ihm das Blut in den Adern, er stand zitternd, überwältigt im Gefühl seiner eigenen Ohnmacht da.

Von nun an verliefen seine Tage ganz unter dem Eindruck dieser schmerzhaften Besessenheit. Denises Bild stand mit ihm auf. Er hatte in der Nacht von ihr geträumt, sie folgte ihm an den großen Schreibtisch in seinem Arbeitszimmer, an dem er von neun bis zehn Wechsel und Aufträge unterschrieb: eine Tätigkeit, die er ganz ohne nachzudenken ausübte und doch stets das Gefühl ihrer Gegenwart dabei hatte, wie sie so in ihrer ruhigen Art immer wieder nein sagte. Um zehn Uhr fand dann der Rat statt, ein wahrer Ministerrat, diese Versammlung der zwölf Teilhaber, in der er den Vorsitz führen mußte: da wurden Fragen der inneren Ordnung überlegt, Ankäufe geprüft, Schaustellungen festgelegt; und immer war sie dabei, er hörte ihre Stimme leise unter all den Zahlen, sah ihr offenes Lächeln während der verzwicktesten Geldfragen. Nach dem Rat begleitete sie ihn auf seinem täglichen Rundgang durch die Abteilungen, ging nachmittags mit ihm wieder ins Arbeitszimmer der Oberleitung, stand von zwei bis vier neben seinem Lehnstuhle, während er einen Haufen Menschen empfing, Warenerzeuger aus ganz Frankreich, von Großgewerbetreibenden und Bankleuten bis zu Erfindern herab: ein ewiges Kommen und Gehen von Reichtum und Geisteskraft, ein närrischer Tanz der Millionen, rasche Unterhaltungen, in denen die dicksten Unternehmungen des Pariser Marktes zusammengebraut wurden. Vergaß er sie eine Minute lang, während er seine Entscheidung über Untergang oder Blüte einer Herstellungsart traf, so stand sie mit einem Emporschnellen seines Herzens wieder neben ihm; ihre Stimme verklang, und er fragte sich, wozu er denn dies Vermögen zusammenraffe, wenn sie doch nicht wolle. Wenn es dann endlich fünf Uhr schlug und er die Postsachen unterschreiben mußte, dann ging die gedankenlose Handarbeit wieder los, während der sie noch gebieterischer neben ihm sich emporrichtete, so daß sie allmählich sein ganzes Wesen in Beschlag nahm, um ihn dann während der einsamen, glühenden Stunden der Nacht ganz für sich zu besitzen. Am nächsten Morgen ging sein Tagewerk wieder von vorn los, voller Tätigkeit, voller riesenhafter Arbeitsleistungen liefen seine Tage dahin, und doch genügte der flüchtige Schatten dieses Kindes, sie mit Angst zu durchsetzen.

Aber am schlimmsten empfand er sein Elend während der täglichen Besichtigungen der Geschäftsräume. Diese Riesenmaschine aufgebaut zu haben, über eine derartige Welt zu herrschen und sich dauernd in Todesschmerzen zu winden, weil ein kleines Mädel nichts von einem wissen will! Er verachtete sich, das fieberhafte Schamgefühl seines Kummers so mit sich herumzuschleppen. An manchen Tagen packte ihn der Abscheu mit solcher Macht, daß er sich von einem Ende der Gänge bis zum andern von Übelkeit erfaßt fühlte. Bei andern Gelegenheiten hätte er dann sein Reich noch ausdehnen, es so groß machen mögen, daß sie sich ihm vielleicht aus Bewunderung und Furcht hingegeben hätte.

Zunächst blieb er unten im Kellergeschoß vor der Rutschbahn stehen. Sie lag immer noch in der Rue Neuve

Saint-Augustin; aber sie hatte erweitert werden müssen und wies jetzt ein wahres Flußbett auf, auf dem ein beständiger Warenstrom laut tosend wie mächtige Wassermassen dahinrollte; aus der ganzen Welt trafen sie ein, Reihen von Lastwagen kamen von allen Bahnhöfen, es war ein ununterbrochenes Abladen, ein Hinabrauschen von Kisten und Ballen in den Keller, wie durch das unersättliche Haus verschlungen. Er sah, wie dieser Strom zu ihm hineinstürzte, mußte daran denken, wie er einer der Herren des allgemeinen Wohlstandes sei, daß er das Schicksal der französischen Warenherstellung in seiner Hand halte und doch nicht einmal den Kuß einer seiner Verkäuferinnen erkaufen könne.

Dann ging er zur Annahmestelle hinüber, die jetzt den an der Rue Monsigny entlang gelegenen Teil des Kellergeschosses einnahm. Zwölf Tische dehnten sich hier im bleichen Lichte der Kellerfenster hin; ein ganzes Völkchen von Gehilfen tummelte sich beim Entleeren der Kisten und Bestimmen der Waren durch Anheften der Preismarken; ununterbrochen klang das Rauschen der benachbarten Rutschbahn herüber und übertönte ihre Stimmen. Abteilungsvorsteher hielten ihn fest, er mußte Schwierigkeiten lösen, Aufträge bestätigen. Hier war die Tiefe des Kellers erfüllt vom zarten Rauschen der Seiden, der Weiße des Leinens, in dem mächtigen Wirrwarr mengten sich Pelzwaren unter Spitzen und Pariser Sachen mit orientalischen Vorhängen. Langsam schritt er durch die ohne irgendwelche Ordnung übereinandergeworfenen Waren, die sich hier im Ruhezustand aufhäuften. Oben in den Schaustellungen sollten sie ihre Gluten entzünden und die Hetzjagd des Geldes an den Verkaufstischen entfesseln; sie gingen ebenso rasch wie sie kamen in dem wütenden Luftstrom, der das ganze Haus durchzog. Und dann mußte er daran denken, wie er dem jungen Mädchen so viel Samt und Seiden angeboten hatte, wie sie sich nur aus diesen Riesenhaufen mit vollen Händen zusammenraffen könnte, und daß sie sein Angebot mit einem leichten Schütteln ihres Blondkopfes abgelehnt hatte.

Dann begab er sich nach der andern Seite des Kellergeschosses hinüber, um den gewohnten Blick in die Ausgabestelle zu werfen. Unendliche Gänge dehnten sich hier von Gas erhellt aus; rechts und links machten die durch Lattengitter abgeschlossenen Ersatzabteilungen den Eindruck unterirdischer Läden, ein ganzes Geschäftsviertel von Schnittwarenhandlungen, Leinengeschäften, Handschuhläden, Spielwarengeschäften schlummerte in ihren Schatten. Weiterhin befand sich eine der drei Heizungen; noch weiter überwachte ein Feuerwehrposten die in einem Metallkäfig eingeschlossene Hauptkasse. In der Ausgabestelle fand er die Aussuchtische bereits mit Haufen von Paketen, Kasten und Schachteln vollgepackt, zu denen beständig neue in Körben herunterkamen; Campion, der Vorsteher der Stelle, brachte ihn aufs laufende über seine Arbeiten, während zwanzig seinem Befehl unterstellte Leute die Pakete in Abteilungen einordneten, die jede den Namen eines der Stadtviertel von Paris trugen, und von wo dann Laufjungen sie in die am Bürgersteig entlang aufgestellten Wagen hinaufbrachten. Zurufe, Straßennamen schwirrten hier durch die Luft, besondere Bestellungen, ein Gewirr und eine Hetze wie auf einem Dampfer, der gerade Anker lichten will. Einen Augenblick blieb er unbeweglich stehen und sah dem Abfluß der Waren zu, die er am entgegengesetzten Ende des Kellers hatte in sein Haus hineinströmen sehen: hier fand der gewaltige Strom sein Ende, hier trat er wieder auf die Straße hinaus, nachdem er sein Gold auf dem Grunde der Kassen abgesetzt hatte. Die Augen wurden ihm trübe, der ungeheure Abfluß besaß keine Bedeutung mehr für ihn, in ihm haftete nur noch der Gedanke ans Reisen, der Gedanke, in ferne Länder zu ziehen und alles im Stich zu lassen, wenn sie auf ihrem Nein bestehen blieb.

Nun ging er wieder nach oben, redete und geriet mehr in Bewegung, ohne doch Ablenkung zu finden. Er suchte die Versandstelle im zweiten Stock auf, suchte nach Beschwerden und empfand einen dumpfen Groll über den vollkommen gleichmäßigen Gang des von ihm selbst erbauten Triebwerkes. Dies war die Stelle, die von Tag zu Tag größere Bedeutung annahm, sie hatte jetzt zweihundert Angestellte nötig, von denen die einen die aus der Provinz und dem Auslande eingetroffenen Briefe öffneten, lasen und einordneten, während andere die von den Briefschreibern bestellten Sachen in Fächer packten. Und die Zahl der Briefe nahm derart zu, daß sie gar nicht länger gezählt wurden; sie wurden gewogen, und es kamen bis zu hundert Pfund am Tage an. Fieberhaft ging er durch die drei Zimmer der Abteilung und fragte Levasseur, den Vorsteher, nach dem Gewicht: achtzig Pfund, neunzig Pfund zuweilen, Montags hundert. Die Ziffer stieg beständig, er hätte entzückt sein müssen. Aber er stand und schauderte vor dem Lärm zurück, der aus dem benachbarten Raum herüberdrang, wo die Packer Kisten zunagelten. Umsonst lief er durchs ganze Haus: sein Wahnsinn grub sich fest zwischen seinen Augen ein, und je mehr sich seine Macht vor ihnen abrollte, das ganze Räderwerk seiner Dienststellen und das Heer seiner Angestellten an ihm vorüberzog, um so tiefer fühlte er sich durch seine Ohnmacht gekränkt. Aus ganz Europa liefen Bestellungen ein, ein eigener Postwagen war zur Beförderung der Briefe nötig; und sie sagte nein, immer wieder nein.

Er ging wieder nach unten und besuchte die Hauptkasse, wo vier Kassierer die beiden riesigen Sicherheitsschränke bewachten, durch die im verflossenen Jahr achtundachtzig

Millionen gelaufen waren. Er warf einen Blick in den Raum für die Rechnungsprüfung, die jetzt fünfundzwanzig unter den ernsthaftesten Angestellten ausgesuchte Leute beschäftigte. Dann trat er in die Abrechnungsstelle mit ihren fünfunddreißig jungen Leuten, Anfängern im Rechnungswesen, die mit der Prüfung der Umsatznachweise und dem Ausrechnen der Vergütungen für die Verkäufer zu tun hatten. Hierauf ging er abermals in die Hauptkasse und fühlte sich beim Anblick der Sicherheitsschränke ganz gereizt darüber, hier so unter Millionen herumlaufen zu müssen, deren Nutzlosigkeit ihn rasend machte. Sie sagte nein, immer wieder nein.

Immer wieder nein, an allen Verkaufstischen, in allen Gängen, in den Sälen, in den gesamten Geschäftsräumen! Von der Seide ging er zur Tuchabteilung, von den Weißwaren zu den Spitzen; er stieg durch alle Stockwerke hinauf, blieb auf den Brücken stehen, verlängerte seine Umschau durch schmerzlich wahnsinnige Genauigkeit. Das Haus war übermäßig gewachsen, diese Abteilung hier war seine Schöpfung, die da auch, er herrschte über dies ganze neue Gebiet und erstreckte seine Herrschaft schon bis zu jener Herstellungsart, die er als letzte sich zu eigen gemacht hatte; und trotzdem hieß es nein, immer wieder nein trotz allem. Seine Angestellten machten heute die Bevölkerung einer ganzen kleinen Stadt aus: da waren fünfzehnhundert Verkäufer, tausend weitere Angestellte für alle möglichen Arbeiten, darunter vierzehn Aufseher und siebzig Kassierer; allein die Küche beschäftigte zweiunddreißig Mann; er zählte zehn Gehilfen für das Ankündigungswesen, dreihundertundfünfzig Laufjungen, die sein Kleid trugen, vierundzwanzig ständig anwesende Feuerwehrleute. Und in seinen Ställen, in den an der Rue Monsigny gegenüber dem Geschäftshause gelegenen, eines Königs würdigen Ställen befanden sich hundertfünfundvierzig Pferde, ein Aufwand an Bespannung, der schon zu gewisser Berühmtheit gelangt war. Die ersten vier Wagen, die früher die Handelswelt des Viertels in Aufregung versetzt hatten, als das Haus erst nur die Ecke am Place Gaillon einnahm, waren allmählich auf die Zahl von zweiundsechzig angewachsen: kleine Handkarren, Wagen für ein Pferd, schwerere für zwei. Beständig flitzten sie, von schwarzgekleideten Kutschern tadellos gelenkt, durch Paris und führten das goldne und purpurne Namenschild des »Paradies der Damen« spazieren. Sie überschritten sogar den Festungsgürtel und liefen in der Bannmeile umher; man traf sie in den Hohlwegen von Bicêtre, an den Marneufern bis zu dem Schatten des Waldes von Saint-Germain hin; zuweilen sah man einen von ihnen in einem sonnendurchströmten Baumgange mitten in der schweigenden Einöde auftauchen und im Trabe seiner prachtvollen Bespannung vorüberziehen, als wolle er in das geheimnisvolle Schweigen der großen Natur die lauten Marktschreiertöne seiner lakkierten Wände hinausrufen. Mouret träumte schon davon, sie noch viel weiter hinauszusenden, in die benachbarten Landesteile, und hätte am liebsten ihr Rollen auf allen Straßen Frankreichs, von einer Grenze zur andern vernehmen mögen. Aber er ging nicht mal zu einem Besuch seiner angebeteten Pferde hinunter. Was nutzte es ihm, die Welt zu erobern, wenn es doch immer wieder nein hieß, nein?

Da es jetzt Abend war, stand er seiner Gewohnheit gemäß vor Lhommes Kasse still, um sich die auf ein Stück Papier geschriebene Einnahmeziffer anzusehen, die der Kassierer auf einen Eisendraht neben sich steckte; selten fiel die Ziffer unter hunderttausend Francs, stieg aber zuweilen auf acht- oder neunhunderttausend an großen Ausstellungstagen; aber auch diese Zahl schlug nicht länger wie ein Trompetenstoß an sein Ohr, es tat ihm leid, sie anzusehen, und er trug Bitterkeit, Haß und Verachtung gegen alles Geld mit sich von dannen.

Aber sein Leiden sollte noch größer werden. Er wurde eifersüchtig. Bourdoncle gab ihm eines Morgens im Arbeitszimmer vor der Sitzung zu verstehen, die Kleine betröge ihn.

»Wieso?« fragte er leichenblaß.

»Na ja! sie hat sogar hier im Hause Liebhaber.«

Mouret fand noch die Kraft, darüber zu lächeln.

»Ich denke gar nicht mehr an sie, mein Lieber. Sie können also ruhig reden ... Wieso, Liebhaber?«

»Hutin, wird versichert, und noch ein Spitzenverkäufer, Deloche, der lange Schafskopf ... Ich behaupte das nicht, ich habe sie noch nicht gesehen. Es scheint aber ganz offensichtlich.«

Nun entstand Schweigen. Um das Zittern seiner Hände zu verbergen, tat Mouret so, als bringe er die Papiere auf seinem Schreibtisch in Ordnung. Schließlich sagte er, ohne den Kopf zu heben:

»Da müßte man doch Beweise haben; versuchen Sie, mir welche zu verschaffen ... Oh! ich für mein Teil, das wiederhole ich Ihnen, mache mir nichts mehr aus ihr, denn sie hat mich zu sehr geärgert. Aber wir können bei uns keine derartigen Geschichten dulden.«

Bourdoncle antwortete einfach:

»Seien Sie beruhigt, Sie sollen dieser Tage Ihre Beweise haben. Ich passe auf.«

Nun war es um Mourets Ruhe vollends geschehen. Er fand nicht mehr den Mut, auf diese Unterhaltung zurückzukommen, in beständiger Erwartung eines Unglücks lebte er dahin und sein Herz ging daran zugrunde. Und infolge seiner Qualen wurde er fürchterlich, das ganze Haus zitterte vor ihm. Er verschmähte es, sich noch länger hinter Bourdoncle zu verstecken, und führte unter dem Zwange seines nervösen Hasses alle Hinrichtungen selbst aus; er fand Erleichterung in diesem Mißbrauch seiner Macht, dieser Macht, die ihm auf keine Weise zur Befriedigung seines einzigen Wunsches verhelfen konnte. Jeder seiner Rundgänge führte jetzt zu einem Gemetzel, man sah ihn nicht mehr erscheinen, ohne daß ein schreckerfüllter Schauer von Tisch zu Tisch flog. Es ging jetzt gerade auf die tote Zeit des Winters los, und so fegte er die Abteilungen aus, Haufen von Opfern warf er auf die Straße hinaus. Sein erster Gedanke war, Hutin und Deloche wegzujagen; dann überlegte er, daß, wenn er sie nicht dabehielte, er niemals etwas in Erfahrung bringen würde; so mußten die andern ihre Zeche bezahlen, und sein ganzer Leutebestand krachte. Wenn er sich abends allein befand, hingen ihm schwere Tränen an den Wimpern.

Eines Tages herrschte ganz besonderer Schrecken. Ein Aufseher glaubte zu bemerken, der Handschuhverkäufer Mignot stehle. Fortwährend strichen merkwürdig gekleidete Mädchen um seinen Tisch; und als eine von ihnen festgehalten wurde, hatte sie Hüften und Hals mit sechzig Paar Handschuhen ausgestopft. Jetzt wurde ein Überwachungsdienst eingerichtet, und der Aufseher faßte Mignot auf frischer Tat, wie er einem großen blonden Mädel, einer ehemaligen Verkäuferin aus dem Louvre, die auf die Straße geraten war, ihre Handgriffe erleichterte: sein Verfahren war sehr einfach, er tat so, als paßte er ihr Handschuhe an und wartete dann, bis sie sich vollgestopft hatte, worauf er sie zur Kasse brachte und sie ein Paar bezahlen ließ. Mouret stand gerade in der Nähe. Für gewöhnlich zog er es vor, sich in derartige, häufig vorkommende Geschichten nicht hineinzumischen; denn trotz des gut geregelten Ganges herrschte in manchen Abteilungen des »Paradies der Damen« doch eine große Unordnung und es verging keine Woche, in der nicht ein Angestellter wegen Diebstahls weggejagt wurde. Aber auch die Oberleitung vertuschte diese Diebereien gern soweit als möglich und hielt es nicht für zweckmäßig, die Polizei auf die Beine zu bringen, da dies nur einen der verhängnisvollen wunden Punkte der großen Warenhäuser bloßgestellt hätte. Allein heute wollte Mouret sich ärgern und behandelte den hübschen Mignot mit solcher Heftigkeit, daß der blaß, mit entstelltem Gesicht vor Furcht zitterte.

»Ich müßte einen Schutzmann holen lassen«, schrie er ihn in Gegenwart der andern Verkäufer an. »Aber Antwort! was ist das für ein Frauenzimmer?... Ich schwöre Ihnen, ich lasse einen Beamten holen, wenn Sie mir nicht die Wahrheit sagen.«

Das Frauenzimmer wurde weggebracht, zwei Verkäuferinnen zogen sie aus. Mignot stotterte:

»Herr Mouret, ich kenne sie weiter gar nicht... Sie ist doch nur gekommen...«

»Lügen Sie doch nicht!« unterbrach Mouret ihn mit verdoppelter Heftigkeit. »Und kein Mensch hier sagt uns von so etwas Bescheid! Sie stecken alle unter einer Decke, wahrhaftig! Wir sind hier jawohl rein im Walde von Bondy, so werden wir bestohlen, ausgeraubt, geplündert! Man sollte wirklich keinen mehr herauslassen, ohne vorher seine Taschen nachzusehen!«

Nun machte sich Gemurmel hörbar. Die drei oder vier Kunden, die gerade Handschuhe kauften, blieben ganz bestürzt stehen.

»Ruhe!«fuhr er wütend fort. »Oder ich fege das ganze Haus aus!«

Aber da kam Bourdoncle schon voller Furcht vor einem bösen Auftritt herbeigelaufen. Er flüsterte Mouret ein paar Worte ins Ohr, worauf die Geschichte ein merkwürdig ernsthaftes Aussehen gewann; und er brachte Mouret weiter zu dem Entschluß, Mignot nach dem Aufseherzimmer führen zu lassen, einem im Erdgeschoß gelegenen Raum nahe der Pforte nach dem Place Gaillon. Hier war das Frauenzimmer gerade dabei, sich ruhig ihr Leibchen wieder anzuziehen. Sie hatte Albert Lhommes Namen genannt. Bei einem erneuten Verhör verlor Mignot nun den Kopf und begann zu schluchzen: er wäre nicht schuld daran, Albert schickte ihm seine Geliebten zu; anfangs hätte er ihnen nur etwas geholfen, indem er sie Gelegenheitskäufe ausnutzen ließ; als sie dann aber anfingen zu stehlen, hätte er sich bereits zu sehr bloßgestellt gefühlt, als daß er den Herren noch hätte Bescheid sagen mögen. Und nun kamen diese hinter eine ganze Menge merkwürdiger Diebstahlsarten: wie Waren von Mädchen mitgenommen wurden, die sie auf üppigen, beim Erfrischungsraum zwischen grünen Pflanzen untergebrachten Aborten unter ihren Unterröcken versteckten; wie manche Verkäufer es unterließen, gewisse Einkäufe an der Kasse aufzurufen, wenn sie einen Kunden dorthin brächten, und sich dann mit dem Kassierer in den Preis teilten; bis zu falschen »Rückgaben«, Sachen, die als zurückgegeben gemeldet wurden, um das fälschlich zurückgezahlte Geld in die Tasche stecken zu können; dabei war die durch Alter geheiligte Form des Diebstahls, abends unter dem Mantel Pakete, um die Hüfte gewunden, manchmal sogar an den Beinen entlang aufgehängt mitzunehmen, noch gar nicht eingerechnet. Dank Mignot und ein paar andern Verkäufern, die sie sich zu nennen weigerten, ging es seit vierzehn Monaten bei Alberts Kasse derart zu, es war ein wahrer Schweinestall unverschämter Durchstechereien um Beträge, deren wahre Höhe sie nie erfuhren.

Währenddessen hatte sich die Neuigkeit auch in den übrigen Abteilungen verbreitet. Besorgte Gemüter gerieten in Unruhe, aber auch die allerehrlichsten begannen sich vor dem allgemeinen Kehraus zu fürchten. Man hatte

Albert im Aufseherzimmer verschwinden sehen. Dann war Lhomme hineingegangen, dem Ersticken nahe, alles Blut im Gesicht und den Schlaganfall schon im Nacken. Schließlich war sogar Frau Aurelie gerufen worden; die aber hielt bei aller Schande den Kopf hoch und trug ihre blasse, fettige Wachsmaske in gewohnter Aufgedunsenheit zur Schau. Die Aufklärung dauerte sehr lange, genaue Einzelheiten wußte noch niemand: es hieß, die Erste aus der Kleiderabteilung hätte ihren Sohn geohrfeigt, daß ihm der Kopf im Nacken gestanden hätte, und der brave alte Mann, sein Vater, hätte geweint, während der Herr ganz gegen seine Gewohnheit wie ein Fuhrmann geflucht hätte und die Schuldigen unbedingt den Gerichten übergeben wollte. Indessen wurde die häßliche Geschichte doch unterdrückt. Nur Mignot wurde auf der Stelle entlassen. Albert ging erst zwei Tage später; seine Mutter hatte es zweifellos erreicht, daß ihre Familie nicht durch seine sofortige Hinrichtung entehrt wurde. Aber die Furcht wehte noch mehrere Tage, denn nach diesem Vorgang wanderte Mouret mit schrecklichen Augen von einem Ende zum andern durch das Geschäft und säbelte jeden vor sich nieder, der nur die Augen aufzuschlagen wagte.

»Was gucken Sie da die Fliegen an, Herr? ... Gehen Sie zur Kasse!«

Schließlich ging das Gewitter eines Tages aber doch über Hutin nieder. Favier, zum Zweiten ernannt, nagte an der Stellung des Ersten, um ihn aus dem Sattel zu heben. Es war ewig dieselbe Fechtweise, geheime Berichte an die Oberleitung und jede Gelegenheit beim Schopfe ergriffen, um den Abteilungsvorsteher auf frischer Tat zu ertappen. So war Mouret eines Morgens, als er durch die Seidenabteilung ging und stehenblieb, sehr überrascht, Favier beim Abändern aller Preiszettel eines Haufens schwarzer Samtreste zu finden.

»Warum setzen Sie denn den Preis herunter?« frage er.
»Wer hat Ihnen den Auftrag dazu gegeben?«

Der Zweite, der, um in Voraussicht des Kommenden den Herrn im Vorübergehen festzuhalten, ein mächtiges Aufheben von seiner Arbeit machte, antwortete im Tone harmloser Überraschung:

»Herr Hutin doch, Herr Mouret.«

»Herr Hutin... Wo ist denn Herr Hutin?«

Und sobald der aus der Annahmestelle heraufgeholt war, wohin ein Verkäufer gehen mußte, um ihn zu suchen, entspann sich eine lebhafte Auseinandersetzung. Was! er finge jetzt an, von sich aus die Preise herunterzusetzen! Aber der seinerseits schien höchst erstaunt, er hatte mit Favier lediglich über diese Herabsetzung gesprochen, ohne ihm einen bestimmten Auftrag zu geben. Nun nahm dieser die bekümmerte Miene eines Angestellten an, der sich gezwungen sieht, seinem Vorgesetzten zu widersprechen. Er wollte indessen gern die Schuld auf sich nehmen, wenn er ihn dadurch aus einer Klemme heraushelfen könnte. Damit verschlimmerte sich die Sache nur.

»Verstehen Sie mich wohl, Herr Hutin«, schrie Mouret. »Ich habe noch nie irgendwelche Unabhängigkeitsbestrebungen geduldet... Wir ganz allein entscheiden über die Auszeichnung.«

So fuhr er mit harter Stimme in seinen verletzenden Unterstellungen fort, was die Verkäufer sehr überraschte, denn für gewöhnlich fanden solche Auseinandersetzungen abseits statt, und übrigens konnte der Fall recht gut auf einem Mißverständnis beruhen. Sie fühlten heraus, er wolle hier einen uneingestandenen Haß befriedigen. Endlich also ein Fehltritt, auf dem er Hutin ertappte, den man allgemein für Denises Liebhaber ausgab! Es mußte ihm doch ein kleiner Trost sein, den mal deutlich fühlen lassen zu können, er sei der Herr! Er trieb die Sache auf die Spitze und unterstellte ihm schließlich, diese Preisherabsetzung solle wohl nur wenig ehrliche Absichten verschleiern.

»Herr Mouret«, sagte Hutin wieder, »ich beabsichtigte Ihnen diese Herabsetzung zu unterbreiten ... Sie ist notwendig, wie Sie wissen, denn diese Samtsorte geht nicht.«

Mouret beabsichtigte ihm mit einer letzten Härte das Wort abzuschneiden.

»Gut, Herr, wir werden den Fall untersuchen. Und machen Sie so etwas nicht noch einmal, wenn Ihnen was an unserem Hause liegt.«

Er wandte ihm den Rücken. Betäubt und wütend fand Hutin nur Favier da, um ihm sein Herz auszuschütten, er schwor ihm, er werde dem Viech da seine Entlassung ins Gesicht schleudern. Dann sprach er nicht weiter von seinem Weggehen, sondern wühlte nur in all den gemeinen Anschuldigungen gegen die Herren herum, die unter den Verkäufern im Schwange waren. Und Favier verteidigte sich leuchtenden Auges unter starker Betonung seines Mitgefühls. Er hätte doch antworten müssen, nicht wahr? und dann, konnte man bei so 'ner Geschichte denn auf solche Dummheiten gefaßt sein? Worauf wollte der Herr wohl eigentlich hinaus, daß er seit einiger Zeit so ruppig wurde?

»Oh, worauf er hinaus will, das weiß man doch«, erwiderte Hutin. »Ist es denn meine Schuld, wenn die Schneppe da aus den Kleidern so störrisch ist! ... Sehen Sie, mein Lieber, daher rührt die Geschichte. Er weiß, ich habe bei ihr geschlafen, und das ist ihm nicht lieb; oder vielleicht will sie mich auch 'rausschmeißen, weil ich ihr im Wege bin ... Ich schwöre Ihnen, sie soll noch von mir hören, wenn sie mir mal in die Klauen gerät.«

Als Hutin zwei Tage später nach oben unters Dach in die Schneiderstube hinaufstieg, um einer Arbeiterin selbst eine Bestellung auszurichten, prallte er leicht zurück, als er am Ende des Ganges Denise und Deloche sich auf die

Brüstung eines offenen Fensters lehnen sah, so vertieft in ein vertrautes Gespräch, daß sie nicht mal den Kopf wandten. Plötzlich kam ihm der Gedanke, sie zu überraschen, als er zu seinem Erstaunen bemerkte, daß Deloche weinte. Nun zog er sich ohne jedes Geräusch zurück; und als er dann auf der Treppe Bourdoncle und Jouve traf, log er ihnen vor, an einem der Feuerlöscher sei anscheinend die Tür abgerissen: auf die Weise brachte er sie mit sich wieder nach oben, und hier stießen sie natürlich auf die beiden. Bourdoncle entdeckte sie zuerst. Er blieb mit einem Ruck stehen und sagte zu Jouve, er solle den Herrn holen, während er dableiben wolle. Der Aufseher mußte gehorchen, so ungern er sich auch durch eine solche Geschichte bloßstellte.

Das war hier ein vergessener Winkel in der weiten Welt, in der sich das Völkchen des »Paradies der Damen« herumtrieb. Man gelangte zu ihm über ein wahres Wirrsal von Treppen und Gängen. Die Werkstätten lagen auf dem Boden, eine Reihe niedriger Kniestockräume; sie wurden durch in das Zinkdach eingeschnittene Fenster erhellt und waren einzig mit langen Tischen und gußeisernen Öfen ausgestattet; der Reihe nach saßen da Leinennäherinnen, Spitzenarbeiterinnen, Bortenwirkerinnen, Schneiderinnen und verbrachten hier Sommer wie Winter in erstickender Hitze und dem eigenartigen Geruch ihres Gewerbes; und man mußte den ganzen Flügel durchqueren, dann sich hinter den Schneiderinnen links wenden und fünf Stufen hinaufsteigen, ehe man an dies entlegene Ende des Ganges gelangte. Kam gelegentlich mal ein Kunde hier unter Führung eines Verkäufers zu einer Bestellung herauf, so mußte er sich verpusten und stand dann ganz erschöpft und verwirrt unter der Empfindung, als sei er stundenlang um sich selbst gedreht und befinde sich hundert Meilen über der Straße.

Schon mehrmals hatte Denise Deloche hier auf sie warten gefunden. Als Zweiter oblag ihr die Verbindung zwischen der Abteilung und der Werkstatt, wo übrigens nur Muster und Ausbesserungen ausgeführt wurden; und so mußte sie alle Augenblicke nach oben gehen, um dort Anordnungen zu treffen. Er paßte ihr auf, erfand dann irgendeinen Vorwand und flitzte hinter ihr her; wenn er sie dann an der Tür der Kleiderabteilung traf, tat er ganz überrascht. Sie hatte schließlich darüber lachen müssen und behandelte diese Zusammentreffen wie ein bewilligtes Stelldichein. Der Gang lief an dem Wasserbehälter entlang, einem riesigen Blechkasten von sechzigtausend Litern Inhalt; und auf dem Dache stand noch ein ebenso großer, zu dem man auf einer eisernen Leiter gelangte. Deloche lehnte sich einen Augenblick mit der Schulter gegen den Behälter, denn sein langer, von Müdigkeit verkrümmter Körper machte ihm ständig zu schaffen, und plauderte so mit ihr. Die Stimme des Wassers rauschte geheimnisvoll in dem Blechkasten, und dieser befand sich infolgedessen unaufhörlich in musikalischen Schwingungen. Aber trotz des tiefen Schweigens wandte Deloche sich voller Unruhe um, denn er hatte geglaubt, einen Schatten über die kahlen, hellgelb gestrichenen Wände dahinlaufen zu sehen. Bald aber zog das Fenster sie an und sie lehnten sich hinaus, verloren sich in lachendem Geschwätz über endlose Erinnerungen an das Land ihrer Kindheit. Unter ihnen dehnte sich das gewaltige Dach der Mittelhalle aus, ein See von Glas, von den weiter entfernten Dächern wie von felsigen Küsten begrenzt. Darüber hinaus sahen sie nichts als den Himmel, ein glänzendes Stück Himmel, das in dem stillen Spiegel der Glasscheiben die über sein zartes Blau dahinfliegenden Wolken zurückstrahlen ließ.

Heute sprach Deloche gerade von Valognes.

»Ich war sechs Jahre alt, meine Mutter nahm mich im

Karren mit auf den Markt in der Stadt. Wissen Sie, das waren gut dreizehn Kilometer, wir mußten um fünf Uhr von Briquebec weg... Es ist sehr schön bei uns zu Hause. Kennen Sie es da?«

»Ja, ja«, antwortete Denise langsam, die Blicke in die Ferne gerichtet. »Ich bin einmal hingegangen, aber da war ich noch sehr klein... Die Wege mit den Wiesen rechts und links, nicht wahr? und hier und da ein paar zusammengekoppelte Schafe, die ihr Fesselseil hinter sich herschleppen...«

Sie schwieg und fing dann mit einem unbestimmten Lächeln wieder an:

»Bei uns laufen die Wege meilenweit ganz gerade aus, zwischen schattigen Bäumen... Unsere Weiden sind mit Hecken eingefaßt, die höher sind als ich, und da sind Pferde und Kühe darauf... Wir haben einen kleinen Bach, und unter den Büschen, an einem Platz, den ich kenne, ist das Wasser ganz kalt.«

»Genau wie bei uns! Genau wie bei uns!« rief Deloche voller Entzücken. »Nichts als Wiesen, und jedermann zäunt sein Stück mit Weißdorn und Rüstern ein, und dann ist man ganz für sich, ganz im Grünen, oh! ein Grün, wie man's in Paris gar nicht kennt... Mein Gott, wie oft habe ich in dem Hohlweg gespielt, der links von der Mühle hinunterging!«

Dann wurden ihre Stimmen leiser und ihre Blicke blieben unverwandt und weltverloren auf dem sonnenüberglänzten See von Glasscheiben haften. Aus seinem blendenden Wasser stieg vor ihnen ein Zauberbild empor, sie erblickten sich bis in die Unendlichkeit erstreckende Weiden, das vom Hauch des Ozeans durchfeuchtete Cotentin, wie es sich in einem leuchtenden Dunste badet, der gegen den Horizont hin im zarten Grau von Wasserfarben zerrinnt. Unten unter dem gewaltigen Eisengerüst brauste in

der Seidenhalle das Geschäft, das Triebwerk erzitterte unter
seiner Arbeit; das ganze Haus erbebte von dem Getrappel
der Menge, der Hast der Verkäufer, von dem Leben von
dreißigtausend sich hier zusammendrängenden Menschen;
und wie sie so von ihrem Traum ganz hingerissen dies
tiefe, dumpfe Geräusch vernahmen, das die Dächer erzittern machte, da glaubten sie den Wind vom weiten Meere
her über die Kräuter dahinstreichen und die Bäume schütteln zu hören.

»Mein Gott, Fräulein Denise!« stammelte Deloche.
»Warum sind Sie nicht etwas freundlicher? ... Ich habe Sie
doch so lieb!«

Tränen waren ihm in die Augen gestiegen, und als sie
ihn mit einer Handbewegung unterbrechen wollte, fuhr er
lebhaft fort:

»Nein, lassen Sie mich es Ihnen noch einmal sagen ...
Wir würden uns doch so gut verstehen! Man hat immer
was zu plaudern, wenn man aus derselben Gegend ist.«

Es würgte ihn, so daß sie endlich leise sagen konnte:

»Sie sind unvernünftig; Sie hatten mir doch versprochen,
Sie wollten nicht mehr davon reden ... Es geht nicht. Ich
empfinde viel Freundschaft für Sie, weil Sie so ein braver
Junge sind; aber ich will frei bleiben.«

»Ja, ich weiß es ja«, fing er mit gebrochener Stimme
wieder an, »Sie haben mich nicht lieb. Oh, Sie dürfen es
dreist sagen, ich habe ja auch nichts an mir, daß Sie mich
liebhaben sollten ... Sehen Sie mal! in meinem ganzen
Leben habe ich nur eine schöne Stunde gehabt, den Abend,
als ich Sie in Joinville getroffen hatte, wissen Sie noch?
Einen Augenblick, unter den Bäumen, wo es so dunkel
war, da glaubte ich, Ihr Arm zitterte und war so dumm mir
einzubilden ...«

Aber sie schnitt ihm von neuem das Wort ab. Ihr schar-
fes Ohr hatte vom Ende des Ganges her Bourdoncles und
Jouves Schritte vernommen.

»Hören Sie wohl, da geht jemand.«

»Nein«, sagte er und verhinderte sie daran, vom Fenster zurückzutreten. »Das ist in dem Behälter: da kommen immer so merkwürdige Geräusche heraus; man möchte fast glauben, da lebte eine ganze Welt drin.«

Und so fuhr er mit seinen furchtsamen, schmeichelnden Klagen fort. Bei den wiegenden Tönen dieses Liebesliedes fühlte sie sich von neuem so von ihrer Träumerei ergriffen, daß sie gar nicht auf ihn hörte und ihre Blicke über die Dächer des »Paradies der Damen« hingleiten ließ. Rechts und links von dem glasüberdeckten Gange leuchteten andere Gänge und Hallen im Sonnenschein zwischen Dächern voller Fensteröffnungen, die sich gleichförmig wie die Flügel einer Kaserne ausdehnten. Eiserne Gerüste strebten empor, und Leitern und Brücken hoben sich wie ein Spitzengewebe auf dem Blau der Luft ab; der Küchenschornstein aber stieß eine dicke Rauchwolke aus wie ein Fabrikschornstein, und der große viereckige Behälter, auf seinen eisernen Säulen frei gegen den Himmel stehend, nahm den seltsamen Umriß eines barbarischen Bauwerks an, das hier der Stolz eines Menschen errichtet hatte. In der Ferne grollte Paris.

Als Denise aus diesen fernen Räumen wieder zu sich kam, aus dieser Entwicklung des »Paradies der Damen«, in der ihre Gedanken wie in einer Einöde umhergetrieben waren, da bemerkte sie, daß Deloche sich ihrer Hand bemächtigt hatte. Und sein Gesicht drückte einen derartigen Kummer aus, daß sie sie ihm nicht entzog.

»Vergeben Sie mir«, murmelte er. »Nun ist's aus, ich würde zu unglücklich werden, wenn Sie mich durch Entziehung Ihrer Freundschaft strafen wollten ... Ich schwöre Ihnen, ich will von was anderem mit Ihnen reden. Ja, ich habe mir fest vorgenommen, ich will begreifen, wie ich dran bin, und ganz vernünftig sein ...«

Seine Tränen strömten von neuem, und er versuchte seiner Stimme mehr Kraft zu verleihen.

»Denn schließlich weiß ich ja wohl, was mir in diesem Dasein beschieden ist. Jetzt kann sich die Sache nicht mehr wenden. Da unten geschlagen, in Paris geschlagen, überall geschlagen. Vier Jahre bin ich nun hier, und ich bin immer noch der letzte in der Abteilung... Also, ich wollte Ihnen nur sagen, Sie sollen sich meinetwegen keine Sorgen machen. Ich will Sie nicht mehr langweilen. Versuchen Sie glücklich zu werden, lieben Sie einen andern; ja, das würde mir Freude machen. Wenn Sie glücklich sind, fühle ich mich auch glücklich... Das soll mein Glück sein.«

Weiter konnte er nicht. Wie um sein Versprechen zu besiegeln, drückte er seine Lippen auf die Hand des jungen Mädchens und küßte sie mit der Ergebenheit eines Sklaven. Sie fühlte sich tief gerührt und sagte mit schlichtem, schwesterlichem Zartgefühl, wodurch das in ihren Worten liegende Mitleid etwas abgeschwächt wurde:

»Mein armer Junge!«

Aber zitternd wandten sie sich um. Mouret stand vor ihnen.

Volle zehn Minuten suchte Jouve den Herrn in den Geschäftsräumen. Schließlich fand er ihn auf dem Bauplatz für die neue Schauseite in der Rue du Dix-Décembre. Alle Tage verbrachte er hier lange Stunden und versuchte sich in die solang erträumten Arbeiten hineinzufinden. Hier, inmitten der die Eckpfeiler in Werkstein aufführenden Mauerleute und der Schmiede, die das Eisen für die gewaltigen Gerüste zurichteten, lag die Zuflucht gegen seine Qualen. Die Mauer stand bereits über dem Grunde und zeigte eine weite Pforte, die Bogenfenster im ersten Stock, kurz die ganze Entwicklung eines Palastes in der ersten Anlage. Er stieg die Leitern herauf, besprach mit dem Baumeister die Ausschmückung, die ganz neuartig ausfallen sollte, kletterte über Eisenträger und Steinhaufen und so bis in den Keller hinunter; und dem Brausen der Dampfmaschine, dem Knarren der Windebäume, dem Lärm der Hämmer, den Rufen des Arbeitervolkes durch diesen mächtigen, von widerhallenden Planken umschlossenen Käfig gelang es schließlich, ihn einen Augenblick zu betäuben. Weiß von Mörtel und schwarz von Eisenstaub kam er dann am Ende wieder hervor, die Füße durchnäßt von den Hähnen zum Wasserholen, aber so wenig von seinem Übel geheilt, daß die Angst gleich wieder über ihn kam und sein Herz um so lauter schlug, je mehr der Lärm des Bauplatzes hinter ihm verhallte. Heute hatte nun gerade eine besondere Zerstreuung ihn in seine alte Fröhlichkeit versetzt und er war beim Anschauen der Muster für die Mosaiken und die farbigen gebrannten Tone zur Verzierung der Friese ganz in Leidenschaft geraten, als Jouve atemlos herbeikam, um ihn zu holen, höchst ärgerlich darüber, daß er seinen Gehrock an all den Baustoffen schmutzig machen mußte. Zuerst schrie er, sie könnten warten; aber auf ein ihm leise zugeflüstertes Wort des Aufsehers folgte er diesem, vom Scheitel bis zu Sohle erschauernd. Nun war alles aus, sein Bau stürzte zusammen, bevor er noch vollendet war: wozu nun dieses krönende Siegeszeichen seines Stolzes, wenn der ganz leise ihm zugeflüsterte Name eines Weibes ihn in solchem Maße quälen konnte!

Oben hielten Bourdoncle und Jouve es für klüger, zu verschwinden. Deloche war geflohen. Denise blieb Mouret allein gegenüber stehen, blasser als gewöhnlich, aber den Blick frei zu ihm emporgehoben.

»Wollen Sie mir folgen, Fräulein«, sagte er mit harter Stimme.

Sie ging hinter ihm her durch die beiden Stockwerke hinunter und durch die Möbel- und Teppichabteilung, ohne ein Wort zu sagen. Als er vor seinem Arbeitszimmer stand, machte er die Tür weit auf.

»Treten Sie ein, Fräulein.«

Und dann schloß er die Tür und ging auf seinen Schreibtisch zu. Sein neues Arbeitszimmer war üppiger ausgestattet als das alte, Samtbespannung war an Stelle des Rips getreten, ein mit Elfenbein ausgelegtes Büchergestell nahm eine ganze Seite ein; aber von den Wänden sah man immer noch nur das Bild Frau Hédouins, einer jungen Frau mit schönem, ruhigem Gesicht aus ihrem Goldrahmen herablächeln.

»Fräulein«, sagte er endlich und versuchte kalt und streng zu bleiben, »es gibt gewisse Dinge, die wir nicht dulden können... Wir halten bei uns unbedingt auf Anstand...«

Er hielt inne und suchte nach Worten, um dem aus seinem Innern emporsteigenden Zorn nicht nachzugeben. Was! dieser Bursche also war's, den sie liebte, dieser elende Verkäufer, das Gelächter seiner ganzen Abteilung! den niedrigsten und ungeschicktesten von allen zog sie ihm vor, ihm, dem Herrn! Er hatte wohl gesehen, wie sie ihm ihre Hand ließ und er diese Hand mit Küssen bedeckte.

»Ich bin sehr gut gegen Sie gewesen, Fräulein«, fuhr er mit erneuter Anstrengung fort. »Ich konnte aber wohl kaum erwarten, daß ich dafür so belohnt werden würde.«

Schon in der Tür waren Denises Augen von Frau Hédouins Bild angezogen worden; und trotz ihrer großen Unruhe fühlte sie sich dauernd dadurch abgelenkt. Jedesmal, wenn sie das Zimmer der Oberleitung betrat, kreuzten sich ihre Blicke mit denen der gemalten Dame. Sie empfand zwar etwas Furcht davor, fühlte aber doch ihre hohe Güte durch. Diesmal empfand sie sie wie einen Schutz.

»Gewiß, Herr Mouret«, antwortete sie leise, »es war unrecht von mir, daß ich da stehenblieb und plauderte, und ich bitte Sie daher wegen dieses Fehltritts um Verzeihung... Der junge Mann ist aus meiner Heimat.«

»Ich jage ihn weg!« schrie Mouret und legte sein ganzes Leid in diesen wütenden Ausruf.

Und in seiner Fassungslosigkeit ließ er seine Rolle als Herr, der eine abgefaßte Verkäuferin wegen Übertretung der Betriebsvorschriften abkanzelt, ganz außer acht und erging sich in heftigen Worten. Schämte sie sich denn gar nicht? ein junges Mädchen wie sie, sich so einem Kerl hinzugeben! Und dann verstieg er sich zu ganz gemeinen Anschuldigungen, er warf ihr Hutin und noch andere unter einem derartigen Wortschwall vor, daß sie sich gar nicht dagegen verteidigen konnte. Aber jetzt wollte er reines Haus machen, er wollte sie alle mit Fußtritten wegjagen. Die strenge Auseinandersetzung, die er sich vorgenommen hatte, während er Jouve folgte, ging nun in die Roheiten eines Eifersuchtsauftritts über.

»Jawohl, Ihre Liebhaber!... Es wurde mir wohl hinterbracht, aber ich war so dumm und habe noch daran gezweifelt... Ich ganz allein! Ich ganz allein!«

Erstickt und betäubt hörte Denise diese abscheulichen Vorwürfe an. Zuerst hatte sie ihn nicht verstanden. Mein Gott, hielt er sie denn für so ein Unglückswesen? Bei einem sehr harten Worte wandte sie sich schweigend zur Tür. Und auf eine Handbewegung von ihm, die sie festhalten sollte, sagte sie:

»Lassen Sie, Herr Mouret, ich gehe... Wenn Sie mich für das halten, was Sie da eben gesagt haben, dann kann ich keine Sekunde länger hier im Hause bleiben.«

Aber da warf er sich vor die Tür.

»Verteidigen Sie sich doch wenigstens!... Sagen Sie doch etwas!«

Hochaufgerichtet blieb sie in eisigem Schweigen stehen. Lange drang er unter wachsendem Angstgefühl mit Fragen in sie; und wieder kam ihm die stumme Würde des jungen Mädchens wie Berechnung eines auf alle Fechtkunststücke der Leidenschaft eingedrillten Weibes vor. Sie hätte aber unmöglich eine Rolle spielen können, die ihn ihr sicherer von schlimmen Zweifeln zerrissen, heißer seine Bekehrung herbeisehnend, zu Füßen geschleudert hätte.

»Nun gut, Sie sagen, er ist aus Ihrer Gegend... Vielleicht haben Sie sich schon dahinten getroffen... Schwören Sie mir, daß nichts zwischen Ihnen vorgekommen ist.«

Als sie dann hartnäckig weiter in Schweigen verharrte und die Tür aufzumachen versuchte, um wegzugehen, da verlor er gänzlich den Kopf und überließ sich einem äußersten Ausbruch seines Schmerzes.

»Mein Gott! Ich liebe Sie, ich liebe Sie... Warum machen Sie sich denn ein Vergnügen daraus, mich so zu quälen? Sie sehen doch, ich lebe gar nicht mehr, die Leute, von denen ich zu Ihnen spreche, berühren mich nur Ihretwegen so, Sie ganz allein haben noch irgendwelche Bedeutung für mich auf der Welt... Ich glaubte, Sie wären eifersüchtig und habe Ihnen meine Vergnügungen zum Opfer gebracht. Es ist Ihnen erzählt worden, ich hätte Geliebte; schön, ich habe keine mehr, ich gehe kaum noch aus. Habe ich Ihnen nicht den Vorzug gegeben, bei der Dame da? Habe ich nicht mit ihr gebrochen, nur um Ihnen ganz allein anzugehören? Ich warte immer noch auf ein wenig Dankbarkeit dafür... Und wenn Sie fürchten, ich könnte wieder zu ihr zurückkehren, da können Sie ruhig sein: sie rächt sich damit, daß sie einem unserer früheren Gehilfen ein gegen uns gerichtetes Unternehmen gründen hilft... Sagen Sie, soll ich mich vor Ihnen auf die Knie werfen, um Ihr Herz zu rühren?«

Soweit war er also. Er, der bei seinen Verkäuferinnen nicht die kleinste Sünde durchließ, der sie aus dem geringsten Anlaß auf die Straße warf, war so weit, daß er eine von ihnen anflehte, ihn in seinem Elend nicht allein zu lassen. Er verteidigte die Tür gegen sie, er war bereit, ihr blindlings zu verzeihen, wollte sie ihn belügen. Und er sprach die Wahrheit, ihn erfüllte Abscheu vor all den hinter den Kulissen kleiner Theater oder aus Nachtwirtshäusern hervorgeholten Mädchen; er sah Clara nicht mehr, er hatte noch keinen Fuß wieder in Frau Desforges' Haus gesetzt, wo Bouthemont jetzt herrschte, und wartete auf die Eröffnung des neuen Warenhauses »Zu den vier Jahreszeiten«, das schon alle Zeitungen mit seinen Ankündigungen anfüllte.

»Sagen Sie, soll ich vor Ihnen auf die Knie fallen?« sagte er wieder mit von verhaltenen Tränen zugeschnürter Kehle.

Sie hielt ihn mit der Hand davon ab; sie konnte ihre eigene Unruhe nicht länger verbergen und fühlte sich tief bewegt durch seinen leidenschaftlichen Schmerz.

»Es ist unrecht von Ihnen, sich so zu grämen, Herr Mouret«, sagte sie endlich. »Ich schwöre Ihnen, diese gemeinen Geschichten sind erlogen ... Der arme Junge da eben hatte genau so wenig Schuld wie ich.«

Und ihre hellen Augen, die so geradeaus blickten, zeigten wieder ihren schönen Freimut an.

»Gut, ich glaube Ihnen«, murmelte er, »ich will keinen von Ihren Freunden wegschicken, da Sie sie alle unter Ihren Schutz stellen ... Aber warum stoßen Sie mich denn so zurück, wenn Sie doch sonst keinen lieben?«

Eine plötzliche Verlegenheit, eine verschämte Unruhe bemächtigte sich des jungen Mädchens.

»Sie lieben doch jemand, nicht wahr?« fuhr er mit zitternder Stimme fort. »Oh, Sie können es ruhig sagen, ich habe ja keinerlei Recht auf Ihre Zuneigung ... Sie haben doch jemand lieb.«

Sie wurde dunkelrot, das Herz sprang ihr auf die Lippen, und sie fühlte, sie könne unmöglich lügen bei der Gemütsbewegung, die sie verriet, bei dem Abscheu gegen die Lüge, der allem zum Trotz die Wahrheit auf ihrem Gesicht erscheinen ließ.

»Ja«, mußte sie endlich schwach werdend eingestehen. »Ich bitte Sie, Herr Mouret, lassen Sie mich, Sie tun mir weh.«

Nun litt sie ihrerseits. War es nicht schon genug, daß sie sich gegen ihn verteidigen mußte? Sollte sie sich nun auch noch gegen sich selbst verteidigen, gegen den Strom von Zärtlichkeit, der ihr manchmal allen Mut zu nehmen drohte? Wenn er so zu ihr sprach, wenn sie ihn so bewegt, so fassungslos vor sich sah, dann verstand sie nicht länger, warum sie sich ihm verweigerte; und erst in der Folge fand sie dann bei ihrer gesunden Veranlagung ihren Stolz und ihre Vernunft wieder, die sie in ihrer jungfräulichen Sprödigkeit aufrecht hielten. Sie blieb hartnäckig aus gefühlsmäßiger Sehnsucht nach Glück, um ihren Hang zu einem ruhigen Leben zu befriedigen und nicht etwa aus Gehorsam gegen den Gedanken an Tugend. Hingerissen, mit verführtem Herzen, wäre sie diesem Manne in die Arme gesunken, hätte sie nicht einen innern Widerstand, fast so etwas wie Widerwillen gegen die endgültige Hingabe ihres Wesens gefühlt, das sich damit einer unbekannten Zukunft preisgab. Der Liebhaber versetzte sie in Angst, in diese närrische Furcht, die das Weib bei der Annäherung des Mannes erblassen läßt.

Da machte Mouret eine traurige, mutlose Bewegung. Er verstand sie nicht. Er trat wieder an seinen Schreibtisch, wo er ein paar Papiere aufnahm, sie aber sofort wieder hinlegte, während er sagte:

»Ich will Sie nicht länger hier behalten, Fräulein, gegen Ihren Willen kann ich Sie nicht halten.«

»Aber ich wünsche gar nicht wegzugehen«, antwortete sie lächelnd. »Wenn Sie mir glauben, daß ich ein anständiges Mädchen bin, dann bleibe ich... Man sollte eine Frau

immer für anständig halten, Herr Mouret. Es gibt sehr
viele, die es sind, versichere ich Sie.«

Unwillkürlich hatten sich Denises Augen zu dem Bilde
Frau Hédouins erhoben, dieser so schönen und klugen
Frau, deren Blut, wie es hieß, dem Hause Glück gebracht
hatte. Mouret folgte zitternd dem Blick des jungen Mädchens, denn er glaubte, seine tote Frau hätte diese Worte
ausgesprochen, Worte, die ganz die ihrigen waren und die
ihm altbekannt vorkamen. Das war wie eine Auferstehung,
er fand in Denise den guten Verstand, das richtige seelische
Gleichgewicht der Verlorenen wieder bis zu ihrer sanften
Stimme, die so sparsam mit unnützen Worten umging. Er
fühlte sich hierdurch tief getroffen und wurde noch trauriger.

»Sie wissen nun, daß ich Ihnen vollständig angehöre«,
murmelte er, um zum Ende zu kommen. »Machen Sie mit
mir, was Sie wollen.«

Da nahm sie ihren Satz fröhlich wieder auf:

»Das ist es, Herr Mouret. Es tut immer gut, einer Frau
anzugehören, und sei sie auch noch so niedrig, wenn sie
nur ein bißchen Verstand hat ... Ich werde sicher aus Ihnen
einen braven Menschen machen, ganz gewiß! wenn Sie
sich mir überlassen wollen.«

Sie scherzte in ihrer schlichten, so reizvollen Art. Er seinerseits ließ ein schwaches Lächeln sehen und geleitete sie
wie eine Dame zur Tür.

Am folgenden Morgen wurde Denise zur Ersten ernannt. Die Oberleitung trennte die Abteilung für Kleider
und Straßenanzüge und schuf lediglich ihr zuliebe eine
besondere Abteilung für Kinderkleidung, die dicht neben
der Kleiderabteilung eingerichtet wurde. Seit der Verabschiedung ihres Sohnes zitterte Frau Aurelie, denn sie fühlte, wie die Herren kalt wurden und sah die Macht des
jungen Mädchens von Tag zu Tag wachsen. Würden sie

sich nicht irgendeinen Vorwand zunutze machen, um sie
dieser aufzuopfern? Ihre fette Kaiserlarve schien aus Scham
über die Schande, mit der das Haus Lhomme nun befleckt
war, abgemagert zu sein; und dem Augenschein zuliebe
ging sie jeden Abend am Arme ihres Mannes nach Hause,
das Unglück hatte sie einander wieder genähert, denn sie
hatten eingesehen, es rühre nur von der Ungebundenheit
ihres häuslichen Lebens her; aber noch viel tiefer als sie
sich selbst fühlte sich der arme Mann getroffen bei seiner
krankhaften Furcht, man möchte auch ihn des Diebstahls
beargwöhnen, und so überzählte er geräuschvoll seine Einnahmen immer zweimal und vollbrachte mit seinem verstümmelten Arm wahre Wunder. Und als sie Denise als
Erste in die Abteilung für Kinderkleidung hinüberziehen
sah, empfand sie hierüber eine so lebhafte Freude, daß sie
ihr gegenüber nur noch Gefühle tiefster Dankbarkeit zur
Schau trug. Es war doch sehr hübsch, daß sie ihr nicht ihre
Stellung genommen hatte. Und sie überhäufte sie mit
Freundlichkeiten, behandelte sie von nun als völlig gleich-
gestellt und ging oft mit pomphafter Miene wie eine
Königin-Mutter zum Besuch einer jungen Königin in die
benachbarte Abteilung hinüber, um mit ihr zu plaudern.

Denise stand jetzt übrigens auf dem Gipfel. Ihre Ernennung zur Ersten hatte auch den letzten Widerstand ihrer
Umgebung niedergeschlagen. Wenn auch aus Schwatzhaf-
tigkeit, die ja in jeder Versammlung von Männern und
Frauen herrscht, immer noch über sie geklatscht wurde, sie
beugten sich doch alle vor ihr tief bis zur Erde. Marguerite,
zur Zweiten in der Kleiderabteilung ernannt, erging sich in
Lobsprüchen über sie. Selbst Clara wurde einem derartigen Glück gegenüber, zu dem sie ganz unfähig gewesen
wäre, von Hochachtung ergriffen und beugte das Haupt.
Noch vollständiger aber war Denises Sieg über die Männer, über Jouve, der fortan zu ihr nur noch unter tiefen

Verbeugungen sprach, über Hutin, den die Unruhe packte, da er seinen Stand krachen fühlte, über Bourdoncle, der sich jetzt endlich zur Ohnmacht verurteilt sah. Als dieser sie lächelnd aus dem Zimmer der Oberleitung kommen sah, mit ihrer ruhigen Miene, und als am folgenden Morgen der Herr in der Sitzung die Einrichtung der neuen Abteilung verlangte, da beugte er sich unter der heiligen Scheu vor dem Weibe. Mourets Liebenswürdigkeit gegenüber geriet er immer ins Hintertreffen und erkannte ihn als seinen Herrn an, trotz seiner Sprünge auf geistigem Gebiet und seiner törichten Herzensgeschichten. Diesmal war die Frau die stärkere geblieben, und er war darauf gefaßt, mit in das Unheil hineingerissen zu werden.

Denise genoß indessen friedlich allerliebste Siegesfreuden. Sie fühlte sich durch all diese Zeichen von Achtung gerührt und wollte darin den Ausdruck von Teilnahme an dem Elend ihres Beginnes und dem endlichen Erfolg ihres ausdauernden Mutes erblicken. So nahm sie denn auch die geringsten Freundschaftsbeweise mit fröhlichem Lächeln entgegen, womit sie sich bei manchen wirklich beliebt machte, so freundlich und entgegenkommend, stets mit dem Herzen bei der Sache zeigte sie sich. Nur gegen Clara bewies sie unüberwindlichen Widerwillen, denn sie hatte in Erfahrung gebracht, daß dies Mädchen mit großem Vergnügen ihre Absicht verkündet hatte, Colomban eines Abends mit zu sich zu nehmen; und der Gehilfe, den seine endlich befriedigte Leidenschaft ganz gefangennahm, schlief nun außer dem Hause, während die arme Geneviève in Todesqualen lag. Im »Paradies der Damen« wurde darüber geredet und die Geschichte recht spaßhaft gefunden.

Aber dieser Kummer, der einzige, den sie außer dem Hause hatte, beeinträchtigte doch Denises Gleichmut nicht. Man mußte sie vor allem, umgeben von Knirpsen aller

Altersstufen, in ihrer Abteilung sehen. Kinder betete sie an, und man hätte ihr gar keinen besseren Platz geben können. Zuweilen konnte man dort an die fünfzig Mädchen zählen und ebenso viele Jungen, eine ganze quirlige, von den Begierden erwachender Gefallsucht aufgeregte Erziehungsanstalt. Die Mütter verloren bald den Kopf. Sie lächelte ihnen verbindlich zu und ließ sich die kleine Welt der Reihe nach auf Stühle setzen; und wenn sie in dem Haufen ein rosiges Mädelchen entdeckte, dessen niedliches Mäulchen ihr gefiel, so bestand sie darauf, es selbst zu bedienen, sie holte das Kleid herbei und paßte es ihm zart und rücksichtsvoll wie eine ältere Schwester über die pulligen Schultern. Helles Lachen ertönte, leichte Ausrufe vor Begeisterung, untermengt mit scheltenden Stimmen, wurden laut. Manchmal sah sich ein schon größeres Mädchen von vielleicht neun oder zehn Jahren den Tuchmantel auf seinen Schultern vor einem der Spiegel prüfend an, es wandte sich mit gespannter Miene hin und her, und seine Augen leuchteten bereits vor Gefallsucht. Alle Verkaufstische lagen voll: rosa und blaue Kleidchen aus asiatischem Leinen für Kinder von einem bis zu fünf Jahren, Matrosenanzüge aus Zephir, gefältelte Röcke und Blusen aus Perkal mit Stickerei, Kleider im Geschmack Ludwigs XV., Mäntel, Jacken, ein Wirrwarr kleiner, in ihrer kindlichen Anmut steif erscheinender Kleidungsstücke, als wäre in einem Kleiderraum für eine Schar großer Puppen alles aus den Schränken hervorgezerrt und der Plünderung überlassen. Denise hatte stets ein paar Leckereien in der Tasche, sie stillte die Tränen eines Knirpses, der außer sich darüber war, daß er keine roten Hosen haben sollte; sie lebte unter den Kleinen ganz wie in ihrer natürlichen Familie und wurde durch all diese sich stets um sie her erneuernde Unschuld und Frische selbst verjüngt.

Es kam jetzt vor, daß sie lange freundschaftliche Unterhaltungen mit Mouret hatte. Sooft sie sich zur Oberleitung begeben mußte, um sich von dort Anordnungen zu holen oder Auskunft zu erteilen, hielt er sie fest, um mit ihr zu plaudern, denn er hörte ihre Stimme zu gern. Das war's, was sie »einen braven Menschen aus ihm machen« nannte. In ihrem verständigen, offenen Normannenkopf stiegen alle möglichen Pläne auf, jene Anschauungen über den neuen Handel, die sie schon bei Robineau auszusprechen gewagt hatte und von denen sie ihm ein paar an dem schönen Abend in den Tuilerien ausgeführt hatte. Sie konnte sich nicht mit etwas beschäftigen, konnte keine Arbeit vor sich gehen sehen, ohne von dem Drang nach bestimmter Regelung, nach Verbesserung des Triebwerkes ergriffen zu werden. So hatte sie sich seit ihrem Eintritt in das »Paradies der Damen« besonders durch die unsichere Stellung der Gehilfen verletzt gefühlt; jede unvorhergesehene Verabschiedung brachte sie in Harnisch, sie fand sie ungeschickt und durchaus unbillig, aber auch schädlich für beide Teile, für das Haus sowohl wie für die Angestellten. Die Wunden ihrer Anfängerzeit schmerzten sie noch, ihr Herz erfüllte sich mit Mitleid beim Anblick jeder Neueingetretenen, die sie in den Abteilungen traf, die Füße geschwollen, die Augen dick von Tränen, wie sie ihr Elend im Seidenkleid dahinschleppte unter der bitteren Verfolgung durch die Älteren. Dies Dasein eines verprügelten Hundes verdarb auch die besten; und dann nahm der traurige Lebenslauf seinen Anfang: alle waren sie vor ihrem vierzigsten Jahr durch ihren Beruf aufgebraucht, verschwanden, versanken im Unbekannten, viele arbeiteten sich zu Tode, schwindsüchtig oder blutarm vor Ermattung und schlechter Luft, ein paar gerieten auch auf die Straße, die glücklichsten noch verheirateten sich und vergruben sich in einem kleinen Laden in der Provinz. War das menschlich, war das gerecht, dieser alljährliche schreckliche Verbrauch von Menschenfleisch durch die großen Warenhäuser? Und sie verfocht die Sache der Einzelteile des Triebwerkes nicht etwa mit gefühlsseligen Gründen, sondern mit beweiskräftigen, die sich aus dem Vorteil der Inhaber selbst herleiteten. Wenn man eine Maschine besonders stark wünscht, verwendet man gutes Eisen für sie; wenn das Eisen bricht oder man beschädigt es selbst, dann gibt es einen Stillstand in der Arbeit, immer mehr Kosten müssen für die Instandsetzung aufgewendet werden, und so entsteht ein großer Kraftverlust. Sie ereiferte sich zuweilen ordentlich, wenn sie das gewaltige Warenhaus ihrer Träume vor sich sah, das Gemeinschaftshaus des Handels, in dem jedem nach Verdienst sein genauer Anteil am Gewinn zugemessen war, wo er einem sicheren, durch Verträge festgelegten Morgen entgegensehen konnte. Dann wurde Mouret trotz seines Fiebers heiter. Er beschuldigte sie, sie sei eine Sozialistin und setzte sie in Verlegenheit, indem er ihr die Schwierigkeiten der Durchführung nachwies; denn sie redete ganz aus schlichtem Herzen und verließ sich tapfer auf die Zukunft, wenn sie am Ende ihrer Herzenseingebungen ein gefährliches Loch vor sich entdeckte. Trotzdem fühlte er sich ganz erschüttert und verführt von dieser jugendlichen Stimme, die trotz der in ihr liegenden Überzeugung doch noch unter den von ihr durchgemachten Leiden erzitterte, wenn sie neue Maßnahmen zur Kräftigung des Hauses vorschlug; und er hörte ihr unter Neckereien zu, die Lage der Gehilfen wurde allmählich verbessert, die Massenentlassungen wurden durch ein den toten Jahreszeiten angepaßtes Austrittsverfahren ersetzt und schließlich eine gegenseitige Unterstützungskasse eingerichtet, welche die Angestellten vor erzwungenen Arbeitseinstellungen schützen sollte und ihnen einen gewissen Rückhalt bot. Sie bildete den Keim der mächtigen Arbeitergesellschaften des zwanzigsten Jahrhunderts.

Denise blieb übrigens nicht dabei stehen, die frischen Wunden zu verbinden, aus denen sie selbst geblutet hatte: weiblich zarte Gedanken, die sie Mouret einflüsterte, entzückten die gesamte Kundschaft. Sie machte auch Lhomme eine Freude, indem sie einen längst von ihm genährten Plan unterstützte, nämlich den, eine Musikbande zu gründen, deren Teilnehmer sämtlich aus den Angestellten ausgesucht werden sollten. Drei Monate später hatte Lhomme hundertundzwanzig Musiker unter seiner Führung, der Traum seines Lebens war verwirklicht. Und in den Geschäftsräumen wurde ein großes Fest gegeben, ein Konzert und ein Ball, um der Kundschaft, um der ganzen Welt die Musik des »Paradies der Damen« vorzuführen. Die Zeitungen beschäftigten sich damit, und selbst Bourdoncle, der über diese Neuerungen außer sich war, mußte sich vor der Gewalt dieses Anpreisungsmittels beugen. In der Folge wurde ein Spielsaal für die Gehilfen eingerichtet mit zwei Billards, Tricktrack und Schachtischen. Es gab abendliche Lehrstunden im Hause, englischen und deutschen Unterricht, in Grammatik, Arithmetik, in Geographie; das ging sogar bis zu Reit- und Fechtstunden. Eine Bücherei wurde geschaffen und zehntausend Bände den Gehilfen zur Verfügung gestellt. Dazu kamen noch ein im Hause wohnender Arzt, der kostenlos Auskunft gab, Bäder, Erfrischungsräume, Haarschneidezimmer. Ihr ganzes Leben spielte sich hier ab, sie konnten alles haben, ohne aus dem Hause zu gehen, Bildung, Essen, Bett und Kleidung. Inmitten des großen, nur auf Radau bedachten Paris genügte das »Paradies der Damen«, was Vergnügungen und Arbeit anlangte, sich selbst, inmitten dieser Stadt der Arbeit, die sich so weit hin durch die Düngerhaufen der alten, endlich dem vollen Sonnenlichte freigelegten Straßen ausdehnte.

Nun machte sich erneut ein Meinungsumschwung zu Denises Gunsten bemerkbar. Wenn Bourdoncle auch, endlich überwunden, seinen Vertrauten immer wieder voller Verzweiflung wiederholte, er hätte viel darum gegeben, wenn er sie Mouret selbst hätte ins Bett legen können, so hatte er sich doch davon überzeugen müssen, daß sie sich ihm nicht hingegeben hatte, daß ihre Allmacht gerade aus ihrer Weigerung herrührte. Und von diesem Augenblick an wurde sie allgemein beliebt. Jedermann wußte, wieviel Annehmlichkeiten er ihr zu verdanken habe und bewunderte sie wegen ihrer Willensstärke. Das war noch mal eine, die dem Herrn den Fuß auf den Nacken setzte, die sie alle rächte und aus ihm noch etwas anderes als bloß Versprechungen herauszuziehen wußte! Endlich war sie also gekommen, die die armen Teufel ein wenig in Achtung zu versetzen verstand! Wenn sie mit ihrem feinen, willenskräftigen Kopf an den Ladentischen entlang schritt, mit ihrer zarten, aber unnachgiebigen Miene, dann lächelten die Verkäufer ihr zu, sie waren stolz auf sie und hätten sie gern der Menge gezeigt. Denise ließ sich in ihrem Glück gern von dieser wachsenden Zuneigung tragen. War's denn möglich, lieber Gott! Sie sah sich wieder in ihrem ärmlichen Rock ankommen, verwirrt, verloren in dem Räderwerk des schrecklichen Betriebes; lange hatte sie die Empfindung gehabt, ein Nichts zu sein, kaum ein Mehlstäubchen unter den Mahlsteinen, die eine Welt zermahlten; und heute war sie die eigentliche Seele dieser Welt, sie allein besaß Bedeutung, sie konnte das zu ihren kleinen Füßen niedergeworfene Ungetüm mit einem Wort beschleunigen oder verlangsamen. Und doch hatte sie all dies gar nicht beabsichtigt, sie hatte sich ganz einfach, ohne jede Berechnung, allein mit dem Reize ihrer Sanftmut zur Verfügung gestellt. Ihre Herrschergewalt verursachte ihr selbst mitunter eine unruhige Überraschung: weshalb gehorchten sie ihr denn alle? Sie war doch nicht hübsch, sie tat nur nichts Unrechtes. Dann lächelte sie, ihr Herz wurde wieder ruhig, in ihr war ja nichts als Güte und Vernunft, Liebe zur Wahrheit und Folgerichtigkeit, die ihre ganze Stärke ausmachten.

Eine von Denises größten Freuden war es, sich bei ihrem Ansehen Pauline nützlich erweisen zu können. Diese war schwanger und zitterte vor Furcht, denn zwei Verkäuferinnen hatten im siebenten Monat ihrer Schwangerschaft mit vierzehntägiger Kündigung gehen müssen. Die Oberleitung duldete solche Vorkommnisse nicht, das Recht auf Mutterschaft wurde als unbequem und unanständig unterdrückt; Ehen wurden allenfalls gestattet, aber Kinder waren verboten. Pauline hatte ja zweifellos ihren Gatten im Hause selbst; sie war aber trotzdem mißtrauisch und machte sich nichtsdestoweniger am Verkaufstische unmöglich; um ihre voraussichtliche Entlassung hinauszuschieben, schnürte sie sich zum Ersticken, denn sie war entschlossen, die Geschichte so gut es ging zu verheimlichen. Eine der beiden entlassenen Verkäuferinnen hatte gerade einen toten Jungen zur Welt gebracht, weil sie sich so geschnürt hatte; man zweifelte sogar daran, sie selbst durchzubringen. Bourdoncle beobachtete indessen, wie Paulines Gesichtsfarbe sich bleiern färbte, während er in ihrem Gang etwas peinlich Steifes bemerkte. Eines Morgens stand er gerade bei den Brautausstattungen neben ihr, als ein Laufjunge, der ein Paket aufhob, sie derartig anstieß, daß sie beide Hände mit einem lauten Schrei auf ihren Leib drückte. Sofort nahm er sie beiseite, verhörte sie und legte in der Sitzung die Frage ihrer Entlassung vor unter dem Vorwande, sie habe frische Landluft nötig: die Geschichte von dem Stoße würde sich herumsprechen, die Wirkung auf die Öffentlichkeit mußte im Fall ihrer vorzeitigen Niederkunft eine unheilvolle sein, da etwas Ähnliches schon im Vorjahre bei den Säuglingsausstattungen vorgekommen wäre. Mouret, der an dieser Sitzung nicht teilnahm, konnte seine Ansicht erst am Abend abgeben. Aber Denise hatte Zeit gehabt, sich dazwischenzustecken, und so schloß er Bourdoncle gerade mit dem Vorteil des Hauses selbst den Mund. Wollten sie denn alle Mütter in Aufruhr versetzen und alle Wöchnerinnen in der Kundschaft verletzen? Unter großem Wortschwall wurde beschlossen, jede verheiratete Verkäuferin, die schwanger würde, sollte einer besonderen Hebamme übergeben werden, sobald ihre Anwesenheit am Verkaufstische sich mit dem Anstand nicht länger vereinbaren ließe.

Als Denise am nächsten Morgen in das Krankenzimmer hinaufging, um Pauline zu besuchen, die sich infolge des erlittenen Stoßes hatte zu Bett legen müssen, küßte diese sie ungestüm auf beide Backen.

»Wie gut Sie sind! Ohne Sie hätten sie mich 'rausgeschmissen ... Und beunruhigen Sie sich nur nicht, der Arzt sagt, es ist nichts.«

Baugé war aus seiner Abteilung ausgekniffen und stand an der andern Seite des Bettes. Auch er stotterte seinen Dank heraus, denn er fühlte sich Denise gegenüber verlegen und behandelte sie jetzt, als stamme sie aus einer besseren Schicht. Ah! er sollte nur noch mal irgendwelche Gemeinheiten über sie erzählen hören, er wollte den Neidhammeln schon den Mund stopfen! Aber Pauline schickte ihn weg und zuckte freundschaftlich die Achseln.

»Armer Liebling, du redest nichts als dummes Zeug ... So! Nun laß uns plaudern.«

Das Krankenzimmer war ein langer, heller Raum, in dem zwölf Betten mit weißen Vorhängen in einer Reihe standen. Hier wurden die im Hause wohnenden Gehilfen verpflegt, wenn sie nicht den Wunsch ausdrückten, zu den Ihrigen zu gehen. Heute lag Pauline ganz allein hier, dicht an einem der großen, auf die Rue Neuve-Saint-Augustin hinausgehenden Fenster. Und nun gingen sofort hinter den schönen weißen Vorhängen Geständnisse und geflüsterte Zärtlichkeiten los, in der einschläfernden, von einem leisen Lavendelduft durchzogenen Luft.

»Er tut also trotzdem alles, was Sie wollen? ... Wie hart von Ihnen, ihm so weh zu tun! So, nun erklären Sie mir das mal, da ich nun doch schon mal die Rede darauf gebracht habe. Ist er Ihnen denn zuwider?«

Sie hielt Denises Hand fest, die dicht am Bette saß und ihren einen Ellbogen auf das Keilkissen stützte; und bei dieser unumwundenen und unerwarteten Frage wurde sie von einer plötzlichen Bewegung übermannt, wobei ihr alles Blut in die Backen schoß. Ihr Geheimnis entschlüpfte ihr, sie verbarg ihren Kopf in dem Kissen und murmelte:

»Ich liebe ihn!«

Pauline war ganz starr.

»Was! Sie lieben ihn? Aber dann ist es doch sehr einfach: sagen Sie doch ja!«

Denise antwortete mit immer noch verborgenem Gesicht durch ein kräftiges Kopfschütteln: nein! Und sie sagte nein, gerade weil sie ihn liebte, ohne eine weitere Erklärung. Gewiß war das lächerlich; aber sie fühlte so und konnte sich nicht umwandeln. Die Überraschung ihrer Freundin stieg noch, so daß sie schließlich fragte:

»Dann läuft das also bloß darauf hinaus, daß er Sie heiratet?«

Da richtete das junge Mädchen sich mit einem Male hoch auf. Sie war ganz fassungslos.

»Er und mich heiraten! O nein, nein, oh, ich schwöre Ihnen, nie habe ich so was beabsichtigt! ... Nein, nie ist mir eine solche Berechnung in den Kopf gekommen, und Sie wissen doch, wie ich jede Lüge verabscheue!«

»Mein Gott, Liebe!« sagte Pauline sanft, »Sie hätten doch gerade so gut auf den Gedanken kommen können, er sollte Sie heiraten, als daß Sie sich aufs Gegenteil versteifen ...

Die Geschichte muß doch mal zum Schluß kommen, und da bleibt eben nichts anderes übrig als Heirat, da Sie ja von der andern Sache nichts wissen wollen... Hören Sie zu, ich muß Ihnen doch erzählen, alle Welt denkt genau wie ich: ja, alles ist davon überzeugt, Sie hängen ihm den Brotkorb nur so hoch, um ihn schließlich vor den Herrn Standesbeamten zu schleppen... Mein Gott, sind Sie ein drolliges Frauenzimmer!«

Sie mußte Denise trösten, die schluchzend mit dem Kopf auf das Keilkissen gesunken war und immer wieder sagte, sie müsse schließlich noch weggehen, wenn sie immer wieder solche Geschichten mit ihr anstellten, die ihr niemals auch nur in den Sinn gekommen wären. Zweifellos, wenn ein Mann eine Frau liebhätte, dann müßte er sie heiraten. Aber sie bäte ihn ja gar nicht drum, sie rechnete auf nichts, sie bäte nur, man möchte sie in Ruhe mit ihrem Kummer und ihren Freuden leben lassen wie alle Welt. Sie wollte weg.

Zur selben Minute ging Mouret unten durch das Geschäft. Er wollte einmal wieder die Bauarbeiten aufsuchen, um sich zu betäuben. Monate waren vergangen, die neue Schauseite hob jetzt ihre stolzen Linien hinter dem weiten Hemde der sie der Öffentlichkeit verbergenden Planken in die Luft. Ein ganzes Heer von Feinarbeitern war am Werke: Marmorarbeiter, Tonwarenarbeiter, Mosaikbildner; sie vergoldeten die Mittelgruppe über der Pforte, während im Giebelfelde bereits die Fußplatten für die Standbilder der gewerbetreibenden Städte Frankreichs eingemauert wurden. Vom Morgen bis zum Abend stand in der erst kürzlich eröffneten Rue du Dix-Décembre ein Haufen von Müßiggängern mit der Nase in der Luft, sah zwar nichts, beschäftigte sich aber doch mit den Wundern dieses Straßenbildes, dessen Enthüllung ganz Paris auf den Kopf stellen sollte. Und gerade auf diesem fieberhaft tätigen Bauplatz, umgeben von all den Künstlern, die an der Vollendung seines von den Maurern begonnenen Traumes arbeiteten, fühlte Mouret bitterer als je die Hohlheit seines Glückes. Der Gedanke an Denise schnürte ihm plötzlich die Brust zusammen, dieser Gedanke, der ohne Unterlaß wie eine Flamme ihn durchzuckte, wie der Stich einer unheilbaren Krankheit. Es war aus, er fand kein Wort der Genugtuung und fürchtete seine Tränen zu zeigen, sobald er, plötzlich von Abscheu ergriffen, das Denkmal seines Sieges hinter sich ließ. Diese Schauseite, die nun endlich dastand, erschien ihm jetzt zu klein, sie kam ihm vor so wie ein Sandhaus, das Jungen sich bauen, und hätte er sie an einer Heerstraße entlang von einer Stadt zur andern ausdehnen können, hätte sie sich bis zu den Sternen erhoben, sie hätte doch die Leere seines Herzens nicht ausfüllen können, dem nur das »Ja« eines Kindes seine Ruhe wiedergeben konnte.

Als Mouret wieder in sein Arbeitszimmer trat, erstickte er vor verhaltenem Schluchzen. Was wollte sie denn? Geld wagte er ihr nicht länger anzubieten; unbestimmt erhob sich der Gedanke an die Ehe mit ihr in dem widerstrebenden jungen Witwer. Und in seiner kraftlosen Ohnmacht entströmten ihm bittere Tränen. Er war unglücklich.

Zwölftes Kapitel

*E*INES NOVEMBERMORGENS TRAF DENISE IN ihrer Abteilung gerade die ersten Anordnungen, als das Dienstmädchen der Baudus erschien, um ihr zu sagen, Fräulein Geneviève hätte eine sehr schlechte Nacht verbracht und bäte ihre Base, sofort zu ihr zu kommen. Seit einiger Zeit wurde das junge Mädchen täglich schwächer und hatte sich vor zwei Tagen zu Bett legen müssen.

»Sagen Sie, ich käme im Augenblick herüber«, antwortete Denise voller Unruhe.

Die Ursache von Genevièves endgültigem Zusammenbruch war Colombans plötzliches Verschwinden. Zuerst hatte er infolge Claras Neckereien außer dem Hause geschlafen; dann war der Bursche, der bisher insgeheim keusch geblieben war, unter dem Antriebe seiner wahnsinnigen Begierde zum gehorsamen Hunde dieses Mädchens geworden, war eines Montags nicht wieder gekommen und hatte seinem Herrn nur einen in der vorsichtigen Ausdrucksweise eines Selbstmörders abgefaßten Abschiedsbrief geschrieben. Vielleicht lag diesem leidenschaftlichen Streich auch eine schlaue Berechnung des Burschen zugrunde, der entzückt darüber war, auf die Art von einer verhängnisvollen Ehe loskommen zu können; dem Tuchgeschäft ging es genau so schlecht wie seiner Braut, und die Stunde erschien für den Bruch durch einen dummen Streich günstig. Und alle Welt betrachtete ihn als Opfer einer unglücklichen Liebe.

Als Denise in den Alten Elbeuf hinüberkam, befand Frau

Baudu sich allein. Sie saß mit ihrem kleinen, von Blutarmut ausgezehrten weißen Gesicht unbeweglich hinter der Kasse, von wo aus sie den schweigenden, leeren Laden überwachte. Einen Gehilfen hatten sie nicht mehr; das Dienstmädchen staubte die Kästen oberflächlich mit dem Federbesen ab, und es war schon die Rede davon, auch dieses durch eine Stundenfrau zu ersetzen. Stille Dunkelheit sank von der Decke herab; Stunden vergingen, ohne daß eine Kundin diese Schatten aufstörte, und die Waren, die kein Mensch mehr anrührte, wurden mehr und mehr ein Raub des Salpeters der Wände.

»Was ist denn los?« fragte Denise lebhaft. »Steht's gefährlich mit Geneviève?«

Frau Baudu antwortete nicht sogleich. Ihre Augen füllten sich mit Tränen. Dann stammelte sie:

»Ich weiß nichts, mir sagen sie nichts ... Ach, es ist aus, es ist aus ...«

Und ihre tränenschwimmenden Blicke machten die Runde um den Laden, als fühle sie ihre Tochter und ihr Geschäft gleichzeitig entschwinden. Die siebzigtausend Francs, der Erlös aus ihrem Besitz in Rambouillet, waren in weniger als zwei Jahren in dem Wirbel des Wettbewerbes weggeschmolzen. Der Tuchhändler hatte beträchtliche Opfer gebracht, um gegen das »Paradies der Damen« anzukämpfen, das jetzt auch Herrentuche, Jagdsamte, Bedientenkleidung führte. Er war schließlich endgültig unter den Baumwollsamten und Flanellen seines Nebenbuhlers zusammengebrochen, der hierin ein Lager besaß, wie es bis dahin am Platze noch nicht bestand. Nach und nach wuchsen seine Schulden; als letztes Hilfsmittel hatte er sich zur Aufnahme einer Hypothek auf das alte Grundstück in der Rue de la Michodière entschlossen, auf dem der alte Finet, der Ahnherr, das Geschäft gegründet hatte; und jetzt war es nur noch eine Frage von Tagen, alles verkrümelte sich, selbst die Decken begannen abzubröckeln und sich in Staub aufzulösen, wie bei einem altertümlichen, wurmzerfressenen Bauwerk, das der Wind von dannen fegt.

»Vater ist oben«, begann Frau Baudu mit ihrer gebrochenen Stimme wieder. »Wir bleiben jeder zwei Stunden da; einer muß aufpassen, oh, nur aus Vorsicht natürlich, denn in Wirklichkeit...«

Sie brachte den Satz durch eine Handbewegung zu Ende. Wäre es nicht aus Rücksicht auf ihren alten Handelsstolz gewesen, der sie noch dem Viertel gegenüber hochhielt, sie hätten die Läden vorgesetzt.

»Dann gehe ich nach oben, Tante«, sagte Denise, der sich das Herz angesichts der gottergebenen Verzweiflung zusammenschnürte, die selbst die Tuchvorräte auszuströmen schienen.

»Ja, geh, geh rasch nach oben, mein Kind... Sie wartet auf dich, sie hat die ganze Nacht nach dir gefragt. Sie möchte dir was sagen.«

Aber gerade in diesem Augenblicke kam Baudu herunter. Die ins Blut getretene Galle färbte sein gelbes Gesicht ganz grünlich und seine Augen waren blutunterlaufen. Er ging mit dem vorsichtigen Schritt, mit dem er aus der Kammer getreten war, und murmelte, als hätte man ihn oben hören können:

»Sie schläft.«

Mit zerbrochenen Beinen setzte er sich auf einen Stuhl. Ganz gedankenlos wischte er sich die Stirn ab, er war außer Atem wie jemand, der eine schwere Arbeit hinter sich hat. Alles schwieg. Endlich sagte er zu Denise:

»Du sollst sie gleich sehen... Sobald sie schläft, kommt es uns immer vor, als würde sie besser.«

Wieder schwiegen sie. Vater und Mutter sahen sich Auge in Auge an. Halblaut begann er dann seinen Kummer wiederzukauen; er nannte keine Namen, wandte sich an niemand.

»Den Kopf unterm Messer hätte ich so was nicht geglaubt ... Er war der letzte, ich hatte ihn erzogen wie meinen eigenen Sohn. Wäre jemand gekommen und hätte mir
gesagt: ‚Den werden sie dir auch nehmen, den siehst du
auch noch über Kopf gehen’, ich hätte geantwortet: ‚Dann
gibt es keinen Gott im Himmel mehr!’ Und er ist über
Kopf gegangen! ... Auch, der Unglückliche, wie gut der
sich auf das richtige Geschäft verstand, wie der alle meine
Ansichten kannte! Um so’n häßliches Weibsbild, so’ne
Puppe, wie sie bloß vor Hurenhäusern herumstehen! ...
Nein, wißt ihr, so was schlägt ja doch aller Vernunft ins
Gesicht!«

Er schüttelte den Kopf, seine ausdruckslosen Augen
senkten sich und starrten auf die feuchten, durch ganze
Geschlechter von Kunden abgenutzten Fußbodendielen.

»Wollt Ihr’s wissen?« fuhr er dann noch leiser fort. »Na
schön! manchmal fühle ich’s, ich trage an unserem Unglück die Hauptschuld. Ja, meine Schuld ist es, wenn unser
armes Kind da oben vom Fieber verzehrt liegt. Hätte ich
sie nicht gleich verheiraten können, ohne meinem dämli-
chen Stolz nachzuhängen, meiner Dickköpfigkeit, weil ich
ihnen das Haus nicht in heruntergekommenem Zustand
überlassen wollte? Jetzt hätte sie ihren Geliebten gehabt,
und vielleicht kätte ihrer beider Jugend hier das Wunder
hervorgebracht, das ich nicht mehr verwirklichen konnte ... Aber ich bin ein alter Narr, ich verstand es nicht, ich
glaubte nicht, man könnte wegen so was krank werden ...
Wahrhaftig! der Junge war ausgezeichnet: eine Gabe fürs
Geschäft und eine Ehrlichkeit, eine Sittenreinheit, eine
Ordnungsliebe in jeder Hinsicht; er war eben mein Zög-
ling ...«

Er hob wieder den Kopf und verteidigte in diesem Gehilfen, der ihn verraten hatte, seine Gedankengänge weiter.
Als Denise ihn, der hier bisher so bärbeißig als unum-

schränkter Herr gehaust hatte, derartig niedergeschlagen mit tränenerfüllten Augen dasitzen sah, konnte sie seine Selbstanklagen nicht länger anhören und erzählte ihm, von ihrer inneren Erregung hingerissen, die ganze Geschichte.

»Onkel, ich bitte Euch, entschuldigt ihn nicht ... Er hat Geneviève nie liebgehabt, er wäre nur um so eher weggelaufen, hättet Ihr die Hochzeit beschleunigt. Ich habe selbst mit ihm darüber gesprochen; er wußte ganz genau, was die arme Base um ihn litt, und Ihr seht ja, das hat ihn doch nicht vom Weglaufen abgehalten ... Fragt Tante mal.«

Ohne die Lippen zu öffnen, bestätigte Frau Baudu diese Worte durch ein Kopfnicken. Nun wurde der Tuchhändler noch blasser und seine Tränen machten ihn völlig blind. Er stammelte:

»Das muß wohl so im Blute liegen, sein Vater ist im vorigen Sommer daran gestorben, daß er zu sehr hinter dem Lumpengesindel hergelaufen ist.«

Und ganz ohne jeden Gedanken lief sein Blick durch die finsteren Winkel, über die Tische mit den vollen Kästen und heftete sich dann endlich wieder auf seine Frau, die, vergeblich auf die entschwundene Kundschaft hoffend, neben der Kasse stand.

»Gut, dann ist's aus«, fuhr er fort. »Sie haben unser Geschäft umgebracht, und nun bringt eine ihrer Gaunerinnen auch noch unsere Tochter um.«

Keiner sprach weiter. Das Rollen der Wagen, das mitunter die Dielen erschütterte, drang wie ein Trauerwirbel in die unbewegliche, unter der niedrigen Decke zum Ersticken heiße Luft. Und in diesem trübseligen Jammer des alten im Todeskampfe liegenden Ladens hörten sie plötzlich irgendwo im Hause ein dumpfes Klopfen. Das war Geneviève, die aufgewacht war und nun mit einem ihr dagelassenen Stocke aufklopfte.

»Laß uns rasch nach oben gehen«, sagte Baudu und

sprang mit einem Satze auf. »Versuche zu lachen, sie braucht nichts davon zu wissen.«

Er selbst wischte sich auf der Treppe heftig die Augen, um die Spuren seiner Tränen zu verbergen. Sowie er die Tür im ersten Stock aufgemacht hatte, hörten sie eine schwache Stimme rufen:

»Oh, ich will nicht allein bleiben ... Oh, laßt mich nicht allein ... Oh, ich bin so bange, wenn ich allein bin ...«

Als sie dann Denise bemerkte, wurde Geneviève ruhiger und versuchte vor Freude zu lächeln.

»Da seid Ihr ja! ... Wie habe ich seit gestern auf Euch gewartet! Ich glaubte schon, Ihr hättet mich auch verlassen, Ihr auch!«

Es war ein wahrer Jammer. Die Kammer des jungen Mädchens lag nach dem Hof hinaus, ein kleiner Raum mit bleichem Licht. Zuerst hatten die Eltern die Kranke in ihrer eigenen Kammer untergebracht, nach der Straße hinaus; aber der Anblick des »Paradies der Damen« gegenüber brachte sie ganz außer Fassung, und sie hatten sie wieder in ihre Kammer zurückbringen müssen. Dort lag sie nun so schmächtig unter ihrer Decke, daß man die Form, das Vorhandensein ihres Körpers gar nicht mehr wahrnahm. Ihre mageren, vom heißen Fieber der Schwindsucht verzehrten Arme bewegten sich fortwährend in ängstlichem, unbewußtem Suchen umher; ihre schwarzen, leidenschaftschweren Haare schienen noch schwerer geworden und in gefräßiger Gier ihr armes Gesicht zu verzehren, auf dem sich der Todeskampf der äußersten Entartung einer alten, im Schatten, in dieser Höhle alten Pariser Handels aufgewachsenen Familie ausprägte.

Mitleidzerrissenen Herzens hatte Denise sie währenddessen angesehen. Sie sprach nicht, aus Furcht, in Tränen auszubrechen. Endlich murmelte sie:

»Ich bin gleich gekommen ... Hätte ich Euch irgendwie

nützlich sein können? Dann hättet Ihr mich holen lassen sollen ... Soll ich hier bleiben?«

Mit kurzem Atem, die Hände fortwährend auf den Falten ihrer Decke umherirrend, ließ Geneviève sie nicht aus den Augen.

»Nein, danke, ich brauche nichts ... Ich wollte Euch nur noch mal umarmen.«

Ihre Lider schwollen von Tränen. Nun beugte Denise sich lebhaft zu ihr nieder; sie küßte sie auf beide Wangen und schauderte zusammen, als sie den Brand dieser hohlen Backen an ihren Lippen fühlte. Die Kranke aber hielt sie umfangen, sie umklammerte sie und hielt sie in einer verzweifelten Umarmung fest. Dann wanderten ihre Blicke zu ihrem Vater.

»Soll ich hier bleiben?« fragte Denise wieder. »Vielleicht habt Ihr irgendeinen Auftrag für mich?«

»Nein, nein.«

Hartnäckig wandten Genevièves Blicke sich immer wieder zu ihrem Vater, der mit stumpfer Miene, die Kehle zusammengeschnürt dastand. Schließlich verstand er sie; ohne ein Wort zu äußern, zog er sich zurück, und sie hörten, wie er schwerfällig die Treppe hinunterging.

»Sagt, ist er bei dem Weib da?« fragte die Kranke sofort und ergriff die Hand ihrer Base, die sie sich auf den Rand der Bettstelle hatte niedersetzen lassen. »Ja, ich wollte Euch sehen, denn Ihr allein könnt mir das sagen ... Nicht wahr, sie leben miteinander?«

In der Überraschung über diese Fragen begann Denise zu stottern und mußte ihr die Wahrheit über die im Geschäft umherlaufenden Gerüchte gestehen. Clara hatte voller Ärger darüber, daß der Bengel ihr so auf den Hals fiel, ihm bereits ihre Tür verschlossen; und ganz verzweifelt folgte Colomban ihr nun überallhin, niedergeduckt wie ein verprügelter Hund versuchte er von Zeit zu Zeit von ihr ein Stelldichein zu erlangen. Es wurde versichert, er wolle ins Louvre eintreten.

»Wenn Ihr ihn so lieb habt, kann er immer noch wieder zu Euch zurückkommen«, fuhr das junge Mädchen fort, um die Sterbende mit dieser letzten Hoffnung einzuschläfern. »Werdet nur rasch wieder gesund, dann wird er seinen Fehler schon einsehen und Euch heiraten.«

Geneviève unterbrach sie. Sie wurde ganz Ohr bei der stummen Leidenschaft, die sie nun emporrichtete. Aber sie fiel sofort wieder zurück.

»Nein, laßt nur, ich weiß wohl, es ist vorbei... Ich sage nichts, denn ich höre, wie Papa weint, und ich will Mama nicht noch kränker machen. Aber ich sterbe, seht Ihr, und wenn ich Euch heute nacht habe rufen lassen, dann war es nur, weil ich bange war, ich stürbe schon, ehe es Tag wäre!... Mein Gott, wenn man bedenkt, daß er nicht mal glücklich ist!«

Und als Denise nun Einspruch erhob und sie versicherte, ihr Zustand wäre gar nicht so ernst, da schnitt sie ihr zum zweitenmal das Wort ab, indem sie mit der keuschen Bewegung eines jungen Mädchens, das angesichts des Todes nichts mehr zu verbergen hat, ihre Decke zurückwarf. Bis zum Bauch aufgedeckt murmelte sie:

»Seht mich doch nur mal an... Ist es nicht aus mit mir?«

Zitternd stand Denise vom Bettrand auf, als befürchtete sie mit einem Hauche diese jämmerliche Blöße zu zerstören. Alles Fleisch war dahingeschwunden, das war der Körper einer durch langes Warten aufgezehrten Braut, auf die gebrechliche Schmächtigkeit ihrer ersten Mädchenjahre zurückgeführt. Geneviève deckte sich langsam wieder zu und sagte abermals:

»Ihr seht doch, ich bin ja gar kein Weib mehr... Es wäre schlecht von mir, wenn ich ihn wiedersehen wollte.«

Sie schwiegen beide. Von neuem sahen sie sich an und fanden keine Worte. Geneviève begann zuerst wieder:

»So, nun bleibt nur nicht länger hier, Ihr habt zu tun.
Und vielen Dank, ich war von so unwiderstehlichem
Drang nach Klarheit gequält; jetzt bin ich zufrieden. Soll-
tet Ihr ihn noch einmal wiedersehen, so sagt ihm, ich hätte
ihm verziehen... Lebt wohl, meine gute Denise. Küßt
mich noch mal, es ist das letztemal.«

Lebhaft widersprechend küßte das junge Mädchen sie.

»Nein, nein, quält Euch doch nicht so, Ihr braucht nur
Pflege, weiter nichts.«

Aber die Kranke schüttelte hartnäckig den Kopf. Sie lächelte, sie fühlte sich ganz sicher. Und als ihre Base endlich
auf die Tür zuging, flüsterte sie:

»Wartet, klopft doch mit dem Stock auf, damit Papa
heraufkommt... Ganz allein bin ich so bange.«

Als Baudu dann in der kleinen trübseligen Kammer
stand, wo er ganze Stunden auf einem Stuhl verbrachte, da
tat sie durchaus heiter und rief Denise zu:

»Morgen kommt nur nicht, da ist's nicht nötig. Aber
Sonntag erwarte ich Euch, dann bleibt Ihr den Nachmittag
bei mir.«

Um sechs Uhr beim Heraufdämmern des nächsten Morgens hauchte Geneviève ihre Seele nach vierstündigem
schrecklichen Röcheln aus. Das Begräbnis fiel auf einen
Sonnabend, in düsteres Wetter, ein rußfarbener Himmel
lag schwer über der schaudernden Stadt. Der Alte Elbeuf,
mit weißen Tüchern verhängt, erhellte die Straße mit seinem Flecken von Weiß, und in dem schwachen Tageslicht
sahen die brennenden Kerzen wie in der Dämmerung ver-
löschende Sterne aus. Perlenkronen und ein großer Strauß
weißer Rosen bedeckten den Sarg, der zu ebener Erde auf
dem finsteren Hausgange stand, so nahe dem Rinnstein,
daß das Fuhrwerk bereits seine Decken beschmutzt hatte.
Das ganze alte Viertel schwitzte Feuchtigkeit aus, es ström-
te den Dunst feuchter Keller aus, während sich die Fuß-

gänger auf seinem schmutzigen Pflaster beständig weiter-
schubsten.

Gleich nach neun Uhr kam Denise, um bei ihrer Tante
zu bleiben. Als der Zug aber abgehen sollte, bat diese, die
nicht mehr weinte, da die Tränen in ihren brennenden
Augen versiegt waren, sie möchte der Leiche folgen und
auf den Onkel achten, da er der Familie bei seiner stummen Niedergeschlagenheit und seinem sinnlosen Schmer-
ze große Unruhe bereitete. Das junge Mädchen fand die
Straße unten voll von Leuten. Der ganze Kleinhandel des
Viertels wollte den Baudus einen Beweis seiner Teilnahme
geben; und es lag in dieser Bereitwilligkeit etwas wie eine
Erklärung gegen das »Paradies der Damen«, dem man die
Schuld an Genevièves langsamem Hinsiechen gab. Sämtli-
che Opfer des Ungetüms waren anwesend, die Schwestern
Bédoré, die Putzmacherinnen aus der Rue Gaillon, die
Pelzhändler Gebrüder Vanpouille und Deslignières, der
Spielwarenhändler, sowie Piot und Rivoire, die Möbel-
händler; selbst die Leinenhändlerin Fräulein Tatin und der
Handschuhmacher Quinette, beide längst durch gänzlichen
Zusammenbruch von dannen gefegt, hatten es sich zur
Pflicht gemacht zu kommen, sie aus Batignolles, er von der
Bastille herüber, wo sie bei andern in Arbeit getreten
waren. Während des Wartens auf den Leichenwagen, der
sich infolge eines Irrtums verspätet hatte, trappelte die
ganze schwarzgekleidete Menge im Schmutz herum und
richtete haßerfüllte Blicke auf das »Paradies der Damen«;
es kam ihnen mit seinen blanken Scheiben und seinen
fröhlich glänzenden Auslagen wie eine Beleidigung gegen
den Alten Elbeuf vor, dessen Trauer der andern Seite der
Straße einen trübseligen Anstrich verlieh. Die Köpfe ein
paar neugieriger Gehilfen zeigten sich hinter den Scheiben; aber das Ungetüm bewahrte die Gleichgültigkeit einer
mit Volldampf dahinbrausenden Lokomotive, die nichts

weiß von den Toten, die sie möglicherweise auf ihrem Wege zurückläßt.

Denises Augen suchten ihren Bruder Jean. Schließlich bemerkte sie ihn vor Bourras Laden, wo sie zu ihm trat und ihm sagte, er solle neben dem Onkel hergehen und ihn stützen, da er nur mühsam gehen könne. Jean war seit ein paar Wochen ernst geworden und schien von Sorgen bedrückt. Heute nun kam er seiner Schwester bei seiner neugebackenen Mannheit in seinem engsitzenden schwarzen Gehrock und bei seinem Tagelohn von zwanzig Francs so würdig und traurig vor, daß sie sich ganz betroffen fühlte, denn daß er ihre Base so innig geliebt hätte, glaubte sie nicht. Sie hatte gewünscht, Pépé jeden unnötigen Eindruck dieses Trauerfalles zu ersparen und hatte ihn daher bei Frau Gras gelassen, sich jedoch vorgenommen, ihn am Nachmittag von dort abzuholen, damit er Onkel und Tante umarmen könne.

Der Leichenwagen kam indessen immer noch nicht, und Denise blickte voller Rührung auf die brennenden Kerzen, als der Ton einer bekannten Stimme hinter ihr sie zittern machte. Es war Bourras. Er hatte mit einem Kopfnicken einen Kastanienhändler von gegenüber zu sich gerufen, der dort in einer kleinen, dem Laden eines Weinhändlers abgemieteten Spelunke hauste, und sagte zu ihm:

»Nicht wahr, Vigouroux, Ihr tut mir den Gefallen?... Ihr seht, ich nehme den Schlüssel mit... Wenn jemand kommen sollte, sagt ihm nur, er möchte wiederkommen. Aber es wird Euch schon keine Umstände machen, es kommt doch niemand.«

Dann blieb er am Rande des Bürgersteiges stehen und wartete wie die übrigen. Denise hatte einen verlegenen Blick auf seinen Laden geworfen. Er verwahrloste ihn jetzt sehr, und im Schaufenster war nichts mehr zu sehen als ein Haufen jämmerlicher, luftgebleichter Schirme und vom

Gas geschwärzter Rohrstöcke. Die von ihm vorgenommenen Verschönerungen, der hellgrüne Anstrich, die Spiegelscheiben, das vergoldete Ladenschild verkamen bereits vor Schmutz und boten den Anblick raschen, jämmerlichen Zerfalls eines unangemessenen, künstlich einem Trümmerhaufen aufgeklebten Aufwandes. Wenn aber auch die früheren Risse wieder durchkamen und die Feuchtigkeitsflekke unter der Vergoldung wieder hervorbrachen, das Haus stand noch aufrecht, es heftete sich hartnäckig dem »Paradies der Damen« wie eine entstellende Warze an die Seite und dachte trotz seiner Risse und seiner Fäulnis nicht daran, einzufallen.

»Ach die Elenden!« brummte Bourras. »Wir sollen sie nicht mal hier wegbringen können!«

Der endlich eintreffende Leichenwagen kam gerade neben einem Wagen des »Paradies der Damen« daher, dessen lackierte Seitenwände bei dem scharfen Trabe seiner zwei prachtvollen Pferde einen wahren Sternenglanz durch den Nebel warfen. Und der alte Händler schoß unter seinen struppigen Augenbrauen einen blitzartigen Seitenblick hervor auf Denise.

Langsam setzte der Zug sich in Bewegung und patschte zwischen schweigenden Droschken und plötzlich anhaltenden Omnibussen durch die Pfützen. Als die weißverhängte Leiche über den Place Gaillon kam, versenkten sich die düsteren Blicke des Gefolges noch einmal in die glänzenden Fenster des Warenhauses, von wo aus zwei schnell herbeigeeilte Verkäuferinnen froh über diese Zerstreuung zusahen. Baudu ging mit schweren, gleichmäßigen Schritten hinter dem Leichenwagen her; den Arm des neben ihm hergehenden Jean hatte er durch ein Zeichen abgelehnt. Hinter dem Menschenschwanz kamen dann drei Trauerwagen. Als sie die Rue Neuve des Petits Champs überquerten, trat Robineau eilig in den Zug ein, sehr blaß und stark gealtert.

Bei Saint-Roch warteten viele Frauen, die kleinen Händlerinnen des Viertels, die sich vor dem Gedränge vorm Trauerhause gescheut hatten. Die Kundgebung nahm jetzt das Aussehen eines Aufruhrs an; und als der Zug sich nach dem Gottesdienst wieder in Bewegung setzte, folgten die Männer ihm sämtlich abermals, obwohl es ein langer Marsch war von der Rue Saint-Honoré bis zum Montmartre-Friedhof. Sie mußten die Rue Saint-Roch wieder hinauf und nochmals am »Paradies der Damen« vorbei. Es war rein wie verhext, die Leiche des jungen Mädchens zog um das große Warenhaus herum wie das erste der unter den Kugeln eines Aufruhrs gefallenen Opfer. Vor der Eingangspforte klatschte roter Flanell wie Fahnen im Winde, und eine Teppichausstellung bot den blutroten Flor riesenhafter Rosen und weitentfalteter Pfingstrosen den Blicken dar.

Denise war währenddessen unter dem Eindruck heißer Befürchtungen in einen der Wagen gestiegen; die Brust war ihr derart von Trauer zusammengeschnürt, daß sie nicht länger die Kraft fühlte zu gehen. In der Rue du Dix-Décembre kamen sie gerade vor den Gerüsten der neuen Schauseite zum Halten, die immer noch den Verkehr behinderten. Und da sah das junge Mädchen, wie der alte Bourras zurückblieb und zwischen den Rädern eben des Wagens, in dem sie allein saß, die Füße nachschleppte. Er hätte den Friedhof niemals erreicht. Er hob den Kopf und sah sie an. Dann stieg er ein.

»Meine verwünschten Knie sind's«, murmelte er. »Rükken Sie doch nicht so von mir weg!... Sind Sie uns denn etwa so zuwider?«

Sie fühlte unter der Wut seine alte Freundschaft hindurch. Er schimpfte und erklärte Baudu, den Teufelskerl, für mächtig kräftig, daß er nach so vielen auf den Schädel doch noch so laufen könne. Der Zug hatte seinen langsamen Schritt wieder aufgenommen; und als sie sich vorbeugte, sah sie tatsächlich ihren Onkel unentwegt mit schwerfälligem Tritt hinter dem Leichenwagen herziehen und damit anscheinend das Schrittmaß für den dumpfen, peinvollen Marsch des Zuges angeben. Nun überließ sie sich in ihrer Ecke ihrem Schmerz und hörte dem endlosen Wortschwall des alten Schirmhändlers bei dem langen, traurigen Wiegen des Wagens zu.

»Müßte die Polizei nicht eine öffentliche Straße freihalten ...! Länger als anderthalb Jahre liegen sie uns mit ihrem neuen Vorbau auf der Nase, und gestern ist erst wieder ein Mensch ums Leben gekommen. Einerlei! Wenn sie sich nun noch weiter ausdehnen wollen, dann müssen sie jawohl Brücken über die Straßen bauen ... Es heißt, sie wären da jetzt zu zweitausendsiebenhundert Angestellten und ihre Umsatzziffer würde dies Jahr auf über hundert Millionen kommen ... Hundert Millionen, mein Gott! Hundert Millionen!«

Denise konnte nichts erwidern. Der Zug war jetzt eben beim Einbiegen in die Chaussée d'Antin, wo ein Haufen von Wagen ihn aufhielt. Mit irren Augen fuhr Bourras fort, als träumte er jetzt ganz laut. Er begriff den Sieg des »Paradies der Damen« immer noch nicht, aber die Niederlage des alten Handels gab er zu.

»Der arme Robineau ist auch futsch, er macht ein Gesicht wie ein Ertrinkender ... Und die Bédoré und die Vanpouille, das steht auch nicht mehr recht, denen geht's wie mir, die Beine sind ihnen zerbrochen. Deslignières stirbt noch am Schlage, Piot und Rivoire hatten schon die Gelbsucht. Ach, eine hübsche Gesellschaft sind wir, einen schönen Zug von Leichnamen geben wir für das liebe Kind ab! Muß das für die Zuschauer ulkig sein, so einen Zug von bankerotten Leuten daherziehen zu sehen ... Es scheint übrigens, der Kehraus soll noch weitergehen. Die Gauner haben Abteilungen eingerichtet für Blumen, für Moden, für Parfümerien, für Schuhwaren, was weiß ich noch alles? Grognier, der Parfümhändler aus der Rue de Grammont, kann nur wegziehen, und für das Schuhgeschäft von Naud in der Rue d'Antin gebe ich keine zehn Francs mehr. Die Cholera wütet schon bis zur Rue Sainte-Anne, wo Lacassagne mit seinen Blumen und Federn und Frau Chadeuil mit ihren so bekannten Hüten auch sicher um die Ecke gehen, ehe zwei Jahre um sind... Nach denen kommen andere und dann wieder andere! Der ganze Handel im Viertel geht drauf. Wenn die Ellenreiter erst anfangen mit Seifen und Gummischuhen zu handeln, dann treiben sie ihren Ehrgeiz auch noch so weit, daß sie Bratkartoffeln verkaufen. Auf mein Wort, die Erde läuft nicht mehr richtig!«

Jetzt fuhr der Leichenwagen über den Place de la Trinité, und Denise sah von der dunklen Wagenecke aus, wo sie von dem traurigen Schritt des Gefolges eingewiegt den fortdauernden Klagen des alten Händlers zuhörte, wie die Leiche aus der Chaussée d'Antin herausbiegend bereits den Abhang der Rue Blanche hinaufstieg. Hinter dem Onkel, der blind und stumm wie ein geschlagener Ochse dahinzog, kam es ihr so vor, als höre sie eine Herde zum Schlachthofe ziehen; alles was an Läden des Kleinhandels im Viertel zahlungsunfähig geworden war, schleppte sich mit dem Geräusch wie von feuchten Pantoffeln durch den schwarzen Kot seinem Untergange entgegen. Bourras sprach nun mit immer dumpferer Stimme, als geriete sie infolge des steilen Anstiegs der Rue Blanche ins Stocken.

»Ich hab' ja mein' Teil... Aber ich halte es trotzdem fest und lasse es nicht los. Er hat seine Berufung wieder verloren. Ach, das hat mich schön was gekostet: fast zwei Jahre vor Gericht und die Rechtsanwälte und Schreiber! Einerlei, er soll nicht unter meiner Bude durch, und die Richter haben auch entschieden, daß so'ne Arbeit durchaus nicht gleichbedeutend mit einer begründeten Ausbesserung wäre. Wenn man bedenkt, daß er davon redete, er wolle da unten einen Beleuchtungsraum schaffen, um die Farben der Stoffe bei Gaslicht zu beurteilen, einen unterirdischen Raum, der die Putzmacherei mit der Tuchabteilung verbinden sollte! Und er kommt aus der Wut gar nicht mehr 'raus, er kann's nicht herunterkriegen, daß so ein alter Knochensack wie ich ihm den Weg versperren kann, wo doch alle Welt vor seinem Gelde auf den Knien liegt... Nie! Ich will nicht, das steht fest! Möglich, daß ich dabei liegenbleibe. Ich weiß wohl, seit ich mich mit den Gerichtsvollziehern herumschlagen muß, sucht der Gauner nach unbezahlten Rechnungen von mir, zweifellos um mir einen gemeinen Streich zu spielen. Macht nichts, er sagt ja, ich sage nein, und ich werde immer nein sagen, Herrgottsdonnerwetter! Und wenn sie mich auch wie die Kleine, die da vorne hinzieht, zwischen vier Bretter packen.«

Als sie auf den Boulevard de Clichy kamen, rollte der Wagen rascher dahin, und sie hörten, wie die Leute bei der unbewußten Hast des Gefolges, endlich zum Schluß zu kommen, daherkeuchten. Was Bourras ihr nicht ganz offen gesagt hatte, das war das schwarze Elend, in das er versunken war, wie jeder kleine Ladeninhaber schließlich den Kopf verliert, wenn er unter dem Hagel von Forderungen über Kopf geht und doch unbedingt aushalten will. Denise, die über seine Lage Bescheid wußte, brach endlich das Schweigen, indem sie ihm mit bittender Stimme zuflüsterte:

»Herr Bourras, seien Sie doch nicht länger so böse... Lassen Sie mich doch die Geschichte ins reine bringen.«

Er unterbrach sie mit einer heftigen Bewegung.

»Seien Sie still, das geht keinen Menschen was an... Sie sind ein gutes, kleines Mädchen, ich weiß wohl, Sie machen ihm ordentlich die Hölle heiß, dem Kerl da, der meint, er könnte Sie ebenso kaufen wie mein Haus. Aber was würden Sie mir nun antworten, wenn ich Ihnen riete, Sie sollten ja sagen? Was? Na? Sie würden mich schön zu Bett schicken... Na gut! Wenn ich nun nein sage, dann stecken Sie Ihre Nase auch nicht dazwischen.«

Und da der Wagen nun vor der Friedhofstür hielt, stieg er mit dem jungen Mädchen aus. Die Grabstelle der Baudus befand sich im ersten Gange links. In ein paar Minuten war die Feier vorüber. Jean hatte seinen Onkel allein stehenlassen, der mit offenem Munde in das Loch hinunterstarrte. Der Schwanz des Gefolges zerstreute sich zwischen den benachbarten Gräbern, und die vielen blutarmen Gesichter dieser in ihren ebenerdigen Läden krank gewordenen Geschäftsleute sahen hier unter dem schmutzfarbenen Himmel geradezu schmerzhaft häßlich aus. Als der Sarg langsam hinabglitt, wurde manche ausschlagbedeckte, rissige Wange blaß, dünne blutarme Nasen senkten sich, gallige, blasse Lider, wund von vielen Zahlen, wandten sich ab.

»Wir sollten uns nur allesamt in dies Loch packen lassen«, sagte Bourras zu Denise, die bei ihm geblieben war. »Die Kleine da ist das Viertel, das hier begraben wird... Oh, ich bin mir ganz klar, der alte Handel kann sich nur den weißen Rosen da anschließen, die sie ihr nachwerfen.«

Denise brachte ihren Onkel und Bruder zu einem der Trauerwagen. Ihr kam der ganze Tag traurig und finster vor. Jeans Blässe hatte sie anfänglich beunruhigt; als sie dann dahinterkam, daß er sich über eine neue Weibergeschichte aufregte, da wollte sie ihn zum Schweigen bringen und bot ihm ihre Börse an; aber er schüttelte den Kopf und lehnte ab, diesmal war's ernst, die Nichte eines sehr reichen Pastetenbäckers; sie nahm nicht mal Veilchensträuße an. Als sie dann am Nachmittag Pépé von Frau Gras abholen wollte, erklärte diese ihr, er würde jetzt zu groß, als daß

sie ihn noch länger bei sich behalten könne; eine weitere
Last, denn sie mußte eine Schule für ihn suchen und den
Jungen vielleicht weit wegbringen. Und schließlich, als sie
Pépé hinbrachte, um die Baudus zu umarmen, da fühlte sie
ihre ganze Seele von der schmerzlichen Trauer des Alten
Elbeuf zerrissen. Der Laden war geschlossen, Onkel und
Tante hielten sich hinten in dem kleinen Zimmer auf, in
dem sie sogar trotz der völligen Dunkelheit dieses Winter-
tages vergessen hatten, das Gas anzustecken. Sie waren jetzt
ganz allein und saßen sich Aug' in Auge gegenüber in dem
durch das langsame Zusammenbrechen leer gewordenen
Hause; und der Tod ihrer Tochter ließ die finsteren Winkel noch tiefer erscheinen, war wie das letzte Krachen, mit
dem die alten von Feuchtigkeit verzehrten Balken brechen
mußten. Ohne anhalten zu können, wanderte der Onkel
inmitten dieses Niederbruches mit seinem stummen, blin-
den Leichengefolgetrab um den Tisch herum; die Tante
sagte auch nichts, sie war mit einem so weißen Gesicht wie
ein Verwundeter, dessen Blut tropfenweise dahinfließt, auf
einen Stuhl gesunken. Sie weinten auch nicht mehr, als
Pépé ihnen einen dicken Kuß auf die kalten Lippen drückte. Denise erstickte vor Tränen.

Am selben Abend ließ Mouret das junge Mädchen zu
sich bitten, um mit ihr über ein Kinderkleid zu sprechen,
das er in die Welt hinausschicken wollte, eine Mischung
von Schottisch und Zuaven. Sie zitterte noch vom Kopf bis
zu den Füßen vor Mitleid; ganz überwältigt von all dem
Jammer wurde es ihr schwer, sich zusammenzunehmen;
sie wagte zunächst von Bourras zu sprechen, von dem
armen Mann, der bereits am Boden lag und nun den Gna-
denstoß bekommen sollte. Aber als sie nur den Namen des
Schirmhändlers erwähnte, fuhr Mouret schon auf. Der alte
Narr, wie er ihn nannte, verwüstete sein Leben, er verdarb
ihm die ganze Freude an seinem Erfolge durch seine blöd-

sinnige Hartnäckigkeit, sein Haus, dies elende Gemäuer, das mit seinem Mörtelstaub das »Paradies der Damen« beschmutzte, nicht herausrücken zu wollen, die einzige kleine Ecke im ganzen Block, die der Eroberung entgangen war. Die Geschichte war zu einem Alp für ihn geworden; jeder andere Fürsprecher für Bourras als das junge Mädchen hätte sich der Gefahr ausgesetzt, an die Luft gesetzt zu werden, von einer so krankhaften Sucht wurde Mouret gemartert, dies Gemäuer mit Fußtritten niederzuwerfen. Was sollte er denn tun? Konnte er diesen Trümmerhaufen neben dem »Paradies der Damen« liegenlassen? Der mußte verschwinden, das Warenhaus mußte über ihn hinweggehen. Um so schlimmer für den alten Narren! Und er erinnerte an seine Angebote, hunderttausend Francs hatte er ihm schon vorgeschlagen. War denn das nicht ganz verständig? Gewiß, er wollte gar nicht schachern, er würde so viel zahlen, wie verlangt würde, aber man mußte doch auch so viel Vernunft besitzen, um ihn sein Werk vollenden zu lassen. Würde denn irgend jemand auf den Gedanken kommen, eine Lokomotive auf den Schienen aufhalten zu wollen? Mit niedergeschlagenen Augen hörte sie ihm zu und fand nur durch ihr Gefühl eingegebene Gegengründe. Der gute Kerl war so alt, man könnte doch abwarten, bis er tot wäre, eine Zahlungseinstellung würde ihn umbringen. Nun erklärte er ihr, er habe die Sachen nicht mehr in der Gewalt, Bourdoncle habe sich ihrer angenommen, denn der Rat wolle ein Ende machen. Da hatte sie nichts mehr hinzuzusetzen, mit so schmerzlichem Mitleid ihr Zartgefühl sie auch erfüllte.

Nach einer peinlichen Pause fing Mouret selbst von den Baudus an zu sprechen. Zunächst beklagte er sehr den Verlust ihrer Tochter. Sie waren so gute Leute und wurden ewig vom Pech verfolgt. Dann kam er wieder auf seine früheren Beweisgründe zurück: sie hätten ihr Unglück

selbst gewollt, in den alten wurmzerfressenen Buden des
alten Handels dürfe man sich nicht derart gegen das Schicksal stemmen; es war schließlich kein Wunder, wenn das
Haus ihnen über dem Kopfe zusammenbrach. Wie oft
hatte er ihnen das vorausgesagt; sie müßte sich doch selbst
noch daran erinnern, wie er sie damit beauftragt hätte,
ihrem Onkel zu sagen, er ginge seinem Unglück entgegen,
wenn er sich noch länger mit solchen lächerlichen alten
Geschichten abgäbe. Nun war die Wendung da, kein
Mensch konnte sie jetzt noch aufhalten. Man konnte doch
vernünftigerweise nicht von ihm verlangen, daß er sich
zugrunde richten solle, um das Viertel zu schonen. Übrigens, wenn er auch so verrückt wäre und das »Paradies der
Damen« schlösse, dann würde doch sofort ein anderes großes Warenhaus ganz von selbst neben ihm in die Höhe
schießen, denn der Gedanke daran blies nun mal aus allen
vier Himmelsgegenden, der Siegeszug der Großunterneh-
mungen und der Arbeiterstädte war vom Windhauch des
Jahrhunderts gesät worden, der das zerbröckelnde Gebäude der Vergangenheit wegwehte. Mouret kam allmählich
in Hitze, er geriet in rednerische Begeisterung bei seiner
Selbstverteidigung gegen den Haß seiner ungewollten
Opfer, gegen das Geschrei der kleinen sich zu Tode quälenden Geschäfte, das er sich umtosen hörte. Seine Toten
behielt man doch nicht im Hause, die mußte man begraben; mit einer Handbewegung schaffte er den Leichnam
des alten Handels unter die Erde, mit einem Schwung fegte
er ihn ins Massengrab, da er mit seinen grünlichen, verpe-
steten Überbleibseln den sonnenscheindurchstrahlten Straßen des neuen Paris nur noch zur Schande gereichte. Nein,
nein, er empfand keinerlei Gewissensbisse, er besorgte nur
die Arbeit seines Zeitalters; und sie verstand ihn durchaus,
sie liebte das Leben, sie hatte eine Leidenschaft für große
Unternehmungen, die bei helllichtem Tag abgeschlossen

wurden. So zum Schweigen gebracht, hörte sie ihm lange zu und zog sich dann voll innerer Unruhe zurück.

Denise schlief in dieser Nacht kaum. Eine mit Alpdrükken abwechselnde Schlaflosigkeit ließ sie sich unter ihrer Decke herumwälzen. Es war ihr so, als wäre sie wieder ganz klein, sie war hinten in ihrem Garten in Valognes und brach in Tränen aus, als sie eine Grasmücke Spinnen fressen sah, die selbst erst Fliegen aufgefressen hatten. War es denn in Wahrheit notwendig, daß die Welt sich durch den Tod mäste, dieser Kampf ums Dasein, der alle Lebewesen in das Beinhaus ewiger Zerstörung wirft? Nun sah sie sich wieder am Grabe stehen, in das sie Geneviève hinabließen, sah wieder ihren Onkel und Tante allein hinten in ihrem dunklen Eßzimmer sitzen. In dem tiefen Schweigen zog plötzlich ein dumpfes Geräusch wie von einem Zusammensturz durch die tote Luft: das war Bourras Haus, das zusammenstürzte wie von Wasserströmen unterwaschen. Dann wurde es wieder still, noch unheimlicher, und dann ertönte ein neuer Zusammensturz, und noch einer, dann wieder einer: die Robineau, die Geschwister Bédoré, die Vanpouille stürzten krachend einer nach dem andern zusammen, der Kleinhandel des Viertels Saint-Roch verschwand mit plötzlichem Donnergepolter von Lastwagen, die abgeladen werden unter den Hieben einer unsichtbaren Hacke. Nun jagte ein gewaltiger Schmerz sie plötzlich jäh empor. Mein Gott, diese Qualen! Weinende Familien, alte aufs Pflaster geworfene Leute, all die peinigenden Schreckbilder des Zusammenbruchs! Und sie konnte niemanden retten und hatte die Empfindung, es wäre gut so, dieser Haufen von Elend sei für die Gesundung des kommenden Paris notwendig. Bei Tagesanbruch wurde sie ruhiger, eine große ergebungsvolle Traurigkeit ließ sie mit offenen Augen auf die allmählich heller werdenden Scheiben ihres Fensters starren. Ja, darin lag der Wert des Blutes, jede Umwälzung verlangte ihre Opfer, aller Fortschritt führte über Leichen. Ihre Furcht, sie hätte sich als ein schlechtes Geschöpf bewiesen und hätte am Untergang ihrer Nächsten mitgearbeitet, zerschmolz nun in herzzerreißendem Mitleid angesichts all des unheilbaren Jammers, der die schmerzhaften Geburtswehen jedes neuen Geschlechts darstellt. Sie verfiel schließlich darauf, nach möglichen Erleichterungen zu suchen und träumte in ihrer Güte lange von den Maßregeln, die sie ergreifen könnte, um wenigstens die Ihrigen aus der endlichen Vernichtung zu erretten.

Nun erhob Mouret mit seinem leidenschaftlichen Gesicht und den schmeichelnden Augen sich vor ihren Blikken. Er würde ihr gewiß nichts verweigern, sie war sicher, er werde auf alle nur vernunftgemäßen Entschädigungsansprüche eingehen. Bei dem Versuch, sich über ihn klar zu werden, verwirrten sich dann ihre Gedanken. Sie kannte sein Leben, kannte genau die Berechnung, die seinen früheren Liebeleien zugrunde gelegen hatte, seine fortgesetzte Ausbeutung der Frau, die Verhältnisse, die er eingegangen war, um sich durch sie seinen Weg zu bahnen, und seine Verbindung mit Frau Desforges zu dem einzigen Zweck, den Baron Hartmann zu fesseln, sowie all die andern, die zufällig getroffenen Claras, seine erkauften Vergnügungen, für die er zahlte und die er dann wieder aufs Pflaster warf. Allein diese Erstlinge eines Abenteurers der Liebe, über die das ganze Geschäft sich belustigte, verschwanden doch schließlich gegenüber dem geistigen Wert dieses Mannes, seiner sieghaften Anmut. Er war die Verführung selbst. Was sie ihm nie verzeihen konnte, das war seine frühere Lüge, daß er als ihr Liebhaber seine Kälte unter einem liebenswürdigen Possenspiel von Zuvorkommenheit verborgen hatte. Aber sie empfand deswegen jetzt, wo er um sie litt, keinen Haß mehr gegen ihn. Dies Leid machte ihn größer. Nun sie ihn in seinen Qualen sah, nun sie sah, wie hart er für die Mißachtung der Frau büßte, da kam ihr das wie eine Art Lösegeld für seine Fehler vor.

Nach diesem Morgen erhielt Denise von Mouret alle Schadenersatzansprüche im voraus zugebilligt, die sie in dem Augenblick, wo die Baudus und der alte Bourras erliegen müßten, für berechtigt ansehen würde. Die Wochen liefen hin, und sie ging fast alle Nachmittage zu ihrem Onkel, um nach ihm zu sehen; sie schlüpfte dann ein paar Minuten davon und brachte ihr Lachen, ihren frischen Mädchenmut in den düsteren Laden hinüber, um ihn etwas aufzuheitern. Die größte Sorge machte ihr ihre Tante, die seit Genevièves Tode in blanker Verzweiflung verharrte; ihr Leben nahm scheinbar jede Stunde leise ab; und wenn man sie fragte, antwortete sie ganz erstaunt, sie litte gar nicht, sie fühlte sich nur so schläfrig. Im Viertel nickten sie mit den Köpfen: die arme Dame würde sich nicht lange um ihre Tochter grämen brauchen.

Eines Tages kam Denise von den Baudus zurück, als sie an der Ecke des Place Gaillon einen lauten Schrei hörte. Die Leute stürzten vorwärts, allgemeiner Schrecke herrschte, dieser Hauch von Furcht und Mitleid, der eine ganze Straße plötzlich in Aufruhr versetzt. Ein braungestrichener Omnibus, eines der den Verkehr zwischen der Bastille und Batignolles vermittelnden Fuhrwerke war mit seinen Rädern beim Herausbiegen aus der Rue Neuve-Saint-Augustin vor dem Springbrunnen einem Manne über den Leib gegangen. In wütender Aufregung stand der Kutscher auf seinem Sitz und hielt seine beiden sich bäumenden schwarzen Pferde fest; er fluchte und erging sich in Schimpfen.

»Herrgott noch mal! Herrgott noch mal!... Paß doch auf, verdammter Tölpel!«

Der Omnibus hielt jetzt. Die Menge umstand den Verwundeten, und zufällig war auch ein Schutzmann da. Immer noch stehend rief der Kutscher seine Fahrgäste, die ebenfalls aufgestanden waren, um sich vorbeugen zu können und das Blut zu sehen, zu Zeugen auf; und mit verzweifelten Gebärden und die Kehle von immer steigender Wut zugeschnürt gab er seine Erklärungen ab.

»Es ist nicht auszudenken ... Hat man je so 'nen Trottel gesehen? Tut, als ob er zu Hause wäre! Ich brülle ihn noch an, und da schmeißt er sich unter die Räder!«

Nun rief ein Arbeiter, ein Anstreicher, der von einem Hause in der Nähe herbeikam, mit spitzer Stimme unter allgemeinem Geschrei:

»Reg' dich man nicht auf! Ich hab's ja gesehen, er klemmte sich weiß Gott geradezu drunter! ... So jagte er mit dem Kopfe voran, da! Wieder einer blödsinnig geworden, sollte man meinen!«

Andere Stimmen wurden laut und man verfiel allgemein, während der Schutzmann den Tatbestand aufnahm, darauf, es für einen Selbstmordversuch zu halten. Ein paar Damen stiegen leichenblaß aus und gingen, ohne sich umzudrehen, fort; der Schreck über den weichen Stoß, mit dem der Wagen über den Körper wegging, war ihnen in die Gedärme gefahren. In dem mitleidigen Wunsche helfen zu können, trat Denise indessen näher heran; sie mußte sich so um alle Unfälle bekümmern, ob nun ein Hund überfahren war, ein Pferd fiel oder ein Dachdecker vom Dache stürzte. Und sie erkannte den ohnmächtig gewordenen Unglücklichen mit seinem beschmutzten Gehrock.

»Das ist ja Herr Robineau!« rief sie schmerzlich erstaunt.

Sofort fragte der Schutzmann das junge Mädchen aus. Sie gab ihm Namen, Stand und Wohnort an. Dank der Tatkraft des Kutschers hatte der Omnibus einen Haken geschlagen, so daß nur Robineaus Beine unter die Räder geraten waren. Immerhin war zu befürchten, daß beide ge-

brochen wären. Vier Männer trugen den Verwundeten aus
Gutherzigkeit zu einem Apotheker in der Rue Gaillon,
während der Omnibus langsam seinen Weg wieder aufnahm.

»Herrgottsdonnerwetter!« sagte der Kutscher und gab
seinen Pferden eins mit der Peitsche um die Rippen, »da
habe ich ein schönes Tagewerk hinter mir!«

Denise war Robineau zu dem Apotheker gefolgt. Während des Wartens auf einen Arzt, der nicht aufzufinden
war, erklärte dieser, eine unmittelbare Gefahr läge nicht
vor, und es wäre das beste, den Verwundeten, da er ja in
der Nähe wohnte, in sein Heim zu bringen. Ein Mann
ging zur Polizeiwache, um eine Bahre zu holen. Da kam
dem jungen Mädchen der gute Gedanke, sie wolle voran-
gehen und Frau Robineau auf das Schreckliche vorberei-
ten. Es kostete sie alle erdenkliche Mühe, durch die sich
vor der Tür aufstauende Menschenmenge, die Straße zu
gewinnen. Diese Menge wuchs aus Gier, einen Toten zu
sehen, immerfort an; Kinder und Frauen stellten sich auf
die Fußspitzen und hielten sich wacker in dem wüsten
Gedränge; und jeder neu dazu Kommende erfand sich
seine eigene Erzählung von dem Unfall, jetzt war es schon
ein Ehemann, den der Geliebte seiner Frau aus dem Fenster geworfen hatte.

In der Rue Neuve-des-Petits-Champs sah Denise Frau
Robineau schon von weitem in der Tür ihres Seidenge-
schäftes stehen. Das gab ihr einen Vorwand zum Stehenbleiben, und sie begann einen Augenblick zu plaudern, um
nach einer Möglichkeit zu suchen, wie sie die Schreckens-
nachricht abschwächen könne. Der Laden wies wie jedes
im Todeskampfe liegende Geschäft eine unordentliche Ver-
wahrlosung auf. Das war die vorauszusehende Lösung des
Zweikampfes zwischen den beiden nebenbuhlerischen Sei-
densorten, das »Paradies der Damen« hatte den Wettbe-

werb nach einer neuen Herabsetzung um fünf Centimes geschlagen: es ging jetzt für vier Francs fünfundneunzig ab, und Gaujeans Seide fand ihr Waterloo. Seit zwei Monaten sah sich Robineau zu verzweifelten Hilfsmitteln gezwungen und führte ein Leben wie in der Hölle, um der Erklärung seiner Zahlungsunfähigkeit noch aus dem Wege zu gehen.

»Ich sah Ihren Mann über den Place Gaillon gehen«, sagte Denise leise, nachdem sie endlich in den Laden getreten war.

Frau Robineau sah scheinbar von dumpfer Unruhe getrieben fortwährend nach der Tür und meinte lebhaft:

»Ach, jetzt eben, ja? ... Ich warte auf ihn, er hätte schon hier sein müssen. Heute morgen kann Herr Gaujean und sie sind zusammen weggegangen.«

Sie war immer noch reizend, zart und heiter; aber sie war infolge einer vorgeschrittenen Schwangerschaft schon recht müde, leichter verwirrt, gedankenloser als je gegenüber all den geschäftlichen Angelegenheiten, auf die ihre Veranlagung nicht zugeschnitten war und die jetzt schief gingen. Wie sie so oft gesagt hatte, wozu das alles? wäre es nicht viel hübscher, ruhig irgendwo in einer kleinen Wohnung zu hausen, wo sie lediglich von Brot leben konnten?

»Liebes Kind«, fuhr sie mit ihrem trauriger gewordenen Lächeln fort, »vor Ihnen brauchen wir ja nichts zu verbergen ... Es geht nicht gut mit uns, mein armer Liebling schläft überhaupt nicht mehr. Erst heute wieder hat dieser Gaujean ihn wieder wegen überfälliger Wechsel gequält ... Ich komme mir vor, als müßte ich hier so ganz allein vor Unruhe sterben.«

Und sie wollte wieder an die Tür gehen, als Denise sie zurückhielt. Diese hörte eben von weitem das Geräusch der Menge. Sie ahnte, man bringe die Bahre und die Flut der Neugierigen ließe den Unglücksfall nicht fahren. Nun trocknete ihr die Kehle zusammen und obwohl sie die Trostworte, die sie sich ausgedacht hatte, nicht wiederfinden konnte, mußte sie doch mit der Sprache heraus.

»Machen Sie sich keine Sorge, es besteht keine unmittelbare Gefahr ... Ja, ich habe Herrn Robineau gesehen, ihm ist ein Unglück zugestoßen ... Sie bringen ihn, bitte, bitte, machen Sie sich keine Sorge.«

Leichenblaß hörte die junge Frau ihr zu, ohne sie noch genau zu verstehen. Die Straße füllte sich mit Leuten, Droschkenkutscher, die anhalten mußten, fluchten, ein paar Männer setzten die Bahre vor dem Laden nieder, um die Glasfenster an den Seiten aufzuschlagen.

»Ein Unglücksfall«, fuhr Denise in dem Entschluß fort, ihr seinen Selbstmordversuch zu verheimlichen. »Er stand auf dem Bürgersteig, und da ist er unter die Räder eines Omnibusses gerutscht ... Oh, nur mit den Füßen! Sie suchen nach einem Arzt. Machen Sie sich keine Sorge.«

Ein heftiger Schauder schüttelte Frau Robineau. Zwei- oder dreimal schrie sie unverständlich auf; dann sprach sie nicht mehr, sondern stürzte neben der Bahre nieder und bog ihre Wachstuchvorhänge mit zitternden Händen auseinander. Die Leute, die die Bahre hergebracht hatten, warteten vor dem Hause, um sie wieder mitzunehmen, sobald endlich ein Arzt gefunden wäre. Sie wagten Robineau, der wieder zu Bewußtsein gekommen war, nicht mehr anzufassen, denn er hatte bei der geringsten Bewegung fürchterliche Schmerzen. Als er seine Frau sah, liefen ihm zwei dicke Tränen über die Backen. Sie küßte ihn und weinte, während sie ihn mit starren Augen ansah. Das Gewühl auf der Straße dauerte an, die Gesichter drängten sich mit leuchtenden Augen wie bei einem Schauspiel vor; aus ihrer Werkstatt ausgerissene Arbeiter drohten die Scheiben der Schaufenster einzudrücken, um besser sehen zu können. Um dieser fieberhaften Neugierde zu entgehen und da sie es im übrigen auch nicht für angebracht hielt, den Laden offen zu halten, war Denise auf den Gedanken gekommen, die eisernen Rolläden herunterzulassen. Sie selbst drehte den Handgriff, die Zahnräder gaben einen klagenden Laut von sich, langsam sanken die Blechplatten herunter, wie wenn sich nach dem fünften Akt über die Lösung der eiserne Vorhang herabsenkt. Und als sie wieder hineintrat und die kleine runde Tür hinter sich schloß, da sah sie, wie Frau Robineau in dem fahlen, durch die in das Blech geschnittenen Sterne hereinfallenden Licht ihren Mann immer wieder mit zitternden Armen umfing. Der zugrunde gerichtete Laden schien ins Nichts hinabzugleiten, nur die zwei Sterne leuchteten auf diesen raschen, rohen Unglücksfall des Pariser Pflasters herab. Endlich fand Frau Robineau wieder Worte.

»O mein Liebling!... O mein Liebling!... O mein Liebling!...«

Mehr als diese fand sie nicht, er aber erstickte und legte ihr, wie er sie da so überwältigt auf den Knien liegen und ihren Mutterleib gegen die Bahre drücken sah, unter der Einwirkung seiner Gewissensbisse ein Geständnis ab. Solange er sich nicht rührte, fühlte er nichts als das brennende Bleigewicht seiner Beine.

»Vergib mir, ich muß wohl verrückt geworden sein... Als der Rechtsanwalt mir in Gaujeans Gegenwart sagte, die Verkündigung würde morgen angeschlagen, da tanzte es mir wie lauter Flammen vor den Augen, die Wände schienen zu brennen... Und dann weiß ich weiter nichts: ich ging die Rue de la Michodière hinunter und glaubte, die Leute aus dem »Paradies der Damen« machten sich über mich lustig, der große Lumpenkasten brachte mich um... Und als da der Omnibus um die Ecke bog, dachte ich an Lhomme und seinen Arm und warf mich drunter...«

Langsam sank Frau Robineau vor Schreck über dies Geständnis in eine sitzende Stellung auf den Fußboden zurück. Mein Gott, er hatte sich umbringen wollen! Sie griff nach Denises Hand, die sich ganz überwältigt von diesem Vorgang zu ihr niedergebeugt hatte. Der Verwundete war durch seine Erregung ganz erschöpft und hatte von neuem das Bewußtsein verloren. Und der Arzt kam immer noch nicht. Zwei Leute waren schon durch das ganze Viertel gerannt, und auch der Pförtner ihres Hauses hatte sich seinerseits auf den Kriegspfad begeben.

»Machen Sie sich keine Sorgen«, wiederholte Denise ganz gedankenlos und unter Schluchzen.

Nun schüttete Frau Robineau, wie sie da an der Erde saß, ihren Kopf in Höhe der Bahre gegen die Gurte gelehnt, auf denen ihr Mann ruhte, ihr ihr Herz aus.

»Ach, könnte ich es Ihnen doch erzählen... Um meinetwillen hat er sterben wollen. Er hat mir immer wieder gesagt: Ich habe dich bestohlen, das Geld kam von dir. Und nachts träumte er von diesen siebzigtausend Francs, schweißgebadet wachte er auf und schimpfte über seine Unfähigkeit. Wenn man selber den Kopf verloren hat, dann soll man nicht mehr das Vermögen anderer aufs Spiel setzen... Sie wissen ja, wie nervös er immer bei seiner selbstquälerischen Sinnesart war. Er bekam schließlich Gesichte, die mir furchtbare Angst machten, er sah mich bettelnd in Lumpen auf der Straße, mich, die er so heiß liebte, die er so gerne glücklich, reich gesehen hätte...«

Aber als sie sich umwandte, bemerkte sie, daß er die Augen wieder geöffnet hatte; und stammelnd fuhr sie fort:

»Oh, mein Liebling, warum hast du das getan?... Hältst du mich denn für so schlecht? Was denn, es ist mir doch ganz gleichgültig, ob wir zugrunde gerichtet sind. Wenn wir nur beieinander bleiben, sind wir nicht unglücklich... Laß sie doch alles mitnehmen. Wir gehen irgendwohin, wo du nicht mehr von ihnen sprechen hörst. Du wirst doch auch wieder arbeiten und sollst mal sehen, wie schön das wird.«

Sie war mit der Stirn neben das bleiche Gesicht ihres Gatten gesunken, und beide schwiegen, ganz hin vor Angst. Es war jetzt ganz still, der Laden schien zu schlummern, wie erstarrt in der bleiernen Dämmerung, die ihn erfüllte; von draußen her aber hörte man durch die dünne Blechwand der Rolläden den Straßenlärm, das im Rollen der Wagen und dem Gewühl auf den Bürgersteigen vorüberziehende Leben des hellen Tages. Endlich kam Denise, die alle paar Augenblicke kurz durch die auf den Hausgang hinausführende kleine Tür hinaussah, mit dem Rufe zurück:

»Der Arzt!«

Ein junger Mann mit lebhaften Augen war es, den der Pförtner mitbrachte. Er wollte den Verwundeten lieber untersuchen, bevor er ins Bett gelegt würde. Nur das eine Bein, das linke, war oberhalb der Knöchels gebrochen. Der Bruch war glatt und eine Verschlimmerung anscheinend nicht zu befürchten. Und so gingen sie daran, die Bahre nach hinten in die Kammer zu bringen, als Gaujean eintrat. Er kam, um noch über einen letzten Versuch zu berichten, mit dem er übrigens auch gescheitert war; die Erklärung der Zahlungsunfähigkeit war beschlossene Sache.

»Nanu?« murmelte er, »was ist denn los?«

Denise klärte ihn mit einem Worte auf. Da fühlte er sich peinlich berührt. Robineau sagte mit schwacher Stimme zu ihm:

»Ich bin ja nicht böse auf Sie, aber die ganze Geschichte ist doch ein wenig Ihre Schuld.«

»Herrgott! Mein Lieber«, antwortete Gaujean, »da muß man eben ein festeres Rückgrat haben als wir ... Sie wissen doch, mir geht es auch nicht besser als Ihnen.«

Die Bahre wurde angehoben. Der Verwundete fand noch die Kraft zu sagen:

»Nein, nein, auch ein festeres Rückgrat wäre ebenso zusammengeknickt... Ich begreife jetzt, wie so alte Starrköpfe wie Bourras und Baudu dabei liegenbleiben; aber wir, die wir jung sind, die wir uns schon an den neuartigen Gang der Dinge gewöhnt hatten!... Nein, sehen Sie, Gaujean, das bedeutet einen Weltuntergang.«

Er wurde weggetragen. Frau Robineau gab Denise einen so heftigen Kuß, daß in ihm fast so etwas wie Freude über die endliche Erlösung von all dem geschäftlichen Rummel zu liegen schien. Und als Gaujean mit dem jungen Mädchen zusammen wegging, gestand er ihr zu, der arme Teufel von Robineau habe recht. Es sei Blödsinn, gegen das »Paradies der Damen« ankämpfen zu wollen. Er persönlich fühlte sich verloren, wenn er nicht wieder zu Gnaden angenommen werde. Er hatte schon tags zuvor einen geheimen Vorstoß bei Hutin unternommen, der gerade im Begriffe war, nach Lyon zu fahren. Aber er war doch voller Verzweiflung und suchte, offenbar über ihre Machtvollkommenheit ganz auf dem laufenden, Denises Teilnahme zu erregen.

»Mein Gott«, sagte er immer wieder, »am schlimmsten ist's für uns Erzeuger! Wenn ich dabei zugrunde gehe, werden sie sich schön über mich lustig machen, daß ich mehr noch für die andern kämpfe, während sie, die Schlauköpfe, sich in den Haaren liegen, wer am billigsten herstellen kann... Mein Gott! Ganz wie Sie es damals sagten, die Erzeugung braucht nur dem Fortschritt durch bessere Anordnung und neue Verfahren zu folgen. Dann kommt alles wieder in die Reihe, und es ist ja auch genug, wenn die Allgemeinheit zufrieden ist.«

Denise lächelte. Sie antwortete:

»Gehen Sie doch zu Herrn Mouret und sagen Sie ihm

das selbst ... Ihr Besuch wird ihm sehr lieb sein, er ist nicht der Mann danach, Ihnen etwas nachzutragen, wenn Sie ihm nur einen Gewinn von einem Centime auf den Meter anbieten.«

Im Januar tat Frau Baudu ihren letzten Atemzug, an einem schönen sonnenhellen Nachmittag. Sie hatte seit vierzehn Tagen nicht mehr in den Laden herunterkommen können und eine Stundenfrau hatte auf ihn achten müssen. Den Rücken durch Kopfkissen gestützt, saß sie mitten in ihrem Bett. In ihrem weißen Gesicht besaßen nur die Augen noch Leben; und die wandte sie mit aufgerichtetem Kopfe durch die kleinen Scheibengardinen hartnäckig dem »Paradies der Damen« zu. Baudu, der an demselben Wahne litt, an diesem verzweifelten Hinstieren, wollte zuweilen die großen Vorhänge zuziehen. Aber mit einer flehenden Bewegung hielt sie ihn davon ab, und versteifte sich bis zum letzten Atemzug darauf, nach drüben zu sehen. Jetzt hatte das Ungeheuer ihr alles genommen, ihr Haus, ihre Tochter; und sie selbst ging schrittweise mit dem Alten Elbeuf dahin, je mehr seine Kundschaft sich verlor; an dem Tage, wo sein Todesröcheln ertönte, war es auch mit ihrem Atem aus. Als sie sich sterben fühlte, hatte sie noch soviel Kraft, ihren Mann zu bitten, beide Fenster weit aufzumachen. Das Wetter war milde, eine Flut heitern Sonnenscheins vergoldete das »Paradies der Damen«, während die Kammer in ihrer alten Wohnung im Schatten zusammenschauerte. Mit starren Blicken blieb Frau Baudu sitzen und heftete ihre Augen auf die Erscheinung dieses Siegesdenkmals, diese durchsichtigen Scheiben, hinter denen die Hetzjagd der Millionen dahinzog. Langsam brachen ihre Augen und füllten sich mit Finsternis, und als sie im Tode verlöschten, blieben sie weit offen, voll dicker Tränen geradeaus gerichtet.

Noch einmal bildete der zugrunde gerichtete Kleinhandel des Viertels einen Trauerzug. Man sah die Gebrüder Vanpouille, bleich angesichts ihrer im Dezember fälligen Verbindlichkeiten, die sie nur mit einer äußersten Kraftanstrengung hatten bezahlen können; ein zweites Mal konnten sie das nicht mehr leisten. Die Schwestern Bédoré mußten sich jede auf einen Stock stützen und waren derart von Sorgen mitgenommen, daß ihr Magenleiden immer schlimmer wurde. Deslignières hatte einen Anfall gehabt, Piot und Rivoire gingen schweigend, die Nase zur Erde, dahin, ein paar erledigte Leute. Und nach den Nichtanwesenden wagte man gar nicht zu fragen, nach Quinette, Fräulein Tatin und andern, die im Laufe des Tages doch über Kopf gehen und in den Unheilswirbel hineingezogen werden konnten; dabei war Robineau, der mit gebrochenem Beine zu Bette lag, noch gar nicht mitgezählt. Aber mit einer Art Teilnahme zeigte man sich die neuerdings von der Pest ergriffenen Kaufleute: den Parfümeur Grognet, die Modenhändlerin Frau Chadeuil, Lacassagne den Blumenhändler und Naud den Schuhmacher, die zwar noch auf den Beinen standen, aber doch schon von der Angst vor dem Unheil ergriffen waren, das auch sie hinwegfegen würde, sobald ihre Zeit gekommen wäre. Baudu ging mit demselben Schritte wie ein geschlagener Ochse hinter dem Leichenwagen her, mit dem er seiner Tochter das Geleit gegeben hatte; in dem ersten Trauerwagen dagegen sah man Bourras funkelnde Augen unter dem Gestrüpp seiner schneeweißen Brauen und Haare.

Denise war tiefbekümmert. Seit vierzehn Tagen war sie ganz gebrochen vor Sorgen und Ermüdung. Sie hatte Pépé zur Schule bringen müssen und Jean verursachte ihr viel Lauferei; er war so wahnsinnig in die Nichte des Pastetenbäckers verliebt, daß er seine Schwester anflehte, sie für ihn zur Frau zu erbitten. Dann aber brachte auch der Tod ihrer Tante, diese ewigen neuen Unglücksfälle, das junge

Mädchen ganz herunter. Mouret hatte sich ihr wieder ganz zur Verfügung gestellt: was sie für ihren Onkel und die übrigen unternehmen würde, wäre gut. Sie hatte eines Morgens abermals eine Unterhaltung mit ihm bei der Nachricht, daß Bourras nun auf der Straße läge und Baudu seine Bude zumachen müsse. Nach dem Frühstück ging sie dann in der Hoffnung aus, wenigstens diesen beiden helfen zu können.

Bourras stand in der Rue de la Michodière auf dem Bürgersteige gegenüber seinem Hause, aus dem er tags zuvor durch einen vom Rechtsanwalt herausgefundenen feinen Kniff herausgeschmissen war: da Mouret Schuldforderungen an ihn besaß, war es ihm ein leichtes gewesen, die Erklärung der Zahlungsunfähigkeit des Schirmhändlers zu erlangen; dann hatte er in dem vom Verwalter der Masse vorgenommenen Verkaufe für fünfhundert Francs das Vermietungsrecht gekauft; auf diese Weise ließ der alte Starrkopf sich für fünfhundert Francs entwinden, was er für hunderttausend nicht hatte hergeben wollen. Der mit einer Schar von Abbrucharbeitern gekommene Baumeister hatte übrigens den Bezirksvorsteher holen lassen müssen, um ihn an die Luft zu setzen. Seine Waren wurden verkauft, die Zimmer ausgeräumt; er blieb hartnäckig in der Ecke sitzen, wo er für gewöhnlich schlief, und aus der man ihn in einer Art letzten Mitleids nicht verjagen mochte. Aber die Abbrucharbeitern griffen ihm das Dach über dem Kopfe an. Die brüchigen Schieferplatten wurden abgenommen, die Decken stürzten ein, die Wände krachten, und er blieb unter all den Trümmern des bloßgelegten Balkenwerks sitzen. Vor der Polizei war er dann endlich weggegangen. Aber schon am nächsten Morgen war er wieder da und stand auf dem Bürgersteige gegenüber, nachdem er die Nacht in einem nahegelegenen Gasthause zugebracht hatte.

»Herr Bourras«, sagte Denise leise.

Er hörte sie nicht, seine Flammenaugen verzehrten die Arbeiter, deren Hacken die Vorderseite seines alten Gemäuers zu Boden warfen. Durch die leeren Fensteröffnungen sah man jetzt in das Innere, die elenden Kammern, die schwarze Treppe, bis wohin die Sonne seit zweihundert Jahren nicht mehr gedrungen war.

»Ach! Sie sind's«, sagte er endlich, als er sie erkannt hatte. »Was? Die machen reine Arbeit, die Gauner!«

Vor Rührung über die jammervolle Trostlosigkeit dieser alten Behausung wagte sie nichts weiter zu sagen und konnte selber ihre Augen nicht von den herabfallenden feuchten Steinen losmachen. Oben in der Ecke sah sie an der Decke ihrer alten Kammer wieder den Namen: Ernestine in schwarzen zitterigen Buchstaben mit einer Kerzenflamme angeschrieben; das Andenken an diese Tage des Elends kam ihr wieder in den Sinn und sie fühlte sich tief gerührt bei der Erinnerung an all ihre früheren Schmerzen. Aber gerade waren die Arbeiter, um eine ganze Mauerfläche mit einem Schlage niederzulegen, auf den Gedanken gekommen, sie an der Wurzel anzupacken. Sie schwankte.

»Wenn sie sie doch alle erschlagen wollte!« murmelte Bourras mit wilder Stimme.

Ein furchtbarer Krach ertönte. Voller Schreck sprangen die Arbeiter zur Seite. Das Mauerwerk erschütterte in seinem Sturz den ganzen Trümmerhaufen und riß ihn mit zu Boden. Infolge der vielen Senkungen und Risse hielt das Mauerwerk zweifellos nicht mehr ordentlich zusammen; ein Stoß hatte genügt, um es von oben bis unten auseinanderzuspalten. Es war ein jammervoller Einsturz, wie wenn ein vom Regen durchweichtes Lehmhaus zusammenbricht. Nicht eine Zwischenwand blieb stehen, lediglich ein Schutthaufen lag an der Erde, der Düngerhaufen der Vergangenheit war einer neuen Grenzmarke zum Opfer gefallen.

»Mein Gott!« schrie der Greis auf, als fände der Krach einen Widerhall in seinem Innern.

Offenen Mundes blieb er stehen, nie hatte er geglaubt, es werde so rasch gehen. Er starrte auf den offenen Riß; endlich war der Platz neben dem »Paradies der Damen« leer, war die entstellende Warze entfernt. Der Schwamm war fort, der letzte Sieg über die heiße Hartnäckigkeit des unendlich Kleinen errungen, der ganze Block eingenommen und erobert. Haufen von Vorübergehenden schwatzten ganz laut mit den über dies alte Gemäuer wütenden Arbeitern, das nur noch gut war, um Leute totzuschlagen.

»Herr Bourras«, sagte Denise wieder und versuchte ihn beiseite zu führen. »Sie wissen doch, wir lassen Sie nicht auf der Straße liegen. Es soll für alle Ihre Bedürfnisse gesorgt werden...«

Da richtete er sich auf.

»Ich habe keine Bedürfnisse...Die da schicken Sie wohl her, nicht wahr? Na schön! Dann sagen Sie ihnen nur, Vater Bourras könnte noch arbeiten, und er könnte soviel Arbeit finden wie er nur wolle...Wahrhaftig! Das wäre ja recht nett, die Leute erst umzubringen und ihnen dann noch Almosen nachzuwerfen!«

Nun flehte sie ihn an.

»Ich bitte Sie, nehmen Sie doch an, ersparen Sie mir doch diesen Kummer.«

Aber er schüttelte sein Mähnenhaupt.

»Nein, nein, jetzt ist's aus, guten Abend...Werden Sie glücklich, Sie sind ja noch jung, und hindern Sie alte Leute nicht, mit ihren eigenen Gedanken zu sterben.«

Noch einen letzten Blick warf er auf den Schutthaufen, dann ging er mühsam von dannen. Sie folgte seinem Rücken inmitten des Gedränges auf dem Bürgersteige. Sein

Rücken bog um die Ecke des Place Gaillon, und alles war vorbei.

Mit starren Augen blieb Denise einen Augenblick unbeweglich stehen. Endlich trat sie bei ihrem Onkel ein. Der Tuchhändler stand in dem düstern Laden des Alten Elbeuf ganz allein. Die Aufwärterin kam nur abends und morgens, um nach der Küche zu sehen und ihm beim Abnehmen und Wiedervorsetzen der Läden zu helfen. Stunden brachte er in dieser Einsamkeit zu, oft ohne daß ihn auch nur ein Mensch den ganzen Tag über störte, und wenn eine Kundin sich noch einmal zu ihm hineinwagte, fand er in seiner Verwirrung die Waren nicht mehr. Und in diesem Schweigen, in diesem Halbdunkel wanderte er fortwährend auf und ab, er behielt seinen Trauerschritt stets bei und gab sich einem krankhaften Drange, einer wahren Sucht nach solchen Gewaltmärschen hin, als wollte er dadurch seinen Schmerz einschläfern.

»Geht es Euch besser, Onkel?« fragte Denise. Er blieb nur eine Sekunde lang stehen, dann trabte er wieder zwischen der Kasse und einer dunklen Ecke weiter hin und her.

»Ja, ja, sehr gut ... Danke.«

Sie suchte nach einem Trost, nach einem heitern Worte und fand doch keins.

»Habt Ihr den Krach gehört? Das Haus liegt da.«

»Sieh da! Richtig«, murmelte er ganz erstaunt, »das muß wohl das Haus gewesen sein ... Ich fühlte, wie der Fußboden zitterte ... Als ich sie heute morgen da auf dem Dache sah, da habe ich meine Türe zugemacht.«

Er machte eine unbestimmte Handbewegung, wie um anzudeuten, diese Geschichten gingen ihn nichts mehr an. Jedesmal wenn er an die Kasse kam, blickte er auf die leere Bank, diese abgenutzte Samtbank, auf der seine Frau und seine Tochter aufgewachsen waren. Brachte ihn dann sein ewiges Getrabe ans andere Ende, dann blickte er auf die im Dunkel versinkenden Fächer, in denen ein paar Stück Tuch verschimmelten. Das Haus war verwaist, die, die er lieb hatte, gegangen, sein Geschäft einem schimpflichen Ende verfallen, und er selbst schleppte sein erstorbenes Herz und seinen gebeugten Stolz unter den Trümmern umher. Er hob die Blicke zu der schwarzen Decke empor, horchte auf das Schweigen, das aus der Finsternis des kleinen Eßzimmers hervorzudringen schien, der trauten Ecke, die ihm früher so lieb gewesen war, selbst der Stickgeruch darin. Kein Hauch mehr in der alten Behausung, sein gleichmäßiger, schwerfälliger Schritt hallte von den alten Wänden wieder, als wandere er auf dem Grabe seiner Liebe herum.

Endlich schnitt Denise den Gegenstand an, der sie herführte.

»Onkel, Ihr könnt hier so nicht bleiben. Ihr müßt zu einem Entschlusse kommen.«

Ohne stehen zu bleiben antwortete er ihr:

»Zweifellos, aber was soll ich machen? Ich habe versucht es zu verkaufen, aber kein Mensch kam... Mein Gott! Ich werde eines morgens die Bude zumachen und von dannen ziehen.«

Sie wußte, ein richtiger Zusammenbruch war nicht länger zu befürchten. Die Gläubiger hatten es angesichts eines derart hartnäckigen Pechs vorgezogen, zu einer Einigung zu kommen. Sowie alles ausbezahlt war, würde ihr Onkel sich einfach auf der Straße befinden.

»Aber was macht Ihr dann?« flüsterte sie und suchte nach einem Übergang, um auf das Anerbieten zu kommen, das sie noch nicht auszusprechen wagte.

»Weiß ich nicht«, antwortete er. »Man wird mich wohl aufpicken.«

Er hatte einen andern Weg eingeschlagen und wanderte jetzt zwischen dem Eßzimmer und dem Schaufenster auf und ab; und nun sah er jedesmal trüben Blickes auf das jammervolle Schaufenster mit seinen verwahrlosten Auslagen. Er erhob die Augen gar nicht mehr zu der siegreichen Vorderseite des »Paradies der Damen«, dessen Hauptlinien sich rechts und links an beiden Enden der Straße verloren. Er war so tief gedemütigt, daß er gar nicht mehr die Kraft fand sich zu ärgern.

»Hört mal, Onkel«, sagte Denise schließlich ganz verlegen, »vielleicht gäbe es doch noch eine Stelle für Euch...«

Stotternd fuhr sie fort:

»Jawohl, ich bin beauftragt, Euch eine Aufseherstelle anzubieten.«

»Wo denn?« fragte Baudu.

»Mein Gott! Da, gegenüber... Bei uns... Sechstausend Francs, und der Dienst wird Euch nicht anstrengen.«

Mit einem Male blieb er vor ihr stehen. Aber anstatt wütend zu werden wie sie befürchtet hatte, wurde er leichenblaß und verfiel in schmerzliche Rührung voller bitterer Entsagung.

»Gegenüber, gegenüber«, stotterte er mehrere Male nacheinander. »Da drüben soll ich eintreten?«

Denise wurde von dieser Bewegung selbst überwältigt. Sie sah den langen Kampf der beiden Geschäfte wieder vor sich, sah sich wieder im Gefolge Genevièves und Frau Baudus, sie sah den über den Haufen geworfenen, durch das »Paradies der Damen« hingemetzelten Alten Elbeuf vor Augen. Und der Gedanke, ihr Onkel solle nun drüben eintreten und mit weißer Binde herumgehen, ließ ihr Herz vor Mitleid und Widerwillen hoch aufschlagen.

»Sieh mal, Denise, mein Kind, ist denn das möglich?« sagte er ganz schlicht und faltete seine armen zitternden Hände.

»Nein, nein, Onkel!« schrie sie in einer Aufwallung ihres ganzen gutherzigen, Gerechtigkeit liebenden Wesens auf. »Es wäre unrecht... Verzeiht mir, bitte, bitte!«

Er hatte seine Wanderung wieder aufgenommen, sein Schritt erschütterte von neuem die Grabesruhe des Hauses. Und als sie ihn verließ, ging er, ging er immer weiter in seiner hartnäckigen, von tiefer Verzweiflung eingegebenen Sucht nach Bewegung, die in sich selbst zurückläuft ohne jemals weiterkommen zu können.

Die folgende Nacht litt Denise wieder an Schlaflosigkeit. Sie versuchte ihrer Ohnmacht auf den Grund zu kommen. Aber selbst in der Begünstigung der ihrigen fand sie keinen Trost. Bis zuletzt würde sie ihre Kraft dem unwiderstehlichen Werke des Lebens leihen müssen, das den Tod zu ewiger Aussaat nötig hat. Sie kämpfte nicht mehr dagegen an, sondern nahm die Bedingungen des Kampfes als gegeben hin; aber beim Gedanken an die leidende Menschheit füllte sich ihre Frauenseele mit Tränen der Güte, mit schwesterlicher Liebe. Jahrelang schon lag sie selbst zwischen den Rädern des Triebwerkes. Hatte nicht auch sie geblutet? War sie nie verletzt worden, gehetzt, mit Beleidigungen verfolgt? Noch heute konnte sie zuweilen in Furcht geraten, wenn sie fühlte, wie sie durch die Folgerichtigkeit der Tatsachen zur Höhe gebracht worden war. Warum denn gerade sie, die Schmächtige? Warum wog denn gerade ihre kleine Hand in der Arbeit des Ungetüms so schwer? Und die alles beiseite fegende Macht würde auch sie beseitigen, sie, deren Wiedereintritt doch nur eine Vergeltung bedeuten sollte. Mouret hatte dies Triebwerk zum Menschenmord erfunden und war über seine rohe Arbeitsweise ärgerlich; er hatte das Viertel mit Trümmern besät, die einen beraubt, die andern getötet; und trotzdem liebte sie ihn wegen der Großartigkeit seiner Unternehmungen, sie liebte ihn nach jedem Mißbrauch seiner Macht noch mehr, trotz der Tränenflut, die sie angesichts des heiligen Jammers der Besiegten zu Boden streckte.

Dreizehntes Kapitel

NAGELNEU DEHNTE SICH IN DER KLAREN Februarsonne die Rue du Dix-Décembre mit ihren kreideweißen Häusern und den letzten, ein paar im Rückstande befindliche Gebäude umgebenden Gerüsten hin; ein Strom von Fuhrwerk zog wie ein langer Eroberungszug durch sie hindurch, wie durch einen in den feuchten Schatten des alten Viertels Saint-Roch hineingebrochenen Lichtschacht; und zwischen der Rue de la Michodière und der Rue de Choiseul tobte ein wahrer Aufruhr, drängte sich die seit einem Monat durch Ankündigungen erhitzte Menge, die Blicke in der Luft, und gaffte die neue Prachtseite des »Paradies der Damen« an, deren Einweihung heute an diesem Montag gelegentlich der großen Weißwarenausstellung stattfand.

In seiner frischen Fröhlichkeit kündigte dies weithin sich dehnende vielfarbige Bauwerk mit seinen Betonungen von Gold den Lärm und das Getriebe des Geschäfts in seinem Innern an, es hielt aller Augen festgebannt wie eine riesenhafte, in den glühendsten Farben prangende Schaustellung. Im Erdgeschoß behielt die Ausschmückung etwas Nüchternes bei, um die Stoffe in den Schaufenstern nicht zu beeinträchtigen: der Sockel aus seegrünem Marmor; Eck- und Stützpfeiler mit schwarzem Marmor verkleidet, dessen Strenge durch vergoldete Zierleisten aufgehellt wurde; alles übrige Spiegelscheiben in eisernen Rahmen, nichts als Glas, das die Tiefe der Gänge und Hallen dem vollen Tageslichte der Straße zu öffnen schien. Je höher aber die

Schaufenster stiegen, desto strahlender erglühten die Farbentöne. Als Fries umgürtete das Erdgeschoß des Ungetüms ein Blumengewinde aus blauen und roten Mosaikblumen, das mit Marmortafeln abwechselte, auf die in endloser Reihenfolge die Namen verschiedener Waren eingegraben waren. Der in glasierten Ziegeln ausgeführte Sockel des ersten Stockes trug abermals die Spiegelscheiben weiter Bogenfenster bis zu dem aus vergoldeten Schildern mit den Wappen der Städte Frankreichs gebildeten Friese, in dem diese mit Darstellungen aus gebranntem Ton abwechselten, deren Schmelzfarben die hellen Töne des Sockels wiederholten. Ganz oben breitete sich dann der Sims wie ein Blumengarten in den brennendsten Farben über die ganze Vorderseite hin, Mosaiken und gebrannte Kacheln traten hier wieder in den heißesten Tönen hervor, das Zinkblech der Dachrinnen war ausgeschnitten und vergoldet, und um die Giebellinie zog sich ein ganzes Volk von Standbildern der großen Handels- und Industriestädte, die ihre feinen Umrisse vom hellen Himmel abhoben. Die Neugierigen gerieten vor allem vor der Mitteltür ins Staunen, die, hoch wie ein Siegestor, ebenfalls verschwenderisch mit Mosaiken, Fayencen und gebrannten Tonsachen verziert und von einer Gruppe von Sinnbildern überragt war, mit ihrer strahlend frischen Vergoldung die Frau, angekleidet und geküßt von einer sie lachend umfliegenden Schar von Liebesgöttern darstellend.

Gegen zwei Uhr mußte eine Ordnungswache die Menge in Bewegung bringen und das Anstellen der Fuhrwerke überwachen. Da stand der Palast, der der Verschwendungssucht der Mode errichtete Tempel. Er überdeckte als Herrscher ein ganzes Viertel mit seinem Schatten. Die durch den Abbruch von Bourras altem Gerümpel in seine Seite gerissene Wunde war bereits so gut vernarbt, daß man die Stelle, wo diese alte Warze früher gesessen hatte, vergeblich gesucht hätte; die vier Schauseiten liefen in ihrer stolzen Vereinsamung an vier Straßen entlang ohne jede Lücke. Der Alte Elbeuf auf der andern Seite war seit Baudus Eintritt in ein Altenheim geschlossen, er machte mit seinen nie wieder abgenommenen Läden den Eindruck eines vermauerten Grabes; allmählich bespritzten die Räder der Droschken sie mit Schmutz, sie waren ganz mit Anzeigen verklebt, von einer steigenden Flut von Ankündigungen, die wie die letzte Schaufel voll Erde auf den alten Handel erschienen; und mitten auf dieser toten, vom Straßenkot verschmierten Wand prangte unter den buntscheckigen Lumpen des Pariser Höllenlärms wie eine auf erobertem Grunde aufgepflanzte Fahne ein neuer Riesenzettel, der mit zwei Fuß hohen Buchstaben den großen Ausverkauf des »Paradieses der Damen« ankündigte. Man hätte sagen mögen, das Ungetüm fühlte sich bei seinen aufeinanderfolgenden Vergrößerungen so von Scham und Widerwillen gegen das alte Viertel ergriffen, in dem es selbst einen bescheidenen Anfang genommen und das es dann später erwürgt hatte, daß es ihm jetzt den Rücken kehrte, die kotigen engen Straßen hinter sich ließ und seine Emporkömmlingsfratze der geräuschvollen, sonnendurchströmten Zufahrt des neuen Paris zuwandte. Wie auf der Darstellung seiner Anpreisungsbilder glich es jetzt einem satten Menschenfresser, der mit seinen Schultern die Wolken zu zersprengen droht. Auf dem ersten dieser Stiche dehnten sich die Rue du Dix-Décembre, die Straßen de la Michodière und Monsigny mit einem Gewimmel kleiner schwarzer Puppen in die Unendlichkeit verzerrt aus, wie um der Kundschaft der ganzen Welt Raum zu bieten. Dann kamen die Baulichkeiten selbst, ebenfalls von übertriebener Gewaltigkeit; aus dem Vogelflug gesehen gaben die Umrisse ihrer Dächer die überdeckten Gänge, die glasüberdeckten Höfe, unter denen man die Hallen ahnen konnte, an, die ganze Unendlichkeit dieses im Sonnenschein strahlenden Sees aus Glas und Zinkblech. Darüber hinaus dehnte sich dann Paris aus, aber ein verkleinertes, von dem Ungeheuer verschlungenes Paris: die Häuser der Nachbarschaft verloren sich wie niedere Hütten in einem Gewimmel undeutlich hervortretender Schornsteine; seine großen Baudenkmäler schienen zusammengeschmolzen, zwei Striche links galten für Notre-Dame, rechts ein *accent circonflexe* für die Invaliden, im Hintergrunde lag schamhaft niedergekauert das Pantheon, kleiner als eine Linse. Der Gesichtskreis verging in Staub, er bildete eigentlich nur noch einen bedeutungslosen Rahmen bis nach Chatillon hinüber, in die weite Landschaft hinaus, deren versunkene Weite das Mal der Knechtschaft trug.

Die Menge nahm seit dem Morgen beständig zu. Noch kein Warenhaus hatte die Stadt durch so lärmende Ankündigungen aufgerüttelt. Das »Paradies der Damen« gab jetzt jährlich fast sechshunderttausend Francs für Ankündigungen, Nachrichten und Aufrufe aller Art aus; die Zahl der versandten Preislisten belief sich auf vierhunderttausend, Stoffe für über hunderttausend Francs wurden für Proben zerrissen. Das bebedeutete die endgültige Eroberung der Zeitungen, der Mauern, der Ohren der Allgemeinheit, es war, als schreie eine ungeheure eherne Trompete unaufhaltsam unter Heidenlärm die Ankündigung seiner großen Ausverkäufe in alle vier Weltgegenden hinaus. Diese Schauseite, vor der sich die Menge jetzt quetschte, stellte eine lebende Anpreisung dar mit ihrem goldgestreiften Aufwand eines Ausstellungsgebäudes, mit ihren weiten Schaufenstern, in denen man das ganze Gedicht weiblicher Kleidung ausstellen konnte, mit seinem Überschwang an gemalten, gestochenen und geschnittenen Abzeichen von den Marmortafeln des Erdgeschosses bis zu dem dahinrollenden Goldband der aufgebogenen Blechtafeln auf dem

Dache, auf dem sich der Name des Hauses in durchbrochenen Buchstaben vom Blau der Luft ablas. Zur Feier der Einweihung hatte man noch Siegeszeichen, Fahnen hinzugefügt; jedes Stockwerk war mit Bannern und Standarten mit den Namen der wesentlichsten Städte Frankreichs geschmückt; ganz oben aber waren die Fahnen der Fremdvölker an Masten gehißt und klatschten im Winde. Unten in den Schaufenstern wirkte endlich die Ausstellung der Weißwaren durch ihre Massenhaftigkeit geradezu blendend. Das ausschließliche Weiß, von einer vollständigen Brautausstattung und wahren Bergen von Bettlaken links bis zu seitwärts gerafften Vorhängen und Pyramiden von Taschentüchern rechts ermüdete den Blick; und zwischen den »Aushängern« an der Tür, Leinen-, Baumwoll- und Musselinstücken, die wie ein Schneegestöber streifenweise herabfielen, waren angekleidete Drucke aufgestellt, Stücke bläulicher Pappe, aus denen ein Mädchen im Brautkleide oder eine Dame im Ballkleide, beide in Lebensgröße und mit richtigen Stoffen, Seide und Spitze angezogen mit ihren gemalten Gesichtern herauslachte. Unaufhörlich bildeten sich neue Kreise von Eckenstehern und aus dem Staunen der Menge sprach ihre Begierde.

Was die Neugierde vor dem »Paradies der Damen« noch besonders anregte, das war ein Unglücksfall, von dem ganz Paris redete, der Brand der Vier Jahreszeiten, des großen Warenhauses, das Bouthemont vor kaum drei Wochen in der Nähe der Oper eröffnet hatte. Die Zeitungen flossen über von Einzelheiten: von der Entstehung des Feuers durch eine Gasausströmung während der Nacht, von der schreckenstollen Flucht der Verkäuferinnen im Hemde, von Bouthemonts Heldenmut, der fünf von ihnen auf seinen eigenen Armen herausgetragen hatte. Seine Riesenverluste waren übrigens gedeckt und die Öffentlichkeit begann schon die Achseln zu zucken und fand diese Art von

Ankündigung großartig. Für den Augenblick wandte sich aber die gesamte Aufmerksamkeit wieder dem »Paradies der Damen« zu, fieberhaft erregt durch allerlei umlaufende Geschichten und bis zum Wahnsinn in Anspruch genommen durch diese Ausstellung, die jetzt eine so bedeutende Stelle im öffentlichen Leben einzunehmen begannen. Immer Glück, der Mouret. Paris grüßte seinen Stern und lief herbei, ihn dastehen zu sehen, nun es bereits die Flammen übernahmen, seine Nebenbuhler ihm zu Füßen zu strecken; man rechnete bereits den Gewinn des Halbjahres aus und erging sich in Schätzungen des Zuwachsens an Besuchern, den die erzwungene Schließung des Wettbewerbers seinen Pforten zuführen mußte. Einen Augenblick fühlte er sich von Unruhe ergriffen und dachte besorgt an die Gegnerschaft einer Frau, Frau Desforges nämlich, der er doch ein wenig von seinem Glück zu verdanken hatte. Ebenso nahm ihm die Spielleidenschaft Baron Hartmanns, der in beide Unternehmungen Geld hineinsteckte, einigermaßen seine Zuversicht. Ganz besonders verzweifelt war er darüber, daß er nicht selbst auf einen geistreichen Einfall Bouthemonts gekommen war: hatte dieser Bruder Lustig doch sein Geschäft vom Pfarrer der Madeleine mit seiner ganzen Geistlichkeit einsegnen lassen! Eine ganz erstaunliche Feier, der ganze Kirchenzauber wanderte von der Seidenabteilung zu den Handschuhen und der Herrgott senkte sich auf Frauenunterhosen und Leibchen herab; zwar hatte das nicht verhindern können, daß der ganze Kram abbrannte, aber es wog eine Million an Ankündigungen auf, so stark hatte der Streich auf die reiche Kundschaft eingewirkt. Seit der Zeit träumte Mouret nur noch davon, den Erzbischof herzuholen.

Indessen schlug es drei auf der Uhr über der Pforte. Jetzt herrschte das Gedränge des Nachmittags, fast hunderttausend Kunden erstickten in den Gängen und Hallen. Draußen standen die Wagen von einem Ende der Rue du Dix-Décembre bis zum andern; und aus der Richtung von der Oper her arbeitete sich eine andere dichte Masse in die Sackgasse hinein, in der die zukünftige Prachtstraße zum Sprunge ansetzte. Einfache Droschken vermengten sich mit herrschaftlichen Wagen, die Kutscher standen wartend zwischen den Rädern, die Reihen der Pferde wieherten und schüttelten ihre im Sonnenglanze funkelnden Gebisse. Ohne Unterbrechung bildeten sich neue Scharen Wartender unter lauten Rufen der Laufburschen, dem Zurückweichen der Tiere, die sich ganz von selbst zusammendrängten, während ununterbrochen neue Wagen zu den frühern hinzukamen. Erschreckt flohen die Scharen der Fußgänger davon, die Bürgersteige waren die ganze Flucht der breiten geraden Straße entlang schwarz von Menschen. Und zwischen den weißen Häusern stieg ein Heidenlärm in die Höhe, in diesem Menschenstrom flutete die Seele des weiten Paris dahin, ein mächtiger, leiser Hauch, dessen gewaltige, schmeichelnde Liebkosung man fühlen mußte.

Frau de Boves sah sich, begleitet von ihrer Tochter Blanche, mit Frau Guibal eine Ausstellung halb fertiger Kleider an.

»Oh, sehen Sie doch mal!« sagte sie, »Leinenkleider für neunzehn Francs fünfundsiebzig!«

Die Kleider lagen in ihren viereckigen Pappkasten, durch ein schmales Seidenband zusammengehalten so zusammengefaltet, daß sie ihre blau und rot gestickten Besatzstreifen sehen ließen; und in einer Ecke jedes Kastens zeigte eine Abbildung das fertiggestellte Kleid von einem jungen, wie eine Prinzessin aussehenden Wesen getragen.

»Mein Gott! Das taugt ja nichts«, murmelte Frau Guibal. »Reine Lumpen, sobald man's in der Hand hat!«

Sie waren jetzt eng vertraut, seitdem Herr de Boves durch ein paar Gichtanfälle an seinen Stuhl gefesselt zu Hause saß. Seine Frau gestattete ihm eine Geliebte und zog es vor, die Geschichte sich in ihrer eigenen Wohnung abspielen zu sehen, denn dabei gewann sie noch etwas Taschengeld durch Summen, die ihr Mann sich von ihr entwinden lassen mußte, weil er selbst ihrer Nachsicht bedurfte.

»Na gut! Gehen wir mal hinein«, fuhr Frau Guibal fort. »Müssen doch mal ihre Ausstellung ansehen... Hat Ihr Schwiegersohn Ihnen nicht ein Stelldichein da drinnen gegeben?«

Träumenden Blickes antwortete Frau de Boves nicht, sie war gänzlich durch den Anblick des Schwanzes wartender Fuhrwerke in Anspruch genommen, die sich eins nach dem andern öffneten und Kunden herausließen.

»Ja«, sagte Blanche endlich mit ihrer weichen Stimme. »Paul soll uns gegen vier Uhr im Lesesaal abholen, wenn er vom Ministerium kommt.«

Sie waren seit einem Monat verheiratet und Vallagnosc hatte nach einem dreiwöchigen, im Süden verbrachten Urlaub seinen Posten wieder angetreten. Die junge Frau hatte schon ganz die Haltung ihrer Mutter angenommen, ihr Fleisch sah aufgedunsen aus und wie von der Heirat verdickt.

»Aber da hinten kommt ja Frau Desforges!« rief die Gräfin, die Augen auf einen gerade haltenden Wagen gerichtet.

»Oh! Glauben Sie?« murmelte Frau Guibal. »Nach all diesen Geschichten... Sie muß doch eigentlich noch über den Brand der Vier Jahreszeiten weinen.«

Es war indessen Henriette. Sie bemerkte die Damen und stürzte mit fröhlicher Miene auf sie los, wie um ihre Niederlage unter der weltgewandten Leichtigkeit ihres Benehmens zu verbergen.

»Lieber Gott, ja! Ich wollte mir doch Rechenschaft darüber geben. Man sieht sich so etwas doch besser selbst an, nicht wahr?... Oh, wir sind immer noch gut Freund mit Herrn Mouret, trotzdem es heißt, er wäre wütend, daß ich solchen Anteil an seinem Nebenbuhler nehme... Ich kann ihm nur eins nicht verzeihen, und das ist, daß er es zu dieser Heirat gebracht hat, Sie wissen doch? von dem Joseph da mit meinem Schützling, Fräulein de Fontailles...«

»Wie! Ist es soweit?« brach Frau de Boves dazwischen. »Wie abscheulich!«

»Ja, meine Liebe, und einzig und allein, um uns den Fuß auf den Nacken zu setzen. Ich kenne ihn, er hat uns nur zeigen wollen, daß die Töchter aus unseren Kreisen zu nichts weiter gut sind als Laufburschen zu heiraten.«

Sie wurde lebhaft. Alle vier blieben sie mitten auf dem Bürgersteig im Gedränge des Eingangs stehen. Allmählich ergriff sie indessen der Strom; und sie mußten sich ihm überlassen und gelangten wie getragen durch die Pforte, ohne sich dessen bewußt zu werden und immer lauter redend, um sich verständlich machen zu können. Jetzt erkundigten sie sich gegenseitig nach Frau Marty. Es hieß, der arme Herr Marty habe nach sehr heftigen häuslichen Auftritten einen Anfall von Größenwahn erlitten; er schöpfte mit vollen Händen aus den Schätzen der Erde, er leerte Goldminen aus, belud Lastwagen mit Diamanten und Edelsteinen.

»Armer Kerl!« sagte Frau Guibal, »so fadenscheinig sah er immer aus und so niedergedrückt, wenn er so hinter seinen Privatstunden herlief!... Und seine Frau?«

»Die frißt jetzt einen Onkel auf«, antwortete Henriette, »einen braven alten Kerl von Onkel, der sich zu ihr zurückgezogen hat, nachdem er Witwer geworden war... Sie muß übrigens auch hier sein, wir werden sie sicher sehen.«

Eine Überraschung ließ die Damen stillstehen. Vor ihnen

erstreckten sich die Geschäftsräume, die weitesten Geschäftsräume der Welt, wie die Ankündigungen sagten. Jetzt ging der große Mittelgang von einem Ende zum andern, von der Rue du-Dix-Décembre bis zur Rue Neuve-Saint-Augustin durch; rechts und links dagegen liefen die etwas schmäleren Gänge Monsigny und Michodière wie die Seitenschiffe einer Kirche ebenfalls an diesen beiden Straßen entlang ohne jede Unterbrechung. Hier und da bildeten Hallen erweiterte Straßenkreuzungen unter dem Eisengerüst der Freitreppen und Brücken. Es war auf die innere Anordnung von früher zurückgegriffen worden: die Schundwaren befanden sich jetzt an der Rue du Dix-Décembre, die Seide in der Mitte, die Handschuhabteilung nahm weiter hinten die Halle Saint-Augustin ein; und von dem neuen Ehrenhof aus erblickte man, sobald man die Augen hob, die Bettenausstellung, die sich jetzt im zweiten Stock von einem Ende bis zum andern ausdehnte. Die Riesenziffer der Abteilungen belief sich jetzt auf fünfzig; verschiedene ganz neue wurden heute eingeweiht; andere, die besondere Wichtigkeit erlangt hatten, waren zur Erleichterung des Verkaufs einfach verdoppelt worden; und angesichts des beständigen Anwachsens des Umsatzes war die Angestelltenzahl für das kommende Halbjahr auf dreitausendfünfundvierzig gebracht worden.

Was die Damen hier stillzustehen zwang, das war das erstaunliche Schauspiel der Weißwarenausstellung. Um sie her dehnte sich zunächst die Vorhalle aus, eine mit einfachem Glas gedeckte Halle mit Mosaikfußboden, wo billige Auslagen die gierige Menge fesselten. Dann dehnten sich die Gänge in blendender Weiße in die Tiefe, als hätten sie sich vom Nordpol losgerissen, wie eine Schneelandschaft rollten sie über die Unendlichkeit hermelinbedeckter Steppen hin, aus denen sich bergehoch im Sonnenschein strahlende Gletscher erhoben. Hier fand sich das Weiß der

Schaufenster wiederholt, aber belebt, riesig, blendend von einem Ende des riesigen Schiffes zum andern wie die Weißglut einer im vollsten Rasen befindlichen Feuersbrunst. Nichts als weiß, sämtliche weißen Gegenstände jeder Abteilung, ein Schwelgen in weiß, ein weißes Gestirn, das einen mit seinen Strahlen zuerst so blendete, daß man inmitten dieser einzigartigen Weiße keine Einzelheiten erkennen konnte. Bald aber gewöhnten sich die Augen: links schob der Gang Monsigny weiße Vorgebirge von Leinen oder Baumwolle vor, weiße Felsen von Bettüchern, Handtüchern, Taschentüchern; der Gang Michodière dagegen war zur Linken von den Schnittwaren besetzt, der Putzmacherei und den Wollsachen, und stellte ganze weiße Gebäude aus Perlmutterknöpfen aus, ein mächtiges, aus kurzen weißen Strümpfen aufgebautes Schmuckstück, eine Halle, vollständig mit weißem Molton ausgeschlagen, auf dem von fernher ein Sonnenstrahl spielte. Aber den eigentlichen Brennpunkt an Helligkeit bildete doch der Mittelgang mit seinen Bändern und Schals, den Handschuhen und der Seide. Die Tische verschwanden unter dem Weiß der Bänder und Seiden, Handschuhe und Umschlagetücher. An den schlanken Eisensäulen zogen sich Bausche weißen Musselins in die Höhe, hier und da von weißem Foulard gehalten. Die Treppen waren mit Behängen aus weißem Piqué und Barchent abwechselnd geschmückt, die sich an den Geländern entlangzogen und die Hallen bis zum zweiten Stock hinauf einfaßten; und diese Anhäufung von Weiß schien Flügel zu gewinnen, schien sich in eiligem Fluge wie ein Zug von Schwänen zu verlieren. Von den Wölbungen herab sank dann das Weiß wieder als ein Schauer von Flaumfedern nieder, ein grobflockiger Schneefall; weiße Überzüge, kleine weiße Bettdecken hingen wie Kirchenfahnen an den Wänden herum; lange Bänder von Guipüre zogen sich, wie Schwärme weißer Schmetterlinge, zitternd, unbeweglich, in Ketten dahin; überall schwebten Spitzen schauernd wie Fäden von Altweibersommer durch den Sommerhimmel und erfüllten die Luft mit ihrem hingehauchten Weiß. Das wahre Wunder, der Hochaltar dieser Anbetung des Weiß, befand sich aber erst über den Verkaufsständen in der großen Seidenhalle, ein aus weißen, von dem Glasdach herniederfallenden Vorhängen gebildetes Zelt. Musseline, Gazen, kunstvolle Guipüren rannen in leichten Strömen dahin, während reich gestickte Tülle und silberdurchwirkte Stücke orientalischer Seide den Hintergrund dieses Riesenprunkstückes bildeten, das gleichzeitig etwas vom Allerheiligsten und vom Himmelbett an sich hatte. Man hätte sagen mögen, ein mächtiges weißes Bett, dessen riesige Jungfräulichkeit auf die weiße Märchenprinzessin wartete, auf die, die eines Tages kommen würde, allmächtig in ihrem weißen Brautschleier.

»Oh! Außerordentlich!« sagten die Damen immer wieder. »Unerhört!«

Sie konnten gar nicht genug bekommen von diesem Chorgesang des Weiß, den sämtliche Stoffe des ganzen Hauses hier anstimmten. Mouret hatte noch nichts derartig Weitausholendes durchgeführt, dies war der Höhepunkt seiner Ausstellungskunst. In dem Sturz all dieses Weiß, in der scheinbaren Unordnung all dieser Webstoffe, die wie ganz von selbst aus den umgestürzten Kästen herausfielen, lag ein harmonischer Grundgedanke verborgen, die Verfolgung und Durchführung des Weiß durch all seine Töne, die einsetzte, anwuchs, mit der verwickelten Tongebung einer Meisterfuge sich ausdehnte und in ihrer beharrlichen Durchführung die Seelen im unaufhaltsamen Schwunge mit sich riß. Nichts als Weiß, und nie dasselbe Weiß, alle Arten von Weiß türmten sich hier übereinander, setzten sich in Gegensatz zueinander, ergänzten und vereinigten sich zu dem strahlenden Weiß des Sonnenlichtes. Das ging von dem Mattweiß der Baumwolle und des Leinens, dem stumpfen der Flanelle und des Tuches über die Samte, Seiden, Atlasse in steigender Tonfolge, immer heißer werdend schließlich bis zu den Flämmchen auf den Bruchstellen der Falten; in der Durchsichtigkeit der Vorhänge schien das Weiß sich zu verflüchtigen, es gewann ein selbständiges inneres Leuchten bei den Musselinen, den Guipüren, den Spitzen und vor allem bei den Tüllen, so leicht, daß sie wie ein sich in höchster Höhe verlierender Ton vorkamen; das Silber in den orientalischen Seiden aber auf dem Hintergrunde des Riesenhimmelbettes sang doch am lautesten.

Die Geschäftsräume waren voller Leben, eine ganze Welt umlagerte die Aufzüge, man quetschte sich im Erfrischungsraum und im Lesesaal zusammen, ein ganzes Volk war auf der Wanderschaft durch die mit schneeigem Weiß bedeckten Räume. Und diese Menge erschien ganz schwarz, man hätte sie mit Schlittschuhläufern auf einem See Polens im Dezember vergleichen können. Durch das Erdgeschoß wälzte sich eine düstere Woge unter dem Antrieb einer Gegenströmung, in der man nur zarte, entzückte Frauengesichter unterscheiden konnte. Auf den Abschnitten der Eisengerüste, an den Treppen entlang, auf den fliegenden Brücken wogte dann eine endlose Menge kleiner schwarzer Menschenkinder, wie auf schneeigen Gipfeln umherirrend. Die erstickende Treibhaushitze wirkte angesichts dieser vereisten Höhen ganz überraschend. Das Gesumme der Stimmen brachte das gewaltige Geräusch eines geschiebeführenden Flusses hervor. Das verschwenderisch über die Decke verstreute Gold, die mit Goldschmelz bedeckten Glasscheiben und die Goldröschen riefen den Eindruck eines auf die Alpen der großen Weißwarenausstellung herableuchtenden Sonnenstrahls hervor.

»Nun ja«, sagte Frau de Boves, »wir müssen aber doch

weiterkommen. Hier können wir doch nicht stehenbleiben.«

Seit sie eingetreten war, ließ sie der neben der Tür stehende Aufseher Jouve nicht mehr aus den Augen. Als sie sich umwandte, trafen sich ihre Blicke. Sowie sie dann ihren Weg fortsetzte, ließ er ihr einen gewissen Vorsprung und folgte ihr von weitem, ohne sich indessen allem Anschein nach mit ihr abzugeben.

»Sehen Sie mal!« sagte Frau Guibal und blieb gleich an der ersten Kasse im Gedränge stehen, »das ist ein reizender Gedanke, diese Veilchen!«

Sie sprach von der neuesten Zugabe des »Paradies der Damen«, einem Gedanken Mourets, von dem er in den Zeitungen viel Aufhebens machte, kleine Sträußchen weißer Veilchen nämlich, die er zu Tausenden in Nizza aufkaufte und seinen ganzen Kunden zuteilte, sowie sie nur die geringste Kleinigkeit kauften. Neben jeder Kasse überreichten Laufjungen im Dienstanzuge diese Zugabe unter Aufsicht eines Aufsehers. Und allmählich fand sich die ganze Kundschaft blumengeschmückt, die Räume füllten sich mit diesen weißen Hochzeitsgästen, alle Frauen führten einen durchdringenden Blumenduft mit sich.

»Ja«, murmelte Frau Desforges mit etwas Eifersucht in der Stimme, »der Gedanke ist gut.«

Aber im selben Augenblick, als die Damen sich entfernen wollten, hörten sie zwei Verkäufer sich miteinander über diese Veilchen lustig machen. Einer, ein langer magerer, war ganz erstaunt; es sollte also doch dazukommen, zur Hochzeit des Herrn mit der Ersten aus den Kleidern? Ein kleiner Dicker dagegen antwortete, das könne man nie wissen, aber die Blumen wären trotzdem gekauft.

»Wie!« meinte Frau de Boves, »Herr Mouret heiratet?«

»Das ist das erste, was ich höre«, sagte Frau Desforges und spielte die Gleichgültige. »Übrigens mußte es ja darauf hinauslaufen.«

Die Gräfin warf ihrer neuen Freundin einen lebhaften Blick zu. Jetzt begriffen sie alle beide, warum Frau Desforges trotz ihres Streites, der zum Bruche geführt hatte, heute ins »Paradies der Damen« kam. Sie folgte zweifellos einem unwiderstehlichen Drange, zu sehen und zu leiden.

»Ich bleibe bei Ihnen«, sagte Frau Guibal, deren Neugierde erwacht war. »Wir finden Frau de Boves dann im Lesesaal wieder.«

»Schön! Das ist recht«, erklärte diese. »Ich habe im ersten Stock zu tun ... Kommst du mit, Blanche?«

Und damit ging sie, von ihrer Tochter gefolgt, nach oben, während der Aufseher Jouve, immer auf ihrer Fährte, eine Nebentreppe nahm, um ihre Aufmerksamkeit nicht zu erregen. Die beiden andern verloren sich in der dichten Menge des Erdgeschosses.

An sämtlichen Verkaufstischen war mitten im Gewühl des Geschäfts wieder einmal von nichts anderem die Rede als von den Liebesgeschichten des Herrn. Das Abenteuer, das die über Denises langen Widerstand entzückten Gehilfen seit Monaten beschäftigte, sollte nun plötzlich zu einer Wendung führen: gestern hatte man gehört, das junge Mädchen verließe das »Paradies der Damen« trotz Mourets Flehen unter dem Vorwand, es habe eine Erholung sehr notwendig. Und nun eröffneten sich die Möglichkeiten: ginge sie? oder ginge sie nicht? Von einer Abteilung zur nächsten hinüber wettete man um hundert Sous auf nächsten Sonntag. Die Böswilligen setzten ein Frühstück auf die Karte ihrer endlichen Hochzeit; die andern dagegen, die an ihren Weggang glaubten, wagten ihr Geld aber auch nicht ohne guten Grund. Unbedingt besaß das Fräulein die ganze Macht eines angebeteten Weibes, das sich nicht hingeben will; aber der Herr seinerseits hatte die gewaltige Macht seines Reichtums für sich, seiner glücklichen Witwerschaft und seines Stolzes, den übertriebene

Ansprüche zum äußersten treiben konnten. Darin waren übrigens die einen wie die andern einer Meinung, daß nämlich die kleine Verkäuferin die ganze Geschichte geschickt wie nur die geistreichste Künstlerin durchgeführt hätte und daß sie ihre letzte Karte spiele, indem sie ihm den Stuhl vor die Tür setzte. Heirate mich, oder ich gehe.

Denise dachte währenddessen kaum an solche Geschichten. Nie hatte sie an irgendwelche Ansprüche oder an Berechnung gedacht. Und die Sachlage, die sie zum Weggehen brachte, hatte sich gerade daraus ergeben, wie zu ihrer größten Überraschung ihr Verhalten beständig beurteilt wurde. Hatte sie denn dies alles beabsichtigt? War sie so voller Schliche, so gefallsüchtig, so ehrgeizig? Sie war ganz einfach gekommen und wunderte sich eher als irgend jemand anders darüber, daß man sie so liebhaben könne. Warum erblickten sie heute noch in ihrem Entschluß, das »Paradies der Damen« zu verlassen, einen Kniff? Und dabei war das doch so natürlich! Sie verfiel in ein nervöses Unbehagen, in unerträgliche Angstzustände bei diesen im ganzen Hause unaufhörlich neuentstehenden Klatschereien, bei Mourets brennendem Wahnsinn und ihren mit sich selbst auszufechtenden Kämpfen; so zog sie vor, wegzugehen, denn sie packte die Furcht, sie möchte eines Tages nachgeben und es dann ihr ganzes Leben lang bereuen. Wenn darin eine schlaue Fechtweise lag, so war sie sich dessen völlig unbewußt, sie fragte sich mit Verzweiflung, wie sie es anfangen solle, um nicht in den Ruf zu kommen, hinter einem Gatten herzulaufen. Der Gedanke an eine Heirat regte sie jetzt auf, sie hatte sich fest entschlossen, abermals nein zu sagen, immer wieder nein, falls er seine Torheit jemals soweit treiben sollte. Sie allein wollte leiden. Die Notwendigkeit einer Trennung rührte sie zu Tränen; aber mit ihrem großen Mute wiederholte sie sich, es müsse sein, sie würde weder Ruhe noch Freude finden, wenn sie anders vorginge.

Als Mouret ihr Entlassungsgesuch entgegennahm, blieb er stumm und in seinem inneren Ringen nach Fassung anscheinend kalt stehen. Dann erklärte er ihr trocken, er bewillige ihr acht Tage Bedenkzeit, ehe er sie eine derartige Torheit begehen lasse. Als sie am Ende der acht Tage auf den Gegenstand zurückkam und den förmlichen Wunsch ausdrückte, nach dem großen Ausverkauf zu gehen, geriet er nicht etwa noch weiter außer sich, sondern suchte ihr mit Vernunftgründen beizukommen; sie schlüge ihr Glück in den Wind, nirgends würde sie die Stellung wiederfinden, die sie bei ihm eingenommen hätte. Hatte sie denn schon Aussicht auf eine andere Stelle? Er war bereit, ihr alle Vorteile zuzubilligen, die sie anderswo zu finden hoffte. Und nachdem das junge Mädchen ihm geantwortet hatte, sie hätte sich noch nach keiner andern Stellung umgesehen und beabsichtige, sich zunächst einen Monat in Valognes auszuruhen, dank ihrer Ersparnisse, da fragte er, was denn ihrem späteren Wiedereintritt ins »Paradies der Damen« im Wege stände, wenn nur die Sorge um ihre Gesundheit sie zum Weggehen bewege. Diesem qualvollen Verhör setzte sie nur Schweigen entgegen. Nun kam er auf den Verdacht, sie wolle einen alten Liebhaber wiedersehen, vielleicht einen Gatten. Hatte sie ihm nicht eines Abends gestanden, sie hätte jemand lieb? Von jenem Augenblick an stak ihm dies in einer Stunde der Verwirrung erpreßte Geständnis wie ein Messer tief im Herzen. Und wenn dieser Mann sie nun heiraten sollte, so ließ sie alles im Stich, nur um ihm zu folgen: das klärte ihre Hartnäckigkeit auf. Es war aus, er setzte mit seinem eisigsten Tonfall nur noch hinzu, er könne sie nicht länger zurückhalten, da sie ihm die wahre Ursache ihres Austritts nicht mitteilen möge. Die Härte dieser Unterhaltung, in der kein zorniges Wort fiel, überwältigte sie noch weit mehr als die heftigen Erklärungen, die sie befürchtet hatte.

Während der Woche, die Denise noch im Geschäft verbleiben sollte, blieb Mouret starr und bleich. Bei seinen Gängen durch die Abteilungen tat er, als sähe er sie nicht; nie war er anscheinend vereinsamter in seine Arbeit vertieft gewesen; und neue Wetten wurden abgeschlossen, aber nur die Tapfersten wagten, noch ein Frühstück auf die Hochzeitskarte zu setzen. Unter dieser bei ihm so ungewöhnlichen Kälte verbarg Mouret jedoch nur einen schrecklichen Anfall peinlichster Unentschlossenheit. Die Wut trieb ihm alles Blut zu Kopfe: er war vor Wut ganz außer sich, er träumte davon, Denise gewaltsam zu umfangen, sie zu fesseln und, sollte sie schreien, auch das zu verhindern. Dann wollte er wieder mit ihr überlegen und suchte nach allen nur irgendwie ausführbaren Möglichkeiten, um sie am Durchschreiten seiner Pforten zu verhindern; aber immer wieder stieß er auf seine eigene Ohnmacht, trotz seiner wütenden Kraft und seines nutzlosen Geldes. Ein Gedanke indessen wuchs aus all diesen verrückten Plänen hervor und zwang sich ihm trotz allen Widerstrebens allmählich immer fester auf. Nach dem Tode Frau Hédouins hatte er sich geschworen, nicht wieder zu heiraten; von einer Frau rührte sein erstes Glück her, und später hatte er sich entschlossen, sein Glück auf der Gemeinschaft aller Frauen zu begründen. Ihn wie Bourdoncle beherrschte der Aberglaube, der Leiter eines großen Modengeschäfts müsse unverheiratet bleiben, wenn er als Mann sich seine Herrschaft über die uferlosen Begierden seines Kundenvolkes bewahren wolle: trat eine Frau dazwischen, so änderte das sofort die Luft, sie verjagte die andern durch ihren Dunstkreis. Und er wandte sich gegen die unwiderlegbare Folgerichtigkeit der Tatsachen; er wollte lieber sterben als nachgeben, wurde von plötzlichem Zorn gegen Denise ergriffen bei dem Gefühl, sie sei die Vergeltung, fürchtete überwunden auf seine Millionen zu-

rückzusinken, zu zerknicken wie ein Strohhalm, sobald er
sie heiratete. Langsam wurde er dann wieder feige und
dachte über seinen Widerwillen nach: weshalb zitterte er
denn nur? Sie war so sanft, so verständig, daß er sich ihr
ohne jede Furcht überlassen durfte. Alle paar Minuten
brach dieser Kampf in seinem schon verheerten Innern
wieder los. Sein Stolz reizte die Wunde, er verlor den letzten Rest seiner Vernunft, wenn er bedachte, sie könne,
selbst wenn er so gänzlich nachgebe, doch noch nein sagen,
wenn sie jemand anders liebhätte. Am Morgen des großen
Ausverkaufs hatte er noch keinen Entschluß gefaßt, und
am nächsten Tage sollte Denise gehen.

Als Bourdoncle an diesem Tage seiner Gewohnheit
gemäß Punkt drei in Mourets Arbeitszimmer trat, überraschte er diesen, wie er, die Ellbogen auf seinen Schreibtisch gestützt und die Fäuste vor die Augen gepreßt, so in
Gedanken verloren dasaß, daß er ihn erst an die Schulter
fassen mußte. Mouret hob sein Gesicht, von Tränen über-
strömt, zu ihm empor, sie sahen sich an, ihre Hände streckten sich aus, und es kam zu einem stürmischen Hände-
druck zwischen diesen beiden Männern, die so manche
Schlacht auf dem Gebiete des Handels gemeinschaftlich
geschlagen hatten. Seit einem Monat hatte sich übrigens
Bourdoncles Haltung vollständig geändert: er beugte sich
vor Denise und trieb den Herrn insgeheim selbst zur Heirat mit ihr. Zweifellos ging er nur deshalb so vor, damit er
nicht durch eine Kraft herausgefegt würde, die er jetzt selbst
als überlegen anerkannte. Aber auf dem Grunde dieser
Umkehrung war doch auch etwas wie ein Wiedererwa-
chen seines alten Ehrgeizes zu finden, die mit Furcht durch-
setzte, allmählich anwachsende Hoffnung, er werde seinerseits noch Mouret verschlingen, vor dem er solange das
Knie gebeugt hatte. Das lag im Hause so in der Luft bei
dem ewigen Kampf ums Dasein, dessen fortgesetztes Ge-

metzel die Haupttriebkraft des Geschäfts um ihn her war. Er wurde vom Gange des Triebwerks mitgerissen, ergriffen von dem Hunger nach seinen Nebenmännern, von der Gier, die von unten bis oben die Mageren zur Vernichtung der Fetten aufhetzte. Nur eine Art frommer Scheu, die Anbetung des Zufalls, hatte ihn bis dahin abgehalten, auch seinerseits zuzubeißen. Und nun wurde der Herr wieder zum Kinde, er glitt in eine blödsinnige Ehe hinein, brachte sein Glück mit eigener Hand um und zerstörte den Reiz, den er bisher auf seine Kundschaft ausgeübt hatte. Warum sollte er ihn davon zurückhalten? zumal wenn er so leicht die Nachfolge dieses toten, in die Arme eines Weibes geratenen Mannes antreten konnte. So war es denn mit der Rührung eines Abschieds, mit dem Mitleid alter Waffenbrüderschaft, daß er seinem Vorgesetzten die Hände drückte und immer wieder sagte:

»Nanu, Mut, Teufel noch mal! ... Heiraten Sie sie, und dann ist's Schluß!«

Mouret schämte sich bereits, daß er sich solange hatte gehen lassen. Er stand auf und erhob Einspruch:

»Nein, nein, es ist zu dumm ... Kommen Sie, wir wollen unsern Rundgang durch die Räume machen. Die Geschichte geht, nicht wahr? Ich glaube, es wird ein großartiger Tag.«

Sie traten hinaus und begannen ihre Nachmittagsumschau durch die von der Menschenmenge überfüllten Abteilungen. Bourdoncle ließ manchen Seitenblick zu ihm hinüberschweifen; er fühlte sich durch dies letzte Zeichen von Tatkraft beunruhigt und blickte prüfend auf seine Lippen, um sich auch nicht die geringste Schmerzensfalte entgehen zu lassen.

Das Geschäft war tatsächlich in höllischem zuge, es sprühte Funken, so daß das ganze Haus wie ein großes, unter Volldampf dahineilendes Schiff erzitterte. In Denises

Abteilung drängte sich ein Gewimmel von Müttern zusammen, die Scharen von ganz in den ihnen angepaßten Anzügen versunkenen kleinen Mädchen und Jungen mit sich schleppten. Die Abteilung hatte ihre sämtlichen weißen Sachen hervorgeholt, und hier wie überall war es eine reine Schwelgerei in Weiß, mit dem man eine Schar fröstelnder Liebesgötter hätte anziehen können: weiße Tuchmäntel, Anzüge in Pikee, in Nansuck, in weißem Kaschmir, weiße Matrosen- und Zuavenanzüge. In der Mitte befand sich als Zierat, und obgleich die Jahreszeit noch nicht danach war, eine Ausstellung von Kleidern für das erste Abendmahl, Kleid und Schleier aus weißem Musselin, Schuhe aus weißem Atlas, leicht überquellende Blütendolden, die hier in einem Riesenstrauß von Unschuld und entzückender Schlichtheit dastanden. Frau Bourdelais stand vor ihren drei der Größe nach nebeneinander sitzenden Kindern, Madeleine, Edmond und Lucien, und war böse auf den letztgenannten, weil er sich gegen Denise wehrte, die sich damit abmühte, ihm eine Jacke aus weißem Wollmusselin anzupassen.

»Halt doch still!... Meinen Sie nicht, Fräulein, daß sie etwas eng ist?«

Und mit ihrem untrüglichen weiblichen Scharfblick prüfte sie den Stoff, beurteilte sie den Schnitt und wandte sie die Säume um.

»Nein, sie sitzt gut«, fuhr sie dann fort. »Ist das eine Geschichte, wenn man so 'ne ganze kleine Bande anzuziehen hat... Jetzt müßte ich noch einen Mantel für das große Mädchen da haben.«

Denise hatte sich bei dem Ansturm auf die Abteilung selbst mit verkaufen abgeben müssen. Sie suchte den gewünschten Mantel, als sie plötzlich einen leichten Ruf der Überraschung ausstieß.

»Was? Du bist das? Was ist denn los?«

Ein Paket in den Händen stand ihr Bruder Jean vor ihr. Seit acht Tagen war er verheiratet, und am Sonnabend hatte seine Frau, eine kleine Braune mit einem entzückend nachdenklichen Gesicht, dem »Paradies der Damen« einen langen Besuch abgestattet, um Einkäufe zu machen. Das junge Paar sollte mit Denise nach Valognes gehen: eine richtige Hochzeitsreise sollte dieser einen Monat während Urlaub mit all seinen Erinnerungen an früher werden.

»Denke dir nur«, antwortete er, »Therese hat einen Haufen von Sachen vergessen. Ich muß allerlei umtauschen und anderes neu besorgen... Und da sie nun viel zu tun hat, schickt sie mich mit dem Paket los... Ich muß dir mal auseinandersetzen...

Aber sie unterbrach ihn, da sie gerade Pépé bemerkte.

»Sieh! Pépé auch! Und die Schule?«

»Ich fand gestern mittag«, sagte Jean, »nach unserm Sonntagsbraten wirklich nicht den Mut, ihn wieder hinzubringen. Er soll heute abend wieder hingehen... Der arme Junge ist so schon so traurig, daß er hier in Paris bleiben muß, während wir da drunten spazierenlaufen.«

Trotz ihrer inneren Qual lächelte Denise ihnen zu. Sie vertraute Frau Bourdelais einer ihrer Verkäuferinnen an und ging wieder zu ihnen in eine Ecke ihrer Abteilung, die glücklicherweise gerade etwas leerer wurde. Die Kleinen, wie sie sie immer noch nannte, waren jetzt große Burschen. Pépé war mit seinen zwölf Jahren bereits größer als sie, auch dicker, aber er lebte immer noch, ohne ein Wort zu sagen, von ihren Liebkosungen, umschmeichelte sie sanft in seiner Schülerjacke; Jean überragte sie breitschultrig um Haupteslänge, er zeigte bei seinem nach Künstlerart lose fliegenden Blondhaar immer noch eine etwas mädchenhafte Schönheit. Sie war in ihrer Winzigkeit dasselbe schmächtige Persönchen geblieben, wie sie sagte, besaß aber noch über beide ihre alte mütterliche Gewalt und behandelte sie wie Jungen, für die sie noch zu sorgen hätte, knöpfte Jean seinen Rock zu, damit er nicht wie ein Bummler aussehe, und sah nach, ob Pépé auch ein reines Taschentuch bei sich habe. Dem letztgenannten in die großen Augen sehend, hielt sie ihm nun leise eine Predigt.

»Sei vernünftig, mein Kerlchen. Wir dürfen deinen Unterricht nicht unterbrechen. In den Ferien nehme ich dich mit ... Möchtest du gern irgendwas haben, was? Vielleicht wäre es dir lieber, wenn ich dir etwas Geld hier lasse?«

Dann wandte sie sich wieder zu dem andern.

»Du setzest ihm auch nur was in den Kopf, Junge, und bringst ihn dazu, daß er denkt, wir gingen nur zu unserm Vergnügen weg! ... Versuche doch mal, etwas vernünftiger zu werden.«

Sie hatte dem Älteren zur Einrichtung seines Haushalts viertausend Francs gegeben, die Hälfte ihrer Ersparnisse. Der Kleine kostete ihr viel Geld auf der Schule, ihr ganzes Geld ging wie früher für die beiden drauf. Sie waren das einzige, wofür sie lebte und arbeitete, da sie sich abermals geschworen hatte, nicht zu heiraten.

»Na, nun mal, hier!« fing Jean wieder an. »Hier in diesem Paket ist zunächst mal Thereses brauner Mantel ...«

Aber da stockte er, und als Denise sich umwandte, um zu sehen, was ihn so erschreckte, bemerkte sie Mouret hinter sich stehen. Er hatte ihr schon eine Zeitlang zugesehen, wie sie ihre kleine Sippe bemutterte, wie sie zwischen den beiden großen Burschen dastand, sie schalt und küßte und sie hin und her drehte wie Kinder, die reine Wäsche anbekommen. Bourdoncle war abseits stehengeblieben und tat so, als nehme er äußersten Anteil am Verkauf; er verlor aber den Vorgang nicht aus den Augen.

»Das sind Ihre Brüder, nicht wahr?« fragte Mouret nach einer Pause.

Er sprach mit derselben eisigen Stimme und starren Haltung, in der er jetzt immer zu ihr redete. Denise mußte sich Mühe geben, um ebenfalls kalt zu bleiben. Ihr Lächeln verflüchtigte sich daher und sie antwortete:

»Ja, Herr Mouret... Den Älteren habe ich verheiratet, und seine Frau schickt ihn wegen Umtausches.«

Mouret fuhr fort, sie alle drei anzusehen. Schließlich fing er wieder an:

»Der Jüngere ist tüchtig gewachsen. Ich erkenne ihn wieder, ich erinnere mich, ihn eines Abends mit Ihnen in den Tuilerien gesehen zu haben.«

Und seine Stimme wurde langsamer und geriet leicht ins Zittern. Sie beugte sich sehr beklommen vor und tat so, als müsse sie Pépés Gürtel in Ordnung bringen. Beide Brüder erröteten und lächelten den Herrn ihrer Schwester an.

»Sie sehen Ihnen ähnlich«, sagte dieser noch.

»Oh!« rief sie, »sie sind viel hübscher als ich!«

Er schien einen Augenblick ihre Gesichter zu vergleichen. Aber seine Kraft war zu Ende. Wie lieb er sie hatte! Und er ging ein paar Schritte weiter; aber dann kehrte er wieder um und sagte ihr ins Ohr:

»Kommen Sie nach dem Geschäft in mein Arbeitszimmer. Ich möchte Ihnen noch etwas sagen, ehe Sie fortgehen.«

Diesmal ging Mouret weiter und setzte seinen Rundgang fort. Der Kampf in seinem Innern begann aufs neue, denn dies Stelldichein, das er ihr da gab, regte ihn auf. Was für einem Antrieb mußte er da folgen, als er sie mit ihren Brüdern sah? Verrückt war's, denn er würde ja doch keine Kraft mehr zu einer Willensäußerung finden. Schließlich würde er sich aber damit losmachen können, daß er ihr nur noch ein Wort zum Abschied sagte. Bourdoncle, der ihn wieder getroffen hatte, schien weniger unruhig, beobachtete ihn aber doch noch mit raschen Seitenblicken.

Währenddessen war Denise wieder zu Frau Bourdelais getreten.

»Und paßt der Mantel?«

»Ja, ja, sehr gut... Für heute ist's genug. Ein wahres Unglück, diese kleinen Wesen!«

Da sie sich nun entfernen konnte, hörte Denise Jeans Auseinandersetzungen zu und begleitete ihn zu den verschiedenen Tischen, denn er hätte dort ganz gewiß den Kopf verloren. Zunächst war es nun der braune Mantel, den Therese nach vieler Überlegung gegen einen aus weißem Tuch, von derselben Größe und demselben Schnitt, umtauschen wollte. Und nachdem das junge Mädchen das Paket an sich genommen hatte, begab sie sich, gefolgt von ihren Brüdern, zur Kleiderabteilung.

Die Abteilung stellte ihre zartfarbigen Sachen aus, Jakken und Sommermäntel aus leichter Seide und bunten Wollstoffen jeder Art. Aber das Hauptgeschäft spielte sich anderswo ab, hier waren die Kunden verhältnismäßig dünn gesät. Fast alle Verkäuferinnen waren neu. Clara war seit einem Monat verschwunden, nach den einen vom Manne einer Käuferin entführt, nach den andern dem Laster der Straße zum Opfer gefallen. Marguerite sollte binnen kurzem nach Grénoble zurückkehren, um dort die Leitung des kleinen Geschäfts zu übernehmen, in dem ihr Vetter auf sie wartete. Nur Frau Aurelie war dann noch da, unveränderlich im runden Panzer ihres Seidenkleides, mit ihrer Cäsarenmiene, die immer noch teigig und gelb wie alter Marmor aussah. Die schlechte Aufführung ihres Sohnes Albert fraß ihr jedoch am Herzen, und sie hätte sich längst aufs Land zurückgezogen, hätte der Tunichtgut nicht so fürchterliche Löcher in die Ersparnisse seiner Eltern gefressen und drohten seine schrecklichen Zähne nicht sogar den Besitz in Rigolles stückweise zu zerreißen. Das war wie die Rache des zerstörten häuslichen Herdes, da die Mutter ihre Vergnügungsfahrten mit Damen wieder aufgenommen hatte und der Vater seinerseits fortfuhr, Waldhorn zu blasen. Bourdoncle betrachtete Frau Aurelie bereits mit unzufriedenen Blicken und wunderte sich, daß sie nicht so viel Takt besäße, selbst ihren Abschied zu nehmen: zu alt fürs Geschäft! Die den Heimgang des Hauses Lhomme verkündigende Totenglocke sollte bald erschallen.

»Sieh da! Sie sind's«, sagte sie mit übertriebener Liebenswürdigkeit zu Denise. »Nun? Sie möchten diesen Mantel umgetauscht haben? Aber sofort ... Ach, das sind Ihre Brüder! Richtige Männer nun!«

Trotz ihres Stolzes wäre sie vor ihr niedergekniet, um ihr den Hof zu machen. In der Kleiderabteilung wurde ebenso wie in allen übrigen von nichts anderm gesprochen als von Denises Austritt; und die Erste war ganz krank deswegen, denn sie rechnete auf den Schutz ihrer früheren Verkäuferin. Sie ließ die Stimme sinken.

»Es heißt, Sie wollen uns verlassen ... Ich bitte Sie, das ist doch nicht möglich?«

»Doch, ganz sicher«, antwortete das junge Mädchen.

Marguerite hörte zu. Seitdem ihre Hochzeit feststand, führte sie ihr Dickemilchgesicht mit noch viel widerwilligerer Miene spazieren. Sie trat näher und sagte:

»Sie haben ganz recht. Selbstachtung über alles, nicht wahr? ... Ich sage Ihnen herzlichst Lebewohl, meine Liebe.«

Es kamen Kunden. Frau Aurelie bat sie mit harter Stimme, sich um das Geschäft zu kümmern. Als Denise dann selbst den Mantel nahm, um die »Rückgabe« vorzunehmen, erhob sie Einspruch und rief eine Hilfe heran. Das war auch wieder gerade eine von den Neuerungen, die das junge Mädchen Mouret eingegeben hatte, weibliche Hilfskräfte, denen es oblag, die Sachen heranzuholen, was der Ermattung der Verkäuferinnen abhalf.

»Gehen Sie mit dem Fräulein«, sagte die Erste und übergab ihr den Mantel.

Und dann trat sie wieder zu Denise:

»Bitte, bitte, überlegen Sie es sich doch noch mal ... Wir sind alle ganz untröstlich über Ihren Weggang.«

Jean und Pépé warteten lächelnd inmitten dieses ausgeuferten Stromes von Frauen; nun machten sie sich bereit, hinter ihrer Schwester herzugehen. Jetzt handelte es sich darum, zu den Brautausstattungen zu gehen, um noch sechs Hemden zu kaufen, genau solche wie das halbe Dutzend, das Therese am Sonnabend gekauft hatte. An den Tischen der Weißwarenabteilung, wo die Ausstellung von Weiß aus allen Fächern herabschneite, quetschten sich die Leute gegenseitig die Luft aus und es war sehr schwer vorwärts zu kommen.

Sodann ließ ein kleiner Aufruhr bei den Leibchen die Menschen in Scharen herbeiströmen. Frau Boutarel war diesmal vom Süden mit Mann und Tochter herübergefegt, sie wirbelte seit dem Morgen durch alle Abteilungen, um sich eine Ausstattung für die letztere zusammenzusuchen, die sie verheiraten wollte. Der Vater wurde um Rat gefragt, und die Geschichte kam nicht weiter. Endlich strandete die Familie an den Tischen der Wäscheabteilung; und während das Fräulein sich tief in die Untersuchung von Unterhosen versenkte, verschwand die Mutter, da es sie selber nach einem Leibchen gelüstete. Nun ließ Herr Boutarel, ein dicker, heißblütiger Mann, seine Tochter sitzen und begab sich bestürzt auf die Suche nach seiner Frau; und er fand diese schließlich in einem Ankleideraum wieder, vor dem er höflichst ersucht wurde, Platz zu nehmen. Diese Räume waren enge Zellen mit Milchglastüren, in die Männer, selbst die Ehegatten, aus einem übertriebenen Anstandsgefühl der Oberleitung nicht hineindurften. Verkäuferinnen traten heraus, gingen lebhaft wieder hinein und ließen bei dem raschen Schließen der Türen jedesmal die Erscheinung einer Dame in Hemd und Unterrock ahnen,

mit bloßem Nacken, bloßen Armen, fette mit weißlichem
Fleisch, magere mit altem Elfenbeinton. Mit gelangweilter
Miene wartete eine Schar von Männern auf den Stühlen
davor. Und als Herr Boutarel die Geschichte begriff, wurde
er furchtbar wütend, schrie, er wolle seine Frau wiederha-
ben, er wüßte schon, was da drinnen mit ihr gemacht
würde, er erlaubte nicht, daß man sie auszöge, wenn er
nicht dabei wäre. Vergeblich versuchte man ihn zu beruhigen: er glaubte anscheinend, da drinnen gingen unpassen-
de Geschichten vor sich. Frau Boutarel mußte herauskommen, während die Menge sich darüber unterhielt und lachte.

Nun konnte Denise mit ihren Brüdern weiterkommen.
Die gesamte Frauenwäsche, all das versteckte weiße Unterzeug breitete sich hier in einer Folge von Räumen, nach
verschiedenen Abteilungen geordnet, aus. Leibchen und
Wülste nahmen einen Tisch ein, gesteppte Mieder, solche
mit langen Schößen, Panzermieder, besonders weißseide-
ne Leibchen, fächerförmig nach Farben geordnet, da aus
ihnen heute eine Sonderausstellung auf einem Heer kopf-
und beinloser Puppen vorgeführt wurde, nichts als eine
Reihe von Rümpfen, platte Puppenkehlen unter der Seide,
von einer sinnverwirrenden, krankhaften Schlüpfrigkeit;
und dicht daneben dehnten sich auf andern Gestellen Wülste aus Pferdehaar mit Glanzgazeüberzug hin; die Umrisse
dieser prallen Riesenhüften auf ihren Besenstielen boten
einen Anblick von verzerrter Unanständigkeit. Aber dann
ging es zur Schaustellung des Nackten über, zu einer
Nacktheit, die weite Räume einnahm, als habe sich hier in
den verschiedenen Abteilungen eine Anzahl junger Mädchen bis auf den blanken Atlas ihrer Haut ausgezogen.
Jetzt kamen die feinen Wäschesachen, weiße Stulpen und
Halstücher, Umhänge und Kragen, eine riesige Abwechs-
lung von leichtem Tand quoll hier wie weißer Gischt aus

den Kästen hervor und stieg schneeig empor. Dort lagerten Hemden, kleine Leibchen, Morgenröcke, Haarmachemäntel aus Leinen, aus Nansuck, aus Spitzen, lange, weite und dünne Kleidungsstücke, aus denen man das faule Strecken am Morgen nach einer Liebesnacht herausahnte. Und dann kam Unterzeug, eins nach dem andern: weiße Unterröcke in allen Längen, der Unterrock, der die Knie fesselt, und der nachschleppende, mit dem die Straßendirne über den Boden hinfegt, ein steigendes Meer von Unterröcken, in dem die Beine versanken; Unterröcke in Perkal, in Leinen, in Pikee, weite weiße Unterröcke, in denen die Hüften eines Mannes hin und her geschlottert wären; endlich Hemden, am Hals zugeknöpfte für die Nacht, andere, die Brust freilassende und nur durch leichte Achselbänder gehaltene für den Tag, in einfacher Baumwolle, in irischem Leinen, in Batist, der letzte Schleier, der von der Kehle über die Hüften hinabgleitet. Bei den Brautausstattungen war es eine reine aufdringliche Bloßstellung, die Frau auf den Kopf gestellt und von unten besehen, von der kleinen Bürgerfrau mit ihrem einfachen Leinen bis zur reichen, in Spitzen gehüllten Dame, ein der Öffentlichkeit zur Schau gestelltes Himmelbett, das mit seinem verschwiegenen Aufwand an Fältelung, Stickerei, Valencienne den Eindruck sinnlicher Verderbtheit hervorrief, in je kostspieligeren Launen er sich erging. Aber dann zog die Frau sich wieder an; die weiße Flut dieses Wäschesturzes vertiefte sich wieder in den geheimnisvollen Schauer der Unterröcke, das unter den Fingern der Näherin steif gewordene Hemd, die kalten, noch die Falten ihres Pappkastens aufweisenden Unterhosen, all der tote Perkal und Batist, der da in zusammengeworfenen Haufen auf den Tischen herumlag, sollte neues Leben gewinnen vom Leben des Fleisches, heißduftend nach Liebe, eine heilige, weiße Wolke, nachtgeschwängert, die sich nur im geringsten zu bewegen

brauchte, nur ein rosiges Knie aus ihrem Schnee hervor-
blitzen zu lassen brauchte, um die ganze Welt zu verhee-
ren. Dann befanden sich in einem andern Saal noch die
Säuglingssachen, wo das wollüstige Weiß der Frau über-
ging in das unschuldvolle des Kindes: eine Unschuld, eine
Freude, die Geliebte, die als Mutter erwacht, Jäckchen aus
wolligem Pikee, flanellene Häubchen, Hemden und Hüte
nicht größer als Puppenzeug, und Taufkleidchen und
Kaschmirumhänge, der weiße Flaum Neugeborener, einem
feinen Regen weißer Federn vergleichbar.

»Weißt du, es sind Hemden zum Schnüren«, sagte Jean,
dem dieser ganze Kleiderkram, all dieser Haufen von Tand,
in dem er versank, viel Vergnügen machte.

Bei den Brautausstattungen lief Pauline sofort herbei, als
sie Denise bemerkte. Und ehe sie auch nur wußte, was die
wünschte, redete sie ganz leise und höchst aufgeregt auf sie
ein von den Gerüchten, von denen das ganze Geschäft
sprach. In ihrer Abteilung hätten sich sogar zwei Verkäuferinnen schon darüber gestritten, die eine hatte behauptet,
sie ginge, die andere hatte es abgestritten.

»Sie bleiben doch bei uns, ich habe ja meinen Kopf darauf gewettet... Was soll denn aus mir werden?«

Und als Denise antwortete, sie ginge morgen:

»Nein, nein, das glauben Sie so, aber ich weiß, es kommt
anders... Herrgott! Jetzt, wo ich ein Kleines habe, da müssen Sie mich doch erst zur Zweiten machen. Baugé rechnet
darauf, Liebe!«

Pauline lächelte voller Überzeugung. Dann reichte sie
die sechs Hemden her; und als Jean sagte, sie gingen jetzt
zu den Taschentüchern, da rief auch sie eine Hilfskraft
herbei, um die Hemden und den von der Hilfe der Kleiderabteilung dagelassenen Mantel zu tragen. Das Mädchen,
das sich nun zeigte, war Fräulein de Fontenailles, seit kurzem mit Joseph verheiratet. Sie hatte diesen Posten als Hilfe

als besondere Gunstbezeigung erhalten und trug eine weite schwarze Bluse mit gelbwollenem Nummernabzeichen auf der Schulter.

»Gehen Sie mit dem Fräulein«, sagte Pauline.

Dann kam sie wieder und senkte abermals die Stimme: »Nun? Ich werde doch Zweite, das ist doch ein Wort!«

Um auch einen Scherz zu machen, versprach Denise es ihr lächelnd. Dann ging sie weiter mit Jean und Pépé, gefolgt von dem Hilfsmädchen, nach unten. Im Erdgeschoß stießen sie auf die Wollsachen, eine Ecke des Ganges, die vollständig mit weißem Molton und weißem Flanell ausgeschlagen war. Liénard, den sein Vater vergeblich nach Angers zurückrief, plauderte hier mit dem hübschen Mignot, der Makler geworden war und ganz frech sich wieder im »Paradies der Damen« zu zeigen wagte. Sie hatten offenbar über Denise gesprochen, denn sie schwiegen beide und grüßten sie mit sichtlicher Verlegenheit. Beim Weitergehen durch die Abteilungen gerieten übrigens die Verkäufer überall in Aufregung und verbeugten sich mit dem zweifelhaften Gefühl, was sie wohl morgen für eine Stellung einnehmen würde. Sie flüsterten, sie fanden, sie sähe siegesgewiß aus; in das Wetten kam dadurch neues Leben, und es wurden sogar Flaschen Argenteuilles und Gebackenes auf sie gesetzt. Sie hatte sich in den Weißwarengang gewendet, um zu den Taschentüchern zu gelangen, die an seinem Ende lagen. Da zog das Weiß vorbei: das Weiß der Baumwolle, des Madapolams, des Barchents, des Pikees, des Kalikos; das Weiß des Nähgarns, des Nansucks, des Musselins, des Tarlatans; dann kam Leinen in gewaltigen Haufen, aus wechselnden Stücken wie aus Hausteinwürfeln aufgebaut, dickes und dünnes Leinen, Leinen in allen Breiten, weiß oder mattgelb, reines, auf der Wiese gebleichtes Leinen; dann ging die Geschichte wieder von vorne los, Abteilung folgte sich auf Abteilung für alle Arten Wäsche,

Hauswäsche, Tischwäsche, Küchenwäsche, ein unaufhör-
licher Bergsturz von Weißwaren, Bettücher, Kopfkissenbe-
züge, unzählbare Muster für Handtücher, Tischtücher,
Schürzen und Wischtücher. Und überall wurden sie aufs
neue begrüßt, alles stellte sich bei Denises Vorübergehen
auf, bei dem Leinen stürzte Baugé vor, um ihr als der
gütigen Königin des Hauses zuzulächeln. Nachdem sie
dann durch die Bettbezüge gegangen waren, einem mit
weißen Bannern ausgeschmückten Saal, trat sie bei den
Taschentüchern ein, die durch ihren geistvollen Schmuck
die Leute offenen Mundes stehenließen: hier gab es nichts
als weiße Säulen, weiße Pyramiden, weiße Burgen, ein verwickeltes, lediglich aus Taschentüchern hergestelltes Städ-
tebild, in Schleiertuch, in Cambraibatist, in irischem Leinen, in chinesischer Seide, mit gestickten Namenszügen,
mit Spitzen besetzt, mit durchbrochenen Hohlsäumen und
eingewebten Mustern, eine ganze, aus weißen Ziegeln von
unendlicher Mannigfaltigkeit aufgebaute Stadt, sich wie
ein Trugbild vom weißglühenden Himmel des Orients ab-
hebend.

»Noch ein Dutzend, sagst du?« fragte Denise ihren Bruder. »Cholets, nicht wahr?«

»Ja, ich glaube, solche wie dies hier«, antwortete er und
zeigte auf ein Taschentuch in seinem Packen.

Jean und Pépé waren ihr nicht von den Röcken gewi-
chen, sie drängten sich an sie wie ehemals, als sie ganz
zerbrochen von ihrer Reise in Paris gelandet waren.
Schließlich machten sie auch diese weiten Hallen, in denen
Denise offenbar ganz zu Hause war, unruhig; sie flüchte-
ten sich in ihren Schatten, in gefühlsmäßigem Erwachen
ihrer Kindheitsgefühle suchten sie Schutz bei ihr, bei ihrem
Mütterchen. Aller Augen folgten ihnen, man lächelte über
die beiden großen Burschen, wie sie diesem winzigen,
ernsthaften Mädchen auf dem Fuße folgten, Jean bestürzt

trotz seines Bartes, Pépé ganz verdutzt in seiner Joppe, alle drei jetzt mit demselben Blondhaar, ein Blond, das bei ihrem Vorübergehen an den Verkaufstischen von einem bis zum andern Ende das Geflüster auslöste:

»Das sind ihre Brüder... Das sind ihre Brüder...«

Aber während Denise nach einem Verkäufer suchte, kam es zu einem Zusammentreffen. Mouret und Bourdoncle traten in den Gang ein; und als der erstgenannte abermals vor dem jungen Mädchen stehenblieb, ohne übrigens ein Wort zu ihr zu sagen, da gingen gerade Frau Desforges und Frau Guibal vorbei. Henriette unterdrückte ein Zittern, das ihr ganzes Fleisch erbeben machte. Sie blickte auf Mouret, sie blickte auf Denise. Sie hatten sich auch gegenseitig angesehen; die stumme Lösung, das übliche Ende eines großen Herzensspiels, lag in diesem im Gewühl der Menge gewechselten Blick. Mouret war schon weitergegangen, während Denise sich, von ihren Brüdern begleitet, hinten in der Abteilung verlor, immer noch auf der Suche nach einem freien Verkäufer. Als Henriette in der ihr folgenden Hilfskraft Fräulein de Fontenailles mit ihrer gelben Nummer auf der Schulter und ihrem verquollenen, erdigen Dienstmädchengesicht erkannte, da mußte sie ihr Herz erleichtern, indem sie gereizt zu Frau Guibal sagte:

»Sehen Sie, was er aus der Unglücklichen gemacht hat... Ist das nicht eine Beleidigung? Eine Marquise! Und er zwingt sie, wie ein Hund hinter den Geschöpfen herzulaufen, die er auf der Straße aufsammelt!«

Sie versuchte sich zu beruhigen und setzte mit anscheinend gleichgültiger Stimme hinzu:

»Kommen Sie, wir wollen uns mal die Seidenausstellung ansehen.«

Die Seidenabteilung sah aus wie ein großes Gemach der Liebe, ein Gemach, durch die Laune eines verliebten Weibes, das sich nach der Nacktheit des Schnees sehnt, um mit ihm an Weiße zu wetteifern, rein mit schneeigem Weiß ausgeschlagen. Alle milchweißen Töne eines angebeteten Körpers fanden sich hier wieder, vom Samt der Hüften bis zur Seide der Schenkel und dem Atlas des Halses. Samtstücke waren zwischen den Säulen ausgespannt, Seiden- und Atlasstücke lagen herum auf einem Untergrund von sahnigem Weiß, in Fältelungen von metallischem oder porzellanenem Weiß; in bogenartigem Fall lagen hier duffe, starke Seiden oder grobkörnige Sizilienne, leichte Foulards und Surahs und stuften sich von dem schweren Weißblond einer blonden Norwegerin bis zum durchsichtigen, sonnendurchglühten Weiß einer rothaarigen Italienerin oder Spanierin ab.

Favier maß gerade weißen Foulard für »die hübsche Dame« ab, jene vornehm aussehende Blondine, die treue Kundin aller Abteilungen, die von den Verkäufern nie anders bezeichnet wurde. Sie kam seit Jahren, und man wußte noch immer nichts weiteres über sie, weder über ihr Leben, noch über ihre Wohnung, noch über ihren Namen. Übrigens verlangte auch niemand etwas davon zu wissen, obwohl alle sich bei jedem ihrer Besuche, lediglich um zu schwatzen, alle möglichen Vermutungen gestatteten. Sie wurde mager, sie wurde dicker, sie hatte gut geschlafen oder mußte am Abend vorher spät zu Bett gegangen sein; und so führte jeder noch so kleine Vorgang ihres ganzen unbekannten Daseins, ihrer Erlebnisse außer dem Hause, der Vorgänge in ihrem Heim sofort zu einer lange Zeit hin und her schwankenden Auseinandersetzung. Heute schien sie sehr vergnügt. Als Favier von der Kasse zurückkam, wohin er sie begleitet hatte, teilte er denn auch seine Vermutungen Hutin mit.

»Vielleicht heiratet sie wieder.«

»Ist sie denn verwitwet?« fragte der andere.

»Ich weiß nicht... Sie müssen sich doch aber noch erinnern das Mal, als sie in Trauer kam ... Wenn sie nicht etwa Geld an der Börse gewonnen hat.«

Sie wurden still. Darauf kam er zu dem Schluß:

»Ist ja auch ihre Sache ... Wenn man zu allen Weibern, die hierherkommen, du sagen wollte ...«

Aber Hutin schien zu Träumen geneigt. Er hatte vorgestern eine lebhafte Auseinandersetzung mit der Oberleitung gehabt und fühlte, daß er verurteilt war. Sein Abschied nach dem großen Ausverkauf stand fest. Seine Stellung war schon lange brüchig; bei der letzten Bestandaufnahme hatte man ihm sein Zurückbleiben hinter der vorher festgesetzten Umsatzziffer zum Vorwurf gemacht; aber in der Hauptsache war es die ihn langsam verzehrende Gier, all dieser geheime Kleinkrieg seiner Abteilung, die ihn bei dem gleichmäßigen Gange des Triebwerkes hinausdrängte. Man konnte Favier im dunklen arbeiten hören, das mächtige, erstickte, unterirdische Mahlen seiner Kinnbacken. Der hatte das Versprechen für seine Ernennung zum Ersten bereits weg. Anstatt seinen alten Waffenbruder zu ohrfeigen, betrachtete Hutin, der alle diese Vorgänge ganz gut kannte, ihn jetzt als sehr stark. Dieser kaltblütige, gehorsame Bursche, dessen er sich bedient hatte, um Robineau und Bouthemont kaltzustellen! Überraschend kam der Schlag zwar, aber er brachte ihm doch auch eine gewisse Hochachtung vor jenem bei.

»Wissen Sie übrigens«, fing Favier wieder an, »sie bleibt. Der Herr wurde eben schon wieder beim Liebäugeln mit ihr ertappt ... Ich gehe bis zu einer Flasche Champagner.«

Er sprach von Denise. Von einem Tische zum andern flogen die Klatschereien immer heftiger über den dichter und dichter werdenden Strom der Kunden hin und wieder. Vor allem die Seide war in Aufruhr, denn hier wurde um teure Sachen gewettet.

»Verdammt noch mal!« platzte Hutin heraus, als erwache er aus einem Traume, »bin ich dämlich gewesen, daß ich damals nicht bei ihr geschlafen habe!... Da wäre ich heute fein heraus!«

Als er dann Favier lachen sah, wurde er über sein Geständnis dunkelrot. Daher tat er so, als lachte er ebenfalls und setzte hinzu, wie um seinen Satz fortzuführen, dies Geschöpf mache ihn jetzt bei der Oberleitung schlecht. Indessen kam doch ein Drang nach Gewalttätigkeit über ihn, und er ließ ihn schließlich an den vom Andrang der Kunden in Verwirrung gebrachten Verkäufern aus. Mit einem Male aber fing er wieder an zu lächeln: er hatte gerade Frau Desforges und Frau Guibal bemerkt, die langsam durch die Abteilung gingen.

»Brauchen Sie nichts, gnädige Frau?«

»Nein, danke«, antwortete Henriette. »Sie sehen, ich gehe nur spazieren, ich bin nur aus Neugier hergekommen.«

Sowie er sie zum Stillstehen gebracht hatte, ließ er die Stimme sinken. Ein Plan schoß ihm durch den Kopf. Und so schmeichelte er ihr und schwärzte sein eigenes Haus bei ihr an: er hätte genug davon und wollte lieber weg, als sich noch länger mit einer derartigen Unordnung abzugeben. Sie hörte ihm voller Entzücken zu. Und so glaubte sie ihn dem »Paradies der Damen« zu entführen, als sie ihm anbot, sie wolle ihn durch Bouthemont als Ersten für die Seide anstellen lassen, sobald die »Vier Jahreszeiten« wieder in Ordnung wären. Der Handel wurde geschlossen, und beide flüsterten ganz leise miteinander, während Frau Guibal sich mit den Ausstellungen abgab.

»Darf ich Ihnen einen dieser Veilchensträuße anbieten?« fuhr Hutin dann laut fort und zeigte auf drei oder vier Zugabesträuße auf einem Tisch, die er sich an einer der Kassen besorgt hatte, um persönliche Geschenke damit zu machen.

»Um Gottes willen, nein!« rief Henriette mit einer Bewegung des Widerwillens. »Ich will nicht auch zu der Gesellschaft hier gehören!«

Sie verstanden sich und trennten sich abermals lachend und mit den Augen ihr Einverständnis zu erkennen gebend.

Während Frau Desforges nach Frau Guibal suchte, stieß sie einen lauten Ausruf aus, als sie sie mit Frau Marty gewahrte. Diese raste seit zwei Stunden, gefolgt von ihrer Tochter Valentine, durch alle Abteilungen in einem jener Anfälle von Verschwendungssucht, von denen sie am Ende ganz zerbrochen und verwirrt nach Hause ging. Sie hatte die Möbelabteilung durchstöbert, die eine Ausstellung weißlackierter Möbel in ein riesiges Jungemädchenzimmer verwandelte, die Bänder und Busentücher, die sich um weiße, mit rauhem, weißem Stoff bespannte Säulen wanden, die Weißwaren und Litzen, die mit ihren Fransen ganze, mit vieler Geduld aus Pappstücken mit Knöpfen und Nadelpäckchen zusammengestellte Aufbauten umrahmten, die Putzmacherei, wo sich die Leute in diesem Jahre zerquetschten, um ein Riesenschmuckstück zu sehen, bei dem der Name des »Paradies der Damen« in drei Meter hohen, aus weißen, auf einem Grunde aus roten Strümpfen gebildeten Buchstaben erstrahlte. Aber Frau Marty fühlte sich besonders durch die neuen Abteilungen erhitzt; es konnte keine Abteilung eröffnet werden, ohne daß sie sie einweihte: sie stürzte sich drauflos und kaufte aller Vernunft zum Trotz. Und eine weitere Stunde hatte sie bei den Moden in einem der neueingerichteten Säle des ersten Stockes zugebracht, hatte alle Schränke auskramen lassen, hatte sämtliche Hüte von den Mahagonipilzen heruntergenommen, die auf den Tischen standen, und hatte sie alle aufgesetzt, sie und ihre Tochter, alle weißen Hüte, alle weißen Schuten und weißen Turbane. Dann war sie wieder in die Schuhwarenabteilung hinuntergegangen, die hinten in einem Gange des Erdgeschosses lag, hinter den Halsbinden, einer Abteilung, die heute erst eröffnet war und in der sie ebenfalls alle Schränke auspacken ließ; sie wurde von einer krankhaften Begierde ergriffen beim Anblick der weißseidenen, mit Schwanenbalg besetzten Hausschuhe, der Pantoffel und Stöckelschuhe aus weißem Atlas im Geschmack Ludwigs XV.

»Oh! meine Liebe«, stammelte sie, »Sie machen sich ja keinen Begriff! Die haben da eine Auswahl von so merkwürdigen Schuten! Ich habe eine für mich und eine für meine Tochter ausgesucht ... Und die Schuhe, nicht, Valentine?«

»Ganz unerhört!« bekräftigte das junge Mädchen mit echt weiblicher Unverfrorenheit. »Sie haben da Stiefel für fünfundzwanzig Francs fünfzig, ach, Stiefel!«

Ein Verkäufer ging hinter ihnen her und schleppte den ewigen Stuhl nach, auf dem sich bereits ein ganzer Haufen von Waren auftürmte.

»Wie geht's Herrn Marty?« fragte Frau Desforges.

»Ich glaube nicht schlecht«, antwortete Frau Marty voller Verwirrung über diese unvermittelte Frage, die sich boshaft auf ihr Verschwendungsfieber niedersenkte. »Er ist immer noch da drüben, mein Onkel muß wohl heute morgen zu ihm gegangen sein ...«

Aber da brach sie ab und stieß einen Ruf der Begeisterung aus.

»Sehen Sie doch, ist das nicht anbetungswürdig!«

Die Damen, die ein paar Schritte weitergegangen waren, standen jetzt vor der neuen Abteilung für Blumen und Federn, im Mittelgang zwischen der Seide und der Handschuhabteilung eingerichtet. Im lebhaften Lichte des Glasdaches stand da ein riesiger Blumengarten, ein weißer Strauß so hoch und so breit wie eine Eiche. Blumentuffs umkleideten den Stamm, Veilchen, Maiglöckchen, Hyazinthen, Marienblümchen, alles was ein Blumenbeet nur an zartem Weiß zu bieten hat. Dann stiegen weiße Sträuße in die Höhe, sich bis zu zartem Fleischrot verfärbend, dicke weiße Pfingstrosen mit einem Hauch von Karmin, weiße gelbgesternte Astern mit feinen Blumenblättern. Und immer höher stiegen die Blumen empor, mächtige geheimnisvolle Lilien, Zweige von frühen Apfelblüten, Büschel balsamisch duftenden Flieders, ein unaufhaltsames Emporquellen, in Höhe des ersten Stockes von Tuffen weißer Straußenfedern überragt, von weißen Federn, die den Eindruck des von diesem Volke weißer Blumen ausgehauchten Atems machten. Eine Ecke war ganz und gar von Besätzen und Kränzen aus Orangenblüten eingenommen. Hier gab es Blumen aus Metall, Disteln und Ähren aus Silber. Und zwischen all diesen Blättern und Blumenkronen aus Musselin, Seide und Samt, auf denen Gummitropfen den Eindruck von Tautropfen hervorriefen, flogen Vögel von den Antillen umher für die Hüte, Purpurmeisen mit schwarzem Schwanz, siebenfarbige mit schillernden Bäuchen, wie ein Regenbogen strahlend.

»Ich kaufe mir einen Apfelzweig«, fuhr Frau Marty fort. »Nicht wahr? Entzückend ist er ... Und der kleine Vogel, sieh doch mal, Valentine, den nehme ich!«

Frau Guibal begann sich indessen über das Geschubse der Menge bei ihrem Stillstehen zu ärgern. Sie sagte daher endlich:

»Na schön! Wir lassen Sie weiterlaufen! Wir gehen nach oben.«

»Nein, warten Sie doch auf mich!« rief die andere. »Ich gehe ja auch nach oben ... Da oben ist ja die Parfümerie. Ich muß in die Parfümerie.«

Diese erst gestern geschaffene Abteilung befand sich neben dem Lesesaal. Frau Desforges sprach davon, den Aufzug zu benutzen, um dem Gedränge auf den Treppen zu entgehen; aber sie mußten darauf verzichten, vor den Türen der Dinger standen die Menschen in langen Reihen. Schließlich kamen sie nach oben und gingen durch den öffentlichen Erfrischungsraum, wo das Gedränge so stark war, daß ein Aufseher die Gierigen im Zaume halten mußte und die gefräßige Kundschaft nur in kleinen Gruppen herantreten ließ. Selbst hier im Erfrischungsraum schon konnten die Damen die Parfümerie riechen, ein durchdringender Duft nach eingeschlossenen Riechkissen durchzog den Raum. Hier kämpften die Leute um eine Seife, die Paradiesseife, eine Besonderheit des Hauses. Auf glasüberdeckten Tischen und den Kristallborten der Gestelle standen hier Reihen von Pomadentöpfen und Salben, Puder- und Schminkeschachteln, Fläschchen mit Ölen und Waschwässern; das feinere Bürstenzeug, Kämme, Scheren und Taschenfläschchen nahmen dagegen einen besonderen Schrank für sich ein. Die Verkäufer waren darauf verfallen, die Auslage mit ihren sämtlichen weißen Porzellantöpfen, all ihren Flaschen aus weißem Glas zu verzieren. Ganz entzückend war im Mittelpunkt ein silberner Springbrunnen, eine Schäferin auf einem Blumenteppich, aus dem beständig ein Strahl von Veilchenwasser hervorsprang, der lieblich in einem Metallbecken plätscherte. Ein wunderfeiner Duft verbreitete sich umher, die Damen befeuchteten im Vorbeigehen ihre Taschentücher.

»So!« sagte Frau Marty, nachdem sie sich mit Waschmitteln, Zahnpulvern und Schönheitsmittelchen vollgestopft hatte. »Jetzt ist's aus. Nun gehe ich mit Ihnen. Wir wollen Frau de Boves wiedersuchen.«

Aber auf dem Absatz der großen Mitteltreppe hielten die Japanwaren sie doch wieder fest. Die Abteilung war bedeutend gewachsen seit dem Tage, wo Mouret eigentlich nur aus Spaß es gewagt hatte, hier auf derselben Stelle einen Tisch voll verschossener Kinkerlitzchen auszustellen, ohne selbst den ungeheuren Erfolg zu ahnen. Wenige Abteilungen waren aus bescheideneren Anfängen hervorgegangen, und jetzt quoll sie über von alten Bronzen, alten Elfenbeinsachen, alten Lackarbeiten und erzielte einen Umsatz von einer Million fünfhunderttausend Francs im Jahr, sie hielt den fernsten Osten in Bewegung, wo eigene Reisende Paläste und Tempel für sie durchstöberten. Übrigens sproßten immer neue Abteilungen empor, erst im Dezember waren zwei neue versuchsweise als Lückenbüßer für die tote Zeit des Winters in Betrieb genommen: eine Bücherabteilung und eine für Kinderspielzeug, die sich sicher auch weiter ausdehnen und wieder neue Handelsstätten in der Nähe wegfegen mußten. Für die Japanabteilung hatten vier Jahre genügt, um die ganze Kundschaft der Pariser Künstlerkreise heranzuziehen.

Trotz ihres Hasses, der sie zu dem Schwur veranlaßt hatte, nichts kaufen zu wollen, unterlag Frau Desforges diesmal doch angesichts einer entzückend feinen, alten Elfenbeinschnitzerei.

»Schicken Sie es mir zu einer der Kassen nebenan«, sagte sie rasch.

»Neunzig Francs, nicht wahr?«

Und als sie sah, daß Frau Marty und ihre Tochter sich in eine Auswahl von schundigen Porzellanwaren vertieft hatten, fuhr sie fort, indem sie Frau Guibal weiterzog:

»Sie finden uns im Lesesaal wieder... Ich muß mich wirklich ein wenig hinsetzen.«

Im Lesesaal mußten die Damen stehenbleiben. Alle Stühle um den großen mit Zeitungen bedeckten Tisch herum waren besetzt. Zurückgelehnt streckten hier dickbäuchige Herren beim Lesen ihren Bauch vor, ohne auch nur daran zu denken, ihren Platz liebenswürdig zur Verfügung zu stellen. Ein paar Damen schrieben, die Nase auf ihren Zeilen, wie um das Papier unter den Federn ihrer Hüte zu verstecken. Übrigens war Frau de Boves nicht da, und Henriette wurde schon ungeduldig, als sie Vallagnosc bemerkten, gleichfalls auf der Suche nach seiner Frau und Schwiegermutter. Er begrüßte sie und sagte dann:

»Sie sind sicher bei den Spitzen, da kann man sie gar nicht wegbringen ... Ich werde mal nachsehen.«

Und er hatte die Liebenswürdigkeit, ihnen zwei Stühle zu besorgen, ehe er fortging.

Bei den Spitzen wuchs das Gedränge von Minute zu Minute. Hier feierte die große Weißwarenausstellung ihr Siegesfest in den zartesten und teuersten Arten von Weiß. Die Versuchung war hier auf die Spitze getrieben, eine rasende Begierde verwirrte hier alle Frauen. Die Abteilung war in eine weiße Kapelle verwandelt. Tülle und Guipüren fielen von oben herab und bildeten einen weißen Himmel, eine Art Wolkenschleier, der mit seinem feinen Netz die Morgensonne bleich erscheinen ließ. An den Säulen wanden sich Gehänge von Mechelner und Valencienner Spitzen herab, wie die weißen Röcke von Tänzerinnen, und rollten in einem weißen Schauer bis zu Boden. Überall, auf sämtlichen Tischen lag dieser weiße Schnee, »blonde Spanierinnen« leicht wie ein Hauch, Brüsseler mit ihren großen Blumen auf den feinen Maschen, Klöppelspitzen und Venezianer mit schwereren Mustern, Alençon und Brügger von königlicher Reichhaltigkeit, wie für den Gottesdienst bestimmt. Es schien, als habe der Gott des Tands hier sein weißes Allerheiligstes.

Nachdem Frau de Boves lange mit ihrer Tochter umhergegangen und an den Schaustellungen entlang gestrichen war, kam sie endlich unter dem sinnlichen Drang, ihre Hände in den Geweben zu vergraben, zu dem Entschluß, sich von Deloche Alençonspitzen zeigen zu lassen. Zuerst hatte er nachgemachte herausgeholt; aber sie verlangte echte zu sehen und war auch nicht mit den schmalen zu dreihundert Francs den Meter zufrieden, sondern sie wünschte breite zu tausend Francs, Taschentücher und Fächer zu sieben- oder achthundert. Bald war der ganze Tisch mit einem wahren Vermögen bedeckt. In einer Ecke der Abteilung stand der Aufseher Jouve, der Frau de Boves trotz ihres anscheinenden Herumbummelns nicht aus den Augen gelassen hatte, unbeweglich inmitten des Gewühls mit gleichgültiger Miene, das Auge stets auf sie geheftet.

»Und haben Sie geklöppelte Kragen?« fragte die Gräfin Deloche. »Lassen Sie doch bitte mal sehen.«

Der Gehilfe, den sie schon zwanzig Minuten festhielt, wagte nicht zu widerstehen, so vornehm sah sie aus mit ihrem fürstlichen Wuchs und Stimme. Er fühlte sich aber doch von einem gewissen Zögern ergriffen, denn es war den Verkäufern eingeschärft, die teuren Spitzen nicht in so großen Mengen auszulegen, und er hatte sich erst in der vorigen Woche zehn Meter Mechelner stehlen lassen. Aber sie quälte ihn; so gab er daher nach und ließ den Haufen Alençon einen Augenblick im Stich, um aus einem Fache hinter sich die gewünschten Kragen herauszuholen.

»Sieh doch mal, Mama«, sagte Blanche, die neben ihr in einem Kasten voll billiger Valencienner herumwühlte, »das könnten wir für Kopfkissen nehmen.«

Frau de Boves antwortete nicht. Da sah die Tochter, als sie ihr weiches Gesicht nach ihr umdrehte, wie ihre Mutter, die Hände tief in den Spitzen vergraben, gerade dabei war, ein Stück Alençonbesatz von ihrem Mantelärmel verschwinden zu lassen. Sie schien gar nicht überrascht, sie trat nur ganz gefühlsmäßig vor sie, um sie zu decken, als Jouve plötzlich zwischen ihnen stand. Er·beugte sich vor und flüsterte der Gräfin mit höflicher Stimme ins Ohr:

»Wollen Sie mir folgen, gnädige Frau.«

Da zuckte sie kurz zusammen.

»Aber weshalb denn, mein Herr?«

»Wollen Sie mir folgen, gnädige Frau«, wiederholte der Aufseher, ohne lauter zu werden.

Mit einem Gesichtsausdruck wie trunken vor Angst warf sie einen raschen Blick um sich. Dann gab sie jeden Widerstand auf und nahm ihre hochmütige Miene wieder an, während sie neben ihm herging wie eine Königin, die es für angemessen hält, sich der Obhut eines ihrer Hofbeamten anzuvertrauen. Keine der haufenweise umherstehenden Kundinnen hatte den Vorgang bemerkt. Deloche war mit seinen Kragen wieder an den Tisch getreten, ihm blieb der Mund offen stehen, als er sie wegführen sah: Was? die auch? diese vornehme Dame! Da sollte man sie doch alle gleich durchsuchen! Und Blanche, unbehelligt geblieben, folgte leichenblaß ihrer Mutter von weitem, sie kam inmitten der menschlichen Woge nicht vorwärts und fühlte sich hin und her gezogen zwischen ihrer Pflicht, die Mutter nicht zu verlassen, und der Angst, sie möchte mit ihr dabehalten werden. Sie sah sie in Bourdoncles Arbeitszimmer eintreten und begnügte sich dann, vor dessen Tür auf und ab zu gehen.

Bourdoncle, von dem Mouret sich eben losgemacht hatte, war gerade anwesend. Er fühlte für gewöhnlich diese Art von anständigen Leuten begangener Diebstähle voraus. Diese Dame hier beobachtete Jouve schon lange und hatte ihm seine Vermutungen mitgeteilt; daher war er auch gar nicht weiter verwundert, als der Aufseher ihn mit einem Worte in Kenntnis setzte; ihm gingen übrigens auch derartig merkwürdige Fälle durch die Hände, daß er eine Frau zu allem fähig hielt, sobald sie von ihrer Sucht nach Tand hingerissen wurde. Da er jedoch die gesellschaftlichen Beziehungen seines Herrn zu der Diebin ganz genau kannte, erwies er ihr auch vollkommene Höflichkeit.

»Wir finden diese Anwandlungen von Schwäche durchaus entschuldbar, gnädige Frau... Aber bedenken Sie doch, bitte, wohin ein derartiges Außerachtlassen Ihrer selbst Sie führen könnte. Wenn jemand anders gesehen hätte, wie Sie diese Spitzen weggleiten ließen...«

Aber sie unterbrach ihn voller Entrüstung. Sie eine Diebin! Wofür hielt er sie denn eigentlich? Sie wäre die Gräfin de Boves, ihr Mann, der General-Gestütsinspektor, ging zu Hofe.

»Ich weiß, ich weiß, gnädige Frau«, wiederholte Bourdoncle ganz friedfertig. »Ich habe die Ehre, Sie zu kennen... Wollen Sie zunächst die Spitzen abgeben, die Sie an sich haben...«

Von neuem erhob sie Einspruch und ließ ihn nicht zu Worte kommen; sie war schön in ihrer Heftigkeit, und als große Dame, der bitteres Unrecht geschieht, ließ sie es bis zu Tränen kommen. Jeder andere hätte sich verblüffen lassen und irgendeinen beklagenswerten Irrtum befürchtet, denn sie drohte damit, sich an die Gerichte wenden zu wollen, um sich für eine derartige Beleidigung zu rächen.

»Nehmen Sie sich in acht, mein Herr! Mein Mann wird bis zum Minister gehen.«

»Na ja, Sie sind eben auch nicht vernünftiger als alle andern«, erklärte Bourdoncle ungeduldig. »Dann müssen wir Sie durchsuchen, da es sein muß.«

Sie wankte noch nicht, sondern erklärte mit stolzer Zuversicht:

»Gewiß, durchsuchen Sie mich nur... Ich mache Sie aber darauf aufmerksam, Sie setzen Ihr Unternehmen aufs Spiel.«

Jouve ging, um zwei Miederverkäuferinnen herbeizuholen. Als er wiederkam, teilte er Bourdoncle mit, die Tochter der Dame, die noch frei geblieben wäre, wiche nicht von der Tür; und er fragte, ob er sie auch festnehmen solle, obwohl er sie nichts hatte nehmen sehen. Stets peinlich genau, wenn es sich um Wahrung guter Sitten handelte, entschied der Teilhaber, man dürfe sie nicht veranlassen hereinzutreten, um die Mutter nicht zu zwingen, vor ihrer Tochter zu erröten. Währenddessen zogen sich die beiden Männer in ein benachbartes Zimmer zurück, während die Verkäuferinnen die Gräfin durchsuchten und sie sogar zwangen, ihr Kleid auszuziehen, damit sie ihren Nacken und ihre Hüften untersuchen könnten. Außer zwei Besätzen Alençonspitzen, zwölf Meter zu je tausend Francs, die in einem Ärmel verborgen waren, fanden sie noch an ihrem Halse, ganz plattgedrückt und noch warm, ein Taschentuch, einen Fächer und ein Halstuch, zusammen für ungefähr vierzehntausend Francs Spitzen. Seit einem Jahre etwa stahl Frau de Boves derartig unter einem wütenden, unwiderstehlichen Drange. Die Anfälle wurden schlimmer, wurden zwingender, bis sie zu einem für ihr Dasein nötigen Wollustgefühl wurden, sie trugen die Oberhand über ihr gesamtes vernunftgemäßes Denken davon, und ihre Befriedigung erfüllte sie mit um so bitterer Freude, als sie dabei vor den Augen der Menge ihren Namen, ihren Stolz, die hohe Stellung ihres Mannes aufs Spiel setzte. Jetzt, wo dieser sie seine Schubfächer ausleeren lassen mußte, stahl sie, alle Taschen voll Geld, sie stahl, um zu stehlen, wie man unter dem Peitschenhieb der Begierde liebt, um zu lieben, in einer Zerrüttung aller Nerven, zu der ihr früher unbefriedigt gebliebener Hang zu Aufwand sich infolge der gewaltigen, rohen Versuchung durch die großen Warenhäuser entwickelt hatte.

»Das ist eine Falle!« weinte sie auf, als Bourdoncle und Jouve wieder hereintraten. »Die Spitzen sind mir zugesteckt, oh, das schwöre ich bei Gott!«

Auf einen Stuhl hingesunken und in ihrem schlecht wieder zugemachten Kleide erstickend, weinte sie jetzt Tränen der Wut. Der Teilhaber hatte die Verkäuferinnen weggeschickt. Dann fing er in seiner ruhigen Art wieder an:

»Wir werden diesen unerquicklichen Vorgang aus Rücksicht auf Ihre Angehörigen gern unterdrücken. Aber vorher werden Sie ein Schriftstück unterzeichnen, das so lautet: Ich habe im ›Paradies der Damen‹ Spitzen gestohlen, und die genaue Angabe der Spitzen enthält, sowie Angabe des Tages… Übrigens gebe ich Ihnen dies Papier sofort wieder, sobald Sie mir zweitausend Francs für die Armen überbringen.«

Sie hatte sich wieder aufgerichtet und erklärte in einer abermaligen Aufwallung:

»Das unterzeichne ich nie, lieber sterbe ich.«

»Nein, Sie sterben nicht, gnädige Frau. Aber ich muß Sie darauf aufmerksam machen, daß ich den Polizeivorsteher holen lassen werde.«

Nun kam es zu einem scheußlichen Auftritt. Sie stieß Beleidigungen aus, sie stammelte, es wäre Feigheit von ein paar Männern, eine Frau so zu quälen. Ihre junonische Schönheit, ihre hoheitsvolle Gestalt ging in einer wütigen Fischfrau unter. Dann versuchte sie es damit, sie zu erweichen, sie flehte sie beim Namen ihrer Mütter an und sprach davon, sie wolle ihnen zu Füßen fallen. Als sie aber in ihrer gewohnheitsmäßigen Bronzekälte verharrten, setzte sie sich plötzlich hin und begann mit zitternder Hand zu schreiben. Die Feder spritzte; die Worte: »Ich habe gestohlen«, wütend hingehauen, fuhren beinahe durch das dünne Papier; und sie wiederholte immer wieder mit erstickter Stimme:

»Hier, mein Herr, hier, mein Herr… Ich weiche der Gewalt…«

Bourdoncle nahm das Papier, faltete es vor ihren Augen sorgfältig zusammen und schloß es mit den Worten in einen Auszug:

»Sie sehen, es hat schon Gesellschaft, denn die Damen vergessen in der Regel, ihre Briefchen wieder abzuholen, nachdem sie erst davon geredet haben, sie wollten lieber sterben, als so was schreiben... Immerhin halte ich es zu Ihrer Verfügung. Sie müssen selbst wissen, ob es Ihnen zweitausend Francs wert ist.«

Sie war mit dem Zuknöpfen ihres Kleides fertig und fand nun, wo sie ihre Schuld beglichen hatte, ihre alte Unverfrorenheit wieder.

»Ich kann mich wohl entfernen?« fragte sie kurz.

Bourdoncle beschäftigte sich bereits mit etwas anderem. Auf Jouves Bericht hin war er sich über Deloches Entfernung schlüssig geworden: dieser war als Verkäufer zu dumm, er ließ sich fortgesetzt bestehlen und würde nie ein gewisses Übergewicht über die Kunden erlangen. Frau de Boves wiederholte ihre Frage, und als sie sie mit einem Zeichen der Bejahung entließen, warf sie ihnen einen Blick zu wie ein paar Mördern. Aus dem Strom unterdrückter Schimpfworte entpreßte sich nur ein schauspielerhafter Schrei ihren Lippen.

»Elende!« sagte sie und ließ die Tür hinter sich zuschlagen.

Blanche hatte sich währenddessen immer noch nicht von dem Arbeitszimmer entfernt. Ihre Ungewißheit über die Vorgänge drinnen, Jouves und der beiden Verkäuferinnen Kommen und Gehen brachten sie gänzlich außer Fassung und riefen ihr Schergen, Schwurgericht, das Gefängnis ins Gedächtnis. Aber da blieb sie mit offenem Munde stehen: Vallagnosc stand vor ihr, ihr Gatte seit einem Monat, dessen Du ihr immer noch ein wenig peinlich klang; und voller Staunen über ihre Starrheit fragte er sie aus:

»Wo ist deine Mutter?... Habt ihr euch verloren?... Nanu, antworte doch, du machst mich ganz unruhig.«

Ihr kam keine vernünftige Lüge in den Sinn. In ihrem Jammer erzählte sie ihm alles.

»Mama, Mama... sie hat gestohlen...«

Was? Gestohlen? Nun begriff er endlich. Das aufgedunsene Gesicht seiner Frau, ihre bleiche, angstverheerte Maske jagten ihm Schrecken ein.

»Spitzen, so, in ihrem Ärmel«, stotterte sie weiter.

»Hast du es denn gesehen, sahst du zu?« murmelte er, ganz vereist bei dem Gedanken, sie wäre am Ende mitschuldig.

Sie mußten still sein, denn schon drehten mehrere Leute die Köpfe nach ihnen um. Ein angsterfülltes Zaudern ließ Vallagnosc einen Augenblick unbeweglich stillstehen. Was tun? Und er war schon im Begriff, zu Bourdoncle hineinzugehen, als er Mouret den Gang heraufkommen sah. Er hieß seine Frau auf ihn warten und ergriff den Arm seines alten Schulgefährten, um ihn mit abgehackten Worten aufs laufende zu bringen. Dieser beeilte sich, ihn in sein Arbeitszimmer zu führen, wo er ihn über die möglichen Folgen beruhigte. Er versicherte ihn, es bedürfe seines Einschreitens gar nicht, und erklärte ihm, wie die Sache sicher verlaufen würde, ohne sich selbst über diesen Diebstahl anscheinend weiter aufzuregen, etwa als habe er ihn seit langem vorhergesehen. Vallagnosc aber faßte das Abenteuer nicht mit so schönem Gleichmut auf, als er eine sofortige Verhaftung nicht länger befürchten brauchte. Er warf sich in einen tiefen Lehnstuhl, und nun er anfangen konnte zu reden, verbreitete er sich in Klagen auf eigene Rechnung. War es möglich? Da war er also in eine Familie von Diebinnen eingetreten! Auf eine erzdumme Ehe war er hereingefallen, um dem Vater gefällig zu sein. Von dieser kindlich krankhaften Heftigkeit ganz überrascht, mußte Mouret, als er ihn weinen sah, an sein früher zur Schau getragenes Schwarzsehertum denken. Hatte er ihn nicht immer wieder die endgültige Vernichtung des Daseins hochhalten gehört, in dem er nur die eigenen Gemeinheiten ein wenig spaßhaft fand? Um ihn zu zerstreuen, machte er sich nun das Vergnügen, ihm ein paar Augenblicke in freundschaftlichem Tone Gleichmut zu predigen. Da aber wurde Vallagnosc ärgerlich: er konnte offenbar seine bloßgestellte frühere Lebensweisheit nicht wiederfinden, seine ganze bürgerliche Erziehung lehnte sich in tugendhaftem Abscheu gegen seine Schwiegermutter auf. Nun sich ihm die Erfahrung auch nur mit dem geringsten Anhauch menschlichen Elends aufdrängte, brach der zweifelsüchtige Prahlhans nieder und blutete aus tausend Wunden. Es war schandbar, die Ehre seines Geschlechts wurde in den Schmutz gezogen, die Welt schien ihm aus den Fugen zu gehen.

»Na, nun beruhige dich mal«, meinte Mouret endlich mitleidig. »Ich will dir nicht länger von allen möglichen Geschehnissen vorreden, da dich das jetzt im Augenblick nicht gerade zu trösten scheint. Aber ich meine, du solltest jetzt Frau de Boves deinen Arm geben, das ist vernünftiger als Lärm zu schlagen... Was Teufel noch mal! Du, der du stets verachtungsvollsten Gleichmut gegen das allgemeine Lumpengesindel predigtest!«

»Jawohl!« rief Vallagnosc harmlos aus, »wenn es andere trifft!«

Indessen stand er doch auf, um dem Rat seines alten Mitschülers zu folgen. Sie traten beide gerade in den Gang zurück, als Frau de Boves aus Bourdoncles Zimmer herauskam. Sie nahm den Arm ihres Schwiegersohnes voller Hoheit an, und als Mouret sie in liebenswürdig hochachtungsvoller Weise begrüßte, hörte er, wie sie sagte:

»Sie haben sich bei mir entschuldigt. Diese Mißverständnisse sind wirklich fürchterlich.«

Blanche war wieder zu ihnen getreten und ging hinter ihnen her. Sie verloren sich langsam in der Menge.

Nun schritt Mouret nachdenklich allein durch die Geschäftsräume. Dieser Vorgang lenkte ihn zwar von dem

Kampf ab, der sein Inneres zerriß, erhöhte aber doch sein Fieber und brachte ihn zu dem Entschluß, das Äußerste zu wagen. Eine ganze Folge von Beziehungen erhob sich undeutlich vor seinem geistigen Auge: der Diebstahl dieser Unglücklichen, diese äußerste Torheit der überwundenen Kundschaft rief das stolze Bild Denises als Rächerin hervor, und er fühlte, wie sie ihm siegreich den Fuß auf den Nacken setzte. Er blieb oben an der Mitteltreppe stehen und sah lange in das ungeheure Schiff hinab, in dem sich sein Frauenvolk quetschte.

Es hatte gerade sechs geschlagen, das draußen bereits schwächer werdende Tageslicht zog sich aus den schon dunklen Gängen zurück und erblaßte selbst in den von langen Schatten durchzogenen Hallen. Und in diesem noch schwachen Tageslicht gingen nun eine nach der andern die elektrischen Lampen an und ihre in opaligem Schimmer leuchtenden Kugeln zeichneten mit ihren aufdringlich hellen Monden die sich fernhin erstreckende Tiefe der Abteilungen ab. Es war eine weiße Helligkeit von blendender Stetigkeit, sie breitete sich wie der Widerschein eines entfärbten Gestirns aus und tötete die Dämmerung. Als dann alle brannten, tönte ein Gemurmel des Entzückens aus der Menge hervor, die große Weißwarenausstellung erlebte in dieser neuen Beleuchtungsart eine feenhafte Schlußverherrlichung. Die ganze Riesenschwelgerei in Weiß schien in Brand zu geraten, selbst Licht zu werden. Der Sang des Weißen stieg aus dieser flammenden Helligkeit eines Sonnenaufgangs empor. Aus der Leinwand und der Baumwolle im Gang Monsigny sprühte ein weißes Leuchten hervor wie das lebhafte Band, das den Himmel im Osten zuerst erbleichen macht, während an dem Gang Michodière entlang die Weiß- und Wirkwaren, die Pariser Sachen und die Bänder ferne Küsten widerzuspiegeln schienen, das weiße Funkeln von Perlmutterknöpfen, von versilberten Bronzen und Perlen. Aber vor allem das Mittelschiff stimmte das hohe Lied flammenlodernder Weiße an: der Gischt des weißen Musselins an den Säulen, die weißen, die Treppen ausschmückenden Barchente und Pikees, die wie Banner angenagelten Bettüberzüge, die durch die Luft fliegenden Guipüren und weißen Spitzen ließen einen Traumhimmel offen erscheinen, einen Durchblick in die blendende Helle eines Paradieses, in dem die Hochzeit einer unbekannten Königin gefeiert wurde. Das Zelt der Seidenausstellung bildete dabei mit seinen weißen Vorhängen, seinen weißen Gazen, seinen weißen Tüllen, deren Glast die weiße Nacktheit der Vermählten deckte, das Riesenhimmelbett. Nichts gab es hier mehr als dies Blenden, ein Lichtweiß, in dem alles übrige Weiß sich verschmolz; ein Staubregen von Sternen schneite in diese weiße Helle.

Und immer weiter starrte Mouret, umgeben von diesem Leuchten, auf sein Volk von Frauen hinunter. Dessen schwarze Schatten hoben sich kräftig von dem bleichen Grunde ab. Langhinziehendes Gekräusel lief über die Menge, das Fieber des großen Ausverkaufs ging in einen Strudel über, in dem die Wogen der Köpfe wild durcheinanderliefen. Das Fortgehen begann, die Plünderung der Stoffe bedeckte alle Tische, das Gold erklang in den Kassen; die ausgeplünderte und vergewaltigte Kundschaft dagegen ging halbwegs niedergeschlagen fort, ihre Wollust war zwar befriedigt, aber sie empfand insgeheim Scham, als hätte sie ihre Begierde in irgendeinem übelbeleumundeten Gasthause befriedigt. Er aber war's, der sie so völlig besaß, der sie durch das fortwährende Aufhäufen neuer Waren, durch seine Preisherabsetzungen und seine Rückgaben, sein Entgegenkommen und seine Anpreisungen so unter seiner Botmäßigkeit hielt. Selbst die Mütter hatte er unterjocht, er herrschte über alle mit der rohen Gewalt eines Alleinherrschers, der einer Laune zuliebe das Leben des einzelnen zerstören kann. Seine Schöpfung hatte eine neue Verehrungsart hervorgerufen, die Kirchen, die der wankende Glaube zu verlassen begann, wurden für die hinfort gedankenlosen Seelen durch seine Ausstellungen ersetzt. Die Frau sollte zukünftig ihre Mußestunden bei ihm zubringen, die Stunden unruhigen Schauers, die sie bisher in Kapellen verlebt hatte: der notwendige Aufwand nervöser Leidenschaft, der wiederbeginnende Kampf eines Gottes gegen den Gatten, die stets erneuerte Verehrung des Körperlichen mit dem göttlichen Jenseits der Schönheit. Hätte er seine Pforten geschlossen, so würde ihm von der Straße her ein Trost gekommen sein, der Schrei der Verzweiflung aller der Andächtigen, denen Altar und Beichtstuhl verschlossen blieben. Er sah sie bei ihrem seit zehn Jahren beständig gesteigerten Aufwand trotz der vorgerückten Stunde sich durch die gewaltigen Eisengerüste drängen, über die Freitreppen und die fliegenden Brücken. Frau Marty und ihre Tochter waren bis ganz oben hin fortgerissen worden und streiften zwischen den Möbeln herum. Von ihrer kleinen Gesellschaft festgehalten, konnte Frau Bourdelais sich nicht von den Pariser Sachen losmachen. Dann kam die ganze Schar, Frau de Boves immer noch am Arme Vallagnoscs und gefolgt von Blanche, bei jedem Tisch stehenbleibend und kühn immer noch alles mit stolzer Miene betrachtend. Aber schließlich konnte er in diesem Haufen von Kunden, diesem Meer lebenstrotzender Schnürleiber, unter denen die Herzen vor Lust klopften, und die alle mit Veilchensträußen geschmückt waren, doch nur noch den schmucklosen Schnürleib Frau Desforges erkennen, die mit Frau Guibal bei den Handschuhen stehengeblieben war. Trotz ihrer haßerfüllten Eifersucht kaufte sie doch auch; er fühlte sich zum letztenmal als ihren Herrn, er hielt sie alle unter seinem Hacken im Glanze der elektrischen Lampen wie eine Herde Vieh, aus der er sein Vermögen herausgeholt hatte.

Gedankenlos weitergehend folgte Mouret den Gängen und verlor sich so weit, daß er sich gänzlich dem Antrieb der Menge überließ. Als er den Kopf hob, stand er wieder in der Modenabteilung, deren Scheiben auf die Rue du Dix-Décembre hinausgingen. Und hier machte er, die Stirn gegen das Glas gedrückt, abermals halt und beobachtete den Ausgang. Die untergehende Sonne vergoldete die Giebel der weißen Häuser, der blaue Himmel dieses Prachttages wurde blasser, frischer unter einem mächtigen, reinen Hauch; in die Dämmerung aber, die die Straße bereits überspülte, sandten die elektrischen Lampen des »Paradies der Damen« das ruhige Gefunkel am Himmelsrande aufleuchtender Sterne beim Neigen des Tages hinaus. Gegen die Oper und die Börse hin erstreckte sich in der Tiefe die dreifache Reihe unbeweglich wartender Wagen, bereits von Schatten überlagert, und das Geschirr ihrer Pferde spiegelte den lebhaften Lichtschein wieder, das Funkeln einer Laterne, das Blitzen eines versilberten Gebisses. Alle Augenblicke ertönte der Ruf eines Dieners, und dann kam eine Droschke heran, löste ein Einspänner sich los, nahm eine Kundin auf und entfernte sich in dumpfem Trabe. Die Reihen verkürzten sich jetzt, sechs Wagen rollten nebeneinander dahin, von einer Bordschwelle zur andern und unter fortwährendem Zuschlagen von Wagentüren, Peitschenknallen und dem Gebrause der Fußgänger, die zwischen den Rädern dahinzogen. Es war, als breite sich das beständig weiter aus, als strahle sich die Kundschaft auf ihrem Rückwege nach allen vier Ecken der Stadt aus und als entleere sich das Geschäft mit dem tosenden Brausen eines Notauslasses. Unterdessen flammten die Dächer des »Paradies der Damen«, die großen Goldbuchstaben der Standbilder und die vor dem klaren Himmel gehißten Banner immer noch im Widerschein der Feuersbrunst des Sonnenuntergangs und erschienen in den schrägen Strahlen so riesengroß, daß sie an das Ungetüm auf seinen Anpreisungen erinnerten, an das Gemeinschaftshaus, das mit seinen sich unaufhörlich vermehrenden Flügeln die Stadtviertel bis zu den Gehölzen der Bannmeile hinaus verschlang. So ergoß Paris seine Seele in einem riesigen, leisen Hauch, es ging in der Heiterkeit des Abends zur Ruhe; in langen, weichen Liebkosungen lief dieser Hauch über die letzten Wagen dahin, die durch die immer menschenleerer werdende, immer mehr im Dunkel der Nacht versinkende Straße fortrollten.

Die Blicke in der Weite verloren, fühlte Mouret jetzt eben, wie etwas Großes in ihm vorging; und im Schauder des Sieges, von dem sein ganzes körperliches Wesen erbebte, angesichts des von ihm verzehrten Paris und der unterjochten Frau fühlte er eine plötzliche Schwäche, ein Nachlassen seines Willens, das ihn nun seinerseits unter eine überlegene Kraft beugte. Es war ein unvernünftiger Drang zu unterliegen trotz seines Sieges, der Unsinn, mit dem sich ein Kriegsmann am Morgen nach seinem Siege unter die Laune eines Kindes beugt. Er, der seit Monaten innerlich kämpfte, der sich noch am Morgen geschworen hatte, seine Leidenschaft ersticken zu wollen, gab nun mit einem Schlag nach, ergriffen vom Höhenschwindel, glücklich darüber, daß er nun ausführen könne, was er bis jetzt für eine Torheit gehalten hatte. Sein rascher Entschluß gewann von einer Minute zur andern so an Kraft, daß er ihm als der einzig nützliche und notwendige in der Welt vorkam.

Nach dem letzten Abendtisch wartete er in seinem Arbeitszimmer. Schaudernd wie ein junger Mann, der im Begriffe ist, all sein Glück einzugestehen, konnte er nicht an einer Stelle bleiben, unaufhörlich ging er wieder zur Tür, um auf die Geräusche aus den Geschäftsräumen zu horchen, wo die Gehilfen jetzt die Sachen wieder zusammenlegten, bis an die Schultern in dem Wirrwarr des Ausverkaufs versinkend. Bei jedem Geräusch von Schritten begann sein Herz zu klopfen. Er geriet in Erregung und stürzte vor, denn er hatte in der Ferne ein dumpfes, allmählich anschwellendes Gemurmel gehört.

Das bedeutete die langsame Annäherung Lhommes, der die Einnahme heranschleppte. Sie war heute so schwer, wies einen solchen Betrag an barem Silber und Kupfer auf, daß er sich von zwei Laufburschen begleiten lassen mußte. Joseph und einer seiner Genossen krümmten sich auf seinen Fersen unter der Last der Säcke, wahrer Riesensäcke, die sie wie Zementsäcke über die Schulter geworfen hatten; er dagegen ging voran und trug die Banknoten und das Gold, eine mächtig dicke Mappe voller Papiergeld, und um den Nacken gehängt zwei Säcke, deren Gewicht ihn ganz nach rechts, nach der Seite seines verstümmelten Armes hinüberzog. Langsam, schwitzend und schnaufend kam er aus der Tiefe der Geschäftsräume heran unter beständig wachsender Aufregung der Verkäufer. Lachend boten ihm die Handschuhe und die Seide an, ihn zu entlasten, die Tuche und Wollsachen wünschten, er geriete ins Stolpern und verstreute sein Gold in alle vier Ecken ihrer Abteilung. Dann mußte er eine Treppe hinauf und über eine der fliegenden Brücken, wieder höher hinauf und sich hier durch das Eisengewirr winden, wobei ihm die Blicke der Weißwaren, der Putzmacherei, der Schnittwaren folgten und alle Augen sich beim Anblick dieses Vermögens, das da durch die Luft reiste, weit öffneten. Im ersten Stock hatten sich die Kleider, die Parfümerie, die Spitzen, die Umhänge hochachtungsvoll in einer Reihe aufgestellt, als zöge das Allerheiligste vorbei. Je weiter er kam, desto höher schwoll der Lärm an und wurde zum Toben des Volkes, das das goldene Kalb begrüßt.

Mouret hatte währenddessen die Tür geöffnet. Lhomme erschien, gefolgt von den beiden taumelnden Laufburschen; und ganz außer Atem fand er gerade noch die Kraft ihm zuzurufen:

»Eine Million zweihundertsiebenundvierzig Francs fünfundneunzig Centimes!«

Endlich war die Million da, die in einem Tage zusammengeraffte Million, die Zahl, von der Mouret solange geträumt hatte! Aber er machte eine zornige Bewegung, voller Ungeduld sagte er mit der enttäuschten Miene eines in seiner Erwartung durch ein unzeitiges Dazwischenkommen Gestörten:

»Eine Million, schön! Legen Sie sie dahin.«

Lhomme wußte, daß er besonders hohe Einnahmen gern so auf seinem Schreibtisch liegen sah, ehe sie in die Hauptkasse gebracht wurden. Die Million überdeckte den ganzen Schreibtisch, ließ sämtliche Papiere darauf verschwinden und hätte beinahe das Tintenfaß umgeworfen; und das aus den berstenden Säcken hervorrollende Gold, Silber und Kupfer bildete einen Riesenhaufen, den Haufen der Roheinnahme, wie sie aus den Händen der Kundschaft hervorging, noch warm und voller Leben.

Im gleichen Augenblick, als der Kassierer sich beleidigt durch die Gleichgültigkeit des Herrn zurückzog, trat Bourdoncle mit dem fröhlichen Ruf ein:

»Haha! diesmal haben wir sie ... Da liegt sie, die Million!«

Aber er bemerkte Mourets fiebrige Zerstreutheit; er begriff und wurde ruhiger. In seinem Blick glomm Freude auf. Nach kurzem Stillschweigen sagte er:

»Sie haben sich also entschieden, nicht wahr? Lieber Gott, ich kann Ihnen nur zustimmen.«

Auf einmal pflanzte Mouret sich vor ihn hin und brüllte ihn mit der schrecklichen Stimme an, die ihm an schicksalsvollen Tagen zu eigen war:

»Hören Sie mal, mein Lieber, Sie freuen sich zu früh! ...

Nicht wahr? Sie denken, mit mir ist's aus, und da wachsen
Ihnen die Zähne. Hüten Sie sich, mich frißt man nicht so
leicht!«

Ganz außer Fassung gebracht durch den gewaltsamen
Angriff dieses Teufelskerls, der auch alles ahnte, stotterte
Bourdoncle:

»Wieso denn? Sie scherzen wohl? Ich, bei meiner Bewunderung für Sie!«

»Lügen Sie doch nicht!« fuhr Mouret mit erhöhter Heftigkeit fort. »Hören Sie, wir waren Dummköpfe bei unserem Aberglauben, die Ehe müßte alles zusammenreißen.
Liegt in ihr nicht die notwendige Gesundheit, die eigentliche Kraft und Ordnung des Lebens? ... Na ja, schön! mein
Lieber, ich heirate sie und schmeiße euch alle raus, sowie
ihr euch muckst! Ganz gewiß! Sie gehen wie alle andern
zur Kasse, Bourdoncle!«

Mit einer Handbewegung verabschiedete er ihn. Bourdoncle fühlte, er sei durch diesen Sieg des Ewigweiblichen
verurteilt, herausgefegt. Er ging. Denise trat gerade herein
und er grüßte sie mit einer tiefen Verbeugung, so hatte er
den Kopf verloren.

»Endlich! Sie sind's«, sagte Mouret leise.

Denise war blaß vor Aufregung. Noch einen letzten
Kummer hatte sie durchgemacht, Deloche hatte ihr seine
Verabschiedung mitgeteilt; und als sie ihn noch zu halten
versucht hatte, indem sie ihm anbot, sie wolle zu seinen
Gunsten sprechen, da hatte er hartnäckig auf seinem Pech
bestanden, er wollte verschwinden: Wozu sollte er bleiben? warum sollte er weiter die Leute in ihrem Glücke
stören? Denise hatte ihm ein schwesterliches Lebewohl
gesagt, ganz überwältigt durch ihre Tränen. Sehnte sie sich
denn nicht auch nach Vergessen? Alles ging zu Ende und
sie verlangte von ihren erschöpften Kräften nichts weiter
als Mut für die Trennung. In ein paar Minuten, wenn sie

nur tapfer genug blieb, um ihr Herz zu unterdrücken, dann durfte sie allein von dannen ziehen, sich in der Ferne ausweinen.

»Herr Mouret, Sie wünschten mich zu sehen«, sagte sie in ihrer ruhigen Weise. »Ich wäre übrigens auch von selbst gekommen, um Ihnen für all Ihre Güte zu danken.«

Sie hatte bei ihrem Eintritt die Million auf dem Tische liegen sehen, und das Zurschaustellen dieses Geldes verletzte sie. Über ihr zeigte das Bild Frau Hédouins, als sähe es aus seinem Goldrahmen dem ganzen Vorgang zu, immer noch das ewige Lächeln ihrer gemalten Lippen.

»Sie sind also immer noch fest entschlossen, uns zu verlassen?« fragte Mouret und seine Stimme zitterte.

»Ja, Herr Mouret, ich muß.«

Da ergriff er ihre Hand und durch die sie so lange überlagernde Kälte brach seine ganze Zärtlichkeit für sie hindurch:

»Und wenn ich Sie heiraten wollte, Denise, würden Sie dann auch gehen?«

Aber sie hatte ihm ihre Hände entzogen und wehrte ihn wie unter dem Ausbruch eines tiefen Schmerzes ab.

»Oh, Herr Mouret, bitte, seien Sie still! Tun Sie mir doch nicht noch mehr weh! ... Ich kann nicht! Ich kann nicht! ... Gott ist mein Zeuge, ich gehe nur, um ein solches Unheil zu verhüten!«

Sie verteidigte sich weiter mit abgerissenen Worten. Hatte sie durch die Klatschereien im Hause nicht schon genug gelitten? Sollte sie denn in den Augen der andern sowohl als auch in ihren eigenen als ein Lumpenmensch dastehen? Nein, nein, sie fühlte sich stark genug, um ihn am Begehen einer solchen Torheit zu verhindern. Gequält hörte er ihr zu und wiederholte leidenschaftlich:

»Ich will es ... Ich will es ...«

»Nein, es ist unmöglich ... Und meine Brüder? Ich habe

ihnen geschworen, ich wolle nicht heiraten, ich kann Ihnen doch nicht zwei Kinder in die Ehe bringen, nicht wahr?«

»Sie sollen auch meine Brüder sein ... Sagen Sie ja, Denise.«

»Nein, nein, oh! Lassen Sie mich, Sie quälen mich!«

Er wurde allmählich ohnmächtig, dieser letzte Widerstand machte ihn ganz verrückt. Was! selbst um diesen Preis verweigerte sie sich ihm! Er hörte von weitem den Lärm seiner dreitausend Angestellten, die mit voller Armkraft sein königliches Vermögen umwälzten. Und diese törichte Million, die dalag! Er litt unter ihrem Anblick wie unter einem Hohn und hätte sie am liebsten auf die Straße hinausgeworfen.

»Dann gehen Sie!« rief er unter einem Strom von Tränen. »Suchen Sie nur Ihren Geliebten ... Das ist ja auch das wichtigste, nicht wahr? Sie haben es mir ja gesagt, ich hätte es wissen können und hätte Sie nicht länger quälen sollen.«

Von der Heftigkeit seiner Verzweiflung ergriffen, blieb sie stehen. Ihr Herz brach. Mit kindlichem Ungestüm warf sie sich ihm an den Hals, ebenfalls schluchzend stammelte sie:

»Oh, Herr Mouret, ich liebe ja nur Sie!«

Noch ein letztes Geräusch wurde aus der Tiefe des »Paradies der Damen« hörbar, der entfernte Zuruf einer Menschenmenge. Das Bild Frau Hédouins lächelte noch immer mit seinen gemalten Lippen. Mouret war auf seinen Schreibtisch zurückgesunken, mitten in die Million, die er gar nicht mehr sah. Er hatte Denise nicht losgelassen, stürmisch preßte er sie an seine Brust und sagte ihr, nun könne sie gehen und einen Monat in Valognes zubringen, das würde aller Welt den Mund stopfen, und dann würde er sie selbst heimholen, um sie, die Allmächtige, in seine Arme zu schließen.

Inhalt

Erstes Kapitel   5
Zweites Kapitel   44
Drittes Kapitel   84
Viertes Kapitel   122
Fünftes Kapitel   214
Sechstes Kapitel   254
Siebentes Kapitel   293
Achtes Kapitel   327
Neuntes Kapitel   378
Zehntes Kapitel   423
Elftes Kapitel   457
Zwölftes Kapitel   504
Dreizehntes Kapitel   544

ANZEIGEN DES VERLAGES

Ur
Geschichte
des
Christen
Tums

Eduard Meyer

2 Bände mit insg. 1470 Seiten in Schuber,
Format 13,5 x 22 cm, ISBN 3-88851-028-7

Das auch heute noch maßgebende Grundla-
genwerk der Ursprünge und Anfänge des Christentums des berühmten Althistorikers Meyer
(1885–1930).

Band 1 behandelt die Quellen des Evangeliums
und ihre Betrachtung des Lebens Christi sowie
der Entwicklung des Judentums von seiner
Begründung unter der persischen und makedo-
nischen Herrschaft bis zur Geburt Jesus von
Nazareths.

Band 2 liefert eine Kritik der Apostelgeschichte
im besonderen Hinblick auf Paulus und zeichnet
die Entwicklung des Christentums von der Chri-
stengemeinde in Jerusalem bis zu den Anfängen der katholischen Kirche nach.

PHAIDON VERLAG ESSEN

Eduard Meyer

GESCHICHTE
DES
ALTERTUMS

8 Bände mit insgesamt 5208 Seiten in Schuber,
4farbige Karte, Format 13,5 x 22 cm, ISBN 3-88851-063-5

Eduard Meyers Universalgeschichte des europäischen Al-
tertums stellt die Geschichte Ägyptens, Vorderasiens und
Griechenlands von den Anfängen bis zum Untergang des
athenischen Reiches in einem allumfassenden Gesamt-
rahmen dar. Kein Themen-
kreis wird isoliert
betrachtet, sondern
vielmehr wird dem
welthistorischen
Gegensatz Orient-
Okzident der Platz
im Mittelpunkt
der Betrach-
tungen ange-
wiesen. Ge-
rade dies
macht den
unvergäng-
lichen Wert
dieses
Werkes aus.

Phaidon

Eduard Meyer

GESCHICHTE
DES
ALTERTUMS

Band 1 (600 Seiten):	Einleitung:	Elemente der Anthropologie
	1. Teil:	Die ältesten geschichtlichen Völker und Kulturen bis zum 16. Jahrhundert
	1. Buch:	Ägypten bis zum Ende der Hyksoszeit
Band 2 (756 Seiten):	2. Buch:	Babylonien und die Semiten bis auf die Kossaeerzeit
	3. Buch:	Die Völker des Nordens und des Westens
	Nachtrag:	Die Königslisten und die Chronologie Babyloniens und Assyriens
Band 3 (636 Seiten):	2. Teil:	Die Geschichte des Abendlandes bis zu den Perserkriegen
	1. Buch:	Die Zeit der ägyptischen Großmacht
Band 4 (480 Seiten):	2. Buch:	Der Orient vom zwölften bis zur Mitte des achten Jahrhunderts
Band 5 (804 Seiten):	3. Buch:	Der Ausgang der altorientalischen Geschichte und der Aufstieg des Abendlandes bis zu den Perserkriegen
Band 6 (684 Seiten):	3. Teil:	Das Perserreich und die Griechen
	1. Buch:	Der Orient unter der Herrschaft der Perser
	2. Buch:	Das Zeitalter der Perserkriege
Band 7 (636 Seiten):	3. Buch:	Athen
Band 8 (612 Seiten):	4. Buch:	Der Ausgang der griechischen Geschichte

Historiker des deutschen Altertums

Jordanis
Gotengeschichte

168 Seiten, ISBN 3-88851-076-7

Die im Jahre 551 verfaßte »Gotengeschichte« von Jordanis stellt eine der wichtigsten Quellen für unsere ohnehin mangelhafte Kenntnis der Geschichte der Völkerwanderung dar und bleibt als eine Zusammenfassung der bekanntesten zeitgenössischen Geschichtsschreibungen von unschätzbarem Wert.

Die »Gotengeschichte« ist für die wissenschaftliche Erforschung unserer Frühgeschichte unentbehrlich, weil die bedeutendsten der Vorlagen über die Goten, die Jordanis benutzte (Die Schriften des Ablabius und des Kassiodorus), verlorengegangen sind. Es ist Jordanis zu verdanken, daß ihr Inhalt für die Nachwelt gesichert ist. Der Text für diese Ausgabe ist Theodor Mommsens Sammlung der »Monumenta Germaniae Historica« von 1882 entnommen.

Phaidon

Parzival

Phaidon

Übertragen von Wilhelm Hertz
440 Seiten, 11,5 x 19 cm
ISBN 3-88851-022-8

Im frühen Mittelalter kam eine Sage von einem wun-
derspendenden Gefäß aus dem Orient nach Spanien,
wo sie mit christlichem Gedankengut vermischt
wurde. Robert de Boron (1175) sah im Gral den Abend-
mahlskelch, Chrétien di Troyes (1150–1190), der die
Gralssage mit den Artusdichtungen verband, sah in
ihm Heil und Gnade, Wolfram v. Eschenbach
(1170–1220) vertiefte seinen Parzival ethisch durch die
Erhaltung seines Gralskönigtums durch Lohengrin
und Johannes.
Die Geschichte von Parzival und dem Gral ist Wolfram
von Eschenbachs berühmtestes Werk. Es erzählt
wunderbare, von tiefen und heiligen Geheimnissen
umwobene Dinge ...

Tristan und Isolde

Phaidon

Übertragen von Wilhelm Hertz
568 Seiten, 11,5 × 19 cm
ISBN 3-88851-025-2

Das Epos »Tristan und Isolde«, zwischen 1200 und
1210 von Gottfried von Straßburg verfaßt, stützt sich in
seiner literarischen Form auf die Werte und Tugenden
des europäischen Rittertums, die unterschiedlichen
Formen des Minnegesangs und mehrere europäische
Sagen und lehnt sich eng an die Fassung des alten
keltischen Stoffes von Thomas von Britannie (ca. 1170)
an.